KB085035

하프라인

2

HALF
LINE

망고곰 장편소설

★ ★

결

차례

　제 얼굴을 먼저 밀어내 놓고도 몇 번 더 키스를 해 달라 조르기에 입술과 이마, 뺨, 귀, 목덜미에까지 잔뜩 입을 맞춰 줬더니 하준은 몸이 달아 홀쩍대다가 붉게 짓무른 눈을 감고 마침내 잠이 들었다. 무겸은 그의 눈두덩 위를 옅게 쓸다가 손을 치웠다. 꼴을 보아하니 내일 팅팅 붓게 생겼다.

　술도 안 마신 놈의 술주정을 한바탕 받아 준 기분에 소리 없는 헛웃음이 났다. 오늘은 잠들기 전에 미리 집에 연락도 해 놓았으니 그의 모친에게 전화가 오는 일도 없을 것이다. 무겸은 이만 2층으로 올라가 저도 잠을 청할까 하다가, 기왕 이렇게 된 것 하루 정도는 어떠랴 싶어 그냥 하준의 옆에 베개를 베고 누웠다.

　"나 너 좋아한다."

　하준의 덤덤했던 고백이 다시 귓가에 울리고 그때의 표정이 눈앞에 그려진다. 재미있는 녀석이라고는 생각했지만 오늘은 정말이지 방심하다 어퍼컷을 한 대 얻어맞은 기분이었다. 그 상황에서 갑자기 사랑 고백이라니. 전 세계의 모든 고백 사례를 뒤져 봐도 이런 식으로 고백을 받은 이는 저뿐일 것이다.

"참 나, 황당한 놈."

무겸은 하준을 험담하듯 혼잣말로 중얼거리며 표정 없이 천장을 가만히 올려다보았다. 있지도 않은 누군가의 시선을 의식하는 것처럼 어색할 정도로 굳은 얼굴이었다.

흠, 헛기침을 하고 입가를 손으로 가린 무겸은 최근에 본 따분한 영화를 떠올렸다. 외계인이 나오는 SF 영화라 볼만은 할 것 같아 TV 앞에 앉아 있었지만 철학적인 선문답이 계속되어 결국은 중간에 채널을 돌려 버린 영화였다.

지루했던 선문답을 다시금 떠올리며 그는 진지한 기분에 잠기려고 애써 보았다. 우울한 얼굴의 안드로이드가 자신을 만든 과학자 앞에서 뭐라고 말했던가.

'인간은 왜 창조주가 되고 싶어 하죠?' 그러자 냉소적인 얼굴의 과학자가 대답하기를, 나 너 좋아한다…….

집중이 되지 않았다. 생각이 흐트러지며 꼬리만 비죽비죽 위로 향하던 입술은 결국 매끄러운 호를 그리고, 가리기 어려울 정도로 큰 미소로 번져 만면을 채웠다. 자신을 속이는 데 실패한 무겸은 재빨리 제 상태를 받아들였다.

좋다, 인정한다.

솔직히 말해 기분이 썩 괜찮다.

섹스 파트너의 입에서 나오는 '좋아한다', '사랑한다' 따위의 고백은 무겸이 가장 듣고 싶지 않은 개소리 1위의 자리를 굳건히 지키고 있었으나 하준이 한 그 말은 나쁘지 않았다. 처음에는 얼굴을 굳히고 저를 피해 다니기만 하던 놈이 좋아한다고 말하는 단계까지 왔는데 일종의 승리감이나 만족감을 느낀다 해도 이상한 일은 아니지 않은가?

좋아하니 애인으로 삼아 달라는 요구라도 튀어나오려나 했는데, 기껏 해야 옆에 누워서 안고 키스를 해 달라며 어린애들 데이트 멘트 같은 것이나 치는 녀석이다. 선만 넘지 않는다면 속으로 저를 좋아하든 말든 크게 문제 될 게 없었다. 그런 마음까지야 말릴 수는 없는 일이다. 사람은 자유 의지를 가질 수 있는 존재이며 인간의 자유는 존중받아야 하니 말이다.

자신이 사랑이라는 감정을 경계하는 이유는 그것이 곧 상대를 구속하려 드는 욕망으로 이어지기 때문이다. 처음에는 애틋했던 감정이라 할지라도 상대를 옭아매려 하기 시작하면 썩어 문드러져 사람을 제정신이 아니게 만드니까. 그것만 아니라면 배척할 필요까지는 없지 않을까.

황당한 상황이었지만 뜻밖의 고백에 엄청나게 놀랐냐면 그렇지만은 않았다. 처음부터 이하준이 저에게 다른 마음을 품고 있는 것은 아닌가, 하는 의문을 시험해 본 데서 시작된 관계였으니까.

그러나 잠깐 품었던 그 의혹은 막상 관계를 본격적으로 가지기 시작한 뒤, 생각 이상으로 담백한 하준의 태도 때문에 흐려졌고 최근에는 거의 사라졌었다. 더군다나 윤채훈, 그 재수 없는 유부남이 나타나는 바람에 그때 느꼈던 의문은 정말 헛다리짚기였다고 내심 결론도 내렸던 참이다.

그런 만큼 오늘 맞은 어퍼컷은 의외로운 동시에 크나큰 만족감과 기쁨을 느끼게 만들었다. 이번에도 제 예측이 맞아떨어졌으니까 즐겁지 않을 이유가 없다.

이하준. 내가 좋아?

역시 그랬어?

무겸이 고개를 돌려 하준의 얼굴을 보았다. 조금 전의 난리 법석은 남의 일이 되어 버린 듯 감은 눈과 다물린 입이 잠든 양처럼 평화롭다. 저를 향하여 옆으로 누운 얼굴 언저리에 놓인 흰 손등을 가만히 바라보던 무겸은 제 손목을 꽉 쥐고 앞서 걷던 오늘 낮의 뒷모습을 눈앞에 그리며 작게 미소 지었다.

붙잡혔던 손목을 한 번 빙글 돌리며 무겸은 이번에는 제 손을 잠시간 응시했다. 누군가에게 그렇게 일방적으로 끌려가 본 것이 얼마 만인가. 반가운 기시감이다. 오래전에 딱 한 번 경험해 본 제법 그리운 감촉을 그때와 전혀 상관없는 이하준을 통해 오랜만에 맛보았다.

"이 코치."

무겸이 잠든 하준의 얼굴을 향해 작은 목소리로 속삭였다.

"그래도 누울 자리는 보고 발을 뻗어야지. 나는 애인은 안 키워."

긴 검지가 오뚝한 코끝을 톡톡 가볍게 두드렸다. 하준이 잠결에도 그 감각을 느꼈는지 살짝 미간을 찌푸리며 으응, 작게 잠꼬대를 하다가 다시 새근새근 고른 숨을 쉬었다.

"너무 서운해하진 마라. 너 아니라 다른 누구하고든 연애할 생각은 없으니까."

그래도 정말 불이 난 줄 알았던 오늘, 무겸부터 살리겠다는 각오가 오라처럼 철철 넘치던 이하준의 모습은 제법 기특했다. 은혜를 갚아야 할 사람이 또 한 명 늘어날 뻔했다.

"용기가 가상하니까 시즌 끝날 때까지는 예뻐해 줄게."

고백을 하면서도 선을 넘지 않았다는 점에서 특히 높은 점수를 주고 싶었다. 제 자리만 잘 지킨다면 속으로 저를 좋아하건 말건 거기까지는 참견하지 않을 생각이었다.

그렇게 생각하니 눈을 꼭 감고 잠든 얼굴이 오늘따라 더욱 남달라 보인다. 지금까지 말 않고 참느라 제법 맘고생을 하지 않았을까? 웬 유부남 따위 때문에 가슴앓이를 하나 싶어 분통 터졌던 것이 불과 얼마 전이다.

그런데 알고 보니 저를 마음에 두고 있었다니. 몇 달 동안 뒤를 대 주면서도 티 한 번 내지 않더니 그렇게 눈물을 뚝뚝 흘리면서 말할 정도로 열렬하게.

역시 상을 줘야겠다. 다른 건 못 해 주더라도 시즌이 끝날 때까지 많이 예뻐해 줘야겠다. 무겸은 다시 한번 흡족함으로 무르익은 짙은 미소를 짓고 눈을 감았다.

품 안의 뭔가가 꾸물꾸물 움직이는 감촉에 무겸은 미간을 찌푸리며 눈을 떴다. 고개를 슬쩍 내리니 제 팔 안에서 발갛게 얼굴이 익은 하준이 꿈틀거리고 있었다. 뭐 하는 건지. 한창 단잠에 빠져 있던 무겸은 졸음이 덜 깨 가라앉은 목소리로 물었다.

"뭐 하냐."

"아, 깨워서 미안……."

약 빤 토끼처럼 울다 웃다 하며 키스를 해 달라 안아 달라 조르는 타임은 완전히 지나갔는지, 품 안의 프로페셔널한 코치님은 평소의 무표정에 난처함을 한 티스푼 정도 끼얹은 얼굴로 돌아와 있었다. 묘한 아쉬움을 느낀 무겸은 괜스레 더 빈정대듯 물었다.

"왜 이렇게 꿈질거려. 자다가."

"휴대폰이 저쪽에 있어서."

그제야 우우웅, 우우웅, 바쁘 울리는 진동 소리가 들려왔다. 어제 책상 위에 내려놓고 그대로 잠들었나 보다.

"가져오면 되잖아."

"네가 안 놔줘서……."

내가?

무겸은 미간을 좀 더 짙게 찌푸렸다. 분명 바로 누워 잠들었는데 눈을 떠 보니 제 품에 딱 붙어 안겨 있었다. 당연히 하준이 먼저 파고들기라도 한 줄 알았는데 누가 잡고 안 놓아준다고?

거짓말하고 있네. 이게 어디서 사기를 쳐. 못마땅해 그 몸을 끌어안은 팔에 힘을 더 주자 하준이 몸을 비틀었다.

"김무겸, 놔줘."

좋다고 질질 짜더니 그새 마음이 변했나. 좋아하면 한순간도 떨어지고 싶지 않아야지. 성에 차지 않는 눈으로 그를 내려다보다가 몸을 획 돌려 일으켰다. 책상은 무겸이 누운 쪽과 더 가까웠다.

무겸은 하준의 휴대폰을 들어 올려 그에게 건네기 전 발신자 이름이 떠 있는 액정 화면부터 응시했다. 화면을 확인한 눈매가 가늘어졌다. 정재규. 남자 이름이었다.

"정재규가 누구야."

"정 코치님이잖아."

아. 무겸이 잠시 멍해진 사이 하준이 휴대폰을 낚아채 갔다.

"네, 정 코치님. 이하준입니다."

네. 그 자료는 오늘 가기 전에 제가 메일로 전달해 놓을게요. 네. 이어지는 순수한 업무 이야기에 잠시 귀를 기울이다가 무겸은 기지개를 켰다. 그러고 보니 오늘부터 하반기 훈련이 시작된다. 휴가가 짧아도 너무 짧았다.

하준이 꿈질대는 바람에 예정보다 조금 일찍 일어났다. 무겸은 통화를 하는 하준을 뒤로하고 새벽녘쯤 이미 도착한 아침 식사를 식탁에 가져와 뚜껑을 열었다. 늘 비슷비슷한 구성으로 조리된 음식이 보였다. 닭가슴살, 브로콜리, 당근 글라세 따위의 저칼로리 고단백 고비타민 음식들.

아침 식사를 내려다보며 잠시 생각에 잠겨 있는데 통화를 마친 하준이 테이블 근처로 다가와 애매한 거리에서 무겸을 힐끔거렸다. 무겸은 지루한 표정으로 가운 허리끈을 풀며 말했다.

"씻고 나가자."

"어?"

"닭 삶은 것도 질린다. 휴가 끝나고 첫 훈련인데 괜찮은 것 좀 먹고 출근하자."

욕실로 향하는데 하준이 따라오지 않고 서 있었다. 무겸이 재촉했다.

"뭐 해, 씻자니까."

"으, 응. 나도 씻으러 갈게."

"이리 와. 다 터놓고 뭘 또 내외를 해."

손을 뻗으며 말하자 하준은 잠깐 머뭇대더니 얼른 따라붙었다. 무겸은 하준이 걸치고 있던 가운을 벗겨 바닥에 떨구고, 그를 데리고 욕실에 들어갔다. 욕조에서 씻을 만한 시간 여유가 없었기에 전지훈련지에서 그랬던 것처럼 샤워기 아래에 서서 함께 머리를 감고 몸을 씻었다.

하준이 영 눈치를 보며 몸도 맘껏 못 씻는 분위기이기에 무겸은 그의 머리를 대신 문질러 주고 얼굴까지 씻겼다. 원래도 하얀 얼굴이 씻은 직후에는 아주 반짝반짝 뽀얘서 사과처럼 예뻤다. 눈만 깜박대는 얼굴 위로 수건을 얹어 주고, 몸을 말리면서 드레스룸에 들어섰다.

"이하준, 어제 입고 온 것 말고 갈아입을 옷 있어?"

"앗, 아니……."

"이거 입어라. 너한테는 좀 클 텐데 하루 정도야 괜찮겠지."

가진 옷 중 사이즈가 작아 저는 잘 입지 않는 옷을 건넸더니 엉거주춤 받아 들고 고개를 끄덕였다. 하준이 입을 여벌 옷도 좀 사 놓아야겠다 생각하며 외출 준비를 마치고 나오자 하준은 먼저 옷을 다 갈아입고 어색한 듯 서 있었다.

무겸이 손짓하자 그는 또다시 재빨리 따라붙었다. 신발을 신고 차례로 현관을 통과했다. 차에 오르고 나서야 하준이 쭈뼛대며 입을 열었다.

"김무겸."

"왜."

"…내가 어제 했던 말 말이야."

무겸이 미간을 찌푸리며 하준에게로 시선을 돌렸다.

"왜? 정신 드니까 후회돼? 무르려고?"

"어? 아냐 아냐."

하준이 당황한 낯으로 고개를 저었다. 무겸은 계속 말해 보라는 표정으로 그를 응시했다. 하준이 잠시 머뭇대다가 다시 입을 열었다.

"어제는, 내가 아파서 봐주는 거라고 했잖아. 그러니까 혹시… 기분이 나빴거나……."

"나빴으면."

"…나랑 더 안 보고 싶거나 세… 지금 같은 관계 그만두고 싶으면, 얘기하라고……."

스피커 볼륨을 줄이듯 점점 작아지는 목소리를 듣다가 무겸이 코웃음을 치며 고개를 돌렸다.

"얘기할 거면 벌써 했지. 씻기고 입히고 밥 먹자고 차에 태웠겠어?"

"……."

"시즌 끝날 때까지는 유효하니까 걱정 마라. 네가 날 좋아한다고 뭘 어쩌겠어. 애인 삼아 달라고 조르지만 않으면 돼."

"안 그래."

하준이 얼른 고개를 저었다. 애인 삼아 달라는 소리를 하지 말라고 했더니 오히려 얼굴에 화색이 돌았다. 어이가 없어 구박이 절로 나갔다.

"뭐가 좋아서 실실대?"

"나는 네가 혹시 이제 그만하자고 할까 봐."

"아니니까 좋냐?"

"응."

좋아한다는 맞고백이라도 받은 사람처럼, 오히려 평소보다 밝은 표정으로 고개를 끄덕였다. 기가 막혀서. 속으로 투덜대면서도 무겸의 차는 아침 식사를 할 만한 베트남 레스토랑에 도착했다.

차에서 내리기 전, 하준은 마치 훈련장에서 코칭 중에 주의 사항을 알려 줄 때와 비슷한 표정과 말투로 무겸에게 일렀다.

"김무겸. 필요하면 언제든지 얘기해. 앞으로는 최대한 우선순위를 두고 협조할게."

"이 코치님. 지금 무슨 훈련 지침 지시하십니까?"

"…비슷한 걸로 볼 수도 있잖아. 너한테는 컨디션하고 직결되는 문제니까."

"그럼 앞으로는 카섹스도 하자면 해 줄 거야?"

"그래. 그러지 뭐."

농담으로 던진 말에 하준은 망설임 없이 대답하더니 씩 웃고 차에서 먼저 내려 버렸다. 무겸이 오히려 당황하여 잠시 자세를 굳힌 채로 눈만 껌벅이며 앉아 있었다.

왜 갑자기 호탕하고 난리야? 정말로 업무상 섹스 협업자 같은 태도로 나오자 조금 황당했다. 뽕 맞은 사람처럼 좋아한다고 눈물 콧물 흘려 대더니 어째 더 쿨해진 것 같다.

'뭐… 잘된 건가?'

무겸은 고개를 슬쩍 갸우뚱한 뒤 하준의 뒤를 따라 차에서 내렸고, 둘은 오전 일찍 문을 연 가게 테라스 자리에서 함께 식사를 했다. 컨디션이 완전히 돌아왔는지 하준은 아침부터 밥도 잘 먹었다. 맞은편에 앉은 무겸은 국수 몇 가닥을 젓가락으로 집으며 진심 어린 감탄을 보냈다.

"우리 코치님은 차인 다음 날에도 잘 먹네."

"어제 저녁을 안 먹고 잤잖아…….."

부끄러운 듯 말끝을 흐리는 하준을 위해 무겸은 사이드 메뉴인 닭 날개 요리도 하나 주문해 주었다. 느긋한 아침 식사를 마친 뒤에야 두 사람을 태운 차가 훈련장으로 향했다.

"안녕하세요, 코치님!"

"안녕하세요, 형님!"

와글와글 울리는 경쾌한 목소리. 훈련장에 도착하자 잠시 잊고 있던 소란스러움이 일시에 몰려왔다. 짧은 휴식이나마 즐기고 돌아온 선수들은 한층 발랄해져 가만히 놔둬도 계속 뛰어다니는 발바리들처럼 기운이 넘쳤다. 하준이 인자한 선생님처럼 청년들 사이로 걸어 들어갔다.

"휴가 잘 보냈어?"

"네! 코치님, 저 이번에 제주도 다녀왔어요. 사무실에 선물 갖다 놨습니다. 고구마 과자인데 맛있대요."

"정말? 뭘 그런 걸 다 사 왔어? 여비는 노는 데 다 쓰지 않고."

"얼마 안 해요. 코치님들이랑 나눠 드세요."

도착하자마자 시티서울 훈련장의 아이돌 이하준 코치는 나란히 서 있
던 무겸의 곁에서 반강제로 벗어나 선수들 사이에 둘러싸였다. 무겸은
얼굴을 찌푸리고 그 모습을 보고 있다가 성큼성큼 걸어갔다. 마치 기자
들 사이를 헤치고 걸을 때처럼 우수한 피지컬로 밀어붙이자 몰려 있던
다른 선수들이 자연스럽게 흩어지며 하준의 옆이 비었다.

그렇게 하준의 옆자리를 차지한 무겸이 탄식하며 혼잣말처럼 말했다.

"코치님들도 건강에 유의하셔야 하는 분들인데 과자 선물은 좀 그
렇네."

'야, 또 왜 그래.' 하준이 입속말을 하며 팔꿈치로 허리를 툭 쳤다. 그러
자 제주도에 다녀왔다는 선수는 멋쩍은 듯 웃었다.

"설탕 많이 안 쓴 저칼로리래요."

닥쳐.

네가 좋아하는 이 코치님이 어제 나한테 뭐라고 했는지 알아? 나한테
좋아한다고 했어. 그러니 앞으로는 치근덕거리지 마라.

…라고 말할 수는 없어 표정만 굳히고 있자니 민망해하는 선수에게
하준이 대신 대답했다.

"고맙다, 잘 먹을게. 무겸이 형이 원래 말을 좀 그렇게 하잖아. 이
해해."

"아닙니다. 그런 점도 형님의 개성이라고 생각합니다."

칭찬인지 먹이는 것인지 애매한 말을 남기고 어린 선수들은 또 수다
를 떨며 앞서 걸어갔다. 그들이 멀어지자 하준은 곤란한 표정으로 목소
리를 낮춰 잔소리했다.

"너 또 왜 그래? 좋은 마음으로 사다 준 건데. 이제 스태프도 모자라서
같은 선수들한테도 텃세야? 쟤가 너보다 이 팀에 오래 있었어."

무겸의 얼굴이 슬쩍 부루퉁해졌다. 좋아하는 건 좋아하는 거고, 코치로서 잔소리하는 건 또 따로인 모양이었다. 그럼 대체 좋아할 때와 아닐 때의 차이가 뭐지. 카섹스 가능 여부?

속으로 툴툴대며 로커 룸에 들어섰다. 진작 도착해서 옷을 갈아입고 있던 정규가 벤치에 앉아 있다가 고개를 들며 반색했다.

"김무겸, 왔냐?"

"뭘 그렇게 오랜만에 보는 사람처럼 굴어."

당장 어제 만나 놓고 정규는 휴가를 꽉 채워 보내고 만난 직후처럼 얼굴을 훤히 밝히고 웃고 있었다. 무겸이 쏘아붙이자 커다란 덩치가 애교라도 떨 듯 쪼르르 다가와 붙는다. 어깨를 손가락으로 콕콕 찌르는 행태에 무겸은 진심으로 불쾌하다는 듯 얼굴을 찌푸리며 손을 쳐 냈다.

"새끼야, 너한테 귀여운 척 안 어울리는 것 좀 제발 깨달으라고."

"얌마, 그러지 말고 말해 줘야지. 어제 하준이 괜찮았냐?"

그 말에 무겸은 찌푸려졌던 미간을 풀고 눈썹만 살짝 들어올렸다.

"화재인 줄 알고 놀랐는지 잠깐 안 좋다가 괜찮아졌어."

"걱정했는데 다행이다. 그나저나, 둘이서만 가서 무슨 얘기 했는데? 나한테도 말해 준다며."

무슨 얘기를 하긴 뭘 해. 이하준이 나 좋아한단다. 알겠냐? 이하준이 나 좋아한다고!

…라고 대답할 수는 없었기에 무겸은 그저 약 올리듯 싱긋 미소를 짓고 정규의 어깨를 툭툭 가볍게 두드렸다.

"사생활 관련한 내용이라 내가 말하긴 그러네."

"뭐 안 좋은 일 있는 건 아니지?"

"…그런 건 아니야."

이하준에게도, 아마도.

함께 로커 룸을 나서 긴 복도를 걸었다. 건물 정문을 열고 훈련장으로 나가자 잔디밭 위에 서 있는 하준이 보였다. 아직 훈련 이전이라 하준은 잔디밭 가장자리에 있었는데, 평소에는 볼 수 없던 장면에 무겸의 눈이 조금 커졌다. 아무리 봐도 구단 관계자로는 보이지 않는 사복 차림의 여자 몇 명이 하준의 앞에 서서 함께 이야기를 나누고 있었다.

뭐가 그리 즐거운지 생글생글 웃으며 도란도란 이야기를 나누는 하준의 모습을 보고 있자니 얼굴이 희어서 그런지 그 부근만 차라라 금빛 햇살이 비치는 것 같다. 정규가 뒤따라 나오다가 그 모습을 보고 아, 하고 작게 탄성을 냈다.

"저분들도 참 꾸준하네."

"…누군데?"

"하준이 팬클럽."

무겸은 잠시 틈을 두고 되물었다.

"…뭔 클럽?"

"선수 시절부터 팬인 분들인데 그중 몇몇이 저렇게 아직도 하준이 챙겨. 지난번 팀에 있을 때도 1년에 한두 번씩은 훈련장에 꼭 찾아오시는 것 같더니 여기도 오셨네."

하하하. 그때 마침 멀찍이 떨어져서도 들릴 만큼 크고 청량한 웃음소리들이 무겸의 귀에까지 굴러왔다. 무슨 신나는 이야기라도 하는지 하준은 눈을 반달처럼 한껏 휘어 가며 해사하게 웃고 있었다.

무겸은 잔디밭 중앙으로 걸어가며, 점점 가슴 안쪽이 다글다글 눌어붙기 시작하는 떡볶이 불판처럼 맵게 끓는 것을 느꼈다. 좋아한다고 한마디 던져 놓고 할 일 다 하고 있지 않나? 대체 좋아하기 전과 좋아한 후의 차이를 전혀 모르겠다!

훈련 시작 시각이 가까워졌고, 하준도 팬클럽이라는 여자들에게 손을 흔들며 인사한 후 바삐 코치진에 합류했다. 유럽 빅 클럽들은 안전 문제를 포함하여 여러 사유로 훈련장을 개방하지 않거나, 개방하더라도 일정을 따로 지정하여 관람하는 데에 제한을 둔다. 그렇지만 시티서울은 많은 K리그 구단들이 그러하듯 일반인의 훈련 참관에 관대한 편이었다. 방문객들은 돌아가지 않고 잔디밭 주변 스탠드에 앉아 손을 흔들었고, 하준도 그녀들을 향해 작게 맞손을 흔드는 것을 보며 무겸 혼자 입 안으로 이를 뿌득 갈았다.

삐익.

상쾌한 호각 소리와 함께 시즌 후반기 첫 훈련이 시작되었다. 선수들은 두 줄로 서 트랙을 달리고 몇 개의 작은 원형으로 도열해 지시에 맞춰 스트레칭을 했다. 하준은 오랜만에 만나는 선수 한 사람 한 사람을 살펴보며 그 사이를 오갔다. 무겸과 정규가 서 있는 자리에까지 온 하준이 정규의 컨디션부터 체크했다. 하준과 마주 보고 몸을 움직이던 정규가 도저히 못 참겠다는 듯 속닥거렸다.

"하준아, 어제 김무겸이랑 무슨 얘기 했냐?"

"응?"

"비밀 얘기야? 나는 알면 안 되는 거냐?"

저쯤 되면 오지랖도 병이다. 기어코 호기심을 못 누르고 하준에게 집적대는 정규를 무겸이 한심하다는 눈으로 바라보았다. 하준은 대답할 말을 바로 찾지 못하고 우물쭈물 난처한 표정만 짓고 있었다. 사생활 침해 좀 그만하라고 한마디 보태려는데 하준이 휴우, 한숨을 쉬더니 입을 연다.

"사실은 요즘 사정이 급해서 돈 좀 빌려 달라고 했어."

여름 햇빛을 받아 투명하리만치 반짝이는 잔디밭 위로, 뜬금없는 침묵이 정규와 하준 사이에 뚝 떨어졌다.

'생각보다 거짓말을 잘하는데?'

한마디 쏘려던 무겸은 태세를 전환해 만담이라도 관람하는 기분으로 느긋이 둘의 대화를 구경했다.

"아, 그…래?"

"응. 그래서 다른 사람들 있는 곳에서 말하기가 그렇더라. 예민한 문제 잖아."

"…하준아! 내가 애 키우는 입장이라 저놈만큼은 못 되더라도 어느 정도는 도와줄 수 있으니까 급하면 얘기해."

하준의 손을 덥석 잡으며 크나큰 다짐이라도 하듯 비장해진 정규에게, 무겸은 더 기다리지 않고 핀잔을 날렸다.

"오지랖 부리다가 본전도 못 찾는 것 봐라. 너한테까지 손 벌릴 필요 없으니까 하던 운동이나 해."

그 말에 슬쩍 눈을 마주친 하준이 무겸의 앞으로 다가왔다. 어제까지 한 침대에서 뒹굴며 눈물 섞인 고백을 바친 남자와 오랜만에 선수와 코치 사이로 마주하게 된 상황이 어색한 듯 짧게 헛기침을 했다.

무겸의 입술 끝이 작게 올라갔다. 짧다고 생각했던 휴가가 어떤 의미에서는 꽤 길었다.

"왼쪽 무릎 위로 발목 올려. 꼬리뼈 더 내리고."

훈련 중에 그가 저를 만지는 것도 오랜만이다. 흰 손이 제 허벅지 안쪽에 내려앉자 훈련 중에 하기에는 부적절한 상상들이 머릿속을 마음대로 스쳐 간다. 무겸은 그런 상상을 애써 밀어 버리며 웃는 얼굴로 눈앞의 남자를 불렀다.

"이 코치."

"응?"

"혹시 정말로 돈 필요하면 얘기해."

하준이 쓸데없는 소리 하지 말라는 표정으로 눈을 흘겼다. 무겸은 턱을 한 번 까닥거려 먼 곳을 가리키며 물었다.

"저 사람들하고는 자주 만나?"

"누구?"

"저기. 구경 온 사람들. 네 팬클럽이라며."

"아니. 가끔씩만. 다들 바쁘니까 자주는 못 봐."

팬클럽이라는 말이 부끄러운지 하준은 머쓱한 표정을 지으면서도 대답했다. 간혹 만나기는 한다는 소리다. 말이 팬클럽이지 은퇴한 지 꽤 지난 선수를 아직도 보러 온다는 건 선수가 아니라 남자로 본다는 뜻 아닌가? 눈을 가늘게 뜨고 스탠드 쪽을 노려보는데 하준이 물었다.

"그건 왜?"

"아야, 이 코치. 나 지금 누른 데 좀 아픈 것 같아."

"뭐? 정말? 왜 아프지?"

당연히 거짓말이다. 하준이 놀란 듯 눈을 커다랗게 뜨고 무겸의 다리 안쪽을 꾹꾹 누르며 열심히 들여다보았다. 그가 일에 몰두하는 동안 무겸은 괜스레 스탠드 쪽을 바라보며 코웃음을 쳤다. 그러다가 결국 꾀병인 걸 들켰고, 허벅지를 손바닥으로 한 차례 얻어맞았다.

⚽

이하준은 자신이 한 말을 지키는 남자였다.

하준은 사람들이 보면 어떻게 하냐며, 절대 안 된다고 거부하던 지난날이 거짓인 것처럼 무겸의 자동차 안에서 작게 얼룩진 흰 나신을 실오라기 하나 남기지 않고 다 드러내고 있었다. 짙은 회색의 가죽 시트 위에 몸을 누인 하준을 내려다보면서, 무겸은 훈련을 하는 동안 느꼈던 일말의 불만을 완전히 털어 냈다.

훈련 종료 후, 무겸은 오랜만에 비밀 작전을 펼치듯 하준을 버스 정류장 근처에서 픽업해 제 차에 태웠다. 1초라도 빨리 증명을 받고 싶었기에 그의 차는 집이 아니라 인적 드문 교외로 향했다. 지금으로서는 좋아하기 전과 좋아한 후의 차이가 되어 주기로 한 유일한 증거를 무겸은 눈과 몸을 통해 열정적으로 확인하는 참이었다.

"하으, 으, 웃……."

개미 새끼 한 마리의 기척도 없건만 그래도 야외의 차 안이라 하준은 목소리를 참느라 열심이었다. 그러나 참으려 해도 저절로 흐르는 듯, 열이 잔뜩 묻은 신음을 내보내는 목은 이제 조금 쉬어 있었다.

벗은 몸이 안팎을 가리지 않고 꿈틀대며 진동하듯 수축과 이완을 반복한다. 체액에 젖어 번들대는 허리와 배의 미끈한 근육이 그때마다 요동을 쳤다. 그 모습을 무겸은 마치 춤추는 이를 구경할 때처럼 가만히 지켜보았다. 허리를 좀 더 치켜세우며 넓게 벌어진 두 다리를 위로 밀었다. 체중이 실린 삽입이 깊어지자 하준의 허리가 반사적으로 움찔거렸다.

일반 승용차라 해도 그리 좁은 편은 아니었으나, 작지 않은 두 남자가 침대에서처럼 체위를 자유롭게 바꿔 가며 현란한 섹스를 하기에는 무리가 있었다. 무겸은 편의를 위해, 그리고 반쯤은 일부러 두 번의 사정에 이르는 동안 내내 하준을 눕혀 놓고 삽입하는 정상위만을 고수 중이었다.

"아, 으홋, 아아아……!"

마주 보고 하는 자세는 일단 얼굴이 잘 보여서 좋고 목소리도 잘 들려서 좋다. 강하고 짧게 찍어 들다가 갑자기 속도를 줄여 내벽 끝, 좁아지는 안쪽까지 주르르 천천히 미끄러들었다. 허리가 들썩, 튀더니 흰 손이 다급하게 꽉 무겸의 손목을 붙잡는다.

무겸이 소리 없이 슬쩍 웃었다. 하준이 제 손목을 힘주어 붙드는 감각이 아주 마음에 든다. 이러다가 중독될지도.

그러나 더 마음에 드는 것은 역시 제 손으로 하준의 손목을 잡는 것이다. 무겸은 팔을 들어 올려 저를 잡은 손을 가볍게 미끄러뜨려 떨쳐 내고 하준의 손목을 단단히 잡아 시트 위에 눌렀다. 그러고는 내벽의 한 지점에 각도를 맞춰 빠르게 드나들기 시작했다.

"하아, 알았어. 여기, 문질러, 달라고, 후, 그러지?"

"아으윽, 아니, 아, 니야, 거, 기, 잠깐, 흐……!"

그리고 체위를 바꾸지 않으면 안을 자극하는 각도도 그다지 바뀌지 않아 같은 부분을 계속 짓뭉갤 수 있다.

굵게 부푼 귀두가 이미 수차례 찍어 올리고 문지른 곳을 다시 푹푹 찌르며 자극했다. 하준은 목을 팽팽히 젖히며 온몸을 파르르 떨었다. 그러더니 도저히 못 견디겠다는 듯, 제 엉덩이 아래에 놓인 돌처럼 단단한 허벅지, 정확히 말하자면 바지 위를 손끝으로 약하게 긁었다. 아마 본능적으로 밀어내려는 동작 같았지만 손목을 붙잡힌 손은 제대로 힘을 쓰지 못했다.

"왜 그래, 응? 후우, 너 좋아하는, 데만, 찔러 주겠, 다는, 데!"

"아, 조, 좋은! 흐윽, 너…무, 앗, 심해…….”

"심해? 뭐가? 좋은 게?”

무겸이 두 번 사정하는 사이 하준은 이미 몇 번이나 제 배 위로 정액을 흩뿌렸고, 이제는 뭔가가 더 나오지도 않아 발기까지 살짝 죽은 성기가 허리를 치는 대로 조금씩 흔들릴 뿐이었다. 무겸은 그 위를 손바닥으로 덮어 슬슬 둥글게 쓰다듬었다. 지나치게 자극받아 성기의 촉각만으로도 확연히 느낄 수 있을 정도로 부어오른 한 지점 위를 더 빨리 찍어 대기 시작했다.

그때마다 매끄럽고 부드러운 내벽이 놀란 듯 움쭉움쭉 오므라들며 성기를 안으로, 안으로 더 들어오라는 듯 빨아 댔다. 무겸이 입술이 희미하게 웃음을 띠었다.

아, 이하준이 느끼고 있다.

역시 단순히 열리지 않아 좁은 느낌과 성감이 올라 쪽쪽 빨아 대는 쾌감은 차원이 다르다. 멋도 모르는 놈들은 덜 풀려야 조여서 좋다는 둥 헛소리를 하는데 어처구니없는 개소리다. 섹스를 못한다는 말을 제 입으로 떵떵 외치는 꼴이었다. 따지자면 하준과의 섹스도 처음보다 지금이 더 좋았다. 처음에는 그냥 넣으라는 말만 믿고 제대로 전희도 하지 않고 넣었더니 껍질이 벗겨질 듯 뻑뻑하게 제 것을 조였었다.

무겸은 하준의 움직임에 응하듯 퍽퍽 질러 들어갔다. 전립선을 찍어 올린 성기가 그대로 쭈욱 미끄러져 깊은 안쪽까지 거칠게 꽂혔다.

"으, 윽, 앗, 아, 아……!”

벌어진 입술 새로 작은 신음이 고장 난 오르골처럼 멈추지 않고 흘렀다. 수축해 드는 복근이 부들대며 떨렸다. 한 지점을 중심으로 잔인할 만큼 끊임없이 퍼부어진 쾌감을 버티고 버티던 검은 눈동자가 마침내 울렁

부푸는가 싶더니, 그 눈꼬리에서 흐른 눈물이 관자놀이 위로 떨어졌다.

"하아, 아."

"후우."

안쪽 깊은 곳에 묵직이 박아 넣고 있는 제 물건이 새삼 불뚝대는 것을 느끼며 무겸이 긴 숨을 토했다. 마침 좋은 예시가 생겼으니 하준에게 알려 주고 싶었다. 네가 울 때 꼴린다고 한 것은 진짜 슬퍼서 울 때 흘리는 눈물이 아니라 지금처럼 제게 박히면서, 너무 느껴서 흘리는 눈물을 볼 때. 그럴 때나 꼴린다는 뜻이라고. 그러나 한창 몸이 뜨거워진 무겸 역시 지금은 거친 숨을 내쉬는 것 외에는 쉽사리 말을 할 수 없었다.

"웃, 그, 으, 거기, 흐으, 흑, 그마, 안… 흐아, 아……."

가장 깊고 좁은 곳의 점막을 묵직하게 짓누르고 있을 뿐, 움직이지 않고 있는데도 하준은 허리를 물려달라는 듯 흐느꼈다. 쾌감이 버거워서일까 차 안이라서일까, 끝까지 목소리도 크게 내지 못하고 흰 손끝으로 제 허벅지만 긁는 감촉에 훅 아랫배가 당겼다. 급하게 사정의 욕구가 치밀었다.

"아."

짧은 신음을 토하며 무겸이 빠르게 허리를 물렸다.

"아으웃!"

배를 뚫어 버릴 기세로 안쪽을 꽉 채우고 있던 기둥이 갑자기 내벽을 긁으며 쑥 빠져나가자 하준이 놀란 듯 순간 목소리를 높였다. 곧장 허리를 세워 상체를 굽힌 무겸이 자신의 성기를 시트 위에 놓인 얼굴 바로 아래까지 가져갔다. 붉게 홍조가 생긴 흰 얼굴 위로 후드득 정액이 뿌려졌다.

성기 끝에서 뿜어져 나와 얼굴 위에 몇 번씩 쏘아지던 액체는 차츰 잦아들더니 나중에는 턱 끝에서 목까지 뚝뚝 떨어졌다. 어제 저를 보며 조용히 미소 짓던 얼굴 위를 자신의 몸에서 나온 체액이 마구잡이로 더럽혀 간다. 그 모습을 무겸은 말없이 내려다보다가 입술 위에 묻은 정액을 엄지 끝으로 닦았다.

"하아, 하아, 아."

숨을 몰아쉬느라 격하게 오르내리는 하준의 가슴과 홀쭉해져 꿈틀대는 배 또한 무겸이 뿌린 체액으로 축축했다. 몸속에 삽입되었던 것이 빠져나갔음에도 추스를 생각도 못 하고 넓게 벌어진 다리가 덜덜 떨렸다. 무겸이 커다란 손으로 떠는 허벅지를 주물렀다.

원래는 안에 내보내는 것을 좋아하는 무겸이지만 오늘은 어쩐지 이 몸 위에 뿌리고 싶어졌다. 세 번의 사정을 하며 배 위에, 가슴 위에, 지금은 얼굴 위에 차례로 한 번씩 흩뿌리고 나자 차 안은 찝찔한 냄새로 가득 찼고, 정액에 흠뻑 젖은 하준은 마치 포르노 영화 속 배우처럼 보였다.

무겸은 자신의 슈퍼 카들을 꽤 아꼈기에 간혹 카섹스를 하더라도 이렇게까지 어지르듯 해 본 적이 없었다. 애초에 콘돔 없이 섹스를 하는 것부터가 하준이 처음이었다. 남자끼리니 임신 걱정은 없겠다 싶어 시작한 것이었으나 이제는 꼭 그 이유뿐이라고 할 수는 없을 듯했다.

말마따나 누군가의 눈에 띌 수도 있는 공간 안에서 굳이 옷을 다 벗길 필요도, 몸 여기저기에 사정을 할 필요도 없었지만 오늘따라 이렇게 하고 싶었다.

"코치, 이러고 있으니까 꼭 포르노 배우 같아."

머릿속에 떠오르는 무례한 생각을 거르지 않고 입 밖에 내놓은 이유는 하준을 놀리기 위함도 있었는데 그 말을 들은 하준의 얼굴에는 미소만 떠올랐다. 부끄러워하거나 기분 나빠하기는커녕 무겸의 말이 흐뭇하기라도 한 듯이 웃고 있었다.

그를 몇 번씩 몸서리치게 만든 절정의 여운 때문에 아직도 허벅지와 허리가 잘게 떨리는 와중, 눈물과 정액이 섞여 흐르는 얼굴 위로 퍼지는 웃음은 눈앞의 난잡한 풍경에 동떨어진 조각처럼 어울리지 않았다.

석연치 않은 기분으로 그 얼굴을 마주 내려다보는데 하준이 물어 온다. 거친 숨결에 섞여 나오는 목소리가 불안정했다.

"후… 마음에, 들어?"

"…색다르긴 하네."

"또 하고 싶으면 더 해. 하고 싶은 만큼 해. 어제도 끝까지 못 했잖아."

네 마음대로 하라는 말이 이처럼 찝찝하게 느껴진 적이 있었나? 무겸의 미간이 설핏 구겨졌다가 곧 펴졌다. 물론 얼마든지 더 할 수 있었지만 하준의 그 말에 남아 있던 욕구가 오히려 수그러들어 버렸다.

상호 합의된 관계를 중요하게 여긴다 생각해 왔는데 혹시 저에게 저도 몰랐던 취향이 숨어 있었던 걸까. 이하준이 안 된다고, 싫다고 울며 부끄러워해야만 발정하는 취미라도 생겼나. 무겸은 뒤늦게 저 자신의 섹스 취향에 의문을 느끼며 가방을 열었다.

스포츠용 물티슈를 꺼내 잡히는 대로 몇 장을 뽑아 들어 자신이 뿌린 불투명한 체액을 닦아 나갔다. 몸 위로 엉겨 붙은 점액이 사라지며 희고 고운 피부가 온전히 드러났다. 무차별로 뿌려진 체액은 흉터 위에도 공평하게 내려앉았다. 그것 역시 꼼꼼하게 닦아 냈다.

그런 다음 벗어 놓았던 저지를 하준의 몸 위에 덮어 주었다. 한여름 무더위가 꼭대기에 다다른 시기임에도 섹스를 하기 위해 에어컨을 풀가동한 차내는 서늘했고 냉풍에 식은 시트는 특히 차가웠다. 한창 하는 중에야 몰랐다지만 열과 땀이 식은 몸은 급격히 싸늘해졌다. 무겸이 리모컨으로 차내 온도를 높였다.

역시나 추위를 느꼈는지 하준은 덮어 준 저지 안으로 몸을 좀 더 옹송 그렸다. 무겸이 사용한 물티슈를 차내 휴지통에 버리며 권했다.

"우리 집에 가서 씻고 가지 그래. 닦아 내긴 했어도 그대로 돌아가기 좀 뭐할 것 아냐."

"아냐. 가자마자 바로 씻으면 돼. 동생들도 늦게나 들어올 거고."

"…그래도."

"신경 쓰지 마. 내가 알아서 할게."

하준과 섹스를 마치고 그런 적이 없었는데 어째 마음이 쓸쓸했다. 예전부터 한 번쯤 하고 싶었던 카섹스였고 하준은 하는 내내 언제나처럼 숨넘어갈 듯 느껴 댔다. 이 정도면 서로 충분히 즐긴 것 같은데 이유가 뭘까. 그냥 안에 싸 버릴걸 그랬다. 그러면 씻기 위해서라도 제집으로 갈 수밖에 없었을 텐데.

시트 위에 늘어져 있던 하준이 천천히 몸을 일으켰다. 표정과 말투는 밝지만 몸이 느끼는 부담은 평소와 다를 바가 없는 듯 일어나는 속도가 느리고 몸이 무거워 보였다. 한참을 거칠게 박히고 헤집어진 배 속이 아프기라도 한지, 아니면 아직 성감의 여운이 남아서인지 무의식적인 듯 숨을 몰아쉬며 팔로 아랫배를 감쌌다가 아차 싶은 표정으로 바로 앉았다.

무겸이 그 옆모습을 가만히 보다가 손을 내밀었다.

"이리 와."

"어?"

"춥잖아. 좀 붙어 있어."

"됐어. 나 지금… 지저분해."

무겸이 미간을 찌푸렸다.

"뭐 어때. 어차피 내 거잖아."

그의 몸을 더럽힌 것이라고 해 봤자 어차피 거의 무겸이 뿌려 댄 정액이었다. 몇 번 더 재촉하자 하준은 눈치를 보다가 옆으로 다가와 어깨를 맞붙였다. 팔로 그 위를 감싸자 식은 체온이 손을 타고 느껴진다. 무겸은 몇 번인가 옷 위로 하준을 쓰다듬다가 문득 한 가지 질문을 떠올렸다.

'…내가 혹시 이하준을 불쌍하게 보고 있는 건가?'

고백했다 차이고 나서도 저와 몸을 연결하려 드는 모습에 동정이라도 가는 걸까. 무겸은 의문을 품어 보았으나 잘 알 수가 없었다.

당장 자신이 마음 없는 섹스를 숱하게 즐겨 온 인간이다. 그 두 가지가 반드시 같이 가야 하는 것이라 생각하지 않는데 몸뿐인 섹스를 하는 사람을 딱히 불쌍히 여길 이유가 없지 않나. 사람에 따라서는 몸만이라도, 또는 몸뿐이라서 좋다는 타입도 얼마든지 있었다.

섹스 상대에게 성욕 이외의 것을 느껴 본 적이 없는데 정체 모를 답답함 때문에 마음이 불편했다. 피울 줄 모르는 담배라도 한 대 피우고 싶은 심정이었다. 그러나 정작 무겸이 담배를 입에 대 본 것은 태어나 딱 한 번으로, 처음 청소년 국가 대표에 소집되었던 날 답지 않게 조금 긴장이 되어 준성의 담배를 몰래 훔쳐 와 물어 본 것이 전부였다.

한두 번 빨고 나자 눈이 매워지고 기침만 날 것 같아 이딴 걸 뭐 좋다고 피우나 성질만 났다. 하지만 담배를 피우러 숨어든 곳에 하필 먼저 온 녀석이 있는 바람에 허세를 떠느라 기침을 꾹 참는 수밖에 없었다.

몇 번 빨지도 않은 장초를 그대로 버리고, 아무렇지도 않은 척 괜스레 오버하며 그 아이에게 주절주절 뭔가 잘난 척 지껄이다가 정신없이 물러났다. 그것이 무겸의 처음이자 마지막 흡연 경험이었다.

"이하준."

"음?"

이름을 부르자 무겸에게 몸을 기대고 멍하니 살짝 시선을 떨구고 있던 옆얼굴이 이쪽을 돌아본다. 생각해 보면 저를 '좋아한다', '사랑한다' 따위의 말을 입 밖으로 꺼낸 사람과 관계를 지속해 보는 것은 처음이다. 보통은 그 이야기가 나오는 즉시 관계를 정리했으니까.

그래서 이렇게 기분이 이상한 건가? 낯설어서?

"왜?"

불러 놓고 말이 없자 하준이 다시 한번 물었다. 그러나 무겸에게는 사실 따로 하고 싶은 말이 없었다. 무슨 이야기를 할지 머리로 생각을 정리하기도 전에 입부터 열렸다.

이런 대화는 바람직하지 않다. 잘라 낼 것이 아니라면 감정과 몸이 꼬이기 시작한 상대를 대할 때는 신중해야 했다. 그런데도 뭐든 이야기하고 싶은 충동을 참을 수 없었다.

"너는."

그렇게 운을 뗀 무겸이 아주 잠깐 침묵을 사이에 두고 말을 이었다.

"나한테 뭐 궁금한 거 없어?"

"…궁금한 거?"

"별별 일을 다 꿰고 있는 걸 보니 그럴 것도 같아서."

말을 끝내고 나니 별 자잘한 스캔들까지 꿰차고 있던 이유가 선수들의 정보를 파악하기 위함이라던 이하준 코치의 뻔뻔한 표정이 떠오른다. 그의 거짓말 실력을 새삼스럽게 실감하는 동안 하준은 눈을 몇 번 끔벅이더니 희미하게 웃었다.

"그야 많지. 질문지라도 만들어 줄까?"

"말해 봐. 답할 수 있는 건 해 줄게."

무겸이 어깨를 좀 더 깊이 감싸 안자 하준은 은근슬쩍 응석이라도 부리듯 품을 파고 들어왔다. 그 움직임에 그만 웃음이 터질 뻔했다.

하, 이제까지 이런 적이 없었는데……. 참던 걸 한번 터뜨리더니 어리광이 조금 생겼나. 무겸은 이번에는 놀릴 생각 없이 입꼬리만 슬쩍 들어올렸다. 웃음기를 들킬세라 그런 하준의 등을 아예 제게 기대게 하고 뒤에서 감싸 안아 버렸다.

하준이 질문을 고르는 듯 잠시 조용하더니 갑자기 물어 왔다.

"음… 이제까지 섹스 파트너 중에 제일 마음에 들었던 사람은?"

"뭐냐, 너."

내심 무엇부터 물으려나 궁금했는데 어이없는 질문에 무겸은 허탈하게 웃고 말았다.

"무슨 짜고 치는 인터뷰 하는 기자야? 답을 정해 놓고 묻게."

"물어보라고 했으니 답 줘."

"이하준 코치님이라고 대답하면 속이 시원하시겠습니까."

"응. 시원하다."

하준이 씩 웃으며 또다시 질문을 고르는 듯 얌전해졌다. 이번에는 다소 조심스럽게 말문을 열었다.

"가족 얘기 물어봐도 돼?"

"가족?"

"지난번에 어머니 이야기해서 좀 궁금했어. 너는 인터뷰에서도 부모님 이야기는 잘 안 하니까……. 혹시 불편한 질문이면 답 안 해 줘도 괜찮아."

그야 인터뷰에서는 박준성 감독 이야기를 한 번이라도 하면 더 했지 친부모 이야기는 거의 하지 않았다. 어릴 때 죽어서 할 이야기가 많지 않기도 했고 그다지 유쾌한 이야기도 아니었으니까.

남들 앞에서는 굳이 꺼낼 만한 이야기가 못 되지만 먼저 물어보라 해 놓고 두 번째 질문에서 바로 발 빼기도 우스웠다. 특별히 일부러 숨기려 든 적도 없다. 할 필요가 없는 이야기라 판단했을 뿐이다.

　"나 혼자 남기 전까지는 그림으로 그린 것 같은 전형적인 3인 가족이 었지."

　"그렇구나……."

　"드라마나 뉴스 보면 마누라, 자식새끼 가리지 않고 잡으려 드는 미친 놈 있잖아. 딱 그런 인간이랑 살았어. 그림으로 그려 낸 것 같은 개새끼가 집 안에 있으니 뭐, 엄마나 나라고 별수 있나. 그림처럼 살았지."

　대답을 마치자 정적이 흘렀고, 잠시 후 하준이 고개를 조금 떨구었다.

　"미안, 괜히 물어봤다."

　"미안할 거 없어. 죽은 지 오래된 인간이야. 이제 나랑 상관없으니까 굳이 밖에서 얘기할 이유가 없는 거고."

　잘못 질문했다고 생각했는지 하준은 그 뒤로 한참 입을 다물었다. 기다려도 다음 질문이 없자 무겸이 뒤통수의 머리칼을 흐트러뜨렸다.

　"또?"

　"어?"

　"끝이야?"

　"그만할래. 괜히 또 이상한 거 물어보면 어떡해."

　참 욕심도 없다. 좋아한다고 고백을 할 때는 뭔가 바라는 게 있거나 하다못해 알고 싶은 것이라도 있어야 하지 않나? 연애까지는 아니더라도 고백 전에 비해 저에게 기대하는 게 있을 법한데 도무지 그런 감이 잡히지 않는다.

　정말 어제처럼 키스하고 안아 주는 그따위 것이 이하준, 네가 바라는 전부라고?

시즌 끝날 때까지는 예뻐해 주겠다고 결심했다. 아까는 임정규를 떨쳐 내려고 한 말이겠지만 정말 돈이 필요하다면 돈도 얼마든지 줄 수 있었다. 똑같이 좋아해 달라는 것, 연애하자는 것만 빼면 해 달라는 거 뭐든 다 해 줄 수 있는데 왜 말을 않는지.

지금까지 무겸에게 접근해 왔던 사람 중에는 몸이나 마음을 원하는 사람도 있었지만 콩고물이나 젯밥을 노리는 사람도 부지기수였다. 인간이 제 이득을 좇고자 하는 욕망이 나쁘다고 여긴 적도 없어서, 그런 인간들이 뻔한 속내를 드러내도 무겸은 제가 내키기만 한다면 거리낌 없이 원하는 것을 내주는 편이었다.

물론 거둬들이는 것 역시 내키는 대로. 무겸을 속이고 있다는 자신감에 차 주제 파악을 못 하고 설치다가 갑작스럽게 돌변한 상황에 당황과 낭패감을 맛보는 상대방의 얼굴을 보는 재미는 덤이었다.

이번에는 저를 속이려고 들더라도 끝까지 속아 줄 생각이다. 그런데 당최 눈앞의 송아지가 부릴 줄 아는 재주라고는 갑자기 부뚜막에 뛰어올라 사람을 놀라게 하는 것밖에 없었다.

"돌아앉아 봐."

무겸의 가슴에 등을 기대고 있던 하준이 시트 위에서 꾸물대며 몸을 돌려 무겸과 마주 앉았다. 서로의 다리가 얽히며 가까워졌다. 키에 비해 작은 얼굴이 무겸의 양손에 잡혔다. 그렇게 뺨을 감싸고 예고 없이 입술을 겹치자 갑작스럽게 맞닿은 입술에서 작게 움찔, 놀란 듯한 떨림이 전해졌다.

쪽쪽, 작게 소리가 울리도록 짧은 입맞춤을 하다가 천천히 무게를 실어 누르며 혀로 입술을 벌리고 들어가자 기다렸다는 듯이 열렸다. 으응,

콧소리와 함께 하준의 말캉하고 부드러운 혀가 무겸을 반겼다.

처음부터 지금까지 먹이를 기다리는 새끼 새처럼 제 혀를 받아먹는 하준의 키스는 변한 점이 없다. 그렇게 먹고 싶다면 달라고 말하면 될 텐데 어제처럼 약 빤 분위기가 아니고서야 좀처럼 먼저 청하지는 않는다는 점도 한결같았다. 원하는 게 이 정도밖에 없다면 별수 없이 이거라도 많이 해 주는 수밖에.

"후, 하아."

잠깐잠깐 입술이 멀어질 때 내쉬는 숨결이 달다. 조금 전까지 실컷 안을 휘젓고 정액을 뿌린 몸에서 나는 체향도 그저 달콤하게만 느껴졌다.

그리고 안아 달라고 했었지. 키스를 마치고 품 안으로 깊이 끌어안아 흰 목덜미를 입술로 쓸었다. 이제 춥지는 않은지 목이 제법 따끈해졌다. 더 묻지 않겠다던 하준에게서 불쑥 질문이 튀어나왔다.

"너는 왜… 연애 안 해?"

갑자기 속을 보이는 것인가 싶었는데 그는 그저 정말 궁금하다는 말투였다.

"갑자기 왜?"

"애인 생기면 엄청 잘해 줄 것 같은데 안 하고 있으니까."

"내가 너한테 좀 잘해 주니까 그런 생각이 드나 보지?"

하준은 굳이 부정하지 않고 무겸을 마주 보기만 했다.

"파트너는 부담 없으니까 호의를 베풀기도 좋지. 하지만 그 이상은 아니야. 아주 번거로워져. 집착하고, 구속하려 들고. 끔찍해질 일만 남아."

"다 그런 건 아니잖아. 당장 정규만 해도 부인이랑 얼마나 사이좋게 지내는데. 둘이 연애할 때부터 지금까지 한 번도 싸워 본 적이 없대."

"그 오지라퍼 놈이 특이한 거야. 임정규 말고 그런 커플 또 본 적 있어?"

그러자 하준도 애매한 표정으로 입을 다물었다. 정규와 그 부인 같은 잉꼬부부는 세상에 흔치 않기에 보기 좋다고 칭찬받는 것이다. 임정규 놈은 사람들 모두가 저 같은 줄 알고 자꾸만 결혼을 하라, 정착을 하라며 잔소리를 하는데 세상 물정 모르는 놈의 헛소리다.

"그만 가자. 옷 입어. 바래다줄게."

"응."

하준이 벗어 놓았던 옷을 입는 동안 바지만 조금 내렸을 뿐이던 무겸은 뒷좌석에서 내려서 운전석으로 옮겨 왔다. 얼마 지나지 않아 조수석 문이 열리고 하준이 빈 의자 위에 걸터앉아 안전벨트를 맸다. 찰칵, 소리를 내며 잠금을 채우는 흰 손등과 손목에 무겸의 시선이 고정됐다.

울렁거려 토할 정도로 놀랐으면서 저부터 끌고 나가던 뒷모습, 손자국이 생길 정도로 강하게 제 손목을 틀어쥐었던 악력. 의외로 거짓말에 능한 이하준 코치의 그 고백만큼은 거짓말이 아니라는 점을 잘 알겠다.

"김무겸?"

"그래."

가자고 해 놓고 출발하지 않고 멍하니 있자 하준이 의아한 듯 무겸을 불렀다. 무겸은 바로 시동을 걸었다. 차가 달리는 동안 하준은 언제나처럼 반듯하게 앉아 있었다. 좁은 차 안에서 무겸이 세 번 사정하는 동안 쉴 틈 없이 처박혔으니 피곤할 만도 한데.

아파트 단지 앞에 도착하자 하준은 곧바로 차 문을 열고, 내리기 전에 다시 한번 훈련 지침이라도 알리는 양 진지하게 일렀다.

"김무겸. 또 필요하면 말해. 내일도 괜찮아."

"…이틀 연속은 힘들다며."

"이제 익숙해져서 괜찮을 것 같아."

그러더니 멋쩍게 웃으며 말을 덧붙인다.

"너 런던 돌아가면 이제 하고 싶어도 못 할 텐데 뭘."

바래다줘서 고맙다. 그렇게 인사를 남기고 하준은 차에서 훌쩍 내려섰다. 열린 차창 밖에서 손을 흔드는 모습을 보고 있으려니 어쩐지 다시 기분이 묘하게 찝찝해진다.

좋다며 엥기는 놈을 앞에 두고 왜 도리어 밀려나는 기분이 드는 것일까?

완전히 같지는 않지만 비슷한 기분이라면 어릴 때 한 번 느껴 본 적이 있었다. 박준성 감독 외에도 무겸을 계도해 보려 한 사람이 없지는 않았다. 그중 어렴풋하게나마 기억에 남는 것은 초등학교 6학년 때의 담임으로, 무겸에게 꽤 관심을 보이며 방과 후의 일정을 묻거나 다른 아이들 몰래 간식 따위를 주기도 했다.

하지만 그때의 무겸은 모든 것이 거슬리기만 했고, 한번은 그가 준 간식을 보란 듯이 바닥에 버리고 발로 밟아 뭉개 버렸다. 꽤 나이 젊은 축에 들던 그 교사는 그 장면에 제법 충격을 받았는지 이후로 무겸에게 더 이상 사담을 걸지 않았다. 그렇다고 해서 무겸을 무시하거나 못 본 체하는 것도 아니었으며 자상한 교사로서 행동했는데, 그때 무겸은 그가 자신에게서 거리를 두려 한다는 것을 알 수 있었다.

심호흡을 한번 했다. 처음 하준을 집까지 바래다줬을 때는 라일락 향이 퍼지던 아파트 단지에서 이제는 나뭇잎과 풀에서 풍기는 풋내만이 희미하게 밀려들었다.

"들어가."

차에서 내리고도 들어갈 생각을 않는 하준에게 일렀으나 그는 어서 가라는 듯 손짓만 할 뿐, 몸을 돌리지 않았다. 그를 잠시 가만히 보다가 무겸은 차를 돌렸다.

매번 그렇지만 하준을 바래다줄 때면 두 사람이 가는 길이라 그런지 거리가 짧게 느껴지는데 돌아올 때는 멀게 느껴졌다. 엘리베이터에 올라 집에 들어오자 역시나 임시 숙소에 온 듯한 썰렁함이 무겸을 반겼다. 몸을 씻고 물을 한 잔 마셨다. 가운으로 갈아입은 다음 소파에 앉았다.

'너 런던 돌아가면 이제 하고 싶어도 못 할 텐데 뭘.'

하준이 흘리고 간 말이 뇌리를 떠돌았다. 그 말을 듣고 보니 이제 돌아갈 날까지 얼마 남지 않았다. 기껏해야 넉 달 남짓.

한 시즌 동안 머무를 예정으로 옷 몇 벌과 차 몇 대를 제외한 대부분의 것을 런던에 남겨 두고 왔다. 매니저에게 준비를 맡겨 한 번 보지도 않고 구한 이 빌라와 달리 런던의 집은 직접 꼼꼼하게 둘러보고 고른 저택이었다.

그린포드의 경기장과도 그리 멀지 않은, 런던 북서쪽에 있는 무겸의 집은 한국식 측정 단위로 따지면 300평 정도 되었으며 정원까지 합치면 훨씬 컸다. 다소 고풍스러워 보이는 겉모습과 달리 내부는 모던하게 꾸며져 있었다. 넓은 외부 정원에는 다양한 나무들이 있어 작게나마 산책림을 이루었고 정원 전체에 잘 손질된 잔디가 깔려 있어 언제든 그 위에서 공을 차거나 뒹굴어도 무방했다.

집 안에는 운동 시설과 수영장, 대형 자쿠지, 극장이 부럽지 않은 영상 시설 등 온갖 편의 시설을 다 집어넣어 놓았다. 원래는 그저 호화롭고 넓기만 하던 구식 저택을 직접 여기저기 손봐서 지금의 모습으로 만든 것이었기에 무겸은 영국의 제집에 꽤 애착을 가지고 있었다.

그러나 돌아가면 더 이상 하준을 데리고 퇴근하는 일은 없을 것이다.

그와 침실에서 뒹구는 일도 불가능해진다.

그뿐만이 아니다. 그곳에는 이하준이 없다. 아침이 되어 훈련장에 가도 없을 것이고 코치진 중에 그의 모습이 섞이는 일도 없을 것이다.

제 다리나 허리나 어깨를 그 흰 손이 만지거나 눌러 보는 일도, 그럴 때면 눈을 살포시 내려 깔고 몸을 살피는 진지한 얼굴을 보며 혼자 속으로 웃음 짓는 사소한 즐거움도 완전히 끝이다.

"…별론데."

시즌이 끝나면 관계도 끝난다는 것을 알고 있었는데 그가 없는 장면을 구체적으로 상상하자 절로 미간이 찡그려진다.

없다.

이하준이 없다.

그가 없이 굴러갈 런던에서의 생활을 상상하자 위화감이 바늘처럼 몸을 쿡쿡 찌른다. 짜 맞춤이 잘못된 채 완성된 척을 하는 퍼즐 같다. 이곳에 오기 전에는 그것이 김무겸의 일상이었는데 왜.

고정된 섹스 파트너와 관계를 맺다가 끊는다는 게 원래 이런 건가? 습관처럼 몸에 익어 갑자기 사라진다고 하면 어색한 종류의 일인가? 곤란하다. 습관처럼 이어지던 일을 강제로 제한당하는 것만큼 운동선수의 컨디션에 크게 영향을 끼치는 일도 적다.

"……."

갑자기 가슴이 쿵쿵 빠르게 뛰기 시작했다. 무겸은 소파에서 벌떡 일어나 초조한 사람처럼 제자리를 맴돌다가 냉장고 앞으로 걸어가 물을 한 잔 더 마셨다. 언젠가 그랬던 것처럼 탕, 소리가 나도록 컵을 테이블 위에 내려놓고 허공을 노려보았다.

사람은 원하는 것을 자신의 말에 투영하는 법. 조금 전 하준에게 궁금

한 것을 물어보라고 했던 무겸은 사실, 저 역시 하준에게 몇 가지를 물어
보고 싶었다.

언제부터 저를 좋아했는지, 이유라도 있었는지, 부상은 어쩌다 생겼
으며 어느 정도인지, 재활 가능성이나 예상 기간에 대한 정밀 검진은 제
대로 받아 봤는지, 만에 하나 아직 늦지 않았다면 지금이라도 재활 훈련
을 해 보고 싶지는 않은지……. 관련 지식이 풍부할 테니 물어보나 마나
일 것 같았지만 정규의 말에 따르면 부상 직후 심리적 압박 때문에 곧바
로 커리어를 포기한 면도 있어 보였다. 그렇다면 혹시 모르는 일이다.

이 모든 것이 섹스 파트너에게 품기에는 과한 호기심이라는 것 정도
는 안다. 그래서 끝끝내 물어볼 생각까지는 없었지만 저 자신의 컨디션
과도 이어지는 문제라면 이야기가 달라진다. 무겸은 곤란한 상황을 타
개할 답을 금세 찾아냈다.

"같이 가면 되지."

이 팀만이 이하준의 유일한 선택지일 이유는 전혀 없다. 다른 부분은
모르겠지만 스포츠 기술적인 측면에서라면 여러 면에서 런던이 이곳보
다 월등하다. 거듭 생각해도 너무나 훌륭한 아이디어였다. 내일 당장 물
어봐야겠다. 시즌이 끝나고 함께 런던으로 갈 생각은 없냐고. 일종의 스
카우트다.

한국에서 코치 일을 하는 것보다 커리어 측면에서나 조건에서나 훨씬
나을 테니 누이 좋고 매부 좋은 결과다. 분명 좋아할 것이다. 워낙 가족
을 끔찍이 여기는 놈이니 망설이기는 하겠지만 아직 넉 달이나 남았다.
그사이에 방법을 찾을 수 있으리라.

"좋았어."

흡족한 정답을 찾은 기쁨에 무겸은 주먹을 불끈 쥐고, 마치 연습 끝에

경기에서 처음으로 오버헤드 킥 골에 성공했던 어릴 적처럼 속으로 예
스를 외쳤다.

휜 손이 손목을 덥석 잡는다.

체구는 저보다 작은데 저를 잡아 온 손의 주인은 생각보다 힘이 세서
무겸은 그만 그 뒷모습만 바라보며 얼떨결에 끌려가고 만다.

무겸은 한밤중에 눈을 떴다. 자다 깨어 멍한 눈앞에 어슴푸레한 밤만
이 잡힌다. 무겸은 몇 번 느리게 눈을 깜박이다가 손을 들어 올려 자신의
손목을 보았다. 꿈이라도 꿨는지 손목을 잡힌 감각이 아직도 생생했다.

손의 주인은 누구였을까. 꿈속에 나온 사람이 최근에 저를 끌고 갔던
이하준이었는지, 오래전에 만났던 다른 이인지는 이미 희미해져 기억
이 나지 않았다.

하준의 질문 때문에 오랜만에 옛날 생각이 난 것일까. 어수선한 꿈 자
락을 흩어 치우며 무겸은 다시 눈을 감았다. 그러나 한번 시작된 반추는
쉽게 멎지 않고 무겸의 머릿속에 거듭된다. 무겸은 일부러 생각을 멈추
기를 포기하고, 그냥 기억이 흘러가게 내버려 두었다.

이런 날 가장 먼저 떠오르는 것은 돼지우리.

악마와 엄마가 죽고 나서 짐짝처럼 보내진 보육원을 무겸은 그렇게
불렀다. 작고 초라한 돼지우리의 왕은 밖에서는 인격자 행세를 하며 후
원자들을 만나고 관련 부처 공무원들에게 때마다 접대를 하며 지원금
을 타 내면서도 자신이 돌보아야 할 원생들에게는 박하다 못해 잔인한
인간이었다. 어릴 때부터 또래보다 빨리 자라 키도 체격도 힘도 남달랐

던 데다 성격마저 반항적이고 고분고분하지 않은 무겸에게는 특히 더 했다.

힘들었냐고 묻는다면 그보다는 지겨웠다고 답할 것이다. 그 시절 무겸은 울지도 않고 침울해지지도 않았으며 저를 괴롭히는 돼지우리의 왕에게 굴하지도 않았다. 그리고 무겸의 그런 점이 그를 더 발광하게 만들었다.

"형."

꽥꽥 소리를 지르며 날뛰는 원장에게 그날도 몇 대인가를 얻어맞은 뒤의 취침 시간, 얇아 빠진 이불 위에 누워 있는데 옆에 누워 있던 네댓 살 어린아이가 조용히 무겸을 귓속말로 불렀다. 아이가 당연히 자는 줄 알고 있던 무겸은 고개를 힐끗 돌리며 물었다.

"왜?"

"원장님은 왜 그렇게 형을 미워해?"

무겸은 완전히 아이 쪽으로 돌아누워 씩 웃었다.

"미워하는 게 아니라 무서워하는 거야. 나는 악마 새끼거든."

"형이 왜 악마 새끼야?"

"악마가 낳았으니 악마 새끼지."

"하나도 악마 안 같아. 원장님이 더 악마 같아."

"원장은 악마 아니야. 악마는 저런 것보다 훨씬 무서워. 원장은 그냥 돼지야. 꿀꿀 돼지."

"돼지? 원장님이 그렇게 뚱뚱한가?"

아이는 우습다는 듯 낄낄거렸다.

뚱뚱해서 돼지라 한 것이 아니라 돼지우리의 왕이라 돼지라 한 것이지만 그런 설명을 해 봤자 알아듣기나 할까. 무겸은 그저 입술만 움직여 웃고 말았다.

　돼지는 마치 무겸이 항복할 때까지 해보겠다는 듯 매일같이 날뛰었으나 무겸은 그런 그가 그저 하찮았다. 두들겨 맞으면서도 때때로 비식비식 웃었고 원장의 속을 다 안다는 듯이 지껄여 신경 줄을 긁어 대 안 맞을 매도 더 맞았다.

　끼니를 거르거나 매를 맞아도, 깜깜하고 좁은 반성실에 갇혀도 무겸은 그가 무섭지 않았다. 폭력도 어둠도 아무것도 무섭지 않았다. 무겸은 이미 악마가 어떤 존재인지 알고 있었고 원장은 뒈져 버린 악마에 비하면 꿀꿀대며 설치는 저급한 짐승에 불과했으니 말이다.

　저를 무서워하고 고개 조아리기를 바라며 속마음과 밑바닥을 다 드러내고 날뛰는 인간을 어떻게 무서워할 수 있을까? 적어도 무겸이 아는 한 두려움이란 그런 식으로 만들어지는 것이 아니었다. 두려움이란 저를 위협하는 상대의 생각, 그 속과 깊이를 예측할 수 없을 때 비로소 생겨난다. 악마의 옆에서도 살아남은 어린 무겸의 생각에 자신은 돼지 새끼를 겁내 움츠러들기에는 너무 강하고 특별한 존재였다.

　한번은 뺨을 여러 대 맞은 적이 있다. 교활한 돼지는 어지간해서는 얼굴이나 팔다리 같은 눈에 띄는 곳은 때리지 않았으나 그때는 방학이었기 때문이다. 원장은 다른 아이들더러 둘러서서 얻어맞는 무겸을 지켜보게 했는데, 어느 순간 한 여자아이가 훌쩍대더니 나중에는 소리를 내 울기 시작했다.

　"…야!"

　무겸은 재차 저를 때리려고 날아오던 원장의 손을 몇 번씩 피해 가며 그 아이의 이름을 불렀다. 지금 와서 이름까지 기억나지는 않는다. 고개를 들어 저를 볼 때까지 두세 번, 그렇게 불렀던 것 같다.

피할 수 있지만 맞아 주고 있음을 과시하는 듯한 몸짓에 원장의 얼굴은 한층 더 붉으락푸르락해졌고 울던 아이는 고개를 들어 무겸을 보았다. 양 뺨이 시뻘게진 채로 무겸은 그 아이에게 웃으며 윙크를 해 주었다. 제법 우스운 얼굴이었을 것이다.

아이가 눈을 끔벅이며 울음을 그치고, 돼지가 더더욱 미쳐 날뛰어 저러다 제풀에 뒈지는 것 아닌가 속으로 비웃었던 그 하루가 보육원 시절의 나날 중 가장 기억에 남았다.

어쨌든 그 시절, 무겸은 사는 것이 힘들고 고되다기보다는 모든 것이 지긋지긋했다. 강제로나마 지옥에서 벗어났건만 그다음에 떨어진 곳이 그보다 나을 것도 없는 돼지우리라는 점이 어렸던 무겸을 열 받게 했다.

많은 걸 바라지 않았다. 악마 소굴이나 돼지우리가 아니라 사람들이 사는 곳에 속하고 싶었다. 어디로 가야 할지는 몰랐지만 어쨌든 이 시궁창을 벗어나 더 나은 곳으로 가고 싶었다.

어린 무겸이 정상적인 절차로 보육원을 벗어나기 위해서는 누군가의 양자로 입양이 되는 수밖에 없었는데 또래보다 덩치와 키가 크고 인상까지 사나운 무겸을 데려가려는 사람은 없었다. 부모란 존재가 지긋지긋했던 무겸 역시 또다시 누군가의 아이가 되어 살아가고 싶지 않았다.

좁고 깜깜한 반성실에 갇히면 환기를 위해 작게 뚫어 놓은, 창 같지도 않은 창만을 뚫어져라 노려보았다. 어디에나 숨통 트일 구멍은 있는 법이니 여기서 빠져나갈 방법이라고 없지는 않을 것이었다.

'여기를 탈출해서 혼자 살아가려면 돈이 필요해.'

돼지우리에서의 그리 길지 않은 시간을 거쳐 결론을 내린 무겸은 준비에 들어갔다. 결정을 했으니 남은 것은 행동뿐.

얼마 지나지 않아 무겸은 좀도둑질과 소매치기를 시작했다. 기술 하나 없이 빠른 발만 믿고 시작한 도둑질은 성공할 때도 있었지만 실패할 때가 더 많았다.

그럴 때면 파출소에 잡혀갔고, 원장은 시궁쥐가 둔갑한 성자 같은 얼굴을 하고 무겸을 데리러 왔다. 경찰에게 굽신댄 뒤 보육원으로 돌아온 다음 일은 굳이 되돌아볼 필요도 없다.

그래도 멈추지 않았다. 누군가에게 구해 달라 하소연을 하지도 않았다. 다른 아이들보다 빨리 자란 구석이 있다지만 어차피 초등학교에 다니는 어린아이일 뿐이었다. 언젠가는 성공할 수 있으리라는 비현실적인 확신으로 가득 차 있었으나 돈에 대한 개념은 없었다. 백만 원만 있으면 그곳을 도망쳐 나와 혼자 살 수 있을 것이라 굳게 믿을 정도였다.

하지만 막상 돈을 훔치는 데 성공하고 나면 보육원에 온 지 얼마 되지 않아 아이스크림이 먹고 싶다고 훌쩍대던 옆 이부자리의 동생이 생각났고, 며칠 전 벌을 받느라 저녁을 굶고 있을 때 몰래 딸기잼 바른 식빵을 나눠 주고 갔던 옆방 아이도 생각났다. 그래서 무겸이 몰래몰래 목표치의 돈을 모으는 데 걸리는 시간은 더뎌질 수밖에 없었다.

"어, 형이 그쪽으로 가 있으라고 했어. 그래."

지치지도 않고 또 어디 건수가 없나 찾으며 어슬렁대던 어느 날, 통화 중인 한 남자의 모습이 무겸의 눈에 들어왔다.

몸에 맞지 않는 헐렁한 프린트 셔츠를 입은 남자는 담배를 피우며 뭔가 얘기를 나누는 중이었는데 그의 옆에는 꽤 큼직한 여행 가방이 놓여 있었다.

좀도둑질을 좀 해 봤다고 감이 붙었던 것일까? 어렸던 무겸은 그 가방에서 돈 냄새를 맡았고 잠깐 눈치를 보다가 잽싸게 가방을 낚아챘다.

어릴 때부터 충동 앞에 망설이거나 주춤대는 성격이 아니었다. 선택을 망설이고 고민할 만한 여유가 없었으니까.

"뭐야? 어?"

등 뒤에서 곧바로 남자의 당황한 목소리가 들렸고, 무겸은 뒤도 돌아보지 않고 달렸다.

도망치는 데는 자신 있었다. 보육원에서도 학교에서도 무겸만큼 달리기가 빠른 아이는 한 사람도 없었다. 소매치기에 실패할 때도 무겸은 몰래 훔치는 데 실패하거나 물건을 빼내는 과정에서 덜미를 잡혀 파출소에 끌려갔지, 일단 도망치는 데 성공하면 아무에게도 따라잡힌 적 없었다.

"이 개새끼야! 거기 안 서?!"

그러나 이번에는 상대도 만만치 않았다. 배가 불뚝 나온 남자는 생각보다 발이 빨랐고, 무엇보다 혼자가 아니었던 것이다.

남자 여럿이 무겸을 뒤따라 달려오고 있었다. 이제까지의 어른들과는 달리 그들은 끝까지 무겸을 쫓아올 기세였다.

가방이 생각보다 무거운 것도 문제였다. 온 힘을 다해 뛰어도 원래 속도가 나오지 않았다. 척 봐도 평범한 직장인은 아닌 험상궂은 남자들이 뒤에 따라붙자 아무리 겁 없는 무겸이라도 그때는 머릿속에 한마디밖에 떠오르지 않았다.

좆 됐다.

이번에는 파출소에 끌려가는 정도로는 끝나지 않는다. 잡히면 죽는다. 경고음이 윙윙 사이렌처럼 귓전을 울렸다.

아마 그때가 무겸이 평생을 통틀어 가장 전력을 다해 달렸던 순간일 것이다. 이쪽 진영에서 저쪽 골대 앞까지 시속 38킬로미터로 주파해 화제가 되었던 작년 챔피언스 리그 결승전에서도 그때만큼 절실하게 달리지는 못했으리라.

헉헉대며 잘 알지도 못하는 동네까지 흘러와 끼긱, 발을 브레이크 걸 듯 멈추고 대로에서 꺾이는 주택가 골목길로 접어들었다. 남자들은 계속 큰길가 차도변에서 저를 쫓아오고 있었고, 일단 그들의 시야에서 벗어나는 게 우선이었다. 살짝 오르막 진 길을 한창 미친 듯이 달려가던 때였다.

"캬앙!"

급한 발소리에 놀랐는지 숨어 있던 고양이 한 마리가 비명 같은 울음소리와 함께 길을 가로질렀다. 놀란 무겸은 급제동을 걸었고, 전력으로 달리던 중 갑작스레 속도를 줄인 몸은 크게 넘어져 버렸다.

무겸은 식은땀을 흘리며 벌떡 일어섰다. 1초라도 도망갈 시간이 지체되어서는 안 된다. 그러나 막상 다시 달리려고 하자 다리에 힘이 들어가지 않았다. 내려다보니 처참하게 갈린 무릎 아래 배어 나온 피가 정강이를 타고 흐르고 있었다. 그제야 깨진 무릎이 뼈까지 쑤시듯 아파 왔다.

씨발, 이러면 아까처럼 못 뛰는데.

속으로 절망하는 와중에도 가방은 꼭 쥔 채 사색이 되어 절뚝대고 있던 그때, 바로 옆에 있던 2층 양옥 주택 대문이 끽 열리더니 한 아이가 튀어나왔다. 학원에 가는지 손에 보조 가방을 들고 있었다. 아이와 무겸의 눈이 마주쳤다.

"이 새끼 어딨어?! 빨리 찾아!"

때마침 뒤쪽에서 분노에 가득 찬 걸걸한 목소리가 들려오기 시작했다. 질겁한 무겸이 어떻게든 다리를 끌기 위해 애쓰는데, 눈을 왕사탕처럼 동그랗게 뜬 아이가 상황 파악을 하려는 듯 얼떨떨한 표정으로 두리번거렸다.

그때였다. 갑자기 무겸의 손목이 덥석 붙잡힌 것은.

무겸이 얼굴을 찌푸리고 손의 주인을 노려보았다. 그새 가까이 다가온 얼굴 하얀 소년이 뭐가 뭔지 모르겠다는 얼굴로 저를 마주 보고 있었다.

놓으라고 소리치려 했지만 목소리가 그들에게 들릴까 봐 얼른 입을 다물었다. 표정만 구기고 제 손목을 잡은 손을 뿌리치려 드는데 저보다 작은 아이는 의외로 꽤 힘이 셌다.

"빨리 와!"

급하게 속삭인 아이가 무겸의 손목을 홱 잡아당겼다. 무겸은 얼떨결에 절뚝대며 아이의 등을 따라가 아직 열려 있는 대문 안으로 들어섰다.

아이의 손이 소리가 나지 않도록 조심스레 대문을 닫아걸자마자 집 앞으로 우르르 몇 명인가의 사람이 달려가는 발소리와 분노에 찬 목소리가 들려왔다.

"어디 갔어, 이 새끼!"

"아까 분명히 이쪽으로 갔는데."

"차 뒤 같은 곳도 살펴! 어디 숨었을지도 몰라."

남자들의 노성이 바로 옆에서 쩌렁쩌렁 울리는 동안 소년은 발소리를 죽이며 무겸의 손목을 계속 끌어당겼고 둘은 살금살금 기듯이 걸어 안쪽 담벼락 아래에 찰싹 붙어 섰다.

한참을 미친 듯이 달린 데다 밖에서 들려오는 남자들의 목소리 때문에 가슴은 물론 머리까지 터질 듯이 뛰었다. 숨소리도 크게 내면 안 될 것 같아 입을 다물고 식식대는데 소년이 이제야 손목을 놓아주고 담벼락에 등을 기댄 채 주르르 미끄러져 쪼그려 앉았다. 다리에 힘이 풀린 모양이었다.

"아니, 땅으로 꺼지기라도 했어? 대체 어딜 간 거야?"

"찾아! 못 찾으면 우리 다 뒈진 목숨이야."

담 하나를 사이에 두고 라이브 중계되는 흉흉한 대화에 점점 식은땀만 나는데, 우왕좌왕하던 발소리와 목소리도 조금씩 멀어져 가고 결국은 아예 들리지 않게 되며 호흡도 천천히 가라앉아 갔다.

땀에 젖은 이마를 시원한 바람이 쓸었다. 그제야 무겸은 입을 열고 하, 큰 숨을 뱉으며 주변을 둘러보았다.

마당이 넓은 양옥집은 꼭 텔레비전이나 동화책에 나오는 집처럼 예쁘게 정돈되어 있었다. 녹색 잔디가 깔린 바닥, 현관으로 이어지는 계단 근처를 장식한 덩굴장미, 여기저기 소담하게 모여 피어 있는 이름 모를 작은 꽃들.

그리고 담벼락 쪽에는 크고 작은 나무들이 둘러서 있었는데 저와 소년이 기댄 담 위로는 키 큰 라일락 나무가 몇 그루씩 일어나 연보라색의 커다란 그늘을 만들고 있었다.

딱 죽었다 싶어 가슴만 뛸 때는 코에 들어오지 않던 꽃향기가 뒤늦게 무겸을 감쌌다. 눈앞이 어지러워질 정도로 짙은 라일락 향이 폐부 깊은 곳까지 스며 불안에 미쳐 가던 가슴을 부드러운 손길처럼 달랬다.

"그거 뭐야?"

소년도 이제야 목이 트였는지 작은 목소리로 가방을 가리키며 물었다. 잠시 혼미한 향기에 마음을 빼앗겼던 무겸이 문득 현실로 돌아와 미간을 찌푸리고 가방을 내려다보았다.

"나도 몰라."

이 개고생을 했는데 들어 있는 게 돈이 아니면 어떡하지?

무겸은 그렇게 생각하며 잠시 입맛을 다시다가 지퍼를 열었다. 지퍼를 다 열기도 전에 무겸의 입에서 욕지거리가 튀어나왔다.

"이런 씨발……."

정말로 가방 안에 들어 있는 것은 돈이 아니었다. 열자마자 웬 신문지만 잔뜩 보였다. 마구 헤쳐 봤더니 그 아래에는 웬 개별 비닐에 싸인 하얀 가루 같은 것만 가득 차 있었다.

이래서 그렇게 무거웠구나. 화딱지가 나 그 자리에서 가방을 내던져 버리고 싶었지만 그럴 힘도 없어서 손잡이만 때렸다.

"씨팔, 뺑이만 쳤네."

"이게 뭐야?"

"몰라 나도!"

바락 소리를 지르자 소년은 입을 다물었다. 겁을 먹은 기색이었다.

가방은 그냥 대충 어디 버리고 가야겠다. 남자들이 쫓아온 걸 보면 뭔가 쓸 만한 물건일지도 몰랐지만, 어쨌든 뭔지도 모를 물건을 그렇게 목숨 걸고 쫓겨 가며 지킬 필요는 없다. 무겸에게 필요한 것은 돈이었으니까. 다시 가방을 들고 일어서는데 소년이 급하게 무겸을 불렀다.

"기다려 봐. 너 무릎 까졌잖아. 약 바르고 가."

"됐어."

"엄마한테 말해서 약 발라 달라고 할게. 잠깐만."

그 상냥한 말에 무겸의 가슴속에는 불쑥 화부터 솟구쳤다.

그림 같은 집, 향기로운 라일락 그늘, 약을 발라 주는 엄마, 단정한 가방을 들고 길을 나서던 얼굴 하얀 소년.

누구는 무릎을 깨 먹고 피 철철 흘리며 돌아가도 어디서 또 개같은 짓거리를 하다가 이렇게 됐냐며 처맞고 보나 마나 저녁도 굶을 텐데.

남의 처지와 저를 비교한 적이 없었는데 정말로 죽을 뻔한 다음이어서인지 기절할 정도로 달리고 난 다음이라 지쳐서인지 그날따라 억울한 마음이 울컥, 구역질처럼 올라왔다. 소년이 아니었으면 남자들한테 붙잡혀 어떻게 됐을지 모른다는 걸 머리로는 알면서도 무겸은 그만 날 선 소리를 뱉었다.

"됐다잖아, 개새끼야. 약 발라 주는 엄마 있어서 좋겠네."

도와주고도 적반하장으로 욕만 먹은 소년은 희다 못해 창백해진 얼굴로 눈만 깜박였다. 그런 소년을 내버려 두고 무겸은 가방을 든 채로 끽, 대문을 열고 나왔다.

"아이참. 그러지 말고."

그러나 보기보다 굴하지 않는 성격인지 소년은 욕을 먹고도 문밖까지 따라나서며 무겸을 만류했다. 아이의 목소리가 들렸지만 무겸은 뒤돌아보지 않았다. 본격적으로 멍이 번지기 시작한 무릎이 아파 절뚝거리면서도 아이를 무시하고 걸었다.

"야, 기다려 보라니까."

등 뒤에서 소년의 목소리가 몇 번 더 들렸지만 무겸은 끝까지 앞만 보고 걸었다. 어느 순간부터 저를 부르는 목소리도 사라졌다.

한참을 걸어 나와 가방을 어떻게 할지 고민하다가 경찰서 앞에 두고 튀었다. 주인 잃은 물건이니 알아서 찾아 주겠지 싶었다. 지금 생각하면 본의 아니게 정의를 수호한 셈이 되었다.

보육원에 돌아와서는 역시나 어디서 또 개같은 짓거리를 하다가 무릎을 깨 먹었냐며 두들겨 맞고, 밥도 얻어먹지 못하고 반성실에 갇혔다. 잔소리 한마디도 어긋나는 것 없이 예측대로 일이 돌아가자 오히려 재미있어 무겸은 피식피식 웃었다. 욱신욱신 쑤시는 무릎을 내려다보며, 그냥 아까 약을 바르고 올걸 그랬다고 짧은 후회도 했다.

살짝 열이 오른 채로 어둡고 좁고 퀴퀴한 냄새가 나는 반성실에서 밤을 보내던 그날, 무겸은 환기창을 노려보는 대신 눈을 감고 라일락 그늘에서 맡았던 꽃향기를 떠올렸다.

버려진 강아지를 엄마와 함께 몰래 돌본 적이 있다. 너무 귀여워서 집에 데려오고 싶었지만 그랬다간 악마가 가만히 있지 않을 테니까. 조심했지만 결국은 의심 많은 악마한테 들켜서 그 강아지는 죽게 될 뻔했고, 무겸은 그날 뒤로 작은 동물 근처에 가지 않게 되었다.

낮에 만난 소년의 인상은 그 하얀 강아지를 닮았다. 꽃향기를 떠올리면 소년의 얼굴도 따라와 문득문득 눈가에 스쳤다.

그렇게 돼지우리 진창에서 뒹굴며 끝나지 않을 것 같았던 삽질을 반복하기를 2년 정도. 중학교에 진학해 준성을 만나고 나서야 무겸은 그렇게도 갈구하던 '사람이 사는 곳'에 속할 수가 있었다.

그는 진흙탕 속에 묻혀 있던 무겸의 재능을 말 그대로 사금이라도 추출하듯 발굴해 냈고, 축구 선수로서의 길을 열어 줌으로써 시궁창에서 끌어내 주었다. 준성의 은혜는 거기서 끝나지 않았다. 무겸의 생활에 대해 알게 된 그는 분노에 차 보육원의 실태를 고발하는 데 힘을 쏟았고, 보육원은 수사망에 걸려 문을 닫았다.

열심히 사람들에게 아부를 해 대던 돼지왕은 막상 조사에 들어가자 제가 그렇게 목매던 인간들에게 헌신짝처럼 버려졌다. 남의 잘못까지 덤터기를 쓰고 횡령과 아동 학대부터 시작해 다양한 죄목에 줄줄이 엮여 징역형을 선고받았다. 그러더니 무엇이 그리 억울했는지 형을 살던 중 울화에 차 병을 얻어 지금은 세상을 뜬 지 오래다.

원생들은 뿔뿔이 흩어져 각자 다른 시설로 이동하게 되었다. 무겸도 새 보육원을 지정받아 단출한 짐을 싸 두고 이사할 날을 기다리던 때쯤, 준성은 혼자 다른 생각을 하고 있었다.

"무겸아. 내 아들 할래?"

밥을 먹으러 가자고 해서 따라갔던 감자탕집에서 준성이 웃으며 그렇게 물어 왔다.

그때쯤 무겸은 준성의 집에 수시로 드나든 지도 꽤 되어 그의 부인을 사모라 부르며 따랐고, 아들 형민에게는 형이라 불리며 진짜 형제라도 된 듯 지내고 있었다.

예상하지 못한 제안에 처음에는 놀라 눈을 끔벅이던 무겸은 곧 웃으며 대답했다.

"갑자기 왜 그러냐, 닭살 돋게. 싫어."

"아들 하면 좋잖아. 축구 할 때는 감독님 하고, 집에 오면 아버지 하고. 박무겸. 어때? 김무겸보다 좀 덜 멋진가?"

"아저씨. 나는 혼자가 편한 것 같아. 가족은 이제 더 필요 없어. 그냥 지금처럼 축구 할 때는 감독님, 집에 와서는 아저씨랑 김무겸으로 지내자. 엄마 대신 사모 있고, 형민이가 동생도 해 주니까 이 정도면 난 됐어."

그는 쓸쓸하게 웃기만 할 뿐 더 이상 강권하지는 않았다.

앞 접시에 커다란 뼈다귀를 하나 덜어 와 살점을 열심히 발라 먹고 있는데 준성이 갑자기 물었다.

"김무겸, 알지?"

"뭘?"

"너는 진짜 크게 될 거야."

"아. 알지."

넉살 좋게 웃으며 답하자 준성은 피식 웃으며 빈 소주잔을 하나 더 요청해 무겸에게 술을 한 잔 따라 주었다. 열다섯이 된 지 얼마 되지 않았을 무렵이었다. 사실 준성 몰래 이미 정규와 둘이서 술을 마셔 본 무겸이었지만 그때는 왠지 조금 어른이 된 기분이 들었다.

그러나 무겸은 끝내 새 보육원으로 거처를 옮기지는 않았다. 준성이 제집 근처에 작은 방을 한 칸 마련해 그곳에서 무겸이 지낼 수 있도록 해 줬기 때문이다. 학교에서는 훈련을 하고, 끝나면 준성의 집으로 하교해 저녁을 먹고, 형민과 게임을 하거나 숙제를 하며 놀다가 그 방으로 돌아와 혼자서 잠을 잤다.

벽에 붙여 놓은 여러 레전드 선수들의 포스터를 보며 무겸은 매일 밤 다짐했다.

꼭 성공해야지.

엄청나게 돈을 많이 버는 스타 선수, 한국 최초로 유럽 리그 에이스가 되는 그런 선수가 돼서 아저씨, 사모, 형민이까지 평생 호의호식시켜 줄 거야.

이런 건 괜찮아. 이건 은혜를 갚는 거니까. 나는 사람이고 사람이라면 은혜를 갚아야 해.

그렇게 인간으로서의 삶을 찾고 나서도 몇 년. 유망주로 언론에 언급되기 시작한 지는 이미 오래였고 국제 경기에서 두각을 드러내며 고등학교에 진학하자마자 유럽 리그행 이야기까지 나오게 되었다. 몸도 훌쩍 자라고 얼굴도 남자다워져 이제는 지긋지긋했던 시절의 땟국물은 찾으려야 찾을 수가 없었다.

목표를 향해 착착 단계를 밟아 올라가는 성취감에 흠뻑 빠져 저 잘난 맛으로 하루하루를 보내던 어느 날, 문득 그때의 소년이 다시 생각났다.

곧 한국을 떠나게 될지도 몰라 혹시 마치지 않은 일이 있나 되짚어 보던 때였다. 사람이라면 응당 은혜를 갚아야 하는데 곰곰이 생각해 보니 준성 이전에 그 소년이 저의 첫 번째 은인이었다.

그 흰 가루가 수상한 약이었다는 것, 이름 모를 소년이 숨겨 주지 않왔다면 그날 저는 오체분시 되어 수장당했을지도 모른다는 무시무시한 사실을 그때쯤에는 무겸도 충분히 짐작할 수 있었으니까.

정신없이 도망치다가 다다랐던 잘 모르는 골목길이었다. 이미 몇 년 전의 일이었으니 소년이 저를 기억할지도 자신이 없었다. 무겸 역시 희고 폭신한 강아지를 닮았던 인상 정도만 뇌리에 남았을 뿐 소년의 얼굴은 깡그리 잊은 지 오래였다. 당장 저만 해도 비루먹은 들개 새끼 같던 그때와는 완전히 다른 사람처럼 변했다.

무겸은 애써 기억을 되짚어 그때의 골목길과 집을 찾아갔다. 다행히 마침 계절이 비슷해 한참을 헤맨 끝에 담벼락 너머 높게 솟은 연보라색 라일락 그늘을 발견할 수 있었다.

기억하는 풍경에서 한 치도 변하지 않은 모습이 내심 반가워 저도 모르게 웃으며 달려가 대문 옆에 있는 초인종을 눌렀다. 그러나 대답은 없었고, 아무도 나오지 않았다.

아무도 없나?

무작정 찾아왔으니 허탕을 쳐도 별수 없는 일이었다. 내일 다시 와야 겠다 생각하며 어깨를 떨어뜨리는데 등 뒤에서 조심스러운 사람 목소리가 들렸다.

"누구세요?"

무겸이 몸을 돌렸다. 시장에 다녀온 듯 장바구니를 든 중년 여자가 의심스러운 눈초리로 무겸을 보고 있었다.

그때 아이가 말했던 엄마일까? 무겸은 얼른 어른들이 좋아할 법한 반듯한 표정을 짓고 고개를 꾸벅 깊이 숙여 인사했다.

"안녕하세요. 전웅고등학교 축구부 김무겸이라고 합니다."

"축구부? 축구부 학생이 우리 집에는 어쩐 일이야?"

여자는 축구에 전혀 관심이 없는 사람인 듯했다. 그때 무겸은 축구에 조금만 관심이 있는 사람이라면 모를 수가 없을 정도로 주목을 받고 있었다.

"예전에 제가 아드님에게 도움을 받은 적이 있어서요. 고맙다는 인사를 하고 싶어서 실례를 무릅쓰고 방문했습니다."

"아드님? 난 아들이 없는데."

여자는 금시초문이라는 듯 대답했다.

무겸은 정신이 번쩍 들었다. 이미 몇 년 전이니 소년이 이사를 갔을 수도 있는데 그 가능성은 생각지도 않았다. 저 역시 더 이상 보육원에 살고 있지 않았으면서도.

"아, 조금 오래전이라서……. 이사를 갔나 봐요. 혹시 원래 살던 사람들이 어디로 이사 갔는지 알고 계세요?"

"글쎄 모르겠네. 그런데 원래 살던 사람들도 아들은 없었고 주인집에도 학생만 한 아들은 없는데? 이 집이 주인이 여러 번 바뀌었어."

"알겠습니다. 감사합니다."

더 묻지 않고 재차 꾸벅 인사를 하는 무겸을 여자는 처음과는 달리 제법 호의적인 눈으로 흘깃대더니 대문을 열고 들어갔다.

사람 없는 골목길에 혼자 남은 무겸은 목적을 잃고 제자리에서 어정대다가 라일락 나뭇가지가 드리워져 나온 담벼락에 기대어 섰다.

작은 구름처럼 소담하게 피어오른 연보라색 꽃송이들 사이사이 새파란 봄 하늘이 비쳐 보였다. 부풀었다가 푸시시 꺼져 버린 듯, 생각보다 큰 상실감이 짙은 꽃향기와 함께 가슴속에 무럭무럭 퍼져 나갔다.

'하긴 그게 벌써 초등학생 때인데……. 이사를 가도 몇 번은 갔겠다.'

그날과 똑같이 가슴 깊이 스며 오는 꽃향기를 맡으며 한참을 서 있던 무겸은 결국 포기하고 발걸음을 뗐다.

지금이라면 또 모를까, 그때의 무겸은 그저 열 몇 살 아이였다. 직접 찾아가는 것 외의 방법으로 사람을 찾을 생각은 하지도 못했고 얼마 지나지 않아 한국을 떠나 프로 축구 선수로서의 커리어를 시작하며 다른 일에 신경 쓸 틈도 없어졌다.

10여 년의 시간이 그 위로 더 쌓이며 그때의 일은 이제 가끔 떠올리는 추억 비슷한 것으로 남았고, 딱히 꽃 따위에 관심이 없던 무겸에게 라일락은 가장 좋아하는 꽃이 되었다.

이하준 덕분에 오랜만에 생각이 났다. 제 손목을 붙잡고 바삐 앞서 걸어가던 모습이 꼭 그때의 소년과 겹쳐서. 결국은 찾지 못하고 지나쳐 버린 첫 번째 은인. 행복한 집안에서 사랑받는 도련님 같았으니 지금도 어디선가 잘 살고 있겠지.

이제는 마음만 먹으면 찾을 수도 있겠지만 그때 보았던 집의 풍경이며 꽃향기, 봄꽃 솜털처럼 하얗던 소년의 이미지는 시간이 지날수록 무겸의 머릿속에서 어쩐지 침범해서는 안 될 영원하고 완벽한 행복의 표상처럼 남아, 굳이 그를 다시 만나야겠다는 의지를 점점 희고 눈부신 햇빛의 색으로 표백되게 만들었다.

돼지우리의 너절한 풍경으로 시작된 기억이 햇빛을 받아 반짝이는 희고 예쁘장한 차돌멩이 같은 색으로 끝났다. 과거를 돌아보려고 하지 않는 무겸이었지만 어쩌다 한 번씩 이렇게 떠오를 때가 있었다. 처음에는 억지로 끊어 보려고도 하였으나 언젠가부터는 떠오르는 대로 내버려 두었다. 구질구질하게 시작한다고 해도 마지막쯤 와서는 늘 나쁘지 않은 기억으로 마무리되기 때문이다.

그도 그럴 것이 김무겸의 이야기는 악마 소굴이나 돼지우리에서 시작해 결국은 빛나는 정상에 도달하는 것으로 끝나는 영웅담이었으니까.

내일도 괜찮다고 말했던 하준은, 그러나 막상 저녁을 함께하자고 하자 난감한 표정이 되었다. 바로 거절은 못 하고 머뭇대는 모습에 무겸이 먼저 물었다.

"왜? 안 돼?"

"미안. 내가 어제는 잊고 있었는데 오늘 약속이 있었어."

아침, 훈련장에 도착하자마자 무겸은 하준부터 찾았다. 늘 그렇듯 여러 선수 사이에 둘러싸여 웃고 있는 그를 할 말이 있다며 끌어내 비어 있는 회의실로 데려왔다.

하루의 시작부터 던질 이야기는 아닌 것 같아 저녁이라도 함께 먹으면서 이야기를 해 볼까 했는데 오늘은 날이 아닌가 보다. 조금 김이 샜지만 서두를 필요는 없었다.

"무슨 약속?"

"코치님들이랑 하는 스터디 모임인데 지난번 발표 끝나고 한번 다 같이 모여서 보기로 했어. 멀리 지방에서 올라오신 분들도 계시고 해서 오늘은 꼭 가 봐야 해."

왜 하필 오늘이야. 속으로 혀를 찼지만 그렇게 중요한 날이라니 한발 물러서기로 했다. 기왕 이렇게 된 것, 시간이 하루 생겼으니 매니저에게 런던 이주에 대해 기본적인 정보를 좀 알아보라고 해야겠다. 무겸이야 축구 선수 자격으로 이주한 것이니 별달리 신경 쓸 것이 없었지만 하준의 경우는 다를 수도 있었다.

"그럼 저녁은 내일 같이 해."

"미안해. 내가 먼저 괜찮다고 했는데."

살짝 풀이 죽어 저를 보는 표정에 무겸은 피식 웃음이 났다. 뭘 이런 걸 가지고 사과를 두 번씩이나 해.

"됐어. 오늘만 날도 아닌데."

차라리 잘됐다. 아까는 마음이 급해 도착하자마자 하준을 끌고 왔지만 갑자기 거주지를 해외로 옮기자고 말하려는 것이니 저부터 생각과 정보를 정리한 다음 차근차근 설득을 하는 쪽이 맞는 방향 같았다.

하준을 위해서도 바람직한 일이라 생각해서 하려는 제안이지만 어쨌든 첫 번째 목적은 자신의 현재 생활 패턴을 유지하는 거니까. 그에 걸맞은 보상도 생각해 둬야겠다.

일단 생활비나 주거비, 재활 훈련을 받을 시의 비용 등 일체의 경제적인 부분은 모두 책임진다고 하고… 그 외에 취미 생활 등에 필요한 용돈 개념의 보조비, 그리고 한국에 남을 가족들의 생활비도 대겠다고 하면 … 그 정도면 오케이 하려나.

옷 한 벌을 받으면서도 비싸다고 투덜댔던 놈이라 확신이 들지 않았다. 보기보다 꼬장꼬장한 면이 있어서 돈을 받으려 할지 모르겠다.

'뭘 미끼로 던져야 단번에 승낙을 할까?'

회의실을 나와 다시 훈련장으로 향하는 중, 머리를 굴리느라 말 한마디 없이 걷기만 하던 무겸은 문득 생각이 미쳐 물었다.

"약속 장소가 어딘데? 바래다줄게."

"응? 아니야. 오늘은 너랑 한 약속도 아닌데 굳이 안 바래다 줘도 돼."

"가는 길에서 안 멀면 타고 가."

하준은 피식 웃으며 꼭 어린애라도 달래듯 대답했다.

"됐어. 약속 장소에 사람들 모여 있을지도 모르는데 네가 몰고 다니는 그런 차에서 내리는 거 보면 누군지 물어보고 귀찮게 군다."

"오늘 출퇴근길이라 마세라티 타고 왔는데."

"참 싼 차처럼 얘기한다 너……."

"은색."

"괜찮다니까."

원색 스포츠카만 아니면 그리 눈에 띌 것도 없지 않나? 하지만 무겸은 고집 피우지 않고 물러섰다. 어차피 오늘 이야기하기는 글렀으니 설득할 준비나 더 철저히 하는 쪽이 나을 것 같았다. 나란히 나아가던 둘은 훈련장에 들어서면서 서로 방향을 갈라 서, 하준은 코치진에 무겸은 선수진에 합류했다.

시즌 후반기 첫 경기까지 이제 일주일도 채 남지 않았다. 휴가 기분을 완전히 떨쳐 내고 폼을 끌어 올리는 데 집중할 시기였다. 전반기 성적을 만회하려는 중하위권 팀들이 승점을 1점이라도 더 획득하기 위해 필사적으로 덤벼들 시기이기도, 상위권 안에서의 순위 다툼이 점점 치열해질 시기이기도 했다.

지금은 서울에 있다지만 원래 세계적인 강팀의 에이스인 무겸이다. 한국에서의 훈련에 소홀해질 법도 한데 무겸은 정해진 사이클을 어기기는커녕 정해진 훈련량을 넘기지 않는 법이 없었다. 팀에서 가장 뛰어난 사람이 성실하게 훈련에 임하니 나머지 선수들도 자연스럽게 끌려가 최선을 다하는 선순환이 시티서울의 훈련장에서 일어나고 있었다. 하준 역시 무겸에게만은 재촉이 아니라 무리하지 말고 충분히 쉬라는 충고만 했다.

"수고하셨습니다!"

폭염의 절정은 지났다지만 조금만 움직여도 땀이 뻘뻘 흐르는 여름이다. 훈련을 마친 선수들은 땀에 젖은 유니폼을 파닥대며 너 나 할 것 없이 바쁘게 로커 룸으로 향했다.

무겸도 더위만큼은 이길 수 없었다. 로커 앞에 서자마자 훈련용 유니폼을 벗어 던지고 곧바로 샤워실로 들어가 찬물을 뒤집어썼다. 한국에서 공을 찬 지 오래되어 이 끔찍하게 습하고 더운 여름을 잊고 있었다.

"주차장까지만 걸어가도 또 샤워해야 한다니까."

"진짜 적응 안 된다."

무겸은 사우나에서 뛰는 거나 똑같다며 투덜대는 정규와 함께 주차장으로 향했고, 선수들과 간단히 인사를 나눈 뒤 빠르게 차에 올라탔다. 시동을 거는 동시에 에어컨을 풀가동하고 재빨리 핸들을 돌려 훈련장을 빠져나왔다.

'…날씨가 이렇게 더운데 바래다준달 때 그냥 얻어 타고 갈 일이지.'

역시 하준을 픽업해서 가는 게 낫지 않을까. 그렇게 생각하며 전화를 걸려던 찰나, 마침 보도에서 바삐 걸어가는 하준이 시야에 들어왔다. 약속 시간에 늦기라도 했는지 서두르는 기색이다.

저녁나절이라고 해도 요즘 같을 때는 해가 바로 지지 않아 지열이 식으려면 먼 시간이었다. 아니나 다를까 더운지 살짝 뺨을 부풀려 한숨을 쉬면서 앞머리를 잡아 쓸어 올린다.

무겸이 정지 신호에 걸린 사이 하준은 평소처럼 버스 정류장에 서는 대신 녹색 불이 들어온 횡단보도를 건너서 건너편 보도로 걸음을 옮겼다. 반대쪽 정류장에 서서는 버스 시간을 확인하는 듯 표지판을 두리번대더니 안 되겠다고 판단했는지 손을 들어 올려 택시를 잡기 시작했다.

스터디 모임이면 한두 번 가는 것도 아닐 텐데 뭘 저렇게 발까지 동동

구르면서 급하게 구는 걸까. 시간 약속 따위로 초조해하는 모습을 본 적이 없어 조금 어색하게 느껴졌다. 지금이라도 차를 돌려 태워야겠다고 마음을 먹는데 때마침 택시 한 대가 하준의 앞에 서고, 잠깐의 정차 끝에 다시 출발했다. 그 옆에 서 있던 하준의 모습은 더 이상 보이지 않았다.

"……."

검지 끝으로 핸들을 똑똑 두드리며 무겸은 잠시 고민했다. 하준은 이미 자리를 떠났고 제 차에 태울 수 없게 되었다. 그러니 이대로 집으로 향하는 게 옳다. 그렇게 생각하면서도 평소와 다르게 서두르는 하준의 모습이 잘못 튀어나온 못처럼 자꾸만 머릿속에 걸렸다.

운동선수인 만큼 때로는 논리보다 감에 의존하는 것이 낫다고 생각하는 무겸이었다. 스포츠 평론가들은 그의 모든 퍼포먼스를 하나하나 계획된 게이머로서의 동작이라 설명하지만 꼭 그렇지만은 않았다.

가끔씩 생각하지 않고도 움직일 때가 있다. 무겸의 의식보다 그의 오감이 먼저 판에서 유리한 흐름을 끌어내기 위해 무엇을 해야 하는지 깨닫고, 인식도 하기 전에 움직이는 것이다. 머리 한구석은 자신의 느낌이 틀렸으며 불합리하다고 말하고 있고, 또 다른 한구석에서는 뭔가 이상하며 어색하다고 느낀다. 무겸은 이럴 때 그냥 지나가면 그 뒤가 계속 찝찝하다는 것을 알고 있었다.

'택시까지 타고 갈 정도로 바쁘면서 왜 오늘따라 태워다 준다는 말에 극구 사양을 하는 거지?'

무겸은 느낌을 믿기로 하고 곧바로 유턴을 했다. 유턴 지역이 아니었기에 빵빵대는 항의성 클랙슨이 뒤따랐지만 무시하고 속도를 높였다.

반대쪽 차선에는 그리 차가 많지 않아 하준이 탄 택시를 금세 따라잡을 수 있었다. 차 한 대를 사이에 끼우고 마치 미행이라도 하듯, 아니, 정확히 말해 무겸은 하준을 미행했다.

한참을 달려 택시가 갓길에 멈추고 하준이 내려섰다. 운전기사에게 고개를 한 번 꾸벅 숙여 정중하게 인사하는 모습은 무겸이 아는 하준 그대로였다.

도착한 곳은 꽤 생소한 동네로 무겸은 한국에 머물던 시절에도 와 본 적이 없는 곳이었다. 술집이 즐비한 유흥가는 아직 완전히 어두워지기 전부터 네온사인을 밝히고 영업 중이었고, 이미 흥청망청 즐거워 보이는 사람들이 여름 거리를 오가고 있었다.

무겸이 아는 이하준에게는 썩 어울리지 않는 공간이다. 그는 설핏 미간을 찌푸렸지만 곧 하준의 목적을 생각해 냈다. 발표가 끝나고 코치들끼리 모이는 자리라 했으니 호프집 같은 적당한 술집에서 만나는 것이 가장 일반적이리라.

그는 곧바로 어딘가에 들어가지 않고, 그렇게 서둘러 왔으면서도 누군가를 기다리는 듯 손목시계를 들여다보며 시선을 멀리 보내고 기웃거렸다. 꼭 멀찍이서 다가오는 것을 주시하는 미어캣 같은 꼴이었다.

무겸은 적당히 거리를 두고 그런 하준을 빤히 응시했다. 마침내 그의 얼굴에 환한 웃음이 퍼지더니 누군가에게 손을 흔든다. 무겸도 자연스럽게 시선을 따라가 그가 기다리던 이의 정체를 확인했다.

무겸의 눈이 커졌다. 모르는 이들이 서 있을 것이라 생각했는데 하준이 기다리던 사람은 무겸도 알고 있는 사람이었다.

윤채훈이 큰 보폭으로 걸으며 하준에게 가까워지고 있었다.

핸들에 기대고 있던 몸을 바로 세웠다. 윤채훈이 하준의 머리를 마구 흐트러뜨렸다. 하준은 전지훈련장에서도 그랬듯 전적으로 신뢰하는 이를 대하는 눈빛으로 그를 바라보며, 웃음을 머금은 입술을 움직여 그의 말에 무어라 대답했다.

당장 차에서 뛰쳐나가 뭐 하는 짓이냐고 따질 뻔하던 무겸은, 그러나 진정했다.

코치 모임이라고 했다.

그러니 윤 씨 놈이 올 수도 있지.

둘이 하는 꼴이 격하게 눈꼴사나운 것은 사실이었으나 여기서 끼어들어 너희 뭐 하는 짓이냐고 따지기에는, 하준의 말에 따르자면 그저 같은 업계의 친한 형과 동생이 평소처럼 눈꼴사납게 구는 것일 뿐이었다. 그래서 무겸은 심호흡을 하고 저 자신을 억누르기 위해 핸들을 꽉 쥐었다.

전화가 온 듯 윤채훈이 휴대폰을 귓가에 가져갔다. 그가 통화를 하는 동안 하준은 그저 빤히 그를 바라보고 있었다. 주인이 일을 마치기를 기다리는 강아지 같은 모습에 또 한 번 속이 뒤집혔다.

짧은 통화를 마친 채훈은 하준의 어깨 위에 손을 올리고 둘은 나란히 걷기 시작했다. 처음에는 제자리에 서 있던 무겸은 여전히 거리를 벌리고 조금씩 서행을 해 둘을 따라갔다.

둘은 걷다가 방향을 꺾어 보도가에 있는 편의점에 들어갔다. 그 안의 모습까지는 보이지 않았으나 잠시 뒤 뭔가가 잔뜩 든 편의점 봉지를 든 하준과 빈손인 윤채훈이 나왔다. 저 뻔뻔한 새끼는 덩치도 더 좋으면서 왜 매번 이하준에게 짐을 들리는지 모를 일이다.

편의점을 나온 둘은 다시 나란히 걷기 시작했고 다소 좁은 골목길로 들어섰다. 더 이상 차를 끌고 갈 수가 없어 무겸은 길가에 차를 세우고 급하게 내려섰다. 저를 알아보는 사람들의 시선을 무시하고 거의 달리다시피 두 사람이 접어든 골목길로 쫓아 들어갔다.

마침 둘은 골목길에서도 벗어나 어느 건물 입구에 들어가고 있었다.

무겸은 천천히 뒤따라 그들이 사라진 건물 입구 앞에 섰다. 근처에 놓인 입간판을 보고는 눈도 깜박이지 않고 망연해졌다.

"…잘못 봤나?"

원래라면 머릿속에서만 돌았어야 할 현실을 부정하는 독백이 혼잣말이 되어 입 밖까지 튀어나왔다. 눈을 여러 번 깜박거린 후에 간판의 글씨를 확인해도 내용은 변하지 않았다. 건물 자체에 박혀 있는 상호 역시 마찬가지다.

담벼락에 걸린 현수막에는 대실과 숙박 시의 가격을 각각 알려주는 문구가 쓰여 있었고 입구에 놓인 입간판에는 조잡한 방 사진들이 전시되어 있다. 부정하려고 해도 생각이 빠져나갈 구멍이 없다. 두 사람이 나란히 들어선 곳은 몇 번을 확인해도 모텔이었다.

허. 더 이상 다른 추측이나 판단을 하려야 할 수도 없는 사태에 무겸이 실소를 터뜨렸다. 입꼬리가 비틀리며 올라갔다.

당장 오늘 아침, 저를 좋아한다 말하던 희고 정직한 얼굴로 미안하다고 두 번씩이나 사과하며 변명을 늘어놓던 이하준이 떠오른다. 무겸은 입술 끝을 올린 채로 미간을 찌푸리고 간판을 노려보았다.

스터디 모임?

그래. 그러고 보니 보기보다 거짓말도 잘했더랬지. 유부남이랑은 안 잔다고 세상에서 제일 정직해 보이는 낯짝으로 지껄이더니 이따위로 사람 뒤통수를 칠 줄이야.

사람 놀라게 하는 게 취미인 건 알았지만 이건 아니지. 미쳤어, 이하준? 나한테 차였다고 막 나가기라도 하겠다는 건가? 좋아한다고 울어댈 땐 언제고, 며칠이나 지났다고 이딴!

"…이 개새끼가."

결론을 내리자 충동이 몸을 덮치는 데는 몇 초도 필요하지 않았다. 정수리에 그대로 햇빛을 받을 때보다도 더 뜨겁게, 머릿속이 도가니처럼 순식간에 시뻘겋게 달아올랐다.

경기장에서 공을 쫓을 때와 비슷한, 그러나 그보다 훨씬 더 울렁거리고 거친 집중력이 무겸의 시야를 온통 좁혀 들었다. 오직 직진만을 하도록 눈 옆을 차단막으로 가린 경주마나 사냥감을 쫓는 개처럼 주변이 깜깜해지고 오직 자신이 향해야 할 문만이 보인다.

꺼림칙한 비밀을 감추고 싶은 양 시꺼멓게 선팅되어 있는 유리문. 저 문을 열고 쫓아 올라가 그 개새끼를 끌어내 두 번 다시 이런 짓을 못 하게 할 것이다. 조금 전에 목도한, 신뢰하는 사람을 올려다보는 순진한 눈매가 어른어른 뇌리에 맴돌며 무겸의 미간이 극렬하게 구겨졌다.

더러운 개자식. 유부남 주제에 감히 누구를 가지고 장난질을 치는 거야.

네까짓 게 감히! 감히 누구 것에 손을 대!

마침내 유리문 앞에 당도한 무겸은 이를 갈며 손을 뻗었다. 더운 중에도 싸늘한 금속제 손잡이를 콱 붙들고 앞을 바라보았다.

"……."

그러나 기세 좋게 손잡이를 붙든 무겸은 멈칫, 동작을 멈추고는 얼어붙은 듯 그대로 움직이지 못했다. 그는 거친 숨을 눌러 쉬며 그저 문에 시선을 고정하고 서 있었다. 정확히는 색이 어두운 유리문에 비친 자신의 모습, 자기 자신과 눈을 마주친 채로.

잔뜩 일그러진 얼굴, 당장이라도 누구 하나를 잡아 죽일 것처럼 흉흉하게 빛나는 눈, 무언가를 짓씹기라도 할 듯 악문 이와 그 바람에 힘이 들어간 턱.

무겸은 그 얼굴을 알고 있었다. 아주 오랫동안 보지 못했던 얼굴이었다.

기억에 남은 악마의 모습이 심연처럼 변해 버린 검은 문 안에 있었다.

저녁이라 해도 여름은 아직 후덥지근했다. 하지만 무겸은 등줄기를 스멀스멀 타고 오르는 오한을 느꼈다. 아직도 문손잡이를 쥐고 있는 손바닥에 식은땀이 곰팡이처럼 배어났다. 곧바로 손을 놓고 뒤로 물러섰다. 어지간한 몸싸움에서도 꿈쩍하지 않는 강건한 몸이 균형을 잃은 듯 살짝 비틀거렸다.

"…미친……."

누구를 탓하는지 알 수도 없는 욕지거리가 작게 입 밖으로 샜다. 문가를 벗어나 한참을 뒤로 물러선 무겸은 마치, 정말로 금줄이라도 쳐져 그 안으로 들어갈 수 없는 악마처럼 건물만 노려보다가 휙 몸을 돌려 출구로 빠져나왔다.

그대로 뒤도 돌아보지 않고 빠른 걸음으로 차를 세워 놓았던 큰길가까지 다다랐다. 곧바로 차에 올라타 핸들을 부서져라 쥐고 고개를 한 번 푹 숙였다가 들어 올려 전방을 노려보았다.

뭐 하는 거야?

지금 뭐 하는 거냐고, 김무겸. 미친 새끼, 돌았어?

이하준이 누구 건데? 걔가 네 뭐라도 돼?

그 새끼가 뭔데 꼭지가 돌아서 개지랄이야.

이하준은 그냥 섹스 파트너야. 나 좋아해서 뭐든 다 받아 주고, 남자에다 같은 팀 코치라서 깔 때 재밌는 거!

"씨발!"

퍽, 핸들 중앙을 한 번 치고 무겸은 시동을 걸었다. 차가 급하게 주행로로 진입해 다소 빠른 속도로 달려갔다.

순간적으로 미친 것이 분명했다. 무엇 때문에 미행까지 해 여기까지 왔을까? 아마도 아까의 그 찝찝한 예감은 다른 것이 아니라 바로 이것을 깨우쳐 주기 위해 무겸을 습격했음이 분명하다.

그래. 어쩌면 자신은 이하준을 조금 남다르게 여기고 있는지도 모른다. 정신을 차려 보니 이미 너무나 많은 특수한 상황이 그와 저 사이에 발생하고 있었다. 한 번도 집에서 묵는 것을 허락하지 않았던 섹스 파트너를 집에 재운 것부터가 시작이었다. 그것도 모자라 하준이 쓸 방까지 따로 마련하고, 언제부터인가는 당연하다시피 집에도 데려다주었다.

그가 옆에 있는 것에 너무 익숙해져 버린 나머지 언제나 어디서나 틈만 나면 하준부터 찾았다. 저를 좋아한다고 말했는데도 잘라 내지 않았고, 그것도 모자라 앞으로 그를 더 많이 예뻐해 줘야겠다고 생각했다.

절대 안 되는 몇 가지를 제외하면 그가 원하는 것을 무엇이든 들어줄 준비가 되어 있었다. 자꾸만 궁금한 점이 생기더니 어제는 심지어 런던에 데려갈 생각까지 했다!

언제부터 자신이 그렇게까지 특정인과의 육체관계에 매달리는 사람이었나? 섹스란 그저 적당한 긴장감을 즐기게 해 주고 그때그때 생리적인 욕구를 풀어내 본업인 운동을 하는 데 지장이 없도록 하는 수단일 뿐이지 단 한 번도 제게 목적이었던 적이 없다.

섹스 파트너 따위 어디서든 얼마든지 구할 수 있다. 하준과의 관계는 한국에 머무는 동안 시끄러운 루머나 스캔들에 시달리기 싫어 타협한 임시방편에 불과했다. 런던? 말을 꺼내지 않기를 잘했다. 잠시 미쳐서 떠올렸던 말도 안 되는 생각일 뿐.

어느 사이에 이렇게 수많은 예외가 생겼을까. 한 번도 이런 적이 없는데 도대체 어쩌다가.

어쩌다가.

왜……?

생각은 조용하고 길게 이어졌다. 찌푸려졌던 무겸의 표정이 멍하니 변했다. 속으로 이유를 자문하며 앞만 노려보던 무겸의 등 뒤로, 모텔 앞에서와는 다른 느낌의 오싹함이 번졌다.

핸들을 쥔 손등에 뼈와 핏줄이 섰다. 초조한 마음에 눈가가 떨리더니 절로 목울대가 꿈틀거렸다. 번뜩 정신이 든 무겸이 고개를 저었다.

…연장전을 생각할 때가 아니다. 더 늦기 전에 '당분간'을 끝내야 해.

차를 세우고 급하게 집으로 올라간 무겸은 현관에 장식된 거울 앞에서 조금 전, 모텔의 검은 문과 같이 저를 비추는 그 안쪽을 응시했다. 다행히도 그 안에는 매일같이 보아 오던 김무겸의 모습이 비칠 뿐 잠시 스쳐 갔던 악마의 모습은 사라지고 없었다.

무겸은 신발을 벗고 집 안으로 들어왔다. 누구 하나 걸리면 죽일 듯 살벌했던 얼굴은 늘 자신만만하게 치켜세워졌던 눈썹 끝이 살짝 처지며 이제 다소 토라진 듯 울상으로 변해 있었다.

옷도 갈아입지 않고 소파 위에 털썩 누운 무겸은 썰렁하기 짝이 없는 집, 높다란 천장을 올려다보며 멈추지 않는 씨근거림을 잡아 잠재웠다.

그래, 이하준은 제 것이 아니다.

그의 고백을 거절하고 애인 삼지 않겠다고 강조한 건 다른 사람 아닌 김무겸 자신이었고, 앞으로도 그 결정에는 절대 변함이 없을 테니까!

그러니 그가 누구랑 자든 관여할 일이 아니다. 윤채훈과 불륜을 저지르든 말든 그 후폭풍까지도 두 사람이 알아서 할 일이었다.

이성적으로 생각하기 위해 애써 표정을 평정하게 가다듬으며 같은 명제를 속으로 몇 번씩 반복해 되뇌던 무겸의 미간이 다시금 꿈틀대며 좁아졌다. 그는 옆으로 홱 돌아누워 소파와 쿠션 틈새에 얼굴을 파묻었다.

그래도 그렇지 씨발, 좋아한다고 한 지 얼마나 됐다고…….

그 개자식은 도대체, 불륜이라는 게 당당한 일은 아니지만 아무리 그래도 어떻게 그딴 싸구려 모텔을 데려가지……?

끼어들 일은 아니었지만 윤채훈에 대한 욕만큼은 멈출 수가 없었다. 그 새끼는 진짜, 순도 백 프로의 개새끼라고.

10

어릴 때라면 모를까, 프로 선수가 된 이후 무겸은 특별한 일이 있지 않은 이상 지각을 하지 않았다. 수다와 장난이 공존하는 자유 스트레칭 시간쯤 늦게 합류할 때는 간혹 있어도 감독 앞에 선수들이 모두 정렬할 때가 되었는데도 오지 않은 적은 이제껏 한 번도 없었다.

하준은 손목시계를 보며 훈련장 입구를 흘끔대다가 정규에게 목소리를 낮춰 물었다.

"혹시 김무겸한테 연락받은 거 있어?"

"아니."

정규도 별일이라는 얼굴로 고개를 저었다. 이미 무겸에게 몇 번이나 전화를 했지만 그는 전화를 받지 않았다. 하준은 가볍게 한숨을 쉬고 별수 없이 지정된 자리에 섰다. 감독 역시 사전에 연락받은 내용이 없는 듯 의아한 표정이었지만 곧 평소처럼 훈련을 시작했다. 한 사람을 기다리겠다고 훈련 자체를 늦출 수는 없는 일이었다.

선수들에게 지시를 하면서도 하준의 눈은 수시로 훈련장 입구 쪽만 향했다. 어제 뭔가 급하게 할 이야기가 있어 보였는데. 무겸이 오면 오늘은 괜찮다고 바로 말하려고 했는데.

"어우, 머리 아파."

훈련 중 정규가 뒤통수를 꾹꾹 누르는 모습을 보고, 하준은 오매불망 입구만 바라보던 눈길을 돌려 걱정스레 물었다.

"괜찮아? 훈련도 있는 날인데 너 어제 너무 마시더라."

"이제 연식도 계신 분들이 술 못 먹어서 죽은 귀신이 붙었나. 아주 죽는 날 받아 놓은 줄 알았다."

하준이 정규의 목을 마사지해 주며 웃었다.

"가끔씩밖에 못 모여서 그래. 그분들이야 방까지 잡아 놓고 마시는데 뭐가 무섭겠어."

"어휴. 채훈이 형 온다길래 지난번에 와 줘서 감사하다 인사할 겸 들러 본 건데 다시는 안 낀다."

"오늘은 쉬엄쉬엄해. 숙취 있을 때 무리하면 안 좋아."

정규는 어제 코치들의 모임에 인사 겸 잠깐 얼굴을 비췄다가 계획에 없던 과음을 하게 됐다. 학을 떼며 고개를 절레절레 젓는 정규의 심정은 하준으로서도 이해 못 할 바가 아니었다.

어제는 모처럼 타 지역에서 올라온 사람들까지 참가하는 큰 모임이었다. 지방에서 올라온 멤버들은 아예 하룻밤을 묵고 갈 예정이었기 때문에 이른 시간부터 가까운 모텔에 방을 예약하고 근처의 술집으로 이동해 술자리를 가졌다.

다른 이유면 모를까, 하준은 술자리 때문에 외박을 하고 싶지는 않았다. 모임에 참가한 사람들 대부분은 그의 사정을 이해해 주는 편이었지만 멀리서 온 선배들도 있는데 막내가 매번 자리를 끝까지 안 지키고 내 뺀다며 투덜대는 사람들도 없지 않았다. 그래서 술집으로 이동하기 전

약속 시각보다 조금 빨리 도착해 미리 간식과 술, 숙취 해소 음료 따위를 사 들고 지방 코치들의 숙소에 방문해 인사부터 했다. 채훈의 아이디어 였는데 잘 먹힌 것 같다. 역시 그는 처세에 능하다.

숙소로 잡은 모텔에 들어서니 괜스레 얼굴이 화끈거렸다. 경기나 훈련 때문에 며칠 외박을 해 본 적도 많지만 대체로는 용도에 맞게 마련되어 있는 숙소를 이용했고, 개인적인 이유의 외박을 거의 하지 않는 하준으로서는 모텔에서 한 번도 묵어 본 적이 없었다. 따지고 보면 누구나 이용할 수 있는 숙박업소일 뿐이지만 복도에서 성인용품 자판기를 마주치고 나니 민망한 기분이 치밀어 인사를 마치는 즉시 빨리 빠져나가고 싶었다.

끙끙 앓던 정규가 갑자기 어, 하며 눈을 크게 떴다. 하준도 얼른 고개를 돌렸다. 지각생이 잔디밭 위를 터벅터벅 걸어오고 있었다.

"김무겸! 왜 이렇게 늦었… 냐?"

정규가 인사를 해도 대답 없이 걸어오는 남자는 김무겸이 맞았다.

그러나 기운차게 인사를 걸던 정규가 말끝을 흐린 데는 이유가 있었다. 하준도 눈을 둥글게 뜨고 가까워져 오는 남자를 보았다. 하준은 천천히 다가오던 그가 몇 걸음 앞에 섰을 때가 되어서야 당황하여 입을 열었다.

"어디 아파?"

하준의 미간이 절로 찌푸려지고 입에서 걱정부터 나갔다. 그러나 무겸은 그런 하준을 힐끔 곁눈질로 보았을 뿐 대답 없이 그를 지나쳐 걸어갔다. 한곳에 자리를 잡고 서더니 지각을 하는 바람에 다 같이 할 타이밍을 놓친 기본 스트레칭을 시작했다.

하준은 할 말을 잃고 그에게 멍하니 시선을 고정했다. 숙취로 괴로워하는 정규와도 비교가 되지 않을 정도로 무겸의 안색이 나빴다. 아침 일찍부터 늘 베스트 컨디션을 준비해 빈틈없이 하루를 시작하는 그답지 않게, 생기라고는 없는 칙칙한 얼굴을 하고 동태 같은 눈으로 시선을 멀리 보낸 채 영혼 없이 몸만 움직이는 것이 꼭 고장 난 로봇 같았다.

이런 모습은 처음 보았다. 하준이 부산히 가까이 다가갔다.

"김무겸, 몸 안 좋으면 쉬어. 기본 훈련 하루 정도 건너뛴다고 네 컨디션 안 무너져."

"…내가 알아서 해."

목소리도 감기 걸린 사람처럼 낮고 칼칼하게 가라앉았다. 하준이 답답한 듯 무겸의 어깨에 손을 올렸다.

"선수들 컨디션 관리가 내 일인데 왜 네 맘대로-."

탁. 작은 타박음이 울리자마자 하준의 눈이 커졌다. 착각이라도 했나 싶어 제 손을 내려다보았다.

착각이 아니었다. 어깨에 올라갔다가 무겸의 손에 맞아 떨구어진 손끝이 얼얼했다. 그리 세게 쳐 낸 것이 아닌데도 얼얼하게까지 느껴지는 이유는 실제로 몸이 느끼는 감각에 다른 감정이 섞였기 때문일 것이다. 열이라도 오른 듯 손끝만이 아니라 몸 전체의 감각이 높은 산에 오른 사람처럼 멍멍해지고 있었다.

그러나 하준은 순간 느낀 당황을 빠르게 떨쳐 버리고 무겸을 관찰하는 데 집중했다. 신체 컨디션만이 아니라 기분 자체가 상당히 저조해 보였다.

"코칭에 필요할 때 아니면 일일이 손대지 말지?"

"…응. 미안해."

적당히 사과하며 하준은 무겸이 왜 이러는지를 열심히 생각해 보았지만 짚이는 이유는 아무것도 없었다.

밤사이 무슨 일이라도 있었나? 궁금했지만 일단 내버려 두자고 판단을 내렸다. 기분파에다가 까탈스럽고 보기보다 예민한 면이 있는 녀석이다. 이럴 때는 간섭하기보다는 혼자 컨디션을 추스르게 하는 편이 낫다.

누가 봐도 다운된, 평소에도 성격이 좋다고 하기 힘든 에이스를 건드리려는 사람들은 아무도 없었다. 정규까지도 오늘은 무겸 옆에서 조심스럽게 행동했다.

애초부터 K리그에서 뛸 클래스가 아닌 선수지만 와 달라고 빈 사람도 없었다. 그래도 박준성 감독조차 없는 이곳에서는 김무겸이 왕이었다.

왕이 죽을상을 하고 훈련을 하는 동안 평소에는 시끌시끌 장난을 치느라 여념 없던 어린 선수들도 오늘은 조금 목소리를 줄였다. 전지훈련 첫째 날과 둘째 날보다도 더 싸한 분위기가 훈련장에 감돌았다.

"왜 멍하니들 있어? 다들 페이스 올리자. 집중!"

하준은 짝짝 손뼉을 치며 일부러 경쾌한 목소리로 소리쳤다. 하지만 분위기는 쉽게 변하지 않았다. 모른 척 10분 정도 훈련을 진행하던 하준은 한숨을 쉬고 별수 없이 다시 무겸에게 다가갔다.

"김무겸."

무겸은 대답 대신 눈길만 슬쩍 보냈다. 하준은 다른 선수들에게 들리지 않게 목소리를 낮추어 얘기했다.

"축구는 훈련할 때부터 팀 스포츠인 거 몰라? 컨디션 하락 심한 사람이 하나 있으면 모두에게 영향이 가. 꼭 부상당했을 때만 휴식해야 하는 거 아니야. 쉴 때는 쉬는 것도 프로 선수가 할 일인 거 알잖아. 오늘은 쉬어라. 코치로서 지시하는 거야."

돌아오는 대답이 없었다.

도대체 왜 이러는지 모르겠다. 어제까지만 해도 훈련장에서는 펄펄 날아다녔고 같이 저녁을 먹자며 기분도 좋아 보였다.

무슨 일이 있었기에 하룻밤 사이에 이렇게 얼굴이 반시체가 돼서 온 거지? 하준이 이런저런 생각으로 머리가 복잡한 동안 무겸은 잔디를 한 번 툭 걷어차더니 한숨 섞어 중얼거렸다.

"우리 코치님은 항상 참 옳고 바른말만 해."

"……."

"도덕책이신가 봐."

진심인지 비꼬는 건지도 모르겠다. 뭔가 더 얘기하려나 싶어 기다리는데 무겸은 군말 없이 몸을 돌렸다. 사무동 건물 쪽으로 향하는 그의 뒷모습에 하준만이 아니라 선수 대부분이 한 번씩 눈길을 주었다.

"자자, 훈련에 집중!"

대단한 이야기를 한 것도 아닌데 내심 긴장했는지 저도 모르게 긴 숨이 나온다. 하준은 큰 목소리로 외친 다음 삐익, 호루라기를 한 번 불어 무겸에게 쏠리는 관심을 흐트러뜨렸다.

몸을 움직이는 일은 잡념을 사라지게 만든다. 모두가 곧 무겸의 빈자리를 잊고 운동에 매진하기 시작했으나 한 사람만은 예외였다. 하준은 훈련이 어느 정도 궤도에 오르자 사람들의 눈치를 보다가 조용히 발걸음을 뗐다.

집에 돌아갔나? 아니면 의무실 같은 곳에 있을까?

혹시나 남아 있다면 이야기를 할 필요가 있을 것 같아 하준은 로커 룸이 있는 건물로 향했다. 나중에 집에서 따로 만날 수도 있겠지만 아무래도 신경이 쓰여 미루고 싶지 않았다. 건물 내부로 들어서는 문을 열었을 때였다.

"아, 깜짝이야."

하준은 저도 모르게 눈을 휘둥그레 뜨고 혼잣말을 내뱉었다.

로커 룸에 있거나 의무실에 있거나 그것도 아니면 집에 돌아갔을 거라 생각했던 무겸이 훈련장이 내다보이는 계단 맡, 무릎 위에 팔꿈치를 받친 채 한쪽 턱을 괴고 바깥 구경이라도 하듯 멀거니 앉아 있었던 것이다. 앉아 있어도 존재감을 자랑하는 커다란 인영에 하준이 가슴을 쓸어내리며 타박했다.

"쉬라고 했는데 왜 여기서 이러고 있어?"

무겸은 여전히 턱을 괴고서, 다가오는 하준을 멀뚱히 올려다보기만 할 뿐 아무 말이 없었다. 하준은 무겸의 시선이 향했던 유리문 바깥쪽으로 고개를 돌렸다.

'뭘 보고 있었던 거지?'

시야에 담기는 것은 그저 평범한 훈련 풍경뿐이다. 곧 무겸에게로 눈길을 옮겨 그의 바로 앞까지 다가갔다.

"감기라도 걸렸어? 의무실에라도 가 보자."

"…됐어."

"됐어, 가 아냐. 여기서 이러고 있지 말고 가서 누워 있든지 집에 가서 쉬든지. 피곤해 보이는데 왜 이래, 답지 않게."

이러니저러니 말은 많아도 자기 관리 하나만큼은 철저한 김무겸이다. 요즘은 아니라지만 한때 여러 사람과 퍼뜨리던 염문이나 가끔 사람들과 어울리며 술을 마시는 것이 거의 유일한 일탈일 뿐 담배도 피우지 않고 음식 역시 특별한 일 없으면 선수용으로 구성된 식단을 고수한다.

남들보다 훈련량에 욕심이 많은 만큼 휴식도 알뜰하게 챙겨야 한다. 누구보다 잘 아는 녀석이 오늘 왜 이러는지 알 수가 없었다.

걱정이 앞선다. 말 못 할 일이라도 생긴 걸까? 경기에 지거나 기분이 나빠도 대놓고 툴툴대거나 화를 내면 냈지 이러지는 않는데……. 지금까지 본 적 없는 시무룩하니 무기력하고 어두운 표정에 저도 모르게 현실성 없는 말이 튀어 나왔다.

"김무겸. 혹시 무슨 일 있으면… 도와줄 수 있는 일이면 얘기해."

그렇게 말하면서도 하준은 속으로 약한 자조를 할 수밖에 없었다. 무슨 일이 있다 한들 다 가진 김무겸도 괴로워하는 일을 제가 무슨 수로 도와줄 수 있을까?

"도와줄 수 없는 일이라도, 얘기라도 해서 기분 풀릴 만한 이야기면 내가 들어줄게."

"아무 일 없어."

그렇게 말하며 무겸이 일어섰다.

"훈련 중에 여기는 뭐 하러 왔어. 가서 하던 일이나 해."

무료하다 못해 삭막해 보이기까지 하는 얼굴을 보자 진심으로 깊은 걱정이 되었다. 10년 동안 멀리서 또 가까이서 선수로서의 무겸을 지켜봐 왔다. 훈련을 할 때든 경기에 임할 때든 이렇게까지 모티베이션이 영구 삭제된 듯한 모습은 처음 보았다.

혹시 자신과 무슨 관련이 있는 걸까? 문득 생각이 거기까지 미친 하준은 그가 발걸음을 떼기 전에 물었다.

"김무겸, 어제 무슨 할 말 있는 것 같았는데."

"……."

"뭔데? 나 오늘은 시간 괜찮아. 집으로 가서 얘기할까?"

"됐어. 그 일은 끝났어. 더 할 얘기 없어."

하준의 말이 끝나자마자 무겸이 자르듯 대답했다. 그러나 할 얘기가 없다고 한 무겸은 바로 떠나지 않고 하준을 보며 다시 입을 열었다.

"너⋯⋯."

그렇게 짧게 부르고는 하준을 바라본다. 하준은 눈을 마주치고 그가 이야기를 더 잇기를 기다렸다.

그러나 무겸은 잘못이라도 저지른 사람처럼 먼저 시선을 피하고 도로 입을 다물더니 몸을 돌려 버렸다. 로커 룸으로 향하는 뒷모습을 보며 하준은 말을 아꼈다. 무슨 일 때문에 저를 보자 한 것이었는지 궁금하기는 했지만 지금은 물고 늘어지며 채근하기 좋은 타이밍 같지는 않았다.

무겸이 보이지 않게 되고 나서야 하준은 건물을 나와 코치진에 합류했다. 웃는 얼굴로 훈련을 진행해 나갔지만 신경은 당연히 무겸에게만 쏠릴 수밖에 없었다. 정해진 일정이 끝나자마자 잠시 망설인 뒤 무겸에게 전화를 걸었다. 그러나 신호음만 울릴 뿐, 휴대폰 건너편의 남자는 묵묵부답이었다.

"무겸 형님 말이에요."

누군가 그렇게 운을 뗐다. 선수들의 시선이 일시에 그에게로 몰렸다. 죽을상으로 훈련장에 온 그날 이후, 무겸이 구내식당에서 점심 식사를 하지 않기 시작한 지 나흘째였다.

상당한 위화감을 조성하는 행위였으나 막상 지적하려면 마땅치 않은 행동이기도 했다. 어쨌든 운동선수도 일을 하는 직업인들이다. 훈련 때만 맞춰 돌아온다면 점심 식사를 구단 밖 원하는 곳에서 먹고 복귀하면 안 된다는 규칙은 없었던 것이다.

요 며칠 무겸은 오전 훈련이 끝나면 아예 훈련장을 벗어나 있다가 오후 훈련이 시작할 때가 되어서나 돌아오고는 했다. 뭘 제대로 먹고 오기는 하는 건지 확인을 할 수 없으니 답답했지만 하준은 설마 무겸이 그렇게까지 자신을 방기하리라고는 생각하지 않았다.

선수 중에도 약속이 있어 때때로 외식을 하고 돌아오는 사람들이 있다. 하지만 평범한 외식과 최근 무겸의 행위는 어린아이라도 구분할 수 있을 정도로 차이가 뚜렷했다. 그리고 그런 튀는 행동은 어쩔 수 없이 뒷말을 만들어 내게 되어 있다. 그것은 감독이나 코치가 통제한다고 해서 막을 수 있는 일이 아니다.

문제는 식사를 어디서 어떻게 하느냐 따위가 아니라 팀의 분위기다. 후반 시즌 첫 번째 경기가 코앞으로 다가와 있었다. 에이스가 이유도 밝히지 않고 저렇게 자발적으로 겉돌며 혼자 다른 이들을 따돌려서야 아무리 우수한 팀이라고 해도 최상의 컨디션으로 경기를 하기 어렵다.

김무겸이 얼마나 대단한 선수이든 팀이 김무겸 하나를 위해 돌아갈 수는 없다. 하준은 무겸이 그 정도도 모르는 어설픈 선수라고 생각한 적이 없었다. 그날 뒤로 대화 자체를 거부하듯 조개처럼 입을 꾹 다물어 버린 무겸을, 도대체 어떻게 해야 영문 모를 갑작스러운 슬럼프에서 끌어올릴 수 있을지 도무지 감도 잡히지 않았다.

당장 뾰족한 수를 내지 못한 감독과 코치진은 의식적으로 무겸의 그런 태도를 본 척 만 척 별일 아닌 것처럼 취급하는 쪽을 택했다. 하지만 선수들은 선수들대로 그들만의 위화감에 대해 이야기를 나누는 중이었다.

"한동안 잠잠하시더니 다시 불붙었나 봐요."

"불? 무슨 불?"

이어진 말에 정규가 묻자 말을 꺼낸 선수가 목소리를 깔았다.

"어제 아는 사람이 이태원 클럽바 오픈 파티 VIP 초대권 생겨서 갔다는데 무겁 형님 봤다고 하더라고요. 엄청 예쁜 여자랑 같이 있었대요."

"뭐? 진짜?"

"어제도 기분은 별로 안 좋아 보였다고 하던데… 예쁜 여자가 옆에 있어도 그럴 수가 있나."

되물은 사람은 정규였지만 눈을 크게 뜨고 수저질을 멈춘 사람은 옆에 앉아 있던 하준이었다.

다행히 그의 굳은 모습을 사람들은 그다지 신경 쓰지 않았다. 하준은 얼른 다시 표정을 가다듬고 컵을 들어 물부터 마셨다. 그러는 동안 정규와 다른 선수들은 계속 이야기를 나누었다.

"별일이네. 요즘 정말 조용했는데. 스캔들만 안 난 게 아니라 정말 그런 기색도 없었거든. 예전에 왜, 정착 얘기 하면서 애인 만들 것처럼 말했었잖아. 그 뒤로 정말 조용해서 말은 안 해도 진짜 생겼나 했지."

"그럼 그 여자 친구랑 싸웠나? 무슨 일 있나 봐요."

"모르지. 아무 말이 없으니. 그래도 나한테는 개인적인 이야기도 많이 하는 편인데 요즘은……. 보기보다 말 많은 녀석인데 아주 합죽이야."

정규가 하준을 돌아보았다.

"하준이 너는? 혹시 들은 거 없어?"

"전혀."

시끄러운 머리를 달래며 밥을 한 숟가락 떠 입에 넣었으나 모래를 씹는 듯 입이 버석거렸다. 식판에는 음식이 절반 정도 남아 있었지만 도저히 식사를 더 할 수 있을 것 같지 않았다. 속이 울렁거리며 갑자기 위가 꽉 찬 듯 느껴진다.

"먼저 일어날게."

"왜, 더 안 먹고?"

"오늘 소화가 좀 안 되는 것 같다."

하준은 식판을 반납하고 식당을 나와 복도를 걸었다. 맞은편에서 오던 선수가 꾸벅 인사를 한다.

"식사하셨어요, 코치님."

"응, 식사 잘했어?"

아무 일 없다는 척 미소 지어 보이고 걷고 있지만 하준의 머릿속에서는 방금 들은 이야기가 순서 없이 울려 댔다.

식당에서의 대화를 한 마디 한 마디 복기하던 하준은 그만 피식 웃어 버렸다. 정규가 말한 '정착'의 주인공은 처음 이 관계를 시작할 때 무겸이 했던 말을 빌리자면 분명히 저였는데 말이다. 싸웠다는 '여자 친구'는 자신이 아니었다.

목적지도 없는 사람처럼 터벅터벅 걷다가 비어 있는 휴게실 한곳의 문을 열었다. 하준은 닫은 문에 기대어 가만히 서 있다가 의자를 하나 끼익 끌어내 힘없이 그 위로 몸을 내렸다. 뭐 그리 대단히 놀라운 이야기를 들었다고, 눈앞에 작은 별이 드문드문 날아다니며 현기증이 다 일었다.

일부러 미뤄 왔던 질문을 결국 저 자신에게 던질 수밖에 없었다.

'당분간'이 끝난 건가?

무겸과 대화다운 대화를 한 것은 그가 제안했던 저녁 식사를 약속이 있어 거절했던 날이 마지막이었다. 당장 그 전날 저와 평소처럼 섹스를 했고, 그다음 날에도 저녁에 따로 만나자고 했던 무겸이 그날 뒤로 일체 저에게 둘만의 비밀스러운 용무에 대해 이야기하지 않고 있었다.

제게만 싸늘하고 나머지 부분에서는 문제가 없다면 모를까, 훈련장에서도 사방팔방 우울함을 드러내니 문제가 어디에 있어 저러는 것인지 파악하기 어려웠다. 저 때문이라고만 생각하기도 힘들어서 모르는 사이 무슨 일이 있었는지 기사도 뒤져 보고 알 만한 사람들에게 물어도 보았다. 그러나 적어도 세간에 알려질 만한 일은 아무것도 없었다.

유별나게 달라진 그의 태도 때문에 전화도 걸어 보고 메시지도 보내 보았다. 하지만 전화를 받기는커녕 메시지에 답 한 번 온 적이 없다. 훈련장에서 말을 걸어도 답을 하는 둥 마는 둥 하거나 제대로 얘기를 하기도 전에 피해 버린다.

제가 뭐라고. 저나 저와의 관계 때문에 무겸이 슬럼프에 빠졌으리라 여기는 것도 자의식 과잉 같았다. 이런 상황에 돌입한 지 고작 며칠이 지났을 뿐이었으니 넘겨짚지 않으려 했다.

그러나 워낙 유난한 변화였다. 지금까지 무겸은 하준이 거절을 할 수밖에 없을 정도로 자주… 아니, 정확히 말하면 항상 하준과 퇴근 후를 보내고 싶어 했다. 일이 있어 떨어져 있거나 다른 사정이 있지도 않은데 이렇게 며칠씩 밤을 같이 보내자는 말은커녕 사소한 사담조차 걸지 않는 것은 그와 이런 관계가 된 이후 처음이다.

당장 저의 구음을 받다가도 여자를 만나려는 낌새로 외출을 한 적도 있는 남자다. 새삼스럽게 그가 떠들썩한 곳에서 여자와 어울린다고 해서 놀랍지는 않았다. 무겸과 변함없이 지내고 있었다면 여자와 있는 장면을 봤다는 말에도 오히려 별다른 감정을 느끼지 않았겠지만 상황이 달라졌다.

아예 밤을 즐기지 않는다면 모를까, 저를 완전히 배제하고 다른 이와 함께한다는 것은 뜻이 분명한 이야기다. 함께하는 동안에는 다른 사람과 관계를 가지지 말자고 한 것은 무겸이다. 그의 마음이 편해지길 원해 알겠다고 약속했지만 어차피 하준에게는 지키고 말고를 가릴 선택지도 없는 약속이었다.

굳이 무겸에게까지 같은 조건을 강요하고 싶지도 않았다. 유일한 존재가 되고자 하는 욕심을 가진 적도, 한시적인 유일성에 큰 의미를 둔 적도 없다. 그저 시즌이 마지막에 다다라 무겸이 돌아가기 전까지는 그의 옆자리를 지킬 수 있을 거라 생각했다. 그때까지는 이 관계가 유효하리라고, 그가 그렇게 말했으니까.

하지만 생각해 보면 그 말은 계약도 약속도 무엇도 아닌, 그때 당시 김무겸의 기분에 불과했을 것이다.

이제까지 그와 저는 '당분간'이라는 불투명한 단어로 둘의 암묵적인 약조 기간을 표현해 왔다. 그리고 끝을 정하는 사람이 자신이 아니라는 것쯤은 당연히 처음부터 잘 알고 있었다.

"그렇구나."

한참을 조용히 생각에 잠겼던 하준의 입에서 저도 모르게 혼잣말이 나왔다. 그 말투는 그다지 혼잡스럽지 않고 평온했다.

모든 표지가 한 가지 답을 가리키고 있었다. 사실 이미 알면서도 요 며칠, 정해진 답을 받아들이고 싶지 않아 부정하고 있었던 것 같다.

눈에 보이지 않는 일, 일어나지 않은 일에는 더 매달리지 않기로 했으니까. 무슨 사정이 있을지도 모르니 잠깐 정도 무겸이 저를 찾지 않는다고 해서 이 관계가 끝이라고는 생각하지 않으려고 했다. 그가 직접 둘의 관계가 끝이라고 말해 주기 전까지는 혼자 억측하지 않겠다고, 대신 그가 끝을 알린다면 군말 없이 수긍하겠다고 몇 번이고 다짐했다.

…그러나 생각해 보면 끝을 통보해 주리라는 법도 없었다.

선물처럼 주어졌던 행운을 어느 날 갑자기 소리 소문 없이 거두어 가는 것이다. 살아오며 맛보았던 수많은 기쁜 일들이 그런 식으로 끝났다. 사람을 하늘 위에 띄워 놓았다가도 예고 한마디 없이 땅에 떨어뜨린다.

이쯤 되어도 아니라고 생각하는 건… 현실에 충실한 게 아니라 그저 눈치가 없거나 믿고 싶은 대로 믿는 자기 합리화일 뿐이겠지.

나름대로의 방식으로라도, 정해진 시간만이라도 그의 가장 가까운 곁에 있고 싶었지만 그마저도 끝까지 허락된 것은 아니었나 보다. 아쉽기는 하지만 받아들이지 못할 정도는 아니다. 어차피 고백을 할 때 빼앗길 것을 각오했던 역할이었다.

…그렇다고 해도 왜 이렇게 갑자기.

"그냥 그만하자고 말을 하면 되잖아……."

아무래도 원망이 묻은 혼잣말이 샌다. 요즘 그렇게 얼굴이 어두운 이유와 무슨 관계가 있을까? 이유라도 듣고 싶다는 생각이 불쑥 들면서도 또 그것을 알아 무엇 할 것이냐는 생각도 들었다.

기대하지는 않지만 그날의 고백이 받아들여져 그와 연인 사이라도 되었더라면 이런 상황에 이유를 묻거나 화를 낼 수도 있었으리라. 하지만 그와 저의 관계는 시작도 끝도 희미하기만 한, 파도가 한 번 쓸고 가면 처음부터 없었다는 듯 사라지는 작은 모래집처럼 한시적인 것이었다.

나름대로는 꽤 열심히 쌓아 올린 모래 조형물이 물살 한 번에 푸시시 쓸려가 버릴 때처럼 가슴이 허허로워졌다. 그래도 이 정도 허무함으로 마음을 갈무리할 수 있는 이유는 역시 그에게 마음을 전했기 때문이 틀림없다. 혼자 갖가지 생각만 하며 갈팡질팡하던 때 갑작스러운 끝을 맞이했다면 분명 지금처럼 차분히 생각을 정리하기는 어려웠을 것이다.

"너랑 처음 잤을 때는 뭐 따로 이유가 있었나?"

언젠가 들었던 무겸의 말이 귓전을 스쳤다. 시작에 이유가 없었으니 끝에도 이유는 필요 없는 걸까. 단순히 어제까지는 괜찮았던 이하준이 오늘 갑자기 꼴도 보기 싫어졌을지도. 군이 끝내자는 말을 건네는 것조차 귀찮을 정도로.

천장 쪽으로 고개를 젖힌 채 눈을 꾹 감았다. 깊게 숨을 마시고 내쉰 하준이 몸을 일으킨 뒤, 양손을 들어 짝 소리가 나도록 제 양 뺨을 한 번 쳤다.

"정신 차리자."

곧 후반기 첫 경기다. 지금 고민해야 하는 문제는 무겸이 왜 저와 섹스 파트너 관계를 그만두려 하는지가 아니라 갑작스레 우울증에라도 걸린 듯 겉도는 변덕스러운 에이스 공격수를 어떻게 다시 팀과 융화시켜 가장 좋은 결과를 이끌어 내냐는 것이다.

설령 궁금한 것을 물어본다고 해도 나중. 선결 과제에 먼저 집중해야 한다. 만일 최근 그의 슬럼프에 제 영향이 있다면 섹스 파트너 관계를 수복하기 위해서가 아니라 에이스 김무겸의 컨디션을 끌어 올리기 위해 원인을 알고 해결할 필요가 있었다.

'당장은 아니더라도 타이밍을 노려 보자. 지금은 대화를 피하는 분위기지만 분명 이야기를 할 기회가 올 거야.'

하준은 시선을 똑바로 하고 휴게실을 나섰다.

여름 경기는 뜨거운 해가 잦아든 저녁에 이루어진다.

짧다면 짧고 길다면 긴 하계 휴식기 이후 다시 열린 경기장은 한여름 대낮의 햇빛도 무색할 정도의 응원 열기로 가득 찼다. 넓은 구장 안이 쩌렁쩌렁 울릴 정도로 끊임없이 응원가와 함성이 터져 나오고 있었다. 그리고 그 함성과 감탄은 비단 관객석에서 나오는 것만이 아니었다.

"사람도 아니다."

"미쳤다, 미쳤어."

벤치에 앉은 후보 선수들은 감탄하다 못해 황당하다는 말투로 중얼거렸다. 하준은 그 말에 속으로 동의하며 바로 앞의 그라운드를 눈도 깜박이지 않고 응시하고 있었다.

오늘 경기 직전까지도 시티서울의 스태프들은 걱정을 멈추지 못했다. 이유는 말할 것도 없이 며칠째 제대로 된 말 한마디 하지 않다가 굳은 얼굴로 퇴근해 버리는 에이스 공격수 때문이었다. 훈련을 게을리하거나 태업을 하는 것은 아니었지만 누가 봐도 슬럼프를 겪고 있는 모습에 코치진 모두가 그의 경기력과 팀워크를 걱정했다.

하준도 당연히 그중 하나로, 그는 지난번 혼자 고민을 마친 끝에 다른 사람들과 의논을 거쳐 무겸의 코칭에서 빠진 상태였다. 물론 다른 사람들에게 무겸과의 섹스 파트너 관계가 어정쩡하게 끝나 그가 저를 보고 싶어 하지 않는 것 같다고, 그러니 저를 무겸의 훈련 프로그램에서 제외하는 게 어떻겠냐고 미주알고주알 설명하지야 않았다.

다만 김무겸의 훈련 환경에 작게나마 변화를 주는 것이 낫지 않겠냐고 건의해 평소와 다른 코치들이 좀 더 그를 살피게 했다. 사람들과 의논해 훈련 프로그램을 변경해 보기도 하고, 몰래 식당 조리사님들에게 부탁해 무겸이 좋아하는 음식을 만들어도 보았다.

허무하게도 이런저런 노력에도 무겸의 태도는 큰 변화가 없었다. 사람들이 한숨을 쉴 때면 하준은 혼자 어렸을 때의 무겸을 떠올리기도 했다. 조금만 기분에 거슬리면 훈련장을 이탈하고, 감독이나 선배들 앞에서도 눈 하나 깜박하지 않으며 매일 무뚝뚝한 얼굴로 이어폰을 끼고 음악을 듣거나 자고 있던 열여섯 살의 김무겸.

'너는 어떻게 10년이 지나도 그대로냐.'

그런 생각이 들어 피식 웃음이 났다가도, 그때마저도 웃는 얼굴을 본 적이 있는데 최근에는 아니라는 데 생각이 미치면 기분이 더 무거워졌다.

하다못해 박 감독님이 지금 지휘봉을 잡고 있었더라면……. 박 감독에게 논의를 해 보자는 의견도 나왔지만 아직 재활 치료 중인 분에게 괜한 걱정을 끼치는 것 같다는 반론에 실행되지는 않았다.

"어어, 그래! 넣어라, 넣어!"

코치진 중 한 사람의 응원 섞인 재촉을 배경 음악 삼아, 하준은 눈앞의 경기에 집중했다. 그간의 사정이 어찌 되었든, 놀라운 일은 경기를 알리는 호각 소리가 울린 다음에 시작되었다.

사람들의 걱정과 고민이 무색하게도 오늘 그라운드에 선 무겸은 완벽한 컨디션이었던 것이다. 아니, 몸놀림은 오히려 보통 때보다 더 날카롭고 정확했으며 기세는 흉포하다고 표현해도 과장이 아니었다.

상대 진영에서 높이 솟은 공중 볼이 헤딩 경합에서 누구의 것도 되지 못하고 땅 위로 떨어졌다. 몇몇 선수의 발 사이에서 바삐 오가던 공이 수비수의 발에 걸어져 골라인을 향해 날아갔다. 공이 라인을 넘어섰고 시티서울의 코너킥 찬스가 주어졌다.

코너키커는 엉뚱한 곳에 공이 다다르지 않도록 신중하게 공을 차올렸다. 빠르게 다시 경기장 안으로 들어온 공은 시티서울 선수의 앞에 떨어졌고, 몇 번의 패스 끝에 공이 최종 도달한 곳은 역시나 무겸의 발 앞이었다.

모든 길은 로마로 향한다는 말처럼 시티서울에서 모든 공은 무겸에게로 향한다. 최근 보여 준, 팀에서 완전히 마음이 떠난 듯한 태도에도 불구하고 그는 여전히 에이스였고 오늘 최고의 폼을 보여 줌으로써 그 사실을 공고히 하고 있었으니까.

사생활은 사생활, 일은 일. 무겸이 때때로 투덜대는 말처럼 훈련 중의 태도 따위야 어떻든 본 경기에서 위력적인 모습을 보여 준다면 당장은 그 힘에 집중할 뿐이다.

엄청난 스피드로 질주하는 무겸을 미리 앞서 있던 수비수가 간신히 막아섰으나 그는 마치 왼쪽으로 수비를 피하려는 듯하다가 곧바로 오른쪽으로 공을 몰았다. 빠른 방향 전환에 수비수가 발을 헛디디는 사이 무겸은 직진했다. 잠시 주춤하는 동안 뒤따라 붙은 몇 명이 그를 막으려 했지만 그들이 채 영향력을 발휘하기도 전에 무겸은 공을 차 버렸다.

흰 빛줄기처럼 날아간 공이 키퍼의 손을 멀리 벗어나 그대로 골망을 뒤흔들었다.

와!

국가 대항전에서나 튀어나올 만한 커다란 환호가 경기장을 우레처럼 울렸다. 그도 그럴 것이 방금 들어간 골은 오늘 무겸의 다섯 번째 골이었다. 이곳에 와 해트트릭을 여러 번 달성했던 무겸도 한 경기에서 다섯 골을 넣는 것은 오늘이 처음이었다.

"하⋯⋯."

함성을 내지르는 다른 스태프들 사이에 묵묵히 서 있던 하준의 입에서도 결국은 절로 떨리는 탄성이 흘러나왔다. 목덜미에 오싹오싹 소름이 끼쳤다. 그가 선수로서의 모티베이션을 아주 잃은 것일까 봐, 컨디션을 최고로 끌어 올리지 못할까 봐 걱정했던 자신이 바보처럼 느껴졌다. 역시 세상에서 가장 쓸모없는 걱정이 김무겸 걱정이다.

불쾌한 감각이 아니었다. 그저 또 한 번 압도될 뿐이다. 하늘이 사람에게 내린 재능이란 일종의 비경과도 같아서 눈앞에서 보는 것만으로도 사람을 전율시키는 무언가가 있다.

거기에 재능을 담은 그릇마저 신이 빚은 조각처럼 아름답고 강인한 형태를 지니고 있다면 영혼을 빼앗기는 것은 한순간. 꽉 부여잡고 있지 않으면 정신이 들었을 때는 이미 늦는다. 그 피조물의 바로 앞에 서 있노라면 자신의 존재, 고뇌, 그를 향해 품는 속물적인 마음이나 욕망 따위도 모두 하찮기 그지없이 느껴지고 마는 것이다.

공을 차는 재능을 타고 났을 뿐, 김무겸도 한 사람의 평범한 인간이라는 것을 머리로는 알지만 아무래도 이런 순간에는 이성보다 본능이 먼저 움직인다.

무겸이 넣은 골만 다섯 골. 시티서울은 7대 2라는 대승을 거두며 시즌 후반의 문을 열었다. 직관에서 김무겸의 다섯 골을 보았음은 물론 전체적으로 골이 펑펑 터진 흥미로운 경기를 한껏 즐긴 응원석은 축제 분위기였다.

시티서울 선수들 역시 들떠 날뛰고 있었다. 한동안 팀을 무시하는 것처럼 보일 정도로 거만하게 굴었던 에이스를 어려워하거나 거리낄 법도 한데 승리에 취한 선수들은 그저 신이 나 무겸을 끌어안고 치대며 흥분을 감추지 못했다. 스태프들까지 모두 로커 룸으로 향해 후반기 첫 경기의 대승을 축하했다.

경기가 큰 승리로 끝난 데다 몸을 실컷 움직인 다음이라서인지 무겸역시 최근 보여 주었던 어두운 얼굴에 비하면 표정이 나쁘지 않았다. 야단을 떠는 선수들과 적당히 손뼉을 맞추고, 무겸은 물을 마시며 로커 룸을 가로질렀다. 상대 팀 선수와 유니폼을 교환한 뒤라 상의를 벗은 채로 걷던 그의 눈이 하준과 마주쳤다.

쉽게 눈이 마주치고 만 것은 하준이 계속해서 그를 바라보고 있었기 때문이다. 무겸은 시선을 피하지 않다가 곧 눈길을 다른 곳으로 돌렸고, 이어 선수들은 몸을 씻기 위해 우르르 로커 룸을 떠나 샤워실로 향했다.

텅 빈 로커 룸에 남은 열기에 잠시 뺨을 비비다가 하준은 스태프들과 함께 몸을 돌렸다. 바로 옆에서 지켜본 압도적인 승리의 열기에 살짝 취했기 때문일까, 오랜만에 무겸의 베스트 컨디션을 봐서일까. 그럴 만한 이유가 없는데도 심장이 두근두근 마치 그에게 처음 반했을 때처럼 뛰고 있었다.

하준은 요 며칠 계속 노려 왔던 틈새를 찾은 기분에 마른침을 삼켰다.

다섯 골이나 넣었고, 경기도 이겼고, 최근에 비하면 기분도 괜찮아 보이고.

오늘은 이야기를 꺼내 봐도 되지 않을까.

"그럼 내일은 푹 쉬고 모레 보자. 휴일이라고 노느라 몸 혹사시키지는 말고! 컨디션 완전히 회복해서 만나는 거다."

"네!"

감독의 말에 선수들은 유쾌함이 서린 목소리로 기세 좋게 대답했다. 휴식기를 보낸 선수들은 폼을 끌어 올리느라 한동안 평상시보다 강도가 센 훈련을 해 왔다. 고생한 만큼 결과가 있었으니 때로는 완전히 릴렉스하는 것도 필요하다. 감독은 선수들에게 하루의 휴가를 지시했다.

선수들이 신이 나 왁자지껄 귀가를 서두르는 동안 하준은 한 사람의 모습만을 눈으로 좇았다. 무겸은 정규와 뭔가 짧게 이야기를 나누더니 곧 용건을 마친 듯 가방을 어깨에 걸쳐 메고 주차장으로 향하려는 중이었다.

신중하게, 타이밍을 봐서 말을 걸고 싶었지만 그런 것을 따져 볼 여유도 없었다.

"김무겸!"

그의 뒷모습이 시야에서 사라지기 전에 이름부터 불렀다. 좀 더 침착하려고 했는데 누가 들어도 다급함이 묻어나는 목소리였다.

"김무겸, 잠깐만."

한번 급해지고 나니 여유 부리는 척하는 것도 우습게 느껴져 이제 대놓고 바삐 쫓아가며 그를 불렀다.

다행히 무겸이 발걸음을 멈추고 옆을 돌아보았다. 그의 곁에 다다른 하준은 실로 오랜만에 그와 얼굴을 마주치는 기분이었다. 오가며 눈이 마주치는 것 이상의, 분명한 목적을 가지고 서로를 바라보는 시선.

무겸은 왜 불렀느냐 묻지도 않고 옆에 선 하준을 내려다만 보았다. 어째 조금 전 로커 룸에서 봤던 표정보다 그사이 또 좀 더 울적해진 것 같아 마음이 한층 더 급해졌다.

"얘기 좀 해."

"무슨 얘기."

무뚝뚝하게 돌아오는 대답은 뚫고 들어갈 바늘구멍만 한 틈새도 없었다. 하지만 이미 엎질러진 물이었다.

일단 장소를 옮겨야 한다. 자꾸만 긴장되는 가슴을 다스리기 위해 하준은 살짝 주먹 쥔 손끝으로 자신의 손바닥을 누르며 대답했다.

"여기서 할 얘기는 아닌 것 같다."

무겸은 그 말에 또 가만히 하준을 내려다보기만 했다.

딱딱한 얼굴을 읽기 어려웠다. 화가 난 것 같아 보이기도 하지만 그렇다기에는 기운이 빠져 보이기도 했고, 마냥 울적해 보인다고 하기에는 또 열기가 없지도 않았다.

아, 이 순간만큼이라도 독심술가가 되고 싶다. 그의 침묵이 너무나 길게 느껴졌다. 헛된 망상을 삼키며 그가 대답을 하건 말건 먼저 자리를 옮기자고 이야기하려는데 무겸이 입을 열었다.

"그래."

"응?"

"자리 옮겨. 사람 없는 곳으로."

하준이 눈을 크게 떴다. 절로 고개가 끄덕끄덕 움직였다.

"응."

차로 가야 하는 건가? 눈치를 보는데 무겸은 먼저 발걸음을 옮겼다. 어디로 갈 것인지 묻기도 꺼려져 하준은 말없이 무겸을 뒤따라갔다.

둘은 사무동 건물 안으로 들어섰다. 경기를 마치고 휴일을 맞아 구단의 사람들이 썰물처럼 빠져나간 건물은 조용했다. 사무직원들과 관리인 등 통상 근무를 하는 몇몇 사람의 기척만이 조용조용히 느껴졌다.

아무래도 차나 집으로 데려갈 생각은 없는 것 같다. 선택을 그에게 맡기고 조용히 뒤따라 걷는데 무겸이 문득 걸음을 멈추었다. 무겸이 구석진 곳에 위치해 잘 쓰이지 않는 휴게실의 문을 열었다.

"다들 갔으니 여기 정도면 되겠지."

하준이 고개를 끄덕여 동의를 표시하며 들어섰다. 무겸이 문을 닫았고, 잠금이 걸리는 소리가 그 뒤를 이었다.

실내로 들어오자 몸을 누르는 중력이 두 배쯤 무겁게 느껴졌다. 적막에 오히려 귀가 아렸다. 무겸과 단둘이 있는 시간은 늘 조금쯤 긴장되는 시간이기는 했지만 어려운 시간은 아니었는데, 먼저 얘기를 하자고 말을 꺼내 놓고도 무슨 말로 이야기를 시작해야 할지 알 수 없었다.

침묵의 무게에 조금씩 짓눌리는 기분으로 하준은 무어라 첫마디를 꺼낼지를 망설였다.

"벗어."

그러나 먼저 입을 연 사람은 무겸이었다.

예상을 완전히 벗어나는 말에 몸을 누르던 블랙홀 같은 침묵은 순식간에 하얗게 산화되어 가벼워지다 못해 부스러졌다.

"뭐?"

하준이 되물었다.

돌발 상황에 눈만 크게 벌어진다. 대화의 흐름을 따라가기 힘들 때 그렇듯이 어리둥절해졌다. 무언가가 걸린 듯 목이 무거워져 마른침을 한 번 삼키고, 생각처럼 매끄럽게 움직이지 않는 입으로 더듬더듬 말을 꺼냈다.

"아, 나는 그게 아니라……."

하얗게 빈 머릿속으로 간신히 생각의 조각들이 하나씩 돌아온다. 당황하는 저를 물끄러미 보기만 할 뿐 묵묵한 무겸을 향해 하준은 말을 맺었다.

"너 요즘 무슨 일이라도 있는지 궁금해서, 얘기 좀 하고 싶어서 보자고 한 거야."

"얘기? 나랑 너 사이에 이거 말고 무슨 얘기가 더 필요해?"

그러나 무겸은 대수롭지 않다는 태도였다.

"이 코치, 눈치 빠르잖아. 분위기 파악 못 하는 타입도 아니고. 어차피 결론 다 내리지 않았어? 그런데도 굳이 둘이 따로 보자고 얼쩡댔으면 이유는 이게 아쉬워서 아냐?"

당연히 아니다.

상상하지 못했던 방향으로 흘러가는 대화에 하준은 난감해졌다. 아직 배우지 못한 문제를 칠판 앞에 나와 풀라고 강요당하는 아이 같은 기분이 되어 입만 살짝 벌리고 무겸을 바라보았다.

잠시 하준의 대답을 기다리던 무겸은 별다른 표정 변화도 없이 문 쪽으로 돌아서며 어깨에 멘 가방을 추슬렀다.

"관둬. 싫다는 사람한테 억지로 할 생각 없어."

"아, 아니야."

그대로 문을 열고 나가려는 듯한 몸짓이 저도 모르게 그를 만류부터 하게 만들었다. 생각을 정리하기도 전에 입이 먼저 움직였다.

"하자. 할게."

하룻밤의 행운이든 '스테디'든, 그만두기로 했지만 오늘따라 기분이 당겨 부리는 변덕이든 사실 하준의 입장에서는 뭐든지 다 똑같았다. 장소가 조금 마음에 걸리기는 하지만 어차피 지금은 사람들이 거의 빠져나간 뒤였다.

예상치 못한 말을 들은 데 대한 놀라움과 자신의 모습이 의도와 다르게 비춰졌다는 데서 온 짧은 당혹감이 잦아들자 무겸의 제안을 수락하는 것은 그다지 어려운 일이 아니었다. 이야기야 무겸이 바라는 것부터 한 다음에 해도 늦지 않다. 경험상 무겸은 섹스를 하고 나면 기분이 풀어지는 편이니까 차라리 그쪽이 대화하기에 나을지도 모른다.

오히려 막상 말을 꺼낸 무겸이야말로 하준의 승낙을 그다지 반기는 기색이 아니었다. 평평하던 미간을 살짝 찌푸리고는 움직이지 않는다. 가방을 멘 채로 문 앞에 서서 하준을 빤히 보고만 있을 뿐.

하자고 해서 하겠다고 했는데 뭐가 또 마음에 안 드는 걸까? 하준은 눈치만 살피게 되었다. 이제는 김무겸이 하는 생각을 조금 알 것도 같았는데. 그가 내놓는 문제에 맞는 답을 찾는 데도 이제 꽤 익숙해졌다고 생각했는데 오늘은 아니다. 이건 너무 난해하다.

"그럼 벗어."

저벅저벅 걸어온 무겸이 번거롭다는 느낌으로 가방을 테이블 위에 텅, 내려놓으며 재차 말했다.

어쩐지 현실 같지가 않다. 이유도 알려 주지 않고 대뜸 저를 본체만체하는 무겸의 태도부터 너무 갑작스러워 받아들이기까지 시간이 걸렸는데 지금 이 상황은 그 몇 배나 얼떨떨했다.

그래도 서둘러 바지와 속옷을 내리고 힐끔, 무겸을 올려다보았다. 그는 별말이 없었다. 결국 셔츠 끝까지 말아 올리는 손이 조금 떨렸다. 하준이 옷을 전부 벗는 동안 그는 셔츠 한 장 벗지 않았다.

"올라가."

두 번째로 떨어진 지시에 하준은 비틀대듯 뒤에 놓인 테이블 위에 엉덩이를 걸쳤다. 코팅된 목재의 차가운 냉기가, 난처한 기분에 평소보다 달아오른 맨피부를 타고 으슬으슬 올라왔다.

불이 난 줄 알고 약한 패닉에 빠졌던 그날, 무겸에게 끌려가 책상 위에 드러누웠던 때의 냉기가 감각 속에 되살아났다. 머리가 어지럽고 속이 울렁거려 그를 만족시킬 수 있을까 의문이 들었지만 그에게 받은 친절을 약속한 형태로 되돌려주고 싶어 버틴 날이었다.

그때와도 다르다. 컨디션이 나빠진 것을 알면서도 무리를 하다가 결국 버티지 못했던 그날에도 이런 기분을 느끼지는 않았다.

하는 거야 상관없지만 김무겸의 분위기가… 조금, 무섭다.

무겸이 가방을 열어 젤을 꺼냈다. 그는 손에 든 그것을 잠시 내려다보더니, 테이블 가까이 다가와 앉아 있는 하준의 다리 사이에 내려놓았다. 그의 손이 움직이는 동선을 따라가던 까만 시선이 젤 위로 떨어졌다. 무겸이 말했다.

"네가 풀어."

"......."

"예전에도 한 번 보여 준 적 있었지? 서비스."

무겸이 내려놓은 젤에서 손을 떼고, 테이블 근처에 놓인 의자 중 하나를 끼익 끌어갔다. 등받이가 앞을 향하도록 놓고 앉은 무겸이 그 위로 팔을 괴고 몸을 숙이며 말했다.

"그때 하다 말았던 것 오늘 해 봐. 경기 끝난 바로 다음이라 준비까지 해 주기는 피곤하니까."

서비스라니. 자신이 언제 그런 것을 했다는 말인가. 도통 모를 말에 기억을 되짚던 하준은 무겸이 비슷한 얘기를 했던 날을 어렴풋이 떠올렸다.

두 번째 섹스에서였던 것으로 기억한다. 멋도 모르고 무작정 괜찮다고 말하며 그를 처음 받았던 날, 뒤가 찢어지고 벗겨지는 듯한 감각이 상상했던 것보다도 너무 아파서 두 번째를 앞두고는 나름대로 알아보고 사전 준비를 했었다.

당시에는 스스로 하면 된다고 생각해서 뒤에 손을 넣었다. 그러자 서비스를 운운했던 그의 말이 이제야 떠오른다. 미리 풀지 않으면 아파서 하는 거라고 대답하자 말을 하지 왜 시위를 하냐며 화를 내던 모습도. 그 뒤로는 쭉 무겸이 뒤를 풀었기 때문에 잊고 있었다.

하준이 제 다리 사이에 놓인 반투명한 튜브를 내려다보다가 천천히 그것을 들어 올렸다. 딱, 플라스틱 뚜껑이 열리는 소리가 조용한 실내에 유난히 크게 울린다. 남은 한 손 위로 색깔 없는 점액을 주르륵 짜 내렸다. 너무 많지 않나 싶을 정도로 계속해서.

그때는 기능적인 절차라 생각해 부끄러운 줄도 몰랐는데 오늘은 지난 날의 행위까지 새삼스럽게 부끄럽다. 숫제 젤이 손 위로 넘칠 정도가 되어서야 하준이 튜브를 내려놓았다.

번들번들 질척하게 젖은 손을 황망한 눈으로 내려다보던 하준은, 천천히 손을 다리 사이 깊은 곳으로 가져갔다.

"…훗……."

막 손에 짜 내린 차가운 점액이 몸에서 가장 은밀하게 숨겨져 있는 곳에 닿았다.

테이블도, 젤도 몸에 닿는 모든 것이 차가웠다. 조금 전까지 승리의 잔열로 설레며 달아올랐던 몸은 언제 그랬냐는 듯 식어 손뿐 아니라 전신이 조금씩 떨리는 것만 같았다.

손가락이 하나, 둘, 미끈한 젤의 힘을 빌려 차례로 안으로 밀려 들어갔다. 제 손가락인데도 남의 것처럼 낯설었다. 오랜만에 이물질을 받은 닫힌 몸속, 뜨끈뜨끈하고 축축한 내벽이 들어온 것을 뱉어 내려는 것처럼 꾸물거렸다.

'이게 아냐. 틀렸어.'

자신의 몸이 저에게 마치 그렇게 경고하는 것만 같다. 제가 아는 것, 제게 들어와야 하는 것은 이게 아니라고. 좋아서가 아니라 이물감 때문에 신음이 흘렀다.

"웃, 아……."

무겸은 의자에 앉아 감시 또는 평가라도 하듯, 그의 앞에서 다리를 벌리고 제 손으로 뒤를 쑤시는 하준을 표정 없이 보고 있을 뿐이었다.

한 번도 제대로 해 보지 않은 행위는 자연히 어설프기 짝이 없었다. 무겸의 손은 하준의 것보다 확연히 컸다. 키는 10센티미터 정도 차이가 나지만 체중은 훨씬 더 차이가 큰 만큼 그는 근질은 물론 골격부터 하준과 달랐다.

손도 크고 손가락도 길고 굵다. 하준은 저도 모르는 사이 의자 등받이 위에 아무렇게나 늘어진 그의 손에 시선을 보내고 있었다.

저렇게 큰 손으로 쑤셔 대도 무겸이 뒤를 만질 때면 닫혔던 입구는 보통 금세 부드러워졌다. 어떻게 그렇게 쉽게 느끼는 곳을 찾는지 삽시간에 온몸이 뜨거워지고, 저 커다란 손이 거의 전부 들어오다시피 해 들락거려도 아프기는커녕 눈앞이 번쩍번쩍 튈 정도로 좋기만 했다.

자신의 몸이다. 당연히 무겸보다는 그 안에 대해서도 더 잘 알아야 할 것 같은데 제 손은 몸을 달구지 못했다. 뿌리까지 밀어 넣어도 무겸만큼 깊은 곳에 다다르지도 못했고, 이리저리 문질러 봐도 무겸이 만져 줄 때의 쾌감이 피어오르지도 않았다.

"아, 윽."

딱딱하고 중압적인 분위기에 몸까지 마음대로 되지 않자 점점 조급증이 일더니 결국 하준의 손짓이 거칠어졌다.

까짓것 어차피 성기를 넣기 전에 길을 넓히기 위한 과정일 뿐이니 기분이 좋건 말건 목적을 달성하면 그만이다. 손가락을 밀어 넣은 채 마구잡이로 손목을 크게 돌리자 강제로 뒤가 벌어지는 아픔에 순간 눈물이 찔끔 고였다.

그와 거의 동시에 무겸이 벌떡 일어섰다. 성큼성큼 몇 걸음 만에 다가온 그가 하준의 손목을 낚아채듯 잡아당겼다. 안을 채운 손가락이 주르륵 빠져나갔다.

잠깐이지만 함부로 휘저은 입구와 그 안쪽이 얼얼했다. 손목을 붙잡힌 채로 작게 허덕이며 무겸을 올려다보았다. 미간을 찌푸리고 당황한 듯 하준을 보던 그는 할 말을 찾는 것처럼 입술을 짧게 달싹이더니 잠시 뒤에 질책했다.

"…뭐 하냐, 너. 이런 거 하나 제대로 못해?"

'그래, 못한다. 맨날 네가 해 줬는데 갑자기 어떻게 잘해.'

그러나 그렇게 대답할 분위기는 아니기에 하준은 억울함이 뭉친 불평을 속으로 삼켰다. 그에게 잠자리에서 타박을 듣는 것이 한두 번도 아니다. 무겸이 입구를 조심스레 살피더니 투덜거린다.

"넣기도 전에 부었잖아."

혀를 차고는 하준을 내려다보다가 곧 시선을 돌려 버렸다. 하준은 이번에도 그의 얼굴을 읽을 수가 없었다.

전지훈련장에서 보았던 그와 조금 비슷한 것 같기도 하다. 그날 무겸은 하준에게 화가 났었다. 자신이 밤바다에 걸어 들어가는 것을 보고 놀라서. 그 화도 결국 마지막에는 흐지부지되어 나중에는 저에게 웃어 보였지만……

지금의 무겸은 그때와 비슷하면서도 달랐다. 화가 난 것인가 싶기도 했으나 그 분노가 저를 향하고 있다는 느낌이 없다. 뭔가에 속이 상한 사람이 화가 난 척을 하는 것 같기도 하고, 아니면…….

"아!"

무겸의 얼굴을 보며 그의 표정을 읽어 보려던 하준의 생각이 일시에 흐트러졌다. 여전히 벌어져 있는 다리, 세운 무릎 위에 무겸의 입술이 닿았다. 갑자기 닿아 피부 위를 핥는 혀와 미끄러지는 입술은 짜릿한 감각을 빠르게 전신으로 흘려보내며 하준의 몸을 지배했다.

무겸의 입술이 쉬지 않고, 마치 물을 흘려보내듯이 무릎에서 허벅지 안쪽으로 미끄러져 들었다. 혀를 반쯤 내민 채, 살덩이를 뭉개며 희고 부드러운 피부 위를 미끄러진다. 달팽이가 기어간 자리처럼 무겸이 지나간 피부 위에 축축한 흔적이 남았다.

가끔씩 입술을 멈춰 집요하게 한 자리의 살을 빨아올릴 때면 그 자리에서 타닥타닥 모닥불에서 튀어나온 작은 가루 불꽃이 튀는 것만 같다. 붙들린 다리가 흔들렸다.

"아, 으응… 읏."

한참을 허벅지 안쪽 살을 빨고 입을 맞추며 천천히 몸을 거슬러 올라가던 입술이 골반을 거쳐 배 위에 닿고, 그 위를 또 쪽쪽대며 애무하던 입술과 혀가 가슴에 도착했다.

어느새 테이블 위에 누운 하준은 자신의 다리 사이로 숙여 든 얼굴이 눈을 감고 제 몸 위를 오가는 모습을 내려다보았다. 혀가 힘주어 유두를 짓뭉개자 눈앞이 아찔 흐려지며 벌써부터 허리가 튀었다.

제 손으로 쑤시고 휘저을 때는 잠잠하기만 하더니 간사한 몸이 오랜만에 받는 무겸의 애무에는 급하게도 호응한다. 분위기가 그리 좋지도 않은데 너무 느끼는 것 같아 창피할 지경이었다. 이를 악물어 소리를 참아 봤지만 무겸이 입술로 유륜을 덮어 소리가 날 정도로 쪽쪽 빨자 노력은 허무하게 허물어졌다.

"응! 하, 아으!"

완전히 열이 찬 목소리가 수치심을 외면하고 입 밖으로 나갔다. 무겸의 혀와 입술이 양쪽 돌기를 번갈아 가며 짓뭉개고 빨아올리고 이로 긁어 댄다. 강한 자극에 조금 어릿해져 저도 모르게 상체를 비틀면 붉게 익은 곳 위를 넓적한 혀가 부드럽게 핥았다.

그의 제안을 예상하지 못했듯 오늘은 이런 애무도 상상하지 않았다. 허덕이며 넋을 놓은 사이 어느새 젤을 발랐는지 미끌미끌한 무겸의 손끝이 입구를 더듬었다.

조금 전 제 손으로 마구 휘젓는 바람에 살짝 부은 구멍 위를 엄지의 뭉

톡한 부분으로 천천히, 몇 번씩 문지르다가 그러는 동안에도 한참 말이 없던 무겸이 가라앉은 목소리로 물었다.

"아프진… 않아?"

물어서는 안 될 것을 묻는 듯 망설이는 말투가 의아했다. 하준은 고개를 저었다.

"안 아파. 전혀."

따끔거리지도 않고 열감조차 없다. 그 대답에 무겸이 하준의 얼굴을 바라본다.

오늘따라 애무를 하면서도 좀처럼 시선을 마주치지 않던 그가 모처럼 준 눈길을 하준은 멍하니 마주 보았다. 처음 느꼈던 잠깐의 무서움은 그가 가까이 다가오면서 이미 흩어져 사라졌다. 무엇 때문인지 자신이 싫어져서 갑자기 무시하고 관계를 청산하려 하는 것이라 생각했는데 속내가 어떻든 막상 저를 만지는 그는 겁먹을 필요 없는 낯익은 김무겸 그대로였다.

입구를 쓰다듬던 뭉툭한 엄지가 잠시 떨어진다 싶더니, 길고 굵은 손가락이 천천히 안으로 들어오기 시작했다. 내벽 안쪽에 소름이 돋는 듯 감각이 예민하게 일어서고 손가락의 불거진 마디까지 눈에 보일 것처럼 느껴졌다. 뿌리까지 들어온 손끝이 살짝 힘주어 안쪽을 누르자 허리가 저릿해지며 멋대로 입이 벌어졌다.

"하! 아, 아……!"

저절로 볼기에 힘이 들어갔다. 다리를 벌린 자세로 테이블 끝에 걸쳐진 발끝이 천천히 곱아들었다. 자신의 손가락이 드나들 때와는 완전히 다른 감각에 벌어진 입술 사이로 새는 숨이 금방 뜨거워졌다.

젤이 잔뜩 묻은 손가락이 드나들자 아래쪽에서 곧 척척대는 물소리가 났다. 등을 완전히 대고 누워 있는데 처음에는 몸을 식게 만들던 차가운 테이블이 이제는 오히려 하준의 체온 때문에 미지근해지고 있었다.

밀려든 손가락은 예고도 없이 두 개가 되고 세 개가 되었다. 처음에는 느리게 들락거리던 것이 손목까지 흔들리며 찌걱찌걱 안쪽을 온통 뒤흔들고 있었다.

"아, 읏! 으… 윽, 흐……."

내벽을 찧는 손끝에 함께 으깨진 목소리가 속절없이 흘렀다. 벌어진 허벅지 안쪽의 근육이 다 녹아내린 듯 다리에 힘이 빠져 하준은 테이블 끝에 걸쳐진 발에 힘을 주었다. 그러지 않으면 다리가 떨려 테이블 아래로 미끄러질 것 같았다.

왜 내 손으로는 이렇게 안 되는 거지. 이것도 손재주의 차이인가?

멍해지는 머리 한 틈에서 그런 쓸데없는 생각을 하는 순간, 손끝이 느끼는 곳 위를 강하고 짙게 눌러 온다. 찌릿한 쾌감이 터지면서 머릿속에 있던 생각이 흐물거리는 목소리로 흘러나왔다.

"아, 아으, 흑! 김, 무겸, 네 손, 좋아……."

"…씨발, 그냥 닥쳐."

한숨 쉬듯 중얼댄 무겸이 손을 빼냈다. 몸속을 마음대로 흔들던 것이 빠져나가자 안개 낀 듯 흐려졌던 하준의 머릿속에 명료함이 천천히 돌아왔다.

무겸이 바지 앞을 내리고 있었다. 하준을 핥고 만지는 동안 완전히 발기한 커다란 것이 퉁 튕겨 나오듯 배 쪽으로 일어선다. 늘 보던 장면인데 다시는 그가 저를 상대로 욕정하는 모습을 볼 수 없을 거라 생각했기 때문인지 그가 제대로 발기했다는 사실 자체에 하준은 별스럽게 안도가 되었다.

손가락으로 한참 들쑤셔진 안쪽이 아직도 저릿해 숨을 몰아쉬면서 무겸의 물건을 빤히 보다가 그의 얼굴로 시선을 올렸다. 무겸은 눈을 마주치기 전부터 하준을 보고 있었던 듯, 비딱한 웃음을 걸치며 한 걸음 더 다가왔다.

"좆이 그렇게 좋나?"

그야 무겸의 것이라면 뭐든지 좋다. 손가락이든 성기든 입술이든…….

대답하는 대신 희미하게 고개를 끄덕이자 무겸은 다리를 거칠게 끌어당기더니 양손으로 오금을 잡아 사이를 더 벌렸다. 발이 공중에 뜨며 테이블 끄트머리에 걸쳐진 엉덩이 사이, 부드럽게 풀어진 입구가 그의 시야 앞에 훤히 드러났다.

단단해진 귀두 끝을 적당히 맞추고 무겸이 곧바로 쑤셔 들었다. 들어갈 때부터 살짝 비틀리며 꽂힌 성기가 내벽을 강하게 긁으면서 쑥 안으로 빨려 들어간다.

"하윽, 아!"

굵은 것이 느닷없이 안을 꽉 채워 오는 감각에, 하준은 순간 호흡하는 법도 잊고 숨을 멈췄다. 몸이 떨리고 반쯤 허공에 떠 버린 엉덩이에 자꾸만 경련하듯 힘이 들어갔다.

무겸은 한 번도 멈추지 않고 끝까지 밀고 들어왔다. 느리고 빠듯하게 내벽을 문지르며 진입하는 뜨거운 것이 하준의 감각을 다시 한번 뿌리부터 뒤흔들었다. 우둑하게 돋은 핏줄과 귀두가 안쪽 살을 툭툭 긁는 것이 느껴질 때마다 짧은 신음이 몇 번씩 터졌다.

"응, 흐! 아흐, 윽……."

치골이 회음에 철퍽 맞붙을 정도로 끝까지 박히자 귀두가 좁은 안쪽에 닿았다. 사람의 몸은 안쪽으로 들어갈수록 여려지고 자극에 예민해진다. 무겸은 박아 넣은 것을 바로 빼내지 않고 체중을 실었다. 꾹꾹 누르며 깊은 곳을 두터운 귀두로 여러 번 자극했다.

무겸에게야 무성의할 정도로 작은 움직임이겠지만 받는 하준의 입장은 달랐다. 찌르는 각도가 조금씩 바뀌는 것만으로도 그때마다 전신에 전류가 흐르는 듯 온몸이 찌르르 움찔거렸다.

"후으, 으, 앗, 아……!"

테이블 위에 다리를 벌리고 누워 무겸의 아래에서 꿈틀대는 자신이 실험용 개구리처럼 보일 것 같다. 부끄러운데도 정말 실험이라도 당하는 양 몸이 멋대로 자극에 반응하는 것을 멈출 수도 없다.

이를 악물고 소리라도 죽여 보려 했지만 약한 점막을 두툼한 것이 찔러 올리면 귓가가 찌릿해지며 입이 벌어지고 허리와 다리가 흔들거렸다.

그렇게 안쪽에서 작게 움직이던 무겸이 갑자기 쑥 뒤로 물러났다가 빠른 속도로 단번에 깊이 들어올 때쯤에는 부끄럽다는 생각도 날아가 버렸다. 목이 뒤로 발칵 젖혀지며 나름대로 열심히 참고 있던 소리가 터져 나온다.

"아! 아-, 하아!"

"씨발, 그저 아무 때나, 박기만 하면, 좋아서 죽지."

화라도 나는 듯 중얼대더니 갑자기 움직임이 거칠어진다. 몸이 밀려 올라갈 정도로 퍽퍽 들이치자 소리도 지르지 못하고 하준은 고개만 젖힌 채로 토막 난 숨을 내쉬었다. 좁아진 안쪽을 쓸어 올리며 다 들어왔다 싶으면 곧바로 긁어내리며 빠져나갔다.

"흐! 으! 으, 흑!"

묵직한 몸 전체로 퍽퍽 쳐들 때마다 깊게 때려 박히는 성기가 몸을 관통해 목구멍까지 튀어나올 것 같아 신음이 끊기며 받아졌다. 안이 자꾸만 뜨거워져 그가 드나드는 곳이 불구덩이가 된 것만 같다. 머리에 증기 같은 것이 꽉 차 생각을 할 수 없어진다.

감각이 달리는 속도가 너무 빨라 쫓아갈 수가 없다. 빠르게 열이 오른 몸이 벌겋게 익어 가는 것이 느껴졌다. 어디 하나 붙잡아 줄 것도 없이 떨리는 손이 테이블의 미끄러운 면을 긁다가, 명치 앞쯤에서 모여 주먹을 쥐다시피 해 제 살갗을 긁었다.

반동에 밀려 올라가던 몸이 어느 순간 허벅지를 붙잡혀 아래로 끌려 내려갔다. 몸과 몸이 착 달라붙는 동시에 성기가 한층 깊이까지 들어왔다. 하준은 저도 모르게 허리를 비틀며 몸을 크게 떨었다. 그 상태로 추삽질이 잠시 멈춘 사이, 하준은 감았던 눈을 뜨고 무겸을 올려다보았다.

쾌감에 뜨거워진 시야가 김 서린 유리창처럼 부옇게만 보인다. 숨을 고르며 그를 응시하는데 모르는 사이 눈에 고였던 눈물이 주르르 얼굴을 타고 흘렀다.

하준을 내려다보던 무겸의 얼굴이 희미하게 찌푸려졌다. 다음 순간, 안을 채우고 있던 것이 갑자기 빠져나갔다. 겹쳤던 몸을 떨어뜨리고 선 무겸은 하준을 보기만 할 뿐 아무런 행동도, 말도 없었다. 잠시 그의 다음 행동을 기다리던 하준은 눈만 깜박이며 분위기를 살폈다.

…아직 둘 중 아무도 사정하지 않았는데 끝난 건가?

어쩐지 평소와 다르게 그리 흥분하지 않은 듯한 무겸의 표정에 막연히 그런 생각부터 들었다.

그런가? 이제 나랑 하는 섹스는 김무겸을 별로 흥분시키지도 못하나.

몸은 아직 뜨거운데 둘의 관계가 끝났다는 것을 받아들였던 순간보다도 기분이 막막하게 가라앉았다. 젖은 눈을 깜박이며, 여전히 열이 밴 머리로 일어나서 옷을 입어야 하나 생각하는 찰나 무겸이 입을 열었다.

"엎드려."

그 말에 하준은 누워 있던 몸을 얼른 끌어 내렸다. 다리는 바닥으로 내리고 상체를 테이블에 붙여 뒤집어 서자 무겸이 다시 뒤로 다가오는 것이 느껴졌다.

커다란 손이 양쪽 볼기를 잡아 벌린다. 뜨거워진 구멍이 공기 중에 드러나자 가볍게 찾아온 오한에 어깨가 바르르 떨렸다. 그러나 추위를 느낀 것도 한순간, 무겸의 것이 곧바로 뒤로 꽂혀 들었다.

"하으윽!"

안쪽까지 푹 찔러 드는 것에 절로 목소리가 커진다. 자세를 바꾸고, 몸을 빠져나갔던 것이 새롭게 파고드는 압박감에 눈앞이 핑글핑글 도는데 무겸은 여유를 주지 않고 처음부터 빠르게 움직였다.

철썩철썩 살 부딪히는 소리가 간격 없이 방을 울리고, 체중을 실어 퍽퍽 쳐 대는 기세에 몸을 붙인 가볍지 않은 다인용 테이블이 끼긱대며 밀려갔다.

"아, 아윽, 흐, 잠, 깐, 아, 아……!"

정신없이 안을 들이치는 것에 숨이 턱턱 막힌다. 오늘 같은 날은 다른 군말 없이 무겸이 하는 대로 내버려 두고 싶었는데 저도 모르게 거부하는 말이 튀어 나간다.

"웃, 그, 그마, 흐아, 아!"

그러나 무겸은 멈추지 않았다. 끝까지 박혀 들 때마다 몸이 휘청대듯 흔들리고, 테이블이 점점 밀려 처음에는 테이블 위에 전부 밀착했던 상체의 아랫부분이 공중에 떴다.

귀두만 걸칠 정도로 빠져나갔다가 빠른 속도로 깊이까지 치고 들어오는 몸의 중량감과 불이 붙을 듯 마찰되는 내벽, 접촉이라기보다는 얻어

맞는다고 표현해도 될 정도로 몽둥이처럼 강하게 몸속을 때리는 힘에 사고가 정지해 버린다. 벌어진 입에서 침이 떨어지는데도 입을 다물 생각도 할 수 없었다.

"으응, 아, 후으, 으⋯⋯!"

몸이 불붙은 듯 뜨거워지는 와중에 허공에 뜬 허리와 골반이 벌벌 떨려 주저앉을 것만 같았다. 하준은 팔을 짚고 몸을 테이블 위로 주춤주춤 끌어 올렸다. 꼭 무겸이 박고 있는 중 앞으로 도망치려는 것 같은 모습이 되는데, 허리를 갑자기 꽉 끌어안은 팔이 몸을 뒤로 홱 잡아당겼다.

끼기긱, 바닥이 금속질 막대 같은 것에 긁히는 소리가 나더니 엎드려 있던 몸이 바로 앉았다. 그러자 성기가 깊숙이 박혀 드는 삽입감에 입이 크게 벌어진다.

어떻게 된 것인지 상황을 파악하기도 전에 이제는 굵은 기둥이 아래쪽에서 위로 몸을 콱콱 찔러 올리고 있었다. 다리를 넓게 벌리고 무겸의 허벅지 위에 엉덩이를 붙이고 앉은 자세가 된 몸이 위아래로 마구 흔들렸다. 뭘 더 생각할 겨를도 없이 제 골반을 붙든 손등 위로 손을 겹치고 하준은 나오는 대로 우는 소리를 흘렸다.

온몸이 증발할 듯 뜨겁고, 너무 깊이까지 들어오는 성기가 버겁고, 그런 중에도 그 모든 감각이 너무, 너무 좋았다.

다시는 제 안에 들어올 일이 없을 거라 생각했던 무겸의 것이 안을 점령하는 쾌감에 눈물이 뚝뚝 떨어진다.

"흐윽, 흐, 아, 김, 무겸, 하윽, 좋아, 앗! 좋아⋯⋯!"

무겸이 좋으냐고 물을 때나 대답하던 말을 오늘 하준은 먼저 꺼냈다. 언제 또 그에게 이런 말을 할 수 있을지 모른다는 생각이 하얗게 바랜 머릿속에서도 무의식처럼 작동해, 평소에는 부끄러워서 잘 하지 못하던 말을 뱉어 내게 만든다.

그러자 격렬하게 몸을 찍어 올리던 추삽질이 갑자기 멈추고, 뒤쪽에서 몸을 와락 끌어안아 오는 단단한 팔만이 느껴졌다.

숨이 막힐 정도로 강한 그 힘에 하준은 고개를 떨군 채 가쁜 날숨만 허덕였다. 성기가 몸속 끝까지 박혀 들어 마치 무겸에게 꿰인 기분으로 전신을 움찔거렸다. 무겸의 다리를 사이에 두고 벌어진 허벅지가, 배와 가슴이, 어깨와 손끝 발끝까지 통제할 수 없이 떨렸다. 목덜미 근처에 파묻힌 얼굴에서 낮은 목소리와 함께 길고 뜨거운 숨이 흘러나와 피부를 인두처럼 달구었다.

"후우……."

냄새라도 맡는 듯 숨을 마실 때마다 낮게 그릉대는 소리가 귓가를 간지럽히더니 콱, 무겸이 목에서 어깨까지 이어지는 비스듬한 선 위를 세게 깨물었다.

"아!"

무겸은 원래도 귀나 목, 어깨 따위를 잘근거리는 것을 좋아했지만 오늘은 아파서 절로 목소리가 나올 정도였다.

딱딱한 치아가 갈다시피 피부 위를 깨물고 긁었다. 통증에 성기를 문 안쪽까지 더 힘이 들어간다. 그렇지 않아도 예민해진 피부 위를 이가 파고드는 날카로운 아픔을 견디지 못하고 하준이 무겸의 팔을 약하게 붙들며 신음했다.

"앗, 아, 파, 아파……."

그 말에 개처럼 어깨를 물어 대던 움직임이 뚝 멈췄다. 상체를 끌어안고 있던 팔 한쪽이 풀어지며 손이 기어 올라와 하준의 목덜미 앞쪽을 쓸어 올렸다.

무겸의 손이 마치 목을 조르듯 감싸 와 턱 아래까지 다다랐다. 아래쪽을 향해 숙어져 있던 고개가 절로 치켜들려 젖혀진다.

"커흑……."

목울대 있는 곳이 손아귀에 눌려 기침 비슷한 신음이 나왔다. 무겸은 그 상태로 잠시 움직이지 않고, 여전히 얼굴을 하준의 목덜미에 묻고서 숨만 거칠게 들이마시고 내쉬었다.

얼마나 지났을까. 하준의 목 위에 올라왔던 손이 스르르 미끄러졌다. 그리고는 곧장 아까와 마찬가지로 몸을 움직이기 시작했다.

안을 가득 채웠던 것이 미끄러져 빠져나가고 다시 박혀 들어오는 속도에 시야가 어두워진다. 살이 부딪히는 둔탁한 소리, 쳐올리는 반동에 들어 올려졌던 엉덩이가 허벅지 위로 내리 찍힐 때 나는 철퍽대는 소리로 귀가 멍멍해졌다.

정말로 더 이상 아무 생각도 할 수 없어서, 하준은 그의 몸 위에서 입을 벌리고 인형처럼 흔들렸다. 눈앞이 깜박깜박해지려는데 무겸이 강하게 허리를 쳐들어 몇 번씩 거칠게 안을 찍었고, 동시에 하준은 다리를 벌려 앉은 채로 사정하며 절정에 올랐다.

탄탄한 허벅지 위에 놓인 엉덩이와 허리가 들썩거렸다. 안쪽이 의지와 상관없이 요동을 치며 쭉쭉 좁아 드는 것이 스스로도 느껴졌다.

"하아, 하, 으으응, 윽……."

몸 뒤쪽에서도 뜨거운 것이 울컥울컥 솟구쳐 안을 채운다. 무겸 또한 제대로 사정한 것이 분명했다.

그의 체액을 몸속에 받은 것이 한두 번도 아닌데 그 열감에 너무나 안심이 되었다. 하준은 저도 모르게 그것을 더 깊이 받고 싶어 하는 사람처럼 뒤를 조이며 허리를 아래로, 아래로 눌렀다. 사정에 이른 무겸의 거친 숨결이 등 뒤에서 목을 간지럽힌다. 무겸의 손에 힘이 꽉 들어가며 하준의 허리를 부서져라 붙잡아 왔다.

그러나 절정감에 넋이 나간 하준이 여운을 즐길 시간은 별로 주어지지 않았다. 잠시간 속박이라도 하듯 허리를 단단히 붙들고 있던 무겸의 손이 몸을 잡아 올렸기 때문이다.

아직 경도가 죽지 않은 굵은 것이 미끄러지며 안쪽에서 쭉 빠져나갔다. 구멍을 막았던 것이 사라지자 다물리지 않은 입구 사이로 받아먹은 액체가 새어 나와 다리 안쪽을 타고 흘렀다.

"아, 하아, 아……."

커다란 손안에서, 절정의 여파에 떨리는 몸을 채 수습하지 못하고 흐느적대는데 무겸은 벌떡 일어서 하준을 그가 앉아 있던 의자에 앉혔다.

실오라기 하나 걸치지 않은 나신, 단정치 못한 자세로 의자에 앉아 멋대로 부들부들 경련하는 제 허벅지 안쪽을 하준은 남의 몸처럼 멍하니 응시하다가 힘없이 고개를 들었다. 무겸은 이미 등을 돌려 테이블 위에 올려놓았던 가방을 뒤적대고 있었다. 항상 가지고 다니는 스포츠용 티슈를 꺼내 자신의 앞을 정리하고 찌익, 바지 지퍼를 올리는 소리가 들렸다.

숨 한 번 돌리지 않고 가방을 어깨에 멘 그가 하준을 향해 몸을 돌렸다. 저벅저벅 다가온 그가 등을 살짝 굽혔다 들어 올렸다. 시작할 때 젤이 놓였던 자리, 벌어진 허벅지 사이에 이번에는 티슈가 놓여 있었다.

잠시 그 손을 따라 눈길을 움직였던 하준은 이제 멍하니 무겸을 올려보기만 했다. 그러자 무표정하던 무겸의 얼굴에 씩 웃음이 번졌다. 평소의 그가 자주 짓는 장난스러운 미소도, 사람을 깔보는 듯한 거만한 미소도 아니었다. 가라앉은 목소리만큼 채도 낮은 웃음이었다.

"팀 내에 바로바로 대 줄 사람 있으니까 편하긴 하네. 경기 끝난 직후에 제일 하고 싶은데 보통은 이렇게 빨리 못 빼잖아."

"……."

"혹시 이게 이하준 코치만의 선수 케어 방법이야? 경력 긴 베테랑 코치도 아닌데 다들 널 그렇게 좋아하는 데는 이유가 있겠지."

무겸이 가볍게 한숨을 쉬며 시선을 돌렸다.

"정리는 혼자 할 수 있지?"

그 말을 마지막으로 무겸이 문을 향해 걸어갔다. 하준은 입을 다물고 그가 서 있던 자리만 보며 아무 대답을 못 했다. 달칵, 문이 열리는 소리가 울리고 나서야 급하게 그를 불렀다.

"김무겸."

"…왜."

문고리를 잡은 채로 고개도 돌리지 않는 무겸의 뒷모습을 좇아, 하준은 의자 등받이를 짚고 힘이 들어가지 않는 다리를 애써 세워 일어섰다.

"얘기 좀 해……. 섹스만 하자고 보자 한 거 아니야."

"시작할 때 말했잖아. 너랑 나 사이에 이거 말고 무슨 얘기가 필요하냐고."

뭐라 더 말을 붙일 틈도 없었다. 말을 마치자마자 완전히 문을 열어젖힌 무겸은 그대로 휴게실을 나가 버렸다.

탁, 허무하게 문이 닫히는 소리, 복도를 걸어가는 점점 멀어지는 발소리를 들으며 하준은 멍청하게 서 있다가 의자 위에 도로 털썩 앉았다. 그를 쫓아갈 수는 없었다. 자신은 옷도 입지 않은 상태였고 다리 사이로 흐른 정액도 아직 그대로였으니까.

목이 뻣뻣이 굳는 것 같다. 머리가 묵직하게 아파 왔다. 마음 같아서는 그냥 여기서든 어디서든 퍼질러 눕고 싶었지만 안 된다.

하아. 한숨만 한 번 내쉰 뒤 등받이에 기대고 손바닥으로 얼굴을 감쌌다. 잠시 숨을 고른 하준은 무겸이 의자에 놓고 간 티슈를 뽑아 들었다. 몸을 일으켜 흥건하게 젖은 뒤와 다리 사이에 묻은 체액을 닦고, 티슈를 더 뽑아 의자까지 닦았다.

그것을 제자리에 가져다 놓은 다음에야 옷을 입었다. 테이블 위에 한참을 방치해 놓았던 옷은 서늘했고, 적당히 밖으로 흘러나오기야 했다지만 뒤를 제대로 씻어 내지 않고 옷을 입은 기분은 찝찝하기만 했다.

어쩔 수 없다, 빨리 돌아가 씻는 수밖에. 아니면 어차피 아무도 없을 테니 샤워실에서 씻고 갈까?

"……."

휴게실을 나가기 위해 가방을 들었지만 하준은 발걸음을 떼지 못하고 한 자리에 가만히 서 있었다. 황당함이 차오른 무거운 머리로나마 삐걱삐걱 사고가 돌아갔다.

이야기를 하고 싶었던 것은 저 혼자만의 바람이었으니 무겸이 대화를 원하지 않았다고 해서 탓할 수는 없다. 섹스를 한 번 하고 나면 대화가 더 원활해지지 않을까 짐작했던 것 역시 저의 억측이었을 뿐, 사람의 일이 꼭 생각대로 흘러갈 수는 없는 법이다.

뒤처리도 하기 힘든 곳에서 안에 사정을 하고서는 티슈만 던져 놓고 먼저 가 버린 행태 역시 다소 불만스럽기는 했지만 언제는 김무겸이 사정 이후를 생각하는 사람이었나.

최근 들어서는 싫다는데도 멋대로 뒤를 씻어 내고 몸 위에 싼 것을 닦는 등 뒤처리를 돕는 데 재미를 붙인 듯도 했지만 기본적으로 하준은 무겸에게 그런 것을 바란 적이 없었다. 요즘 같은 분위기에서라면 말할 것도 없다.

그런 건 아무래도 좋다. 상관없다.

"팀 내에 바로바로 대 줄 사람 있으니까 편하긴 하네."

…그러나 하준이 이 팀에서 코치를 하고 있는 이유는 '바로바로 대 주기' 위해서가 아니다. 그것이 선수들을 케어하는 방법일 리는 더더욱 없다.

농담으로라도 자신이 성적인 뉘앙스에 예리하다고 할 수는 없지만 김무겸이 한 말의 뜻을 못 알아들을 정도로 멍청하지는 않았다.

조금 전까지 자신 역시 7 대 2로 끝난 경기를 옆에서 지켜보며 승리의 열기에 한껏 취했었고, 미쳤다는 말이 절로 나오는 김무겸의 퍼포먼스를 보며 거의 감격에 젖었었다. 꼭 선수로 뛰지 않더라도 그라운드의 일부가 되는 방법은 얼마든지 있었다.

그의 폼이 전혀 떨어지지 않았다는 데 안도한 것도, 무겸의 컨디션을 끌어 올리기 위해서라면 성욕을 풀어 주는 것이든 뭐든 보탬이 되고 싶다고 생각했던 것도 사실이지만…….

"김무겸."

입에서 나직한 혼잣말이 비어져 나왔다.

"이게 진짜……."

하준이 앞머리를 쓸어 올렸다. 흰 이마 아래 눈썹 사이가 좁아졌다. 가방을 고쳐 메고 휙 문을 열고 나섰다. 갑자기 치른 섹스가 몸에 부담을 주기는 했지만 걷는 데 무리가 있을 정도는 아니었다.

건물을 나와 성큼성큼 걸어 관성처럼 버스 정류장으로 향하던 몸이 멈칫, 보도 한중간에서 멈춘다. 잠시 망설이는 듯 찌푸린 얼굴로 가만히 서 있던 하준은 결국 택시를 잡았다.

경기가 끝나고 사람들이 한차례 다 빠진 밤의 도로는 한산했다. 금세 다가온 빈 택시에 하준은 몸을 싣고 기사에게 목적지를 일렀다.

차 키를 아무렇게나 팽개치고 무겸은 소파에 털썩 주저앉았다. 다섯 골이나 넣느라 종횡무진 잔디밭을 달린 몸이 나른하기 그지없다. 평소라면 경기가 끝난 직후라고 해서 이렇게까지 피로함을 느끼지는 않지만 오늘은 보통 때와 달랐다.

최근 속을 시끄럽게 하던 스트레스를 경기를 구실로 완전히 발산해 버린 것 같다. 무겸은 경기 중에도 알뜰히 체력 분배를 하는 편이었다. 최소 90분, 때로는 두 시간 이상을 뛰어야 하는데 단거리 육상 선수들처럼 덮어 놓고 달리기만 해서는 후반에 제대로 힘을 쓰지 못하니까.

그러나 오늘은 전반 후반 95분 내내 축구에 미친 사람처럼 달렸고, 덕분에 다섯 골을 넣는 쾌거를 올렸으나 그만큼 피곤해졌다.

더군다나 이하준 일도 있었고.

"……."

며칠 전부터 단체 훈련 때를 빼면 저를 코칭하는 인원에 이하준이 포함되지 않은 것을 보고 이대로 무난하게 마무리되는 것인가 생각했으나 그럴 리 없었다. 그러지 않기를 바랐지만 조만간 한 번은 말을 걸어올 것 같더라니 역시 예상을 벗어나지 않았다.

다른 사람도 아닌 이 코치니까. 없었던 척 덮고 넘어가지 못하고 일에서는 빠지더라도 대화를 나누고 제대로 결자해지해야 한다고 생각했겠지. 물어보지 않아도 그의 속마음이 뻔했다.

무겸은 쿠션을 들어 올려 얼굴을 푹 덮었다. 질식이라도 하고 싶은 사람처럼 한참을 그렇게 누워 있었다.

몰라, 이제. 아무리 부처 토막 같은 놈이라도 그 정도면 더 얼쩡대지 않겠지.

난 너랑 대화 같은 거 할 생각 없다. 차라리 얼굴에 침을 뱉어도 좋으니 이제 나 좋다며 가까이 오지 마라 제발.

빨리 그린포드로 돌아가고 싶다. 어차피 준성도 없는 팀에서 의무감만으로 뛰는 것도 이제 질렸다. 아직 몇 달이 남은 임대 계약 기간을 도대체 어떻게 버텨야 할지 생각만 해도 답답하다.

사람들은 한국에 오기로 한 자신의 결정을 1년의 시간 낭비라고 비판했었다. 이제는 시간 낭비 수준이면 감사할 지경이다. 이곳에 인생의 함정, 인생의 덫이 숨어 있을 줄은 몰랐다.

이하준은 쉬운 듯하면서도 어렵다. 처음 저를 피해 다니며 신경을 거스를 때부터 그랬지만 장식 없이 미끈한 도자기처럼 무난해 다루기 쉬울 것 같다가도 짐작하지 못한 곳에서 툭툭 돌출되는 부분이 있어 상대하기 쉽지 않다.

옷 벗으라고, 섹스나 하자고 하면 거기서 상황이 종료될 줄 알았다. 곧바로 무슨 소리 하냐며 화라도 낼 줄 알았는데 하겠다는 답이 돌아온 것부터 예상을 빗나갔다.

도대체가 요즘 같았던 분위기, 그런 상황에서 어떻게 하겠다는 말이 넙죽 나올 수 있나? 도저히 이해가 안 됐다. 또다시 머리가 시끄러워졌지만 무겸은 반쯤 자포자기 심정으로 결정했다. 좋다, 씨발. 될 대로 되라지. 이렇게 된 거 마지막으로 먹고 떨어지는 거다. 섹스도 하고 정도 뗄 수 있다면 최고 아니겠어?

원래도 이하준과 할 때 별로 신경 써 본 적 없는 잠자리 매너 따위 오늘은 더더욱 염두에 두기 싫었다. 에너지 낭비할 필요 없이 마구 박고 싸고 나와 버리려고 했다.

그랬는데… 대뜸 안을 찢어져라 쑤셔 대는 녀석의 돌발 행동에서 또 한 번 계획이 뒤틀렸다.

미친 자식. 선수들에게는 몸을 아끼라고 입이 말라라 잔소리를 하면서 뭐 하는 짓인지.

"그 자식이야말로 또라이 아냐?"

그만 생각하고 싶다.

혼잣말로 불평을 하며 생각을 물리치려 했지만 모처럼 마주한 섹스 중인 이하준의 젖은 눈동자와 달아오른 흰 얼굴은, 비썩 마른 닭가슴살처럼 무미건조했던 최근 무겁의 머릿속에 알록달록 반짝이는 색종이처럼 찰싹 달라붙어 떨어지지 않았다.

오늘은 진짜 손가락 하나 대지 않으려고 했다. 준비도 이하준에게 시키고, 다리 벌리라고 해서 쑤셔 박기나 하려 했다.

그런데 막상 가까이 가자 또 그냥 둘 수가 없어서 평소처럼 하게 됐다. 오늘은 진짜 되는 대로 막 하려고 했는데!

요망한 송아지가 의지를 꺾어 버렸다. 저는 의자에 앉아만 있었지 무엇 하나 하기도 전에 이하준이 제 손으로 뒤를 벌겋게 파헤쳐 놨다.

그래 놓고서는 좆을 꺼내 들자 눈을 반짝이며 노골적으로 아랫도리에만 빤히 시선을 보내고, 좆이 그렇게 좋냐고 물어보자 천연덕스럽게 고개를 끄덕이는 그 뻔뻔함이라니.

시작하면서부터 열은 받는데 쑤시자마자 자지러지는 모습을 보니 흥분은 돼서 몸이 터질 것 같고, 그 모습을 그 더러운 유부남 새끼나 다른 놈팡이들도 봤을 거라 생각하니 화가 나서 돌아 버릴 것 같고.

아프건 말건 아예 뒤가 찢어져라 처박아서 다른 놈들에게는 다리를 못 벌리게 만들어 버릴까, 그런 생각이 가스처럼 스멀스멀 머릿속을 채우는데 그 타이밍에 이하준은 귀신같이 눈물을 짜는 것이다. 우는 얼굴을 보고 있으려니 생각이 뒤죽박죽, 정말 미쳐 버릴 것 같아서 결국은 엎어 놓고 등 뒤에서만 했다.

오늘따라 묻지도 않았는데 좋다는 말은 왜 자꾸 지껄이는지 그런 것도 다 남자를 미치게 만들려는 수작질인 것 같아 분이 뻗치는데, 또 제 이름을 부르면서 좋다고 울어 대는 목소리를 듣자 그 수작질에 얼씨구나 하고 걸려들어 머리가 뜨거워졌다.

섹스를 할 때면 짙어지는 체취는 녹은 머릿속을 주걱처럼 휘저어 딱 미치기 일보 직전. 그냥 그대로 안아 들고 집에 와 버리고 싶었다. 침대에 눕혀 놓고 기절할 때까지 박아 버리고 싶었다. 하준과 섹스를 하면서도 그와 하는 상상을 했다.

그렇게 머리가 뜨거워지는 자신이 싫다.

예정에 없던 섹스가 끝나자마자 밀려오는 감정은 생리적인 쾌감도, 끝났다는 데 대한 후련함도 아니고 우울함뿐이었다.

좋은 말로 그만하자고 했으면 되는 문제 아니냐고 할 수도 있겠지. 하지만 이미 저를 좋아한다고 고백하고 차인 뒤에도 섹스 파트너 관계가 끝나지 않아 좋다며 속도 없이 웃던 놈이다. 관계를 청산하자는 말 정도로는 뭐든 다 받아들이는 녀석을 진짜로 떨어뜨리기 어렵다.

그만두자는 말이 차마 나오지 않아서 시간을 끌고 있었던 것은 절대 아니다. 이대로 자연스레 흐지부지되는 것이 서로를 위해 좋다고 생각했을 뿐이다.

…그러다가 최악의 사태를 맞았음은 인정한다. 사람 속을 쓰리게 만들 위악적인 말을 골라내는 것은 어릴 때부터 장기였지만 그것도 진심일 때 이야기다. 마음에도 없는 소리를 지껄이려니 제 속이 쓰려서 눈을 계속 마주치고 있기도 고역이었다.

게임에서 사람을 속여 넘기는 것은 좋아하지만 일상생활에서의 진짜 거짓말에는 별로 자신 없다. 거짓말을 잘했다면 어릴 때 그렇게 두들겨 맞지도, 살아오며 그만큼 많은 적을 만들지도 않았을 것이다.

입이야 나불댔지만 누군가 조금 전의 저를 봤다면 꽁지에 불붙은 개 같아 보였으리라. 물론 이하준이 아까 같은 상황에서 그것까지 눈치채지는 못했겠지만.

옷도 입지 않은 녀석을 내버려 두고 나왔으니 제대로 나서는 것을 확인하기 전까지 자리를 뜰 수도 없었다. 혹시 휴게실에 접근하는 사람이라도 있으면 곤란하니까. 아직 헐벗고 있는 이하준을 누가 보기라도 하면 어떡하나.

복도 끝에서 한참을 기다렸지만 나오는 낌새가 없었다. 뭔가 구실을 만들어 다시 들어가 봐야 하나 진지하게 고민하는 찰나 하준이 문을 열고 나왔다. 그가 휴게실을 나서는 모습까지만 확인하고 무겸은 바로 몸을 돌려 내빼다시피 건물을 빠져나왔다. 얼굴까지 보고 싶지는 않았다.

…내가 왜 이렇게 됐을까.

아저씨에게는 미안하지만 위약금 물고 지금이라도 그린포드로 가 버릴까.

이하준을 보면 이상해진다. 원래 자신은 이렇게 너절하게 누군가를 계속 생각하지 않는다. 밤마다 한 사람 꿈을 꾸지도 않는다. 섹스 파트너가 다른 누군가와 관계를 가지건 말건 관심을 가진 적도, 간섭한 적도 없고 그 사실에 화가 난 적도 없다.

아니, 백번 양보해 화가 날 수도 있다고 치자. 그러지 않기로 약속했으니까. 저를 좋아한다고 해 놓고 며칠 만에 다른 남자와 잤으니까!

하지만 배신감을 느꼈다면 끊어 내면 되지, 왜 그 사실에 계속 매달리는가?

이런 감정에서 시작해 사람을 괴롭히게 되는 거다. 지금은 이하준이 다른 남자와 잤다는 사실에 혼자 속으로 화를 내는 데서 그치지만, 정말로 이하준과 단둘이 되어 그 이야기를 꺼내면 미쳐서 하나하나 캐물으며 닦달하게 될 것이 눈에 선했다.

묻는 말에 대답할 때까지 사람을 밤새도록 괴롭히고, 이 대답이 진짜인지 거짓인지 병적으로 매달리고, 마침내 만족할 만한 답이 나오면 그제야 안심하고 눈물까지 흘리지만 다음 날이 되면 어제 만족했던 그 답이 내가 다그쳐서 나온 거짓말이라 생각하고 다시 검증하며 화를 내겠지.

주변의 모든 인간을, 심지어는 이하준이 쓰다듬은 개새끼까지 미워하고 의심하며 사람을 매일매일 바싹바싹 말리다가 결국은 죽여 버릴지도 모른다.

끔찍하다. 이런 감정이 한번 싹튼 이상 이하준과 가까이 있는 것은 피차 좋지 않다. 그러니 지금이라도 그린포드로 돌아가는 것이 최선의 방법이었다. 시즌은 아직 한참 남았으니 이곳 사람들과는 완전히 척을 져 버리겠지만 어차피 한국에서의 여론은 더 나빠질 것도 없었다.

그렇지만 아직 이하준이 없는 곳으로는 가기 싫다.

가까이 오지 않는 그를 보기만 하고 싶다.

그러다 보면 차츰 생각이 정리되어 그린포드로 돌아가면 떠오르지 않지 않을까.

이런 생각이 자꾸만 드는 것이 진짜 등신 같고, 자기 자신이 음식 쓰레기를 건조한 분말 한 톨처럼 느껴진다.

…아니, 오늘은 '처럼'이 아니라 진짜 쓰레기였다. 지금까지 잔인하게 차 버린 파트너가 한둘도 아니었지만 나름대로 다 그럴 만한 이유가 있어서였다. 이하준처럼 저한테 상냥하던 사람에게 이렇게까지 모멸감을 주며 관계를 정리한 적은 없다. 사람이 할 만한 일이 아니다.

자기혐오가 밀려오지만 상황을 확실히 정리했다는 데 만족하기 위해 노력 중이었다. 이하준도 이 지경으로 쓰레기 같은 남자에게 더 다가오려 하지는 않을 테니까.

남들에게 지금 제 상태에 대해 말해 봤자 돌아올 말이 무엇인지 안다. 이하준을 좋아하는 거라고 하겠지. 특히 임정규 같은 놈이 득달같이 신이 나 대답해 줄 테고.

그러나 이런 건 좋아하는 마음도 무엇도 아니다. 누군가를 좋아하는 마음이란 게 고작 이딴 지저분한 감정일 수는 없다. 이것이 세간에서 말하는 사랑이라면 결국 그 새끼가 했던 것도 사랑이라는 이야기가 된다.

저는 점점 비슷해져 가는 것뿐이다. 싫어도 어쩔 수 없이 미친놈의 아들이니까.

지이이잉.

쿠션을 활용해 자체 제작한 쥐구멍 속에 얼굴을 파묻고 있는데 갑자기 휴대폰이 울렸다. 누군가와 이야기 나눌 기분이 아니라 확인도 하지 않고 내버려 뒀지만 울리는 진동은 끈질겼다. 한창 이어지던 자기혐오를 흐트러뜨릴 정도로 오랫동안 울리던 진동이 마침내 끊어지자 무겸은 저도 모르게 한숨을 쉬었다.

지이이이잉.

그러나 잠깐의 침묵 뒤 전화는 다시 울리기 시작했다. 무시하려 했지만 혹시 준성의 전화일지도 모르겠다는 생각이 들었다. 재활은 순조로웠지만 어쨌든 그는 아직 환자였고 변수는 얼마든지 있었다.

더듬더듬 손을 짚어 전화기를 들어 올렸다. 쿠션을 치우고 액정을 확인한 무겸의 눈이 커다래졌다.

"뭐야, 이거."

액정에는 세 글자만이 떠올라 있었다.

'송아지'

곧 터질 시한폭탄을 든 사람처럼 초조하게 울리는 휴대폰을 내려다만 보는데 마침내 진동이 멈췄다. 휴, 저도 모르게 숨소리까지 내며 안도했지만 몇 초만에 다시 부르르부르르 울리기 시작한다. 전화를 받을 때까지 공세가 계속될 분위기였다.

부득, 이를 간 무겸은 어쩔 수 없이 휴대폰을 통화 모드로 전환했다.

"…뭐야."

– 문 열어.

앞뒤가 다 삭제된 말, 싸늘한 말투가 곧바로 귓전을 때린다. 절로 마른 침이 넘어갔다. 무겸은 쿵쾅대는 가슴을 애써 진정시키며 답했다.

"너 뭐야? 갑자기."

– 문 열라고. 집에 갇혀 있고 싶으면 버티든지. 열 때까지 안 갈 거니까.

현관 키를 안 줘서 얼마나 다행인지. 줄까 생각도 했었지만 너무 선을 넘는 것 같아 관뒀는데 과거의 선택이 지금의 김무겸을 살린다.

또다. 이하준이 또 예상 밖의 행동을 한다. 지금까지의 패턴을 봤을 때 그런 말을 들으면 알아서 정을 떼고 처음 그랬듯 저를 피하며 근처를 떠날 거라 생각했는데.

"할 말 있으면 내일 훈련장에서 해."

 - 개인적인 얘기를 왜 직장에서 해. 잠깐 임대 온 팀에 대충 해도 성적 나오니까 일이 아주 우습지?

"…어쨌든 내일 해."

 - 여기 비싼 곳이라 방음 괜찮아? 지금부터 너희 집 문 걷어차면 관리실에서 올라오나?

하, 무겸은 천장을 보며 큰 숨을 내쉬었다.

역시 수비수 중에는 얌전해 보이는 놈들만 있을 뿐 정말로 얌전한 놈들은 없다! 이하준이 정말로 얌전하기만 한 놈이었으면 어떻게 국가 대표로까지 뛰는 수비수가 되었을까.

분명히 처음부터 깨우쳤던 사실을 왜 간과하고 있었나. 송아지의 내숭에 휘말려 잊고 말았다.

 - 숫자 센다. 오, 사, 삼, 이.

"기다려."

무겸이 현관 잠금을 해제했다. 기계음이 울림과 동시에 전화를 끊었다. 침묵하며 기다리자 소리도 없이 문이 열린다.

조금 전 자신이 몸 안에 정액을 싸지르고 내버려 두고 튄, 이제는 확실히 과거의 섹스 파트너가 된 남자가 굳은 얼굴을 하고 서 있었다. 무겸은 긴장한 속내를 숨기고 그를 마주 보았다. 통화할 때의 흉흉한 기세와는 달리 하준은 소리를 지르거나 문을 걷어차지 않고 침착하게 안으로 들어와 조용히 문을 닫았다.

"…들어올래?"

너무나 침착한 모습에 어쩐지 무겸도 침착해져 그렇게 권했으나 하준은 고개를 저었다.

"굳이 안까지 들어가서 할 이야기는 없는 것 같다."

"……"

"너 아까 나한테 한 말 무슨 뜻이야."

몰라서 묻는 말일 리 없다. 알아 들었으니까 화가 났겠지. 큰 실수를 저지른 낭패감에 무겸은 속으로 혀를 찼다. 하준의 끓는점을 너무 높게 잡았다.

섹스 파트너를 그만두자거나 이제 너한테 질렸다는 통속적인 말 따위로 하준을 돌아서게 만들 수는 없을 것 같았다. 그럴 녀석이었으면 고백을 거절당했을 때 이미 떨어져 나갔을 것이다.

이하준 쪽에서 완전히 돌아서지 않으면 정신 못 차리고 있는 김무겸이 또 무슨 변덕을 부려 껄떡댈지 모르는 일 아닌가? 휴게실에서 한 짓이 정을 뗄 확실한 방법이라고는 생각했지만 이렇게 분노해 집까지 찾아오는 결말은 전혀 예상하지 못했다.

"무슨 뜻인지 아니까 여기까지 찾아온 거 아냐?"

"그럼 내가 해석한 뜻 그대로라고 생각하면 되겠어? 너는 내가 선수들한테 몸이나 대 주면서 지금 코치직 유지하고 있다고 생각한다 이거야? 연봉 2천 좀 넘는 신입 코치직을?"

그야 코치직을 유지하기 위해서 그런다고는 생각 안 한다.

그렇지만 저 외에 다른 선수들과도 잤을 수 있다고는 생각한다.

"알았어. 코치직을 유지하려고 하는 게 아니라 네가 좋아서 선수들과 잔다고 정정."

"너 진짜 미쳤어? 전에도 너 말고 다른 만나는 사람 없다고 했지. 그런데도 네가 굳이 약속까지 하라기에 너 만나는 동안 다른 사람 안 만나겠다고 약속까지 했어. 이런 식으로 사람 안 믿을 거면 그딴 약속은 뭐하러

들먹였어?"

아, 이야기를 이쪽으로 끌고 가기 싫다.

저절로 눈을 피하게 된다. 무겸은 고개를 돌리며 손만 들어 올렸다.

"그만 말해. 그래, 미안하다. 아까는 내가 막말했고, 미안해."

"너 갑자기 왜 이래? 얼마 전까지만 해도 안 그러다가 갑자기 왜 이러냐고. 무슨 일인지 얘기를 해. 그래야 나도 설명을 할 거 아냐."

얘기는 무슨 얘기. 제발 돌아가. 그 이야기 더 꺼내지 마.

"김무겸."

그러나 이어서 나온 자신을 부르는 목소리에 무겸의 시선은 이끌리듯 하준에게 향했다.

딱딱하게 굳어 잔뜩 분기에 찼던 표정은 그사이 어느 정도 지워지고, 정말 이 상황이 궁금하고 답답하다는 절박함만이 흰 얼굴에 가득 찼다.

저 얼굴 좀 보라지.

무슨 말을 하든 안 믿을 수가 없게 생겼다. 유부남과 웃으며 모텔에 들어갈 거라고는 도저히 믿기지 않는 도덕책 같은 얼굴이다. 연봉 2천 좀 넘는 축구 코치직 때려치우고 사기를 업으로 삼으면 갑부가 될 수 있지 않을까.

사람은 살다 보면 속이 얼굴로도 드러난다고 하던데, 너는 이렇게 맑고 예쁘고 착해 빠진 얼굴로 어떻게.

"말 좀 해 봐. 아무 이유도 없이 이럴 리가 없어. 너 이런 사람 아니잖아. 물론 네가 말이 고운 편은 아니지만, 한 번도 사람을 그런 식으로는……."

말끝을 흐리는 하준의 입술이 파르르 떨린다. 그 입술을 보던 무겸은 문득 생각했다.

키스도 했을까?

했겠지? 이하준은 키스를 좋아하니까.

키스를 할 때의 하준은 섹스만 할 때보다도 더 사랑스럽다. 한창 좆을 받느라 힘들어서 울다가도 입을 맞춰 주면 오히려 뒤를 조이면서 매달려 오고, 먹이 먹는 아기 새처럼 자꾸만 더 달라는 듯 혀를 내민다.

그렇게 좋아하면서도 먼저 해 달라고 말하지 않는 게 귀여워서 일부러 가끔씩만 해 줬다.

그러느라 저도 별로 많이 하지 못했는데. 요즘 들어서나 자주 하기 시작했는데.

둘이 모텔에 들어가는 현장을 보고서도 구체적인 상상을 하지는 않았는데, 막연히 두 사람이 잤다고 생각했을 때보다 어쩐지 더 가슴이 답답하게 끓었다. 모텔 문을 열기 위해 걸어갈 때처럼 다른 생각이 지워지고 시야가 좁아진다. 오직 한 가지 생각만이 머릿속을 꽉 채워 들기 시작한다. 이번에는 하준의 모습만 보일 뿐 현관 맡의 거울조차 보이지 않았다.

"키스도 했냐?"

그리고 언젠가처럼 말이 먼저 나가 버렸다.

"…뭐? 키스? 선수들이랑? 아직도 그 소리야?"

당황스럽다는 듯 돌아온 대답에도 무겸은 물러서지를 못했다. 머릿속 한구석에서 그만하라고 하는 목소리가 들려왔지만 나오는 말에 제동을 걸기에는 약했다.

"윤채훈 말이야."

이번에는 대답도 바로 돌아오지 않았다.

그 침묵이 마치 정곡을 찔린 데 대한 반응 같아서 무겸은 하준에게 다가갔다. 아직도 신발을 신고 현관에 서 있는 하준의 앞에 맨발로 섰다.

"너희 둘이 같이 모텔 갔잖아. 유부남이랑은 안 잔다고, 아무 사이도 아니라고 내 앞에서 그렇게 지껄여 놓고. 거짓말하고 뒤로 몰래 만나서."

"…너 내가… 형이랑 모텔 간 건 어떻게 알아?"

느리게 대답이 흘러나왔다. 한 번 부정하지도, 변명하지도 않는 태도에 미간이 더 찌푸려졌다.

무겸은 거의 하준의 이마에 맞닿을 만큼 얼굴을 가까이 가져갔다. 그의 손이 하준의 등 뒤 현관문을 짚었다.

"내가 어떻게 알았든 그딴 게 중요해?"

"제대로 몰라서 하는 소리니까. 누구한테 들었어? 정규한테? 정규한테 들었으면 그딴 식으로 생각할 이유가 없어."

임정규? 여기서 그 새끼 이름이 왜 나오지.

열이 찬 머리는 제삼자의 이름을 걸러야 할 이물질처럼만 인식했다. 하준은 난감한 듯 입술을 짧게 맞물고, 무겸의 가슴팍을 밀어 거리를 벌렸다.

"네가 형 싫어하는 거 아니까, 모임에 형 온다고 하면 싫어할 거 뻔해서 굳이 얘기 안 하기는 했어."

얼굴색 하나 변하지 않고 곧바로 다음 거짓말을 생각해 낸다. 이러니 속지 않을 수가 없다.

"아직도 모임 타령이야? 한번 실패한 거짓말을 또 써먹는 건 아니지 않아?"

"사실이니까! 내가 지방에서 오는 코치님들도 있다고 얘기했지. 모텔은 그냥 그분들 숙소였어. 난 잠깐 인사만 하러 간 거야. 형은 거기 따라가 준 거고!"

"씨발, 내가 그 말을 어떻게 믿어!"

터져 나온 고성에 하준의 눈과 입이 동시에 벌어졌다. 통제되지 않는 말들이 그 얼굴을 향해 마구 쏟아져 나갔다.

"너 윤채훈 좋아하잖아. 네가 다른 사람을 그런 표정으로 보는 걸 본 적이 없어. 그래도 유부남이고! 네가 네 입으로 아무 사이 아니래서 믿으려고 했어. 그런데 다른 곳도 아니고 그딴 데를 들어갔잖아. 나란히 웃으면서."

"김무겸."

"너는 원래 그런 식이야! 주변 남자들 전부한테 여지 주고, 누가 만져도 깔아뭉개도 헤실헤실. 선수들이든 코치들이든 이 팀 안에서도 누구랑 놀아났는지 알 게 뭐야? 지난번에는 웬 여자들까지 와서 하하호호 신이 나셨던데, 그분들은 아시나? 네가 남자한테 뒤 뚫리면서 질질 싸는 거? 너 그거 사기야, 사기. 낯이 있으면 그러면 안-."

쾅!

무겸의 말이 느닷없는 굉음에 끊겼다. 번뜩 정신이 들어 말을 멈추고 제대로 돌아온 시야를 살피는데 하준이 주먹 쥔 손을 등 뒤 현관문 위에 올려놓고 있었다.

"…너 진짜 미쳤구나?"

아니라고, 무겸은 바로 반박하지 못했다. 어쩌면 정말로 미쳤을지도 모르니까.

"지금 몇 사람을 욕하는 거야? 나, 형, 내 팬들……. 나 하나만도 아니고 왜 형이랑 그분들까지 네 미친 소리에 동원돼야 해?"

하준이 문 위에 올렸던 손을 내렸다. 툭툭 터는 흰 손끝이 빨갰다. 무겸이 소리쳤다.

"문은 왜 때려! 그러다 손뼈 나가!"

"난 사람 안 때려서, 너희 집 문이 너 대신 맞아 줬다고 해 두자."

하준은 아주 작게, 약한 한숨을 쉬고 머리를 쓸어 올렸다. 이제 화도 나지 않는 듯 허탈한 표정을 무겸은 말없이 마주 보았다.

"그래, 이제 그만하자. 도대체 네가 왜 이러는지 나도 좀 부담스럽네. 솔직히 힘들기도 하고. 너한테 실망스러워."

"⋯⋯."

"네가 나한테 이런 문제로 화내는 자체가 황당하다. 너도 나 만나는 동안 여자 만났잖아. 얼마 전에도 이태원 클럽에서 여자랑 있었다며. 너는 그러면서 왜 나는 안 돼?"

무겸의 눈이 커졌다.

"뭐? 그냥 그쪽이 먼저 와서 앉은 거지 아무것도 안 했어. 클럽에는 행사 약속해 놓은 일이 있어서 할 수 없이 간 거야."

"됐어, 궁금하지도 않으니까. 내가 너 여자 만난다고 뭐라고 한 적이라도 있어? 어차피 나는 처음부터 네가 나하고만 할 거라는 기대도 안 했어. 기대란 말도 우습다. 그러길 바란 적도 없으니까."

하준은 그저 덤덤한 말투였다. 무겸만이 억울하다는 듯 목소리를 높였다.

"너랑 하기로 하고 나서는 너하고밖에 안 했어. 해외 투어 갔을 때도 한눈 안 팔았다고!"

"안 궁금하다니까? 난 네가 다른 사람이랑 만나든 자든 상관 안 하는데 넌 왜 그래? 서로 깊은 관계 맺지 말고 섹스만 하자고 한 사람은 너였어."

안 궁금하다고?

나를 좋아한다면서. 좋아한다면서 그럴 수가 있나?

나는 너를 안 좋아하는데도 이렇게 궁금한데.

"나는 내가 보여 줄 수 있는 것 다 보여 줬어. 그리고 너는 거기에 답을 했고. 그런데 왜 이제 와서 갑자기 태도를 바꾸는지… 나는 지금 하나도 이해가 안 가."

"……."

"다시 한번 말하지만 형이랑 나는 네가 생각하는 그런 사이 아냐. 모텔은 모임 숙소라 잠깐 들른 거고. 안 믿기면 정규한테 물어봐."

"…그 새끼 이름은 왜 계속 나와."

"정규도 그날 거기 왔으니까. 인사하러."

이번에야말로 망치로 뒤통수를 맞은 기분에 무겸은 저도 모르게 입술을 깨물었다. 그런 무겸은 아랑곳없이 혼자 생각에 잠겨 잠시 조용하던 하준이 고개를 주억거렸다.

"그래……. 생각해 보니 네가 봤으면 충분히 오해할 수도 있는 상황 같다. 그런데 그런 오해를 했다고 내가 너한테 이런 취급 받아야 할 이유가 있나? 나는 아무리 생각해도 아닌 것 같은데."

오해라고.

무겸의 머릿속 톱니바퀴들이 빠르게 움직였다. 임정규에게 확인해 봤는데 정말 오해라면, 정말로 이하준과 윤채훈이 아무 사이도 아니었고 약속을 어긴 적도 없이 무겸과만 섹스를 해 왔다면 자신이 하준에게 이처럼 화를 낼 이유도 없다.

지금 바로 사과하면 이하준은 용서해 줄지도 모른다. 늘 받아 주는 놈이었으니까. 미안하다고, 너를 오해했다고, 다시는 그러지 않겠다고, 용서해 달라고.

…그런 사과 레퍼토리조차도 어떤 놈의 판박이 같아 역겹다.

오해면 뭐? 그것이 오해라고 해서 자신이 불과 몇 분 전에 바로 이 자리에서 이하준에게 미친놈처럼 굴었다는 사실이 사라지지는 않는다.

윤채훈이 물망에서 사라진다고 해도 또 누가 그 자리를 대신하게 될지 모른다. 지금은 이 이야기를 받아들이지만 내일이 되면 또 이 말을 의심하게 될지도, 윤채훈이 아닌 다른 놈을 의심하게 될지도, 임정규의 말조차 못 믿게 될지도…….

결론은 똑같다. 이하준은 제 곁에서 떨어져야 하고, 저는 이하준을 더 건드리지 말아야 했다.

"오해건 뭐건 상관없어."

"……."

"됐으니까 이제 내 근처에 얼쩡거리지 마."

"말 안 해도 가려고 했어."

침묵 속에 기계음이 울리고 문이 열렸다. 하준은 발을 내딛다가 잠시 입술을 질근거리고, 무겸을 똑바로 바라보았다.

"내가 너를 좋아한다는 게 너한테 이용당할 이유는 될 수 있어도 너한테 모욕당할 이유는 못 돼."

대답하지 않는 무겸에게 말을 이었다.

"이번에는 이렇게 됐어도 다음에… 혹시 다른 누가 너 좋다고 하면 이따위로는 굴지 마라."

무겸은 끝까지 아무 대답을 하지 않았다. 못 했다는 말이 더 정확할 것이다. 정말로 할 말이 없었으니까.

소리도 없이 문이 닫혔다. 단단하고 반듯한 사각형. 이하준을 닮은 단절의 모양이었다.

⚽

빌라를 나온 하준은 터덜터덜 보도를 걸었다. 무겸의 집으로 향할 때만 해도 화가 치솟아 도리어 기운이 넘쳤는데 할 말을 마치고 결론의 결론까지 내리고 나니 남은 힘이 없었다.

말다툼 끝에 나온 결론. 오해라도 달라지는 건 없으니 내 앞에서 꺼져라.

올 때도 택시를 탔는데 갈 때도 택시를 타려니 차비가 아까웠지만 이리저리 신경 쓰기가 피곤했다. 이런 마무리 더러운 하루쯤은 몸 좀 편히 이동해도 될 것 같다.

택시에 몸을 올리고, 언젠가의 새벽처럼 유행 지난 노래를 들으며 하준은 창밖만 내다보았다. 깜깜하게 어두워진 도시 위를 반짝이는 불빛들이 수놓고 있었다.

풍경은 마음의 창이다. 기분이 좋았다면 아름답다 생각했을 불빛들이 지금은 세상의 나쁜 부분을 덧칠해 가리는 무늬처럼만 보였다. 저뿐 아니라 정말 많은 사람이 화가 나고, 슬프고, 불합리한 일을 오늘 겪었으리라. 저 예쁜 빛 사이사이에서.

어때. 포장이라도 하는 게 낫지. 누군가 슬프더라도 야경이라도 예쁜 게 낫기는 해. 지금 이 풍경에 빛 한 조각도 없었다면 얼마나 더 우울했을까.

"감사합니다."

택시 기사에게 인사를 하고 하준은 아파트 단지 안으로 들어섰다.

천천히 걸어가던 중 문득 무겸의 제안을 수락하고, 불안한 마음으로 앞으로 어떻게 돌아갈 것인지를 가늠하던 때가 생각났다. 아직 봄쯤, 벤치 근처에 라일락 나무들이 향 짙은 꽃을 피우고 있던 시기.

"그럼, 그럼. 우리 잘난 장남 무슨 일인들 못하겠어? 다 잘될 거다."

집에 돌아가 심란한 마음으로 엄마를 끌어안았더니 그녀는 이유를 모르면서도 응원해 주었다. 무슨 좋은 일이 있냐고 물어보기에 웃으면서 그렇다고 대답했었다. 좋게 생각하자고 마음먹은 그때부터 지금까지 쭉, 그 다짐을 유지하려고 많이 노력했다.

하준이 집으로 향하던 걸음을 멈추고 방향을 돌렸다. 다가간 곳은 아파트 단지 내의 벤치였다. 지붕 위로 등나무 잎이 깊은 그늘을 만들고 있는 휴식 공간의 가장 안쪽 의자에 앉았다.

어두운 곳에 엉덩이를 붙이고 앉자마자 기다렸다는 듯이 눈물이 후드득 떨어졌다. 입을 벌리면 울음소리가 날 것 같아 하준은 이를 악물고 입술을 꾹 다물었다.

누가 그러라고 시킨 건 아니지만 내가 잔디밭 위를 사랑하게 된 건 김무겸, 너 때문이야.

나는 축구와 너를 도저히 떼어 놓고 생각할 수가 없어. 나 혼자 했던 우상 놀이라고 해도, 그래도 이제 그것도 내 일부야.

그래서 그런가? 네가 나만이 아니라 너 자신까지 모욕하는 기분이 든다. 그렇게 만들고 싶지 않아.

너를 좋아한 것도, 너한테 고백한 것도 후회하지 않겠다고 결심했었는데…….

아니, 어차피 그런 것과는 상관없이 벌어질 일이었나?

후, 숨을 내쉬며 고개를 들었다. 어두워 등나무잎 모양은 제대로 보이지도 않았다. 어느 정도 잦아든 눈물을 하준은 손목 안쪽으로 닦아 냈다. 편의점에 들러 얼음 팩이라도 사서 집에 들어가기 전에 눈을 가라앉힐 생각이었다.

짧게나마 울고 나니 마음도 가라앉았다. 택시를 타고 오는 동안 고민했던 일에 대한 결론이 마음에 섰다.

그래 꺼지자.

월드 스타 김무겸이 꺼질 수는 없으니 움직이기 쉬운 내가 꺼져 줘야지, 어쩌겠어.

이곳이 아니라도 갈 팀은 많다. 훈이 형한테 부탁하면 어쩌면 내게 더맞는 곳을 소개해 줄지도 모르지.

계절에 어울리지 않는 스산함이 마음속에 가득했지만 그래도 여름은여름이었다. 밖에 앉아 있자 조금씩 더워져 하준은 몸을 일으켰다. 피식웃음이 나왔다. 산다는 게 이런 거다. 무슨 일이 벌어져 어떤 감정에 휩싸이건 결국 가장 먼저 느끼는 것은 여름이라 덥다는 것.

내일이 휴일이라 다행이다. 감독님께 따로 연락해 하루라도 빨리 사직서를 내야겠다. 갑작스럽기는 하지만 저 하나쯤 빠지는 정도로는 스태프 누수라는 말을 붙이기도 민망할 것이다. 어차피 이제 막 일을 배우는 신입 코치쯤, 그리 대단한 역할을 맡고 있지도 않으니까.

집에 돌아가 오랜만에 엄마한테 어리광이나 부려야겠다. 민경이, 하경이와 얘기도 하고. 그럼 엄마는 오늘도 우리 잘난 장남이라고 말해 줄거고 쌍둥이는 오빠랑 형이 최고라고 말해 주겠지.

하룻밤 자고 일어나면 그래도 내일은 오늘보다 괜찮아질 것이다.

11

"사표?"

무겸이 되물었다.

로커 룸에서 나오려는데 정규가 잠시 이야기 좀 하자며 붙잡았다. 회의실로 함께 들어와 들은 첫마디는 무겸이 꿈에서도 예상치 못한 말이었다.

"그래. 갑자기 그러니까 감독님도 의아해서 나한테 물어보시는 거야. 무슨 일 있냐고. 그런데 난 들은 게 없거든. 너는 뭐 혹시 아는 거 있어?"

"없어."

단호하게 대답이야 했지만 당연히 짚이는 곳이야 너무나 많다. 하준이 느닷없이 코치직 사표를 냈다는 것이 정규의 이야기였다.

사표라니. 자신이 그에게 한 얼쩡대지 말라는 말의 뜻은 이야기를 하자는 둥 실없는 소리 하며 가까이서 맴돌지 말라는 얘기였지 팀을 그만두라는 의미는 아니었다. 둘 중 누군가 그만둬야 한다면 자신이 위약금을 물고라도 그만두는 것이 맞지, 하준이 이곳을 그만둘 이유는 전혀 없다.

임대 계약이고 뭐고 죄다 무르고 영국으로 돌아가 버릴까 하다가도 그러지 못한 것은 당장 이하준을 안 볼 자신이 아직 없어서였다. 자신이 원한 것은 그가 쓸데없는 미련을 버리고 쓰레기 보듯 해도 좋으니 서로 적당히 무시하며 지내는 것이다. 시즌이 끝날 때까지 볼 수만 있으면, 그 래도 그때까지는 이 너저분한 감정이 정리가 좀 될 것 같아서.

그래서 그렇게 말한 것인데, 팀을 그만두라는 뜻은 아니었는데 사표라니.

"그래서? 사표는 수리됐어?"

"아니. 감독님도 너무 갑작스럽고, 무슨 일이 있어서 그러는구나 싶어서 일단은 말렸대."

"이 코치는 남아 있기로 했고?"

"그게 꽤 강경했나 봐. 이렇게 갑자기 자리 빼겠다고 고집부리는 애가 아닌데. 그래서 감독님이……."

정규의 휴대폰에 메시지가 도착하는 바람에 잠시 말이 끊어졌다. 무겸이 재촉했다.

"감독님이 뭐."

"어, 응. 무슨 일이라도 있어서 그러는 거면 정리하고 오라고, 휴가 줬대."

"휴가? 얼마나?"

"열흘."

열흘. 짧다면 짧은 것 같기도 하고, 길다면 긴 것 같기도 하고.

"그럼 휴가 받아들이고 안 그만두기로 한 거야?"

"구단 쪽에서도 이 정도면 편의 많이 봐준 거니까, 일단은 알겠다고 했다나 봐. 그동안 생각해 보겠다고."

"너는 연락해 봤어?"

"아직. 나도 오늘 아침에 와서 들었어. 다른 사람도 아니고 하준이가 그러는 건데, 이유가 있어서 그러는 걸 테니 당장 캐묻지 말고 시간을 좀 주는 게 낫지 않을까 싶다."

무겸이 탕, 탁자를 가볍게 쳤다.

"오지라퍼 놈이 갑자기 왜 쿨한 척이야. 주장이면 사정도 들어 보고 잡기도 해 봐야 할 거 아냐."

"내가 선수단 주장이지 스태프들 주장이냐?"

정규가 억울한 듯 볼멘소리를 냈다. 쓸데없는 오지랖은 끝도 없이 떨어 대더니 좀 써먹을까 싶을 때는 소용이 없다. 하기야 쓸모 있는 간섭이면 오지랖이라고 하지 않지. 무겸은 마음에 들지 않는 눈초리로 정규를 바라보다가 생각을 고쳐먹었다.

그래. 차라리 잘된 것일 수도 있다.

열흘 동안 이하준 없이 지내보는 거다. 처음도 아니다. 불과 얼마 전에 해외 투어를 다녀오지 않았나. 그때는 2주 동안이나 하준의 머리카락 한 가닥 보지 않고도 잘 지냈다.

그때도 하준을 시시때때로 떠올리기야 했다지만 어쨌든 비슷한 기간 동안 연락 한 번 안 하고 무사히 투어를 마쳤으니 이번이라고 다를 것이 있을까.

어차피 시즌이 끝나고 나면 다시 볼 일 없을 녀석이다. 눈에서 멀어지면 마음에서도 멀어진다고 했다. 이번 열흘을 잘 넘길 수 있다면 더 걱정할 필요도 없이 남은 기간을 마무리하고 그린포드로 돌아가면 되는 것이다. 무겸은 얼굴을 한 번 쓸어 올리며 다짐했다.

할 수 있다, 김무겸. 지저분한 감정은 네 선에서 정리해.

열흘 후에 돌아올 하준은 처음 이상으로 제게 데면데면하게 굴 테고, 그럼 저 역시 모른 척 맞춰 주면 된다. 사이좋지도 나쁘지도 않은 한 팀 선수와 코치로서만 지내다가 그린포드로 복귀하면 모든 것이 깔끔하게 끝난다.

"하긴 채훈이 형도 돌아왔으니까 그쪽으로 옮기고 싶어 그러는 걸 수도 있겠다. 아무래도 형이랑 같이 일하는 게 편하겠지."

오지라퍼가 군은 결심에 도움이라고는 되지 않는 정보를 흘렸다. 꼭 뭐라도 알고 그러는 것만 같아 이유 없이 얄밉다. 무겸은 괜스레 그를 한번 노려본 후 묻지 않으려 했던 것을 참지 못하고 물었다.

"임정규. 너 혹시 코치 모임에 따라간 적 있어?"

"코치 모임? 아, 술자리? 잠깐 인사하러 들렀다가 코 꿰여서 죽는 줄 알았다. 미친 술고래들이야."

"코치 중에 모텔 잡아서 자고 가는 사람도 있었냐?"

"지방에서 온 사람 몇 명. 그건 왜?"

"그냥. 그런 자리도 있다기에 신기해서."

하준이 정규도 함께 있었다는 이야기를 꺼냈을 때 자신이 오해했다는 것을 이미 확신했지만⋯ 혹시나 해서 확인해 보았더니 역시나다.

의심은 해소된 지 오래지만 오히려 그래서 입이 쓰고 끔찍했다. 그딴 질척한 감정에 휩싸였다는 자체가. 몇 번씩이나 자기를 통제하지 못하고 행동하려 했다는 사실이. 김무겸은 그런 인간이어서는 안 된다.

"슬슬 나가자. 이러다 늦겠네."

정규의 말에 고개를 끄덕이며 무겸도 자리에서 일어섰다. 야외 훈련장에 나선 무겸은 잔디밭 위를 눈으로 넓게 훑었다. 하준이 없다는 것을 확인이라도 하려는 듯한 동작이었다.

늘 흰 얼굴 위에 상냥한 미소를 얹고 선수들을 살피던 젊은 코치의 모습은 정말로 코빼기도 보이지 않았다. 아직 다른 선수들은 하준이 사표를 냈다는 사실까지는 모르는지 그에 대한 일언반구 없이 저들끼리 수다를 떨고 있었다.

곧 감독이 자리에 섰고, 선수들이 줄을 맞춰 정렬했다.

"오늘은 시작 전에 한 가지 전달 사항이 있다."

그 말에 괜히 마른침이 넘어간다.

"이하준 코치에게 개인적으로 일이 생겨서 조금 길게 휴가를 쓰게 되었다. 열흘 정도."

어, 진짜? 왜? 너 알아? 어디 아프신가? 집에 무슨 일 있으신가?

수군대는 소리들이 웅성웅성 콩나무처럼 자라난다. 묵묵히 훈련만 할 것 같은 운동선수들이 얼마나 수다스러운 존재인지를 알면 사람들은 놀랄 것이다. 그린포드나 이곳이나 똑같이 로커 룸과 훈련장에서는 세상 모든 이야기가 A부터 Z까지 다 나온다.

운동선수의 생활에는 큰 변수가 없고 발생해서 좋을 것도 없다. 개인의 실력 향상은 있다지만 어느 기점을 넘고 나면 늘 같은 환경에서 비슷비슷한 훈련과 경기 사이클을 반복하는 단조로운 생활을 해서인지, 간섭하기 좋아하는 임정규가 아니더라도 추측이나 상상하기를 좋아하는 사람들이 많아서 남의 이야기가 마를 새가 없다.

훈련장의 인기인이 갑자기 사라졌으니 지금 다들 열심히 머릿속으로 그 이유를 탐구 중일 것이다. 그 상상력을 늘 누구보다 다채롭게 폭발시키던 한 명만이 뭐라 하는 사람 하나 없음에도 죄인으로 지목받은 기분에 뻣뻣하게 굳어 무언가를 생각할 여유조차 잃고 있었다.

"이 코치 없는 동안 다른 코치님들이 조금 바빠질 수 있으니까 잘 따라와 주고, 오전 훈련 시작하자."

"네!"

대답과 함께 간단한 러닝부터 시작했다. 잔디밭을 빙 둘러친 트랙을 달리면서 무겸은 한곳에 모여 뭔가를 이야기하는 코치들을 힐끔거렸다. 그 안에 하준의 모습이 없는 것이 몹시 어색하게 느껴진다.

원래라면 이하준도 저 가운데 서서 웃고 있어야 했다. 다른 코치들에게 장난스러운 쓰다듬을 받거나 자신이 기록한 노트를 연장자들 앞에 펼쳐 들고 뭔가 종알종알 논의를 하면서.

그러다가 저도 몸을 쭉쭉 피며 스트레칭을 하기도 하고, 때때로 나이 차이 많이 나는 코치진 사이에 섞여 있는 것이 지루한지 선수들을 쫓아와 함께 가볍게 달리기도 했다.

러닝이 끝나면 전체 스트레칭 시간이다. 이 시간마다 일 때문이기는 하지만 하준의 흰 손이 제 다리나 등이나 팔 따위를 만지며 자세를 봐주거나 마사지를 해 주는 것은 무겸의 소소한 즐거움이었다. 그의 손길은 그냥도 아니고 투쟁 끝에 얻어 낸 과실 아니던가?

때때로 목소리를 죽여 가벼운 음담을 하면 살짝 미간을 찡그리고 입다물라는 듯 무겸을 째려보는데, 그 얼굴이 오히려 하준 역시 의식하고 있음을 드러내는 것이라 두 배쯤 즐거워질 뿐 놀리는 것을 그만둘 생각은 요만큼도 들지 않았다.

이어지는 체력 훈련을 마친 다음 포지션별로 나뉘어 패스, 드리블, 트래핑 등을 연습하고 무겸과 몇몇 공격 포지션 선수들은 40미터 달리기를 반복했다.

보통 그럴 때 하준은 선수들을 관찰하며 늘 들고 다니는 노트에 뭔가를 열심히 써넣고는 했었다. 스톱워치를 든 코치를 향해 몇 번인가 달리고 났더니 오전 훈련 시간이 끝났다.

"드디어 외식에 질렸냐?"

거의 일주일 만에 구단 식당에 들어선 무겸에게 정규가 놀리듯 질문을 던졌다. 무겸은 대답 없이 식판을 테이블 위에 내려놓았다. 다른 선수들 역시 호기심 어린 눈으로 무겸을 힐끔대기는 했으나 정규처럼 대놓고 한마디 할 배짱은 없어 보였다.

그동안 식당에서 하는 식사를 피한 것은 하준 때문이니 그가 없는 날까지 굳이 밖에서 점심을 먹을 필요는 없다. 입맛도 없었지만 잘 먹고 잘자는 것이 프로 선수의 첫 번째 일이고 어떤 상황에서든 살아남는 첫 번째 조건이다.

어떻게든 음식을 욱여넣고 영양제와 보조제를 삼킨 덕에 무겸은 후반기 첫 경기에서 다섯 골을 때려 넣을 수 있었다. 무겸이 묵묵히 수저를 드는 사이 다른 선수들은 바삐 질문을 시작했다.

"정규 형님. 이 코치님은 무슨 일 있으신 거예요?"

"혹시 어디 아프세요?"

"아냐, 그냥 개인적으로 잠깐 일이 있어서……."

정규는 뒷말을 흐리며 무겸을 보았다. 그의 눈썹 사이가 좁아졌다.

"김무겸, 왜 그래?"

"아니야."

무겸은 밥 한 숟가락을 입에 넣자마자 손으로 입가를 가리고 인상을 찌푸리고만 있었다. 그러고도 한참을 있다가 꿀꺽, 입에 든 것을 힘겹게 삼켰다.

"…뭐, 상하기라도 했어?"

정규가 음식을 이것저것 집어 먹고, 식사는 뒷전으로 이야기를 나누던 다른 선수들도 수저질을 했다. 그러나 음식은 멀쩡했고 평소와 같은 맛이었다.

"멀쩡한데."

"내 컨디션 문제 같다."

"뭐야, 어디 안 좋아?"

짧게 답한 무겸은 식판을 들고 자리에서 일어섰다. 음식이 그대로 남은 식판을 반납하려니 마음이 언짢다. 아니나 다를까 조리사 중 한 사람이 걱정스러운 눈빛을 보내며 물었다.

"김무겸 선수, 어디 아퍼? 요즘 통 오지도 않고 난 우리한테 뭐 서운한 일이 있나 했어."

"그럴 리가요. 오늘 좀 컨디션이 나쁜 것 같습니다. 다음에는 꼭 다 먹겠습니다."

"아휴, 몸이 재산인 사람이 어떡해. 냉장고에 전복 있는데, 죽이라도 얼른 만들어 줄까?"

"아닙니다. 괜찮습니다."

친절한 사람들이 쓰레기에게 온정을 베푼다. 선의가 부담스러워져 무겸은 재빨리 식당을 나와 혼자 있을 수 있는 장소를 찾았다. 비어 있는 회의실에 들어가 이마를 괴고 앉았다.

'…이건 아니야.'

저 때문에 이하준이 이곳을 그만둘까 말까 고민하는 것은 앞뒤가 바뀌었다. 그런 뜻이 아니었다는 것만 분명히 하자. 그저 거리를 두자는 말이었지 팀을 떠나라는 말은 아니었다고. 고집은 있지만 머리가 둔한 녀석은 아니니까 알아들을 것이다.

그러기 위해서는 오늘 집에 찾아가야 한다. 어제 그런 일이 있었는데 먼저 찾아가는 꼴이 우습기는 하지만 분명한 이유가 있는 방문이다. 어쩔 수 없다.

식사도 못 하고 임한 오후 훈련은 마음이 급해져 평소처럼 집중하기가 쉽지 않았다. 그래도 어찌어찌 정한 훈련량을 소화하고 무겸은 사람들과 인사도 하는 둥 마는 둥 차에 올라 속도를 냈다.

눈 감고도 찾아올 수 있는 주공 아파트 단지에 차를 댄 무겸은 곧바로 전화를 꺼내 들었다. 쪽팔릴 각오야 이미 마치고 찾아온 입장이니 망설임도 없이 전화를 걸었다.

– …지금은 전화를 받을 수 없어…….

마음대로 일이 풀리지 않는다. 한참을 들고 있었지만 신호음은 부재중 메시지를 남기라는 녹음으로 넘어갔다. 몇 번인가 전화를 더 걸었지만 매번 같은 기계음만 흘러나왔다.

저만 사람이 나올 때까지 개길 수 있는 줄 아나? 무겸은 미간을 찌푸리고 차 문을 탕! 세게 닫으며 내려섰다. 성큼성큼 하준이 사는 동 건물로 향한 그는 스티커 따위를 긁어낸 흔적이 세월의 더께처럼 묻은 엘리베이터에 올랐다.

하준의 집은 한 층에 몇 집이 함께 있는 복도형 아파트였다. 비상 연락망의 주소를 참고해 그의 집 앞에 섰다. 괜스레 문을 노려보았지만 아쉽게도 하준은 가족과 함께 살기 때문에 나올 때까지 문을 걸어차겠다는 협박은 되갚아 줄 수 없었다. 무겸은 정중하게 벨을 눌렀다.

두 번, 세 번, 네 번을 눌러도 돌아오는 답이 없다. 고장이라도 난 것인지 미심쩍어진다. 쿵쿵, 노크도 해 봤지만 문 안쪽에서는 아무런 기척도 느껴지지 않았다.

누구 한 사람이라도 있다면 이처럼 조용하지는 않을 텐데. 아무도 없나?

"누구세요?"

갑작스레 낯선 목소리가 들렸다. 고개를 돌리자 무겸보다는 좀 더 연상으로 보이는 여자가 깜짝 놀란 듯 무겸을 응시했다.

"어, 어머."

그녀는 곧 무겸을 알아본 듯 눈을 크게 뜨며 입가를 가렸다. 무겸은 꾸벅 고개를 숙여 인사했다.

"어머, 어머. 김무겸 선수 아니세요? 하준이 찾아오셨구나?"

그 말에 무겸은 순간 당황해 어떻게 아셨어요? 하고 되물어 볼 뻔했다. 세상 사람들이 제가 이하준 생각만 하고 있다는 것을 다 꿰뚫어 보고 있는 듯한 착각에 휩싸인다.

"아, 네. 지금 같은 팀에 있습니다."

"그런데 몰랐어요? 하준이네 지금 집에 없는데. 다 같이 가족 여행 갔어요."

완전히 예상을 벗어난 단어에 바로 맞장구조차 칠 수가 없었다.

"…가족… 여행이요?"

"네. 애들, 아, 동생들 개학하기 전에 한 번 다녀온다고. 만날 바빠서 어디 멀리는 갈 생각도 못 하더니 무슨 좋은 일이라도 있는지 오랜만에 가더라고요."

좋은 일이라. 의외의 대답, 악의 없을 뼈아픈 단어 선택에 절로 표정이 굳으려고 했다. 무겸은 허탈한 마음을 애써 감추고 미소를 지었다.

"어디로 갔는지 혹시 아십니까?"

"그것까진 모르겠어요."

"언제 돌아오는지는?"

"글쎄요, 그것도 잘."

"알려 주셔서 감사합니다."

다시 한번 인사를 하고, 그녀의 청에 따라 사인까지 하나 해 준 뒤 내려가는 엘리베이터에 올랐다.

휴가를 아주 알차게 즐길 생각인가 보다. 그저께 밤까지만 해도 서울에 있던 녀석이 그사이 사표를 내고 휴가를 받아 여행까지 떠나다니 행동이 참 날쌔기도 했다. 무겸은 어제 종일 곱씹었던 하준의 고별사를 다시 떠올릴 수밖에 없었다.

"이제 그만하자. 도대체 네가 왜 이러는지 나도 좀 부담스럽네. 솔직히 힘들기도 하고. 너한테 실망스러워."

부담스럽고, 힘들고, 실망스럽다. 3연타를 날리더니 정말로 정이 뚝 떨어졌나. 단 하루 만에 털고 여행을 떠날 정도라니.

어디로 떠났는지 굳이 알아내고자 하면 못 할 일은 아니지만 어쩐지 대단히 기운이 빠졌다. 차로 돌아온 무겸은 시동을 걸고서도 잠시 한자리에 있다가 가볍게 한숨을 내쉬고 핸들을 돌렸다.

그날 새벽, 무겸은 땀을 뻘뻘 흘리며 눈을 떴다. 저녁도 먹는 둥 마는 둥 잠자리에 들었지만 배도 고프지 않았다. 그저 목이 조금 말라 협탁에 둔 물을 마시고 다시 털썩 베개 위로 머리를 떨어뜨렸다.

시계를 보기 위해 휴대폰을 켰다. 새벽 세 시가 조금 넘어 있었다. 애매한 시간에 잠이 깼다. 악몽에라도 시달린 듯 혼몽한 눈앞이 어둠 속에서도 어질거렸다. 언제나 그렇듯 무슨 꿈을 꾸었는지는 잘 기억나지 않는다. 몇 가지 편린만이 면도날처럼 문득문득 기억을 베어 낼 뿐이다.

바로 다시 잠들면 또 기분 나쁜 꿈을 꿀 것 같았다. 무겸은 희게 빛나는 휴대폰 화면을 물끄러미 바라보다가 인터넷 창을 켰다. 그러고는 무엇을 하기 위해 창을 열었는지 잊어버린 사람처럼 또 그 흰 창을 한동안 바라보다가 자신의, 정확히는 거의 에이전시가 관리하는 오피셜 SNS로 이동했다.

친구 목록에 들어가 임정규의 SNS 링크를 타고 이동하자 이제 두어 살이 되었을 아기의 사진이 떡 커다랗게 떴다. 흐린 눈으로 넘기고 임정규의 친구 목록을 클릭했다. 살펴보기도 귀찮도록 목록이 길다. 그래도 하나하나 확인하며 스크롤을 내리는데 아무리 봐도 하준의 것으로 보이는 SNS는 없었다.

"재미없게."

눈만 아파 불만스러운 혼잣말이 튀어나왔다. SNS를 한다면 임정규의 목록에 없을 리 없다. 곰곰이 생각하던 무겸은 다른 곳에 생각이 미쳐 동영상 사이트로 이동했다.

화면을 주르륵 채우는 각양각색의 섬네일을 응시하던 무겸은 이끌리듯 키패드를 두드렸다. 휴대폰에는 송아지라 저장되어 있는 남자의 본명 세 글자를 입력하자 예상대로, 무겸의 것만큼 많지는 않지만 몇 개의 동영상이 떴다.

그중 몇 년 전 것으로 보이는 하나가 눈길을 끌었다.

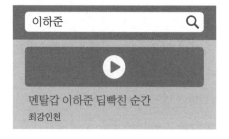

멘탈갑 이하준 딥빡친 순간
최강인천

"…제목 한번 살벌하네."

투덜거리며 제목부터 강렬한 영상 하나를 클릭했다. 중계 영상의 일부인 듯 스코어가 왼쪽 상단에 떠 있었다. 응원하는 소리와 함께 멀찍이서 찍은 잔디밭과 그 위를 달리는 선수들이 비쳤다. 너무 멀리서 잡아 누가 하준인지 구분도 되지 않았다.

코너킥이 날아오고 골문 앞에서 여러 선수들이 뛰어오른다. 서로 공을 차지하려던 선수들 사이에서 한 사람이 쓰러져 땅바닥을 굴렀다. 해설이 목소리를 높였다.

[아, 박승호 선수! 쓰러졌어요.]

[충돌이 있었나 봅니다.]

충돌 장면이 클로즈업된 느린 화면이 재생되었다. 두 선수가 공을 향해 거의 동시에 뛰어올랐고, 한 선수가 옆에 있던 다른 선수의 얼굴을 팔꿈치로 후려쳤다. 얼굴을 가격당한 선수가 안면을 감싸며 땅으로 추락하듯 쓰러지는 장면이 명료하게 잡혔다.

느린 화면이 끝나고 카메라가 다시 그라운드를 비추는데 그사이 경기가 중단되어 있었다. 양 팀 선수들이 한자리에 모여 있는 모습이 척 봐도 싸움이 난 듯 험악한 분위기다. 조금 전 팔꿈치를 휘두른 선수에게 가까이 붙어서 무어라 버럭버럭 소리를 지르는 사람의 모습이 크게 확대되고, 무겸의 가슴이 순간 멈추기라도 할 듯 한 번 크게 뛰었다.

[이하준 선수, 화가 많이 났어요.]

[어어, 저러면 안 되는데요.]

이하준이 무서운 기세로 소리를 지르자 꾸짖음을 듣던 상대 팀 선수가 멱살을 잡고 하준을 밀쳤다. 하준의 잘생긴 미간이 확 찌푸려지는데, 그가 무엇을 하기도 전에 다른 선수들이 우르르 몰려들어 서로를 밀치고 말리며 사태는 패싸움 형국이 되어 혼란스러워졌다.

싸움을 말리던 심판이 결국 카드를 높이 꺼내 들어 하준과 상대 팀 선수 모두에게 옐로카드를 선언했다. 하준은 눈을 크게 뜨며 불만을 표시해 봤지만 한번 나온 카드는 취소되지 않았다.

그는 더 이상 판정에 불만을 표시하지 않고, 허리에 손을 얹은 채 고개를 절레절레 흔들며 돌아섰다. 여전히 분기탱천해 식식대는 선수들에게서 등을 돌리고 혼자 관객석을 향하더니 한쪽 팔을 크게 휙 저었다.

우우! 그 팔짓이 신호라도 된 듯 상대 팀과 심판을 향하는 것일 커다란 야유가 터져 나왔다.

[이하준 선수가 쉽게 흥분하는 성격이 아닌데요. 박승호 선수 때문에 오늘은 좀 화가 났네요.]

[하하, 관객 반응을 유도해서 분위기를 바꿔 보려고 하고 있습니다. 역시 인기 있는 선수다워요.]

해설과 함께 여전히 화가 풀리지 않은 듯 굳은 하준의 얼굴이 재차 클로즈업되는 데서 영상은 끊어졌다. 정지 영상 속 하준을 보며 무겸은 묵묵히 생각했다.

'…진작 이런 영상을 봐 뒀다면 그렇게까지 화나게 만들지는 않았을 텐데.'

왜 그랬을까. 공격을 하든 방어를 하든 적을 알고 나를 알아야 승리하는 법인데 무겸은 하준에 대해 제대로 아는 것이 없었다. 그저 자신에게 보여 주는 모습만을 보고 그의 모든 것을 판단했다. 잘 알지도 못하는 상태에서 성급히 행동부터 취해 선을 넘었고 그래서 낭패를 당한 것이다.

초보적인 실수였다. 작은 경기 하나를 뛰어도 모니터링부터 하고 임하기 마련이다. 관심이 간다면 누군가를 파악하기를 특히 좋아하는 무겸에게, 이 정도의 관계 변화를 시도하려는 상대에 대해 자세히 알아보는 것은 기본 중의 기본이었다.

준비도 없이 섣불리 움직이기부터 한 자기 자신을 이해할 수 없어 착잡한 마음으로 다시 섬네일 화면으로 빠져나왔다. 스크롤을 더 올리는데 눈에 확 들어오는 제목이 시야에 잡혔다.

> 이하준-김무겸, 환상 어시스트

무겸의 표정이 세상에 존재할 리 없는 유령이라도 본 듯 어리둥절해졌다. 하지만 곧 정규가 지난 월드컵에서의 어시스트를 두어 번 언급했던 일을 떠올렸다.

그가 한 이야기를 분명 기억하고 있었지만 한 번도 직접 확인해 보지는 않았다. 무겸은 터치하기를 잠시 망설이다가 영상을 재생시켰다.

돌아보고 싶지 않아 모니터링조차 제대로 하지 않은 3년 전 월드컵의 한 장면이 화면을 채웠다. 조별 리그 마지막 경기였던 우루과이전. 이때쯤에는 팀의 분위기도 국가 대표 팀에 대한 여론도 더 이상 나쁠 수 없을 만큼 개판이 나 있었다.

그래도 마지막 기회였던 만큼 응원은 거셌으며 선수들은 여느 때보다 진지하고 치열하게 남미의 강팀과 맞서 싸웠다. 무겸 역시 마찬가지였고 이날은 선취골도 넣어 운이 좋으면 위로 올라갈 수 있을지도 모른다는 희망을 잠시나마 맛보기도 했었다.

의욕만으로 해결되는 문제란 없다는 교훈이라도 주듯 결국은 패배로 끝나 두 번 다시 돌아보기 싫은 경기로 남았지만.

[네, 한국. 공을 잘 지키고 있습니다. 수비 집중력이 오늘 괜찮아요.]

짐짓 침착한 척하는 해설의 목소리에서도 떨림이 느껴졌다. 어떤 리그 경기와도 비교가 되지 않는 열기를 뒤집어쓴 함성이 경기장을 온통 뒤덮는다.

대-한민국! 쿵쿵쿵쿵! 사람들의 함성과 응원석에서 울리는 타악기 따위의 리듬을 배경 음악 삼아 골문 앞에서 공이 여기저기로 돌다가 한 선수의 발 앞에 다다랐다.

이하준이었다.

국가 대표 유니폼을 입고 그라운드 위에 서 있는, 확실히 지금보다 앳되고 생기 있어 보이는 하준의 모습이 화면에 잡히자 무겸은 저도 모르게 목울대를 울렸다. 그는 페널티 박스 앞쪽 측면에 서 있었고 그곳에서 더 패스를 돌리지 않고 신속하게 공을 길게 차올렸다.

공의 진로가 길어지자 카메라가 멀어지며 화면이 경기장 전면을 비춘다. 공은 멀리 날아가 우루과이의 골문을 향해 달려가고 있던 한 사람의 발치를 과녁처럼 노리고 떨어졌다.

바로 3년 전 김무겸의 발 앞에.

택배라고 표현해도 과언이 아닐 정도로 정확한 롱 패스였다. 몇 번 발을 맞추지도 않은 레프트백의 패스라기에는 무겸의 동선이나 패턴을 완전히 꿰고 있는 사람 같았다.

이미 달리고 있던 무겸은 앞서 있던 수비수를 몇 걸음 내달려 간단히 떨쳐 버리고 그대로 공을 걷어찼다. 마침 키퍼까지 지나치게 앞으로 나와 있던 상황, 우루과이는 제대로 방어를 해 보지도 못하고 골대를 내 줘야 했다.

[골---! 선취골입니다, 골! 골! 골! 이 경기에서 두 골 차이로 승리하면 한국, 16강 진출이 가능합니다!]

해설이 목이 터져라 외쳤다. 아무리 팀워크가 무너지고 여론이 싸늘해졌다고 해도 일단 승리를 목전에 둔 사람들은 흥분하게 된다. 그것은 그라운드 위의 선수들도 마찬가지라 당장 골을 넣은 직후만큼은 불화나 갈등도 잊고 목소리를 높여 열광하며 골을 넣은 주인공의 곁으로 우르르 몰려들었다. 카메라가 한국 선수들을 빠르게 클로즈업했다. 무겸은 제게 가장 먼저 도착해 가까이 붙어 선 선수를 확인할 수 있었다.

당연하다면 당연하게도 그는 방금 넣은 골을 어시스트한 하준이었다. 이때 무겸은 단지 골을 넣었다는 기쁨에 젖었을 뿐 저를 향해 달려오는 선수들을 한 덩어리로 인식하며 일일이 누가 누구인지 확인하지도, 파악할 생각도 하지 않았다.

자신의 몸에 몸을 붙이고 서 있는 선수 역시 골을 넣게 도와준 고마운 어시스트의 주역이라고만 생각했지 그가 어떤 이인지에 대해서는 전혀 관심이 없었다. 등 번호나 이름, 포지션 정도를 기억했을 것이다. 적어도 그때 당시에는.

하준은 어시스트를 올린 선수로서 무겸에게 달려와 축하를 하려 했던 것 같다. 그리고 화면 속 김무겸은 중요한 첫 골을 넣은 기쁨을 한껏 맛보는 중이었고, 고양감에 취해 별생각 없이 제게 가까이 다가온 선취골의 조력자를 품에 끌어안았다.

전국의 수많은 사람이 이 장면을 보았겠지만 누구도 하준의 작은 행동에 주의를 기울이지는 않았으리라. 무겸 역시 제게 했던 고백이 없었더라면 지금 이 장면을 보고도 아무런 위화감을 느끼지 못하고 지나쳤을지도 모른다.

짧은 순간 하준의 얼굴에는 당혹부터 내비쳤다. 무겸이 먼저 끌어안았음에도 그는 마치 무겸에게 가까이 붙으면 안 되는 사람처럼 목과 상체에 힘을 주고 몸을 최대한 멀리하려고 애쓰는 것처럼 보였다. 하지만 무겸이 그를 안은 직후 몰려든 선수들이 신이 나 환호하며 둘을 겹겹이 둘러싸 압박했고, 그들의 무게 때문에 두 사람은 저절로 몸을 완전히 밀착하고 설 수밖에 없게 되었다.

그 찰나 이후, 영상 속 하준은 뻣뻣이 들고 있던 고개를 포기한 듯 푹 숙이더니 무겸의 어깨에 얼굴을 파묻고 목 뒤로 팔을 감았다. 휴대폰의 작은 화면으로도 하얀 귀가 붉게 물든 것을 확인할 수 있었다.

"……."

기분 탓일까? 무겸은 재생 바를 앞으로 끌어와 하준이 저에게 달려온 부분부터 다시 재생했다. 두 번, 세 번, 네 번.

몇 번씩 되돌려 봐도 똑같았다. 무겸에게 끌어안긴 그는 당황해 어쩔 줄을 몰라 하다가 나중에는 마치 '에라, 모르겠다'라고 마음속으로 외치기라도 하는 것처럼 혼자만의 작은 저항을 포기하고 어깨에 머리를 묻은 다음 무겸을 마주 안았다.

발갛게 익은 귀. 아마 어깨에 묻어 제대로 보이지 않는 얼굴 역시 같은 색을 하고 있겠지. 벌써 3년 전의 영상이었다.

"나 너 좋아한다."

물방울을 이슬처럼 매달고 저를 올려다보며 담백하게도 말하던 흰 얼굴이 불시에 시야를 덮친다. 그때 저는 뭐라고 대답했던가?

"몸정이라도 들었어?"

하지만 그렇게 묻기 전에 나오려고 했던 말은 따로 있었다. 물으려다 관두었던 말과 그동안 무겸의 안에서 떠돌면서도 빠져나가지 못한 무수한 질문들이 혼미한 정신 속을 먼지처럼 떠다닌다.

보지 않은 영상이 많이 남아 있었지만 무겸은 급격히 몰려오는 피로감에 눈을 감았다. 순서 없이 머릿속을 떠도는 질문들이 한데 뭉쳐 함께 붉은 선잠 속으로 끌려 들어간다.

언제부터?

내 어디가 좋은데?

너는 정말 지금에 만족해? 더 달려 보고 싶지는 않아?

나와 런던에 함께 가는 건 어때? 여기보다는 선택지도 넓고 여러 가지로 나을 거야.

다친 곳은 괜찮아? 지금은 전혀 아프지 않아?

이하준, 너 정말 나 좋아하냐?

하하, 진짜 신기하다. 왜?

너 같은 사람이 나를 왜 좋아해?

잠에서 깨어나자 컨디션은 어제보다 나빠져 있었다. 아침 식사로 배달 받은, 늘 먹던 닭가슴살이 너무 퍽퍽해서 도저히 삼킬 수가 없었다. 어처구니가 없다. 부모가 죽은 다음 날에도 밥은 잘만 먹었던 저다. 어쩔 수 없이 파우더를 우유에 녹인 셰이크만 들이킨 후 출근했다.

하루 이틀 정도 식사가 미흡하다 해도 당장 훈련에는 차질이 없었지만 장기간 이어지면 치명적이다. 궁금한 것은 더 미루지 말고 알아보고 결론을 내려 빨리 이 상황을 해결해야 했다. 어제의 오늘은 무겸이 정규를 끌고 회의실로 향했다.

"왜 그래?"

"몇 가지 묻자."

피로감이 커지자 휴대폰을 계속 들여다보기 힘들어졌다. 인터넷에서 떠도는 대부분의 정보는 자극적인 반면 영양가가 부족하기 쉽다는 걸 그 누구보다 무겸이 잘 알고 있었다.

제대로 알지도 못하면서 쓴 문장에서 진실을 채굴하려고 고생하기보다는 바로 옆에 있는 소식통을 활용하는 게 효율적이다. 임정규는 남의 일에 관심이 많은 데 비해 눈치는 느린 편이니 이럴 때는 이만한 놈도 없다.

"이 코치 말이야."

"하준이가 왜? 무슨 연락 받았어?"

"어쩌다 부상당한 거야? 상태 많이 심해?"

그러자 정규가 황당하다는 표정으로 눈을 끔벅거렸다. 무겸이 미간을 찌푸렸다.

"왜 그렇게 쳐다봐."

"묻는 게 어이없어서. 이때까지 몰랐단 말이야? 왜 다쳤는지?"

"말을 안 하면 어떻게 알아."

"야, 팀에서 하준이 왜 다쳤는지 모르는 사람 너밖에 없을 거다. 얼마나 유명한데. 모를 거라고는 생각도 안 했지."

"알았으니까 빨리 얘기나 해."

정규는 무겸이 왜 갑자기 이 문제에 관심을 가지는지 의아하다는 표정으로, 그러나 따지지 않고 대답해 주었다.

"너는 영국에 있었으니 자세히 모를 수도 있겠지만… 몇 년 전에 명신백화점 본점에 화재 있었던 거 알지? 불이 엄청 크게 나서 건물 거의 반쯤 탔어."

"알아."

월드컵이 열린 해와 같은 해였던 것으로 기억한다. 그해 가을이던가

겨울쯤, 유명 백화점에 큰 화재가 발생했다. 불행 중 다행으로 폐점이 가까워진 시간이라 사람이 많지는 않았지만 오히려 그래서 대처가 늦었고 제법 사상자가 발생한 사건이었다.

"하준이 프랑스로 이적 추진하면서 일 좀 풀리던 때였지. 그 일 때문에 그해는 가족들이랑 크리스마스를 같이 못 보낼 것 같다고, 동생들 선물 미리 산다고 거기 갔다가 그렇게 됐어."

"……."

"1층에 있어서 다행히 불길 크게 번지기 전에 구출은 됐는데, 건물에 불이 나면 꼭 불이 활활 안 타도 연기 때문에 못 빠져나오기도 한다더라. 빨리 나왔으면 안 다쳤을지도 모르는데 하준이 성격이… 꼬맹이 하나가 무서워서 구석에 처박혀서 못 나오는 걸 보는 바람에 개 데리고 나오느라 출발이 늦었어."

"연기만 마셔서 부상을 당하지는 않았을 거 아냐."

"그야 그렇지. 백화점 건물이 천장부터 타니까 달려 있던 조명인지 조각인지가 하준이한테 떨어져서 다쳐 가지고… 바로 빠져나오지를 못하고 연기 때문에 거기서 기절했어. 어떻게 피한다고 피해서 머리에 맞지는 않았는데."

더 말을 하기 끔찍하다는 듯 정규가 말을 흐렸다.

"하여튼, 그 바람에 화상도 입고 수술하고, 출혈도 컸고 연기도 많이 마셔서……. 내가 뭐 옆에서 다 본 건 아니지만 한동안 그런 고생이 없었다. 옆에서 지켜본 가족들도 그렇고. 개 동생이 자기들만 아니었으면 오빠가 백화점도 안 갔고 다치지도 않았을 거라고 울고불고하던 거 아직도 생각나. 월드컵 끝난 지 얼마 안 돼서 이름도 좀 알려졌던 때라 잠깐이지만 뉴스도 탔고. 그래서 다들 알아. 당연히 너도 아는 줄 알았지."

화재…….

이제야 무겸은 발표회장에 연기가 가득 찼던 그날 하준이 왜 그렇게 기이한 반응을 보였는지 알 수 있었다. 정규와 채훈이 유난스럽다 느낄 정도로 하준의 상태를 살폈던 이유도.

저만 몰랐다. 임정규와 윤채훈뿐 아니라 이 팀의 사람들, 아니 한국에서 축구에 관심이 있는 사람들이라면 어지간히 모두 알 만한 것을 혼자 몰라서 그런 일을 겪었던 놈을 집에 데려가자마자 신이 나서 눈까지 가려 놓고 대뜸 덮치려 들었다.

지금까지도 충분하다 여겼던 환멸이 더더욱 무겁게 어깨를 누른다. 무겸은 관자놀이를 손가락으로 살짝 받치고 남은 질문을 이어 갔다.

"코칭할 때 보면 일상적인 운동은 다 하던데, 재활이 아주 불가능한 정도야?"

"지난번에도 묻더니? 거기까진 자세히 묻기가 뭐해서 나도 확실히는 몰라. 그런데 쉽지 않으니까 포기한 거겠지. 이적 추진 중이었는데 검진도 안 받고 포기하기야 했겠냐. 그래도 원래 튼튼하던 놈이라 회복 되게 빠른 편이랬어."

그렇게 말하던 정규가 다시 뭔가 가늠하려는 듯 눈치를 보며 물었다.

"갑자기 옛날 일은 왜? 혹시 하준이 그만두려는 거랑 상관있냐?"

"없어. 그냥, 막상 그만둔다고 하니 알고 지낸 기간에 비해 이 코치에 대해 아는 게 별로 없다 싶어서."

"기특하게 웬일로 그런 생각을 다 했대? 그래도 처음엔 너희 둘 서로 소 닭 보듯 하더니 많이 친해졌다. 하준이 돌아오면 셋이 진짜 한잔하자."

대답을 얼버무리며 무겸은 회의실을 나섰다. 훈련장으로 나가 잔디밭 위에 발을 올린 그는 어제부터 머릿속에서 무질서하게 와글거리는 질문과 정보들을 조금씩 정리해 나갔다.

이하준이 저를 좋아한다고 말한 것은 최근이었으나 어제 본 영상은 3년 전의 것이다. 이 팀에서 만나 섹스 파트너가 되면서부터 생겨난 감정이라 추측했지만 어쩌면 무겸의 예상보다 더 오래된 것일 수도 있었다.

이하준은 화재 현장에서 부상을 당하고 은퇴했다. 그런 불행을 고작 몇 년 만에 아무렇지도 않게 받아들일 수 있는 사람은 많지 않다. 불이 났다고 생각했을 때 패닉 반응을 일으킨 것도 이상하지 않다.

그런데도 한마디 말도 없이 제가 하는 대로 몸을 내맡겼다. 무겸이 중간에 눈치채지 못했으면 끝까지 버텼을지도 모른다. 거친 섹스 도중이었음에도 핏기 하나 없이 창백했던 얼굴과 먼 곳을 되짚는 듯 흐릿했던 시선이 눈앞에 어른거린다. 토할 정도로 놀란 주제에, 백지장 같은 얼굴을 한 하준이 연기 가득한 발표회장에서 제일 먼저 한 일은 무겸을 찾아 손목을 붙잡고 끌고 나가는 것이었다.

무겸이 미간을 찌푸렸다. 이제까지 느껴 본 적 없는 종류의 통증이 욱신욱신, 가슴 언저리에서 시작해 온몸에 퍼져 나갔다.

"…임정규."

"왜?"

"나 심장 아프다."

정규의 눈동자가 불안하게 떨렸다.

"너 요즘 컨디션 왜 그러냐? 병원 가 봐야 하는 거 아냐?"

"그런가."

"꼭 가 봐, 인마. 너는 건강 염려증 좀 있어도 돼. 몸뚱이가 얼마짜린데."

정규가 진심으로 걱정스러운 듯 타박했다. 정식 훈련이 시작되었다.

하준이 없는 훈련장에서 훈련을 마치고 식당으로 향한 무겸은 오늘은 조금이라도 배를 채워 보려 했지만 역시나 거의 식사를 하지 못했다. 음식을 그대로 남기는 무겸을 보고 정규가 정말 병원에 가 보라고, 아니 함께 가자고 강조했다.

아침에는 화창하던 하늘이 오후부터 꾸물꾸물 회색으로 흐려지더니 훈련을 마칠 때쯤 되어서는 갑자기 비가 쏟아졌다. 소나기에 훈련은 평소보다 10분 정도 일찍 마무리되었다. 어차피 땀에 젖은 선수들은 별로 서두르지도 않고 로커 룸으로 향했다.

아침부터 머리가 복잡해진 데다 슬슬 열까지 오르는 기분이었던 무겸은 비라도 흠씬 두들겨 맞고 싶어져 바로 들어가지 않고 암녹색으로 젖어 들어가는 잔디밭을 괜스레 서성거리다가, 아직 정리되지 않고 바닥을 굴러다니는 공을 걷어찼다. 젖은 잔디 위의 공은 무겁게 날아가 골대 안에 떨어졌다.

멈춘 공을 멀거니 보다가 언제까지 그러고 있을 수도 없어 몸을 돌렸다. 로커 룸으로 들어가려는데 문득 건물에서 주차장으로 이어지는 통로가 눈에 들어왔다. 쏟아지는 뿌연 비를 반투명한 천막처럼 앞에 드리우고 저 길 위에 서 있던 남자의 모습이 마치 지금 눈앞에 보이는 것만 같다.

기억 속에 묻힌 목소리, 망설이는 듯 시작했지만 그 끝은 단호했던 말투가 물속에 가라앉았던 유류품처럼 둥실 떠오른다.

"패스해 줄까?"

이를 꾹 악물었다. 빗물받이로 흘러드는 물처럼 상황이 점점 통제할 수 없는 영역으로 빨려 드는 것이 느껴진다. 열흘 후에 그가 돌아온다 한들 계획처럼 멀리서 바라보며 감정을 정리하는 것으로 만족할 수 있을까?

투어 때의 2주와 지금의 열흘은 완전히 달랐다. 그때는 이하준이 제게 좋아한다고 말하기 전의 2주였다. 돌아오면 그를 곧바로 안으리라고 생각하며 버틴 2주였다. 하준에 대해 모르는 것이 지금보다 더 많던 2주였다.

임정규는 이미 하준에 대해 이야기를 해 주려 한 적이 있었다. 무겸은 그때 구질구질한 이야기 듣기 싫다며 자리를 피했다.

인정한다. 자신은 이하준에 대해 알기를 일부러 피해 왔다. 알면 알수록 기분 나쁜 사태를 마주칠 것 같아서.

그의 빈자리를 바라보고 있자니 머리인지 가슴인지 알 수 없는 몸속의 어딘가도 이하준의 크기만큼 비어 간다. 보이지 않는 안쪽에 갑자기 공동이 생기자 감각은 균형을 잃고 기우뚱거리며 어질, 뱃멀미 같은 현기증을 일으키고 속을 울렁이게 만들었다.

큰일이다. 상태가 점점 나빠진다. 이래서는 도저히 제 컨디션을 유지할 수 없다.

그럼 어떻게 해야 하지?

어떻게 하는 것이 제게, 그리고 이하준에게 최선의 방법일까?

몇 번씩 뜰채를 던져도 답이 건져지지 않는 수면 위로 허무한 물결만이 번져간다.

가방에서 노트와 펜을 꺼내 든 남자는 목에 호루라기를 걸고 심호흡을 마친 뒤 걸음을 뗐다. 문을 향해 가던 그는 벽에 걸린 거울에 한 번 얼굴을 쓱 비춰 보았다. 맞은편에 비치는 얼굴은 지금도 제법 견고해 보였지만 마지막 빈틈까지도 지우고 싶었다.

표정을 가다듬고 사무실의 문을 열어젖힌 그는 망설임 없이 복도와 건물 현관을 통과해 바깥으로 나아갔다. 희게 빛나는 햇살이 잘 돌아왔다고 인사하듯 그를 반겼다.

"어, 코치님!"

문을 열고 나서자마자 마침 근처를 지나치던 선수가 빠르게도 그를 불렀다. 하준은 손을 흔들어 보였다. 몇몇 선수가 가까이 다가왔다.

"안녕. 훈련 잘하고 있었어?"

"네, 그럼요. 별일 없으셨어요?"

"응. 잠깐 집안일 때문에 쉬었어."

뭉뚱그려 대답한 하준은 훈련장 가운데로 향했다. 그를 발견한 선수들이 반가운 티를 숨기지 않고 인사를 했다.

생각지 못하게 얻은 휴가 동안 열심히 고민한 끝에, 하준은 팀을 옮기는 것은 보류하기로 결정했다.

무겸에게 모욕적인 말을 들어 가며 관계를 끝낸 직후에는 감정이 복받쳐 떠나겠다 결심했지만, 열띤 감정이 채 수그러들기도 전에 제출한 사표를 반려당한 뒤 점점 냉정을 찾고 나니 자신이 왜 떠나야 하는지 알 수 없었다. 가족들과 함께 떠난 여행에서 만난 바닷가 풍경과 달콤쌉쌀한 피나콜라다의 맛은 하준에게 이성과 여유를 돌려주었다.

절이 싫으면 중이 떠난다고, 한쪽이 떠나야 한다면 제 꼴이 보기 싫어 못 견뎌 하는 사람이 움직이는 편이 옳다. 거액의 계약금과 수많은 사람의 기대를 어깨에 진 김무겸이 그리 쉽게 소속을 바꿀 수는 없으리라. 하지만 불륜을 했다는 오해를 받고 막말까지 들은 일반 서민인 자신이 월드 스타의 절차적 번거로움까지 배려할 필요가 있을까?

시티서울은 아직 코치 경력이 그리 길지 않은 하준에게는 더 이상 나은 팀을 찾을 수 없을 정도로 괜찮은 직장이었다. 성향이나 상황에 더 알맞은 팀이 있을 수는 있겠지만 객관적으로 현재 이하준의 스펙을 기반으로, 코치로서의 커리어 한 줄을 이 이상으로 장식해 줄 만한 팀은 적어도 국내에는 없다고 봐도 무방했다. 아직 일하기 시작한 지 1년도 되지 않은 시점에서 이직은 별로 현명한 선택도 아니었다. 즉, 직장을 그만두면 곤란할 사람은 김무겸이 아니라 업계 신입에다가 월급쟁이인 이하준인데.

'내가 왜?'

줄이자면 그 세 음절로 요약할 수 있는, 약간은 억울함에 가까운 심정으로 결론을 내리고 하준은 시티서울의 코치 자리로 돌아왔다.

물론 무겸을 마주하기 조금 힘들기는 하겠지만 근처에 얼쩡거리지 말라 했던 그의 마지막 요청은 충실히 들어줄 생각이었다. 이미 그의 직접 코칭에서는 빠진 지 제법 지났으니 서로 적당히 피해 다니며 최소한의 예의만 지킨다면 앞으로 남은 몇 달쯤은 큰 문제가 되지 않을 것이다.

결정을 하고 나자 중요한 시기에 굳이 쉬고 있을 이유도 없어서, 주어진 열흘의 휴가를 다 쓰지 않고 일찍 복귀하기로 했다. 모처럼 떠난 3박 4일의 가족 여행에서 생각을 정리한 뒤 하준은 닷새 만에 팀으로 돌아왔다.

"하준아. 왔냐?"

팀의 주장이자 골키퍼, 정규가 반가운 표정으로 다가왔다. 궁금한 것이 가득한 눈이지만 특별히 이것저것 묻지는 않는다. 호기심 많은 그가 질문을 참고 있는 것이 뻔히 눈에 보여 하준은 그만 웃어 버렸다.

"그래. 잘 지냈어?"

"넌 뭐, 변동 없기로 결정한 거지?"

정규를 제외한 다른 선수들은 하준이 그만두려 했다는 것을 전혀 모르는 것이 분명했다. 하준은 웃으며 고개를 끄덕였다.

"잠깐 고민할 일이 생겨서 그랬는데 지금은 해결됐어. 가족들이랑 오랜만에 여행 한번 다녀왔다."

"모처럼 휴가 받아서 혼자 좋은 데 다녀오지 뭘 또 식구들 다 붙이고 갔다 왔냐."

"아냐. 그러고 싶어서 그런 거야."

이러니저러니 해도 가족은 궁지에 몰렸을 때 찾게 되는 첫 번째 도피처였다. 그 무게 때문에 힘든 적도 많았지만 없었으면 버티지 못했을 순간도 많다.

갑자기 여행을 가자는 제안이 귀찮았을 법도 한데 고3인 동생들은 흔쾌히 따라 주었고, 오랜만에 서로의 소중함을 확인하는 시간은 크게 우울해질 뻔했던 중 많은 도움이 되었다. 나도 집에서는 자랑스러운 아들이고 형이고 오빠라는, 그런 오기를 붕대처럼 마음에 칭칭 두르고 스스로를 치유하는 시간이기도 했다.

속으로는 저 자신을 북돋우면서도 눈은 어쩔 수 없이 한 사람을 찾아 잔디밭 위를 서성였다. 어디 있는지를 알아야 피하기도 할 것 아닌가. 하지만 있었다면 싫어도 곧바로 눈에 띄었을 남자의 모습은 어디에도 보이지 않았다. 하준의 얼굴에 절로 의아함이 떠올랐고, 묻기도 전에 정규가 설명했다.

"김무겸 요즘 컨디션이 안 좋아서 조금 늦게 나와. 감독님이 그러라고 지시했어."

"뭐? 왜? 어디 아파?"

반사적으로 질문이 튀어나왔다. 정규가 난감한 듯 고개를 저었다.

"나도 걱정돼서 같이 병원에 검사도 받으러 갔거든. 그런데 아무 이상도 없대."

"병원? 컨디션이 얼마나 어떻게 안 좋길래?"

"일단 식사를 제대로 못 해. 나 개가 밥 못 먹는 거 처음 봤다. 잠도 잘 못 자. 잠은 약 처방 받아서 어떻게 해결했는데 못 먹는 건 뭐 어떻게 할 수가 없잖아. 주사도 맞고 조금씩 나눠서 먹고는 있는데 그 덩치 버티려면 그 정도로 어림도 없지."

"무슨 소리야. 못 자고 못 먹으면 운동을 어떻게 해."

"그리고 말야. 계속 열이 나. 높지는 않은데 미열이 계속 나. 그러니 기운을 못 쓰지."

"감기도 아닌데?"

"그러니까. 그런데 몸에는 아무 이상이 없대. 아니, 무슨 증상이 연수 씨 임신했을 때 같다니까? 호르몬 검사에서도 문제없다고 했는데."

근 10년 동안 그를 지켜봐 왔지만 부상도 아닌데 훈련을 하지 못할 정도로 컨디션이 무너진 모습은 한 번도 본 적 없다.

원하는 대로 눈앞에서 사라져 줬으니 그동안에는 더더욱 날아다녔어도 모자랄 판에 왜. 예상치 못한 답에 열심히 바로 세우던 마음속 울타리가 휘청휘청 흔들리려 했다.

"살다 살다 김무겸 그러는 것 처음 봐. 그래서 요 며칠 계속 오후 훈련만……."

그렇게 말하던 정규의 시선이 하준의 뒤편으로 넘어갔다. 하준이 뒤돌아보기도 전에 정규가 입을 열었다.

"김무겸, 오늘부터 오전 훈련하기로 했냐?"

정규의 말에 어깨가 딱딱하게 굳었다. 아직 눈으로 확인하지 못한, 등 뒤로 다가오고 있을 인물의 존재감이 갑자기 높다란 절벽만큼 커져 하준을 짓누르려 들었다.

왜 내가 나가야 하지? 나가야 할 사람이 있다면 내가 아니라 김무겸이다. 나는 이 팀에 남을 것이다.

불과 어제까지도 저 자신을 응원하고 타이르는 데 사용했던 말들이 모두 현실을 망각한 만용이었던 것처럼 느껴진다. 하준은 얼른 웃으며 자리를 정리했다.

"정규야. 그럼 나는 코치님들께 인사 좀 드리러 갈게."

"어, 그래. 이따 보자."

빠르게 인사를 남기고 하준은 서둘러 자리를 피했다. 차마 뒤를 돌아볼 엄두도 나지 않았다. 멀찍이 떨어지고 나서야 정규의 곁에 선 무겸을 힐끔대며 살폈다. 마치 처음 그에게 말을 걸고 싶어 다가가던 어린 시절, 이야기를 나누는 둘을 몰래몰래 살피던 그때로 돌아간 것 같았다.

컨디션이 나쁘다는 말이 거짓은 아닌 듯 눈 밑이 어둡고 얼굴이 눈에 띄게 핼쑥했다. 몸에 이상이 없다니 다행이기는 하지만 아픈 곳도 없다면서 왜 저러는 걸까.

저와 그런 일이 있기 전에도 어디 아프냐는 말이 절로 나올 정도로 나쁜 안색을 하고 훈련에 나와 팀 전부를 따돌리듯 겉돈 적이 있었지만 그때도 신체 컨디션만은 멀쩡했다. 모두를 잔뜩 걱정시켜 놓고서는 다섯 골을 때려 넣어 속았다는 기분을 느낀 지 얼마 되지도 않았다.

정신적인 슬럼프야 본인의 의지로 해결할 수도 있다지만 신체 컨디션 저하는 또 다른 문제다. 게다가 병원 검진까지 받았다면서 아무 이상을 찾지 못했다니. 이것은 온당한 걱정이다. 둘의 관계가 어찌 되었든 자신이 이 팀의 코치고 그가 팀의 에이스 선수라는 것만은 변치 않으니까.

선수들 사이에 섞여 대화를 나누는데 한 선수가 또 하준의 뒤를 보며 반색을 했다.

"무겸 형님. 이제 좀 괜찮으세요?"

…얼쩡대지 말라고 했으면 저도 좀 피하려는 노력을 해야 하지 않나?

하준은 한숨을 쉬고 선수들에게 인사를 남기고 또 한번 자리를 옮겼다. 코치들이 하준을 보고 손을 들어 올려 인사를 했다.

"이 코치, 집안일은 잘 해결됐어?"

"네, 덕분에요. 혼자 쉬다 와서 죄송합니다. 그동안 별일 없으셨어요?"

"별일 있지. 김무겸 몸이 안 좋아서 다들 걱정이야."

"들었습니다. 갑자기 몸이 어떻게 안 좋기에."

"어, 마침 저기 오네."

하준은 깜짝 놀라 다시 발을 옮기려 했다. 이제 마땅히 옮겨 갈 무리도 없는 와중, 어디로 갈지 망설이는 사이 등 뒤에서 목소리가 들려왔다.

"이 코치님."

못 들은 척하기에는 너무나 정확히 저를 호명했고 남들의 눈도 있었다. 어쩔 수 없이 몸을 돌렸다. 오늘 처음으로 김무겸을 가까이서 마주한다. 말로는 할 수 없어 눈으로만 질문했다.

'왜 자꾸 따라와? 얼쩡대지 말라며?'

그러나 못 알아들었을 리 없는 무겸은 시침을 떼며 생뚱맞은 답만 했다.

"잠깐 얘기 좀 하고 싶습니다."

남들 앞이라고 정중한 척을 한다. 하준 역시 무겸을 탓하는 표정을 지우고 무심한 척 답했다.

"…무슨 얘기? 훈련 이야기면 여기서 해."

"아뇨. 코치님에게 상담하고 싶은 내용이 있어서."

다른 코치들이 빨리 가 보라는 눈치를 주며 소리 없이 성화를 부렸다. 하준이 선수들에게 인망이 높아 이런저런 이야기를 잘 들어 준다는 것은 스태프들 모두 알고 있었다. 상태 나쁜 무겸에게 눈곱만큼이라도 컨디션 개선이 될 만한 일이 생긴다면 지금 모두가 쌍수를 들고 환영할 분위기였다.

얼쩡거리지 말랄 때는 언제고 이 돌변한 태도는 뭐야? 하준은 마땅치 않았지만 그 자리에 버티고 서 있을 수도 없어 별수 없이 걸음을 옮겼다.

무겸보다 앞서 걸으며 하준은 차라리 잘되었다고 생각했다. 어차피 한 팀에서 함께하는 시간을 완전히 피할 수는 없으니 익숙해져야 한다. 어쩌면 무겸도 차후의 태도 따위를 확실히 짚어 두고 싶어 따로 이야기할 시간을 가지자 한 것일지도 모른다.

하준이 좀처럼 잘 짓지 않는 비딱한 웃음을 입술에 잠시 걸쳤다가 지웠다. 무겸의 흉내를 내서 어디론가 들어가자마자 옷이나 벗으라고 말해 볼까. 우리 둘 사이에 할 얘기가 그것 말고 뭐가 있느냐 빈정거리며.

실없는 생각을 하는 사이 둘은 건물 안으로 들어섰고, 하준은 어디로 향할지 잠시 망설이다가 코치들의 사무실을 종착지로 정했다. 코치들이 모두 밖에 나와 있는 것을 보니 지금은 아무도 없겠지만 기본적으로 드나드는 사람들이 많은 곳이다. 정말 아무도 오지 않을 외진 방보다는 이런 장소가 지금 둘이 이야기를 나눌 조용한 공간으로 적합했다.

사무실에 먼저 들어선 하준은 문 닫히는 소리가 나자마자 몸을 돌려 물었다.

"왜?"

무겸은 문에 기대어 선 채로 몇 보 앞에 서 있는 하준을 가만히 보고만 있었다. 몸이 좋지 않아서인지 약간은 피로해 보이는 시선을 제게 고정한 그를, 하준 역시 말없이 마주 보았다. 마음 같아서는 눈길을 돌리고 싶었지만 여기서 먼저 시선을 피하는 것은 이전까지의 관계를 의식한다는 의미로 느껴져서 눈싸움을 하듯 버텼다.

눈만 시리다면 참을 만하겠는데 아무것도 쥐지 않은 맨손이 어색함을 견디지 못하고 자꾸만 주먹을 쥐었다 폈다를 반복하며 꾸물거린다. 말없이 서로를 바라보는 사이, 하준은 마음속으로 깊은 탄식을 내쉬며 받아들이고 싶지 않았던 사실을 기어이 인정해야만 했다.

'…나 아직 김무겸 좋아하는구나.'

모욕당한 데 대한 슬픔이나 분노, 김무겸이란 사람에 대한 실망. 그런 것은 단편적인 감정일 뿐 좋아하는 마음까지 지워 버릴 수 있는 종류의 것은 아니었나 보다.

좀 더 사무적으로 표정을 다듬으려고 노력하며 재촉했다.

"할 말 있으면 얼른 해. 얼쩡대지 말라더니 무슨 이야기가 남아서 사람을 불러내."

"…사표 냈었다며?"

하준의 눈이 커졌다. 정규가 아는 것까지야 그렇다 쳐도 김무겸까지 알 거라고는 생각지 못했다.

하긴 두 사람이 워낙 친하니까. 아니더라도 그렇게 놀랄 만한 일은 아니었다. 감독 역시 무겸은 특별히 여기고 있으니 논의를 했을 수도 있겠지.

"그래. 그랬더니 때아닌 휴가 주셔서 짧게 여행도 다녀왔어. 덕분이네. 고맙다."

"왜 팀을 그만둘 생각을 해? 나 때문에 그만둔다고 시위라도 하려 든 거야?"

"잘난 김무겸 말 들어주려고 한 건데 뭐가 또 불만이야? 그래. 생각해 보니 일반 서민인 내가 월드 스타인 네 사정 봐주느라 직장까지 그만둘 필요는 없는 것 같아서 사표는 반려받았어. 네 마음 불편할 일 없을 테니까 이제 됐지?"

"됐어. 이런 말 하려고 보자고 한 거 아니야."

멋대로 시비를 걸어 놓고 먼저 발을 뺀다. 무겸은 짐짓 진지한 표정으로 하준을 바라보고 있었다.

또 무슨 밉살맞은 말을 하려나. 하준은 마음의 준비를 하고 그의 다음 말을 기다렸다.

"내가…"

"……."

"미안하다."

그리고 한숨처럼 튀어나온 말에 하준의 눈이 살짝 크게 열렸다. 그러나 사과에는 목적어가 없었고, 하준은 뜻을 넘겨짚기 전에 확인했다.

"뭐가?"

"지난번에 집에서 너한테 했던 말들, 그 전에 너랑 하고 나서 했던 말, 태도까지 전부. 내가 오해했고, 나오는 대로 지껄였고, 고집부렸다. 잘못했어."

기대도 하지 않은 순간이 느닷없이 닥쳤다. 하준은 눈을 깜박였다.

김무겸은 제멋대로에 말본새가 사납지만 그나마 다행스럽게도 반성과 사과에까지 인색한 인간은 아니다. 그런 사람이기에 지금의 자리까지 올라오기도 했을 것이다. 하지만 이번만큼은 그도 굽히지 않을 거라 생각했다. 왜냐하면 하준 역시 그를 긁었으니까.

무겸은 이미 전지훈련지에서도 채훈과 저 사이를 의심한 적이 있었다. 이번이 두 번째였기에 그 점은 놀랍지 않았지만 그는 선을 넘었다. 자신뿐 아니라 채훈, 아직도 저를 응원해 주는 고마운 올드팬들, 시터서울의 선수들과 코치진들까지 분풀이에 동원했다. 하준이 마치 코치직을 유지하기 위해 팀원들과 놀아나는 인간이라도 되는 듯 힐난했다.

설령 하준이 정말로 선수며 코치를 가리지 않고 몸을 섞는 사람이었다 해도 그런 모욕을 감내할 이유는 없다. 김무겸과 저는 합의하에 밤을 보내는 사이에 불과했으므로 그는 자신의 사생활에 대해 화를 낼 자격이 없기 때문이다.

쏟아진 물을 주워 담을 수는 없다. 이미 벌어진 일이고 사과 몇 마디로 상한 마음이 복구되지는 않는다. 그래도 사과를 받는 쪽이 못 받는 쪽보다는 나으므로 하준은 덤덤하게 답했다.

"됐어."

오랫동안 좋아한 만큼 실망감이나 상실감 같은 한두 단어로 표현하기 힘든 적막하고 거대한 감정이 하준을 삼켰었다. 군이 맞는 단어를 찾자면 허무함에 가장 가깝지 않을까. 더군다나 김무겸에 대한 제 감정은 단순한 연애감정이라기보다는 천재를 동경하는 범인의 마음과 연결된 복합적인 것이었으니까.

군이 불러내 사과까지 하는 이유는 그가 저에게 쏘아 대었던 '얼쩡거리지 말라'는 말을 취소하기 위해서일까? 그러나 하준은 더 이상 그의 곁이 탐나지 않았다.

혼자 하는 사랑은 간혹 막막하고 울적할 때는 있어도 힘들지는 않았다. 10년 동안 짝사랑만 해 오던 자신에게 어떤 형태로든 좋아하는 사람의 옆자리를 지키는 것은 처음 각오한 이상으로 저를 소모해야 하는 일이었다. 이제는 욕심내지 않고 제자리로 돌아가고 싶다.

그래도 한동안 그의 옆에 머물렀고 함께 밤을 보냈으며 많은 것을 받았다. 분노와 슬픔을 한차례 떠나보낸 하준은 좋았던 기억만을 잘 추슬러 폭풍이 지난 후 해안가로 밀려온 조개껍질 따위처럼 보관하려고 애쓰는 중이었다.

"사과해 준 건 고맙다. 받아 둘게. 그런데 앞으로 피차 불편한 일은 피하자. 시즌 끝날 때까지 이제 몇 달 안 남았어. 그동안 무난하게 지내는 게 그렇게 어려운 일은 아니잖아."

"……."

"너도 감정적으로 욱해서 한 말이었다고 생각할게. 그때 한 말은 나도 잊을 테니까 너도 마음에 담아 두지 마라. 그리고 앞으로는 정말 한 팀 코치, 그리고 선수로 훈련장에서만 보기로 하자."

예상치 못한 사과를 받고 깔끔하게 마무리를 짓게 되자 정말로 '끝'이라는 마침표가 찍힌 기분에 어쩐지 시원섭섭하기까지 했다. 대화를 정리한 하준은 손짓으로 무겸에게 비켜 달라는 뜻을 표했다.

그러나 무겸은 꿈쩍도 하지 않고 문지기처럼 서 있었다. 하준이 눈썹을 조금 올리며 채근했다.

"나가자. 이제 곧 훈련 시작이야."

마음이 급한 사람은 하준뿐인 듯 무겸은 처음과 다름없는 무표정한 얼굴로 대꾸했다.

"그게 다야?"

"뭐가?"

"미안하다고 했는데 그게 다냐고."

"…그럼 뭘 더 어떻게 해야 하는데?

멀뚱해진 하준을 가만히 보던 무겸이 고개를 슬쩍 옆으로 기울였다.

"그건 잊는 거라 할 수 없잖아."

"무슨 소리야?"

"정말 잊기로 한다면… 그 일이 있기 전으로 돌아갈 수도 있지 않나?"

하준의 미간이 희미하게 모여들었다.

"있기 전?"

"더는 그런 오해 안 해. 쓸데없는 간섭도 안 할 거고. 내가 다 고칠게. 그러니까 원래대로 돌아가자."

"…나와 너는 원래 코치와 선수 사이지. 그게 우리의 '원래'야."

"그러지 마. 못 알아듣는 것 아니잖아."

후우. 하준은 더 버티지 못하고 한숨을 쉬며 양손으로 마른세수를 하듯 얼굴을 크게 쓸어 올렸다. 머리카락까지 뒤로 넘긴 후에 뒤통수에 살짝 깍지를 꼈다. 며칠에 걸쳐 겨우 가라앉힌 마음에 다시 풍랑이 일려고 한다.

여기서 더 대화를 이어 가고 싶지도 않은데 무겸은 한술 더 떠 이야기를 얹기 시작했다.

"다시는 그런 일 없을 거야. 마음대로 오해하고 너 모욕한 것, 진심으로 사과한다. 다른 선수들한테… 대 주면서 코치 일 한다고 했던 그런 말, 그때도 진심 아니었어. 내가 내 기분 못 이겨서 막말한 게 맞아. 미안해."

"혹시 너 지금, 사과할 테니까 다시 섹스 파트너 사이로 돌아가자는 뜻이야?"

무겸에게서 돌아오는 대답이 없었다. 긍정과 이어지는 그 침묵에 잠시 어안이 벙벙해졌던 하준은 곧 입 안쪽 살을 깨물었다.

'너 나한테 왜 이러나?'

먹살이라도 잡고 그렇게 따져 묻고 싶은 것을 간신히 참았다. 목소리에 열기가 섞여 나오지 않도록 하준은 치미는 분을 억누르며 간신히 웃음을 걸쳤다.

"나는 싫은데."

"그 일 있기 전까지 너랑 나 사이에 아무 문제 없었잖아. 그 일을 잊고 넘어가기로 한다면 그 이전으로 돌아가는 게 안 될 이유는 뭐가 있어?"

"잊고 넘어가자는 건 그 이야기를 더 입에 올리지 말자는 뜻이야. 정말로 없었던 것처럼 지내는 건 불가능해. 이미 벌어진 일이고, 네가 했던 말이 사라지지는 않아."

무겸과의 시작이 자승자박이 되어 버렸다는 사실은 전지훈련장에서 진즉 깨달았다. 혹여나 그가 저를 부담스럽게 여길까 봐 가벼운 하룻밤을 자주 보내는 척 군 덕분에 김무겸이 보는 이하준이라는 사람의 이미지도 그렇게 굳어 버렸다.

그의 눈에 자신이 다른 선수들과도 비슷한 밤을 보냈을 사람으로 비친다 해서 억울하다고 생각하지는 않는다. 하지만 그런 오해를 빌미로 사람을 비난하는 것은 또 다른 문제 아닌가.

그렇다고 이제 와서 김무겸에게 사실은 네가 내 처음이었다고, 내 인생에는 너밖에 없었다고 읍소라도 할 텐가? 왜? 지금 와서 그런 이야기를 할 필요가 있을까. 저는 결백을 증명받아야 하는 죄인이 아니었다. 그런 비굴한 짓을 하고 싶은 생각은 추호도 없다.

미안하다고 사과를 한 다음 섹스 파트너로 돌아가자는 말을 꺼내는 남자 앞에서 증거를 내밀면 또 무엇할 것이며.

"기왕 얘기 나왔으니 솔직히 말할게. 지금 이렇게 너와 단둘이 있는 것도 난 불편해."

"……."

"같이 있기만 해도 불편한 사람과 그 이상의 일을 무슨 수로 하겠어? 네가 어떻든 내가 싫어. 그 이야기도 두 번 다시 내 앞에서 안 꺼냈으면 좋겠다."

"싫어?"

"그래. 싫어."

일축하고 하준은 문으로 다가섰다. 그러나 무겸은 비켜설 생각을 하지 않았다.

"비켜. 나가게."

"…다시 생각해 봐, 이 코치. 내가 정말 아쉽지 않게 할게. 너도 그동안 나쁘지 않았잖아."

"그래. 그랬지. 하지만 상황이 변했고, 이제 너와 그런 관계로 지내고 싶은 마음이 없어."

하. 무겸이 문에 기댄 고개를 들어 올리며 짧은 한숨을 쉬었다.

"알았어. 사과만으로는 모자라다 이거네. 그럼 어떻게 해야 다시 하고 싶어질 거야?"

어떻게 해도 다시 하고 싶어질 것 같지 않았다. 답지 않게 왜 이렇게 끈질기게 구는 걸까.

"원하는 것 있으면 뭐든 말만 해. 이제까지 너한테 해 준 게 너무 없었지. 그 점도 내 실수야. 가족들 때문에 이래저래 돈 나갈 일도 많을 텐데 필요하면 그런 부분도 얼마든지 도와줄 수 있어."

돈이라. 말이 길어질수록 가관이었다. 하준의 입술이 힘없이 휘어졌다.

액땜이라 생각하자. 첫날 들을 소리 못 들을 소리 다 뽑아내고, 그것들을 모두 듣고 나면 내일부터는 김무겸도 닥치겠지.

설마 자신에게 먼저 김무겸을 거절할 날이 오리라고는 상상도 하지 못했다. 늘 그랬지만 사람의 일이란 정말로 한 치 앞을 예측할 수 없다.

"도움이 필요해서 잤으면 벌써 얘기하지 않았겠어?"

"……."

"김무겸. 말해 두는데 나는 이제 너랑 안 자. 네가 뭘 어떻게 하든 생각 바뀔 일 없을 거야."

무겸은 한동안 답이 없었다. 그가 슬쩍 들어 올렸던 얼굴을 천천히 정면을 향해 끌어 내렸다.

"그럼 어떡하라는 거야."

갑작스레 격해진 말투에 하준이 눈을 크게 떴다. 조금 전까지 무겸의 얼굴에 드리웠던 지치고 나른한 분위기는 어느새 사라졌다. 괴롭기라도 한 듯 찡그린 표정, 궁지에 몰린 짐승 같은 눈빛에 저도 모르게 몸이 굳는다.

덥석, 커다란 손이 뒷목을 낚아채듯 잡아당겼다. 놀라 뿌리치려 했지만 남은 한 손에 허리까지 끌려가 몸이 거의 무겸과 달라붙듯이 가까워졌다. 그의 가슴을 손으로 밀며 하준은 목소리를 높이지 않기 위해 애썼다.

"놔. 저리 비켜."

"너 없는 동안 아무것도 못 했어. 잠도 못 자겠고 물도 제대로 안 넘어가. 당장 며칠 있으면 경기인데 어떻게 해야 할지 모르겠다고. 너 아니면 계속 이 상태일 거란 말이야!"

"그게 왜 나 때문이야? 너 능력 좋잖아. 너랑 하고 싶은 사람들 항상, 늘 줄 서 있잖아. 그 사람 중에서 골라. 나는 이제 싫으니까."

"싫다는 말 좀, 그만해."

무겸의 목 깊은 곳에서 앓는 소리가 난다. 하준은 팔에 힘을 줘 그를 밀어내려 들었다.

"저리 비키라니까."

"아무 짓도 안 해. 아무것도 안 할 테니까."

이게 아무 짓이 아니면 뭐야, 멍청아!

"잠깐만 가만히 있어."

비키라고 마구 외치고 싶었지만 절박하게까지 들리는 목소리에 하준은 입술을 씹으며 무겸을 노려만 보았다.

침묵을 암묵적인 협조라 여겼는지 무겸이 천천히 하준의 목덜미에 얼굴을 묻었다. 곧은 코끝, 평소에 비해 낙엽처럼 메마른 뜨거운 입술이 피부에 닿자 오싹, 등 뒤로 소름이 끼쳤다.

주먹을 쥐고 참는 동안 무겸은 그가 했던 말대로 더 이상의 뭔가를 하지는 않았다. 그저 하준의 목 위에 코와 입술을 붙이고, 냄새라도 맡듯이 깊게 숨을 들이마시고 내쉴 뿐.

그러나 그 뜨거운 숨결이 여린 턱 아래 피부를 간질일 때마다 눈앞이 아찔해지며 그의 팔 안에 갇힌 몸이 떨리려 들었다. 마음이 양분되어 기가 막히는 제안에 분노와 황당함을 느끼는 한편, 몸에 익을 만큼 익은 단단한 팔 힘과 체온, 숨결에 잠겨 돌아와야 할 곳에 돌아오기라도 한 듯 안정감을 느끼는 자신의 존재도 분명히 느껴졌다. 하준은 입속으로 이를 갈았다.

이러니 김무겸이 저를 만만히 여길 만도 했다. 바로바로 대 줄 사람이 있어 편하다고 했던가. 바로바로 대 주는 사람에게 맛이 들어 이제 다른 상대를 찾기는 귀찮아져 버렸나.

어디론가 만나러 찾아가 공을 들여 대화하고 서로를 유혹하고, 그렇게 해야만 섹스에 이를 수 있는 상대보다 언제 어디서나 바로 옆에 있어 옷만 벗기면 되는 저를 건드리는 쪽이 당연히 편리하겠지. 무겸이 저를 그렇게 취급하는 것을 더 이상 서운해할 일도 없으리라 생각했는데 사람 비참하게 만드는 법도 가지가지다.

자괴감은 꼭 무겸만이 아니라 저 자신의 반응에서 피어나는 것이 절반이었다. 피부에 맞닿은 부분부분, 손과 입술이 확실히 기억하던 온도보다 뜨거워 어느 한쪽에서는 정말 열이 나나 보다 작게 걱정마저 하는 자신이 있었다.

제가 김무겸에게 정말 쉬운 놈이긴 한가 보다. 허탈한 실소가 나왔다. 그 웃음소리에 그제야 무겸이 천천히 얼굴을 들어 올렸다.

"…왜 웃어."

하준이 피식 한 번 더 쓴웃음을 짓고 대꾸했다.

"그럼 울까? 이 상황이 나는 웃긴데."

"내가 한 말 농담 아니야."

"알아. 그러니까 더 우습다는 거지."

무겸이 고개를 들어 올린 사이 하준은 힘껏 팔로 그를 밀쳐 내고 품을 빠져나왔다.

"웃기는 짓은 작작 하자. 이제 그만 비켜. 훈련 시작했겠다. 너나 나나 자리 너무 오래 비웠어."

마침 바깥에서 덜컹대며 문을 열려는 기척이 났다. 이번에야말로 그도 더 버티지 못하고 체중으로 누르고 있던 문에서 비켜섰다. 열린 문 사이로 코치 한 명이 불쑥 들어왔다.

"음? 둘이 무슨 볼일 있어?"

뭔가를 찾으러 들어온 듯 그가 자신의 자리로 걸어가며 물었다. 하준이 웃으며 대꾸했다.

"네, 잠깐 프로그램 같이 확인할 게 있어서요. 이제 나가려고 했습니다."

"그래. 얼른 나가 봐."

하준은 빠르게 문을 빠져나왔고 그 뒤를 무겸도 따라나섰다. 하준이 앞에서, 무겸이 뒤에서 복도를 줄 서 걷는 동안 둘은 아무런 말도 나누지 않았다.

남은 몇 달을 적당히 버티는 것쯤 문제없을 줄 알았는데 복귀 첫날부터 이게 무슨 꼴인지. 저더러 얼쩡거리지 말라고 했던 김무겸이 대뜸 돌변할 줄은 몰랐다. 건물 현관을 나서기 전에 앞머리를 쓸어 올리며 평상심을 찾고자 노력했다.

"기다려. 아직 얘기 덜 끝났잖아."

문에 손을 올리는데 무겸이 더 가까이 다가온다. 하준은 굳이 문을 열어젖혀 도망가지 않았다.

무겸의 표정은 제법 절실해 보였다. 숫제 애절해 보이기까지 하다. 하지만 그것은 가지고 놀던 장난감을 되찾고 싶은 아이의 절박함일 뿐이다. 얼마 전까지만 해도 장난감이나 도구로서의 역할에도 충분히 만족할 수 있었으나 그 위치에 자리하고 싶은 마음은 이제 다 휘발되어 버렸다.

변덕이 발동해 버렸던 것을 다시 줍고 싶은 마음도 전혀 이해 못 할 바는 아니었지만 그의 장난감은 안타깝게도 플라스틱 인형이나 로봇이 아니라 사람이었다.

"내가 해 줄 말은 하나다. 이제 성욕 처리는 다른 데서 알아봐."

이번에는 대답을 더 기다리지 않고 잔디밭 위로 퉁겨지듯 걸어 나왔다. 하준은 정 코치에게 고개를 가볍게 꾸벅 숙여 코칭의 배턴 터치를 알리고 무겸에게서 벗어나 다른 선수들을 살피러 갔다. 그 뒤로는 더 이상 무겸 쪽을 쳐다보지도 않았다.

그렇지 않아도 오랜만에 돌아온 훈련장, 돌발 상황이 벌어지자 체감 시간은 더 빨리 흘렀다. 너무나 빨리 끝난 오전 훈련을 정리하고 하준은 식당으로 향했다. 이미 자리를 잡고 있던 정규가 손을 흔들었다.

"하준아, 오랜만에 식사 같이하자."

눈길을 쓱 보냈으나 테이블에 무겸은 없었다. 요즘도 밖에서 점심을 먹는 걸까. 하준은 짧은 고민 끝에 고개를 끄덕이며 정규의 맞은편에 앉았다. 몇몇 선수가 안부를 물어 왔다. 하준은 옅게 웃으며 집안일 때문에 쉬었다는, 거짓 대답을 해 주고 밥술을 떴다.

그리 입맛이 없다. 깨작깨작 주변 사람들이 이상하게 여기지 않을 정도로 적당히 음식을 삼키는데 정규가 질릴 만큼 한 타박을 십팔번처럼 꺼냈다.

"모처럼 휴가 받아서 집안일에 죄다 쓰고 오고 말이다. 애인 좀 만들어라. 내가 누누이 말하는데 너랑 소개팅하고 싶어 하는 사람들 줄 서 있어."

한두 번 들은 말이 아니라 이제 외울 정도인, 매번 웃어넘겼던 그의 단골 멘트가 오늘따라 귀에 와 박혔다. 입술에 닿았던 컵을 탁자에 내려놓으며 하준은 그가 한 말을 곱씹었다.

'애인.'

애인을 만들면, 혼자가 아니게 되면 아까 같은 이야기를 더 듣지 않아도 될까?

채훈과의 관계를 의심하며 불륜이라는 이유로 그토록 힐책을 하던 김무겸이다. 애인이 있는 사람에게 섹스 파트너 제안 따위를 더 질질 끌고 오지는 않을 것 같았다.

"그럴까?"

하준이 작은 목소리로, 혼잣말처럼 대답하자 정규가 휴대폰을 들어 올리며 눈을 크게 떴다.

"진짜? 생각 있어? 말만 해. 연수 씨 친구 중에 정말 괜찮은 사람 있어. 축구도 좋아하고 예전부터 너한테 관심 많아."

"…생각해 볼게."

"와, 웬일이냐. 사람이 좀 쉬어야 여유가 생기기는 하나 보다. 매번 관심 없다고만 하더니."

하준이 쓴웃음을 지었다.

혼자가 외로워서, 심심해서, 남들이 다 해서……. 여러 가지 이유로 연애를 고파하는 사람들을 봐 왔지만 하준은 꼭 홀로 품은 마음 때문이 아니더라도 특별히 그 관계가 절실한 적은 없었다.

때로는 무겸에게만 뛰는 제 가슴을 탓하며, 남들처럼 마음이 통하는 사람과 따뜻한 말을 주고받는 시간을 보내 보고 싶다고 생각하기도 했다. 하지만 그마저도 막연한 상상이나 타인에게 둔감한 자신에 대한 자조에 가까웠지, 혼자 보내는 시간이 외롭고 견디기 힘들어 고민한 것은 아니었다.

정확히는 외로움을 느낄 틈도 없었다고 해야 할까? 아버지가 돌아가신 이후부터는 너무나 정신없이 시간을 양손으로 헤쳐 지금의 삶에 다다랐다.

자기 자신에 대해 짧게 고찰을 하고 나니 역시 소개팅 따위는 주제넘는 짓이라는 결론에 도달했다. 상대에 대한 잠재적 호감과 관계에 대한 진취적인 다짐을 품어야 마땅한 자리에 처한 상황을 모면하고 싶다는 이유만으로 나가서야 잘될 리도 없고, 귀한 시간을 내서 저를 만나러 올

사람에게 실례가 될 뿐이다.

역시 딱 잘라 생각 없다 거절을 하려는데 하준의 옆자리에 식판이 덜걱 놓였다. 고개를 들자 설마 곧바로 이렇게까지 가까이 오리라고는 생각지 않았던 남자가 무뚝뚝한 얼굴로 의자에 앉고 있었다. 아무도 모르게 하준의 표정이 굳어 가던 중, 살짝 흥분한 정규가 행동을 서둘렀다.

"기다려 봐. 사진 보여 줄게. 엄청 미인이야. 직장도 좋아. 금융계 대기업 다녀."

"우와, 진짜 예쁘다."

옆에 앉은 남자 때문에 거절도 승낙도 하지 못하고 대답할 말을 고르는 사이 주변만 왁자지껄해졌다. 무겸이 먼저 입을 열었다.

"누가 그렇게 미인이야?"

"하준이 소개팅할 사람. 웬일로 생각이 있다네? 연수 씨 친구 중에 예전부터 기회 되면 꼭 자리 만들어 달라고 하던 분이 있거든."

그 말에 질문을 한 사람도, 하준도 답을 하지 않았다.

싸늘하게 식는 기온은 아마도 제게만 느껴지는 것이겠지. 하준은 자리를 박차고 일어서고 싶었지만 그랬다가는 이상하게 여길 사람만 여럿 생길 듯했다. 도리어 웃으며 휴대폰을 정규에게 내밀었다.

"응. 연락처 알려 줘."

무겸이 저를 보는 시선이 느껴졌지만 하준은 정규만 마주 보았다. 그의 눈길이 뺨에 구멍이라도 뚫을 것처럼 느껴지는 사람도 저뿐이리라.

"와, 이하준 드디어 연애하는구나! 그래, 너 같은 남자가 계속 솔로로 사는 건 국가적 낭비야."

정규가 콧노래를 부르며 하준의 휴대폰에 낯선 번호를 찍어 주었다.

"이름은 송은주 씨. 꼭 연락해 봐라. 잘됐으면 좋겠다."

"형님, 저희도 소개팅해 주세요."

몇몇 선수들이 볼멘소리를 내자 정규는 자신은 기준이 까다롭다며 좀 더 자라서 오라는 둥 농담을 했다. 거절하기로 마음먹었다가 상황에 떠밀려 연락처를 받아 들자 휴대폰에 찍힌 열한 자리의 숫자가 무겁게 손바닥을 눌렀다. 체할 것 같은 기분으로 자리에서 일어섰다.

"그럼 식사들 잘해."

"응? 벌써 다 먹었어? 왜. 소개팅하려니 설레서 밥이 안 넘어가냐?"

먼저 변명거리를 만들어 주는 정규에게 고마울 정도다. 하준이 피식 웃으며 식판을 들었다.

"그래. 빨리 연락해 봐야겠다."

"잘해 봐라."

하준이 등을 돌려 테이블에서 멀어져 갔다. 무겸이 그 뒷모습을 한참 눈으로 좇다가 작은 한숨을 쉬며 식판 위에 그대로 숟가락을 내려놓았다. 정규가 혀를 찼다.

"밥 들고 오기에 좀 괜찮은 줄 알았더니 오늘도 안 먹게? 셰이크 같은 것만 빨아 먹는다고 힘이 나겠냐. 너 그러다 잘못될까 봐 걱정이다. 좀 목구멍으로 넘겨 봐."

"임정규. 왜 또 오지랖이야?"

"새끼, 며칠 제대로 못 먹더니 성질만 더 나빠졌어. 왜 걱정을 해 줘도 까칠해."

"남이 연애를 하든 말든 깝죽대며 참견질 좀 하지 마. 이 코치 그런 거 질색하는 거 몰라?"

"그 얘기였어? 김무겸 선수. 눈이 옹이구멍이세요? 방금 빨리 연락해 본다고 좋아서 가는 거 못 봤어?"

"이 코치가 착해서 네가 억지로 떠안기니까 예의상 맞춰 준 거지."

옆에 앉아 있던 선수 한 명이 웃으며 거들었다.

"이 코치님 저래 봬도 싫은데 좋은 척하고 그러시진 않아요. 매번 거절하다가 처음 연락처 받으신 건데."

무겸이 시베리아 한파 같은 시선을 보내자 옳은 말을 보탠 선수는 자신이 무엇을 잘못했는지도 모르고 다시 조용히 식사를 시작했다. 무겸은 열을 식히려는 듯 찬물로 입술만 조금씩 축였다.

그러나 곧 힘이 빠진 듯 등받이에 몸을 기대며 중얼거렸다.

"…어쨌든 눈에 보이는 게 없는 것보다는 낫네."

"뭐가?"

무겸은 정규에게 모난 눈길만 보낼 뿐 대답하지 않았다.

점심시간이라 코치들의 사무실은 텅 비어 있었다. 하준은 천천히 걸어 들어가 자신의 자리에 앉았다. 정규가 찍어 준 번호는 저장도 하지 않고 그대로 지워 버렸다.

연락할 수 있을 리가 없다. 이 사람은 무슨 잘못이 있어 우왕좌왕, 김무겸에게 휘둘리고 싶지 않다는 마음만으로 자리에 나온 남자와 영양가 없는 시간을 보내다가 헤어져야 하나.

"그분들은 아시나? 네가 남자한테 뒤 뚫리면서 질질 싸는 거? 너 그거 사기야, 사기."

무겸이 제게 쏘아 댔던 가시 돋친 말이 생각난다. 얼굴을 등받이에 기대어 젖히고 눈을 감았다.

아직도 저를 종종 찾아오는 남은 팬클럽 사람들이야 이제 친구, 조금 더 가깝게는 친척이나 마찬가지다. 그중에는 결혼을 한 사람도, 오래 사귄 남자 친구가 있는 사람도 있었다.

때문에 그의 말이 몹시도 모욕적으로 느껴졌지만 소개팅을 한다면 무겸의 말에 틀린 점도 없다. 그의 말대로 남자와 섹스를 하며 기분이 좋아 눈물까지 흘리던, 아직도 저를 모욕했던 그 남자를 미워하지도 못하는 자신이 아닌 척 당신에게 호감이 있는 척 여자를 만나러 나가 웃어 보인다면 상대를 속이는 행위에 불과하지 않겠나.

이럴 줄 알았으면 그냥 열흘을 꽉 채워 쉬고 올걸 그랬다. 조금이라도 김무겸을 만날 시간을 줄이는 편이 옳았다.

가족 여행을 떠난 첫날, 서울에서의 일은 당분간 다 잊고 싶어 휴대폰은 가방 깊숙한 곳에 묻어 놓고 종일 꺼내 보지도 않았다. 관광지를 돌아다니다가 숙소로 돌아와 확인해 보니 부재중 전화가 여러 통 와 있었다.

그가 남은 분노를 더 터뜨리기 위해 전화를 했든, 하루 만에 마음이 바뀌어 혹시 사과라도 하기 위해 전화를 했든 어느 쪽이든 아직 흔들리지 않고 받아들일 자신이 없었다. 어차피 해외라 통화가 여의치 않기도 했지만 서울에 돌아와서도 연락 따위는 해 보지 않았다.

자기 자신을 과신했다. 닷새는 그의 존재에 무감각해지기에는 너무 짧았고, 상황을 변화시키기에도 턱없이 부족했다.

'그냥 그만둘 걸 그랬나?'

복직 하루 만에 돌아오기로 한 것이 경솔한 결정이었다는 후회가 밀려든다. 역시 퇴사만이 답이었는데 여행 효과 때문이었는지 불필요하게 낙관적이 되어 현실 감각이 흐려졌었나 보다. 완전히 잘못 생각했다.

하지만 이하준은 김무겸이 아니다. 그만두겠다는 말을 반복해 입에 올릴 정도로 저는 뻔뻔한 인간이 못 되었다.

"이 코치, 잠깐 얘기 좀 할까?"

심란한 마음을 혼자 다스리고 있는데 사무실로 들어선 감독이 하준을 불렀다. 하준은 괜스레 놀라며 몸을 일으켰다.

"아, 네, 감독님."

"오늘부터 다시 김무겸 직접 코칭에 참여했으면 좋겠어. 아니, 당분간 다른 선수들을 다른 코치들에게 맡기고 김무겸 코칭에만 집중했으면 해."

하준이 눈을 끔벅이다 대답했다.

"김무겸이 슬럼프가 심해서 환경에 변화를 주려고 일부러 빠졌던 겁니다. 그리고 효과를 봤다고 생각하는데요. 바꾸고 나서 다섯 골이나 넣었으니까요."

"음. 그때는 그랬는데 요즘은 또 몸 컨디션이 안 좋아져서 말야. 동갑이고 해서 이 코치를 다른 코치들에 비해 김무겸이 편하게 여기는 것 같아."

그럴 리가 없는데. 그러나 감독에게 그와의 불화를 대놓고 드러낼 수도 없다. 하준은 하하 웃으며 대답했다.

"김무겸이 직접 그렇게 말했나요?"

"꼭 그런 건 아니고, 내 판단이야. 오늘 오후부터 부탁해. 요즘 통상 훈련 진행을 못 하고 따로 받고 있거든."

얼굴만 웃고 있을 뿐, 부글부글 끓는 속을 하준은 애써 잠재웠다.

분명 김무겸이 뭔가 언질을 한 것이다. 그는 구단 안에서의 제 입장을 늘 잘 이용하는 선수였으며 그것은 본 소속 팀인 그린포드에서도 마찬가지였다.

언론에서 과장해 떠드는 측면이 없지는 않지만 빅 클럽 선수단에는 정말로 기 싸움과 정치가 존재한다. 10대에 잉글랜드 1부 리그로 이적한, 팀 내 유일한 아시아인 선수인 무겸이 그 안에서 그저 편하고 쉽게 지금의 위상을 차지하지는 않았다. 시티서울에서는 그런 싸움을 할 필요도 없이 자연스럽게 왕 자리를 차지했으니 신입 코치 한 명쯤 멋대로 운용하는 정도야 식은 죽 먹기일 것이다.

"알겠습니다."

하면 될 거 아니야, 하면.

감독과 잠깐 이야기를 나누는 사이 훈련 시각에 임박했다. 손을 빠르게 움직여 노트와 타이머 등 준비물을 챙겨 들었다. 무겸 역시 훈련장에 나와 있었다. 다른 선수들은 벌써 둘러서서 통상 프로그램을 진행 중이었다. 그만이 벤치에 앉아 있을 뿐.

"일어나."

하준이 가까이 다가가 짐짓 냉랭한 목소리로 지시했다. 무겸이 쓱, 하준을 올려다보더니 몸을 일으킨다.

"컨디션 체크부터 하자. 아까 식사는 했어?"

"못 했어. 요즘 계속 못 하고 있어."

"…아예?"

"셰이크 하나 먹었어."

그건 어디까지나 대체식, 보조식일 뿐 열량 소비가 많은 운동선수의 주식은 못 된다.

"어제 수면 시간은."

"몰라. 한 시간은 잤나."

진담인지 저 보라고 유세를 떠는 건지. 하준은 더 질문도 않고 잠시 노트만 들여다보고 있다가 고개를 들었다.

"병원에 다녀왔지만 이상은 없다 들었어. 이유는 모르겠지만 신체 컨디션이 많이 떨어졌네. 영양 섭취와 수면이 부족하니 유산소보다는 스트레칭 중심으로 근육 굳는 것에 주의하는 게 우선이겠다. 일단 앉아. 하체부터 하자."

하준은 잔디밭 위에 앉은 무겸의 발목부터 스트레칭을 시켜 나갔다. 가능하면 몸에는 손을 대지 않는 동작으로, 그러나 효율적이게.

하지만 확실히 유연성이 많이 떨어진 것이 보였다. 강한 근육일수록 굳지 않고 유연한 법. 덩치는 커다랗지만 스트레칭을 시켜 보면 무겸은 평범한 사람들보다 훨씬 유연한 편이었다. 그러나 오늘은 동작 반경부터가 이전에 비해 훨씬 좁다.

지금까지 훈련을 지켜보며 무겸의 컨디션이 이렇게 떨어진 것을 목도하는 것은, 하준으로서도 실로 낯선 경험이었다. 그와의 관계가 어찌 되든 선수로서의 김무겸이 망가지기를 원하지는 않는다. 아닌 척하지만 걱정이 먹구름처럼 꾸역꾸역 몸집을 불리는데 무겸이 물었다.

"그 소개팅 진짜 할 거야?"

잠시 말없이 스트레칭 보조를 이어 가던 하준은 기계적인 말투로 대답했다.

"김무겸 선수. 앞으로 사적인 질문은 참아 줬으면 좋겠다."

"사과한다고 하잖아. 그때 아무렇게나 지껄인 거 인정한다고. 미안하다니까."

무겸이 답답하다는 듯 한숨을 쉬었다. 누가 누구 앞에서 한숨을 쉬는지, 적반하장이었다.

"무릎이라도 꿇을까? 그러면 기분 풀리겠어?"

"......."

"사과를 해도 안 되고, 대가를 치러도 안 되면 뭘 더 어떻게 해야 돼? 내가 내놓은 조건이 다 마음에 안 들면 네가 제시해 봐."

조건이라는 말에 그만 소리 없는 쓴웃음이 샌다. 입 밖으로 나가는 목소리에도 조소가 뱄다.

"너 말야. 내가 너한테 했던 말 기억은 하냐…?"

무겸이 그제야 하준을 힐끔 보았다.

그래도 그에게 좋아한다고 고백도 했는데, 바보처럼 눈물까지 보이며 제 나름대로 밑바닥 깊이 감춰 둔 감정까지 다 꺼내 보여 줬다고 생각했는데. 그 일을 완전히 잊지 않고서는 어떻게 저한테 이런 말을 할 수 있을까.

그때는 울고불고 그에게 별별 모습을 다 보여 주면서도 차라리 후련할 뿐 자존심이 상한다고는 느끼지 않았다. 모든 것이 솔직한 제 진심이었으니까.

그 진심이 무겸에게 별다른 가치가 있으리라고 생각한 적 없었음에도 지금 와서야 굴욕감이 덩어리져 가슴에 들러붙었다. 하늘에 띄워 보낸 풍선이 터진 채 너절한 쓰레기가 되어 발치를 뒹굴고 있는 모습을 보는 것은 제아무리 더 이상의 무언가를 포기한 입장이라도 유쾌하지 않았다.

무겸이 조금 낮아진 목소리로 답했다.

"그건 어차피 끝난 이야기 아니었어? 이제 불편하고 싫다며. 아니면 아직 유효해서 그런 말 하는 거야?"

"그러니까 네가 지금 하는 이런 이야기도 더 할 필요 없다는 뜻이야."

유효해서 환장할 지경이라는 사실만큼은 무겸에게 들키고 싶지 않다. 아직도 마음 한구석에 그에 대한 통제되지 않는 미련이 남아 조금 전까지만 해도 그의 말에 가슴이 뛰었다는 사실 같은 것만큼은 절대로.

그렇지 않아도 그의 손안에서 이리 획, 저리 획 굴려지는 고무공 신세다. 그 사실까지 들켰다가는 완전히 누더기 취급을 받고도 남는다.

그때 우우웅, 주머니 속에 넣어 놓은 휴대폰이 울렸다. 하준이 고개를 숙여 휴대폰을 꺼내 들자 무겸의 시선 역시 거기에 닿았다. 저장이 되어 있지 않은 번호에서 전화가 걸려 오고 있었다.

훈련 중 짧은 통화가 금지된 분위기도 아닌 데다 엄마가 수시로 병원에 다니고 가끔 집이 비면 택배 기사가 전화를 거는 경우도 있어, 하준은 걸려 오는 전화는 거르지 않고 받는 편이었다. 분위기가 과열되고 있던 중 차라리 잘되었다 싶어 하준이 전화를 들고 일어서며 말했다.

"전화 좀 받을 테니까 잠깐만 기다리고 있어. 그동안 훈련에 집중할 준비, 제대로 마쳐."

하준은 무겸에게서 몇 걸음 멀어져 몸을 돌리고 전화를 받았다.

"네, 이하준입니다."

- 앗! 안녕하세요. 이하준 코치님이시죠?

"…누구시죠?"

- 죄송해요. 자기소개부터 해야 하는데. 송은주라고 합니다. 연수가 번호 알려 줘서요. 실은 제가 연락을 기다려야 맞는 것 같은데, 너무 궁금해서 외근 나가는 길에 먼저 걸었어요. 잠깐 통화 괜찮으신가요?

하준의 눈이 커다래졌다. 설마 이쪽에서 먼저 연락을 해 올 거라고는 미처 생각 못했다.

저도 모르게 뒤쪽에 앉아 있는 무겸에게 힐끔 시선을 보내고는 몇 걸음 더 떨어져 목소리를 낮췄다.

"아, 안녕하세요. 그게, 죄송합니다. 바로 연락드리려 했는데 좀 바빴어요."

- 아니에요. 답답한 사람이 우물 파는 거죠. 이렇게 급하게 연락드리는 게 더 실례인데 죄송해요.

연락을 안 하면 그만이라고 가볍게 생각했다. 소개팅이라는 것을 해본 적 없어 몰랐는데 자신의 번호도 상대에게 전달되는 것이었나 보다. 생각해 보면 당연했다.

지금이라도 만날 생각이 없다고 말을 해야겠다. 기뻐하는 목소리에 대고 거절부터 내미는 것은 정말 마땅치 않은 일이었지만 어쩔 수 없었다.

"죄송합니다."

- 네? 뭐가 말씀이세요?

"저, 실은… 지금 누구를 만날 상황이 아니어서요. 아까는 정규, 연수 씨 남편이랑 얘기를 하다가 분위기가 그렇게 돼서……. 연락처까지 받아 놓고 이러면 안 되는데 만나 뵙기가 힘들 것 같습니다."

전화기 너머의 여성은 조금 당황하는 듯 "아, 네." 하고 혼잣말처럼 중얼대더니 곧 웃었다.

- 괜찮아요. 저도 벌써부터 김칫국을 마신 건 아니었고, 코치님 실물 한번 가까이서 볼 수 있으려나 했던 맘이 더 컸거든요. 저 축구 좋아해서 직관도 몇 번 갔었어요. 인천 계실 때 좀 팬이었는데.

"…정말 감사합니다. 제가 너무 경솔했습니다."

- 예전에도 그러신 것 같았는데 지금도 진지하시네요.

"그런가요?"

- 아, 나쁜 뜻으로 말씀드린 거 아니에요. 장점이라고요.

생각 외로 밝게 흘러가는 대화에 저도 모르게 살짝 웃음이 나왔다.

- 그런데 저 하나만 여쭤 봐도 돼요?

"네, 그럼요."

- 제 사진 보셨어요?

"아, 네……."

- 어떠셨어요? 솔직하게.

"하하, 사진만 봐도 저한테는 아까운 분이라는 생각이 들었어요."

그녀는 답이 마음에 드는 듯 소리 내어 웃었고 굳이 만날 것을 강권할 생각은 없는지 오늘 힘내라, 혹시라도 생각이 바뀌면 연락 달라며 익살맞은 멘트로 통화를 간결하게 마무리했다. 쾌활한 사람 같다.

"들어가시고 좋은 하루 보내세요. 이해해 주셔서 정말 감사합니다."

- 네. 코치님도 좋은 하루 되세요.

불편하게 시작한 통화를 하는 동안 먹구름이 끼었던 마음은 오히려 편해졌다. 하지만 그것도 잠깐일 뿐, 전화를 끊자마자 등 뒤의 현실이 무겁게 다가왔다. 다시 무겸의 앞으로 다가가자 그의 미간은 이미 오만상 찌푸려져 있었다. 하준이 전화를 주머니에 넣으며 사과했다.

"훈련 중에 통화가 좀 길어져서 미안하다. 다시 집중하자."

"싫다 싫다 하면서 수작 한번 지능적으로 부리는데."

"뭐?"

무겸은 못마땅한 듯 눈을 흘기다가 목소리를 낮췄다.

"너도 오해하는 게 있어."

"훈련에 집중하자고."

"성욕 처리 같은 게 아냐. 나는 이하준, 너 아니면 안 돼."

그 말에 하준의 눈이 크게 열렸다. 갑자기 이게 무슨 소리지.

사태 파악을 하기도 전에 가슴이 뛰려고 들었다. 분명히 무겸에게 화가 나 있었는데 그의 몇 마디에 솔깃해하는 줏대 없는 귀가 미웠지만 마음대로 되는 일이 아니다.

"그게 문제였으면 네 말대로 벌써 다른 사람 누구든 만나서 해결했겠지. 이렇게 빌빌대고 있었겠어?"

"…그게 무슨 뜻인데."

"너 없는 동안 알게 됐는데, 아무래도 내가 너 아니면… 꼴리지를 않는 몸이 된 것 같아."

"갑자기 왜?"

무겸은 곤란한 질문이라도 받은 것처럼 머뭇대다가 설명하기 번거롭다는 듯 어깨만 으쓱했다.

"까짓 이유가 뭐 그리 중요해? 합이 잘 맞으니 그렇다고 해 두면 되잖아. 우리 몸 꽤 잘 맞았고 너도 그건 부정 못 할 텐데."

"……"

"처음부터 말했지만 나도 이렇게 한 사람과 고정해서 오래 관계를 유지해 본 적이 없어. 너랑 자는 게 습관 같은 게 됐나 보지. 너도 운동해 봤으니 알 거 아냐. 반복하던 일 갑자기 끊어지면 페이스 무너지는 거."

말만 길어졌지 결국 다시 섹스 파트너 노릇을 해 달라는 이야기에서 한 치도 달라진 것이 없었다. 하준은 그가 한 말을 친절하게 축약해 주었다.

"네 잘난 컨디션 조절 때문에 나랑 자야겠다."

그 말에 무겸이 하준을 노려보듯 가만히 응시했다. 꿀릴 것 없다. 하준도 무겸을 마주 노려봐 주었다.

"알았다, 알았어."

그러자 무겸이 졌다는 듯 손을 들어 올리며 고개를 끄덕인다.

"사귀자. 애인 사이 하자고. 소개팅까지 해 가면서 애쓸 거 뭐 있어? 한번 틀어지고 나니 섹파로 돌아오기는 자존심 상하나 본데 그렇게 해. 이제 됐지?"

"그만하라니까!"

저도 모르게 목소리가 커진다. 외치고 나서도 흠칫 놀라 주변을 살폈지만 선수든 코치든 훈련 중 목소리를 높이는 것은 특별한 일도 아니라 주변 선수들이나 스태프들 누구도 둘을 바라보지 않고 있었다.

하준이 머리를 한번 쓸어 올리고 다시 목소리를 낮춰 소곤대듯 말했다.

"김무겸. 나는 나름대로 네 옆에 있을 방법을 찾았던 것뿐이야. 네 옆에서 힘들지 않게 버틸 수 있을 거라 생각했는데 착각이었어. 내가 아무리 바보라도 같은 실수 두 번은 안 해."

무겸의 입술에서 가는 한숨이 흘렀다. 뜻대로 돌아가지 않는 대화가 지루하다거나 답답해서 쉬는 한숨 같지도 않았다. 그는 정말로 이 상황이 안타까운 듯했다.

"대체 뭐가 그렇게 힘들었다는 거야? 그동안 나랑 너, 섹스 말고는 한 것도 없잖아."

진심으로 이해하기 어렵다는 말투다. 비꼬거나 조롱하려는 것이 아님을 그와 마주하고 있는 하준이 가장 잘 알 수 있었다.

이제 와서는 바로 그 부분이 힘들 수도 있다는 것을 김무겸은 정말 이해하지 못하는 건가?

"…그걸 이해 못 하는데 어떻게 너랑 더 뭔가를 할 수가 있어."

"사과도 싫고, 대가를 줘도 싫고, 애인 사이도 싫으면… 아예 방법이 없다는 소리야? 나 누구한테 사귀자고 하는 거 처음이야. 그런데도 싫다고?"

섹스 파트너 제안을 거절당하자 이거나 먹으라는 듯 떨어진 애인 타이틀 따위를 그럼 황송해하며 받들어 모셔야 하나.

그냥 뒀다가는 몇 날 며칠 이 이야기로 사람을 괴롭힐 분위기다. 뭐라고 얘기해야 오늘 안에 끝을 낼 수 있을까. 입 안쪽 여린 살을 질근대며 깨물던 하준이 입을 열었다.

"그래."

"……."

"너는 어떻든, 나는 마음 식으면 섹스도 못 해."

그 말에 무겸의 눈동자가 눈에 띄게 뻣뻣해졌다. 속이 켕겨 하준은 시선을 돌렸다. 거짓말은 안 했다. 싫어하지는 못하겠지만 그를 향해 한창 달아올랐던 마음에 찬물이 끼얹어진 것은 사실이니까.

무겸의 턱에 힘이 들어가 평소보다 더 굵직한 선을 그리는 것이 보였다. 그는 잠시 말없이 하준을 바라보더니 오히려 낮아진 목소리로, 나직하게 다시 물었다.

"…간 보는 것도 적당히 해. 마지막으로 물어보는 거야. 정말 원하는 거 없어?"

"없어."

망설이지 않고 대꾸한 하준은 침묵하다가 말을 이었다.

"정말 없어. 처음부터 너한테 바라는 거 없었어. 원래대로 돌아가자고 했지? 원래… 너는 나 기억도 못 했지."

"언제 적 얘기를……."

"굳이 대답하자면 시즌 끝날 때까지 코치랑 선수 사이로 문제없이 지냈으면 좋겠어."

"……."

"마지막까지 잘 뛰고, 우리 팀이 리그 우승했으면 좋겠어. 너 돌아가는 날까지 별 탈 없으면 좋겠어."

차근차근 소망을 말하면서 격해졌던 감정을 정리하는 듯, 하준의 말투는 소리 없이 쏟아지는 고운 모래처럼 정돈되었고 또 그만큼 메말라 있었다. 옆으로 시선을 비껴 던지던 하준이 천천히 눈을 마주쳤다.

"내가 바라는 건 이게 다야. 다 네가 마음만 먹으면 할 수 있는 거야."

"……."

"혹시라도 나한테 켕기거나 미안해서 이러는 거면… 됐으니까 그만해. 사과는 받겠다고 했잖아."

하준이 무릎 위를 짚으면서 대화를 정리했다.

"잠깐 쉬자. 너, 훈련할 준비가 전혀 안돼 있는 것 같은데 나도 이런 상태에서는 정상적으로 코칭할 수 없어. 사무실 다녀올 테니까 그동안 정신 차리고 훈련 준비 마친 상태로 봤으면 좋겠다."

그렇게 말하고 몸을 일으키려는데 무겸이 손목을 덥석 잡았다. 둘은 잠시간 눈을 마주치고 말이 없었다. 그러고 보면 계속 열이 난다고 했던가. 그래서인지 무겸의 눈이 평소보다 조금 축축해 보였다. 사람 상처 주는 말은 잔뜩 해놓고 왜 제가 더 죽을상인지 모르겠다.

다른 미련은 없지만 걱정은 된다. 차라리 제게 과시하려고 꾀병을 부리는 것이면 좋겠다. 하준이 그렇게 생각할 때, 무겸이 마른 입술을 전조도 없이 열었다.

"좋아한다고."

아.

하준은 눈을 감을 뻔하다가 버텼다. 급작스레 귓가를 두드리는 다섯 음절의 말에 심장이 덜컥 내려앉았다. 그러나 이제 이런 말에도 기대보다는 또 무슨 말을 하려고 이러나 하는 두려움부터 밀려왔다.

그가 내뱉는 '좋아한다'는 말에서는 방금 빈정댈 때만 해도 목소리를 두르고 있던 매끈한 껍질이 도리어 벗겨져 나가, 거칠고 난폭하며 투박한 속내를 그대로 드러내고 있었으니까.

"그렇게라도 말하면 마음 돌리겠어? 그 말 듣고 싶어서 그래?"

"……."

"그랬다가 지금보다 더 나빠질 수도 있다는 생각은 안 해? 잘하겠다고, 해 달라는 거 다 해 준다는데 명분이 그렇게 중요해? …너도 마음 떠났으면 그딴 말 어차피 필요도 없잖아."

"내가 한 번이라도 너한테 좋아해 달라고, 사귀고 싶다고 한 적 있어? 혼자 넘겨짚기 좀 제발 그만해라. 도대체 몇 번을 말해야 돼. 나는 이제 그만하고 싶다니까."

대화란 갈등과 오해를 푸는 모범적인 방법일 텐데 김무겸과는 말을 나누면 나눌수록 점점 엉키기만 하는 것 같다. 똑같이 끝을 낸다 해도 더 나은 방법도 있을 것이다. 서로 침범하지 않으면서 적당히 팀 메이트로만 지낸다면 그나마 지난 시간이라도 잘 정돈해서 추억으로 남길 수 있을 것 같았는데 그것마저 방해하려 한다.

내내 냉정을 유지하던 하준의 눈썹이 결국 슬쩍 일그러지고, 입술에는 비웃음을 닮은 자조가 걸렸다.

"너 어떻게 그런 말까지 그렇게 막 던지냐."

마음을 말의 형태로 바꾸어 그에게 전달하기까지 짧지 않은 시간이 걸렸다. 거절당한 뒤에도 그를 원망하지 않을 수 있어서 기뻤던 것이 엊그제 같은데 그 말이 이런 식으로 되돌아올 줄은 몰랐다.

일부러 이러는 건가? 감히 김무겸에게 맞대꾸를 한 저를 괴롭히고 싶어서.

"그럼 어떻게 해야 하는데. 네가 이제 다 싫다며!"

억울하기라도 한 사람처럼, 목소리는 줄였지만 격한 말투로 받아치는 무겸을 빤히 보다가 하준은 결국 먼저 시선을 발끝으로 숙였다.

"너처럼 승승장구만 해온 사람은 모를 수도 있겠지만."

"뭘."

"세상에는 원해도 안 되는 일도 있어."

살아오며 거절이라고는 당해 본 적이 없을 테니 받아들이지 못하는 것도 이해는 간다. 그래도 그렇지. 김무겸이 고운 말 바른말만 골라 하는 상냥한 남자라 생각해 본 적도 없지만 이렇게까지 타인의 마음을 함부로 여기며 가지고 노는 사람이라 생각해 본 적도 없다.

허무해진다. 아무리 열렬했다 해도 혼자만의 짝사랑은 상대를 이해하는 데 아무 소용도 없었다. 10년 동안 김무겸을 바라봤다고 여겼지만 그에 대해 무엇을 알고 있었나? 잠시나마 가졌다고 생각했던 반짝임마저도 이렇게 빠르게 퇴색되고 만다.

손을 떨쳐내고 기어이 하준이 일어서자 무겸도 따라 몸을 일으켰다. 하준이 손가락으로 그를 가리키며 경고했다.

"따라오지 마. 너 때문에 또 사표 내고 싶은 마음 꽉 찼어. 여기서 얌전히 정신 상태 다스리면서 스트레칭이나 하고 있어."

그 말이 무슨 경고가 될까 싶었으나 의외로 무겸은 흠칫 몸을 멈추더니 턱에 힘만 주었다. 잔디밭에 무겸을 남겨 두고 하준은 더 일언반구 없이 빠르게 걸음을 옮겼다. 사무실 대신 화장실로 들어가 세면대 수도를 틀어 찬물을 몇 번씩 얼굴에 때리듯 뒤집어썼다. 물이 뚝뚝 떨어지는 얼굴을 거울에 비추는데 제 표정이 저도 낯설었다.

연애는 아니었다지만 오랫동안 몸을 겹쳤다는 데 있어 조금쯤은 그것과 교집합도 있는 관계였으리라.

단 한 번도 누군가와 깊은 관계가 되어 본 적 없고 그러니 헤어져 본 적도 없다. 헤어져 본 적 없으니 지금과 같은 기분을 느껴 본 적도 없다. 슬픔도 화도 다 정리했다 생각했는데 알고 있는 언어로 이름 붙이고 설명할 수도 없는 감정이 진창처럼 발아래로 깔린다. 함께하는 사랑도 이별도 경험이 없어서인지 무엇 하나 뜻대로 되지를 않는다.

기분 같아서는 이대로 조퇴라도 해 버리고 싶었지만 감독에게 특별히 지시까지 받은 몸. 너무 오래 자리를 비울 수도 없어 다시 잔디밭을 향해 무겁게 발을 움직이는데 무겸의 옆에 다른 사람이 붙어 있었다.

멀찍이서 키퍼 훈련을 진행하고 있던 주장 정규였다. 가까이 다가가자 정규가 의아하다는 얼굴을 이번에는 하준에게 향한다. 하준이 먼저 물었다.

"무슨 일이야?"

"아니, 저쪽에서 보는데 너희 둘 분위기가 이상한 것 같아서."

그렇잖아도 호기심 많은 정규가 의심쩍다는 듯 눈을 가늘게 떴다.

"너희 싸웠지? 생각해 보니 요즘 둘 다 께름하다?"

"그런 거 아냐. 훈련 때문에 약간 의견 차이가 있었어."

둘이 무슨 쓸데없는 얘기라도 나눈 건 아니겠지? 뜨끔해진 하준이 얼른 웃어 보이며 무겸에게로 고개를 돌렸다.

"김무겸, 천천히 러닝이나 한 바퀴 해라. 몸 좀 풀고, 그다음에 다른 프로그램으로 들어가자."

여전히 얼굴이 굳어 있었지만 무겸도 정규가 있는 자리에서까지 고집을 피울 마음은 없는지 툭툭 바지를 털며 자리에서 일어섰다. 딱히 한다 만다 말도 없이 발을 천천히 움직여 달리기 시작하더니 채 반 바퀴를 돌기도 전에 한 자리에 멈춰 섰다.

그래도 정규와 하준으로부터는 제법 떨어진 거리에까지 다다른 그는 허리에 손을 얹고 하늘을 잠시 올려다보더니 짜증스러운 듯 훈련장 가장자리에 있는 다른 휴식용 벤치로 향했다. 놓여 있던 물병을 열어 물을 마시고 그대로 자리에 앉았다. 몸을 굽혀 턱 언저리에서 손깍지를 끼고 다른 선수들을 바라볼 뿐이다.

그 모습을 눈만 크게 뜨고 멍하니 바라보는 하준에게 정규가 그제야 조심스럽게 귀띔했다.

"쟤 요새 한 바퀴도 제대로 못 뛰어. 말했잖아. 상태 개판이라고. 못 먹고 못 자서 기운 없고 피곤해하는 정도도 아냐. 허세 부려서 저 정도지 네가 상상하는 이상일걸."

"…대체 왜 저래?"

"몰라. 무슨 일이 있는지 물어도 대답도 안 하고 다들 걱정이 태산이다. 하늘이 무너져도 몸 관리 하나는 칼같이 하는 놈이었는데 영문을 모르겠다니까. 차라리 어디 병이 났다고 하면 약이라도 쓰지."

멀찍이서 그를 지켜보던 하준은 시선을 내리깔았다. 자신의 잘못이 아님을 아는데도 그의 부진에 대한 책임이라도 있다는 말이라도 듣는 듯 마음이 무거워졌다. 무례한 김무겸을 상대하는 것은 견딜 만했지만 약해진 김무겸을 눈앞에 두고 보기란 너무나 어려운 일이었다.

저 없는 닷새 안에 무슨 일이 있었던 건지, 상황도 김무겸도 처음부터 끝까지 하나도 이해가 되지 않는다. 무슨 미신이나 사이비 대체 의학도 아니고, 병원에서도 원인을 모른다는데 저와 섹스를 하면 나아진다는 확신은 어디서 나오는 건가? 도대체 왜 저러는지 알 수가 없다.

12

김무겸, 선발 명단 제외 '왜?' 구단과 마찰 있나
김무겸 "컨디션 하락" A매치가 코앞인데
"사실 얼마 전부터…" 김무겸과 시티서울의 엇갈림

하반기 시즌 첫 경기를 다섯 골로 장식했던 무겸이 바로 다음 경기 선발 명단에서 제외되자 그것만으로도 실시간 기사가 우르르 떴다. 하준은 포털 스포츠 뉴스 코너 메인 화면에 발 빠르게 걸린 헤드라인들을 눈으로 훑다가 한숨을 쉬며 휴대폰을 껐다.

감독의 옆모습에 조용한 수심이 묻어 나왔다. 왜 아닐까. 김무겸 정도 되는 선수가 하필 시티서울에 와 있는 동안 몸이 상하면 그 이유를 구단의 선수 관리 차원에서 찾는 사람들이 반드시 생긴다.

벤치에 앉아 있는 무겸은 시종일관 머리에 스포츠 타월을 얹어 얼굴을 반쯤 가리고 말이 없었다. 관중석과 그라운드는 시끌시끌했지만 시티서울의 벤치는 초반부터 그늘진 분위기를 지우지 못하고 있었다. 불행 중 다행으로 무겸의 부재에도 불구하고 다른 골 게터들이 활발히 움직여 경기는 매끄럽게 진행 중이었다.

"왼쪽! 왼쪽 압박을 더 해야지! 비어 있잖아!"

벤치에서 경기를 보던 코치진 중 한 명이 응원 삼아 소리를 질렀다. 경기를 빤히 지켜보던 하준은 피곤해져 잠시 눈을 감았다.

답지 않게 잠을 설쳤더니 눈이 뻑뻑했다. 사흘 정도 밤을 설쳤다고 경기를 관전하기도 힘든데 내도록 잠도 제대로 못 자고 식사도 제대로 하지 못한다는 누군가가 그라운드 위를 평소처럼 달릴 수 있을 리 만무하다. 하준은 퍼석한 표정으로 선수들을 응시하다가 살짝 고개를 떨구었다.

…이제 그만두자.

이쯤이면 됐다. 사과도 했고, 김무겸 딴에는 할 만큼 하지 않았나.

며칠 밤을 고민해 결심했다. 복귀 첫날 한바탕 야단을 떤 이후로 무겸은 더 이상 하준에게 원래대로 돌아가자며 억지를 부리지는 않았지만 한 가지는 확실히 알게 해 주었다. 영문은 모르겠지만 김무겸의 저 열병 같은 상태는 꾀병도 아니고 시위도 아니라 진짜다. 그의 컨디션은 점점 나빠지기만 할 뿐 호전될 기미가 없었다.

김무겸에게 그렇게까지 이하준과의 섹스가 필요하다면 자신이 마음을 고쳐먹는 게 합리적이다. 저 하나만 기분을 풀면 무겸도 감독도, 팀 전체가 아무 문제없이 돌아간다. 리그뿐 아니라 곧 월드컵 지역 예선도 있는데 그가 저런 상태여서는 곤란하다.

일이 틀어지기 전까지는 시즌이 끝날 때까지 충실하게 임하리라 다짐한 역할이었다. 고집부려 봤자 이득을 보는 사람은 아무도 없다. 다시는 여지가 없을 것처럼 굴었던 주제에 결국 무겸의 뜻대로 움직이려니 자존심이 상하는 것도 사실이었고, 닭힌 마음이나 굳은 식빵 끄트머리처럼 푸석해진 기분, 무겸에게서 느꼈던 위화감도 여전했지만 깊이 생각하지 말자고, 시간이 해결해 주리라 여기기로 했다.

세상사 뭐든 마음먹기 나름이다. 단순하게 생각하려면 얼마든지 그렇게 할 수 있다. 오늘 경기가 끝나면 먼저 말을 해야겠다. 돌아가자고. 네가 그렇게 원하는 예전의 관계로.

저랑 섹스를 하면 상태가 나아지리라 무턱대고 믿는 이유는 모르겠지만 한 번 버렸던 장난감을 가지고 놀아 본 다음 이게 제 컨디션 저조의 원인이 아니라는 걸 깨닫고 나면 또 금세 저를 놓아줄지도 모르는 일이다.

"하준아. 오늘 끝나고 약속 있어?"

하프 타임, 대기실에 들어와 선수들을 살피던 중 장갑을 벗고 손목에 쿨링 스프레이를 뿌리던 정규가 말을 걸었다. 하준이 고개를 저었다.

"아니."

"그럼 오늘 나랑 한잔할래?"

하준이 마른 웃음을 지어 보였다.

"경기 끝나자마자? 너 피곤하지 않겠어? 직후에 마시면 몸에도 안좋아."

"에이, 가끔인데 뭐 어때. 경기 끝나고 마시는 술이 최고지. 물론 이기고 나서."

아무래도 요 며칠 울적하던 것이 감춰지지 않았나 보다. 정규가 마음을 써 주는 중인 것이야 모를 수가 없어서 하준은 잠시 대답하지 않고 미소만 지었다.

오늘 경기가 끝나면 바로 무겸에게 이야기를 하려 했는데, 사실은 그 상황을 조금이라도 미루고 싶은 마음이 삐죽 고개를 들며 방금 들어온 제안을 수락하라 속삭인다.

"그러자. 서로 시간 맞을 때 마셔야지."

"좋다. 회식 때나 같이 했지 한 팀 와서도 우리 둘이서는 한 번도 안 마셨잖아. 오랜만에 오붓한 것도 좋지."

사람 좋게 웃어 보이는 정규를 보며 하준도 웃었다. 정규 역시 최근 무겸 때문에 고민이 많을 것이다. 둘은 오랜 친구고, 그는 또 팀의 주장이니까.

이 모든 고민이 저 하나 때문에 발생하고 있다는 사실이 이제 조금 우스웠다. 태어나 이렇게 대단한 영향력을 가진 사람이 된 기분은 처음이다. 암막 뒤에 숨은 실세라도 된 것 같다.

후반전이 시작되자마자 한 골이 터졌다. 이후로 수비가 잘 이루어져 점수가 유지되자 감독은 종료 3분을 남겨 놓고 무겸을 투입했다. 워낙 출전 시간이 짧기도 했지만 무겸은 확실히 원래의 경기력을 보여 주지 못했다. 스피드는 물론 슈팅의 정밀성이 현저히 떨어졌고 움직임도 무거워 왜 오늘 선발 출전을 못 했는지를 확실히 보여 줄 수 있게 되었다. 감기라든가 몸살이라든가, 구단에서는 적당한 리포트를 언론에 낼 것이다.

경기 감각을 잃지 않도록 잠시 뛰게 한 것뿐 감독도 큰 기대는 하지 않았는지 끝나고 나서도 별말이 없었다. 어쨌든 승리로 끝난 경기였기에 로커 룸의 분위기는 나쁘지 않았고, 하준도 스태프 실에서 옷을 갈아입은 뒤 정규의 차에 올라탔다. 정규가 호쾌하게 말했다.

"뭐 먹을래? 내가 쏜다."

"아냐. 나도 낼게."

"쏜달 때 얻어먹어. 자주 오는 기회가 아냐."

"그럼 비싼 거."

농담이었는데 정규는 고개를 끄덕이며 메뉴를 정해 버렸다.

"그럼 소고기 먹자. 기운 빠질 땐 그게 최고야."

"오늘 하루 형님이라 부를게."

웃으며 받아치자 정규도 낄낄대며 시동을 걸었다. 목적지는 시즌 초 팀 전체 회식을 했던 식당에서 멀지 않은 고깃집이었다. 차에서 내려 가게로 향하던 하준은 좁다란 뒷골목 입구 근처에서 잠깐 걸음을 멈추었다.

박 감독이 쓰러졌던 곳이었다. 무겸과 한 식탁에 앉아 보는 것은 그날이 처음이었다. 코앞에서 마주한 얼굴에 그렇지 않아도 가슴이 두근거리는데, 그가 무심한 얼굴로 저러더 '잘생겼다'고 칭찬을 하는 바람에 야단스럽게 심장이 울리더니 떨리는 손이 잔을 놓쳤다. 식탁 위로 술이 모조리 쏟아져 흥건하게 번지는 모습에 눈앞이 아찔해졌다.

계속 앉아 있다가는 점점 부끄러운 꼴만 보일 것 같아 서둘러 식당을 빠져나왔다. 정신을 좀 차려야 할 것 같아 담배나 한 대 피우려고 화끈대는 얼굴을 식히며 이 골목으로 향했는데 시야에 쓰러져 있는 사람의 모습이 잡혔다. 순간 부끄러움이고 뭐고 모두 날아갔다.

사람의 일이란 어떤 사소한 우연과 우연이 겹쳐 다음으로 이어질지 알 수 없다. 그날 무겸 때문에 자리에서 일어나지 않았더라면 박 감독의 발견은 얼마나 미루어졌을까? 작은 우연들의 연결이 그의 생명을 구했다.

쓰러진 그를 무겸과 함께 병원으로 옮기는 바람에 내내 피하기만 하던 그와 대화다운 대화를 하게 됐다.

감독이 장기 휴직에 들어가자 한 시즌을 날리고 한국으로 온 무겸이 허탈해하는 것이 뻔히 눈에 보여서, 그래서 용기를 내 먼저 말도 걸었다.

그런 일들이 없었다면 무겸과의 관계는 처음부터 시작되지도 않았고 이런 고민을 할 일도 없었을 텐데.

"뭐 해?"

앞서 걷던 정규가 멍하니 서 있는 하준에게 물었다. 얼른 정신을 차리고 걸음을 옮겼다. 그의 호언대로 비싼 한우를 2인분 먼저 주문하고, 정규는 음식이 나오기도 전부터 술을 청했다.

"소주 괜찮지?"

"응. 여기 조용하고 좋다."

"맛집인데 주말에 오히려 사람이 없어. 우리 같은 사람들이 뒤풀이하기 딱 좋지."

작게 건배를 하고 각자 술잔을 기울였다. 첫 잔은 원샷. 처음 마실 때부터 선배들에게 그렇게 배웠다.

경기를 막 마친 피로한 몸, 빈속에 술이 들어가자 순식간에 알딸딸해지는데 식탁 가운데에 벌건 숯이 놓였다. 화끈화끈한 열기가 얼굴을 덮히자 어쩐지 술기운이 더 빨리 오르는 것 같았다. 하준이 걱정스레 물었다.

"너 진짜 괜찮겠어? 피곤할 텐데."

"내 주량 모르냐. 너나 천천히 마셔라. 빨리 마시라고 안 할 테니까."

그러는 사이 음식이 나오고, 천천히 마신다고 마셨는데도 소주병은 금세 반이 넘게 줄어 정규는 한 병을 더 주문했다.

딸 이야기, 동생 이야기, 팀의 이모저모에 관하여 두런두런 얘기를 나누며 시간을 보내는데 정규가 갑자기 본론을 꺼내려는 듯 긴장한 표정을 지었다. 하준도 덩달아 긴장이 되어 그런 정규를 마주 보았다.

"하준아."

"어."

무슨 얘기를 하려고 저러나. 혹시 김무겸한테 뭘 듣고 와서 이러는 건 아니겠지.

"지난번에도 말했지만 내가 김무겸 그놈만큼 벌지는 못해도 너 어려우면 좀 도와줄 수 있어. 얼마 필요해서 그러냐? 말해 봐."

하준은 술잔을 든 채 눈만 끔벅였다. 엄숙한 표정의 정규가 고개를 주억대며 말을 이어 나갔다.

"연수 씨한테도 허락받았어. 네가 쉽게 아쉬운 소리 하는 성격도 아닌데 김무겸한테 돈 빌려 달라 할 정도면 진짜 급한 거잖아. 걔가 그래 봬도 깍쟁이라서 잘 번다고 펑펑 쓰는 타입이 아니에요. 딱 자기 사람이다 생각하는 사람들한테만 돈 쓰지, 아니면 얄짤없어. 의심은 또 얼마나 많고 생색은 얼마나 내는지 아냐. 돈 많으니까 잘 빌려주겠지 싶었나 본데 걔한테 매달리지 마. 괜히 네 감정만 상해."

정규의 일장설이 끝나자 하준은 멀뚱히 눈만 뜨고 있다가 그만 소리를 내서 웃고 말았다. 대단히 헛짚고 말하는 것임에도 묘하게 핵심을 딱딱 잡아내는 지점이 있다. 소주잔을 들고 키득대자 정규는 인상을 찌푸렸다.

"왜? 나는 김무겸만큼 못 빌려줄 거 같아 우습냐?"

"아냐. 나 돈 안 급해. 전에 말했던 문제는 해결됐으니까 신경 안 써도 돼."

"정말? 그럼 요즘 김무겸이랑 둘이 왜 그러냐."

하준은 머쓱해졌다. 다른 사람 눈에도 그렇게까지 티가 날 정도였나.

"별일 아냐. 그냥 다른 일 때문에 조금."

저를 생각해 주는 사람을 속이려니 자꾸 술만 들어간다. 오늘따라 더 빨리 후끈해지는 몸속에 한 잔 더 털어 넣으며 하준은 적당히 화제를 돌렸다.

"너는 요즘 특별한 일 없어?"

"뭐 나야 늘 똑같지. 참, 너 은주 씨한테는 연락해 봤어? 짜식이 연락처를 받아 갔으면 어떻게 됐는지 보고를 해야지. 언제 만날지 약속은 잡았냐?"

"아, 응……."

대답하기 곤란한 화제의 연속이다.

"내가 만나기엔 너무 아까운 분 같아서, 안 만나기로 했다."

"뭐? 뭔 소리야 인마. 너한테 아까운 사람이 어디 있어. 돈벌이 때문에 그러냐? 연봉도 지금이나 그렇지 계속하다 보면 오를 거잖아. 피지컬 코치는 전망도 좋은데."

피식 웃음이 나왔다. 하준은 정규를 마주 보며 어딘가 홀가분한 말투로 대답했다.

"아니. 돈 때문이 아니라 좋아하지도 않으면서 만나면 너, 송은주 씨한테 다 사기 치는 게 되잖아. 나 사기꾼 되긴 싫어."

"만나다 보면 좋아지는 거지 처음에 안 꽂힌다고 사기씩이나. 하여튼 너는 사람이 너무 무거워서 탈이야. 이러다가 사진만 보고 결혼을 하네 마네 하겠다."

하준이 웃는 낯을 지우지 않고 묵묵하다가 옆에 놓여 있던 새 맥주잔을 앞에 놓았다.

"맥주도 시킬까?"

정규의 질문에 답하지 않고 아직 개봉하지 않은 소주병을 땄다. 컵 안에 투명한 액체가 콸콸 쏟아지자 정규의 눈이 휘둥그레진다.

"너 그거 마시게?"

하준은 대답 대신 컵의 절반이 넘도록 따른 그것을 곧바로 집어 들어

벌컥벌컥 들이켰다. 아무도 시키지 않았는데 회식 때 벌칙에 걸리거나 신입 시절 신고식을 할 때나 하던 짓을 하는 하준을 정규는 말릴 틈도 놓치고 보고만 있었다.

흰 얼굴이 순식간에 발갛게 물들었다. 하준이 오만상을 찌푸리며 컵을 내려놓았다.

"아- 간만에 마시니까 엄청 쓰네."

"갑자기 왜 그래? 먹고 죽으려고?"

입에 남은 술맛과 지금부터 꺼낼 말 때문에 쓰게 미소 지은 얼굴을 그대로 정규에게 향했다. 급하게 오른 술기운을 빌려 어려운 말이 다소 매끄럽게 흘러나온다.

"정규야. 나 여자한테 관심 없어."

비장한 원샷을 거쳐 가볍게 튀어나온 말에 정규는 김이 샌 듯 투덜거렸다.

"뭘 새삼스럽게. 나도 알지. 좀 가져 보라고 이러는 거잖냐."

"그게 아니라… 나 여자 안 좋아해."

"그럼 뭐 좋아하는데? 여자 안 좋아하면 개? 고양이? 설마 남자 좋아하냐?"

"어."

하준은 짧게 대답하고 빈 맥주잔에 소주를 더 따랐다. 농담 삼아 질문을 던진 정규의 표정이 굳었다. 불판 위에서 익어 가는 비싼 고기를 불길이 닿지 않는 구석으로 치우며 하준이 말을 이었다.

"내가 웬만하면 말 안 하려 했는데… 모르면 너 계속 그럴 거잖아. 연애하라고, 소개팅하라고, 결혼하라고……. 나는 못 그래. 이번에도 연락처 받아 놓고 내가 왜 그랬나 싶었어. 미안해서 못 만나. 어차피 잘될 가능성이 없는데 뭘."

"어… 그랬구나……."

"미안하다. 마음의 준비 할 시간도 안 주고 갑자기 이런 소리 해서."

넉살 좋고 말 많은 그가 자연스럽게 받아넘기지도 못할 정도로 당황했다는 것이 여실히 전해져 왔다. 말하자마자 후회가 되면서도 후련해진 면도 없잖아 있었다.

정규가 진심으로 저를 생각해서 그러는 것임은 알지만 행복한 가정을 이룬 그가 그럴 여지라고는 조금도 없는 제게 자꾸만 모두와 같은 연애와 결혼, 단란한 미래를 권하는 것이 점점 힘겨워지려는 참이었다. 요즘 같을 때는 더더욱 그렇다. 침묵하던 정규는 그제야 생각을 정리한 듯 고개를 흔들며 말을 빨리했다.

"아냐! 아냐아냐, 네가 나한테 미안할 게 뭐 있냐. 사람마다 취향은 다른 거고… 요즘은 뭐냐, 하여튼 다양한 시대라고 하잖아. 남자 좋아할 수도 있지. 괜찮은 놈이기만 하면 성별이 문제겠어? 남자라도 좋으니까 착한 놈 만나서 너도 네 행복을 좀……."

정규는 사람을 좋아할 뿐 남의 비밀을 아무렇게나 퍼트리는 입 가벼운 타입은 아니다. 하준은 그가 오늘 들은 이야기를 어디에도 말하지 않으리라는 확신이 있었다.

"너 그러면."

그때였다. 저도 심란한지 잔을 입가에 가져갔던 정규가 뭔가 깨달은 듯 덥석 목소리를 높였다.

"야, 너 설마."

"……."

"아니지?"

차마 그 이름을 꺼내지도 못하겠다는 듯 정규는 중간 말을 잘라 내고 물었다.

거기까지는 눈치 못 챘으면 했는데, 무겸과 하준 사이에 요즘 왜 그렇게 찬바람이 부는지 궁금했던 정규의 의식은 자연스럽게 그곳까지 흘러간 모양이었다.

"맞아."

이제 와서 그것만 부정하려 드는 것도 우습다. 취기가 오른 하준은 웃는 얼굴 그대로 조용히 대답했다.

"나 멍청이같이… 김무겸 좋아한다."

"어우 야. 세상에 남자가 몇인데 왜 좋아해도 하필 김무겸 새끼를 좋아하냐? 그놈 얼굴이랑 몸이랑 돈 말고는 볼 것도 없어."

나란히 앉아 있었다면 등짝이라도 한 대 때릴 것처럼 안타까운 어조였다.

그렇지? 네가 생각해도 내가 참 바보 같은 짓 하고 있지. 그렇게 속으로만 물으며 하준은 쓴웃음만 지었다.

당사자에게 고백은커녕 단 한 번 누군가에게 털어놓을 생각조차 못 했던 마음이다. 용기를 내어 전했지만 지금 와서는 휴지 조각이나 다름없게 된 10년간의 짝사랑.

이제는 그게 제대로 된 연심이기는 했는지, 고작해야 혼자만의 우상 놀이와 환상 만들기에 불과하지는 않았는지 자문하게 되는.

"나도 안 그러고 싶어. 그런데 사람 마음이 뜻대로 안 굴러가잖아."

"김무겸이랑 그렇게 가까이 지낸 적도 없지 않아? 무겸이 놈은 뭐, 처음 여기 왔을 때 보니까."

너 기억도 못 하던데. 그 말을 맺지 못하고 정규가 말을 흐렸다. 하준의 입이 더 크게 휘어졌다.

남의 이야기를 들어 준 적은 많지만 누군가에게 제 넋두리를 해 본 적은 거의 없었다. 급하게 마신 술기운이 점점 몸 전체로 퍼져 나가자 딱히 지운 적도 없는 빚에 대한 보상이라도 받고 싶은 사람처럼 자꾸만 입이 열리려 들었다.

"내가 청대 처음 소집됐던 게 중3 때였거든."

"어, 그랬지. 나는 그땐 소집 안 됐었어. 축구부 전체에서 무겸이 놈만 소집돼서 어찌나 거들먹대던지 아주 그때를 생각하면 내가 아직도 이가 갈린다."

"어차피 중학생 때 가 봤자 다 후보야. 김무겸은 그때도 선발 주전이었지만."

하준과 이야기를 나누면서도 정규는 언젠가부터 테이블 위에 놓인 휴대폰 쪽으로 다소 초조한 시선을 보내고 있었다.

"나는 사실 그때 축구를 그렇게 진지하게 하지는 않았어. 아니, 진지하게는 했는데 재미있지는 않았다고 해야 하나. 축구 하면 지원금 받을 수 있다고 해서 시작했던 거거든. 막상 해 보니까 의외로 재능도 있다 하고, 프로만 되면 대학 가고 회사 취업하는 것보다 낫다기에 한번 해 보자 싶었지. 그때는 대학에 갈 수 있을 것 같지도 않았고."

"안다. 너 고생 많이 했지."

"그러다가 갑자기 국가 대표로 뛰라고 하니까 기쁘기보다는 무섭더라. 나는 그냥 이거 하면 먹고살 수는 있을 것 같아서 하고 있는 건데… 갑자기 국가를 대표하라잖아."

그때 정규가 하준의 등 뒤로 시선을 보냈다. 식당의 묵직한 유리문이 열리며 커다란 남자가 들어서고 있었다.

식당 안에 있던 몇 안 되는 사람들이 눈을 크게 뜨고 그쪽을 바라보았지만 술에 취해 한창 이야기를 하던 중인 하준은 분위기를 전혀 눈치채지 못했다.

정규가 난처한 표정으로 식당에 들어선 남자를 바라보는 동안 그는 망설임 없이 두 사람이 앉아 있는 식탁 쪽으로 걸어왔다. 정규가 손을 슬쩍 들어 올려 빠르게 흔들었다. 가까이 오지 말라는 제스처였다. 그러나 무겸은 걸음을 멈추지 않았다.

"엄마가 우울증 약에 술까지 막 드시다가 몸이 안 좋아지기 시작했을 때쯤이라 소집됐다고 집에는 말도 못 했어. 동생들도 한창 야단법석일 때라 엄마나 나나 걔들 보느라 정신도 없었고…… 훈련받으러 가니까 거의 다 형들이라 무섭기만 하고. 학교 코치는 기대한다며 계속 부담만 주고."

"어, 어. 그랬겠다."

"경기 당일 되니까 너무 떨리고 내가 어쩌다 여기까지 왔나 싶더라. 어차피 후보 주제에 긴장이 돼서, 건물 뒤에 숨어서 축구화 끈이나 다시 묶으려고 했는데 손이 떨려서 그것도 못 하겠는 거야."

무겸이 하준의 바로 뒤에 다가가 섰다. 정규가 뻣뻣이 굳어 그를 보는데, 무겸은 설핏 미간을 찌푸리고 정규를 내려다보며 검지를 입술에 가져다 댔다.

'수선 떨지 말고 닥쳐.'

입 밖으로 꺼내지 않아도 그의 말이 귀에 들려오는 듯했다. 정규는 마른침만 삼키며 무겸과 하준에게 번갈아 가며 눈길을 보냈다.

"그때 김무겸이 왔어."

"뭐?! …아, 무, 무겸이가 왔다고?"

"그래. 내 옆에 와서는 갑자기 담배를 피우잖아. 경기 앞두고 담배 피우는 놈이 세상에 어딨어? 깜짝 놀라서 몇 마디 했지."

하준의 입가에 쓴웃음이 걸렸다.

"별로 얘기를 길게 하지는 않았는데… 그 건방진 놈이 담배를 버리더니 갑자기 무릎 굽혀서 내 앞에 앉더라? 그러더니 축구화 끈 다 묶어 주고, 잔디밭이 다 똑같지 뭘 그렇게 떠냐고 어깨 한번 쳐 주고……. 그냥 그러고 갔어."

고소를 머금고 살짝 숙인 얼굴 위 하준의 눈이 깊이 침잠해 들었다. 첫사랑의 추억을 회상한다기에는 자조적인 말투가 동의를 구한다.

"말로 하니까 뭐 별일인가 싶지? 그런데 그때 나는 그게 너무 좋았어."

"……."

"그게 너무 좋았어……."

옛 생각에 잠겨 멍해졌던 상기된 얼굴이 천천히 찌푸려졌다. 하준이 고개를 들어 올리며 불평했다.

"그놈이 그래. 싸가지 없는 것 같다가도 뜬금없이 자상해. 그래서 사람 착각하게 만들어."

"그러냐? 나한테는 한 번도 안 그래서 잘 모르겠는데……."

그렇게 말하며 정규는 '네놈이?'라는 눈빛으로 하준의 뒤에 서 있는 남자를 보았다. 무겸이 눈썹을 슬쩍 끌어 올리며 조용히 듣기나 하라는 눈총을 주었다.

"애들 먹는 약에 일부러 설탕 씌우잖아. 쓴맛 느끼지 말라고. 김무겸이 그래. 못되게만 굴면 꿈도 안 꿨을 텐데 자꾸 잘해 주니까 혹시 얘도 나한테 호감이 있나 자꾸 기대가 돼서… 이렇게 마음 상할 일 없이 정리했어야 하는데 못 그랬어. 나 어릴 때 약도 단맛 빠질 때까지 빨다가 나중에 쓴맛 나면 울고 그랬거든. 멍청하지."

"네가 왜 멍청해. 내가 사정 잘은 모르지만 안 듣고 안 봐도 뻔하다. 무겸이 자식이 1부터 1000까지 잘못했겠지."

하준은 그 대답이 마음에 드는지 짧게 웃고는, 다시 표정 없어진 멍한 시선을 맞은편에 앉은 정규가 아닌 어디론가 향했다.

"너도 알지? 첫 소집된 청대에서 뛰고 바로 스카우트돼서 그다음 해에 영국 갔잖아. 내가 그걸 바로 옆에서 봤어."

"그래, 그랬지."

"안 그래도 싱숭생숭한데 그것까지 바로 옆에서 보고 나니까 정신 못 차리겠더라. 그때부터 다른 사람이 눈에 안 들어와."

보통 사람들처럼 멀찍한 관객석에서, 텔레비전 화면이나 포스터로나 접했다면 이렇게까지 빠지지는 않았을까. 그러나 하준의 첫사랑은 방금 땅에 떨어진 혜성처럼, 하늘이 내린 소년신처럼 눈앞에서 타올랐고 그 모습은 불과 얼마 전까지도 현재 진행형이었다.

술잔이 다시 하준의 입술로 향했다. 정규는 말리지도 못하고 안타까운 표정으로 그런 하준을 보기만 했다.

"김무겸은 아무 의미 없이 저 기분 내키는 대로 한 건데 내 멋대로 반한 거야. 그 자리에 앉아 있던 사람이 내가 아니었어도 똑같이 했을 거고, 개도 김무겸 좋아하게 됐을 거다."

"그건 순 네 콩깍지야. 뭐 그리 대단히 멋진 놈이라고 그렇게 오랫동안 붙들고 있었어."

"모르겠어. 내가 너무 오래 그놈을 무슨, 목표 같은 걸로 삼고 살았나? 갑자기 마음 접으려니 잘 안 되네."

하준의 손길이 거칠어졌다. 딱 소리가 나도록 컵을 내려놓는 흰 손을 정규는 불안한 눈빛으로 쫓았다.

"그때부터 나도 좀 달라지고 싶었거든. 나중에는 주전으로, 선발로 김무겸과 같이 뛰어 보고 싶어서 축구에도 재미 붙였으니까. 내가 김무겸처럼 될 수는 없어도 같이 뛰어 볼 순 있는 거잖아. 실제로 가끔 마주치기도 했고."

"……."

"나도 유럽 갈 수 있다고 했을 땐 내 인생도 달라지는구나 싶었는데… 안 되는 놈은 안 되는 거야."

"네가 너무 착해서 그렇지, 안 되는 놈이긴 왜 안 되는 놈이야. 그런 식으로 말하지 마라."

하준이 눈썹을 약하게 찌푸리고 입꼬리 한쪽을 올렸다. 비웃는 듯 비딱한 웃음이었다. 어지간해서는 보여 주지 않는 표정에 정규는 저도 모르게 긴장해 입을 다물었다.

취기가 많이 오른 듯 하준은 초점이 흐려진 눈을 가볍게 비비며 테이블 위로 머리를 숙였다. 목소리도 이제는 제법 흐려져 있었다.

"내가 병원에 누워 있으면서 무슨 생각 했는지 알아?"

"……."

"그 꼬마 애만 놔두고 나왔어도 이렇게 안 됐을 텐데. 그냥 나올 걸. 못 본 척할 걸."

"하준아."

"내가 착해? 난 그냥 우유부단하고 비겁한 놈이야. 매번 남의 눈치나 보다가 입 다물고 뒤에서 억울해하기나 해. 원해서 했으면 거기서 만족하면 되는데 그러지도 못해. 진짜 멍청해."

"그건 사람이면 누구나 그렇게 생각할 수도 있는 거야. 네가 비겁한 게 아니고."

하준이 테이블 위를 더듬어 술잔을 들었다. 그러나 소주로 가득 찼던 컵은 어느새 또 비어 있었다. 이번에는 손을 옮겨 술병을 잡았다.

그 손 위를 커다란 손이 덮었다. 하준은 고개를 들어 저를 붙잡은 손에서 이어지는 손목과 팔, 어깨와 얼굴까지 눈으로 훑어 올렸다. 들려서는 안 되는 목소리가 테이블 위로 떨어졌다.

"그만 마셔."

하준이 입을 살짝 벌리고 눈을 깜박이다가 눈살을 찌푸렸다. 놀라지도 않았다. 그저 갑자기 나타나 음주를 방해하는 무겸의 존재가 불만스럽다는 표정이었다.

"뫄."

"누가 소주를 이런 컵으로 마셔?"

하준이 이번에는 찌푸린 얼굴을 정규에게 향했다. 정규를 보는 눈에 배신감이라 불러도 부족함이 없을 빛이 가득 차올랐다. 그가 허둥지둥 변명하며 손사래를 쳤다.

"아니, 나는… 너희 요즘 안 좋아 보여서, 먼저 자리 만들어 놓을 테니까 나중에 합류하라고 했는데 김무겸이 알겠다고 하길래 이런 문제일 거라고는 생각도 못 하고."

탁, 무겸의 손을 쳐 내고 하준이 자리에서 일어섰다. "하준아." 부르는 목소리를 뒤로하고 문을 향해 걸었다.

앉아 있을 때는 몰랐는데 일어서자 눈앞이 핑핑 돌았다. 이야기를 하며 계속 첨잔을 하다 보니 좀 많이 마시기는 한 것 같다.

바닥이 울렁울렁 파도를 친다. 걷다 보니 갑자기 무릎이 딱딱한 것에 부딪혀 하준은 "아야……." 하고 저도 모르게 작은 탄성을 냈다.

무릎에 부딪힌 벽을 밀어내 비켜서려 하는데 잘 안 된다. 아, 왜 이래. 벽을 주먹으로 치는데 몸이 누군가에게 쑥 들려 올라갔다. 머리맡에서 들리는 목소리도 이제는 메아리처럼 징징 울렸다.

"하준이 이렇게 취해서 뻗는 거 처음 본다."

"너는 뭐 하고 마시는 대로 다 내버려 두고 있어?"

"말릴 새도 없었어. 그냥 벌컥벌컥 마시는데 어쩌냐."

"물이나 좀 사 와. 계산은 내가 할게."

계산이라는 말이 귀에 쏙 들어왔다. 그러고 보니 비싼 고기 얻어먹으러 와서 넋두리하느라 고기를 별로 못 먹었다.

아까워. 머리 아래로 느껴지는 지지대에 뺨을 묻으며 투덜대는데 귓전으로 질문이 흘러 들어왔다.

"뭐가 아까워?"

"고기."

"…하여튼 먹는 거 참 좋아해."

중얼대는 목소리에 이어 문 열리는 소리가 들리고, 상쾌한 공기가 몸을 감쌌다. 얼굴을 달구던 열기와 술기운에서 잠시 벗어난 하준이 눈을 깜박이며 제 위치를 확인했다.

발이 땅에 닿지 않은 채로 둥실둥실 떠 있다. 커다란 손이 허벅지 뒤를 누르고 단단한 팔이 다리 전체를 버틴다. 너르고 단단한 등판이 제 몸을 온통 받쳐 들고 있었다. 머리는 내려서야 한다고 말하지만 둔해진 몸은 뇌의 신호를 무시하고 꼼짝도 하지 못했다.

달칵, 소리와 함께 업혔던 몸이 이번에는 쏟아지듯 무너져 의자 위로 내려앉혔다. 가죽 시트에 등을 기댄 하준이 느리게나마 상황을 깨닫고 고개를 저었다.

"내릴래."

"너 지금 버스 타고 못 가."

"싫어. 내릴래. 갈 수 있어."

그러나 고개만 좌우로 약하게 흔들릴 뿐, 정작 몸은 무겁게 가라앉아 까딱도 하지 않았다. 답답한 마음에 한숨을 쉬며 반대로 고개를 돌리자 탁, 문이 닫혔다.

밤의 주차장에서 서 있는 차 안은 깜깜하다. 의식이 점점 가물가물해 진다.

"자, 생수."

정규가 무겸에게 물병을 내밀었다. 억지로 술을 마시게 한 것도 아닌 데 괜스레 찔리는 사람 같은 태도였다. 무겸이 그것을 받아 들고 피식 쓰 게 웃었다.

"임정규 오지랖이 한 건 했네."

"지랄……. 나 이제 남한테 참견하는 버릇 진짜로! 고칠 거다. 오늘 결 심했다."

짧은 시간 안에 지나치게 많은 정보를 주입당한 정규가 부르르 진저 리 치는 흉내를 냈다.

"잘 데려다주고 원만하게 풀어라. 너 때문에 많이 힘든 것 같은데 또 뭐라고 하지 말고. 누가 너 좋아하는 게 잘못도 아니잖아. 시즌 끝날 때 까지만이라도 제발 잘 좀 지내."

하준이 무겸을 좋아한다는 사실만 알게 됐을 뿐, 다른 사정에 대해서 는 아무것도 모르는 정규는 무겸이 하준에게 따져 들거나 다른 상처라 도 줄까 봐 걱정이 되는 기색이었다. 참견하는 버릇을 고친다고 하자마 자 제 버릇 개 못 주고 잔소리를 늘어놓는다. 무겸은 대답 대신 짧은 눈

인사만 남기고 운전석에 올랐다.

그는 옆에 앉아 잠든 남자가 깨어나 도망칠까 걱정이라도 되는 듯 지체 없이 시동을 걸어 빠르게 주차장을 빠져나갔다. 골목길을 빠져나가 도로에 올라선 차가 차량들의 흐름에 섞여 들었고, 잠시 행선지를 망설이듯 흔들리다가 곧 직진을 시작했다.

목적지에 도착한 차 내부는 한참 조용했다. 무겸은 핸들을 놓지도 않고 정면을 응시하다가 마침내 안전벨트를 풀고 몸을 기울여 하준의 것 역시 풀어냈다.

차에서 내려 조수석 문을 열었다. 여전히 깨어나지 못하고 있는 하준의 몸을 일으켜 안기 위해 상체를 숙여 팔로 등 뒤를 감싸자 그 감각에 눈을 뜬 듯 몸을 움츠린다.

"내리자."

재촉하자 하준은 무겸을 밀어내며 버텼다.

"안 가."

"차에서 밤새울 거야? 올라가. 올라가서 쉬자."

"싫어. 집에 갈 거야……."

울컥, 화를 내고 싶어진다.

여기가 왜 싫어. 여기도 네 집이나 다름없어. 네 방, 침대, 책상까지 다 있잖아. 그러나 무겸은 금세라도 입 밖으로 나올 것 같은 화를 삼키고 침착하게 말했다.

"그래. 집에 데려다줄게. 내 말은 너무 취했으니까 술 깰 때까지 잠깐 쉬다 가라는 거야."

"싫다니까. 들어가기 싫어……."

무겸이 가볍게 웃었다.

"왜 싫어. 내가 싫어서? 거짓말 마. 아까 네 입으로 아직 좋아한다고 다 불었잖아."

요 한동안 매 순간 숨 막히도록 갑갑하던 가슴이 지금은 기분 좋게 두 근거렸다. 차를 모는 내내 무겸의 심장은 그 자체가 과실이라도 된 듯 농 익은 감정으로 가득 찼다. 조금 전 술에 취해 꾸벅대며 하준이 한 이야기 들이 머리부터 발끝까지 저를 꽉 채우고 있었다.

하준이 한 이야기는 청대에 첫 소집되었을 때의 일이다. 첫 소집이면 열여섯 살. 열여섯 살 때부터면 지금까지 거의 10년. 10년이라니. 예상 보다 훨씬 더 오래됐다.

솔직히 말해 부담스러울 법도 한 이야기였다. 그가 저를 도대체 언제 부터 마음에 품었는지 막연히 궁금하면서도 묻기를 피하게 되었던 이 유도 그래서다. 그렇잖아도 복잡한 머리를 더 복잡하게 만들고 싶지 않 아서.

그런데 이상하게도 자꾸 바보처럼 웃음이 났다. 정말 그 어릴 때부터 저를 좋아했냐며 그를 붙들고 물어보고 싶었다.

첫 흡연의 매운 감각 때문에 다른 부분은 흐릿한 기억으로 남은 그 장 면 속의 소년이 다른 이 아닌 하준이었다니, 우연이라기엔 신기하지 않 은가. 알고 봤더니 하준이 저를 10년 전부터 좋아했더라고 누군지도 모 를 사람들에게 소리를 쳐 알리고 싶은 기분이었다.

"왜 좋으면서 싫어진 척했어?"

"좋아하면, 뭐… 좋아한다고 다, 네 맘대로 해야 돼?"

"그렇게 예전부터 좋아했다면서 시침 떼고 아닌 척했어? 이 코치, 그동안 나랑 하면서 기분 좋았겠네."

"어쩌라고…… 내가 언제, 싫다고 한 적이라도, 있어?"

취해서 더듬더듬 말을 이어 붙이는 하준의 빰을 무겸이 피식 웃으며 손가락으로 쓸어 올렸다.

"그런데 왜 고집이야. 하던 거 하자는데 뭐가 마음에 안 드는 거냐고."

"…나는 네가 왜 그걸 이해 못 하는지, 그게 이해가 안 간다……."

중얼대듯 푸념하는 하준의 얼굴을 물끄러미 보던 무겸이 다시 몸을 숙였다.

"알았으니까 잠깐 내려. 좀 쉬다 가라니까. 이렇게 취해서 바로 집에 갈 거야?"

"싫, 다고!"

좀 더 달래는 말투로 어르며 하준을 일으키려 했는데 이제 목소리까지 높아진다. 순간 마음이 급해졌다. 안고 싶고 키스하고 싶다. 아까 정규의 앞에서처럼 저에 대해 소곤소곤 이야기하는 하준의 목소리를 더 듣고 싶었다.

그래, 나도 기억 나. 그 담배 그렇잖아도 버리고 싶었는데 네가 구박하는 바람에 버릴 명분이 생겨서 사실 다행이다 싶었어. 신발 끈 묶어 주고 한마디 한 건 제풀에 민망해서 허세라도 부리고 싶어 그랬던 건데 너한테는 비밀로 할 거야.

그리고 이하준, 너는 안 비겁해. 그런 사람은 처음부터 사람을 구하지도 않아. 내가 겪어 봐서 알아. 다른 사람을 구하는 사람 중에 비겁한 사람은 한 명도 없어.

머릿속이 듣고 싶은 이야기와 하고 싶은 이야기로 꽉 찬다. 마음이 급한데 팔을 등 뒤로 감아 일으켜 세우려고 해도 하준은 이미 풀린 안전벨트를 동아줄처럼 꽉 부여잡고 요지부동이었다. 답답한 가슴에서 깊은 한숨만 나오고, 달콤하게 젖어 들었던 마음이 조금씩 부글부글 끓기 시작했다.

…왜 이렇게 고집을 피우는 거야.

네가 싫다고 하든 말든 끌고 가서 방에 처박아 버리면 어쩔래. 이렇게 취해서 제대로 힘도 못 쓰고, 지금 당장 덮쳐도 너는 꼼짝도 못하고 당할 텐데.

코치고 뭐고 아무것도 못 하게 집에 가둬 놓으면 무슨 수로 도망치겠어? 사람들한테는 내 컨디션 때문에 네가 집에서 개인 코칭을 해 주기로 했다고 할 거야. 너는 집에서 나만 기다리고, 하루 종일 나 말고는 사람을 만날 일도 없을 테니까 쓸데없이 다른 놈들과 네 사이를 의심할 이유도 없어져.

가족들은 걱정할 필요 없어. 너 없어도 먹고사는 데 지장 없게 내가 다 돌봐 줄게. 돈 잔뜩 안겨 주면 네가 없는 상황에 가족들도 금방 익숙해질 거야. 어때, 완벽하지?

"씨발……. 그냥 얌전히 좀 따라오면 안 돼?"

목소리에 초조함이 스몄다. 하준이 뜻대로 따르지 않자 준비된 듯 불가항력으로 줄줄 흘러나와 머릿속을 점령하는 생각이 징그러웠다.

혼잣말처럼 토로하며 얼굴을 따스하고 부드러운 목에 묻고 한숨을 쉬었다. 술 냄새마저도 하준의 체취와 섞이자 향기롭기만 하다. 충동은 어느 때보다도 강렬한데 원할 때마다 아낌없이 열리던 몸과 매달리듯 달라붙던 입술은 고집스럽게 거절만을 내밀고 있었다.

그가 없는 닷새 동안 분명히 알았다. 지금은 그린포드로 돌아갈 수도 없고, 그가 다른 팀으로 가는 것을 내버려 둘 수도 없다. 그 없이는 온전히 컨디션을 유지할 수조차 없다.

이유가 무엇이든 김무겸에게는 이하준이 필요했다. 멀리서 바라보는 정도로는 안 된다. 그가 제 곁에 있어야 했고 이 몸을 안아야 했다.

기다리는 동안 피가 바싹바싹 마르는 기분이었으나 섣불리 움직였다가는 정말 떠나는 쪽으로 결정을 할 것 같아 숨죽이고 기다렸다. 정말 팀을 옮길 시도라도 한다면 새 코치직 자리를 말라붙게 해서라도 돌아오게 만들 생각이었다. 그러나 돌아와서도 진척이라고는 없이 계속 이 모양이 꼴이다.

자꾸 고집을 부리는 바람에 저도 비딱해졌지만 처음에는 충분히 예의를 차려 사과했다고 생각한다. 그걸로는 부족하다는 듯 굴어서 대가를 준다고도 해 봤고, 사귀자고도 했다. 애인으로 삼아 준대도 마음이 식었다며 싫다고 튕긴 사람은 이하준이다.

마음이 떴다는 말이 거짓이라면 궁극적으로 뭘 바란다는 소리인가? 자신과 똑같은 마음? 먼저 좋아한다고 말했으니 같은 말을 돌려받아야 상한 자존심을 복구시킬 수 있다는 오기를 부리고 있는 걸까. 오케스트라를 부르고 장미 꽃다발과 다이아 반지를 바치며 프러포즈 정도는 해야 받아 주겠다는 뜻인지. 누가 송아지 아니랄까 봐 고집도 황소고집이었다.

그런 쓸데없는 명분을 사이에 끼우지 않아도 어지간한 애인은 발끝도 못 따라올 정도로 잘해 줄 자신 있다. 매일같이 입으로만 사랑 노래를 부르는 인간들 따위보다 훨씬 더.

잠깐 있었던 트러블은 없던 일로 하고 지금까지처럼 옆에 붙어서 예쁘게 안겨 주기만 하면 부족한 것 하나 없이 호의호식시켜 준다는데 이

하준은 아직 제대로 누려 본 적이 없어 뭘 모르는 것이 분명했다.

취해서 제대로 들리기나 하는지 모르겠으나 무겸은 하준에게 설명하듯 일렀다.

"너나 나나 그대로야. 변한 건 아무것도 없어. 내가 너 오해하고 막말했던 일, 그거 하나만 잘못 끼어든 거지. 잘못했다니까. 네가 용서해 줄 때까지 얼마든지 빌 수도 있어. 내가 너한테 이랬다저랬다 하는 것 같아서 헷갈렸어? 이제 안 그래. 불만 안 생기게 잘할 거라고. 어차피 내가 싫어진 것도 아니라면서, 그냥 예전처럼 지내자는 건데 그게 뭐가 그리 힘들어."

"……."

"응? 이하준. 나 좀 살려 줘."

저를 몇 년씩 좋아한다며 쫓아다니는 사람들은 지금까지도 없지 않았다. 바라는 것도 모두 비슷비슷했다.

좋다. 한발 양보해서 저도 이하준을 좋아한다고 치자. 그런데 도대체 좋아한다는 게 구체적으로 뭔가? 섹스 파트너든 애인이든 어차피 섹스로 다른 관계와 구분되고 종결되는 사이라는 건 똑같다. 그러니 하준도 저의 처음 파트너 제안에 오케이를 했을 것이다.

세상에는 정욕과 사랑을 착각하는 사람들이 넘쳐 난다. 누구나 마찬가지다. 진정성 따위에 얽매여 보이지도 않는 마음을 자꾸만 증명하고 받으려 들면 쓸데없는 욕심이나 생기고 방어선만 무너진다. 안 그러고도 충분히 할 수 있는 일에 매이고 미쳐서 사람이 돌아 버리는 건 한순간일 수 있다.

벌써 몇 번 그럴 뻔했다! 그때 애인 사이였다면 그 타이틀을 핑계 삼아 이미 선을 넘었을지 누가 아나? 수비수였다는 놈이니 최종 방어선의 중요성은 누구보다 잘 알 것이다.

모두 이하준을 위해서다. 그런데 그는 제 마음을 모르고 자존심만 세우려 든다.

그래. 네가 이해하기 힘들 수 있겠지. 그런데 나는 안전하게 가자는 거야.

"짐승 같은 놈……."

"뭐?"

목에 코를 박고 상념과 체향에 빠져들어 있는데 갑자기 머리 위로 짤막한 비난이 쏟아졌다. 무겸이 고개를 들어 올렸다.

하준은 풀리는 초점을 맞추기 위해 간신히 힘을 준 눈으로 무겸을 내려다보고 있었다.

"해라, 해. 집까지… 뭐하러 올라가. 그냥 여기서 해……. 너 차에서 하는 거 좋아하잖아."

그러더니 갑자기 팔을 움직여 티셔츠를 홀렁 말아 올렸다. 흰 피부가 불시에 눈을 찌른다. 전용 주차장이라 다른 사람이 볼 일은 없었지만 차문을 훤히 열어 놓은 채라 무겸은 반사적으로 주변을 살폈다.

아마 벗어 던지려 한 것이겠지만 제대로 셔츠를 쥐어 잡지 못한 손 사이로 옷은 도로 미끄러져 내려 몸을 덮었다. 그러나 매무새는 이미 흐트러졌고, 하준은 몸을 뒤척이며 이번에는 바지까지 벗으려 들었다. 무겸이 그의 손을 붙들자 하준이 숨까지 쌔근거리며 호전적으로 말했다.

"어차피 오늘, 하라고 하려 했어. 네 마-음대로… 해라, 그래."

"너 지금 술주정하냐?"

"나랑 안 해서… 공도 못 차겠다며. 해. 김무겸이 축구 잘하는 게 중요하지, 내가 뭐 중요해?"

"이게 또 사람 폐기물로 만드네. 누가 지금 하자고 했어? 나 궁금한 것도 있고 너도 취했으니까 올라가서 쉬다 가라고!"

그가 여전히 제게 미련이 있다는 소리에 요 며칠 이러다 죽는 것 아닌가 싶던 상태가 좀 호전되는 것 같았는데 완전히 초를 치고 있다. 물론 그와 다시 예전 같은 관계가 되는 것이 최종 목표이긴 하지만 지금은 궁금한 게 너무 많았고, 이하준의 10년에 대한 심층 탐구가 더 급했다.

무겸을 바라보던 하준이 픽 웃었다. 웃어? 무겸이 미간을 찌푸리며 그를 마주 보는데, 하준은 평소라면 상상할 수 없을 빈정대는 말투로 휘청거리듯 말했다.

"김무겸……."

"……."

"네가 나면… 그 말을 믿겠어?"

하.

그 말에 무겸의 입에서 헛웃음이 샜다. 그는 하준을 가만히 내려다보다가 살짝 옆으로 기울어진 얼굴을 한 손으로 바로 잡았다. 분홍색으로 달아오른 피부가 따끈따끈 손을 데운다.

"그래, 좋아. 하자. 그렇잖아도 네 뒤에 처박고 싶어서 요즘 도는 줄 알았거든."

앞니 아랫부분이 살짝 보이도록 벌어진 입술은 아까부터 유혹적이었다. 이렇게까지 몸을 던져 오는데 마다할 이유가 없다. 무겸이 고개를 숙여 그 위로 제 입술을 겹쳤다.

실로 오랜만에 맞닿는 부드럽고 말랑한 감촉, 제 입술 안쪽으로 흘러드는 알코올 향이 섞인 뜨거운 숨결에 정신 줄이 팽팽히 당겨진 활시위처럼 끊어질락 말락 위태롭게 흔들렸다. 아래쪽에 오랫동안 빠져나가지 못하고 고여 있던 열이 급작스럽게 펄펄 끓어올라 몸 밖으로 넘쳐흐를 것 같다.

하아. 한숨을 내쉬며 한쪽 팔로 뒷목을 끌어안았다. 한 손으로는 보드라운 머리카락을 헤집으며 힘없이 벌어지는 입술 사이를 혀로 갈라 들어갔다. 무례한 침입자마저 감싸 품는 점막은 매끄럽고 촉촉하고, 말캉한 혀는 맞대는 것만으로도 저를 녹이려 들었다.

이렇게 달콤할 수가 있을까? 이제까지 맛본 어떤 과육도 이런 맛을 선사한 적은 없다. 주제도 모르고 이것을 먹지 않고 살 수 있을 줄 알았다. 이런 것을 줬다가 빼앗아 가겠다니, 그럴 수는 없는 것이다.

혀를 길게 내밀어 더 뜨거운 안쪽으로 파고 들어갔다. 하준이 좋아하는 목 근처 깊은 곳까지. 그곳을 핥아 주면 늘 신음하며 어깨를 떨고는 했다.

"흐으, 읏……."

아니나 다를까 하준의 입술 사이로 말초적인 목소리가 샌다. 조금 더 깊이까지 들어갈 수 있도록 고개를 옆으로 돌려 입술을 더 짙게 누르자 뽑혔던 안전벨트가 휘릭, 제자리로 돌아가는 소리가 귀 옆쪽으로 들렸다. 벨트를 놓은 하준의 손이 등 뒤를 꽉 붙잡아 왔다.

그 힘에, 그 작은 압력에 정신이 어찔해져 무겸도 제 팔에 힘을 주었다. 아무런 문제없던 예전으로 돌아간 기분으로 하준을 끌어안았다.

하지만 등을 안는 듯하던 하준의 손은 셔츠 뒷자락을 잡아당겼다. 평소에 비해 무력해진 손은 그리 강한 힘을 쓰지는 못했지만 그 동작이 말하는 바는 명백했다.

'비켜.'

키스를 하는 중에 턱에 힘이 들어간다.

무겸은 혀를 거두고 하준의 아랫입술을 이로 질근거렸다. 축축해진 입술을 깨물리며 하준은 고개를 위로 젖혀 들었다.

"놔, 아……. 하지, 하지 마…….'

취기에 흐려진 데다 입술까지 붙잡혀 부정확하게 뭉개진 발음으로도 하준은 열심히 거절을 들이민다. 무겸은 이를 갈며 고개를 들어 올렸다.

"왜 이래? 하자고 난리더니 이제 와서 왜 또 내숭이야."

"키스는, 안 할래. 싫어…….'

풀려난 하준은 얼굴을 아예 옆으로 돌리고는 숨을 허덕인다. 사람 놀리나. 무겸은 비죽이 웃고 다시 한 손으로 뺨을 붙잡아 억지로 제 쪽으로 향하도록 돌렸다.

"싫긴 뭐가 싫어. 목구멍 쑤셔 주는 거 좋아하잖아. 아니면 뭐, 혀 말고 좆으로 쑤셔 달라고?"

다시 입술을 가져가자 하준이 진저리 치듯 고개를 젓는다. 제법 진심 어려 보이는 저항에 이번에는 무겸도 눈썹을 찌푸리며 뒤로 물러났다.

머리가 뜨거워지려 한다. 숨을 허덕이는 하준을 내려다보다가 다시 목에 얼굴을 묻고 꽉, 말랑하고 약한 살을 깨물었다. 드라큘라라도 된 것처럼 이를 박고 혀로 한 군데를 진득하게 물린 목을 문지르자 하준의 어깨가 급하게 오므라든다.

"하, 아으, 싫어, 싫……!'

"다 싫으면 뭐 어쩌라는 거야? 너 나 갖고 노냐?"

멱살을 잡았다 놓기라도 하듯 하준의 목덜미를 거칠게 놓으며 숙였던 몸을 일으켰다. 하준은 후읍 숨을 길게 들이마시더니 잠시 멈추고, 다시 토해 낸 뒤에야 가라앉은 목소리로 띄엄띄엄 다시 말을 이었다.

"하, 할 수 있을 것… 같았는데…….'

"……."

"나중에… 할게."

그 말에 다시 무겸이 고개를 기울였다. 이번에는 단정하고 섬세한 턱 선 위로 입술을 눌렀다. 가볍게 이를 세우자 하준의 어깨가 부르르 떨린다. 무겸은 그 위를 베어 물려는 듯 힘을 주다가 쪽, 가벼운 키스만 남기고 귓가로 입술을 가져갔다. 뜨겁고 거친 호흡과 목소리가 섞여 낮은 속삭임이 되어 나왔다.

"나중에? 하… 언제? 사람 이렇게 부추겨서 들었다 놨다 해 놓고 또 사표 내고 튀려고? 너 사람 말려 죽이려고 작정했어?"

"아니야……. 오늘 말하려고 했어. 다시 하자고, 진짜 말하려고 했어.

"……."

"내일, 내일 할게……. 약속할게."

죄다 거짓말에 연기 같다.

무겸이 귓바퀴를 약하게 깨물자 하준이 느리게 고개를 저으며 입술을 떨쳐 내려 들었다. 말과 행동이 다르게만 느껴지자 의심이 더 강하게 심장을 옥죈다.

"왜 오늘은 안 돼? 오늘이나 내일이나 뭐가 달라서."

"지금은… 이렇게는 하기 싫어……."

그 말에 악다구니처럼 올라오던 질문들이 무겸의 목구멍 안쪽으로 짓눌려 들어갔다.

약하게 이지러진 표정을 앞에 두자 하준의 옛 모습을 담은 영상을 찾아보았을 때처럼, 정규에게 하준의 부상 이야기를 처음 들었을 때처럼 가슴이 욱신거린다. 목소리는 떨리고, 술 때문인지 다른 이유에서인지 벌게진 눈가에서 금방이라도 눈물이 떨어지려는 것처럼 보였다.

이러려 했던 게 아닌데. 속으로 욕지거리만 나온다. 누구한테 하는 욕인지도 모르겠다. 처음부터 얌전히 말을 들었으면 이렇게까지 열 받을 일도 없었다.

"그러게 왜 사람 성질을 건드려."

후우. 진정하기 위해 길게 한숨을 쉬고 혀를 차자 하준은 한풀 꺾인 목소리로 나직이 읊조렸다.

"미안……."

"…아, 씨발. 사과를 왜 해."

더 내려갈 곳도 없다고 생각했는데 여태까지 중에서도 제일 나쁜 놈이 된 기분이다.

"나 좋다고 한 말은 진짜야, 너?"

술에 취해 말을 더듬는 중에도 하준은 그 말에는 쉽사리 대답을 하지 않았다. 밤을 새워서라도, 백 번 천 번이라도 묻고 싶다. 하지만 취기가 가시질 않는 듯 하준의 말투는 점점 힘겹게 무거워지고 있었다. 이러다 곧 까무룩 잠들 분위기에 무겸은 포기하고 몸을 일으켰다.

다시 벨트를 채워 주고 운전석으로 돌아와 앉았다. 보장이라고는 없는 '나중'이라는 약속을 믿기가 마땅치 않지만 다른 방법도 없다.

그러고도 시동을 걸지 못하고 망설이던 무겸은 결국 핸들을 한번 치고 입속으로 욕을 삼키며 시동을 걸었다. 늦은 밤, 차가 다시 한번 목적지를 바꿨다. 차가 꽉 막힌다는 핑계라도 댈 수 있으면 좋으련만 오랜만에 달리는 길은 뻥 뚫려 있었다.

오래된 아파트 단지 내 주차장에 차를 댔을 때쯤 싫다는 소리만 반복하던 하준은 정신을 놓고 뻗어 있었다. 잠시 망설이던 무겸은 크게 한숨을 쉬고 차에서 내려 조수석 문을 열었다.

부축해서 걸어가는 것보다는 업어 가는 게 나을 것 같아 일으켜 깨우자 이번에는 순순히 등판에 몸을 얹었다. 의식을 못 차리는 와중에도 집에 도착했다는 것을 아는지 아까처럼 내리지 않겠다고 버티지는 않는다.

"팔 좀 제대로 감아 봐."

취한 놈을 혼자 업으려니 시작부터 난항이다. 그래도 어떻게 하준이 대충이나마 제 어깨 앞으로 팔을 감게 하는 데 성공해서 몸을 일으켰다.

술에 취한 사람이 늘어지면 무겁다던데 별로 무거운 줄도 모르겠다. 등 뒤에 느껴지는 무게와 체온은 그저 영원히 지고 있고 싶도록 기분 좋고 따뜻했다.

엘리베이터에 올라 하준의 집으로 향했다. 벌써 밤 열한 시가 지났다. 누군가의 집을 방문하기에는 늦은 시간이었지만 초인종을 누르자 안쪽에서 곧바로 누군가 바쁘게 가까워지는 소리가 들렸다.

"오빠야?"

대답도 하기 전에 누구인지 확인도 제대로 하지 않고 문이 홱 열렸다. 나쁜 버릇이라고 나중에 일러 줘야겠다 생각만 하며 인사를 했다.

"안녕."

잠시 얼어붙었던 소녀는 처음 만났을 때와 똑같이 다른 호칭을 다 떼고 이름만 외쳤다.

"…어, 김무겸!"

그러자 뒤쪽에서 누군가 후다닥 나오는 기척이 느껴졌다. 소녀와 아주 닮은 소년이 그곳에 서서 눈을 크게 뜨고 있었다.

토끼 굴에 대장 토끼를 귀환시키러 온 기분이다. 저도 멀뚱히 두 아이를 보고 서 있는데 바로 앞의 소녀가 놀란 목소리로 물어 왔다.

"우리 오빠 왜 이래요?"

그제야 제 오빠의 상태가 눈에 들어왔는지 여자아이가 무겸의 등 뒤를 살핀다. 무겸이 목소리를 낮춰 설명했다.

"오늘 오빠가 술을 좀 많이 마셨어. 내가 데리고 들어가도 될까?"

"네, 네. 들어오세요."

소녀가 얼른 자리를 비켜 주고, 무겸은 머리를 부딪치지 않도록 상체를 조금 숙여 현관으로 들어섰다. 그러는 사이 전화로는 이미 인사를 나눈 적 있는 하준의 어머니까지 거실로 나와 갑작스러운 밤 손님을 멍하니 올려다보고 있었다.

"이쪽이요. 형 방 이쪽이에요."

남자아이가 한쪽 방문을 벌컥 열었다. 무겸이 안으로 들어서 침대에 가까이 서자 소년도 빠르게 다가와 하준을 그 위로 눕히는 것을 거들었다. 혼자서도 충분한 일에 끼어드는 아이가 마땅치 않았지만 뭐라고 할 수도 없다.

베개를 머리 아래 받쳐 주자 하준은 가볍게 잠꼬대를 하며 고개를 돌려 누웠다. 아직도 발갛게 익은 피부는 원래 색으로 쉽게 돌아올 생각을 하지 않았다.

편안하게 잠든 얼굴에서는 조금 전까지 저를 거부하던 표정을 찾아볼 수 없다. 무겸은 넋을 잃고 그 얼굴을 내려다보다가 옆에서 들려온 목소리에 정신을 차렸다.

"우리 형 무슨 일 있었어요? 술 이렇게 많이 안 마시는데."

무겸은 핑곗거리를 찾다가 대답했다.

"요즘 경기가 잘 풀려서 기분이 좋대."

"아, 그래요? 형 요새 기분 좋기는 할 거예요. 김무겸 선수랑도 한 팀이 잖아요."

"…그래?"

"네. 우리 형 김무겸 선수 엄청 좋아해요."

그 말에 어쩐지 무겸은 기분이 가라앉았다. 조금 전 술집에서 하준이 저를 중학생 때부터 마음에 두고 있었다는 이야기며 저를 보며 축구를 했다는 이야기를 들었을 때는 그저 황홀하기만 했는데 왜 이 이야기는 똑같이 다가오지 않는지 이유를 알기 어렵다.

하준을 눕혀 놓고 밖으로 나가자 그의 어머니가 기다리고 있었다. 무겸은 고개를 굽혀 인사했다.

"안녕하십니까, 어머님."

"데려다줘서 고마워요. 저렇게 취해서 남한테 폐 끼치는 애가 아닌데 오늘 무슨 일이지?"

무겸은 눈으로만 집 안을 짧게 둘러보았다. 좁고 낡은 거실은 단정하고 깔끔하게 정리되어 있었으나 아무리 쓸고 닦아도 지워지지 않는 삶의 피로감과 곤궁함이 여기저기 묻어 나왔다. 그 느낌은 이하준에게서 종종 느끼던 정체 모를 위태로움과도 비슷했다.

"폐라뇨. 전혀 아닙니다."

"잠깐만 기다려 줄래요? 내가 차라도 한잔 끓여 줄게."

"아닙니다. 시간 늦었는데 그만 가 보겠습니다."

그러자 동생들이 아쉬운 듯 입을 열었다.

"벌써요?"

"손님 그냥 보낸 거 알면 오빠한테 혼나요."

…분위기가 새 새끼 같은 건 집안 내력인가.

이러지도 저러지도 못하고 난감해져 서 있자 하준의 어머니가 다시 일렀다.

"잠깐만 앉아서 기다려요. 너희는 방에 들어가. 그렇게 사람 구경하고 빤히 서 있는 거 예의 아니야."

"내가 차 끓일게, 엄마. 엄마도 같이 앉아서 기다려."

소녀가 재빠르게 싱크대 앞에 섰다. 소년은 한발 늦었다는 듯 입술을 살짝 깨물더니 일단 방으로 들어가기 위해 몸을 돌렸다.

무겸은 식탁을 사이에 두고 하준의 어머니와 마주 앉았다. 그러고 있자니 아무 말 않는 선한 표정을 견디기 어려웠다.

소중한 자제분에게 여러 가지 나쁜 말을 하고 집에 오기 직전까지 나쁜 짓을 하려 했던 주제에, 아무것도 모르는 가족들에게 고마운 손님 대접을 받는 기분이 몹시도 불편하고 어색하다. 하준이 눈을 뜨면 당장에라도 돌을 맞으며 쫓겨날지도 모르는 일이다. 참지 못한 무겸이 입을 열었다.

"저, 괜찮으시면 이 코치님 방에 잠깐 들어가 있어도 되겠습니까?"

"아, 그럴래요? 그래요. 친구니까 그게 더 편하겠네."

'친구'라는 말조차 가슴을 콕콕 찌른다. 무겸은 얼른 의자에서 일어나 고개를 살짝 숙여 인사하고 도망치듯 하준의 방으로 들어섰다. 문을 닫고 한숨을 가볍게 쉬고 나서야 몇 걸음을 옮겨 하준이 누워 있는 침대 가장자리에 조용히 걸터앉았다. 쿨쿨 깊이 잠든 모습이 편안해 보였다.

집에 가고 싶다고 그렇게 징징대더니. 내 집에서는 이렇게 편하게 못 자서 그래? 문득 그런 생각이 들어 무겸은 입술을 한 번 비죽이고 자리에서 일어나 방을 둘러보았다.

침대와 책상과 책장, 작은 옷장과 행거 정도가 놓여 있었다. 딱히 장식도 없고, 심플하게 꾸몄다기보다는 꾸밈새 자체가 없다고 하는 편이 맞는 방이다. 책상 위는 의외로 번잡하게 어질러져 있어 제집에 놓아 준 하준의 책상과는 영 딴판이었다.

책꽂이에는 노트며 파일들이 빼곡하다. 손 가는 대로 노트를 꺼내 후르륵 넘겨 보았다. 대부분 공부를 할 때 썼던 것인 듯 스포츠 치료학이나 인체의 구조, 코칭에 관한 필기들이 늘 가지고 다니는 노트와 비슷한 모양새로 정리되어 있다.

"심심하기는."

이번에는 노트들의 아래층에 나란히 등을 보이고 있는 클리어 파일들 중 하나를 꺼내 들었다. 숫자가 쓰인 종이로 라벨링이 되어 있는 모습이 자료집 따위로 보였다. 집히는 대로 중간 페이지쯤을 펼쳤다.

김무겸, EPL 올해의 선수상

갑자기 튀어나온 커다란 글씨에 무겸의 손이 우뚝 멈췄다.

미간을 옅게 모으고 잠시 정지 영상처럼 가만히 서 있던 그는 손가락 사이에 끼운 한 장을 앞뒤로 넘기며 살펴보았다. 투명하고 얇은 비닐 페이지 안쪽에 오려 낸 스포츠 신문 기사 한 꼭지가 흰 용지 위에 단정하게 붙어 스크랩되어 있었다.

5년 전 처음으로 리그 선수상을 받았을 때, 정장을 입고 트로피를 든 무겸의 사진이 함께 실린 기사였다. 내용이야 뻔했다.

천천히 손안에서 미끄러지는 비닐 페이지들을 넘기다가 펄럭펄럭, 페이지를 넘기는 속도가 점점 빨라졌다.

안에 스크랩되어 있는 것은 꼭 신문 기사만이 아니었다. 잡지나 인터넷 매체의 인터뷰 자료, 패션이나 광고 화보, 프린트한 외신 자료, 심지어는 파파라치 컷의 일부와 뭔가 직접 메모를 첨부해 놓은 그린포드의 전술 분석 자료까지 빼곡히 들어차 있었다.

무겸은 파일을 제자리에 꽂고 다른 파일을 빼 들었다. 내용물은 마찬가지였다. 차이가 있다면 조금 전의 파일에는 5년 전의 자료가 꽂혀 있었고 지금 뽑아 든 것은 3년 전의 자료가 들어차 있다는 것뿐. 다른 선수에 대한 것은 일절 없이, 모두 무겸에 대한 이야기뿐이었다.

"……."

뭐야, 이게 다.

무겸은 고개를 들어 책장으로 시선을 보냈다. 숫자가 쓰인 종이로 라벨링된 색색의 파일들은 책장의 두 칸을 꽉 채웠다. 자세히 보니 라벨지의 색이 변색되고 바랜 것부터 꽤 새것으로 보이는 물건까지 쭉 줄을 섰다. 그것들의 등을 바라보며 얼굴을 굳힌 무겸은 다른 한 권을 또 펼쳐 볼 생각도 하지 못하고 말없이 서 있었다.

똑똑.

그때 문을 노크하는 소리가 났다. 무겸은 뭔가를 훔치다 들킨 사람처럼 흠칫 놀라며 몸을 돌렸고, 서둘러 파일을 꽂아 넣은 뒤 문을 열었다.

"차 드세요."

하준의 여동생이었다. 뒤통수를 후려 맞은 듯 굵은 아찔함이 머릿속을 덮쳐 어지러웠지만 그 권유를 거절할 명분을 찾지 못하고 무겸은 그녀를 따라갔다.

식탁 앞에 앉아 잠시 기다리자 소녀가 찻잔을 들고 와 어머니에게 먼저, 그다음에 무겸에게 건넸다. 무겸의 손에는 손잡이가 너무 작은 찻잔이었다.

"어!"

작달막한 손잡이를 잡고 잔을 받아 들다가 손가락이 잘못 미끄러져 찻잔이 크게 기울어졌다. 안의 내용물이 옷 위로 쏟아지고, 홍차인지 녹차인지 모를 황갈색의 물이 셔츠 위로 빠르게 번졌다.

처음 만나는 사람들 앞에서 바보 같은 실수를 하고도 무겸은 물들어 가는 옷을 멍하니 내려다보고만 있었다.

"이를 어째. 찻물이라 잘 지지도 않을 텐데."

하준의 어머니가 놀라 목소리를 살짝 높였다. 신경 쓰지 말라고 대답하려는데 어쩐지 말조차 바로바로 나오지를 않는다. 짧게 마른침을 삼키고 나서야 가라앉은 목소리로나마 답을 할 수 있었다.

"괜찮습니다."

하준의 어머니가 몇 번 입을 달싹대더니 조심스러운 태도로 말했다.

"김 선수. 그러지 말고 옷 갈아입고 우리 집에서 하루 자고 갈래요? 하준이도 요즘 툭하면 김 선수 집에서 자고 오던데 오늘은 김 선수가 우리 집에서 하루 묵고 가요. 우리 하준이 친구에다 귀한 손님인데 이대로 보내려니 마음이 좋지가 않아. 내일 아침상이라도 차려 줄게. 밥 먹고 가요. 응?"

그러자 하준의 여동생이 난감한 듯 속삭인다.

"엄마, 어디서 자라고."

"하경이가 하루 거실에서 자면 되잖아. 하경이 방에서 주무시면 되지."

둘의 대화를 멍하니 듣고 있던 무겸이 입을 열었다.

"그러면… 이 코치님 방에서 자겠습니다."

"하준이 방에서? 벌써 하준이가 자고 있어서 깨워 침대에서 내려오라 하기가 그런데."

"아뇨. 제가 바닥에서 자겠습니다."

"손님을 바닥에서 왜 재워. 멀쩡한 집 있는 사람 재우면서."

"정말 괜찮습니다."

그녀는 영 마땅찮은 듯했지만 결국 손님인 무겸의 말을 들어주었다. 실수로 사이즈를 너무 크게 사서 아무도 입지 않는다는 티셔츠와 바지가 주어졌다.

욕실에서 간단히 씻고 나온 사이 하경이라는 소년이 갈아입힌 듯 하준의 옷도 바뀌어 있었다. 가족끼리 당연한 일임에도, 여기서 자신이 그의 옷을 갈아입히겠다고 우길 수 없다는 것도 알지만 무겸의 눈썹 사이가 옅게 좁혀 들었다.

소녀가 여분의 침구를 가져오자 소년이 침대 아래 그것을 깔았다. 둘은 엄마의 말을 따르면서도 영 부끄러운 기색이었다. 무겸은 그 기분을 충분히 이해할 수 있었다. 저에게 낡은 집안 살림을 보이는 것이 창피한 것이다.

지금은 300평짜리 저택에 살며 스무 대가 넘는 차를 모는 무겸이지만 어릴 때는 한 방에 몇십 명씩 뭉쳐 떼 잠을 잤고, 보육원을 나온 뒤에도 매일 밤 부엌도 없는 좁은 단칸방에서 이불을 깔고 잤다. 궁색함은 무겸에게 전혀 낯선 것도 불편한 것도 아니었으나 두 아이가 그런 이야기까지는 알 턱이 없었다.

"그럼 안녕히 주무세요."

"고맙다."

"저기, 혹시 형이라고 불러도 돼요?"

문을 닫기 전 하경이라는 아이가 재빨리 물었다. 무겸은 피식 웃으며 고개를 끄덕였다.

"그래."

"안녕히 주무세요, 무겸이 형!"

씩씩하게 인사하고 방을 나선 아이의 신이 난 듯한 목소리가 문을 닫고서도 들려왔다. 그제야 긴장이 완전히 풀린 무겸이 긴 숨을 쉬었다.

길을 잃은 사람처럼 방 한가운데 서 있던 무겸은 손님용으로 깐 이불 위에 눕는 대신 방의 주인이 누워 있는 침대 쪽을 힐끔 살피고 다시 책장 앞에 섰다.

…본격적으로 뒤지려니 작은 양심의 가책이 느껴지지만 어차피 저지른 일, 눈을 감기로 했다. 의자를 끌어와 책장 앞에 앉았다. 아래쪽 층 가장 왼쪽의 것, 가장 낡아 보이는 라벨지가 붙은 것부터 꺼내 보았다.

중학생 유망주 김무겸, 한국 축구의 미래가 될 수 있을까?

언론 모니터링을 꼼꼼히 하는 편인 제 기억에도 전혀 남아 있지 않은 옛날 기사였다. 막 사람들 입에 오르내리고 신문이나 방송에 얼굴을 비추기 시작하던 중학생 때의 모습을 보자 절로 미간이 찌푸려졌다.

스물여섯 살이 된 지금의 제 눈으로 보자 어린 티가 나면서도 지금보다 인상이 사나워, 밉살스러울 정도로 말 안 들을 것처럼 생긴 소년이 화질 나쁜 사진 속에서 공을 차고 있었다.

이때는 딱히 보관할 만한 자료가 많지 않았는지 아니면 마음먹고 모으던 때는 아니었는지 중학생 시절의 스크랩은 금방 끝이 났다. 짤막한 인터뷰, 청대 시절 활약상 정도. 저는 잘 기억 나지 않지만 하준의 말에 따르자면 저와 처음 만난 것이 이때쯤이란 이야기였다.

스크랩은 계속 이어졌다. 다음 해부터 자료는 부쩍 늘어 한 달 사이에도 제법 많은 수량이 스크랩되어 있었다.

고등학생 천재 선수, 프로 팀에서의 경쟁적인 러브콜, 영국 2부 리그 진출, 운도 따라 줘서 강등 팀이었던 첫 번째 팀은 무겸이 이적한 지 1년 만에 1부로 승급이 되고 그다음 해 무겸은 현재의 그린포드로 성공적인 이적을 했다.

한국은 물론 아시아 선수 역사상 유례없는 이적료, 그런 헤드라인이 걸린 무렵의 스크랩에는 이제 무겸의 사생활에 대한 기사가 끼어들기 시작했다.

준성과 함께한 인터뷰, 감독에 대한 감사를 토로하는 김무겸, 처음이라 대처를 제대로 못 해 별로 유쾌하지 않은 사진까지 돌아 버린 첫 번째 스캔들, 이적 이후 성공적으로 팀에 적응할 수 있을 것인지 악담과 낙관을 반반씩 섞어 추측하는 기사.

특히 그 기사는 펜이라도 들고 읽은 듯 몇몇 단락에 가는 밑줄이 쳐져 있었는데, 공백에 낙서처럼 메모처럼 살짝 날려 써 놓은 짧은 문구에 한참 눈길이 갔다.

할 수 있어 김무겸. 힘내.

그린포드에서의 첫 번째 해트 트릭, 완전히 붙박이 주전이 된 김무겸에 대한 기사, 아시안 게임에서 우승했던 때, 새로운 감독과의 마찰, 시상식, 그리고 또 스캔들, 골, 술에 취해 씨움을 일으켜 논란이 되었던 때, 골, 레드카드를 받아 화를 내고 있는 모습, 파티와 추문, 골, 각종 수상 후보로 노미네이트된 김무겸, 그리고 또 여러 가지…….

하준도 자신이 구할 수 있는 범위에서 수집한 자료들일 것이다. 모니터링을 하며 수없이 봐 왔지만 실물로 모아 놓고 보자 세상에 저에 대한 이야기가 이렇게 많았구나 새삼 놀라울 정도였다.

그야말로 중학교 3학년 언저리부터 지금까지, 김무겸이라는 남자의 인생이 이 작은 방에 미니어처처럼 축소되어 아무도 모르는 박물관에 비밀스럽게 전시된 보물처럼 소중하게 보관되어 있었다. 아니, 김무겸의 인생을 넘어 이것은 이미 이하준이라는 사람이 만든 독립된 세계의 일부로 보였다.

잠시 허공을 보며 생각에 잠겼던 무겸은 마지막 파일을 꺼내기 위해 손을 들었다. 그때, 너무 얇아 아까는 미처 눈에 들어오지 않았던 한 장짜리 홀더를 발견했다. 두꺼운 플라스틱 클리어 파일들 사이에 마치 숨겨 놓은 것처럼 끼어든 그것을 무겸은 펼쳐 들었다.

안쪽에는 지금까지와 달리 기사나 사진 같은 자료가 아니라 흑백 문서 뭉치가 꽂혀 있었다. 제목에 따르면 계약서로 보였다.

〈Tours FC〉

가장 윗줄에 쓰인 문구에 섞인 글씨를 보고 무겸은 내용을 읽지 않고도 문서의 정체를 곧바로 파악했다. 투르 FC. 프랑스의 축구팀 이름이었다.

무겸은 묵묵히 그것을 내려다보다가 제자리에 조심스레 돌려놓았다. 깊고 짧은 한숨을 쉬고 자리에서 일어서 침대 쪽으로 다가갔다.

벽 쪽을 향해 등을 돌리고 누운 하준의 옆모습을 말없이 내려다보던 무겸이 천천히 엎드리듯 몸을 기울여 옆으로 누운 그의 어깨 위에 얼굴을 기댔다.

"으음……."

몸에 지워지는 무게가 불편한지 하준이 옅게 찡그리며 바로 돌아누웠다. 굴하지 않고 무겸은 이번에는 하준의 가슴에 얼굴을 묻었다. 술기운 때문에 쿵쿵, 빠르다 싶게 뛰는 심장 소리가 그대로 전해져 왔다.

"진짜… 장난이 아니네, 이 코치."

이하준의 10년에 대한 심층 탐구를 굳이 그의 입을 통해 할 필요가 없게 되었다. 표정 없는 얼굴로 높낮이 없이 중얼대며 무겸은 눈앞의 벽을 응시했다.

침대 옆으로 보이는 흰 벽지를 바른 벽은 낙서나 흠집 하나 없이 깨끗했지만 오래된 집이라 어쩔 수 없이 전체적으로 변색된 탁한 색조를 하고 있었다.

시간의 흐름은 모든 걸 변하게 만든다. 좋은 쪽으로든 나쁜 쪽으로든.

세상에 변하지 않는 것, 흔들리지 않는 것은 없다. 바로 그 사실이 '그놈'을 미치게 만드는 가장 큰 원인이었다.

기억이 닿는 가장 어린 시절부터 제 아버지라는 이름이 붙은 미친놈은 항상 비슷비슷한 말을 하고 있었다. 잠시만 눈을 떼면 엄마가 한눈을 판다고 주장했고, 자기가 미리 파악하지 못한 가게 영수증 하나만 나와도 누구를 만나러 제게 숨기고 갔느냐 닦달을 해 시장에 장 한번 마음대로 보러 갈 수가 없었다.

때로는 웃으며 모임 등에 나가는 것을 허락했다가도 막판에 기분이 변해 외출 준비를 마친 엄마의 몇 벌 되지도 않는 옷을 찢어 버렸고 어디에서 흘러들어 왔는지도 모를, 어쩌면 본인이 묻혀 왔을지도 모르는 카페나 식당 같은 곳에 들른 직은 흔적 따위만 눈에 띄어도 네가 이곳에 남자를 만나러 갔다는 증거라며 소리를 질렀다.

놈은 항상 갑작스레 돌변했다. 1분 전까지만 해도 기분 좋은 듯 미소를 짓다가도 작은 꼬투리 하나만 발견되면 그때부터 싸움, 아니 정확히는 일방적인 심문과 폭력이 시작되었고 늘 똑같은 한 가지 결론으로만 치달았다.

너는 변했어. 변할 거야.

이번에는 안 들켰지? 하지만 그렇게 나대다가 결국은 꼬리 밟힐 거다. 그리고 너. 너도 마찬가지야. 둘 다 그러기만 해 봐. 죽여 버릴 거야!

처음에는 무섭기만 했지만 무겸이 생각이라는 걸 할 수 있을 만큼 자라자마자 그의 외침은 세상에 다시없을 허튼소리, 미친개가 짖는 소리나 다름없어졌다. 엄마는 그런 사람이 아닌데 매일같이 왜 저러는 걸까. 악마 새끼. 괴물 새끼. 저 새끼나 빨리 죽어 버렸으면. 내가 조금만 더 크면 저놈부터 죽이고 엄마와 단둘이 살 거야.

놀라운 일이었다. 함께한 생애의 짧은 기간 동안 단 한순간도 예외 없이 그를 증오했다 믿어 왔는데 그가 매일같이 외치던 말의 일부는 분명히 저의 중심부까지 스며들었던 것이다.

하준을 상대로 자신이 무엇을 하고 있는지 깨달은 뒤부터는 매일매일이 그 괴물의 목소리가 얼마나 많이 제 안에 남아 있었는지를 확인하는 끔찍한 나날이었다. 하준을 의심하고 닦달하던 제 꼴이 딱 그와 똑같았으니까.

지금조차도 그런데 그를 온전히 가졌다는 증표라도 생겼다가는 정말로 놈처럼 완전히 돌아 버리는 것 아닌가?

절대로 그렇게만은 되지 않으리라 다짐했는데 악마의 말은 마치 몸속에 새겨진 문신처럼 저에게 들러붙어 결코 떨어지지 않을 것만 같았다. 대대로 이어지는 저주처럼 악마의 습성을 그 자식이 이어받는 것이다.

그걸 알게 됐으면서도 이하준에게서 떨어져 나올 수도 없다. 출구 없는 미로에 갇힌 기분에 매일매일 가슴인지 목인지 알 수 없는 곳이 불탔다.

심장 소리를 들으며 흰 벽을 보는데 갑자기 머리 위로 툭 손이 올라왔다. 가슴을 누르는 무게에 위화감을 느낀 듯, 손이 무겸의 옆얼굴을 더듬기 시작했다. 손가락이 얼굴을 간지럽히는 감촉에 실타래처럼 얽히던 상념이 엷게 사그라든다. 무겸은 천천히 몸을 들어 올려 그의 가슴을 자유롭게 해 주었다.

하준은 눈을 반쯤 뜨고 있었다. 잠이 가득 묻은 눈동자가 저를 내려다보는 무겸을 응시한다.

"…뭐야……?"

잠꼬대처럼 나른하게 가라앉은 목소리가 질문조로 흘러나왔다.

네가 왜 내 방에 있어? 마치 그렇게 묻는 듯 어리둥절한 표정으로 무겸을 천천히 훑어보던 하준은, 뭔가 결론을 내렸는지 갑자기 피식 웃었다.

그 표정에 무겸도 그만 약한 미소가 나왔다. 왜 여기 있냐고, 나가라고 화를 내도 할 말이 없는데 웃어 주니 얼마나 고마운가.

다시 몸을 숙여 얼굴을 가까이 해 손부터 잡았다. 고개를 돌려 그 손바닥에 입을 맞추자 뭐가 웃긴지 킥킥 소리까지 내며 웃는다.

"간지럽다."

"이하준."

"왜."

무겸이 눈을 감았다.

지금까지도 하준의 앞에서 몇 번씩 입에 올린 단어, 그러나 상황을 모면하기 위해 되는 대로 흩뿌렸던 그 말이 처음으로 배 속에서 밀려 올라오듯 절로 입 밖으로 새어 나왔다.

"미안해."

무겸의 고개는 더 아래로 내려가 이제는 하준의 몸 위로 거의 제 몸을 겹쳐 엎드렸다. 그의 목 살짝 위, 베개의 남은 공간에 얼굴을 묻고 다시 한번 귓가에 속삭였다.

"미안해."

무엇이 미안하고 왜 미안한지, 일일이 단서를 다 붙이자면 끝을 낼 수도 없다. 기나긴 잘못에 대한 짧은 사과의 말만을 반복했다. 그러자 웃음이 스민 나른한 목소리가 화답한다.

"참 나. 요즘 너한테 미안하다는 말만 들어서 꿈에서도 미안하다고 하나 보다."

꿈이 아니야, 이 코치님.

몰라. 마음대로 생각해.

"미안해."

"됐다니까."

지겹다는 듯 한숨 섞여 나오는 대답에 이번에도 밀려 나오듯, 그러나 신중하고 느린 말이 입 밖을 벗어났다.

"그럼… 좋아해."

그 말에 하준의 몸이 흠칫 작게 긴장하는 것이 느껴졌다.

말을 뱉은 무겸의 눈도 제풀에 커졌다. 목과 가슴 사이에서 불타며 요즘 내내 사람을 밥도 못 먹고 잠도 못 자도록 만들던 뜨거운 덩어리가 빠져나간 듯, 서서히 심장 부근이 편안해지기 시작했던 것이다.

축구를 시작한 직후, 버릇을 못 버리고 딱 한 번 도둑질을 한 적이 있었다. 그 사실을 숨기며 거짓말을 하다가 결국 준성에게 들켰을 때 느꼈던 차라리 잘되었다는 자포자기적 편안함을 기억한다. 그때와 비슷한 것 같으면서도 다른, 무척이나 낯선 감각이었다.

그 생경하면서도 부드럽게 몸 전체로 번져 가는 감각을 어루만지듯

천천히 좇는데, 꿈을 꾸는 중인 하준은 곧 단조로울 정도로 평온한 말투
로 대답을 했다.

"그래, 나도."

어린아이의 지루한 질문 따위에 습관적으로 대답할 때와 비슷한 어조
였다. 아무렇지도 않게 나오는 그 말에 감기라도 걸린 것처럼 목과 눈이
뜨거워졌다. 이를 악물고 참았지만 아래 속눈썹이 축축해지더니 결국
은 느리게 눈물이 흘러내렸다.

하준이 제게 좋아한다고 말하고 엉엉 울 때는 조금 가여우면서도 귀
여웠는데, 막상 자신이 그 입장이 되자 가엾지도 않고 귀엽기는커녕 등
신 같다. 뿌린 대로 거둔다더니 바로 저를 위한 말이었나 보다.

계속 목덜미 근처에 얼굴을 처박고 고개를 못 드는데 쿡쿡대는 웃음
소리가 들렸다. 무겸이 슬쩍 얼굴을 들었다. 하준이 민망한 듯 웃는 표정
으로 중얼거렸다.

"아… 나 내일 복권 사야겠다. 술 많이 마셔서 그런가. 이런 꿈 처음 꿔."

제정신인가?

지금 이하준에게 김무겸 꿈 따위가 무슨 복권을 살 만한 꿈씩이나 된
다고. 괜히 울컥해져 한 번 더 말했다.

"좋아해."

"네가 날?"

"이하준, 좋아해. 진짜 좋아해. 엄청."

섹스를 앞두고 사람을 유혹할 때는 이보다 더 세련된 말을 할 수 있었는
데 막상 좋아한다는 말을 하려니 떼쓰는 애 같은 말밖에 나오지 않았다.

하준이 어이가 없다는 듯 피식거리며 고개를 옆으로 돌렸다.

"너무 속 보이는 꿈꾸네……."

무겸의 고백을 꿈이라 착각하는 하준은 졸린지 눈도 감은 채로 반쯤 장난스러운 기색이었다. 그런데도 무겸은 꿈이 아니라고, 진짜라고, 일어나서 나를 똑바로 보라는 말이 쉬이 나오지 않았다. 눈앞의 하준은 꿈이라는 착각 속에서 실로 오랜만에 편안해 보였던 것이다.

아무리 꿈이라 여긴다지만 어떻게 아직도 자신에게 나도 그렇다고 대꾸해 줄 수 있을까. 일부러 상처 입히려고 뿌려 댔던 말들이 아니더라도 자신은 그의 마음을 시험하고 무시해 오기만 했는데.

처음부터 지금까지 그가 저를 마음에 두고 있다는 사실에 기쁨을 느끼면서도 늘 그것이 금방 변해 버릴 가짜는 아닐지 의심하고, 그러는 자신이 역겨워 그를 밀쳐 내고 나서도 막상 그 애정이 정말 저를 떠날까 봐 두려워했다.

스스로 생각해도 지질하기 짝이 없는데, 어떻게.

"우리 이 코치님은……."

"밥 잘 먹는다고?"

몇 번 한 것 같지도 않은데 잘 먹는다고 했던 말이 기억에 남았는지 바로 받아쳤다.

농담조로 말을 자르고 드는 하준의 입술에 가볍게 입을 맞추자 그제야 하준이 눈을 떴다. 취기와 졸음이 섞여 산란하게 젖은 눈이 잠깐 크게 열렸다.

"뭐야. 너 울어?"

놀란 듯 말을 빨리하며 무겸의 눈가에 손을 가져다 댄 하준의 얼굴에, 곧 아차 싶은 쓴웃음이 번졌다. 그는 계속 꿈을 꾸고 있으니까.

눈가에 닿았던 손끝을 무겸이 입술로 쓸자 하준의 눈이 설핏 가늘어졌다. 그 눈매가 섹시해 무겸은 이번에는 눈두덩 위에 입을 맞췄다. 술과 잠에 취한 하준은 이렇게 해도 무겸을 밀어내지 않았다. 입맞춤에 살짝 멍해진 표정이 사랑스럽다.

늘 노트를 가지고 다니며 열심히 그날그날의 훈련 사항을 기록하고, 물리 치료사나 의료 팀도 아니니 굳이 그럴 필요는 없을 텐데 매번 직접 자기 몸을 써 가며 선수들의 상태를 살피고 근육을 풀고, 기껏 열흘씩이나 휴가를 받아 놓고서 닷새 만에 돌아오는 성실하고 부지런한 이 코치.

그런 그가 10년 동안 몰래 쌓아 올린 마음속 궁전의 풍경을 본다면 주인공인 무겸 자신이 아니더라도 누구나 감탄할 것이다. 치사를 올리지 않고서는 견딜 수 없다.

"우리 이 코치님은 참 잘생겼고……."

"……."

"멋있고, 귀엽고, 착하고, 성실하고, 똑똑하고, 터프하고, 섹시하고……. 혼자서도 이렇게 완벽한데 나 같은 놈을 왜 좋아하지?"

말을 끝맺을 때쯤에는 하준의 눈가와 뺨이 붉어져 있었다. 꿈에서도 칭찬은 부끄러운 걸까. 그러면서도 표정만큼은 퉁명스럽다. 눈을 느리게 깜박이며 무겸을 올려다보더니 부루퉁하게 대답했다.

"뭐라는 거야……. 지나가는 사람 백 명을 붙들고 물어봐라. 네가 완벽한지 내가 완벽한지."

지나가는 사람들이야 보여 주는 모습밖에 모르니까 당연하다. 멋진 척, 센 척, 잘난 척, 모자란 게 없는 척하는 것은 김무겸의 인생 그 자체다.

숨기고 싶은 부분도 있지만 제게 남들의 선망을 받고 내세울 만한 모습이 많다는 것도 잘 알고 있다. 그런 부분은 스스로도 마음에 든다. 가벼운 관계에서 그런 일면만을 보여 주는 것은 일도 아니며, 그래야만 제 기분도 좋아진다.

하지만 이하준. 너는 그렇지 않은 나도 지나치게 많이 봤는데.

"내가 모자란 놈인 거 이 코치님은 알잖아."

"그건 그렇지. 너 못됐어. 이기적이고 성격 나쁜 건 옛날부터 알았지만 가까이서 지내보니까 생각보다 쪼잔하고… 억지도 너무 부리고 변덕도 심해."

백번 동의하지만 막상 하준이 콕콕 집어 비난하자 서운한 말투가 절로 나왔다.

"그래서 싫어?"

"그럴 때는 열 받긴 하는데… 싫은 건 아니고……."

"내 어디가 좋아?"

"몰라. 나도 요즘 궁금하던데… 얼굴 보고 좋아하나?"

"얼굴? 내 얼굴 어디가 제일 좋은데?"

"다 괜찮은데. 코랑 이마? 턱도 좋아."

유치하게 흘러가는 대화에도 꼬박꼬박 대답해 주던 하준이 피식 웃어 버렸다.

"생각보다 더 좋은 점도 많았어."

"…어떤 점."

"잘해 준 적도 많잖아. 돈도 많이 쓰고. 나는 너한테 백 원도 안 썼는데 너는 나한테 벌써 천만 원 넘게 썼다."

보기보다 계산이 확실했다. 하준이 느끼는 저의 매력 포인트가 재력이라면 좀 더 강력하게 어필해도 좋을 것 같다.

"나 가진 게 돈밖에 없어. 그 정도는 아직 쓴 것도 아닌데."

"넌 어떻게 꿈에서도 재수 없냐……."

이게 아닌가.

더 말하면 점수만 깎아 먹을 듯한 기분에 무겸은 입을 다물고 이번에는 하준의 뺨에 입을 맞췄다. 쪽, 가벼운 소리가 나는 키스를 받고도 하준은 무겸을 밀어내지 않았다. 아마 꿈이라고 생각해서일 것이다.

사치스럽게도 하준의 고백을 거절했던 날, 하준은 제게 한 침대에서 안고 키스를 해 달라고 했다. 입장이 다르니 같은 요구를 할 수 있을지는 모르겠으나 어쨌든 꿈이라 생각해 저를 받아 주고 있을 때 뭐든 요구해 보는 것이 현명한 처사이리라.

"안아 봐도 돼?"

"뭘 물어봐."

무심한 어조만 듣고서는 당연히 된다는 동의의 뜻인지 이제 와서 새삼 뭘 일일이 물어보냐는 타박인지 구분이 가지 않아 쓴웃음이 났다.

팔을 벌리자 다른 말을 하지 않아도 그는 옆으로 돌아누워 무겸의 등 뒤로 팔을 두르고는 품에 저를 묻어 왔다. 끌어안은 몸에서도 누워 있는 침대에서도 온통 하준의 냄새가 났다. 영원히 변하지 않을 것만 같은 냄새. 은은한 체취마저도 한결같은 그를 닮았다.

'키스해도 돼?'

그렇게도 물으려다 관뒀다. 꿈속의 이하준은 분명 된다고 말하겠지만 아까 전 차에서 제 키스를 받으며 나중에 하겠다고 울먹이던 그가 떠올라 어쩐지 그 말까지는 나오지 않았다.

하준이 저를 좋아하기 시작했다는 열여섯 살에는 교복을 입고 등교해 오전 수업 몇 시간을 듣고 오후에는 내내 훈련에 참가하는 날이 대부분이었다. 이제는 기억이 드문드문하게 날 정도로 오래전이 된 나날들이다.

천재 소리를 들으며 공을 찼고, 준성의 집에 일상적으로 드나드는 데 익숙해졌고, 돼지우리에서 탈출한 지도 1년쯤 지났던 시기.

키와 체격이 쑥쑥 자라고 얼굴이 태를 갖춰 어디를 가도 사람들의 호의적인 시선을 받았다. 눈을 뜨면 종일 들리는 말이라고는 칭송뿐이었다. 하늘 모르게 우쭐해졌고 지긋지긋한 날들에 이별을 고해 마냥 즐겁기만 했다. 그런 한편 다시는 진창에 떨어져 인간 이하의 것들과 섞여 살아가지는 않으리라 남몰래 결심하고 또 결심하던 무렵이기도 했다.

그러나 저는 이미 악마 같은 놈의 피를 반쯤 타고 태어나 돼지왕이 다스리는 돼지우리에서 오랫동안 살아왔다. 어떻게 해야 제대로 된 인간이 되어 겨우 섞여 든 사람들의 세상에서 살아갈 수 있을까?

공부와는 담을 쌓은 무겸이었으나 궁금증에 대한 답을 찾고 싶어 도서관을 기웃거렸다. 도서관에 들어서자 힐끔대며 저를 보는 호기심 어린 눈들을 무시하고, 서가 이곳저곳으로 옮겨 가며 그럴듯한 제목이 쓰인 책들을 뽑아 책장을 팔락팔락 넘겼다. 그러다가 무겸은 자신이 찾던 답에 가장 근접한 문장을 발견했다.

짐승도 은혜를 안다. 사람이라면 응당 은혜를 알고 그것을 갚아야 한다.

저는 그저 평범한 사람이 되고 싶었지 성인군자가 되고 싶은 것은 아니었다. 책을 뒤지다 보니 '사람이라면' 해야 할 일들의 허들이 너무 높았다. 당장 박 씨 아저씨나 사모만 해도 그렇게까지 모든 것을 지키며 살지는 않았다. 그래서 몇몇 가지 답 중 자신이 가장 잘할 수 있을 것 같은 일을 하나 정했고, 그것만은 반드시 지키리라 마음먹었다.

세상에서 가장 변치 않는 관계가 있다면 준성과 저와 같은 관계, 바로 은인 관계이다. 은혜는 한번 발생하면 사라지지 않기 때문이다.

은혜를 입었으면 반드시 갚는다. 그것을 삶의 원칙으로, 또는 목표나 원동력으로 삼아 무겸은 지금의 자리까지 왔다.

반대로 해서는 안 되는 일, 가장 경계해야 할 일은 그 미친놈과 같은 전철을 밟는 것이었다. 별로 어려워 보이지 않았다. 처음부터 싹을 잘라 버리면 되니까. 그 악마도 엄마를 만나 결혼을 하고 저를 낳지 않았다면 누구 하나 불행해질 일 없었으리라.

엄마와 그나마 가까이 지냈던 이웃집 여자는 가끔 무겸을 마주칠 때마다 징그럽다는 듯, 또는 감탄이라도 하듯 중얼대고는 했다. 씨 도둑질은 못 한다고.

자라면서 점점 얼굴이 그 자식을 닮아 가는 것은 참 마음에 들지 않았다. 그래도 그놈보다는 제가 훨씬 잘생겼고 중요한 건 내용물이니 개의치 않았다. 놈과는 다르게 살면 그만이었다. 무겸의 인생은 이미 부모가 보냈던 생애와는 완전히 궤적을 달리하고 있었다.

세상 사람들의 입에서 TV에서 영화에서 책에서 그토록 섬기는 사랑.

그것은 쉽게 변하고 탁해지며 생겼다가도 사라져 사람을 미치게 만든다. 그 광기에 시달리다 결국 모든 것을 부숴 버린 괴물이 바로 저의 친부였다.

해결책은 간단했다. 처음부터 누구와도 그 같은 감정을 매개로 얽히지 않으면 된다. 연인이니 애인이니 부부 같은 관계, '사랑하는 사람'이란 앞으로 일절 김무겸의 인생에서 없을 것이다. 누군가를 특별히 여기게 되면 몸 안에 숨어 있을 나쁜 씨앗이 움터 저는 그 악마처럼 변해 버릴지도 모르니까.

…하지만 그렇게 결심한 것도 약 10년 전, 어렸던 시절이다.

처음 결심했던 것처럼 살아오지는 못했다. 원래도 끊이지 않던 유혹은 열아홉 살 1부 리그에 데뷔하고 나서는 훨씬 불어나, 셀 수 없이 많은 사람이 손을 뻗어 왔다. 준성도 그의 가족도 없는 머나먼 땅, 한창 신경전과 텃세에 시달리던 시기에 타인의 체온과 손길, 달콤한 말 따위는 도저히 거부할 수 없는 유혹이었다.

무겸은 더 위로 올라가기만을 갈구하며 미친 듯이 달리는 중이었고, 막 청년기에 돌입한 건강한 몸은 그에 걸맞은 욕망도 품고 있었다. 무겸에게 다가온 사람들은 욕망을 적절히 가지고 노는 법을 가르쳐 주었고 무겸은 그 '게임'에 중독되듯 빠져 들어갔다.

괜찮다. 이건 놀이일 뿐이니까.

마음만 얽히지 않으면, 몸뿐이면 상관없다. 하지만 그 이상은 절대로 안 돼.

그렇게 저 자신에게 다짐하고, 간혹 놀이의 선을 넘어 깊어진 마음을 드러내는 사람을 만나면 게임의 규칙도 모르고 판에 끼어든 얼간이를 비웃다시피 돌아섰다. 관계를 연장하는 기간은 점점 짧아지고 마침내는 거의 일회적이 되어, 한 번 섹스를 한 상대와는 두세 번을 더 만나는 것도 번거롭게 느껴졌다.

시간의 흐름은 모든 걸 변하게 만든다. 약 10년에 걸쳐 김무겸은 그렇게 변했다. 타인을 상처 입히는 괴물이 되고 싶지 않아 누구와도 관계를 맺지 않겠다 결심했던 소년은 일회성 섹스를 일삼고 타인의 애정을 비웃고 할퀴며 그러면서도 저 자신에게 변명을 늘어놓는 남자가 되었다.

하지만 똑같은 10년을 보내는 동안 누군가는…….

"이하준."

이름을 부르는데 눈을 감은 하준은 대답이 없었다.

"이 코치, 자?"

제게 안겨 다시 잠든 숨결이 곱다. 잠든 얼굴까지도 단정한 그는 꿈도 예쁜 꿈만 꿀 것 같다.

하지만 세상의 고난이라고는 죄다 피해 갔을 듯 유순하고 천진한 표정으로 자고 있는 그에게도 악몽은 있다. 그를 흔들고 변하게 만들 만한 일들이 수없이 많이 일어났을 것이다. 그러니 이 한결같음은 그가 덜 불행했음을 보여 주는 것이 아니라 그가 보다 심지 굳은 사람임을 말해 주는 증거일 뿐이다.

사람은 아는 만큼 볼 수 있다고 무겸은 종종 잘난 척 말하고는 했다. 그러니 경기 전이건 사람을 대할 때건 상대의 전력과 습성을 파악하는 것이 중요하다고.

김무겸의 플레이는 창의적이다, 그는 심리전에 능하다, 그는 밤에도 훌륭한 플레이어, 그의 유혹은 거절할 수 없다……. 낮에는 평론가들에게서, 밤에는 호사가들에게서 칭찬과 조롱을 번갈아 가며 듣는 동안 자신의 방식이 옳다는 확신은 점점 단단해졌다.

지금도 완전히 틀리지는 않았다고 생각하지만 그 말에는 덫이 있었다. 아는 만큼만 볼 수 있다면 사람은 자신이 아는 범위 이상은 볼 수 없는 것이다. 바다 앞에 서서도 발밑에 놓인 작은 웅덩이만 들여다보게 되고, 벽돌의 숫자만 세고 또 셀 뿐 벽 너머를 내다볼 생각은 하지 않게 된다.

10년. 멀찍이 흘러가 희미해져 버린 순간순간들.

그래서 말로만 들었을 때는 두 음절짜리 짤막한 단어로만 인식되어, 가슴에 달고 자랑할 수 있는 훈장 정도로나 느껴지던 시간의 두께가 나이테와 같이 눈에 보이는 증거물을 앞에 두자 말뚝처럼 온몸에 박혀 들었다.

눈을 가렸던 깍지 같은 것이 툭 벗겨져 나간 것 같다. 미치지 않기 위해 반대쪽으로 도망치고 있다고 생각했는데, 눈을 뜨고 보니 이미 절벽 앞까지 도달해 있던 듯한 기분.

이하준, 너한테 다른 사람을 좋아한다는 건 이런 일이구나.

미안해. 뭐 눈에는 뭐만 보인다고 내가 잘 몰랐어. 내 발아래만 보느라 완전히 딴소리만 하고 있었어.

어차피 처음의 결심을 제대로 지키며 살지도 못한 주제에 새삼스레 자기 자신을 배신하는 기분에 빠져 허우적댔던 것은 고상하게 표현해 봐야 자의식 과잉이요 낮춰 말하면 꼴값이다.

보나 마나 다 망칠 것이라고, 저따위가 누군가의 옆을 차지할 수는 없다고 욕심 없는 척 변명해 왔지만 결과적으로 고민은 전부 하준에게 떠넘기고 저 좋을 몫만 취하고 싶었을 뿐이다.

이제는 하준이 저를 그토록 오랫동안 품었다는 사실이 기쁘지만도 않다. 차곡차곡 포갠 정성스러운 마음을 제 수준으로 끌어내려 의심하고 시험하며 마지막까지 찌르고 긁어 상처 입혔다는 사실만 실감이 난다.

강과 산도 변한다는 긴 시간 동안 한결같이 저를 아껴 온 이하준에게, 도대체 어떻게 해야 이 밤의 술기운과 꿈에서 깨어나고 나서도 용서받을 수 있을까.

하준이 보는 저는 이렇게 대단하고 소중한 사람이었는데 그런 그에게 못 볼 꼴을 길게도 보였다. 뒤늦게 수치스러워져 능력만 된다면 그의 머릿속에서 요 한동안의 기억을 다 지우고 싶어졌다.

무겸은 언젠가 영화에서 보았던 초능력자처럼 하준의 이마에 손을 얹고 기억이 지워졌으면 하고 바라 봤지만 당연히 헛짓거리임은 알고 있었다. 혼자 고민을 해 봐야 당장 답이 나올 리도 없어서 무겸은 짧은 한숨과 함께 빨리 이 밤을 떠나보내기로 했다.

"잘 자."

멍청한 놈. 이름 따위가 무슨 소용인가.

사랑이라는 단어를 피한다고 해서 결과가 달라지지는 않는다. 다른 이름을 붙여 봤자 김무겸의 마음은 온통 이하준에게 기울었다. 섹스 파트너, 친구, 동료…… 어떤 포장지를 뒤집어씌워도 내용물은 변하지 않는다.

인정하자.

피하기에는 늦었다. 어쩔 수 없다. 지금부터는 이 마음이 그 괴물처럼 변하지 않도록 애쓰는 수밖에. 그것은 이제 알아서 할 일이었다.

할 수 있다, 김무겸.

지금까지 남들이 불가능할 거라 조롱하고 고개를 저었던 일들을 셀 수도 없이 현실로 만들어 왔다. 사랑이라고 해서 못해 낼 이유는 어디에 있나?

언젠가 한 스포츠 언론지의 인터뷰에서 답한 적이 있었다. 나의 적, 나의 라이벌은 모두 나 자신이라고. 적이 있다면 싸워서 이기면 그만이다.

싱글 침대는 체격 좋은 성인 남자 둘을 받쳐 들기에는 좁고 빠듯했지만 바닥으로 내려갈 생각은 들지 않았다. 부드러운 머리카락 위에 입을 맞추며 무겸도 눈을 감았다.

13

'머리 울려······.'

하준이 눈을 뜨자마자 처음으로 한 생각이었다. 태어나서 이렇게 술을 많이 마셔 본 적은 처음이었다. 저를 취하게 만들려는 선배들이 눈을 희번덕이며 말술을 강요하던 신인 시절에도 어떻게든 그들의 기분을 맞춰 빠져나왔었는데.

'이게 숙취라는 건가?'

가만히 누워만 있는데도 누가 머리를 꿍꿍 주먹으로 때리는 것처럼 흔들거렸다. 김무겸 이야기만 나오지 않았더라도 그렇게까지 폭음을 하지는 않았을 텐데 어제는 술이 술을 부른다는 감각을 처음으로 깨우쳤다. 어느 순간부터는 의지와 상관없이 잔을 들어 올리고 있었다.

낯선 고통에 불쑥 분이 치민다. 웬수 같은 김무겸. 이 두통도 다 김무겸 때문이다. 옆으로 돌아누워 혼자 누운 침대의 옆자리를 괜스레 툭툭 쳤다. 늘 혼자 잠드는 싱글 침대가 오늘따라 허전하다. 있어야 할 것이 없어진 기분이었다.

"······."

어디서부터 어디까지가 현실이고 꿈이었는지 구분도 희미했다. 가게에 무겸이 왔던 것은 현실이었나?

정규가 변명하며 난처해하던 것이 기억난다. 짜고 치는 판에 당한 기분에 박차고 일어나 가게에서 나오려 했는데 넘어졌던 것 같고……. 무겸의 차에 실려 그의 집으로 갔던 것까지는 확실히 현실이다. 그다음부터는 기억이 빙글빙글 어지러웠다.

집까지는 어떻게 왔지? 간밤에 방에 무겸이 있는 꿈을 꾼 것도 같은데. 시계를 확인하자 곧 민경이 저를 깨우러 들어올 시간이었다. 목이 말라 몸을 일으켜 문을 열었다.

"세상에. 어쩜 계란말이를 이렇게 예쁘게 말아? 나보다 낫네."

"제가 손재주는 좀 있는 편입니다."

"어휴, 하준이는 이런 거 정말 못해. 김 선수는 안 그렇게 생겨서 솜씨가 참 꼼꼼하네."

아직도 꿈인가?

눈에 들어오는 부엌의 풍경이 너무나 괴이했다. 문을 열고도 발을 못 내딛고 멍하니 문지방 뒤에 서 있자 식탁에 앉아 있던 하경이 아침 인사를 했다.

"형! 일어났어? 괜찮아?"

대답도 못 하고 동공만 덜컹덜컹 떨고 있는데 무겸도 뒤를 돌아봤다. 엄마도 함께였다.

"하준아, 몸은 괜찮니? 어제는 어쩐 일로 그렇게 많이 마셨어."

"…어, 아니. 어쩌다 보니까."

"김 선수가 어제 너 업어서 데려다줬어. 내가 그냥 보내기가 너무 마음이 쓰여서 하루 자고 가라고 붙잡았다. 아침이라도 한 끼 먹여 보내려 했는데 어쩌다 보니 김 선수가 같이 아침 차리고 있네."

민망한 듯 웃는 그녀는 슈퍼스타가 집 주방에서 계란말이를 부치고 있는 상황이 그저 즐거운 듯했다. 그 마음은 충분히 이해가 가지만 하준은 웃음도 대답도 쉬이 나오지 않았다.

"자, 형. 이거 마셔."

"아, 응. 고맙다."

하경이 물이 찰랑찰랑한 컵을 건넸다. 마침 목이 말라 바로 받아 마시는데 달콤하고 시원한 것이 꿀떡꿀떡 넘어갔다.

하. 작게 한숨까지 쉬며 순식간에 컵을 다 비우자 하경이 다시 그것을 받아 들며 말했다.

"아까 형 깨면 준다고 무겸이 형이 꿀물 타 놨어."

"…나 좀 씻고 나올게."

갈증이 해소된 쾌감이 순식간에 독을 마신 기분으로 바뀌었다.

하준은 빠르게 욕실로 들어서, 정신을 차리기 위해 양치질부터 했다. 서둘러 샤워까지 마친 후 얼굴에 찬물을 집중적으로 한참을 뒤집어썼다. 물이 뚝뚝 떨어지는 얼굴을 거울에 비춰 보던 그는 찬물을 뒤집어쓰고도 열이 오르는 뺨을 어쩌지 못하고 결국 두 손으로 천천히 감쌌다.

기억에 장막이 드리운 듯 불투명한 중에도 어젯밤 듣고 말한 몇 가지 단어들이 띄엄띄엄 떠오른다.

"해라, 해. 집까지… 뭐 하러 올라가. 그냥 여기서 해."

"네 마-음대로… 해라, 그래."

"하……."

땅이 꺼져라 한숨만 나왔다. 영원히 욕실에 갇혀 있고 싶은 기분이었지만 원망스러운 출근 시간은 시시각각 가까워지고 있었다. 하준은 옷을 걸쳐 입고 문밖으로 나섰다.

그사이 민경까지 합세했다. 표준 사이즈를 한참 넘은 남자를 포함해서 네 명이나 들어찬 부엌은 평소보다 몇 배는 복닥거려 사이에 낄 엄두가 나지 않을 정도였다. 민경이 문득 생각났다는 듯 무겸에게 말했다.

"참, 김무겸 선수, 지난번에 선물 고마웠어요."

"선물?"

"인형이요. 오빠가 김무겸 선수가 주신 거랬는데?"

무겸의 머쓱해지는 표정이 보인다. 그렇잖아도 머리 아프고 쪽팔린데 욕실에서 나오자마자 들리는 화제까지 정말 끝내줬다.

"민경아, 빨리 학교 가야지. 밥 먹자."

더 내버려 두었다가는 무슨 이야기가 튀어나올지 몰라 대화를 끊으며 다가섰다.

"오빠, 오늘 출근할 수 있겠어? 술 왜 그렇게 많이 마셨어."

"일하다 보면 그런 날도 있는 거야."

준비된 음식들을 서둘러 식탁 위로 날랐다. 그사이 엄마가 밥을 푸며 무겸에게 재촉한다.

"김 선수, 이제 앉아요. 내가 아침 차려 주려 했는데 너무 많이 부려 먹었네."

손님이 왔음을 의식한, 평소보다 풍성한 아침 식탁이 차려졌다. 무겸이 숟가락을 들어 식사를 시작했다. 하준은 잠시나마 창피함도 잊고 그런 무겸을 응시했다.

"어때요? 입에 맞아?"

"맛있습니다. 요즘 식욕이 없어서 좀 고민이었는데 어머님 덕분에 완전히 돌아온 것 같습니다."

"말도 참 예쁘게 하네. 많이 들어요."

누가 말을 예쁘게 한다고? 하준은 기가 차 웃음이 나올 지경이었다. 내숭은 질색이라며 매번 저를 구박하더니 정작 내숭의 달인은 따로 있었다.

어쨌든 예의상 하는 말은 아닌 듯 정말로 예전처럼 식사를 잘하고 있다. 요즘 음식을 먹지 못한다고 했던 말이 거짓이 아닌 것을 알기에 그 모습에는 내심 안도의 한숨이 났다.

"하준이는 밥 먹을 수 있겠니? 국이라도 한술 떠."

"응, 괜찮아. 먹을게."

말은 그렇게 했지만 숙취 때문에 속이 거북해 깨작깨작 먹는 시늉이나 하면서 식탁 위의 풍경을 둘러보았다. 가족 모두가 벌써 무겸에게 마음을 뺏긴 것이 눈에 훤히 보인다.

그러고 보면 김무겸과 엄마는 이미 몇 번 전화 통화도 한 사이였다. 제대로 인사도 나누기 전에 진작 인형 선물을 받은 민경이 호의적인 거야 말할 필요도 없고, 스타 선수라고 하면 일단 관심을 가지고 보는 하경도 당연히 신이 났다.

무겸이 의도한 바는 아닐 텐데 어느새 상황이 이렇게 된 것인지 불가사의할 지경이다. 군중 속의 고독이 이런 기분을 말하는 걸까.

"다녀오겠습니다."

"무겸이 형! 다음에 또 놀러 오세요."

쌍둥이부터 보내고 현관에 무겸과 나란히 나섰다. 함께 출근하는 것이 처음도 아닌데 출발 지점이 무겸의 집이 아니라 자신의 집이라는 데서 오는 묘한 부끄러움이 있었다. 엄마가 현관 앞까지 나오며 인사를 했다.

"잘 가요. 또 와요."

"네. 또 뵙겠습니다."

'또는 무슨 또야? 이럴 일 두 번 다시 없어.'

속으로는 절규했지만 하준은 무심한 척 걸음을 옮겼다. 엘리베이터에 나란히 올라타서도 정면만 주시했다. 버스 정류장으로 통하는 지름길 쪽으로 몸을 돌리자 그때서야 무겸이 입을 열었다.

"저쪽 주차장에 차 세워 놨어."

"너나 타고 가."

뒤도 돌아보지 않고 걸음을 빨리했다. 늘 가는 길을 걸어 버스 정류장에 섰는데 얼마 있지 않아 옆으로 쓱, 높다란 인영이 드리웠다. 고개를 돌리자 벌써 슈퍼 카를 타고 출발했으리라 생각했던 무겸이 나란히 서서 눈치라도 보는 양 힐끔 제 쪽으로 시선을 내렸다.

눈살을 찌푸릴 틈도 없었다. 오늘따라 1초의 지체도 없이 딱 맞게 버스가 도착했다. 탈까 말까 고민하며 서 있자 아침마다 만나는 기사가 재촉을 했다.

"안 타요?"

"…탑니다."

교통 카드를 찍으며 버스에 올라섰다. 하준의 출근길 버스는 한산하다. 무겸이 뒤따라 오르자 버스 기사가 눈을 휘둥그렇게 뜨고 끔벅이기는 했으나 별다른 소란은 일어나지 않았다.

시내버스에 어색하게 꽂힌 조각 같은 남자가 버스 천장에 머리를 부딪칠 듯 뚜벅뚜벅 걸어와 일인석에 앉은 하준의 바로 뒷자리에 앉았다. 하준은 창밖만 내다볼 뿐 모르는 사람이 올라탄 듯 본 척도 하지 않았다.

부르릉, 거친 시동음과 함께 버스가 출발했다.

차창 밖으로 보이는 풍경은 지루할 만큼 똑같은데 뒷자리에 앉은 남자 때문에 출근 버스는 완전히 일상에서 벗어난 공간이 되었다. 그늘진 구간을 지나며 창이 어두워지고, 깜깜해진 유리 위로 버스 안의 모습이 그려졌다. 그러지 않으려고 했지만 저도 모르게 뒤를 힐끔 향한 시선이 마찬가지로 창을 통해 앞을 보고 있던 무겸의 눈과 마주쳤다.

움찔 놀라 아예 고개를 정면으로 돌렸다. 잘못한 건 김무겸인데 왜 자신이 제 발 저린 사람처럼 시선을 피해야 하는지 모르겠지만 자꾸만 민망함이 몰려와 어쩔 수가 없다.

아침 식사를 할 때만 해도 대부분이 깜깜하던 간밤의 기억이 부서진 조각이나마 점점 뇌리에 떠오르고 있었다.

"그럼… 좋아해."

"이하준, 좋아해. 진짜 좋아해. 엄청."

…아니야. 역시 그건 꿈이었을 거다.

무겸과 한방에서 잔 건 사실이었다 쳐도 모든 게 현실이었을 리 없다.

그렇게 생각하자 민망함의 몸집만 더 커진다. 김무겸이 제게 어떻게 굴었는데 와중에 그에게 좋아한단 소리를 듣는 꿈을 꾸다니. 성격 좋다는 칭찬이 싫었던 적은 없지만 이쯤 되면 그냥 속이 없는 것 아닌가. 창피할 따름이다.

딴생각을 하는 사이 하차 벨 누르는 것을 잊었다. 한순간 깜짝 놀라 손을 들어 올리는데 커다란 손이 먼저 벨을 덮었다.

얼마 지나지 않아 멈춰 선 버스에서 하준은 이번에도 빠르게 내려섰다. 무겸이 몇 보 뒤에서 따라오는 것을 알았지만 투명 인간과 걷는 것처럼 말을 걸지도, 돌아보지도 않고 고집스레 앞만 보면서 훈련장을 향해 걸음을 재촉했다.

"하준아!"

건물 안으로 들어서자마자 계속 기다리고 있었던 듯 키 큰 남자가 하준을 향해 바쁘게 다가왔다.

오늘은 정규를 보고도 친절한 웃음이 나오지 않는다. 무뚝뚝한 얼굴로 힐끔 눈을 흘기자 난처한 표정으로 손을 모은다.

"하준아, 미안해. 나 진짜 일부러 그런 거 아니야. 셋이 함께 자리 한번 만들고 싶었던 거지 다른 뜻은 없었어."

어제는 조롱이라도 당한 기분에 화가 났었지만 술이 깨고 이성을 되찾은 지금은 정규가 일부러 그랬을 리 없다는 것 정도는 말하지 않아도 알았다. 당장 정규는 술자리를 가지기 전에는 자신이 무겸을 좋아한다는 것을 알지도 못했으니까.

그런데도 자꾸만 퉁명스러워지는 이유는 정규나 무겸이 원망스러워서라기보다는 부끄러워서였다. 일단 그렇게까지 취한 모습을 남에게 보이는 상황부터가 익숙하지 않다.

무겸도 입구로 들어섰는지 정규의 시선이 하준의 뒤로 향했다. 그러더니 묻는다.

"둘이 같이 왔어?"

"둘 다 옷이나 빨리 갈아입고 나와."

장승 같은 두 놈 사이에 끼어 있는 것이 갑갑해져 대화를 정리하고, 하준은 빠르게 사무실로 향했다.

문을 닫자마자 긴 한숨이 절로 나왔다. 좀비가 된 기분으로 비척비척 걸어 제 자리에서 훈련용 준비물을 챙겼다.

꼭 창피함 때문만이 아니라도 난생처음 겪는 숙취 때문에 얼굴의 열이 식지를 않는다. 머리도 맑지 못하고 내내 미약한 현기증이 도는 몸이 물먹은 듯 무겁다. 맹세코 앞으로 절대로 과음 따위는 하지 않을 것이다.

화창한 날씨와 눈부신 태양이 괴로울 수 있다는 것도 처음 깨닫는다. 평소라면 상쾌할 햇빛이 낮에 나온 흡혈귀의 몸에 흡수되는 맹독처럼 버겁게만 느껴졌다. 선수들이 러닝을 하는 동안 하준은 딱히 메모할 것도 없는 노트만 들여다보며 끝나기를 기다렸다. 이어서 가장 고역인 시간이 돌아왔다.

"다리 벌려."

힘 빠진 목소리로 지시하자 무겸은 다리를 벌려 앉았다. 하준도 마주 앉아 그의 손을 잡아당겼다. 무성의한 구령이 가로로 일자를 그린 그래프처럼 가라앉은 톤으로 흘러나왔다.

"하나 둘 셋 넷."

"이 코치."

"입 다물어. 다섯 여섯 일곱 여덟."

다음에는 그의 등 뒤로 가서 허리께를 앞으로 눌렀다. 이어서 눕혀 놓고 다리를 풀고, 엎어 놓고 팔과 어깨를 풀었다.

아침을 제대로 먹었으니 오늘은 근력 운동을 좀 늘려도 될 것 같아 팔 굽혀 펴기와 제자리 러닝 등 맨손 근력 운동도 꽉 채워 시켰다. 워낙 힘이 좋던 녀석이라 한동안 빌빌거렸다 해도 기본 체력이 그리 많이 떨어지지는 않은 것 같았다. 다행이다.

점심시간이 되었으나 여전히 속이 약하게 울렁거리고 입맛이 없었다. 하준은 식사를 포기하고 사무실 책상 앞에 앉아 시간을 때웠다. 멍하니 벽만 보다가 등받이 위에 머리를 기대고 눈을 감았다.

…뭐가 어떻게 돌아가는지, 뭘 어떻게 해야 하는지도 모르겠다.

그러고 보니 무겸에게 그가 원하는 섹스 파트너 관계로 돌아가자고 말하려 했었다. 그 결심을 떠올리자 어젯밤, 알코올이 만든 장막에 가려져 있던 기억 조각들 몇 개가 또 불쑥 떠올랐다.

"나중에? 하… 언제? 사람 이렇게 부추겨서 들었다 놨다 해 놓고 또 사표 내고 튀려고?"

"왜 오늘은 안 돼? 오늘이나 내일이나 뭐가 달라서."

이 장면은 확실히 꿈이 아니다. 취한 저를 데리고 올라가려는 무겸을 나중에 하자고 달래며 그에게 집에 보내 달라 애걸하다시피 부탁을 했던 기억이 생생하니까.

흑심 만만해 술 취한 사람을 끌고 가려 했던 파렴치한 김무겸과 좋아한다고 상냥하게 속삭이던 김무겸. 이 두 사람이 어떻게 같은 하룻밤 동안 공존할 수가 있나. 어느 한쪽은 가짜였다고밖에.

"이거라도 마셔."

눈을 감고 생각에 빠져 있던 하준은 다가오는 줄도 몰랐던 타인의 목소리에 화들짝 놀랐다. 얼른 자세를 바로 했다. 비어 있던 사무실에 어느새 사람이 들어와 제 옆에 서 있었다.

저도 모르게 정색하고 각진 목소리를 냈다.

"사무실 들어올 때는 노크해."

"했어."

못 들었는데.

얼굴을 찌푸리는 사이 무겸이 웬 튜브 같은 것을 책상에 내려놓았다. 부루퉁하게 내려다만 보고 있자 무겸이 책상 위를 손으로 짚으며 말했다.

"굶는 동안 이걸로 버텼는데 숙취 있을 때도 먹을 만할 거야."

"…됐어. 내가 선수도 아니고, 점심 한 끼 건너뛴다고 어떻게 안 돼."

무겸이 저를 뚫어져라 보는 것을 알면서도 하준은 꿋꿋이 책상 위만 내려다보았다. 그는 휴가 후 복귀 첫날 그랬듯이 제법 정중한 척 말을 걸었다.

"이 코치님."

"……."

"훈련 끝나고 저한테 잠깐 시간 좀 내주십시오."

역시 얼굴을 못 마주치겠다. 하준은 눈을 돌리지 않고 대답했다.

"…오늘은 피곤해서 빨리 들어가야겠어."

"어차피 너희 집으로 다시 가야 해."

"뭐? 왜?"

문자마자 버스를 타고 오는 바람에 지금도 아파트 단지 주차장에 서 있을 무겸의 슈퍼 카에 생각이 미쳤다. 돈도 많은 녀석이 그쯤이야 사람을 시켜서 집으로 옮겨도 그만일 걸 굳이 뭐하러.

속으로 툴툴대다가 왜 무겸이 저에게 치근대는지를 불현듯 깨달았다. 하준은 책상 위에 놓인 셰이크 튜브를 가만히 노려보다가 덥석 집어 들었다.

그러고 보니 '내일' 하자고 자기 입으로 약속했다. 무겸이 몇 번씩 다짐을 받았던 기억도 남아 있었다. 드디어 원래의 관계로 돌아가자던 목표를 달성했다는 기쁨에 쪼르르 달려와 먹을 것도 가져다주고 저녁 시간을 내 달라며 짐짓 예의 바른 척을 하는 모양이었다. 먹이를 살찌우는 늑대 같은 행위.

꺼낸 말은 지켜야지 별수 있나. 가볍게 메슥대는 속과 약한 현기증은 아침부터 여전했지만 하준은 뚜껑을 돌려 따 안의 내용물을 꾸역꾸역 삼켰다. 무겸과의 섹스는 늘 체력을 바닥까지 소진시키는데 오늘 같은 날 굶기까지 하면 도저히 버틸 엄두가 나지 않았다.

빈 튜브를 쓰레기통에 던지고 하준은 손을 내저었다.

"알았어. 퇴근 같이하기로 하고, 일단 나가. 여기가 선수 휴게실도 아닌데 용건도 없이 사무실 자꾸 불쑥불쑥 드나들지 마."

무겸이 뭐라고 대답하기도 전에 문이 열리더니 코치 한 사람이 들어왔다. 무겸은 책상 쪽으로 비스듬히 굽혔던 몸을 바로 세운 그럼 나중에 보자며 인사만 남기고 사무실을 나갔다.

출근길은 한산한 편이지만 퇴근길은 그렇지만도 않다. 시내버스에 오르면 무겸이 너무 눈에 띌 시간대라 안전하게 택시를 이용하기로 했다. 둘은 뒷좌석에 나란히 올라 한마디 말도 없이 하준의 집까지 도착했다.

이미 결정한 사항이었고 굳이 간다 만다, 한다 만다 실랑이를 벌일 힘도 없었다. 별로 내키지 않는 일을 앞두었을 때 정도의 떨떠름한 기분으로, 하준은 순순히 무겸의 뒤를 따라가 차 조수석에 오른 다음 안전벨트까지 맸다. 무겸은 한 번 하준을 힐끔거렸을 뿐, 별말 없이 시동을 걸고 차를 출발시켰다.

집으로 가는 줄 알았더니 무겸은 다른 방향으로 꽤 길게 도로를 달렸다. 오늘도 차에서 하고 싶은가 보다. 노곤해서 하더라도 침대에서 하고 싶었는데.

'…아무렴 어때.'

하준은 차창 밖으로 고개를 돌리고 해가 지기 시작한 하늘만 보았다. 아직 더위가 다 물러가지는 않았지만 어느새 일교차가 커지고 저녁이 빨라졌다.

차는 드라이브 코스로 사랑받을 법한 서정적인 풍경을 끼고 제법 오래 달리다가, 마침내 지대 높은 도로의 갓길에 멈추었다. 노을이 절정을 맞아 하늘은 산기슭에서부터 피어오르는 커다란 장미 꽃잎처럼 보였다.

적은 숫자의 사람들이 난간 근처에 내려서서 그 하늘을 구경하는 모습이 보였고, 맞은편 길에는 꽤 고급스러워 보이는 레스토랑인지 카페가 불을 밝히고 있었다. 잠시 풍경에 마음을 빼앗겨 생각을 멈추었던 하준은 곧 미간을 약하게 찌푸렸다.

설마 이런 곳에서 섹스를 하겠다는 건 아니겠지? 그는 차에 탄 이후 처음으로 입을 열었다.

"여긴 사람이 너무 많잖아."

"더 조용한 곳이 좋겠어?"

"…당연한 거 아냐?"

하준이 되묻자 무겸이 고개를 끄덕이며 다시 시동을 걸었다.

"그럼 조금 더 갈까."

빠르게 어둑해지기 시작한 하늘 아래, 차는 인적 드문 깊은 길로 빠져들었다. 10분 정도 더 움직인 차가 멈춘 곳은 주변이 어두워 사람이라고는 보이지 않는 산책로 언저리였다.

하준은 창밖을 한 번 살펴 정말 아무도 없는지를 확인한 뒤 안전벨트를 풀었다. 지난번에 차에서 할 때는 옷을 다 벗었는데 오늘도 그렇게 해야 할까? 직접 결정하기가 힘들어 무겸에게 물었다.

"다 벗을까?"

"…뭐?"

"옷. 그냥 바지만 벗는 게 편할 것 같은데 네가 다 벗는 게 좋으면 그렇게 하고."

무겸은 대답 없이 굳은 표정으로 저를 보았다. 하준이 가는 한숨을 쉬며 재촉했다.

"나 오늘 사소한 데 신경 쓸 기운이 없다. 빨리 말해."

그제야 정신이 든 듯 무겸이 빠르게 고개를 저었다.

"옷 안 벗어도 돼."

"아…, 입으로 해?"

오늘처럼 나른한 날은 그편이 나을 것도 같아 조금 반기는 기색이 얼굴에 나와 버렸다. 그러자 무겸의 표정이 마침내는 살짝 일그러진다.

"이하준, 일부러 그래?"

"뭐가?"

무겸이 짧게 한숨을 쉬고는 눈을 한 번 손으로 눌렀다 뗐다. 그러더니 다시 하준에게로 고개를 돌려 단호하게 말한다.

"섹스하자고 온 거 아니야."

"…그럼?"

"어제 했던 이야기, 어차피 제대로 기억도 못 할 것 같아서 확실히 해 두려고 보자고 했어."

"기억해. 그래서 같이 온 거잖아. 오늘부터 다시 하기로 한 거 기억한다고."

무겸은 하준을 빤히 바라보았다.

"그것 말고는 기억 못 해?"

"또 뭘."

"내가 좋아한다고 했던 건?"

"……."

"잊어버렸어?"

하준의 입이 다물렸다. 눈만 때록이 커져 꼭 겁먹은 사람처럼 저를 보는 얼굴을 향해 무겸이 한 번 더 물었다.

"너도 그렇다고 했었는데, 그것도?"

"…그건……."

"꿈 아니야."

하준은 입을 더 단단히 다물었다. 머릿속이 하얗게 스크래치되는 듯 어떤 적절한 대답도 떠오르지 않았다.

둘 모두 잠시간 말이 없었다. 무겸의 손이 천천히 다가와 팔걸이 위에 놓여 있던 손을 잡았다. 하준은 움찔 어깨를 한 번 떨었지만 잡힌 손을 빼내지는 않았다.

"이제 와서 무슨 소리냐 싶겠지만 진심이야."

"……."

"좋아한다, 이하준. 마지막으로 한 번만 더 기회 줘. 이번에는 너 실망 안 시킬게."

이건 또 무슨 장난질인가 싶어 그를 보았지만 목소리는 단호하고 얼굴에는 웃음기 한 점 없었다. 그의 뒤쪽 차창으로 드리운 나뭇잎 그림자가 흔들리는 것이 보였다. 아마 밖에 나가면 파스스 바람 부서지는 소리가 나겠지.

하준은 마냥 그 풍경에만 눈길을 주다가 시선을 떨구었다. 뭔가 말하려는 듯 잠시 벌어졌던 입이 다시 꾹 닫혔다. 입과 달리 열려 있는 귀로 무겸의 목소리가 흘러 들어왔다.

"원래는 차에서가 아니라 더 멋지게 정식으로 고백하고 싶었는데… 이렇게 조용하게 이야기 나누는 것도 괜찮은 것 같다."

분명 한국말인데도 외국어로 말하는 사람을 앞에 둔 기분이다.

갑자기 왜 이러지? 이럴 필요 없다고 분명히 이야기했는데. 굳이 이렇게까지 하지 않아도 약속은 지킬 텐데.

"다시 한번 미안하고."

"……"

"이런저런 부분 잘못했다는 소리도 그만할게. 처음부터 끝까지 다 내가 잘못했으니까."

하준이 그제야 입을 열었다.

"사과는 이제 됐어."

"아직 마음 안 풀렸잖아. 그리고 내가 미안해서 계속 말하는 거야."

그런가? 이야기를 들으면서도 하준은 제 기분을 정확히 알기 어려웠다. 딱히 화가 나는 것은 아니었다. 무겸은 이미 오해하고 거친 말을 해서 미안하다고 몇 번씩 사과했다.

그 일에 대한 화는 이미 풀렸다고… 정확히는 모두 증발했다고 생각한다. 시간이 좀 더 흘러 기억이 희석되고 나면 그런 일이 있었지, 쯤으로 여겨질 것이다. 불쾌한 경험이었음은 당연하지만 새삼스럽게 사과를 하느냐 마느냐를 따져가며 신경을 소모하고 싶은 일은 아니라고 하는 편이 적절하겠다.

다시 묵묵해진 하준의 얼굴을 가만히 보던 무겸이 물었다.

"사과 말고, 좋아한다는 말에 대한 대답은 없어?"

제법 여유로운 태도였지만 그 뒤쪽에 스며 있는 초조하고 주눅 든 분위기를 하준도 느낄 수 있었다. 정작 그 말에 바로 대답이 나오지 않아 혼란스러운 사람은 하준이었다.

분명 아직 김무겸을 좋아한다. 지금 앞에 앉아 있는 남자의 모습을 눈에 담고 있어도 계속 바라보고 싶다. 이렇게 무어라 대답해야 할지 난처한 순간에도 그를 바라보기를 멈추기란 쉽지 않을 정도로.

그럼에도 불구하고 이상하리만치 마음이 거북했다. 의문이 너무 커져 다른 감정을 잡아먹는 것 같기도 했다. 하준은 마른침만 삼키다가 궁금한 것을 물었다.

"너 왜 그래?"

원하는 대답은 아니었을 텐데 그래도 침묵보다는 낫다 여겼는지 무겸은 씩 웃었다. 다소 멋쩍음이 묻어나는 표정이기는 했으나 그는 웃는 낯을 풀지 않고 입을 열었다.

"내가 크게 착각하고 있었다는 걸 알았어."

"무슨 착각?"

"자동차에 사과라는 이름을 붙여 봤자 사과가 되지는 않잖아."

"……."

"좋아하는 사람한테 섹스 파트너라는 이름을 붙여 봤자 다른 게 되지는 않겠지."

하준의 의문에는 전혀 도움이 되지 않는 답이었다.

'그러니까 내 말은 하루아침 사이에 왜 그런 생각을 했냐는 건데…….'

무겸의 미소가 흐려지며 다시 진지한 빛이 감돌았다. 하준은 여전히 상황을 파악할 수 없어 그를 빤히 마주 보기만 했다.

"네가 나 좋다고 했던 말, 처음에는 섹파로 지내다 보니 감정이 생겨서 하는 말인 줄 알았다. 그런데 네가 네 입으로 말했잖아. 중학생 때부터 내가 마음에 있었다고. 내가 네 고백 너무 가볍게 넘겨 버린 거 알아. 이제 정말 달라질게. 너는 진지한데 나 혼자 계속 말장난이나 치고 싶지 않아."

어제 정규와의 대화를 엿듣고서 이러는 걸까? 하지만 무겸의 집에 사실상 끌려가다시피 한 것이 바로 그 직후다. 그 이야기를 듣고 그런 생각을 했으면 취한 저를 집에 데려가 올라가자고 억지를 부리지도 않았을 것이다.

무겸의 말을 가만히 곱씹던 얼굴이 천천히 찌푸려졌다. 반응이 예상 밖인지 무겸은 다소 긴장한 기색으로 하준을 마주 보았다. 화라도 난 것처럼 미간이 좁혀 들었던 얼굴은 곧 발갛게 달아올랐다. 하준이 그를 향해 물었다.

"너… 봤어?"

"…어? 뭘?"

무겸은 시침을 뗐다. 하준이 입술을 깨물며 머리를 쓸어 올렸다. 옆에 앉은 남자를 노려보던 얼굴이 홧홧 뜨거워진다.

어제 하룻밤을 묵었던 제 방에서 무엇을 보고 갑자기 저러는지 묻지 않아도 뻔했다. 남의 휴대폰도 매번 허락 없이 만지던 놈이 방까지 따라 들어와서 얌전히 있었을 리가 없다.

아침부터 부끄러움의 연속이다. 아무리 그에게 이미 다 까서 보여 준 마음이라지만 그래서 더 창피했다. 아무리 좋아하는 사람이더라도 일기장까지 펼쳐 보여 주고 싶지는 않은 법이다.

하준이 얼굴을 찌푸리자 무겸도 끝까지 발뺌을 할 생각은 없는지 변명조로 말했다.

"방 구경하다가 우연히 보게 됐어."

"벽에 걸린 액자냐, 그걸 우연히 보게? 사생활에 간섭 안 한다며! 그런 게 다 사생활 침해야. 알아?"

무겸이 갑작스레 꾸중에 우물쭈물 답을 못 하는 사이 하준은 한숨 쉬며 무뚝뚝하게 내뱉었다.

"그 파일들, 다 내다 버리려고 하다가 시간이 없어서 아직 못 치운 거야."

"버리지 마. 버릴 거면 나한테 버려."

화들짝 놀라며 숫제 매달리듯 만류한다.

그의 고백을 앞에 두고도 부끄러워서인지 민망해서인지 뭔지 다른 생각이 들지 않았다. 아침부터 지금까지 쭉 그와 함께 있는 자리에서 도망치고만 싶다. 차에서 내려 혼자라도 돌아가고 싶은데 괜히 사람 없는 곳에 오자고 우기는 바람에 어둑한 도로에는 버스는커녕 택시 한 대 지나다니지 않고 있었다.

차창 정면만 바라보며 얼굴을 굳힌 하준의 옆모습을 응시하던 무겸은 알겠다는 듯 고개를 끄덕이며 핸들을 잡았다.

"어제는 너도 나 아직 좋다고 해서 바로 기뻐해 주려나 했는데 역시 그렇게 맘 편하게는 안 돌아가네……. 알았어. 지금은 꿈이 아니니까 당장 대답 듣기는 힘들겠지?"

"……."

"나도 지금까지 질질 끌어 놓고 너한테만 당장 답 달라고 할 순 없지. 양심껏 기다릴게. 그런데 이거 하나만 알아줘."

시동이 걸렸다. 그러나 무겸은 바로 차를 움직이지 않고 덧붙였다.

"이번에는 정말 장난치는 거 아니야."

하준은 말없이 시선만 살짝 떨구었고, 두 사람을 태운 차가 이제 완전히 어두워진 도로를 갈라 나갔다.

갈 때와 마찬가지로 무거운 침묵 속에 돌아온 차가 아파트 단지 앞에 멈췄다. 하준은 태워 줘서 고맙다거나 잘 가라는 인사도 없이 차문을 열고 내려섰다. 그러자 운전석 쪽의 문도 열리며 무겸도 뒤따라 내렸다.

왜? 하준은 눈으로만 그렇게 물었다. 무겸은 성큼성큼 망설이지도 않고 걸어와 옆에 섰다.

"평소에도 너 혼자 들어가는 거 보기 싫더라."

"……."

"동 앞까지만 바래다줄게. 그 정도는 괜찮지?"

어느 새벽, 술에 잔뜩 취한 채 찾아와 제게 했던 말이 떠오른다. 몸에 잔뜩 들어갔던 힘이 그만 풀리고 말았다. 복잡한 기분으로 고개만 두어 번 끄덕이자 무겸이 가자는 듯 손짓을 했고, 하준은 그의 옆을 나란히 걸었다.

그가 자신을 좋아한다고 하는데, 오늘은 술을 마시지도 않고 괜한 신경전을 벌이지 않으면서도 이렇게 친절한데, 왜 이런 산만한 기분이 드는지 알 수 없다. 가슴은 두근두근 빠르게 뛰었지만 설레서라기보다는 뭔가에 쫓기는 듯 불안을 느낄 때와 비슷한 기분이었다.

빨리 방에 들어가 쉬고만 싶었다. 생전 처음 겪는 숙취 때문에 컨디션이 지나치게 나빠서일지도 모른다. 김무겸도 하필 좋지 않은 날에 복잡한 이야기를 꺼냈다. 건물 입구 앞에 다다라 하준은 그제야 입을 열었다.

"바래다줘서 고맙다. 들어가 봐."

하준은 저를 내려다보는 시선을 피해 고개를 살짝 숙인 채였다. 무겸은 바로 몸을 돌리지 않고 뭔가 망설이는 듯 서 있었다.

"이하준. 잠깐 나 좀 봐."

평소의 오만함이나 자신만만이라고는 묻어나지 않는 초조한 말투. 그때처럼 저를 떠보려는 의도가 아니라는 것이, 그가 진심이라는 것이 느껴졌다.

많은 해설가나 평론가의 평가대로 무겸은 제법 능수능란한 도박사였지만 차라리 연기라면 모를까 포커페이스에는 재능이 없다. 도색되어 있지 않은 그의 진심은 쉽게 드러난다.

…아는데. 알고 있는데.

하준이 천천히 고개를 들어 무겸을 마주 보았다. 날카롭고 잘생긴 얼굴이 또 뭔가 의심을 품은 듯 눈을 가늘게 뜨고 있다. 그가 무언가를 가늠하거나 궁금해할 때 자주 그러듯이 고개를 한쪽으로 살짝 갸웃, 기울였다.

"괜찮은 거 맞지?"

"…뭐가?"

무겸은 무엇에 대한 질문인지 설명은 없이 하준을 내려다보고만 있었다. 아무렇지 않은 척 함께 쳐다보았지만 그의 눈길이 점점 무겁게 얼굴을 내리눌러 버티기가 힘들어졌다. 하준은 결국 참지 못하고 미간을 슬쩍 찌푸리며 고개를 돌렸다.

후우. 한숨을 쉬며 페인트칠 위로 때가 묻은 벽만 뚫어져라 바라보던 중, 짧은 침묵 사이로 전조도 맥락도 없이 갑작스럽게 솟아오른 눈물 한 줄기가 뺨을 타고 흘러내렸다. 당황한 하준이 얼른 뺨에 묻은 눈물을 쓱 손목 안쪽으로 닦아 냈다.

"이하준."

놀라서 저를 안으려 드는 무겸을 하준은 손짓으로 제지했다. 순간적으로 치받쳐 흐른 눈물은 다행히 금세 그쳐 더 이상 흘러나오지는 않았다.

울 생각은 아니었는데.

슬퍼서도 아니고 화가 나서도 아니고, 뭔가 속이 상한다.

"너 때문 아니야. 괜찮아."

바보처럼 눈물을 보였으니 말없이 그냥 올라갈 수는 없게 됐다. 황망한 표정이 된 무겸에게 다시 시선을 맞추고 잠시 말을 골랐다.

"나도 내가 왜 이러는지 모르겠다."

생각을 정리하며 하준은 묵직해진 목으로 마른침을 삼켰다.

"그래. 맞아. 아직 너 좋고, 네가 그렇게 말해 주는 것도 고마워. 그런데."

"…그런데."

"나는 너 좋아하면서 별로 힘든 적 없어. 오히려 반대지. 너도 이제 알겠지만 너는 나한테 우상 같은 사람이었으니까. 나한테는… 숨 쉬는 거랑 비슷해. 이제 너 안 좋아하는 나를 상상하면 나 같지가 않아서 어색해."

하준이 한 번 훌쩍이며 숨을 골랐다.

"네가 본 파일 같은 건 별것도 아냐. 오래 쌓여서 많아 보이는 거지 나한테는 그냥 작은 낙이고 취미 같은 거였어. 남들 눈엔 어떻게 보일지 모르겠지만."

"……."

"너랑 예전처럼 지낼 때도… 그래. 솔직히 여러 번 서운하기는 했지만 괜찮았어. 어쨌든 좋아하는 사람이랑 가까이 지낼 수 있게 된 건데 왜 싫겠어? 내가 하겠다고 결정한 거고 한번 기대 접고 나서는 홀가분해지기도 했고. 너랑 그렇게 싸우기 전까지 나 마음 편했어."

멈췄던 눈물이 다시 툭 떨어졌다. 놀란 무겸이 반사적으로 움찔 어깨를 흔들었지만 하준의 몸에 바로 손을 대지는 못했다.

"그런데… 다시 네 옆에 있을 생각을 하니까 왜 이렇게 힘들지……?"

말끝이 흐려지며 아까보다 눈물이 더 많이 흘렀다. 하준이 한쪽 손으로 눈을 덮었다. 무겸의 품 안에서 바보처럼 울어 댔을 때처럼 이번에도 조절이 잘되지 않았다.

무겸에게 좋아한다고 고백했을 때 그가 지금처럼 답해 줬다면 곧바로 기뻐할 수 있었을까? 그가 오해를 해 다투기 전이었다면 달랐을까?

내심 기다려 왔던 말, 행복하게 받아들여야 마땅한 말일 텐데 마음이 무겁다. 그 사실 자체에 속이 상한다.

섹스 파트너로 돌아가자는 무겸의 말에 승낙을 하려고 했다. 시즌이 끝날 때까지 그가 원하는 대로 바로바로 대 주다가 그가 런던으로 돌아가면 전부 잊어버리자고 마음먹었다. 어차피 몇 달 남지도 않았으니 적당히 포기하고 지내면 어려울 것도 없어 보였다.

어차피 무겸과의 섹스를 싫어했던 적도 없다. 뭐 그리 아까운 몸뚱이라고, 아무리 생각해도 수많은 것이 걸려 있는 김무겸의 축구가 저 한 사람의 기분보다는 중요하게 느껴졌다. 그가 제게 자주 했던 말처럼 내숭떨고 튕길 일도 아니라 생각하기로 했다.

그런데 하룻밤 사이 갑자기 좋아한다니.

잔뜩 말라비틀어지고 처진 마음이 그 간격을 쫓아가지를 못한다. 믿지 않는 것은 아니지만 그 말에 마냥 기뻐하기에는 너무 많은 일이 있었나 보다. 아직 무겸을 향하고 있는 연심과는 또 따로 작동하는 마음이 존재했다.

그가 저를 좋아한다고 하는데 이 꿈 같아야 할 순간에 자꾸 다른 말들이 함께 떠오른다.

남자한테 뒤 뚫리면서 여자랑 하하호호 하는 사기꾼이라고 했으면서. 멋대로 사람을 오해해 놓고서는 열심히 해명했더니 오해든 말든 상관없으니 얼쩡대지 말라고 했으면서. 여기저기 여지 주고 몸 대 주면서 코

278

치 일하는 거 아니냐고 했으면서. 그래 놓고는 사과할 테니 다시 섹스 파트너로 돌아가자며 우기고 용기 내서 했던 고백까지 비꼬았으면서.

10년 동안 그를 좋아했다는 말에, 방에 놓인 스크랩 파일 따위에 잠깐 감복해서 지금은 저를 좋아한다고 하는지도 모르지만 그 기특함이 얼마나 갈까? 그에게 아무것도 아니었던 주제에도 몇 번씩 땅바닥에 내팽개쳐지는 기분을 느꼈는데 저 말을 붙잡고 올라갔다가 또 떨어지면 그때는 어떻게 될지 모르겠다.

혼자 바라보는 데만 너무 익숙해진 걸까? 그와 부딪히는 순간순간이 이제는 닥치기도 전부터 두려웠다. 제 사랑이란 이렇게 겁 많고 약하고 미숙한 것이었다. 그래도 많이 발전했다고 생각했는데 미움받을까 봐 무서워 가까이 다가가지도 못했던 어렸을 때와 하나도 달라진 점이 없는 것 같다.

시야를 가렸던 손을 치웠다. 무겸은 눈과 입을 모두 살짝 벌리고 하준을 내려다보고 있었다. 무슨 말을 해야 할지 모르겠다는 표정이다. 하준은 그의 당황을 이해할 수 있었다. 스스로도 지금의 자신이 당황스러웠으니까.

"이하준… 나는……."

힘 빠진 목소리로 더듬더듬 이름을 부른다. 변명이라도 하고 싶은 분위기였지만 무겸에게서 평소와 같은 달변은 나오지 않았다. 무겸의 미간도 서서히 일그러졌다. 팔이 앞에 선 몸을 끌어안으려는 듯 올라오다가 멈칫거렸다. 그가 저를 안지도 못하며 우물쭈물하는 모습이 하준에게는 낯설었다.

그러나 망설이면서도 무겸은 결국은 하준을 안아 왔다. 그런 적이 없을 만큼 조심스럽게 저를 품는 팔의 부드러운 압박감에 하준도 굳이 벗어나려 애쓰거나 떨쳐 내지 않고 눈을 감았다.

이렇게까지 어쩔 줄 몰라 하는 그를 보는 것은 처음이다. 거짓이라고는 조금도 느껴지지 않는 사과가 귓바퀴 위로 빗물처럼 떨어졌다.

"내가 미안해. 정말… 정말 미안해. 미안해. 미안해."

목소리가 떨리고 있었다. 안은 팔에 힘이 들어가며 빨라진 그의 말끝이 짓이겨지듯 뭉개진다.

하준은 대답하지 않았다. 미안하다는 말은 넘치도록 들었다. 그의 사과가 진심이 아니라고 생각하지 않는다. 그에게 더 사과를 받고 싶은 것도, 잘못을 빌라 강요하고 싶은 것도 아니다. 원하면 무릎이라도 꿇겠다고 했던가? 김무겸이 무릎 꿇는 모습 따위는 절대 보고 싶지도 않다.

다 괜찮아졌다고 생각했는데. 엄살일지도 모르지만 어쩔 수 없다. 넘어진 아이는 못 본 척 내버려 두면 울지 않다가도 관심을 가져 주면 운다고 했다. 우스운 일이다. 무겸이 무례하게 굴 때는 그에게 말려들기 싫다는 고집에 묻혀 쓱 한번 문지르고 넘어갈 수 있을 줄 알았던 상처들이 그의 위로를 앞에 두자 오히려 더 아프게 덧나는 것만 같았다.

"어떻게 해야 돼. 어떻게……."

무겸의 속삭임은 뒤로 이어질 말을 찾지 못하고 흐려졌다.

어떻게 해야 다시 나를 좋아해 줄 거야? 그렇게 묻는다면 하준은 아직 너를 좋아한다고 답할 것이다.

어떻게 해야 나를 용서해 줄 거야? 그렇게 묻는다면 하준은 이미 너를 용서했다고 답할 것이다.

"어떻게 해야… 다시 내 옆에 있어 줄 거야?"

하준은 답이 없었다. 그도 답을 찾지 못하는 듯 품에 안긴 몸이 미약하게 꾸물거렸다. 무겸이 이를 악물었다.

모두 제 탓이다. 하준이 아낌없이 저에게 몸을 내주었을 때, 좋아한다고 마음을 드러내 보여 주었을 때, 아니 하다못해 휴가 끝에 그가 돌아와 처음 사과를 할 때만이라도 솔직해졌더라면 여기까지 오지는 않았을 것 같다.

기회가 발에 챌 만큼 많이 있었는데. 무겸이 자신을 탓하는 사이, 눈물을 그친 하준의 먹먹하게 잠긴 목소리가 들려왔다.

"자리 안 지킬 거라고는 안 했어. 네 컨디션 때문에라도 그렇게는 안 해."

직접적인 단어는 사용하지 않았지만 승낙도 아니고 거절도 아닌 듯 돌려 말하는 대답의 뜻을 싫을 정도로 뚜렷이 알 것 같았다. 무겸의 머릿속이 타들어 갔다. 잠시 하준을 빤히 바라보던 무겸은 입속으로 이를 갈았다.

물론 그를 취하는 것은 어렵지 않다. 조금 전까지만 해도 몸을 내줄 생각으로 제 차에 올랐던 이하준이니까. 지금이라도 벗으라고 하면 벗고 누우라고 하면 눕겠지.

그러나 이게 무슨 일인가. 어젯밤까지만 해도 그의 몸만 취할 수 있으면 모든 게 정상으로 돌아갈 것만 같았는데 이제 그것만으로는 전혀 만족할 수 없게 됐다. 머릿속을 지배했던 상상처럼 그를 집 안에 가두고 저만 보게 한다고 해도 한번 인정한 이 갈증은 해소되지 않을 것이다.

하준은 조용하게 물었다.

"차로 다시 갈래? 너희 집도 괜찮고. 우리 집도 오늘 늦게까지 비어 있기는 할 텐데, 우리 집에서 하기는 역시 좀 그렇다."

땅바닥에 굴러다니는 돌멩이처럼 퉁기며 놀았던 구슬은 그 주인이 한번 거두어들이고 나니 다시 손에 넣기 힘든 귀한 것이었다.

하준을 끌어안은 팔에 힘이 더 들어갔다. 무겸이 미간을 모은 채로 눈을 길게 감았다가 떴다. 말투에 힘이 들어갔다.

"섹스 파트너 제안은 취소야."

"……."

"나는 이제 너랑 애인 아니면 안 해."

고운 머리카락에서 풍기는 향기나 익숙한 체취, 품에 들어오는 몸의 형태, 체온까지 무엇 하나 정신을 흐트러뜨리지 않는 것이 없다.

머릿속에서는 이러다가 진짜 놓치니 지금이라도 묶어 놓으라고, 괜찮다고 할 때 후회하지 말고 한 번이라도 더 안으라고 꽥꽥 질러 대는 소리도 들리지만 무겸은 저의 하나뿐인 적에게 닥치라고 외쳤다.

팔의 힘을 풀고 몸을 살짝 떨어뜨렸다. 눈물은 멎었지만 붉어진 눈가는 그대로인 흰 얼굴을 빤히 보다가, 무겸은 이를 가볍게 악물고 뺨 위에 입술을 떨어뜨렸다.

"내일 훈련장에서 보자."

평화로운 작별 인사의 탈을 썼지만 한 자 한 자를 씹어 뱉는 기분이다. 하준은 그런 무겸을 힘 빠진 눈으로 보더니 시선을 살짝 내리깔았다.

"안 하면 너 컨디션 안 올라온다며."

무겸이 웃으며 어깨를 으쓱했다.

"네가 나 싫어지지는 않았다고 해서 버틸 만하다. …아직은."

"……."

그러나 곧 여유를 잃은 한숨이 샌다.

"그래. 같이 있고는 싶은데 그랬다가 내가 무슨 짓 할지 솔직히 자신 없어. 나 개자식이잖아."

"해도 된다는데 왜 그래."

"그런 말 자꾸 하지 마. 진짜 미치겠으니까."

무겸은 저 배 속에서부터 올라오는 탄식을 간신히 삼켰다. 마음이 찜찜한지 쉬이 발을 떼지 못하는 하준을 기어코 올려 보내고 몸을 돌렸다. 아파트 건물에서 차를 세워 놓은 단지 앞까지의 거리가 길게도 느껴진다. 마른 도로가 마치 늪 같았다.

땅에 푹푹 잠기는 발을 끌어 힘겹게 차에 오른 무겸은 무너지듯 핸들에 상체를 기댔다. 이제야 한탄 섞인 욕지거리가 기운 없이 샜다.

"아… 씨발……."

양심이 있으니 뛸 듯이 기뻐해 주리라고야 기대하지 않았지만 이 반응은 예측 범위를 벗어나도 한참 벗어났다. 임정규의 말대로 1부터 1000까지 전부 제 잘못이라 다른 이를 원망할 수도 없다.

정작 쫓아다니며 억지를 써 댈 때는 눈물을 보이기는커녕 한마디도 안 넘어가고 또박또박 받아쳐서 이 정도일 줄은 사실 몰랐다. 안쪽에서부터 멍이 들어 있는 줄도 모르고 살갗에 반창고 몇 개 붙여 주고 괜찮지 않으냐 마무리하려 한 꼴이 됐다.

아직도 좋아하고 용서도 했지만 애인이 되기는 힘들겠다.

부메랑을 맞는다는 관용구처럼, 요약해 보니 하준에게서 돌아온 대답이 자신이 그에게 끈질기게 비벼 댔던 말과 엇비슷했다. 핸들에 머리를 박고 허공을 응시하며 무겸은 멍하니 질문했다.

'앞으로 어떡하지?'

한 가지는 확실했다. 한쪽에게만 유리한 룰로 돌아가던 불공정한 준비 게임은 끝이 나고, 공은 이제 하프라인에 놓였다는 것이다.

별수 없다. 최종 방어선을 넘어 골을 넣는 것이 공격수의 일이니만큼 수단 방법은 지금부터 머리 터져라 고민해 보는 수밖에.

싫어졌다고 하면 다시 좋아하게 만들고자 애쓰고 용서하지 못하겠다면 용서받기 위해 노력할 텐데 어디서부터 공략해야 할지도 모르겠다. 뻣뻣이 긴장해 무작정 철벽만 치는 방어보다 필요에 따라 빈틈까지도 컨트롤하는 유동적인 수비가 공격수에게는 더 까다롭다는 것을 하준은 알고 있음이 분명했다.

과연 안타깝게 은퇴했다지만 한때 국가 대표였던 수비수였다.

14

로커 룸에 들어선 무겸을 정규가 골똘히 바라보았다.

처음에는 말없이 그 시선을 받아넘기던 무겸도 결국 참지 못하고 그의 얼굴을 손바닥으로 가볍게 쳤다.

"돈 내고 봐라. 닳아."

"아니, 뭔 훈련하러 오면서 이렇게 멋을 부리고 왔어. 시상식 가냐?"

"이 정도로 뭘?"

평소에도 거의 드러내 놓는 스타일이기는 했지만 오늘따라 아예 백 스타일로 이마를 까고 훈련장에 나타난 무겸을 정규는 괜스레 놀렸다.

쯧. 무겸이 혀를 찼다. 유럽에서는 축구 선수라고 하면 보통 사람들보다도 스타일에 신경을 쓰는 편인 데다 꾸미는 타입도 천차만별이라 이런 걸 가지고 놀리는 사람이 거의 없는데 하여튼 이곳은 조금만 튀려고 들면 참견질이 너무 심하다. 물론 모두가 정규처럼 무겸을 놀리는 것은 아니었다.

"멋지십니다, 무겸 형님. 오늘 어디 좋은 곳 가세요?"

"훈련장이 제일 좋은 곳이지."

"역시 형님이십니다."

이하준이 있으니까 가장 좋은 곳 아니겠어? 무겸은 코웃음을 치고 훈련장에 나섰다. 이제 더위가 한풀 꺾여 야외 훈련을 하기 딱 좋은 계절로 들어서고 있었다.

하준이 마음에 들어 한다는 이마가 완전히 드러나도록 헤어스타일도 바꾸고 요즘 컨디션이 엉망이라 대충대충 손 가는 대로 하던 면도도 오늘은 꼼꼼하게 마무리했다. 원판이 워낙 잘났다 보니 조금만 신경 써도 티가 확 났다. 그러니 시꺼먼 놈들이 하나같이 오버를 하고 눈길을 줄 수밖에.

밤새 고민했지만 현 사태를 당장 해결할 만한 별다른 명답은 찾지 못했다. 혼자 구질구질 땅만 판다고 가라앉은 하준의 마음이 소생하지는 않는다. 땅 팔 에너지가 있으면 다시 눈에 들기 위해 조금이라도 노력하는 게 낫다.

누군가를 유혹하는 데 있어 잘생김을 강조하는 것은 기본 중의 기본이다. 하준은 꿈결에도 제 얼굴이 좋다고 할 정도였으니 더욱 그랬다.

하준과의 대화에서 좋은 결과를 전혀 얻지 못했음에도 부러 그에게 못되게 굴고자 애쓰던 때에 비하면 훨씬 기운이 났다. 항상 내키는 대로 지르며 살아오기나 했지 이리저리 꼬아서 생각하고 행동하는 건 성미에 맞지도 않는다. 적어도 이제 남은 일은 공격뿐이지 않나.

자신의 욕망을 긍정하는 것만으로도 사람은 추진력을 얻는 것이다. 그 사실을 모른 적도 없었는데 처음 느껴 보는 종류의 혼란이어서였을까, 너무 오래 삽질을 했다.

밖으로 나서기 전 거울을 보며 마지막으로 매무새를 확인하는데 정규가 다가와 목소리를 줄였다.

"너 그날 하준이랑은 어떻게, 잘 푼 거야?"

"남의 일에 참견 안 하겠다고 결심하지 않았었냐?"

"짜샤, 이건 경우가 다르지. 안 궁금하면 그게 사람이게."

그런 정규를 가는 눈으로 보며 무겸은 한 자 한 자 또박또박 발음하며 일축했다.

"신경 꺼."

새끼 싸가지가 어쩌고저쩌고, 따라붙는 잔소리를 뒤로하고 무겸은 로 커 룸을 빠져나왔다. 사람 속도 모르고 꼬치꼬치 캐묻기는. 말해 줄 만한 일이 있어야 능쳐서라도 이야기를 할 것 아닌가.

그래도 생각해 보면 정규 덕분에 상황이 바뀐 면도 있긴 했다. 나중에 딸 선물을 하나 사 주면 금세 헤실거릴 것이다.

파란 하늘 아래 초록 잔디밭. 눈이 쨍해지는 풍경 한가운데에 하준은 이미 나와 있었다. 제 품 안에서 훌쩍대며 울던 모습은 온데간데없이 어른스러운 표정이었다. 노트를 뒤적이며 선 옆모습에 감탄만 나왔다.

몇 번째 하는 생각에는 오늘도 변함이 없었다. 훈련장에 처박혀 있기는 아까운 미모라는 생각. 물론 그렇다고 해서 굳이 사람 많은 곳에 데려다 놓고 싶다는 뜻은 아니다.

"코치님!"

걸음을 멈추고 저도 모르게 입까지 살짝 벌린 채로 푸른 목장 위 흰 유니콘 같은 모습에 넋을 빼고 있는데, 갑자기 끼어든 오랑우탄 같은 놈이 우다다 달려와 덥석 하준을 뒤에서 끌어안았다. 노트를 읽는 데 집중하고 있던 하준이 깜짝 놀라며 뒤를 돌아봤다.

하준이 뭐라고 대답도 하기 전에 무겸이 성큼성큼 빠르게 걸어가 오랑우탄의 팔을 잡아 몸에서 떼어 냈다. 오랑우탄과 하준이 동시에 당황하여 무겸을 바라보았다.

"집중하고 있는 사람 뒤에서 그렇게 덮치면 다칠 수도 있어."

무겸이 낮게 꾸짖자 오랑우탄은 멋쩍은 표정이 되어 고개를 꾸벅 숙였다.

"죄송합니다, 코치님. 장난친 건데……. 그러려고 한 건 아니었어요."

"아냐 아냐. 김무겸이 오버하는 거야. 신경 쓰지 마."

하준이 달랬지만 그래도 무겸의 험악한 기세가 신경 쓰이는지 선수는 바로 자리를 피했다. 하준의 옆에는 무겸 혼자만 남았다.

무겸이 얼굴을 약하게 찌푸리고 훈련장을 쭉 훑어보았다. 여기나 저기나 음흉한 사내놈들로 득실거린다. 세균 같은 놈들. 저도 함부로 못 만지게 생겼는데 남들이 주물럭대게 둘 수야 없다. 하준에게는 너무나 해로운 근무 환경이었다.

"김무겸……."

고개를 절레절레 젓던 무겸은 하준의 부름에 옆을 돌아보았다. 그는 굳은 얼굴로 노트만 내려다보며 말했다.

"뭐 하는 거야, 지금."

"내가 뭐 틀린 말 했어? 저런 장난 잘못 치다가 진짜 다치기도 해."

"일 방해하지 마. 또 이상한 상상 하면서 애먼 선수들 잡지 말라고."

무겸은 짧은 침묵을 삼키고 답했다.

"이상한 상상 안 했어."

다른 상상은 정말로 하지 않았다. 하지만 남들이 마음대로 안고 부비적대는 꼴을 어떻게 가만히 보고만 있나. 그러나 그렇게 설명해 봤자 하준이 동의해 줄 것 같지는 않아서, 무겸은 조용히 하준의 옆을 지키고 있다가 그를 불렀다.

"이하준."

"왜."

"나 좀 봐."

하준이 왜 그러냐는 눈으로 무겸을 쓱 올려다보았다. 무겸이 헛기침을 한 번 하는데 하준은 무상한 어조로 재차 물었다.

"왜?"

왜냐니. 헤어스타일 바뀌었잖아.

눈으로 호소했지만 하준은 정말 모르겠다는 듯 멀뚱한 표정으로 무겸을 보다가, 마침 저를 부르는 코치진을 향해 몸을 돌려 걸어갔다.

저런 새침한 송아지 님 같으니…….

속으로 하는 생각마저도 이제 예전처럼 험하게 마구 튀어나오지는 않지만 무겸은 끝끝내 속으로 툴툴거렸다. 저의 일거수일투족을 분석하는 이하준이니 분명 모를 리 없는데도 새침 떨며 모른 척하는 모습을 보라. 아무래도 잘생김 어필은 큰 성과를 보지 못하고 끝날 것 같다.

"자, 자. 다들 정렬하고!"

감독의 호령에 선수들이 모여 섰다. 그가 공지 사항을 이야기했다.

"다들 알겠지만 이번 주는 A매치 주간이라 경기가 없다. 그래도 소집 대상 외 선수들은 통상과 똑같이 훈련할 거고, 소집된 사람들은 오늘 오후부터 오티 시작한다고 들었다. 훈련 잘 다녀오고 좋은 결과 가져와 주길 바란다."

어느새 내년 월드컵을 본격적으로 준비할 때가 다가왔다. 개최 전해 각 대륙별로 지역 최종 예선을 거쳐 올라온 팀만이 월드컵 본선에 진출할 수 있다. 당장 가까운 상대는 레바논으로 그리 어려운 상대는 아니었다. 아시아 예선에서 월드컵 본선 진출까지야 큰 어려움을 겪을 만한 부분이 아니었기에 감독의 공지를 듣고도 선수들은 평상시와 같이 덤덤했다.

"이 코치, 잠깐 이리 와 봐!"

선수들이 러닝을 하는 동안, 벤치 근처에 서 있던 감독이 하준을 불렀다.

"무슨 일이십니까?"

가까이 달려가 묻자 감독이 목소리를 조금 낮춰 이야기했다.

"이 코치, 이번 A매치에 스태프로 참여해 보면 어때?"

"네? 제가요?"

국가 대표 팀의 코치진 구성은 연초에 협회에서 진작 끝냈고 초보 코치인 하준은 당연히 그 인선에 포함되지 않았다. 생각지도 않고 있던 제안에 하준은 눈만 끔벅이며 어리둥절한 표정을 지었다.

"이 코치한테 좋은 경험 되지 않겠어? 일단은 임시라고 하지만 하는 거 봐서 내년에 정식으로 포함될 수도 있을 것 같아."

"저야 너무 감사하죠. 그런데 그런 제안이 저한테 왜…….."

눈을 둥글게 뜬 하준의 얼굴을 마주 보던 감독이 조금 멋쩍은 표정을 지었다.

"내가 뭘 한 건 아니고. 우리끼리만 하는 얘긴데 실은 김무겸네 에이전시에서 그렇게 요청을 했나 봐. 그 회사가 협회에 꽤 영향력이 있잖아."

"……."

"김무겸이 이 코치가 같이 안 가면 싫다고 했다는데? 둘이 정말 많이 친해졌나 봐."

허허 웃음을 짓는 감독은 진심으로 흐뭇해 보였다. 어색하게 따라 웃던 하준은 복잡한 마음으로 러닝 중인 무겸에게 눈을 돌렸다.

이제 컨디션은 완전히 회복된 듯 오늘은 다시 펄펄 날아다닌다. 저랑 섹스를 못 하면 죽을 것 같다며 시름시름 앓더니 안 하고도 잘만 나대고 있었다. 어제 딱히 좋은 결론으로 대화가 끝난 것 같지도 않은데 기가 살아 잔뜩 멋까지 부리고, 완전히 기운을 찾은 모양이다.

지나고 보면 매번 세상에서 가장 할 필요 없는 걱정이 김무겸 걱정이다. 하준은 다시 잔디밭으로 가는 대신 벤치에 앉아 멀찍이서 선수들을 바라보았다.

내년이면 또 월드컵이 돌아온다.

3년 전 이하준의 마지막 월드컵은 정말로 '지난 일'이 되어 버리는 것이다.

김무겸이 있으니 16강 진출쯤은 가능하지 않겠냐고 전 국민이 설레며 어느 때보다도 특별히 기대를 했던 월드컵이었다. 하지만 막상 시작된 뒤에는 이전 어떤 대회와도 비교할 수 없을 만큼 처참하게 끝났다.

16강 진출에 실패하는 것이야 매번 있는 일이라지만 월드컵 기간 동안 국가 대표 팀에 대한 여론이며 팀 내부의 분위기가 그렇게 심하게 나빴던 적은 하준이 알기로 가까운 월드컵이 몇 번을 개최되는 동안 한 번도 없었으니까.

그래도 저에게는 나쁘지 않은 마지막 월드컵이었다. 선발로 무겸과 경기에 나서 보고 싶다는 꿈도 이뤘고, 비록 패전으로 끝난 데다 비록 무겸은 기억도 제대로 못 했지만 그의 골에 어시스트로 기여도 했으며 그가 웃으며 저를 안아 주기까지 했으니.

하준은 '늦게 평가받았다'는 말을 자주 듣는 선수였다. 국내 리그의 축구 마니아들 사이에서야 꽤 인지도가 있는 편이었고 꾸준히 대표 팀 소집도 되었지만 단골 주전이 아니었기에 대중의 눈에는 쉬이 띄지 않았다.

어영부영 시작한 것에 비하면 꽤 잘되었던 축 같다가도 커리어 내내 운이 따라 주는 편은 또 아니었다. 만났던 감독 중 하준의 롤을 효과적으로 활용하는 전술을 구사하는 사람이 많지 않았던 탓이 가장 컸다.

그 월드컵의 어시스트를 포함해 몇 가지 개인 활약으로 하준은 거의 처음으로 대중의 주목을 받았다. 가능성을 진지하게 상상해 본 적조차 없던 유럽 진출 계약도 성사 단계까지 갔다. 늦었다 해도 스물세 살이었으니 그때부터라도 일이 풀렸다면 앞선 운 없던 시절쯤은 다 잊었을 것이다.

생각해 보면 그런 흐름에도 무겸의 공로는 있었다. 팀이 불화로 가득 차 훈련도 정상적으로 이루어지지 않던 와중, 그에게 정확한 크로스를 올릴 수 있었던 것은 평소 김무겸의 축구에 대해 너무나 많은 공부를 해 두었던 덕분이었으니까. 그 자리에서 뛰고 있는 사람이 김무겸이 아니었더라면 저도 그만한 능력을 발휘하지는 못했으리라.

옛 생각에 잠겼던 하준은 기억을 떨치려는 듯 짧게 머리를 털고 벤치에서 일어서서 무겸을 보았다. 하여튼 청개구리 같은 놈. 싫다 싫다 할 때는 하자고 야단이더니, 좋다고 승낙하자 이렇게는 못 한다며 고집을 부린다.

무겸이 원하는 것이 무엇인지는 안다. 충동 때문이든 변덕 때문이든 그는 이제 연애를 하고 싶은 것이다. 가능하면 원하는 대로 해 주고도 싶지만 그가 머릿속에 그리고 있을 상냥한 애인 역할을 맡기에 적어도 지금의 저는 너무 지친 것 같았다.

일터에서나 잠깐씩 만나는 사람들 앞에서 웃어 보이는 것은 어렵지 않지만 무겸과 있을 때는 다르다. 섹스만 하는 사이일 때도 온갖 희로애

락을 다 맛보았는데. 경험은 없지만 연인이란 당연히 그보다 훨씬 밀접한 관계일 것이다.

그만큼 큰 감정 폭을 아직은 견딜 자신이 없었다. 무슨 생각을 어디서부터 어떻게 해야 하는지 갈피도 잡히지 않는데 머리는 여전히 복잡하기만 했다. 아무래도 사람에게는 몸만이 아니라 마음에도 재활 훈련이 필요한 모양이다. 재활이 끝났을 때쯤에도 무겸이 계속 저에게 흥미를 가지고 있을지는… 솔직히 말해 기대하지 않았다.

어쨌든 다행이었다. 저와 딱히 관계를 가지지 않아도 김무겸의 컨디션은 호조인 듯하니 말이다.

A매치에 소집된 국가 대표 선수들의 훈련 장소는 파주에 있는 트레이닝 센터였다. 시티서울에서는 무겸과 정규가 소집되었고, 하준 외에도 스태프로 참여하게 된 사람이 한 명 더 있었다.

센터에 들어선 무겸은 오늘도 굴하지 않고 이마를 드러낸 헤어스타일이었다. 그는 하준부터 찾아 두리번거렸다. 어제 퇴근을 함께하려 했더니 무겸이 로커 룸에 들어간 사이 그는 재빠르게 집으로 돌아가 버렸던 것이다.

"임정규, 왔냐?"

입구에 들어서자마자 한 선수가 정규에게 다가오며 인사를 했다. 그는 정규와 가볍게 하이파이브를 나눈 뒤 눈길로만 슬쩍 옆에 서 있는 무겸을 훑었다. 정규가 얼른 나섰다.

"오랜만에 만나지? 인사 나눠. 현진이 이번 여름 시장에 카타르로 이

적했어. 거기는 어떠냐?"

"뭐 사람 사는 데가 다 똑같지. 그래도 적응 기간은 좀 필요할 것 같더라. 김무겸, 오랜만이다."

무겸은 잠시 무표정하게 그를 보다가 곧 웃음을 띠우고 손을 내밀었다.

"그래. 오랜만이다. 이번에도 잘해 보자."

인사를 나눈 선수는 악수를 받으며서도 조금 의외인 듯 무겸을 힐끔거리고는 몇 마디 잡담을 나누다가 자리를 떴다. 정규가 목소리를 낮춰 강조했다.

"다른 소리 말고 인사나 열심히 하고 다녀. 너랑 자주 봤던 사람들도 있지만 아닌 사람도 있으니까……. 먼저 눈도장 찍고 붙임성 있게 좀 굴어."

"알았어."

무겸은 작은 한숨을 쉬었다. 정규의 말대로 모두와 사이가 나쁜 것은 아니었지만 이곳에 모인 사람들 중에는 무겸에게 감정이 좋지 않은 사람도 섞여 있다. 말해 주지 않아도 자신이 제일 잘 알았다.

국가 대표 소집이야 매년 있으니 그 월드컵 뒤로도 1년에 몇 번 정도 만나 같이 뛰기는 했다. 하지만 규모 큰 토너먼트 전이 없을 때의 평가전은 대부분 단발성 대회다. 바쁜 선수들이 급하게 모여 그럭저럭 발을 맞추고 앙금을 해결할 틈도 없이 헤어진다. 월드컵처럼 장기간을 함께하면서 지난번과 다른 결과를 내놓기 위해서는 노력하는 수밖에 없었다.

머리가 아프자 하준이 보고 싶어졌다. 무겸은 시선을 바쁘게 움직여 스태프들이 모여 있는 곳을 살폈다. 그러던 그의 눈이 커졌다.

"뭐야."

무겸의 입 사이로 짧게 튀어나온 말에 정규가 물었다.

"뭐가?"

"저 인간도 코치진이었어?"

"누구?"

정규가 무겸의 시선을 따라 눈길을 움직였다.

"윤 씨 놈 말이야."

"채훈이 형? 뭐 당연하지 않겠냐. 피지컬 코치는 많지도 않은데 당연히 임명됐겠지. 내년 월드컵 준비 때문에 한국 들어와 달라고 부탁했다는 소문도 있던데."

정규가 눈을 가늘게 떴다.

"너, 또 형한테 틱틱거리면서 까칠하게 굴지 마. 그때는 외부 훈련이었고 형이 우리 팀 소속이 아니었으니까 넘어간 거지, 여기서 그랬다가는 너 진짜 욕 제대로 먹고 까이는 수가 있어. 초장부터 분란 일으키지 말고 얌전히 굴어."

정규의 말에 대답도 하지 않고 무겸은 그쪽만 바라보았다. 아니나 다를까 하준은 그의 옆에 찰싹 붙어 서 있었다. 제 앞에서와는 달리 여느 때처럼 생글생글 웃는 표정으로. 저와 그러고 난 이후 오늘 종일 기운이 없어 보였는데 윤채훈을 만나자마자 저렇게 생기가 살아나다니.

어처구니가 없다. 대표 팀 코치진에 하준을 넣어 달라고 요청한 것은 저와 함께 있게 하고 싶어서였지 윤 씨 놈과 가까이 붙어 있는 꼴을 보려고 한 것이 아니었다!

이제 저는 웃는 얼굴도 가까이서 못 보게 생겼는데 저 유부남 놈은 저렇게 예쁜 미소 세례를 폭포처럼 받고 있다니. 남 좋은 일만 했다는 울분에 치를 떠는데 속도 모르는 정규가 말했다.

"그러지 말고 인사하고 오자. 시작부터 형하고도 풀어야 앞으로가 순탄하지.”

“싫어.”

“아, 싫긴 뭐가 싫어? 유치원생처럼 굴지 좀 마.”

정규가 등을 철썩 치며 다리에 힘을 주고 버티던 무겸을 기어이 끌고 갔다. 스태프진 가까이 다가간 무겸이 얼굴을 굳히는 사이 정규가 먼저 인사를 했다.

“형! 안녕하세요.”

한창 이야기를 나누느라 정신없던 채훈과 하준이 동시에 돌아보았다.

“아, 정규야. 왔니?”

“네. 저희 팀에선 저랑 김무겸이 소집됐습니다.”

정규가 빨리 인사하라 재촉하듯 무겸의 어깨에 팔을 걸쳤다. 무겸을 바라보는 채훈의 눈빛은 차가웠고, 무겸의 눈빛도 돌처럼 딱딱했다.

사람들이 반갑게 인사를 나누고 있는 트레이닝 센터 안, 두 사람의 사이에만 보이지 않는 긴장이 서려 공기가 살얼음처럼 얇게 얼어붙는다. 무겸의 시선이 반사적으로 옆에 선 하준에게 돌아갔다.

눈이 마주치는 순간 어깨의 힘이 빠졌다. 속으로 포기 섞인 한숨을 쉬며 무겸은 고개를 꾸벅, 짧게 숙였다.

“대표 팀에서도 잘 부탁드립니다.”

정규조차 놀랐는지 일순 정적이 흘렀다.

무겸의 정중한 인사에 가장 당황한 사람은 인사를 받은 당사자 채훈인 듯, 그는 바로 답을 못 하고 눈을 크게 떴다가 얼른 헛기침을 하고 웃어 보였다.

“그래. 나도 잘 부탁해. 이번에는 손발 잘 맞춰 보자고.”

“네.”

원인과 발단이 어찌 되었든 한번 틀어졌던 사이, 그것도 오기를 부렸던 쪽이 먼저 굽히고 들어가는 것은 자존심이 상하는 일이다.

무겸은 뒷짐 진 손을 꽉 주먹 쥐었다. 별수 없었다. 꼭 정규가 말했던 대로 국가 대표 팀 분위기의 안녕이나 저의 평판 관리 때문은 아니었다. 방금 눈이 마주친 하준의 표정이 무겸의 고개를 숙이게 만들었다.

그렇게 불안한 얼굴로 저를 볼 일인가.

아까까지만 해도 윤 씨 놈 앞에서 생글생글 웃고 있었으면서.

아무 사이도 아니라는 말을 더 의심하지는 않는다. 하지만 그것과 상관없이 윤채훈의 앞에만 서면 하준이 늘 보여 주는 웃음 때문에, 그래서 그가 마음에 안 들었다. 그 표정만 아니었더라면 처음부터 둘의 관계를 의심하지 않았을지도 모른다. 상대를 진심으로 믿고 의지하고 있음이 드러나는 안정되어 보이는 미소.

좋아한다는 저를 상대로는 한 번도 보여 준 적 없는 표정이었다. 처음에는 제 앞에만 서면 얼굴을 굳히기 일쑤였으며 나중에 들어 자주 웃음을 내비친 뒤에도 무겸은 저를 향한 하준의 미소에서 한 번도 그런 편안함을 느껴 본 적이 없다. 갈 길이 멀다는 것이 확 실감이 났다.

아직 웃게 만들지는 못하더라도 더 이상 성질대로 행동해 그를 불안하게 만들고 싶지 않았다. 하준도 이번 대표 팀의 일원이 될 수 있다면 더더욱 문제없이 내년까지 팀을 이끌고 가 지난번 월드컵 때와는 다른 결과를 만들고 싶다. 채훈이 손짓하며 말했다.

"이제 선수들 모이나 보다, 얼른 가 봐."

"네."

하준과 다시 한번 눈을 마주치고, 무겸은 몸을 돌려 허공 어딘가를 바라보면서 터벅터벅 걸었다. 선수들 사이에 섞여 감독 앞에 정렬하던 무겸은 지금껏 놓쳐 왔던 새로운 가능성을 깨닫고 골똘히 생각에 잠겼다.

둘의 사이는 더 이상 의심하지 않지만 한때 하준의 불륜 상대, 괘씸한 외간 남자 취급을 했던 채훈의 존재는 새로운 의문을 무겸의 안에서 파생시켰다.

지금처럼 사이가 꼬이기 전까지 하준은 섹스라면 그다지 마다한 적이 없다. 사양은커녕 할 때마다 감탄이 나올 정도로 예민하게 반응하며 잘 느꼈다.

안기는 것을 그렇게 좋아하는 녀석에게 혹시 순 저의 자기만족 때문에 섹스는 하지 않겠다고 억지를 쓰고 있는 것은 아닐까?

하준은 분명 육체관계까지 거부하지는 않았다. 아무도 시키지도 않았는데 무겸 혼자 참고 있는 것뿐.

혹시… 내가 멋대로 이하준에게 금욕을 요구하고 있는 건가?

그러다가 이하준이 욕구 불만이라도 느껴 버리면 어쩌지?

갑자기 초조해졌다. 사귀는 사이도 아니고, 예전처럼 서로와만 하자고 약속한 파트너 관계도 아니다. 하준이 마음껏 다른 사람을 만나거나 자더라도 저에게는 할 말이, 특히 요즘 같은 때에는 더더욱 없었다.

윤채훈 같은 유부남이 아니더라도 세상에 남자는 많고 어떤 남자든 하준이 마음만 먹는다면 함락하는 것은 일도 아닐 것이다. 제게 여전히 마음이 있다고야 했지만 상황이 이렇게 된 마당에 그 말이 꼭 무겸이 아닌 다른 남자와의 가능성을 차단한다는 의미로 느껴지지는 않았다.

그것만은 절대 싫다!

미처 생각지 못한 허점을 뒤늦게 떠올린 무겸은 불안한 표정으로 하준을 바라보았다. 그는 무겸으로서는 면식이 없는 누군가와 가까이 서서 뭔가 이야기를 나누고 있었다. 어디를 가도 세균의 습격을 피할 수는 없다. 그러나 곧 다른 곳에 한눈을 팔 사이도 없이 기초 훈련이 시작되었다.

첫 소집 훈련은 긴 시간 이루어지지는 않았다. 그래도 각기 다른 팀에서 뛰는 선수들이 한자리에 모여서 발을 맞췄기 때문인지, 훈련이 끝났을 때쯤에는 평소보다 몇 배는 더 움직인 듯 선수들 모두 지쳤다.

삼삼오오 퇴근하는 무리에 섞여 시티서울 팀원들도 트레이닝 센터를 나섰다. 무겸은 정규와, 하준은 채훈과 나란히 붙어서였다. 채훈이 말했다.

"여기서 버스 타고 가려면 한참일 텐데. 하준아, 형이 데려다줄게."

"고마워요, 형."

"훈련장이 파주라서 하준이 출퇴근하기가 좀 불편하겠네. 여기 오는 동안 형이랑 카풀할래?"

"정말요?"

반가운 얘기였다. 그렇지만 너무 폐 끼치는 거 아닌가. 대답을 고민하는데 주머니 속의 휴대폰이 울렸다. 꺼내자마자 화면에 뜬 메시지가 하준의 눈에 들어왔다.

> 내 차 타고 가자. 주차장에 있을게.

무겸이 보낸 짧은 한 문장. 하준은 잠시 그것을 내려다보다가 아무런 답을 하지 않고 휴대폰을 주머니에 넣었다.

"형, 생각해 보니 저 서울 훈련장으로 다시 가 봐야 할 것 같아요. 팀 사람들 차 타고 갈게요."

"그래? 알겠다. 내일 또 보자. 푹 쉬고. 윤 기사가 필요하면 언제든지 얘기해."

"네. 고마워요, 형. 들어가세요."

채훈을 먼저 보낸 하준은 지루함도 잊고 사람들의 차가 하나둘씩 빠지는 것을 지켜보았다. 비 오는 날 현관에서 우산을 가져다줄 사람이라도 기다리듯 서 있던 하준은, 센터 외부는 물론 실내 로비까지 썰렁해질 무렵이 되어서야 천천히 걸음을 옮겼다.

사람들이 몰고 왔던 차는 거의 다 빠져나가 주차장 역시 횡했다. 그러나 척 봐도 비싸 보이는 고급 차 한 대만은 떠나지 않고 남아 있었다.

'…그 난리를 치더니 하루 정도면 오래 참았지.'

조금은 냉소적으로 생각하며 하준이 다가가 조수석 문을 열었다. 운전석에 앉아 휴대폰을 보고 있던 남자가 하준을 돌아보고 씩 웃었다.

한참을 기다렸을 텐데 왜 메시지에 답을 안 했냐거나 왜 이렇게 늦었냐며 한 번 투덜대지도 않았다. 딴에는 배려를 한답시고 그러는 것인지도 모르겠지만 느닷없이 친절 일변도로 나오는 모습이 하준의 눈에는 그저 어색하기만 했다.

샤워를 마친 그의 이마 위로 머리카락이 흘러내려 있었다. 저도 모르게 슬며시 이마께에 시선을 고정하자, 무겸은 그런 하준의 시선을 따라 거울로 제 얼굴을 살피고는 또 한 번 웃었다.

"아, 오늘은 어디가 바뀌었는지 알겠어?"

뜨끔한 하준은 대답 없이 얼굴을 정면으로 돌렸다. 무겸은 굳이 대답을 요구하지 않고 다른 것을 물으며 차를 출발시켰다.

"어디로 갈까? 지금부터 또 일정 있어?"

"아니."

"오늘은 일정 끝?"

"응."

도로 풍경을 보며 하준은 멍하니 내일 출근길을 가늠했다. 경기도 외곽에 있는 트레이닝 센터부터 서울 시내까지는 꽤 시간이 걸린다. 대표팀 코치로 들어오게 된 것은 기쁘지만 자가용 없이는 출퇴근이 조금 험난하다. 역시 나중에 채훈에게 연락해 조금 전의 제안을 수락해야겠다고 생각하는데 무겸이 갑작스레 물었다.

"저녁이라도 같이 어때?"

"…아니. 식사는 가족들이랑 같이하기로 했어."

"그럼 잠깐 그쪽 자리 앞 수납칸 좀 열어 볼래? 나 대신 물건 하나만 꺼내 줘."

햇빛도 많이 졌는데 선글라스라도 끼려는 건가. 의문스러웠지만 하준은 순순히 글러브 박스를 열었다. 안에는 다른 잡동사니 없이 웬 작은 상자 하나만 놓여 있었다.

하준은 그것을 꺼내 무겸에게 내밀었다.

"이거?"

"케이스까지 열어서."

이번에도 시키는 대로 뚜껑을 열었다. 분리되는 구조가 아니라 윗판과 아래판이 붙어 여닫을 수 있게 만들어진 꽤 고급스러운 케이스였다. 뚜껑을 연 하준은 그대로 동작을 멈추고 안의 내용물만 내려다보다가 무겸에게 물었다.

"이게 지금 필요해?"

케이스에 들어 있는 것은 한눈에도 비싸 보이는 손목시계였다. 짙은 갈색 가죽 끈에 살짝 핑크가 감도는 금장이 된 테두리와 버클. 시침과 분

침과 초침까지 테두리와 같은 색의 금속으로 되어 있었으며 숫자판 역시 같은 재질로 장식되어 있다.

숫자판에 상단 중앙에 작게 새겨진 브랜드 이름은 명품에 대해 잘 모르는 하준도 바로 알 만한 것이었다. 정확한 가격은 모르지만 이런 시계가 차 한 대 값에 맞먹는다는 것쯤은 귀동냥으로 알고 있었다.

무겸은 이미 한쪽 손목에 시계를 차고 있는 상태였고, 양 손목에 주렁주렁 시계를 차고 돈 자랑을 할 것이 아니라면 지금 이 물건이 필요할 것 같지는 않았다.

"당분간 단둘이 이야기 나눌 기회도 별로 없을 것 같은데 최대한 활용해야지. 차 봐. 마음에 드는지 어떤지. 너는 전체 메탈보다는 가죽 좋아할 것 같아서 그쪽으로 골랐어."

이제야 그 시계의 주인이 누구인지 깨달은 하준이 미간을 엹게 찌푸리며 상자를 도로 닫아 버렸다.

"필요 없어."

"왜? 너도 시계 쓰잖아."

"내 건 훈련할 때 시간 재는 용이야. 이런 비싼 시계는 필요 없어. 걸리적거리기만 해."

하준이 글러브 박스를 열어 다시 상자를 제자리에 되돌려 놓았다. 무겸이 핸들을 잡은 채로 어깨를 으쓱했다.

"그럼 쇼핑이라도 갈까? 필요한 거든 갖고 싶은 거든 뭐든 사."

"됐다. 필요한 것도 없고 갖고 싶은 것도 없어."

"…그럼 가족들 선물은 어때? 어머니랑 동생들 선물 드리면 기뻐하실 것 같은데."

"이유 없는 선물 반길 사람 없어."

"왜 이유가 없어? 지난번에 하룻밤 신세도 졌는데 보답으로 하는 선물이야."

하준이 피곤하다는 듯 한숨을 쉬었고, 낌새가 서늘해지자 무겸은 입을 다물고 그런 하준을 힐끔거렸다. 잠시 말없이 정면을 바라보던 하준의 목소리가 조금 낮아졌다.

"예전에 옷 사 주면서는 섹스하는 사이니 받아도 된다 했었지."

"……"

"지금은 아무것도 안 하고 있는데 이런 물건을 받을 이유가 없잖아."

"이하준, 그때야 굳이 네가 이유를 물으니까."

"어울리지도 않게 왜 이렇게 빙빙 돌려? 하고 싶으면 하고 싶다고 해. 너 하고 싶으면 하겠다고 했잖아. 혼자 이상한 책임감 느끼지 말고, 너 하고 싶은 대로 하라고."

"하고 싶어서 이러는 거 아니야."

하준은 대답하지 않았고, 무겸도 더 말을 못 잇고 한숨만 내쉬었다. 잠시 말없이 차가 달리고, 이대로 끝나는가 싶었던 대화의 끝을 무겸이 붙잡았다.

"말했잖아. 나는 이제 너랑 애인하고 싶다고. 그런데 너는 싫다고 하니 선물이라도 해서 잘 보이고 싶었던 거지, 다른 뜻 없어."

"……"

"그때도 주고 싶어서 줬어. 너랑 섹스하는 사이라서, 몸값 매기는 용도로 준 게 아니라."

하준은 묵묵부답이었고 굳게 닫힌 조수석 앞 글러브 박스를 보며 무겸은 속으로 가볍게 투덜거렸다. 그래도 1억이 넘는 건데 한번 차 보지도 않고 바로 집어넣기냐. 외모 어필에 이어 재력 어필도 실패였다.

그러고 보면 그때 하도 옷이 비싸다고 우는소리를 해서 섹스하는 사이에 이 정도도 못 받냐 대충 지껄였던 것 같다. 저는 했던 말이 일일이 기억도 나지 않는데 하준은 모두 담아 두고 있는 듯해 장물을 발각당할 일만 남은 좀도둑처럼 마음이 무거웠다.

제 사소한 기사 하나하나 스크랩을 해 두고, 매일같이 사소한 훈련 사항 하나하나 모두 기록하는 이하준인데 생각 없이 뱉은 말도 충분히 스크랩하고 기록해 둘 수 있겠지. 또 다른 헛소리 한 것은 없었나. 그렇게 생각하자 말 한마디 꺼내기도 부담스러워졌다.

둘 모두 말이 없어진 와중, 무거워진 분위기를 희석하고자 중간부터 무겸은 음악을 틀었다. 보통 하준과 단둘이 차를 탈 때면 라디오나 음악을 전혀 듣지 않았다. 이하준과 있을 때의 침묵이 어려웠던 적도 없고, 음악보다는 간간이 저에게 말을 걸거나 대답을 하는 하준의 목소리를 듣는 쪽이 더 좋았으니까.

가장 내세울 만한 장점이라고는 외모와 재력 두 가지인데 둘 다 먹히지 않는다면 도대체 뭘 어필해야 하준의 마음을 다시 돌려세울 수 있을지, 여름날 방역차가 뿌리는 살충제로 가려진 시야처럼 막막할 뿐이다.

분위기는 갑갑했지만 그래도 길이 계속 이어지기를 바랐는데 말없이 도로를 달리는 사이 차는 착실히 주공 아파트 단지 앞에 도착했다.

당장 골을 넣지 못한다면 이쪽 진영의 실점이라도 막아야 한다. 적어도 제 차로 출퇴근을 함께하면 다른 놈들이 이하준을 눈독 들이는 것은 막을 수 있으리라. 대표 팀 트레이닝 센터는 서울 시내에서 제법 머니 당연히 하준에게 차를 태워 주겠다는 놈들이 있을 것이다. 윤 씨 놈은 물론이고 다른 그 누구의 차에도 오르게 만들기 싫었다.

"내일 아침에도 여기로 올게. 센터로 출퇴근하는 동안 한 차로 다니자.

아까처럼 너 불쾌한 짓 안 할 테니까."

하준은 바로 대답하지 않다가 의문스럽다는 표정을 띠고 무겸을 보더니 말했다.

"김무겸. 나, 네 애인 할 생각 없다."

"굳이 여러 번 말 안 해도 알아들어."

"그래도 너랑 섹스는 하겠다고 한 이유는 네가 나랑 안 하면 컨디션이 떨어진다고 하도 야단법석을 떨어서고."

"그래. 그것도 알아."

무겸을 빤히 보던 하준이 고개를 정면으로 돌리고 머리를 쓸어 올렸다.

"그런데 내가 보기에는… 이제 나랑 안 해도 문제없는 것 같던데."

"……."

"섹스도 필요 없으면 솔직히 이제 이렇게 한 차로 다니며 가까이 지낼 필요도 없어. 나는 오늘 네가 나랑 잘 생각이 있는 줄 알고 탄 거야."

그제야 하준이 무슨 말을 하는지 알아들은 무겸이 찌푸린 미간 아래 눈을 크게 떴다가 다시 가늘게 좁혔다.

"아직 나한테 마음 있다며."

"말했잖아. 나는 좋아한다고 꼭 애인이 되고… 그러지 않아도 돼."

무겸이 그의 말을 재차 떠올렸다. 혼자 저를 좋아할 때는 힘들지 않다고 했다. 짝사랑이 더 쉽고 연애가 힘들다니. 보통 사람들의 생각과는 완전히 정반대다.

그러나 독특한 사고방식이라고만 치부할 수도 없다. 이하준도 처음부터 그랬던 것은 아니니까. 그는 이미 한 번 용기를 냈고 실패 끝에 결론을 내린 것이다. 그 같은 결론을 내리기까지의 과정을 무겸이 누구보다 가장 잘 알았다. 저 자신의 행동이 바로 과정 그 자체였으므로.

아직 저를 좋아한다는 말도 신기루처럼 느껴지지만 그때마다 떠오르는 것은 하준의 방에서 본 10년치 마음의 나이테였다. 돌탑처럼 쌓아 올렸을 시간이 순식간에 사라져 버리는 것은 그의 말보다도 더 비현실적으로 느껴진다. 고층 빌딩도 한순간에 무너지는 일이 비일비재한 것이 현실이기는 하지만.

"아직 좋아한다고 해서 앞으로도 계속 좋아하고 싶다는 뜻은 아냐."

"……"

"너한테는 내 말이 어떻게 들렸는지 모르겠지만… 나는 그래."

어쩔 수 없이 들켰고 의지 밖의 미련이 가슴을 젓고 있지만 무겸을 향한 마음을 지우기 위해 노력 중이라고, 하준은 마치 그렇게 말하고 있는 것 같았다.

도지는 불안감이 그나마 남은 미끼라도 빨리 낚아채라고 재촉하지만 여기서 덥석 그럼 섹스라도 하자고 성급하게 구는 것은 아무리 생각해도 죄다 무너뜨리는 선택지 같았다. 아무리 시야가 막막해도 앞으로 헤쳐 가려고 해야지, 겁을 먹고 타협하면 계속 답보만 하게 될 거라는 예감이 소름처럼 끼친다. 제가 그런 짓을 질리도록 하는 바람에 이하준까지 이렇게 되지 않았나.

하준 때문에 막막해지면서도, 우습게도 바로 그가 쓴 손글씨가 머릿속에 그의 목소리로 떠오르며 무겸을 응원한다. 할 수 있어, 김무겸. 힘내.

"이하준. 시간을 좀 줘."

"……"

"옛정이라는 것도 있는데 나한테 만회할 기회 정도는 줄 수도 있잖아. 그러면 네 생각도 바뀔지도 모르고. 아니, 내가 꼭 바꿀게. 나를 좋아한 거 후회하지 않게 할게."

하준이 작게 한숨을 쉬었다. 장대한 각오 끝에 급격히 스케일이 작아지는 이야기를 꺼내려니 멋쩍어졌지만 무겸은 굴하지 않고 말을 이었다.

"그러니까 일단… 내 차로 출퇴근하자."

무겸은 조금 전까지 짓고 있던 짐짓 여유로운 척하던 미소도 사라진, '이 장난감 사 주면 안 되냐'고 부모에게 묻고 눈치를 보는 아이 같은 인상을 얼굴에 가득 품고 있었다.

가만히 입 다물고 있으면 쉬이 접근하기도 어려울 정도로 날카롭고 오만하게 생긴 주제에, 그 얼굴로 애 같은 느낌을 풍길 수 있는 것도 재주라 생각하며 하준은 그를 보았다.

유소년 축구 팀 코치로 일하던 시절, 도대체 이 녀석을 어떻게 해야 하나 사람을 막막하게 만들던 말썽꾸러기가 하나 있었다. 어쩐지 그 녀석을 마주 보고 앉았을 때와 비슷한 기분에 휩싸인다.

그리고 어쩔 수 없이 약해지고 만다. 이러면 안 되는 것 아닌가. 훈이 형한테 폐 끼치는 것보다는 나으니까. 그렇게 저 자신에게 질문과 변명을 번갈아 향하다가 결국 고개를 끄덕였다. 희미하게 웃으며 안전벨트를 푸는 무겸을 하준은 만류했다.

"내리지 마. 혼자 들어갈게."

"……"

"어쩌다 한 번이면 모를까 자주 오가면 누가 볼 수도 있고 부담스러워."

하준이 차에서 완전히 내려섰다. 더 우길 수도 없어서 무겸은 푼 안전벨트를 손에서 놓지도 못하고 떨떠름한 표정으로 하준을 바라보았다. 그는 한마디로 다음 행동을 지시했다.

"가."

무겸은 잠시 망설였으나 곧 체념한 듯 고개를 끄덕였다. 차를 출발시킬 때까지 하준은 자리에서 꿈쩍도 하지 않았다. 백미러로 작아지는 그를 보던 무겸은 새로이 각오를 다졌다.

잘생김도 먹히지 않고 비싼 선물도 먹히지 않으니 남은 것은 하나뿐이었다. 한동안 컨디션이 떨어져 빌빌대는 모습만 보여 줬으니 당면한 경기에서 멋진 활약을 보여 주는 것이다. 이하준은 축구 선수 김무겸을 좋아하니까. 이번 경기에서 살아난 모습을 보고 나면 조금쯤은 마음이 움직일지도 모른다.

뭘 들이밀든 그다음이다. 그때까지는 조용히 말 잘 들으면서 출퇴근길 기사 노릇이나 충실히 해야지. 세상만사에는 단계라는 것이 있는 법이었다.

며칠에 걸친 대표 팀 훈련 기간 동안 무겸은 정규와 함께 다른 선수들과 어울리며 이미지 쇄신에 나름대로 노력을 기울였다. 다행히도 대표 팀에 그리 뒤끝이 긴 사람들은 없어서 약간의 노력만으로도 무겸은 곧 팀에 녹아들 수 있었다.

예선전 당일 월드컵 경기장 로커 룸, 옷을 갈아입으며 경기 준비를 하는 선수들 사이로 감독이 바쁘게 뛰어 들어왔다.

"급하게 변동 사항이 있다."

잡담을 나누던 선수들이 말을 멈추고 주목했다. 경기를 막 앞두고 있는 시점, 갑작스러운 변수는 그리 반가운 요소가 못 된다.

"아무래도 형민이가 못 올 것 같다. 맹장이 터졌대."

"네?"

선수들이 술렁거렸다. 무겸의 눈도 커졌다.

그는 올해 서른한 살이 되는 미드필더로 대표 팀의 주장이었다. 출발하기 전 복통 때문에 다 같이 집합한 장소까지 오기 힘들 것 같다며 늦지 않게 따로 경기장으로 가겠다고 연락을 했다더니 단순 복통이 아니었나 보다.

이미 벌어진 일을 놓고 왈가왈부해 봤자 소용없다. 감독은 곧바로 새 지시에 들어갔다.

"형민이 자리에 현진이가 들어가고, 그리고 임시 주장은."

다들 정규를 쳐다보았다. 원래 골키퍼가 주장을 맡는 경우가 많기도 하거니와 본래 인망이 높은 편이었으므로 자연스러운 시선이었다. 따로 부주장이라 확정하지는 않았지만 모두가 으레 정규를 부주장이라 생각하고 있었던 것이다.

"김무겸이 맡아."

"예?"

당황한 듯 되물은 사람은 당사자인 무겸이었고 다른 이들의 눈빛도 흔들렸다.

아무리 예전보다는 나아졌다지만 감독도 무겸에 대한 대표 팀 내의 평판이나 그의 성격을 모를 리 없을 텐데 갑자기 주장이라니.

무겸도 분위기를 모르지는 않는다. 무슨 신종 괴롭힘인가 싶어 미간만 보일 듯 말 듯 찌푸리고 있어도 감독은 번복하지 않았다.

"자, 여기. 주장 완장."

감독이 팔에 찰 완장을 건넸고 무겸은 황당함을 감추지 못하면서도 일단 받아 들었다. 그러나 그것을 뻔히 내려다볼 뿐 곧바로 팔에 차지는 못했다.

그린포드에서 꽤 오래 뛰었다지만 아직 위로 쌓인 인간들도 많아 어쩌다 주장, 부주장까지 경기에서 빠져도 무겸이 완장을 찰 일은 지금까지 없었다. 대표 팀에서는 더 말할 것도 없어서 주장은 이제껏 한 번도 생각해 보지 않았다.

보통 주장은 경기 전체를 조망하고 선수들을 잘 북돋는 사람이 맡는 경우가 많아서 공격수보다는 미드필더나 수비수, 나아가서는 골키퍼가 맡는 경우가 흔하다. 적임자인 임정규를 두고 왜 저인가. 무겸은 힐끗 정규 쪽을 보았으나 그는 별로 의외일 것도 없다는 듯 덤덤한 표정이었다.

'뭐가 뭔지.'

그러나 지금 이런 문제를 가지고 갑론을박을 할 시간은 없다. 무겸은 서둘러 팔 위로 완장을 둘렀다.

미들진에 결원이 생기며 전술에도 변화가 생겼다. 원래 공격수 둘을 투톱으로 배치하려던 감독은 무겸을 원톱으로 세우고 중원과 수비를 강화하기로 했다. 로커 룸에서의 지시가 끝난 뒤 선수들은 우르르 줄 서 터널로 향했다.

지역 예선, 그리 긴장할 것도 없는 경기였지만 무겸은 어느 때보다 팽팽하게 곤두선 기분으로 출구 바깥에 펼쳐진 푸른 그라운드를 바라보았다.

아무래도 팔 한쪽에 차고 있는 가로띠가 어색했다. 무게로 따지면 1그램이나 될까 싶을 정도로 가볍고 얇은 띠 하나가 모래주머니처럼 묵직하게 느껴졌다. 그 위를 손으로 가볍게 쓰는 사이 입장 시간이 다가왔다. 선수들이 줄을 서 그라운드로 향했고, 몇 년 만에 치러지는 월드컵 예선전을 보러 온 사람들의 함성이 그들을 맞이했다.

본격적으로 경기가 시작되기 전, 선수들이 사기를 다지기 위해 둥글게 모여 섰다.

"김무겸. 주장인데 한마디 해라."

정규가 운을 뗐다. 무겸은 선수들과 빠르게 눈을 마주치며 짧은 헛기침을 했다. 자신이 대표 팀 선수들을 세워 놓고 이런 말을 할 상황이 오리라고는 꿈도 꾸지 않았는데.

그러나 최근 하준의 앞에서만 영 기를 못 쓰고 있을 뿐, 원래 때와 장소에 맞도록 혀를 놀리는 데 큰 어려움을 겪어 본 적 없는 무겸이다. 그는 준비된 듯 술술 말을 이어 갔다.

"감독님 말씀대로 별로 어려운 상대는 아니다. 하지만 어쨌든 내년 월드컵을 위한 중요한 단계 중 하나고, 이기고 지는 데 연연하기보다는 첫 각오를 제대로 다지는 걸 목표로 하면 되는 경기라 생각한다. 물론 져도 된다는 이야기가 아니라 당연히 이겨야 한다는 이야기고. 할 수 있다는 자신감 가지고 내년 본선까지 끝까지 똑같은 마인드로 가 보자."

그리고 무겸은 한 호흡 쉬고 말을 이었다.

"지난 월드컵에서는 내가 많이 부족한 모습을 보였지만 이번에는 많이 노력하려고 한다. 그때 함께했던 사람들 모두 미안하고, 이번 월드컵은 시작부터 힘내서… 차마 우승이라고는 말 못 하겠지만."

그렇게 말하자 몇몇이 쓰게 키들대며 웃는다. 단기적인 목표를 세울 때는 멀리 있는 허황된 것을 좇지 말고 눈앞의 것부터. 그 또한 무겸의 원칙이었다.

"내년에는 정말로 16강, 아니 최소 8강까지는 진출. 한번 해 보자."

"해 보자. 파이팅."

한 선수가 거들 듯 말했고 둥글게 선 선수들은 양옆의 사람들과 어깨를 걸고 몸을 숙였다. 무겸이 선창했다.

"할 수 있다!"

"할 수 있다!"

선창에 따라 다 같이 목소리를 높여 소리치고 일시에 몸을 일으킨 선수들은 박수를 치며 우르르 흩어져 줄을 섰다. 국가가 울려 퍼지는 사이 관중석의 함성은 점점 커지고 있었다.

국가 송출이 모두 끝나자마자 선수들은 각자의 위치를 찾아갔고 최전방 공격수로서 주장으로서 하프라인 근처에 선 무겸은 경기 시작 휘슬이 울리기 전, 관중석을 한번 휘익 둘러본 뒤 벤치 쪽으로 눈길을 보냈다.

몇 명의 코치들 사이, 오늘도 당연하다는 듯 윤채훈의 옆에 서 있는 하준이 바로 눈에 들어왔다. 거리가 멀어 의견을 교환할 정도는 아니었지만 무겸은 손을 골반에 걸쳐 슬쩍 위 팔뚝을 내밀어 보였다.

'봐봐, 이하준. 나 주장 달았다. 임시지만.'

속으로 그렇게 말을 걸었으나 하준이 제 말을 알아들었을 리는 없을 것이다.

무겸은 레바논의 주장과 대표 팀 깃발을 교환한 뒤 악수를 하고 자리를 지켜 섰다. 휘슬이 울리고, 경기가 시작되었다.

"김무겸이 주장이라더니 진짜네."

경기의 시작을 지켜보던 채훈이 슬쩍 웃으며 말했다. 하준이 그를 돌아보았다.

"좀 의외네요. 아직 부주장이라 확정적으로 말씀은 안 하셨어도 형민이 형님 빠지면 정규가 주장을 맡을 거라 생각했는데."

"아냐, 감독님이 잘하신 것 같아. 계속은 아니더라도 오늘처럼 어렵지 않은 경기일 때 김무겸한테 한 번쯤 주장직 맡기면 팀워크에 도움될 거야.”

“그럴까요?”

“그럼. 저런 타입이 완장 채워 주면 엄청 열심히 하거든.”

그 말에는 하준도 픽 웃지 않을 수가 없었다. 역시 채훈은 훌륭한 코치였다. 몇 번 만나 보지도 않았는데 이미 무겸에 대해 거의 모든 것을 파악한 듯했다. 하준은 희미한 웃음을 띤 얼굴로 잔디밭 위를 계속 주시해 나갔다.

경기는 정말로 그의 말처럼 이어졌다. 원톱 전술일 때 전방 공격수는 전달받은 공을 정확하게 골로 연결할 책임을 홀로 지는 입장이므로 자리를 이탈하기가 쉽지 않다. 사실 무겸처럼 상대방 진영을 속이고 부수며 활발하게 필드를 돌아다니기를 좋아하는 선수에게 원톱 전술은 제약이 커 알맞은 전략은 아니다.

그도 평소라면 그리 주의나 시야를 넓게 가져가지는 않았을 것이다. 그러나 오늘 무겸은 자리를 크게 벗어나지 않으면서도 시종일관 건너편 진영에서 일어나는 일에 대해, 그가 자주 쓰는 표현을 빌리자면 온갖 오지랖을 떠는 중이었다.

“공 끌고 있지 마! 바로바로 패스해!”

“왼쪽! 더 빨리 움직여!”

“아니, 그쪽이 아니지! 영준이한테 주란 말이야!”

주장 완장 찬 팔을 지휘자라도 된 것처럼 크게 휘저으며 온갖 지시를 버럭버럭 외치는 모습은 벤치에서도 아주 잘 보였다. 많은 스태프들은 그 모습을 전력 차이가 명확한 경기 양상보다도 흥미진진하게 지켜보았다. 모르기는 해도 중계 카메라 역시 무겸의 그런 모습을 주시하고 있을 터였다.

전반 20분도 되지 않았을 시점, 골을 넣기 위해 달리는 무겸에게 레바논 선수 중 한 명이 페널티 박스에서 무리한 파울을 걸었다. 무겸이 바닥에 뒹굴자 심판은 곧바로 카드를 꺼내 들었고, 한국의 페널티 킥 기회가 선언되었다.

페널티 키커는 무겸이었고, 그는 허리에 손을 얹고 멈춰 서 위치를 가늠한 뒤 짧은 도움닫기 후 강하게 공을 찼다. 유려한 궤적을 그리며 빠르게 날아간 공은 골키퍼의 점프를 무력하게 만들며 골망을 때렸다.

그렇지 않아도 경기장을 가득 메운 응원은 커다란 함성으로 변했다. 무겸에게 선취골을 빼앗긴 후 우왕좌왕 무너지기 시작한 상대는 전반 40분에 다다라 한 골을 더 먹었고, 2 대 0으로 전반전이 종료되었다. 아무리 끝까지 해 봐야 아는 것이 축구라지만 이 정도면 걱정할 필요 없는 진행이었다.

하프 타임, 선수들은 로커 룸으로 우르르 몰려들어 옷을 갈아입고 수분 보충을 하고, 전반에 통증을 느꼈거나 살짝 무리가 간 부분에 테이핑을 하거나 스프레이를 뿌리느라 바빴다. 무겸도 빠르게 옷을 갈아입고 다시 팔에 완장을 잘 찬 뒤 선수들을 살피며 돌아다니기 시작했다.

"아까 까인 데는 어때?"

"괜찮아요. 스친 정돕니다."

옆에서 들려오는 대화에 한 선수의 다리에 테이핑을 해 주던 하준은 무심코 고개를 들었다. 전반전에서 태클을 당한 선수에게 무겸이 말을 걸고 있었다.

그 태도에서 인민을 살피는 독재자의 자아도취와 비슷한 색이 느껴지지 않는다고는 할 수 없었으나, 하프 타임이 되면 대체로 혼자 앉아 후반전을 위해 멘탈을 다스리던 때에 비해 팀의 사기도 올라가고 무겸 본인도 오히려 여유로워 보였다. 채훈의 말대로 완장 효과가 꽤 긍정적으로 작용하는 것 같았다.

그런 생각을 하는 사이 시선을 금방 거두려고 했던 마음과는 달리 계속 무겸을 응시하게 되었다. 무겸도 시선을 눈치챈 듯 고개를 돌렸고, 불시에 눈이 마주쳤다.

하준은 저도 모르게 어깨를 작게 한 번 흠칫했으나 그뿐이었다. 천연스럽게 하던 테이핑을 마무리하고 무겸에게 다가가 그를 점검했다.

"너는 문제 있는 곳 없어?"

그도 페널티 킥 전 파울성 태클을 당해 한 번 그라운드를 뒹굴었으니 작게라도 통증을 느끼는 곳이 있을지도 모른다. 그러나 하준의 질문에 무겸은 고개를 저었다.

"멀쩡해."

다행이라 생각하며 고개만 끄덕였다. 그래도 아까 부딪힌 곳을 한 번은 점검하고 싶어 무겸을 의자에 앉히고 그의 앞에 무릎을 굽혀 앉았다.

"부딪힌 곳이 여기지?"

무겸은 공을 가지고 골대를 향해 달려가던 중 레바논 측 수비수에게 정강이 아래쪽을 차여 넘어졌다. 정작 공에는 발도 닿지 않았고 공격수의 다리를 노린 파울이었기에 해당 선수는 옐로카드를 받았고 무겸은 페널티 킥 기회를 얻어 선취골을 넣은 것이다.

"누르니까 좀 아프긴 하네."

무겸은 대수롭지 않게 이야기했지만 하준의 미간은 희미하게 찌푸려졌다. 관절 부분이 아니므로 부딪힌 정도로 장기적 문제가 생기지는 않겠지만 벌써 붉은 멍이 번지기 시작했다. 태클이 보호대를 절묘하게 비껴 나갔다.

선수 시절에도 반칙성 태클을 질색하던 하준이었다. 달리는 사람의 다리를 가격하는 행위는 의도가 명백하고 큰 부상으로 이어지지 않는다고 해도 그저 운에 따른 결과일 뿐이다. 어떤 부상으로 이어질지 모르는 이런 행위를 동업자들끼리 하다니.

특별한 처치까지는 필요 없겠지만 타박상에 바르는 연고 정도는 발라 두는 것이 좋을 것 같았다. 하준은 자리에서 일어섰다.

"잠깐 앉아 있어."

다들 바쁜 와중 의료 팀에 따로 부탁할 일까지도 아니라 하준은 타박상용 연고만 받아 들고 자리로 돌아왔다. 경기 때 신는 긴 양말을 끌어내린 무겸은 하준이 시킨 대로 제자리에 얌전히 앉아 있었다.

하준이 다시 자세를 낮춰 왼손 끝에 불투명한 흰색 연고를 가득 짰다. 멍이 짙어지기 시작한 정강이와 발목 사이쯤에 그것을 꼼꼼히 문지르다가 다른 곳은 괜찮냐 묻기 위해 고개를 들었다.

"다른-."

그러나 하준은 순간 자신이 무슨 말을 하려 했는지도 잊었다. 무겸과 눈만 마주친 채로 연고를 바르던 손을 서서히 멈춰 세웠다.

맹수와 눈이 맞은 먹잇감처럼 몸이 굳었다. 이미 몇 번이고 봐서 익숙해졌다고 생각했던, 그러나 최근 꽤 오랫동안 보지 못했던 눈이 저를 꿰뚫을 듯 응시하고 있었다. 동공 뒤쪽부터 타오르는 것 같은, 승리를 맛보는 중인 무겸의 지글대는 뜨거운 눈빛.

경기가 끝난 직후에는 꼭. 그것이 한때 무겸과 저 사이의 약속이었다.

섹스 파트너 관계로 돌아가자고 억지를 부리던 무겸은 하룻밤 사이 손바닥 뒤집듯 말을 바꿔 애인이 아니면 싫다며 고집을 피우는 중이었지만 그렇다고 해서 그가 갑자기 다른 사람이 되는 것은 아니다.

그의 몸에 오랫동안 배었을 욕망의 습관이 변했을 리도 없다.

"…다른 아픈 곳은 없어?"

간신히 말을 잇고 하준은 그의 정강이 쪽으로 고개를 숙여 시선을 피했다.

"아픈 곳은 없어."

낮아진 목소리에 스민 열감도 하준은 느낄 수 있었다.

아픈 곳은 없지만 다른 문제는 있다는 소리처럼 들린다. 몸이 멋대로 긴장해 귀와 턱 사이의 어딘가가 감기라도 걸렸을 때처럼 욱신거리려고 했다.

"다들 준비 마쳤으면 이쪽으로 집합!"

그때 감독이 손뼉을 치며 선수들을 모았다. 하준이 여전히 정강이 위에 올라가 있던 손을 치웠다. 무겸은 들릴 듯 말 듯 작은 한숨을 내쉬고 끌어 내렸던 양말을 제대로 신었다.

하준은 무릎 굽혀 앉았던 몸을 바로 세웠다. 옅게 웃는 무겸의 얼굴이 이제 제대로 눈에 들어왔다. 그 미소조차도 맹수의 낯에 간신히 한 꺼풀을 걸치고 있는 듯 불안정하게만 보였다.

…처음부터 무겸에게 안 된다고 말한 적도 없다. 컨디션 타령을 하며 굳이 저와 섹스를 해야겠다고 우기기에 둘의 관계가 어떻게 되든 그것만큼은 돌아가는 날까지 원하는 대로 하라고 분명히 의사를 전달했다. 그 결정을 결코 쉬운 마음으로 내리지 않았다.

선수들이 둘러서서 후반전을 위한 감독의 지시 사항을 듣고 있었다. 하준은 다른 스태프들과 함께 그 모습을 지켜보다가 몸을 돌렸다. 입장 시간이 임박했다. 미리 벤치로 나가 경기 준비를 하기 위해 코치들이 먼저 출구로 향했다.

"이 코치. 잠깐만."

그때 무겸이 하준을 불러 세웠다. 대답하기도 전에 하준의 팔을 붙들더니 휙 제 쪽으로 끌어당긴다.

깜짝 놀라 주변을 살폈지만 신경 쓰는 사람은 아무도 없었다. 본래 이 사람 저 사람 부둥켜안고 장난치는 것이 선수들의 일상이다. 자격지심일 뿐, 단순히 붙어 서 있거나 끌어안는 정도로는 누구도 신경 쓰지 않는다. 무겸이 목소리를 낮춰 속삭이듯 빠르게 물었다. 작고 낮은 목소리였지만 열기가 그득했다.

"후반전도 기운 내고 싶은데."

"……."

"잠깐만 안아 봐도 돼?"

"벌써 사람 끌어당겨 놓고 뭘 물어."

아무렇지 않은 척하지만 나름대로 힘겹게 쥐어짠 대답이었다. 무겸은 그저 피식 민망한 웃음을 짓더니 하준의 허리 뒤로 슬쩍 팔을 감고, 고개를 살짝 숙여 목덜미 근처에 얼굴을 가까이 했다.

둘만 있을 때처럼 살갗에 얼굴을 박고 코를 묻다시피 하는 행위는 아니었으나 체취라도 맡는 듯 깊게 숨을 들이쉬자 다른 이에게는 느껴지지 않을 그 호흡이 하준에게는 예민하게 와 닿았다.

뒷목에 소름 돋는 오한이 끼치고 빈혈이라도 일으키는 사람처럼 눈앞이 잠시 어쩔 흐릿해진다. 그러나 무겸의 팔이 등을 받치고 있어 하준은 묵묵히 버틸 수 있었다.

실제로 무겸이 하준을 안고 목 가까이 얼굴을 기울인 시간은 5초나 될까 말까 한 짧은 시간이었으리라. 스태프들이 채 다 바깥으로 빠져나가기도 전에 무겸은 팔을 풀어 주었으니까.

"후반전도 잘 뛰고 올게."

무겸은 끌어안았던 등을 툭, 소탈한 포옹이었던 척 손바닥으로 가볍게 두드리고 달려갔다. 하준도 서둘러 다른 이들을 따라 출구를 빠져나가 자신의 위치로 향했다. 잠시 자리를 비웠던 관중들도 하나둘씩 자리를 메워 다시 경기장이 꽉 찼다. 얼마 지나지 않아 터널로 선수들이 걸어나오며 후반전이 시작되었다.

하준은 노트를 펼쳐 들었다. 정식으로 대표 팀 스태프에 포함될 수 있을지 아닐지 아직은 불확실했으나 결과가 어떻게 되든 한 자리에 있을 때는 최선을 다해야 했다. 시티서울 선수들의 플레이 타입과 경기 때의 습관, 각 경기 때의 편차, 신체적 특성 등을 일일이 기록하여 관리하듯이 대표 팀 선수들도 마찬가지로 기록할 생각이었다.

전반전 때와 마찬가지로 경기를 충실히 관전하며 중간중간 열심히 기록을 하던 하준의 필기가 어느 순간 느려지다가 멈추었다. 흰 노트 위를 바라보며 생각에 잠기던 얼굴이 잔디밭 위를 열심히 달리는 무겸에게 향했다.

검은 눈이 추격하듯 집요하게 그의 궤적을 좇는다. 그러나 그것도 잠시, 하준은 다시 펜을 고쳐 들고 써 나가던 문장 끝에 마침표를 찍었다. 경기는 큰 변수 없이 진행되었고 역전도 없었다. 후반 40분에 무겸이 한 골을 더 넣으며 점수 차는 더 벌어졌고 경기는 3대 0, 완벽한 승리로 종료되었다.

⚽

　대표 팀 선수들을 태운 버스는 승리의 기쁨으로 떠들썩했다. 프로가 된 뒤 처음으로 주장 노릇을 한 무겸은 좌석에 앉자마자 휴대폰을 켰다. 보통 경기 반응이나 관련 기사는 집에서 혼자가 되었을 때 살피지만 오늘은 조금 마음이 급했다.

　포털 사이트 메인에 한국 대표 팀이 레바논전에서 3 대 0으로 승리했다는 배너가 걸려 있었다. 그것을 누르자 경기를 보며 사람들이 남긴 댓글이 일렬로 떴다.

> ▶ 김무겸이ㅋㅋㅋ 주장ㅋㅋㅋㅋㅋ

　가장 먼저 눈에 들어오는 댓글부터 썩 마음에 들지는 않는다. 눈썹만 슬쩍 끌어 올리고 스크롤을 내렸다.

> ▶ 그래도 생각보다 리더십 있는데 순 독고다인줄 알았더니
> ▶ 완장질 좋아할 거 같이 생겼잖아

　산 넘어 산이었다. 스크롤을 더 쭉쭉 내리는데 문득 한 댓글이 눈에 들어왔다.

> ▶ 오늘 이기긴 했지만 무톱 전술은 비효율적임 김무겸은 반경을 넓게 가져가 줘야 함 미들이나 풀백에 패스 잘 먹여주는 사람도 없고

그리고 그 아래.

무겸은 더 이상 스크롤을 내리지 않고 그 댓글만 들여다보다가 화면을 껐다. 자연히 눈길이 옆으로 돌아간다. 옆자리에 앉은 하준은 창밖만 내다보고 있을 뿐 떠들썩한 분위기에 합류하지 않고 혼자 조용히 생각에라도 잠긴 모습이었다.

대표 팀은 파주에 있는 트레이닝 센터를 훈련장으로 사용하고 있었지만 서울에 위치한 경기장으로 이동하기 전 파주에서 집합을 하는 것은 시간과 체력의 낭비였기 때문에 오늘은 경기장과 가까운 시티서울의 훈련장을 집합 장소로 빌렸다. 무겸과 하준에게는 일상적인 장소인 그곳에서 대표 팀은 승리를 축하했다.

"모두 수고하셨습니다!"

"수고하셨습니다!"

감독이 헤어지기 전 짧게 마무리 인사를 했다.

"오늘은 들어가서 푹 쉬고 해외파들 출국하기 전에 한번 따로 모여서 자축하자. 개인적으로는 작년 1차 예선 때에 비해 훨씬 조직력이 좋아졌다고 생각한다. 이대로 내년까지 쭉 가는 거다."

"네!"

기세 좋게 대답한 선수들이 제각기 귀가를 서두르는 중, 무겸 역시 하준을 찾기 위해 고개를 두리번거렸다. 대표 팀 훈련장에서 돌아가는 길은 아니었지만 오늘까지는 한 차로 출퇴근을 하자는 제안이 유효할 것이다.

"김무겸."

찾던 사람의 목소리는 등 뒤에서 들려왔다.

무겸이 휙 몸을 돌려세웠다. 하준이 가방을 어깨에 메고 그 자리에 서 있었다.

"이 코치. 찾았잖아. 집에 가자."

무겸이 웃으며 하준에게 가까이 다가섰다. 에스코트라도 하듯 주차장 쪽으로 팔을 뻗자 하준은 별말 없이 차 앞까지 무겸을 따라왔다. 시동을 걸고 출발 준비를 하는데 조수석에 앉아 안전벨트를 맨 하준이 물었다.

"지금부터 다른 약속이나 일정 있어?"

"아니."

요즘은 딱히 사람을 만나 놀고 싶은 마음도 생기지 않아 밤 나들이도 끊은 지 오래였다. 고개를 젓자 하준이 불쑥 선언하듯 말했다.

"그럼 오늘은 너희 집으로 가."

"어?"

하준의 갑작스러운 폭탄 발언에 무겸은 그만 액셀을 잘못 밟을 뻔했다. 눈을 커다랗게 뜨고 하준을 바라보았다. 그는 뭔가 마음에 안 드는 듯 미간을 찌푸리더니 할 말이 있는 것처럼 입을 달싹였다가, 다시 입을 다물고 앞머리만 쓸어 올렸다. 비교적 차분해진 목소리가 그 뒤에나 흘러나왔다.

"왜 다 네 맘대로야?"

"…뭐가?"

"사람한테 온갖 무안 줘 놓고 섹스 파트너로 돌아가자고 우길 때도 네 멋대로, 사람이 기껏 마음먹고 네 말대로 하자고 하니까 이제는 또 애인 아니면 안 한다고? 안 하면? 티나 내지 말든가. 하고 싶은 티는 다 내면서 계속 신경 거슬리게 굴 거란 얘기밖에 안 되잖아."

신경 거슬리게 굴었나……? 내가……?

나름대로 하준에게 잘 보이기 위해 애쓰고 있다고 생각했던 무겸은 다소, 아니 제법 큰 충격을 받았다. 하지만 그 말에 태클을 걸 타이밍이 아니라는 것 정도는 알고 있었다.

"왜 뭐든 네 멋대로 진행하고 네 멋대로 결정해? 그때나 이때나 나는 그냥 네가 하자는 대로 따르라는 소리밖에 더 되나? 뭐가 그렇게 다 쉬워? 그 난리를 쳐 놓고서 도대체 내가 그동안 고민한 건 다 무슨 의미가 있는 건지."

거기까지 말한 하준은 제대로 말을 맺지도 않고, 더 말하기도 힘 빠진다는 듯 짧은 한숨만 내쉬었다. 턱을 괸 채 정면만 보았다.

무겸은 바삐 변명하고 싶은 기분이 되었지만 겨우 참을 수 있었다.

쉽다니, 전혀 아니다. 실은 마음대로 너에게 금욕을 강요하는 것 같아 그렇지 않아도 신경이 쓰였다고, 저와 마찬가지로 너도 성욕을 가지고 있는 신체 건강한 남자인데 관계를 새롭게 시작하고 싶다는 생각에만 매달리며 혼자 고집을 부리고 있는 게 아닌지 고민했다고.

나도 그렇게 생각했었단 말이야. 하지만 그렇게 말하면 또 자자는 이야기밖에 안 될 것 같아서, 네가 나를 정말 짐승 새끼 취급할까 봐 말을 못 한 건데!

아무리 마음이 남아 있다지만 명백히 저와 거리를 두고 싶어 하는 때 조금이라도 나아진 모습을 보여야 할 것 아닌가. 그래서 하고 싶은 말과 행동의 팔 할도 하지 못하고, 하준은 물론 윤채훈에게까지 나름대로 조심스럽게 대하려고 노력했는데 그마저도 하준의 눈에는 제멋대로인 행동이었나 보다.

작지 않은 억울함을 품고 속으로는 변명을 외쳤지만 이제 와서 그런 말을 늘어놓아 봤자 그야말로 신경에 거슬리기만 할 것 같았다.

"자꾸 네 마음대로 결정하고 나한테 정한 대로 따라오라고 하지 마."

"따라오라고 한 적 없어. 그런 뜻으로 한 말 아니야."

"나한테도 결론을 내린 이유가 있고, 상황에 따라 생각할 일이 있고, 확인해 보고 싶은 것들이 있어."

확인? 뭘?

하준의 옆모습은 계속 정면을 향한 채였다.

"출발해."

그의 말투는 훈련 중 선수에게 행동 사항을 지시할 때처럼 단호했다.

'알겠습니다, 코치.'

무겸은 마음속으로 그렇게 대꾸하며 핸들을 돌렸다. 약간은 될 대로 되라는 자포자기의 심정을 가슴 한구석에 안은 채로.

좋다. 이하준이 먼저 폭탄처럼 다가왔다면 저도 화끈하게 대꾸해 주는 것이 옳은 방향 아닐까? 얼굴로도 안 되고, 돈으로도 안 되더니 역시 경기에서 멋진 모습을 보여 주는 것이 정답이었나.

어쨌든 하준에게서 먼저 함께 밤을 보내자는 말을 끌어낸 것은… 싸우기 전까지 통틀어 생각해도 지금이 처음 같으니 말이다.

운전자의 마음은 심란하게 요동치고 있었으나 차는 흔들림 없이 도로를 빠르게 직진해 나갔다.

삑. 카드 키를 가져다 대자 작은 울림과 함께 현관문이 열렸다. 늘 듣던 문 열리는 소리마저 심장 떨리는 소리처럼 느껴진다.

따지고 보면 그리 오랜 시간이 지나지도 않았는데 집 안에 함께 들어서는 것이 무척 오랜만인 같았다. 하준은 무겸보다 앞서 신발을 벗고 실내로 올라섰다. 돌아보지도 않고 저벅저벅 거실까지 당도한 그는 가방을 내려놓으며 한마디만 던졌다.

"씻는다."

"그래."

출전을 앞둔 전사처럼 사뭇 비장하게까지 느껴지는 하준의 말에 무겸도 비장하게 대답했다. 하준이 끝까지 돌아보지도 않고 그대로 욕실로 향하는 모습을 바라보다가 허리에 손을 얹고 애매하게 고개를 저었다.

잘하는 짓인지 모르겠으나 엎질러진 물이다. 이대로 몸이 멀어지게 내버려 두는 것도 현명한 선택은 아닐 것 같고, 무엇보다 이제까지 하준과 몸 궁합만큼은 처음부터 마지막까지 단 한 번도 삐거덕댄 적이 없다.

그전부터 존재했다는 마음은 비밀스러운 것이었을 뿐, 결국 이 관계는 몸으로 시작해 여기까지 왔다. 그렇다면 계기가 어찌 되었든 몸으로 풀 수 있는 부분도 있을지 모른다. 기왕 얻은 기회니 냉랭해진 코치님에게 잠시 잊고 있던 김무겸과의 섹스가 얼마나 좋은지를 다시 한번 일깨워 주는 거다.

무겸은 한동안 주인을 잃고 방치되어 있던 흰색 가운을 꺼냈다. 고작 실내 가운 몇 벌에 정장 한 벌 정도가 하준을 위해 산 옷가지의 전부라는 황당한 사실을 지금 와서 실감한다. 이 집의 방 한 칸, 아니 두 칸이라도 그의 드레스 룸으로 만들어서 새 옷으로 모두 채우는 것쯤 전혀 어렵지도 않았는데 도대체 이제까지 뭘 한 걸까.

의미 없는 후회에 속으로만 투정하는 사이 하준이 욕실에서 나왔다.

무겸은 가운을 손에 쥐고 멍하니 그에게 시선을 고정했다.

그는 아무것도 걸치지 않은 나신이었다. 스태프들과는 샤워실을 그다지 같이 쓰지도 않으니 최근 들어 그의 몸을 오랫동안 보지 못했다. 흰 피부와 허리에 남은 얼룩까지 눈을 통해 전신을 찌르듯이 덮쳐들었다.

무겸이 아무 말도 못 하고 그를 보는 동안 하준 역시 말없이 무겸에게 다가와 손안의 가운을 가져가 들었다. 그러나 가운 소매에 팔을 제대로 꿰고 허리끈을 묶기도 전에 무겸의 팔이 하준의 허리를 먼저 감아 당겼다.

여며지지 못한 앞섶이 풀어지고 끈은 그대로 길게 뒤로 꼬리처럼 늘어지고 말았다.

"잠……."

아마도 잠깐, 이라고 말하려던 하준의 말은 거기서 끊어졌다. 무겸이 키스를 하거나 입을 막아서는 아니다. 하준이 스스로 입을 닫고 말하기를 멈췄을 뿐이다.

오아시스라도 발견한 방랑자처럼 무겸은 아랑곳하지 않고 하준의 목덜미에 얼굴부터 묻었다. 조금 전 경기장에서처럼 남들 눈을 의식하느라 살짝 고개만 숙인 채로 숨을 들이쉬는 그런 행위가 아니었다.

코와 입술을 점토 따위에 묻고 그대로 숨을 멈춰버리려는 사람처럼, 무겸은 그의 피부에 깊이 밀착했다. 눈을 감았다. 부드러운 피부의 감촉이 입술을 간지럽힌다. 씻어 버리는 바람에 특유의 체취가 옅어진 것이 오히려 아쉬웠다.

팔로 감고 있던 허리와 엉덩이를 가볍게 받쳐 안아 올리자 흠칫 놀라는 몸이 아주 슬쩍 앞으로 기울어 무게를 기댄다. 무겸은 이번에는 그의 어깨쯤에 얼굴을 묻고 침실로 향했다.

한동안 주인을 잃고 방치되어 있던 방에 오랜만에 사람이 든다. 걸어

가는 중에도 참지 못하고 무겸은 입술이 닿는 대로 하준의 피부를 핥고 약하게 깨물었다. 머리 위로 너무나 듣고 싶었던 목소리가 흐르기 시작했다.

"하, 으……."

평소의 그에 비하면 작은, 마치 참으려고 하지만 잘되지 않는 것처럼 비어져 떨어지는 신음은 그래서 더 자극적이었다. 무엇을 하기도 전에 무겸의 사타구니는 뜨겁게 부풀었다.

"이하준."

특별히 할 말이 있어서가 아니라, 그저 부르고 싶어서 그의 이름을 불렀다. 천천히 침대에 누인 몸이 앞섶이 다물리지 않은 가운 옷깃 사이로 훤히 드러났다.

남자 몸을 대상으로 이런 비유를 하는 것은 낯부끄러울지도 모르겠으나 무겸은 그야말로 꽃의 중심부를 보는 것 같았다. 막 피어나 물기가 채 가시지 않은 꽃잎의 한가운데. 그리고 그 부드러운 속살을 지금부터 만질 것이다.

모처럼 느낄 피부와 체온 사이에 어떤 방해물도 끼우고 싶지 않았다. 무겸은 반쯤 걸쳐진 가운을 완전히 벗겨 내고 제 옷도 빠르게 벗어 던진 뒤, 그의 몸 위로 타고 오르듯 엎드려 어깨부터 끌어안았다.

지체 없이 얼굴을 숙여 입을 맞추려고 하는데, 마찬가지로 숨이 가빠진 하준이 무겸의 턱과 입가를 손가락으로 가볍게 터치했다.

키스를 제지하는 손짓이다. 무겸이 기울이던 얼굴을 멈춘 사이, 어떤 소음도 끼어들지 못하는 조용한 방 안에 하준의 속삭임이 선명하게 울렸다.

"하던 대로 하고 싶어."

"하던 대로?"

무슨 뜻인지 알 수 없어 무겸이 물었다.

"원래 하던 것처럼……. 시작하면서 키스한 적 거의 없잖아."

그 말에 무겸이 어리둥절한 표정을 지으며 재차 물었다.

"하면 안 돼?"

"…나중에."

무겸은 잠시 묵묵히 하준을 내려다만 보았으나 곧 납득한 듯 고개를 끄덕였다. 서랍 속에 방치돼 꽤 오랫동안 바깥 공기를 쐬지 못했던 젤을 꺼내 옆에 대충 놓아두었다.

마음이 내키지를 않나. 다른 뜻이 아니라 섹스만 하러 왔다 이거지.

하준이 제게 좋아한다고 말하기 전까지는 자신도 하준에게 입술을 쉽게 허락하지 않았다. 어차피 여기저기 내돌리던 입술을 새삼스레 아껴서는 아니었고 그저 장난이었다.

키스를 좋아하는 하준이 쉽게 말도 못하고 안달만 내는 모습이 보기 귀여워서. 그뿐이었는데 이제 와서 그 장난질을 당하던 하준의 마음의 반절 정도나마 이해가 되려고 한다. 가슴이 싸해지는 것이 아주 좆같은 기분이다.

오늘은 무조건 이하준에게 맞춘다. 각오를 다지며 가늘게 한숨을 쉰 무겸은 키스를 포기하고 목적지를 잃은 입술을 쇄골쯤에 찍어 눌렀다.

입술이 아니더라도 입 맞출 곳은 많다. 일부러 쪽쪽 소리를 크게 내며 입을 맞추고, 가로로 아름다운 선을 그리고 있는 빗장뼈 아래를 혀로 살살이 훑었다.

"…훗, 으, 흐……."

집중되는 짙은 애무에 허리가 참지 못 하고 약하게 움찔댄다. 기다란 뼈를 감싼 피부를 끝에서 끝까지 칠하듯 입술과 혀로 함께 훑고, 무겸은 그대로 얼굴을 내려 급작스레 가슴 위의 돌기를 빨아올렸다. 신음을 흘리던 입술은, 처음에는 다물려고 노력하는 듯했으나 별 소용이 없는지 결국은 벌어지고 말았다.

"으응, 하, 아!"

비록 키스는 거부한다지만 작은 애무에도 예민하게 반응하는 하준의 몸은 오랜만에 품어도 그대로였다. 집에 들어서기 전부터 발기해 있던 무겸의 성기는 이제 아플 정도로 치솟아 올랐다.

아직 넣을 생각은 없었다. 무겸은 막대처럼 단단해진 것을 하준의 허벅지 안쪽에 문질렀다. 귀두 끝에 배어 나온 쿠퍼액이 흰 살갗에 묻으며 마른 마찰을 너무 억세지 않게 만들어 준다. 따로 조이는 맛도 없이 그저 탄력 있고 부드러운 피부 위에 성기를 비벼 대고 있을 뿐인데 그것만으로도 흥분으로 머리가 핑핑 돌았다.

"하아, 이 코치. 왜 아무 데나 대고 문질러도 사람 미치게 만들어."

"앗, 간지러워……."

하준 역시 여린 살갗 위로 끼치는 단단한 열감이 낯설어서인지 흥분되는 것인지 다리를 자꾸만 모으려 들었다.

"이러면 더 꼴려."

흔들리는 다리를 아예 사타구니에 끼워 눌러 버렸다. 가슴의 한쪽 돌기를 빠는 사이 남은 한쪽은 만지기도 전에 바짝 일어섰다.

손을 가져다 대자 뾰족하게 일어선 것이 손끝을 간지럽힌다. 위치를 바꾸어 빨던 것에 손을 얹고, 손가락으로 지분대던 것을 입술로 덮자 등이 시트 위로 살짝 뜨며 휘어졌다.

"아웃, 그만……."

그 말을 무시하고 금방 흘러내릴 이슬처럼 맺힌 유두 위를 혀로 길게 쓸어 올렸다. 파르르 떨리는 몸, 갈비뼈 부근을 조이듯이 붙들고 제 상반신을 점점 끌어 내리며 명치부터 배꼽 아래 사타구니 언저리까지 혀로 난잡하게 쓸었다. 들뜬 신음이 머리 위로 쏟아진다.

다행히도 하준의 것 역시 제대로 일어서 있었다. 옆에 자리한 얼룩진 흉터와 그에 대비되는 흰 피부가 시야를 눈부시게 덮친다. 골반 끝에서 성기까지 이어지는, 다리와 허리가 연결되는 서혜부의 말랑한 피부를 무겸은 뜯어 먹기라도 하듯이 이를 세워 물어 댔다.

입술이 점점 중심부로 가까워진다. 바짝 일어선 성기 아래, 고환부터 혀로 강하게 긁자 생소한 자극에 하준의 엉덩이가 놀란 듯 크게 흔들렸다.

"흑, 아!"

아래쪽을 애무하느라 체중으로 눌렀던 다리가 풀려나자 도망이라도 치려는 것처럼 시트 위에서 크게 허우적댄다. 무겸은 양팔을 허벅지 아래로 밀어 넣어 감아 하준의 골반 전체를 팔뚝 안에 틀어잡아 버렸다.

단단히 구속한 다음에야 입을 벌려 일어서 있는 성기를 삼켰다. 그을린 팔뚝 아래로 붙잡힌 흰 허벅지가 덫에 걸린 동물처럼 파닥거렸다.

"싫, 흐, 웃! 거기, 입으로, 아, 하…!"

하지 말라고 말하려 했던 듯한 하준의 목소리는 성기가 혀에 감겨 애무당하자 신음에 묻혀 끊어졌다. 맥동하는 저항이 오히려 무겸의 몸을 더 뜨겁게 만든다.

하던 대로 하라고 했다. 시작 전의 키스라면 확실히 둘 사이에 낯설지만 넣기 전 오럴 섹스라면 이미 한 적 있으니 못할 이유가 없다. 성기를 죄다 삼킨 채 안쪽에서 혀를 움직이자 허리와 엉덩이가 함께 파득대며 튀어 올랐다.

"으으응, 아윽, 아, 핣, 지 마… 흐으!"

어떻게든 벗어나고 싶은지 허리를 비틀어 대지만 갇힌 몸은 꼼짝하지 못하고 속절없이 흔들리기만 했다. 한참을 혀로 이리저리 쓸던 것을 쭉 쭉 소리가 나도록 빨아올렸다. 붙잡은 몸에도 힘이 들어가더니 입속의 성기 또한 살짝 흔들렸다.

그때 요도 부분을 혀로 뭉개듯 짓이기자 허벅지 근육에 힘이 들어가며 단단해지는 것이 느껴졌다.

"하아, 아… 아!"

오랜만이어서일까, 첫 사정은 생각보다도 더 금방이었다.

입 안에 뜨거운 액체가 스미듯 퍼져 나가는 감각과 함께, 팔 안에 갇힌 다리가 후들후들 떨렸다. 이제야 벗어나기를 포기했는지 무게를 실어 아래로 처져 내린다.

무겸은 붙들었던 하반신을 풀어 주었다. 그러나 하준은 몸을 일으키거나 위로 몸을 끌어 올릴 생각도 못 하고, 방금 맛본 절정의 여운에 괴로운 듯 숨만 몰아쉴 뿐이었다.

예전에는 남자 것을 어떻게 입에 넣느냐고 질색을 했는데 이제 한 번 더 빨지 못해서 아쉬울 지경이다. 두 번 못 할 것도 없지만 저도 마음이 급했다.

쪽, 골반 위로 입을 맞추며 무겸이 손 위로 서둘러 젤을 듬뿍 짜 내렸다. 아무렇게나 벌어져 있는 다리 사이에도 점액을 바르자 하준이 그제야 무겸과 시선을 맞춘다.

"내가…….."

"음?"

달싹대는 입술을 주시하자 하준은 손을 내밀며 말했다.

"내가 할 거야. 너는… 잠깐 기다려."

"뭐?"

반문하는 무겸에게 부연 설명 없이 하준이 시트 위에 놓인 젤을 집어 들었다. 사정에 이르는 쾌감을 지나 지친 듯 달콤하게 흐려진 얼굴이며 흰 손 위에 투명한 점액질이 잔뜩 뿌려지는 모습까지도 무겸의 눈에는 음란하기 짝이 없었다.

그런데 보고만 있으라고?

"왜? 구멍 원래도 내가 풀어 줬잖아."

"오늘은 내가 하고 싶어. 네가 하면…….'

그렇게 말한 하준이 어깨를 움찔대며 제 손가락 하나를 엉덩이 사이 안쪽으로 밀어 넣었다. 하준의 손가락이 한마디씩 자취를 감출 때마다 무겸의 미간도 점차 좁아졌다.

이걸 보고만 있으라니, 고문이었다.

"하, 생각을 하기가 힘들어…서…….'

"아니… 섹스하면서 무슨 생각을 하겠다는 거야.'

보통은 다른 생각을 하지 않으려고 섹스를 한다. 게다가 그 생각이 무엇이든 저에게 유리한 방향일 것 같지가 않다.

아무리 머리를 굴려도 하준의 속셈을 모르겠다. 불안, 그리고 눈앞의 광경이 가져오는 거대한 욕구가 무겸을 당장이라도 미치게 만들 것 같았다.

…혹시 얼마 전에 다른 놈과 뒹굴기라도 했나? 뒤쪽 상태를 보여 주기 싫어서 일부러.

씨발, 그렇대도 뭐 어쩔 텐가. 무겸은 뭉게뭉게 피어오르려는 생각을 억지로 틀어막았다.

"아읏, 으."

하준은 간신히 손가락 하나를 더 밀어 넣고 있었다. 손목을 잔뜩 꺾어 제 안을 후비는 손놀림은 자극적이면서도 서툴다.

예전에도 느꼈지만 은근히 성질이 급한 것인지, 이하준은 제 뒤를 푸는 데 그리 능숙하지 못했다. 그때도 자신이 바로 붙들지 않았으면 구멍이 헐어 버렸을 거다.

"이하준. 천천히 해. 그러다 다쳐."

화끈한 자위 장면을 본다기보다는 서툰 걸음마를 불안하게 지켜보는 심정이 된다. 무겸은 미간을 찌푸리고 하준의 손짓을 지켜보았다. 이제 셀 수도 없이 했는데 왜 아직도 이렇게 비틀대는 송아지를 보는 기분을 느끼게 만드는지.

아니나 다를까 움직임이 성급해지는 손놀림을 보다 못한 무겸이 하준의 손목을 잡았다. 하준은 바로 몸을 굳히며 쏘아붙였다.

"내가 할 거야."

"알았어. 네가 해. 나는 그냥 좀 도와주려는 거야."

무겸이 다가가 다리를 벌린 하준의 등 뒤에 자리를 잡고 앉았다. 손목을 잡히는 바람에 하준의 손가락은 몸속에서 반쯤 빠져나와 있었다. 그 손등 위로 제 손을 겹치듯 붙잡은 무겸이 다시 손을 밀어 넣었다.

"아, 하아!"

"천천히 해. 처음부터 빨리하면 붓기만 하고 안 풀려."

"으응, 으, 내가, 알아서……."

"알아서 못하니까 이러는 거잖아."

붙잡은 손을 천천히 빼내고 느리게 밀어 넣었다. 제게 붙들린 젖은 흰 손이 의지를 잃고 자신이 조절하는 속도대로 구멍을 드나드는 모습을 내려다보고 있자니 욕망의 크기가 더욱 부푸는 것 같다.

그러나 아직이다. 제대로 풀리려면 더 해야 했다. 오랜만의 기회인데 조금의 실수도 있어서는 안 된다. 덜 풀린 상태로 삽입을 했다가 아프기라도 하면 거기서 모두 끝나 버릴 수도 있는 일이니까.

하준의 손도 보통 남자들의 손에 비해 결코 작지 않았지만 무겸의 손에 비하면 단아해 보였다. 늘 굵직하고 긴 손가락을 네 개씩 받아들일 때까지 넓히던 입구다. 이하준의 손가락 두 개 정도로는 풀리지 않을 것 같다. 하준의 손등 위로 겹쳐 앞뒤로 움직이던 무겸의 손이 더 아래로 쓱 미끄러져 내렸다.

"아, 아… 하지, 하지 마, 아……!"

하준의 손가락 두 개가 파고 들어가는 중인 구멍 안으로 무겸의 중지가 함께 밀려 들어갔다. 마치 하나인 듯 찰싹 겹쳐져 있던 두 손의 손가락이 함께 얽혀 들어가는 데는 아무 위화감도 무리도 없었다.

열심히 쑤셨다 뺐다지만 아무래도 하준의 손가락은 안에서 헛돌고 있었던 것 같다. 이쯤 하면 벌써 제법 부어올랐어야 할 민감한 부위가 아직 그리 도드라지게 손끝에 짚이지도 않았다. 몸속에 넣은 굵고 기다란 중지로 한 지점을 지긋이 누른 무겸이 도톰한 귓바퀴를 부드럽게 물며 알려 주었다.

"자기 몸인데 왜 헤매. 네가 느끼는 곳은 여기야, 이하준."

"으, 하……! 안, 돼, 앗……."

"여기를 많이 만져 줘야 빨리 풀려. 계속 엉뚱한 데만 비비고 있었나 본데."

"흐읏, 으, 거기, 안 돼, 만지지… 마아, 아……!"

아니나 다를까 몸의 힘이 빠르게 풀려간다.

"이 코치, 직접 한번 만져 봐. 내 손가락 있는 곳 같이 눌러 봐."

"아, 그만…… 거기 누르면, 너무, 흐으읏……!"

"어차피 내 거 넣으면 여기 다 눌려."

좆을 넣으면 안이 꽉 차니 피할 수도 없을 텐데 쓸데없는 노력이다. 멈추지 않고 한곳을 누르고 문질러 대자 그때마다 안쪽에 간힌 하준의 손가락이 함께 흔들리며 내벽 여기저기를 긁었다.

그러는 사이 무겸의 손가락도 두 개로 늘어나고, 하준이 작게 자지러지며 머리를 무겸의 어깨에 기댔다. 벌어진 입에서 이제 달뜬 신음이 통제되지 않는 듯 흘렀다.

"하아, 아! 하윽, 흐아, 아… 그만, 그, 만 빼……."

마음 같아서는 손으로만 끝까지 한 번 더 보내고 싶은데 그랬다가는 진짜 여기서 그만하자고 할까 봐 걱정이 됐다.

크게 느끼기 시작한 듯 하준의 허리가 떨리다 못해 들썩이기 시작했다. 무겸은 그제야 그사이 두 개로 늘어난 제 손가락과 하준의 손까지 함께 빼냈다.

"후으, 하아, 아."

구멍이 텅 비고도 하준은 무겸의 상판에 등을 기대고 한동안 몸을 떨며 움직이지 못했다. 그대로 돌려 눕히려는데 하준이 한끝 빨리 휘청 상체를 기울여 시트 위로 팔을 짚고 엎드렸다. 허덕이는 호흡에 섞여 힘없는 목소리가 흘러나온다.

"이제… 해……."

얼굴 보면서 하고 싶은데. 속으로 살짝 불만을 품어 보지만 오늘은 1차적으로 하준의 뜻에 따라주기로 한다. 체위야 중간에 바꾸면 그만이니까.

무겸이 무릎을 세워 그의 몸 위로 가까이 앉았다. 아까부터 프리컴을 흘려 대고 있는 성기로 곧바로 입구를 쿡 찔렀다. 막 푼 입구가 그사이 조금 오므라져 있었다.

"긴장 풀어, 이 코치."

"긴장… 안 했어."

무겸은 입을 꾹 다문 채 코로만 긴 숨을 내쉬며 한 손으로 등을, 남은 한 손으로 볼기를 어루만졌다. 손길이 피부 위를 스칠 때마다 하준이 앓는 소리를 내며 가늘게 몸을 떨었다.

애무하듯 또 달래듯 피부를 쓰다듬던 손을 미끄러뜨렸다. 하준의 골반쯤을 잡고 천천히 허리를 밀었다. 단단하게 곧추선 성기가 부드러운 안쪽으로 빨려 들어가며 삽입은 그리 어렵지 않게 이루어졌다. 아직 다 들어가지도 않은 성기를 문 뒤쪽이 꽉, 틈 없이 조여든다.

"아으, 흐… 웃, 아…….."

내벽이 멋대로 꿈틀거리고 숨소리가 섞인 신음이 마구 떨린다. 엎드린 채 숙이고 있던 하준의 얼굴이 뒤로 젖혀지며 까만 정수리가 보였다.

정수리라니. 아쉬운 일이다. 첫 삽입을 받을 때의 쾌감과 이물감, 어쩌면 고통이 조금 섞였을지도 모르는 하준의 표정을 무겸은 좋아했다.

아직 성기는 반도 들어가지 않았다. 무겸은 상체를 깊이 기울여 하준의 등 위로 체중을 내리누르며 겹쳐 들었다. 간만에 이루어진 삽입의 감각을 버티는 것만으로도 힘겨울 몸은 그 무게를 이기지 못하고 침대 위로 납작하게 엎드렸다.

"하, 아아…….!"

자연히 성기가 깊은 곳까지 미끄러져 들고 온몸이 무겸에게 눌린다. 입술 사이에서 작은, 그럼에도 비명 같은 신음이 짧게 흘러나왔다.

맞닿은 허벅지와 종아리에 팽팽하게 힘이 들어가고 엉덩이가 바짝 모였다. 아, 아. 작게 흘러나오는 신음과 함께 어깨와 가슴이 빠르게 덜컹대며 떨리기 시작했다.

무겸이 하준의 턱을 감싸 잡고 저를 향하도록 얼굴을 당겼다. 영 보이기가 싫은 듯 하준은 반대쪽으로 목에 힘을 주며 버텼다. 하지만 끝까지 들어간 성기가 안을 쓸도록 허리를 둥글게 휘젓자 전신이 감전이라도 된 듯 떨리며 저항이 사라진다.

그리고 하준의 얼굴이 눈에 들어왔다. 한순간 저항조차 잊은, 괴로운 것인지 느끼는 것인지 구분이 모호한. 미간을 가늘게 일그러뜨리고 입술을 벌린, 성감에 초점이 흐려진 그 얼굴을 마주 보는 순간 무겸은 그것만으로도 절정에 오를 것 같아졌다.

"하아, 이하준…… 너무 좋아……."

"아, 하으읏… 흐!"

원래는 이보다는 여유로웠던 것 같은데 머리가 어질어질, 온몸을 압박하는 듯한 쾌감에 정신이 없다. 몸을 완전히 겹치다시피 한 무겸은 곧장 속도를 붙여 허리를 움직이기 시작했다.

"후으, 아."

"─아, 아으, 흐!"

깊은 곳에 들어가 있던 성기가 거의 끝까지 빠져나왔다가 잔뜩 좁아진 내부를 빠르게 들이쳤다. 굵게 돌출된 귀두가 쾌감점을 짓누르고 울퉁불퉁 튀어나온 혈관이 그 뒤를 긁으며 배 속을 꽉 채운다.

살과 살이 철썩대며 부딪히는 소리가 방을 울리고, 그 소리보다도 한 박자 빠르게 무겸의 성난 성기가 하준의 깊은 안쪽까지 세게 박혀 들었다.

"아, 아! 아아, 아!"

잠시의 쉴 틈도 없이 굵은 것이 좁은 내부를 꽉 채워 드나들기를 반복했다. 가장 깊은 곳에 귀두가 강하게 퍽퍽 박혀 들 때마다 엉덩이에 힘이 들어가며 하준의 몸이 파닥이듯 튀었다.

오랜만에 합치는 몸이었다. 심지어 마음이 이어진 관계가 힘들어 싫다 밀어내면서도 저를 받은 하준은 예전과 똑같이 느끼고 있었다. 그의 얼굴을 확인하고 제 것을 야무지게 문 채 좁아지며 꿀렁대는 점막의 감촉을 몇 번이고 체감한 무겸은 비로소 안도감에 잠겼다.

여유를 되찾자 무작스러울 정도로 빠르게 움직이던 허리가 뒤늦게 서서히 느려졌다. 하준의 어깨를 뒤쪽에서 구속하듯 끌어안고 허리를 길게 밀어 올렸다.

"…후으으, 아, 아……."

빠른 추삽질을 당하느라 잔뜩 뜨겁고 예민해진 내벽은 진득한 움직임에서 또 다른 쾌감을 느끼듯 바들바들 움찔거렸다.

음모가 엉덩이 위에 문질러질 정도로 바짝 몸을 붙여, 느직하게 허리를 돌리고 깊은 곳에 묻은 채로 작은 추삽질을 반복했다. 깊은 안쪽 좁아지는 부분이 귀두를 뻐끔대며 무는 것이 느껴져 무겸은 하준의 몸을 안은 팔에 힘을 주었다.

뒤에서 끌어안은 채로 한쪽 팔을 미끄러뜨렸다. 귀두가 묻혀 있을 법한 배꼽 언저리를 손으로 더듬으며 꾹꾹 누르자 하준이 몸을 급하게 뒤챘다. 뱃가죽 아래 이물의 존재가 손으로도 분명히 느껴졌다.

무겸이 희미하게 웃었다. 이 몸 안이 완전히 저로 가득 찼다.

"아! 흐윽, 하으, 아, 놔, 줘, 놔줘, 아, 아……."

아래쪽에 깔린 몸이 숨이라도 막히는 듯 허우적댄다.

하아, 하준의 귓가에 숨을 내쉬며 무겸은 허리를 길게 뒤로 빼고 그만큼 한참을 밀고 들어갔다. 엉덩이가 치골과 허벅지에 부딪혀 찰싹, 소리가 울릴 때마다 귀두 끝을 무는 점막이 옴쭉거리고, 주욱 뒤로 빠져나올 때면 빨아 당기듯 내벽의 속살이 성기 전체를 핥아 내렸다.

느려졌던 피스톤질이 그 안쪽의 움직임에 이끌리듯 점점 빨라졌다.

"앗, 아! 아! 아!"

"아, 이하준. 좋아. 좋아. 너 정말 좋아."

"하으윽, 하아, 앗!"

푹, 깊이 찔러 든 성기를 빼지 않은 채로 한숨을 한 번 내쉬었다. 한참 동안 내지르던 허리의 속도를 간신히 줄여 이번에는 천천히 빠져나왔다.

"웅, 아, 하아아……."

빨랐다가 느려지고 다시 빨라지는, 속도가 계속 바뀌는 추삽질에 내벽이 무두질되듯 부드러워진다. 강하게 조이고 풀리기를 반복하며 성기를 오물오물 물어 댄다.

하준의 허리가 경련하듯 떨렸다. 마구 들이치던 아까보다도 오히려 더 느끼는 듯 상반신에 맞닿은 등과 엉덩이가 꿈틀대며 조여들었다. 발끝이 시트 위를 미끄러지다가 무겸의 다리를 두드리며 함께 스친다.

허릿짓을 반복할수록 육체적 쾌감과는 또 다른 기쁨이 무겸의 마음속에 퍼져 갔다.

다행이다. 이하준과의 섹스에는 변함이 없었다.

몸까지 예전 같지 않았다면 정말 절망했을지도 모르는데.

안도감에 빠진 무겸이 그의 얼굴을 다시 제 쪽으로 향하게 했다. 이번에야말로 무의식중에 끌려가듯 그의 입술 위로 제 입술을 묻었다.

"아, 싫어, 하지……."

거부의 말조차도 이제는 섹스의 한중간에 으레 한두 번쯤 튀어나와 성감을 돋우는 향신료 같았다. 혀로 입술을 벌려 안쪽으로 파고들려 했다.

"-싫, 다니까!"

뭉근하게 달아오르는 듯했던 분위기가 따가워지는 것은 한순간이었다. 허우적대며 품 안에서 뒤척이던 몸이 한순간 경직되더니 무겸을 세차게 밀어내 버린 것이다.

그렇다 해서 무겸이 정말로 힘없이 밀려날 리는 없었으나 문제는 그 저항이 이번에는 정말로, 진심이라는 것이었다.

'내가 뭘 어쨌더라?'

무겸은 동작을 멈추고 여전히 제 아래에 엎드린 하준을 내려다보았다. 하준은 본인이 더 놀란 표정이었다. 눈을 커다랗게 뜨고 몸을 옆으로 기울여 제 손으로 밀어낸 무겸을 올려다보고 있다.

그러고는 열이 식지 않은 얼굴로도 힘겹게 입을 다물고, 마른침을 삼키는 듯 목울대를 울리더니 비척대며 일어나려 들었다. 아직도 성기가 반쯤 꽂힌 채로 저를 피해 움직이는 것을 무겸은 이번에는 굳이 제지하지 않고 허리를 뒤로 물려 주었다.

몸을 바로 세운 하준은 침대 헤드 앞에 놓인 베개에 몸을 기대어 앉았다. 허벅지 사이로 흘러내린 젤과 체액이 방의 조명을 받아 번들대는 것이 훤히 다 보였다. 그는 구겨진 이불을 끌어당겨 벗은 몸을 가리더니 나직하게 말했다.

"…안 되겠다."

흘러나온 목소리는 한풀 꺾인 사람처럼 힘이 없었다. 그 말에 무겸이 그제야 눈을 크게 뜨고 가까이 다가앉았다.

"뭐가 안 돼?"

"해 봐도 잘… 모르겠어."

"왜 그래. 좋아했잖아. 예전이랑 똑같이. 다른 거 하나도 없었어."

하준이 고개를 저었다. 하준을 망연히 바라보던 무겸의 얼굴이 살짝 이지러졌다.

그는 확인해 보고 싶은 것이 있다고 했다. 뭘 확인하고 싶었던 걸까? 이제는 확인을 해서, 그래서 '안 되겠다'고 말하는 건가.

뭐가 문제였지? 여느 때와 똑같이 하준은 죽여주게 느끼고 있었다. 키스를 하지 말라고 초반에 말했는데 기분에 겨워 멋대로 하려 한 것은 제 잘못이다.

하지만 이하준, 너 키스 좋아했잖아. 세상의 누가 좋아하는 사람과 입 맞추는 걸 싫어해?

지난번 차에서 있던 일까지 포함하면 그에게 키스를 거부당한 것이 두 번째였다. 그때는 그럴 만했다지만 오늘은……

무겸이 팔을 살짝 벌리고 하준에게로 더 가까이 다가붙었다. 경험해 본 적이 없을 정도로 가슴이 빠르게 두근거렸지만 그의 앞에서 불안함을 드러내기는 싫었다.

"아직 키스는 하기 싫어? 알았어. 미안해. 하지 말라는 거 아무것도 안 할 테니까 다시 이리 와."

그러나 스스로도 어안이 벙벙한 듯한 표정으로 앉아 있던 하준은 눈을 깜박이며 정신을 가다듬는 것 같았다. 그러더니 기대한 답과는 다른, 아니, 무겸이 말을 거는 방향과도 완전히 엇나간 대답을 했다.

"갑자기 못 하겠다고 해서… 미안. 너 아직 안 끝났으니까 입으로라도 해 줄게."

하아. 그 말에 무겸의 입에서도 탄식이 샜다.

"누가 그 얘기 해?"

하준을 바라보는 눈에 차츰 꾸역꾸역 원망의 빛이 들어찼다. 무겸은 결국 미간을 엉망으로 찌푸려 울상이 된 얼굴을 하준에게 향했다.

"너 이제 나 안 좋아하지? 너한테 이제 난 그냥 구제 불능 개새끼야."

"……."

"싫어졌어. 마음 다 식었잖아. 왜 아니라고 했어."

"…아니야. 싫으면 처음부터 하지도 않았어. 못 해."

"싫지는 않지만 좋지도 않아? 어쨌든 예전 같지는 않은 거지? 하긴 어떻게 똑같을 수가 있겠냐. 그런 일이 있었는데 똑같으면 그게 말이 안 되는 일이지."

말끝에 한숨이 묻어났다. 눈물이 날 것 같아 무겸은 입을 꾹 다물고 잠시 허공만 노려보며 하나 둘 셋 숫자를 셌다.

"해 봐야 알 것 같아서 하자고 했어? 예전이랑 같을지 다를지?"

그렇게 물으며 하준을 다시 보는데 그의 표정은 저도 모르겠다는 듯 모호해졌다.

어려운 문제다. 왜 아니겠는가. 제 마음의 행방을 찾아 누구보다 오랫동안 방황한 사람이 바로 김무겸, 자기 자신인데.

다른 사람에게만 사람 헷갈리게 만들며 괴롭히지 말라고 윽박지를 수는 없다. 이럴 때 남은 방법은 자신이 할 수 있는 일을 하며 끝까지 버티는 거다.

"그래도 이하준, 나는 너 좋아한다. 나 이렇게 내치지 마. 네 마음에 아직 부족하겠지만 내가 더 노력할게."

그 말에 하준이 한층 당혹스러운 눈빛으로 무겸을 응시하다가, 시선을 살짝 떨어뜨리고 더듬더듬 말을 시작했다.

"싫은 게 아니야. 아니고."

싫어졌으면서 뭘 자꾸 아니래.

제 잘못이 크다지만 막상 이렇게 되고 나니 자꾸만 하준이 원망스러우려 한다. 무겸은 입을 꾹 다물고 부루퉁한 눈으로 하준을 보았다.

"요즘 널 도저히 이해를 못 하겠어……. 네가 날 좋아한다고 하는데 그 말도, 네가 나한테 하는 행동도 계속 너무 멀게 느껴져. 처음에는 내가 지쳐서 그렇다고 생각했는데 그것만이 아닌 것 같아."

"……."

"일이 복잡하게 꼬이면 처음으로 돌아가 보라고 하잖아. 계속 혼자 생각만 하느니 차라리 네 말대로 예전처럼 해 보면, 뭐가 달라서 그런지 왜 이렇게 느끼는지 답답한 이유를 찾을 수도 있을 것 같았는데 잘 모르겠다. 그냥… 네가 갑자기 변한 것 같아서 마음이 불편해."

"불편?"

하준이 다시 고개를 들어 올렸다.

"나는 갑자기 너한테 아무한테나 몸 주는 사람 취급받았고, 네가 오해인 거 알고도 꺼지래서 꺼졌다가 돌아오니 다시 섹스하자는 소리 들은 게 다야."

"……."

"거절해도 계속 비꼬고 빈정거리기만 했잖아. 그러다가 갑자기 좋아한다는 게 말이 돼? 내 마음 다 알고도, 바로 그 전날 밤까지도 그랬는데."

"이하준, 그건……."

"10년이 네 생각보다 길어서? 아니면 그 알량한 파일 몇 권 보고 그러는 거야? 내가 기특해? 그건 그냥 네 주특기인 변덕이잖아."

"알량? 네가 오랫동안 만든 거잖아! 그렇게 말하지 마."

무겸이 깊게 한숨을 쉬었다.

"아무리 사과해도 안 돼? 아무리 진심으로 좋아해도? 내가 앞으로 너한테 잘해도, 원하는 대로 다 해 주고 갖고 싶은 거 다 안겨 줘도… 그래도 도저히 안 되겠어?"

하준은 곰곰이 생각을 되짚는 듯 미간을 옅게 모으고 무겸의 턱 쪽을 바라보았다. 그러고는 문득, 어렴풋이 답이 떠오르기 시작하는 사람처럼 눈을 제대로 뜨고 시선을 맞췄다.

"너 혼자 내린 결론은 넘치도록 들었어. 내가 궁금한 건… 네가 왜 그런 결론을 내렸는지, 그 이유야."

"이유? 좋아하니까 좋아하는 거고, 잘못했으니까 미안한 거지. 무슨 이유가 따로 있어?"

눈을 가늘게 뜬 하준이 고개를 저었다.

"나한테 왜 그랬어?"

"뭐?"

"내가 아는 너는… 성격은 나빠도 정말 나쁜 사람은 아닌데."

하준의 눈빛이 풀어야 할 문제에 집중하는 사람처럼 깊어졌다.

"그런 말까지 할 사람이 아닌데 꼭 나한테 일부러 상처 주려는 것처럼 굴었잖아. 네가 바보도 아니고, 그런 말 듣고 내가 어떤 기분 느낄지 몰랐을 거라는 생각은 도저히 안 들어."

무겸이 입을 다물었다.

과대평가다. 그냥 바보라고 생각해 주면 좋겠다.

"요즘 너 보면서 마음이 계속 불편했던 이유, 이제 좀 알 것 같다. 막말을 들어서만도 아니고, 네가 싫어져서도 아니고, 좋아한단 말이 어색해서도 아니야."

하준의 말투가 취조 중인 형사나 학생을 타이르는 교사처럼 점차 단호해졌다.

"나는… 좀 이해하고 싶어. 미안하다, 좋아한다. 너 혼자 생각 다 끝내고 그런 결론만 던져 주면 나한테는 예스냐 노냐 두 가지 선택지뿐이잖아. 이건 그런 양자택일의 문제가 아냐. 답을 듣고 싶으면 너부터 나한테 설명해야 돼."

말하면서 답을 찾아가는 사람 특유의 선명함이 조금 전까지만 해도 쾌감에 허덕이던 흰 얼굴 위에 잉크로 그은 선처럼 단아하게 그려진다. 그 선이 너무 예쁘고, 그래서 할 말이 궁한 중에도 눈을 피할 수가 없다.

"그래. 처음부터 그게 궁금했어. 너 나한테 왜 그랬냐, 김무겸."

가장 큰 장물을 발각당했다.

무겸은 마른침만 몇 번을 삼키며 바로 입을 열지 못했다. 그러나 하준은 대답을 듣기 전에는 물러나지 않을 듯 평소처럼 단단해진 표정으로 무겸을 보고 있었다.

그러니 대답을 해야 했다. 현상의 원인과 결과를 늘 열심히 기록하고 연구하는 성실파 이하준 코치를 납득시킬 수 있는 대답을.

"…나도 항상 가볍게만 사람 만나 봤지 제대로 연애를 해 본 적이 없잖아. 내가 잘못해서 너한테 상처 줄까 봐."

변명을 늘어놓는 중에도 전혀 먹힐 것 같지 않다. 빵점짜리 거짓말. 아니나 다를까 하준의 말투가 오히려 격해졌다.

"말 같은 소리를 해. 상처 줄까 봐 걱정했다는 놈이 그런 말을 해? 두 번 걱정했다가는 아주 사람 죽이겠다."

"……."

"나도 이러기 싫어. 이래 본 적도 없고."

내가 미쳐서 너를 다치게 할까 봐.

아니, 사실은 내가 미쳐서 나를 다치게 할까 봐.

지금까지 철통처럼 지켜 온 원칙을 어겨서 잘못될까 봐. 잘 끌어오고 있다고 자신했던 인생 망칠까 봐.

그러고도 네 단물은 빨고 싶어서. 그냥 처음부터 끝까지 나만 생각하다가.

하지만 이런 말도 그가 원하는 대답은 아닐 것이다.

"나도 네가 나 좋아한다고 했을 때 정말 기뻐하고 싶었어. 이런 생각이 나 하기 싫다고!"

마지막에서야 살짝 목소리를 높인 하준은 머리를 쓸어 올리며 답답한 한숨을 쉬고, 그러고도 침묵하는 무겸을 바라보다가 몸을 일으켰다.

"…씻고 올게. 어쨌든, 먼저 하자고 해 놓고 끝까지 못 한 건 미안하다."

마지막까지 책임감이 넘쳤다.

침대 끄트머리에 걸쳐져 있던 가운을 대충 걸쳐 입고 문을 나서는 뒷모습을 무겸은 멍하니 바라볼 뿐 일어서서 쫓아가지 못했다. 하준이 앉아 있던 빈자리를 보다가 그대로 몸을 뒤로 젖혀 침대 위에 힘없이 털썩 누워 버렸다.

포지션을 착각했나 보다. 수비수와 공격수가 아니라 경찰과 도둑이었나?

'자수하여 광명 찾자.'

고전적인 캠페인 문구가 머릿속에서 전광판처럼 깜박이고 있음에도 무겸은 하준의 앞에서 그 '이유'를 말할 자신이 좀처럼 솟아나지 않았다.

15

A매치 주간이 끝나자마자 기다렸다는 듯이 다음 리그 경기가 잡혔다. 선수들은 각자 커다란 가방을 메고 줄을 서 원정 경기를 떠나는 버스에 올랐다.

무겸은 모르는 사람이면 지나칠, 그러나 그를 잘 아는 사람이 본다면 바로 눈치챌 법한 울적한 얼굴을 하고 터덜터덜 버스에 탔다. 좌석을 쓱 살피는데 저쪽 뒷자리의 창가 자리에 하준이 혼자 앉아 언제나처럼 노트를 들여다보고 있었다.

무겸은 작은 콧숨을 내쉬고 누가 앉을세라 성큼성큼 그 옆자리로 다가가 짐칸에 가방을 얹고 털썩 몸을 앉혔다. 어차피 시티서울 선수들과 스태프들에게는 두 사람이 나란히 앉아 있는 모습이 워낙 익숙해져 이제는 하준의 옆자리가 비어 있어도 아무도 앉을 생각도 하지 않는다는 것을 무겸은 몰랐다.

그날은 결국 그렇게 헤어졌다. 용의자 김무겸은 끝까지 자백을 하지 못했고, 이하준 수사관도 밤샘 취조까지는 할 생각이 없었는지 주섬주섬 옷을 걸쳐 입고 집으로 돌아갔다. 씻고 나온 뒤로는 완전히 침착을 되찾은 이하준 코치로 돌아와 열등생을 위한 숙제를 남겼다.

"당장 힘들면 천천히 생각 정리해 보고 말해 줘."

하준은 옆자리에 앉은 무겸을 누구인지 확인하듯 힐끗 한 번 보았을 뿐 곧 다시 노트로 시선을 떨구었다. 딱히 환대해 주길 바란 것도 아니라 무겸은 귀에 이어폰을 꽂은 다음 팔짱을 끼고 눈을 감아 버렸다.

그의 말대로 당장은 그 질문에 대답하기 힘들지만 그래도 옆에서 버티기는 계속한다. 버티는 자에게 승리가 있다는 말은 진짜다. 시험 문제와는 달리 인생사의 문제는 계속 움직여 그 모습과 상황을 달리하며, 포기하면 답을 찾는 지점까지 다다를 수도 없으니까. 무겸의 삶부터가 버티고 버틴 끝에 지금에 이른 것이라 해도 과언이 아니었다. 늘 그랬듯 버티며 달리다 보면 또 새로운 국면이 보일 것이다.

두 시간을 약간 넘게 가야 하는 버스 안, 출발한 지 30분 정도 지나자 대체로 어디서든 잘 자는 선수들은 거의 잠이 들어 조용해졌다. 도로를 달리는 버스가 내는 웅웅대는 울림 속에서 천천히 자료를 넘기던 하준은 살짝 멀미가 나는 것 같아 고개를 들어 창밖을 보았다.

저도 눈 좀 붙일까 생각하는 때 버스가 불쑥 터널로 들어섰다. 깜깜한 암막이 창밖에 드리워지며 옆에서 비스듬히 고개를 기울이고 잠들어 있는 남자의 얼굴이 유리 위로 비쳤다.

'잘생겼다……'

뭔가 사고를 하기도 전에 그 짤막한 감상부터 반짝 머리에 떠올랐다. 하준은 그런 자신이 어처구니없어져 미간을 찌푸렸다. 혹시 정말로 얼굴 때문에 김무겸을 놓지 못하기라도 하는 걸까.

"음……."

그때 무겸이 미간을 설핏 찌푸리며 몸을 뒤척였다. 하준은 깜짝 놀라 어두워 제대로 보이지도 않는 노트로 시선을 내렸다. 무겸의 얼굴이 옆으로 꺾이더니 하준 쪽으로 푹 기울어졌다. 그러더니 커다란 몸을 꿈질대며 뒤척여 어깨에 얼굴을 비스듬히 기대고 나서야 동작을 멈추었다.

하준은 옆을 돌아보았지만 그는 눈을 감은 그대로였다. 자는 척 연기를 하는 것은 아닌 듯, 머리를 편안히 받쳐 줄 지지대를 찾은 얼굴에 희미한 만족감이 감돌았다. 그대로 입술까지 살짝 벌리더니 다시 고른 숨을 쉬며 수면을 이어 갔다.

안 된다. 이렇게 자면 목이 결릴 수도 있다. 그렇게 생각하면서도 하준은 무겸을 일으키지 못하고 주춤주춤 그를 보다가, 어깨가 흔들리지 않도록 꾸물꾸물 팔을 움직였다. 벗어 놓았던 저지를 돌돌 말아 옆으로 푹 꺾인 그의 목 틈새에 조심조심 밀어 넣어 베개를 만들어 주었다. 버스는 조용히 한참을 더 달렸다.

"일어나, 김무겸."

무겸은 자신을 깨우는 목소리에 눈을 떴다. 원정 경기를 앞둔 것 치고 어젯밤 그리 깊은 수면을 취하지 못한 탓에 정신을 차리는 데 시간이 조금 걸렸다.

도착했나? 잠이 덜 깬 몸을 일으켜 눈을 끔벅이는데 그사이 가방을 챙기고 저지까지 챙겨 입은 하준이 눈앞에서 손을 흔들며 잠을 깨웠다.

"다 왔어. 정신 제대로 차려야지."

"어."

무겸은 기지개를 쭉 켜고 일어나, 목을 좌우로 꺾으며 짐칸에 올려놓았던 가방을 내려 들었다. 살짝 부족한 수면 때문이기도 하지만 경기가 끝나자마자 또 경기가 있는 일정은 확실히 좀 피곤하다.

속으로 불평하며 버스에서 내려서던 무겸은 피식 웃고 말았다. 연말 무렵 EPL의 살인적인 경기 일정에 비하면 힘든 편도 아닌데 한국에 온 지 얼마나 지났다고 배부른 투정을 한다.

경기장에 들어서 옷을 갈아입은 선수들은 바로 밖으로 나서 몸을 풀었다. 아직 경기가 시작되려면 시간이 조금 남았지만 몸 푸는 선수들을 구경하고 싶은 애정 깊은 관객들은 벌써부터 자리를 지키고 앉아 열심히 사진을 찍거나 선수들에게 응원을 보내고 있었다.

"김무겸 선수! 힘내세요!"

아무래도 이쪽 홈 팀 관객 같은 한 여성 팬이 무겸에 대해서만은 네 편 내 편이 없다는 태도로 외쳤다. 무겸이 웃으며 손을 흔들어 보이자 와아, 주변 사람들까지 신이 나 함께 손을 흔들어 온다.

원정 경기에 와 상대 팀 팬들에게 어필하는 것은 무겸의 오랜 취미 중 하나로, 때로는 언제 어디서나 공평한 스타의 서비스라며 칭찬을 받았고 때로는 악취미에 무례한 짓이라며 욕을 먹었다. 같은 행동을 해도 평가는 그때그때의 분위기나 상대방의 성향에 따라 천차만별이니 남의 평판 따위에 연연하며 사는 것은 인생의 낭비다.

"자, 자. 다들 모여!"

하지만 특정한 한 사람에게는 항상 믿을 수 있는 좋은 사람이고 싶다면?

짧은 시간 동안 상대방의 호감을 얻고 매력적으로 보이는 것쯤이야 눈 깜박이기보다 쉽다. 그러나 누군가의 진심을 얻고자 애쓴 적 없는 무겸에게 있어 그 질문은 살아오며 단 한 번도 도전해 본 적 없는 실로 거대한 과제였다.

감독의 옆에 서 있는 하준을 바라보며 무겸은 벤치 근처로 다가갔다. 9월. 임대 계약 기간은 이제 두 달 남짓 남았다. 의도적인 시간 낭비라고 스스로 못 박아 두었던 한국에서의 한 시즌도 3분의 2가량이 예상치 못한 폭풍을 일으키며 지나가 버렸다.

함께 둘러서서 파이팅을 외치고 선수들은 그라운드로 뛰쳐나갔다. 김무겸을 선두에 앞세운 시티서울은 시즌 내내 1위를 놓치지 않고 달려와 이제는 크게 승점 차를 벌려 다른 팀들이 쫓아오기 어려울 정도였다. 큰 변수가 없다면 리그 우승은 따 놓은 당상이었다.

언제나 그렇듯 오늘도 상대 팀은 무겸을 견제하는 자체가 전략인 듯 수비 위주로 움직였다. 아무리 무겸이 날고 긴다고 해도 발을 묶어 놓는 전략으로 나오면 상대 팀 수비가 긴장을 풀기 전까지는 제 실력을 보여주기 힘들다. 무겸은 틈새를 살피며 공이 다른 선수들의 발 사이에서만 오가는 것을 일단은 지켜보았다.

축구는 기계가 아니라 사람이 한다. 90분에 달하는 경기 시간 중, 이렇게 초반부터 방어에만 치중하다 보면 반드시 수비진이 방심하는 순간이 온다. 자신은 그때까지 힘을 비축하며 집중력을 유지하고 있다가 빈틈을 파고들면 된다. 무겸은 이리저리 자리를 옮기며 공을 받을 적절한 위치를 찾았고, 시티서울의 선수들은 그에게 공을 전하려 했으나 번번이 수비에 막혀 패스가 끊겼다.

그러나 무겸이 원하던 순간은 그리 늦지 않게 찾아왔다. 전반 25분가량, 코너킥 기회를 얻은 시티서울이 길게 공을 찼고 그 궤적을 쫓아 달린 무겸이 수비수를 제치고 공을 차지하는 데 성공한 것이다. 그가 가장 좋아하는 방식의 공격이 가능한 상황이었다. 이대로 공을 끌고 상대방 진영까지 돌진해 골문으로 때려 넣는 것이다. 무겸은 곧바로 질주를 시작했고, 수비도 필사적으로 달라붙었다.

　무겸에게 달려온 것은 이제 스무 살이나 되었을까 말까 한 어린 선수였다. 경기 경험이 적고 의욕은 넘쳐, 활약하고 싶은 욕망에 들끓는 어린 선수들은 특히 자주 실수를 하고는 한다.

　그의 발이 무겸의 발목 근처를 옆에서 찍어 눌렀다. 의문의 여지가 없는 반칙성 태클이었다. 공을 몰고 표범처럼 달리던 무겸은 속도를 내고 있던 만큼 순식간에 필드 위에 쓰러져 크게 뒹굴었다.

　선수들이 경합을 벌이다 넘어지는 일은 축구 경기에서 5분에 한 번씩 일어난다 해도 과언이 아니다. 파울을 얻어 내기 위해 일부러 과장되게 쓰러지는 경우도 많지만 이번에는 달랐다. 무겸이 뒹구는 순간부터 응원과 야유를 번갈아 가며 보내던 관객석도 점차 술렁대기 시작했다.

　잔디밭 위에 넘어진 무겸이 수비수에게 걷어차인 발목을 감싸 안고 계속 일어나지를 못했던 것이다. 파울을 저지른 선수는 저 스스로도 놀란 듯 멍하니 자리에 서서 누운 무겸을 보고만 있었다. 시티서울의 벤치에서는 하준이 가장 먼저 일어섰다.

　"다친 것 같은데요?"

　한 스태프가 걱정스레 중얼거렸다. 감독이 심판에게 경기 중단을 요청했다.

　선수들이 하나둘씩 몰려들어 그의 상태를 살폈다. 그사이 무겸은 몸을 일으켜 앉아 있었지만 여전히 쉽게 일어서지 못했다. 의료 팀이 급히 들것을 들고 경기장 안으로 들어갔고 그 위로 무겸이 올라 누웠다.

　하준은 스태프들에게 허용된 가장 가까운 가장자리까지 걸어 나가 벤치로 향해 오는 들것을 바라보았다. 그의 눈이 커다랗게 벌어져 있었다. 누워서 실려 오던 무겸은 저를 마중하듯 앞서 나와 있는 하준을 보더니,

찌푸린 미간을 풀지도 않고 입꼬리를 올리며 웃었다.

"이 코치, 마중 나왔어?"

하준의 얼굴이 그제야 일그러졌다.

들것이 들어오는 내내 하준은 그 옆을 따라 걸었고, 의료 팀이 도착해 무겸의 발목을 살피는 동안에도 얼어붙은 듯 옆에 웅크려 앉아 움직이지 않았다. 하필 오른쪽 발목을 다쳤다. 하준이 평소에도 늘 신경 쓰던 부분이었다. 응급조치로 아이스팩을 대고 붕대를 감는 동안 무겸은 가끔 얼굴을 찡그리면서도 묵묵했다.

씨발… 무식한 놈한테 제대로 까였네. 무겸이 속으로 욕을 하며 투덜대는 동안에도 하준은 넋이 나간 듯 옆에 앉아만 있었다. 처치를 마친 의료 팀이 자리를 비우자 그는 그제야 발목 위에 조심스레 손을 올리고 물었다.

"어떡해. 많이 아파?"

그야 발목을 전력으로 까였으니 아플 수밖에.

발목 부상이 처음은 아니었다. 2부 리그에 있던 시절 잘못 꺾여 다친 적이 있었는데 그때는 왼쪽이었고 거의 6주를 아웃당했었다. 오늘보다는 그때가 훨씬 아팠다. 물론 걱정이 되지 않는 것은 아니었지만 무겸에게도 오랫동안 활동한 운동선수로서의 육감이 있었다.

그렇게 큰 부상은 아니다. 경기 진행을 언제까지 멈출 수도 없으니 들것에 실려 나왔을 뿐 일상적인 상황이었다면 절뚝이며 걸을 정도는 된다.

괜찮다고, 오늘 경기는 아무래도 다시 들어가기 어렵겠고 최악의 경우 2주 정도는 출전이 어려울 수도 있겠지만 아주 심각한 정도는 아닌 것 같다고 무겸은 의젓하게 대답하려고 했다.

"진짜 어떡해……."

"이 코치, 괜⋯⋯."

"아, 발목 부상은 후유증도 남을 수 있고 정말 위험한데."

무겸은 말을 맺지 못하고 입을 다물었다.

울상이 되어 어쩔 줄 모르고 동동대는 아이처럼 작고 꽉 막힌 목소리로 중얼대던 하준의 눈에서, 급기야 그림 같은 눈물 한 방울이 또륵 떨어진 것이다.

어안이 벙벙해져 눈 한 번 깜박이지 않고 그를 바라보던 무겸은, 필요 이상으로 괜찮은 척하려던 얼굴을 급히 고통스레 일그러뜨리고 읊조렸다.

"아파."

머리에 등불이 들어와 반짝거렸다.

이거다.

아무리 멋진 척 잘난 척해 봐야 이하준에게는 먹히지 않았다. 완전히 전략을 잘못 채택했다. 착한 이 코치에게는 불쌍해 보이는 게 먹히는 작전이었던 것이다!

역시 하늘은 김무겸의 편이며 사람은 아는 만큼 생각할 수 있다. 자신이 남의 약한 모습을 그다지 동정하는 편이 아니라 선한 그의 마음을 헤아리지 못했다. 무겸은 잔뜩 울상을 지으며 최선을 다해 징징거렸다.

"이하준, 엄청 아파. 이렇게 아픈 거 태어나서 처음이야."

"아, 어떡해. 큰일 났어."

하준의 중얼거림은 작았지만 통곡이라도 하듯 비통했다. 그러더니 갑자기 주먹으로 퍽, 잔디밭 위를 내리쳤다. 잔디가 가지런히 심겨 있던 바닥이 움푹 파여 흙이 튀어 오르는 모습에 무겸의 눈이 휘둥그레 커졌다.

"씨발, 저 개자식이 누구 다리를 걸어차⋯⋯!"

짓씹듯 혼잣말을 하는 하준을 보고서는 입까지 딱 벌어졌다.

무겸은 환상 속의 생물이라도 본 듯 불신하는 표정으로 하준을 살피고, 어두운 얼굴로 발목만 내려다보는 그에게 조심스럽게 물었다.

"이 코치, 욕도 할 줄 알아?"

"그럼 나라고 욕도 할 줄 모를까 봐!"

하준이 어이가 없다는 듯 되받아쳤다. 하지만 무겸의 입장에서는 합당한 질문이었다.

'그동안 온갖 개소리를 했는데 나한테는 한 번도 욕한 적 없잖아…….'

눈물이 쉽게 멎지를 않는 듯 말없이 얼굴을 닦아 내는 하준을 보고 있자니 무겸도 그만 눈시울이 뜨거워졌다. 참으려 했지만 이번에는 다섯까지 숫자를 세도 소용없었다. 아래 속눈썹에 맺혔던 눈물이 결국 주르르 흘러내리자 하준이 더더욱 기함을 했다.

"의료 팀, 의료 팀 불러올게. 이러고 있을 때가 아냐. 병원으로 가야겠어."

"아냐, 이 코치. 가지 말고 손 잡아 줘. 너무 아파서 혼자 못 참겠어."

"어? 어. 그래."

망설임 없이 곧바로 내밀어지는 흰 손을 무겸은 힘주어 꽉 잡아당겼다. 하준은 무겸의 옆에 앉아 안절부절못하며 손등까지 쓸어 주었다.

무겸이 흑, 거의 울먹이다시피 큰 날숨을 쉬자 하준은 한층 더 놀라며 이제는 양손으로 무겸의 손을 붙잡았다. 그는 의료 팀을 외쳐 부른 뒤, 많이 아프냐며 조금만 기다리라 초조하게 위로를 해 주었다.

그러나 무겸이 울먹인 것은 아파서가 아니었다. 그래도 부상이니 아주 걱정되지 않는 것은 아니었지만 그보다는 하준이 자신을 위해 울면서 손을 잡아 주는 이 순간이 좋았던 것이다.

'다행이다……. 정말로 아직 나한테 정떨어진 거 아니구나…….'

그야말로 눈물 없이는 보낼 수 없는, 김무겸의 올해 인생 최고의 다행스러운 순간이었다.

그러는 사이 무겸의 발목을 걷어찬 선수는 레드카드를 받고 퇴장당했고, 시티서울은 11대 10이라는 유리한 인원수로 원활한 경기를 이끌어 가고 있었다. 무겸은 하준의 손을 잡고 곧 죽을 사람처럼 끙끙거렸다. 그러는 사이 다가온 의료 팀원이 깜짝 놀라 물었다.

"통증이 많이 심한가요? 병원으로 이송해야 할까요?"

아니요, 경기 끝까지 보고 가도 될 것 같습니다.

그렇게 대답하고 싶었지만 하준이 먼저 대답했다.

"네, 빨리 가는 게 좋겠어요. 응급처치만 하고 기다릴 부상이 아닌 것 같습니다."

이제 와서 그 말에 반기를 들 수도 없었다.

1도 인대 염좌. 예측 소견 2주 결장.

회복 훈련 프로그램과 치료에 임하여 완벽한 회복과 조속한 복귀에 집중할 것.

의료팀의 소견서를 한 페이지에 가지런히 붙인 다음 아래 요약 메모를 남긴 노트를 덮고, 하준은 한쪽 발목에 반깁스를 하고 열심히 하체 운동 중인 무겸을 무뚝뚝하게 바라보았다.

김무겸이 국내 리그에서 반칙을 당해 부상을 입었다는 소식은 전 세계 뉴스를 타고 퍼져 나갔다. 벤치에서 한껏 애처롭게 눈썹을 찌푸리고 눈물까지 글썽이는 표정이 선명히 드러난 그의 사진과 함께.

그의 발목을 다치게 만든 상대 팀 수비수는 각국 팬들에게 날아오는 비난에 대처하기 위해 고의가 아니었으며 진심으로 잘못을 뉘우친다는 공식 사과문까지 게재해야 했다. 이후 구단에서 부상이 무겁지 않아 곧 회복 가능할 것이라는 입장을 밝히고 나서야 논란은 한풀 가라앉았다.

하필 리그 후반기에 무겸이 빠지게 되었으니 타격이 있긴 했지만 그래도 실점만 하지 않는다면 아직은 큰 문제 없었다. 무겸이 없더라도 시티서울의 팀워크는 궤도에 올라 안정적으로 경기를 운영 중이었고, 차후 2주 동안 강팀을 상대로 한 경기는 없었으므로 감독은 재충전의 기회로 삼으라 무겸을 타일렀다.

"횟수만큼 다했어, 이 코치."

그를 지켜보던 하준이 몸을 굽혀 허벅지 안쪽의 긴 근육을 손으로 눌러 살피며 물었다.

"여기 누르면 어때."

"음, 조금 결려."

"잠깐 마사지해서 풀 테니까 레그 컬 세 세트 더 하자. 할 수 있겠어?"

"그럼. 문제없지."

무겸은 어깨를 으쓱하며 여유를 떨었다. 얄미울 정도로 여유롭다. 그날 아파 죽겠다며 법석을 떨던 무겸의 태도는 역시 의심스럽다.

"그럼 이동하자."

다른 기구로 옮겨 가자 지시하고 몸을 돌리려는데 무겸은 일어설 생각을 않았다.

못 본 척 혼자 가려다가 당사자가 따라오지 않으면 무슨 소용인가. 하준은 조용히 몸을 돌렸다. 기다렸다는 듯 무겸이 손을 내밀었다. 하준이 퉁명스레 물었다.

"…또?"

"빨리 낫고 싶으면 발목에 체중 싣지 말라잖아. 혼자 일어나다가 잘못 디디면 어떡해. 손잡아 줘."

한 다리로 서서 스쿼트도 하는 분께서 엄살이 하늘을 찌른다.

참자. 어쨌든 김무겸은 환자다. 하준은 그 말을 주문처럼 속으로 외며 그의 손을 잡고 부축해 일어나는 것을 도와주었다. 무겸은 짐짓 끙끙대며 그 큰 덩치를 일으키더니 옆에 세워 두었던 목발을 짚었다.

그렇다.

세상에 위험하지 않은 부상은 없다지만 1도 발목 염좌가 그렇게 울고 불고 할 만한 부상이냐면… 결코 아니었다.

작년에 동생인 하경도 농구를 하다가 비슷한 강도로 발목을 접질려 친구에게 부축을 받아 절뚝대며 온 적이 있었다. 그때도 2주 안쪽으로 멀쩡해졌다.

사람들도 있는 곳에서 제대로 오버를 했다. 이성을 찾고 나니 남는 것은 부끄러움뿐이었다. 아직 부족하나마 저도 어엿한 1군 코치인데 다들 바삐 움직이는 와중 그 자리에서 제 할 일을 제대로 챙기지 못하고 이성을 잃고 눈물이나 짜다니.

물론 피지컬 코치의 역할은 어디까지나 평소 선수들의 컨디셔닝을 통한 신체 능력 향상과 부상 방지이다. 넓게 보아도 부상자의 회복과 재활을 위한 훈련을 진행하는 것까지가 코치의 일이며, 이미 발생한 부상의 처치는 의료 팀의 영역이었다.

하지만 그렇다 해도 당황해 울기까지 한 것은 명백히 자격 미달에 가까운 행동이고… 무엇보다 너무 부끄러웠다.

현장에서 부족했다면 지금 와서라도 보충할 수밖에. 어차피 무겸의 발목에는 늘 신경을 기울이고 있었으므로 이번 기회에 제대로 강화 운동을 시킬 생각이었다. 다른 기구로 옮기기 위해 걷는데 갑자기 무겸이 멈춰 섰다. 하준은 억양 없는 말투로 기계적으로 물었다.

"왜, 또."

무겸이 눈썹을 축 처뜨린다.

"방금 발목 엄청 아팠어. 찌릿찌릿하게. 진짜라니까."

"응, 그래. 지금은 괜찮다는 얘기지?"

"아니. 아직 조금 아파. 이 코치가 여기 좀 쓰다듬어 주면 안 아플 것 같다. 아, 세게 말고 살살."

그 '여기'는 발목과 전혀 상관도 없는 뺨 언저리였다. 하준의 눈초리가 차가워졌다.

'이 꾀병쟁이가…….'

시티서울 생활 초반부터 상습적으로 제 앞에서 아픈 척을 잘하던 김무겸이다. 이제 진짜 부상자가 되었으니 아프다는 말을 무조건 꾀병으로 치부할 수도 없는데, 오히려 그 허점을 노리고 회복 훈련을 시작한 내내 커다란 덩치로 틈만 나면 아프다, 기운이 없다, 이러다 큰일 나는 것 아니냐 온갖 레퍼토리를 주워섬기며 머리를 만져 달라, 다리를 만져 달라, 손을 잡아 달라는 등 유치한 요구 사항이 끝이 없었다.

도저히 못 참겠어서 웃기지 말라며 지난번에는 이마에 정말 정말 살짝 딱밤을 한 대 때렸더니 사람들이 보는 앞에서 거의 데굴데굴 구를 기세로 온갖 아프고 침통한 시늉은 다해서 민망해 죽는 줄 알았다.

"안녕하세요."

뺨을 쓰다듬어 줄지, 두드려 줄지를 진지하게 고민하는 그때 또랑또

랑한 목소리가 넓은 체육관을 울렸다. 열린 문 사이로 사람들이 들어왔다. 마주 서 있던 무겸과 하준도 목소리가 들린 방향으로 고개를 돌렸다. 훈련에 매진하던 선수와 그들을 보조하던 스태프들의 시선이 모두 이 방인들에게 집중됐다.

치맛단이 짧고 어깨가 파인 원피스를 입은 미인이 땀내 나는 체육관 안에서 유독 강렬하게 사람들의 시선을 잡아당겼다. K리그 여신이라는 별칭으로 유명한 요즘 잘나가는 스포츠 아나운서였다.

"오늘 훈련 분량 촬영하겠다고 미리 말씀드렸는데, 들어가도 괜찮죠?"

"안녕하십니까."

무겸이 인사하자 그들이 가까이 다가왔다. 아나운서의 뒤로 묵직한 촬영용 카메라를 든 기사며 촬영진으로 보이는 사람들이 몇 명 더 서 있었다. 그녀가 물었다.

"벌써 훈련 중이셨군요?"

방금 전까지 울상을 만개하며 엄살을 떨던 김무겸은 언제 그랬냐는 듯, 전매특허인 여유로운 미소를 얼굴에 얹고 방송국 사람들을 맞이했다.

"부상병은 하루 종일 회복 훈련만 해야죠."

"그래도 회복이 빠르시다 들었어요. 덕분에 저희 촬영에 응하실 시간이 나신 거니까, 저희 입장에서 아주 조금은 전화위복이라고 생각해도 되겠죠?"

"원하는 대로 생각하세요."

옅게 피식 웃으며 대꾸하는 무겸을 바라보던 아나운서의 얼굴이 사뭇 수줍어하는 기색으로 변했다. 그 옆에서 둘의 모습을 멍하니 구경하던 하준은 어쩐지 자리를 비켜 줘야 할 것 같아졌다. 뻘쭘한 기분으로 다른 선수의 훈련을 살피러 물러났다.

치료와 회복 훈련 외의 일정이 취소되며 약간의 여유가 생긴 덕분에, 무겸은 입국 초기부터 끈질기게 다큐멘터리를 찍고 싶다고 접촉해 온 방송국의 제안에 승낙을 했다.

처음에 다소 무례하게 거절을 했던 터라 이제 와서 진행해도 괜찮을지 살짝 우려도 했지만 막상 미팅을 해 보니 담당 PD는 그때 일은 신경 쓰지 않는다며 사람 좋게 웃었다. 전문 스포츠 다큐멘터리라기보다는 밤 시간에 다양한 주제로 방영하는 40분짜리 다큐멘터리 쇼의 한 꼭지를 무겸의 이야기로 채우고 싶다는 제안이었다.

언론은 부상당한 선수, 정확히는 부상당한 선수의 성공적인 복귀 이야기를 좋아하니 가장 적절한 타이밍의 원언이다. 홍보 효과를 노린 구단 측에서도 좋은 기획이라 반기며 꼭 클럽 내부 촬영을 넣어 달라 요청했다.

처음에는 사생활 전시 같아 거부감이 컸지만 한국 생활이 길어지면서 무겸의 생각도 조금 바뀌었다. 차후 한국에서 선수로 활동할 일은 은퇴가 임박해질 무렵이 아니고서야 다시 없을 테니 기념 삼아 짤막한 영상 정도를 남겨서 나쁠 일은 없지 않을까. 그런 감상적인 기분이 슬쩍 생겨난 것이다.

이상이 체육관에 갑작스레 방송국 사람들이 방문한 이유였다. 몸을 움직이는 중에도 아나운서와 무겸에게서 눈을 떼지 못하던 한 선수가 옆에 서 있는 하준에게 동의를 구하듯 물었다.

"민재영 장난 아니네요. 실물로 보니까 더 예쁜 것 같아요. 무겸 형님은 하도 예쁜 사람 많이 봐서 저 정도는 아무 감흥도 없으려나?"

하준은 딱 잘라 대답했다.

"남의 외모 평가 입 밖으로 꺼내는 거 아니야."

"하긴 그래도 민재영보다는 하은우죠. 톱급 배우랑도 스캔들 났던 분인데 어지간해서는."

하준이 미간을 찌푸리며 따가운 눈길을 보내자 선수는 그제야 입을 다물었다. 하지만 솔직한 심정으로 하준 역시 그녀에게서 눈을 떼기 어려웠다.

매번 사진이나 영상으로나 봤지 무겸이 여자와 대화를 주고받는 모습을 실제로 본 적은 없었는데, 지금 대화를 나누는 두 사람은 당장 애인 사이라고 밝혀도 어색하지 않을 듯했다. 왜 무겸이 여자들에게 인기가 있는지 새삼 알 것만 같다. 아마 저와는 단둘이 서 있어도 남들 눈에 저런 분위기로는 절대 비치지 않겠지.

"이 코치님!"

멀찍이서 둘을 지켜보는데 갑자기 무겸이 손을 흔들어 하준을 불렀다. '나?' 손으로 가슴을 가볍게 짚으며 표정으로 되묻자 무겸이 고개를 끄덕이며 재차 저를 부른다.

하준은 잠깐 머뭇대다가 사람들 근처로 다가갔다. 아나운서 민재영이 고개를 숙이며 인사했다.

"안녕하세요, 이하준 코치님. 민재영입니다."

"안녕하세요, 이하준입니다."

재영이 손을 내밀어 악수를 청했다. 하준도 함께 인사하며 손을 막 내미는데, 무겸이 끼어들어 그녀의 손을 맞잡고 가볍게 흔들며 물었다.

"그러고 보니 저와 악수를 아직 안 하셨던가요?"

"아뇨, 첫날에."

그러더니 그녀가 말을 맺기도 전에 재빨리 화제를 바꾼다.

"이미 인사 나누셨지만 이쪽 분이 저희 팀 피지컬 코치 이하준입니다. 아주 유능한 코치님이라 지금 저의 재활 훈련 코칭을 거의 전담하고 있습니다."

재영이 환하게 웃으며 하준에게 얼굴을 향했다.

"코치님, 괜찮으실까요? 아무래도 오늘 김무겸 선수의 훈련 모습을 촬영하다 보면 코치님도 적지 않게 찍히실 것 같아서요. 중간중간 질문도 들어갈 거고요."

"…네, 괜찮습니다."

그래 봤자 얼마나 찍히겠나. 훈련 거드는 모습 잠깐씩이나 나오겠지. 하준은 고개를 끄덕였다.

"풀백으로 활동하실 때 코치님 참 좋아했어요. 코치님이 되시고도 여전히 멋지세요."

"저를 아세요?"

"그럼요, 코치님. 저 K리그 아나운서 민재영이에요. 축구 10년 넘게 봤어요."

"아… 감사합니다."

가까이서 보자 멀리서 볼 때보다 더 예뻤다. 아름다운 유명인에게 지난 활약을 칭찬받자 쑥스러워져 절로 미소가 얼굴에 걸리는데, 무겸이 하준의 어깨를 급하게 두드렸다.

"이 코치, 쟤가 부른다."

"어? 누구?"

"저기, 저기. 시킨 거 다 했나 봐."

하준이 두리번거리자 무겸은 이번에는 어깨 위로 팔을 걸치며 웃었다.

"아닌가? 잘못 들었나."

혹시 저를 부르는 소리를 놓쳤나 싶어 하준이 선수들을 살피는 사이, 무겸은 스태프들과 짧게 이야기를 나누고 촬영을 시작했다. 잠시 중단되었던 훈련도 재개되었다.

개인적인 모습을 담는 프로그램은 물론 화보나 광고 영상 등으로 각종 촬영에 익숙한 무겸은 카메라 앞에서도 자연스러웠다. 자연스럽다 못해 어떻게 해야 자신이 멋져 보이는지 잘 알고 있는 듯, 둘이서만 훈련할 때와는 표정까지 사뭇 다르게 묵직해졌다. 하준은 멍하니 그를 보다가 다음 지시를 잊을 뻔했다.

오늘 훈련을 시작한 지도 벌써 꽤 지났으니 제법 힘들 텐데 아직도 표정 관리를 할 여유가 있다니 대단하다고 해야 할지. 다치지 않은 한쪽 다리만을 지지대에 걸친 채 상체 강화 운동을 진행하는 무겸을 가만히 보다가 결국 하준은 감탄하고 말았다. 회복 훈련 프로그램 중에도 무겸은 보통 사람들의 두 배 가까운 강도와 훈련량을 힘들다는 투정 한번 없이 소화해 내는 중이었다.

야외 그라운드 훈련에서는 잘 보이지 않는 상체 근육이 힘을 쓰는 방향에 따라 불끈거리며 솟아올랐다가 이완된다. 단단한 몸 곳곳이 꿈틀대는 모습이 옷 위로도 훤히 보였다. 거대하면서도 둔한 느낌이 없는 몸이 날렵하고 가볍게 움직이는 장면은 언제 봐도 몰입하게 된다. 하준은 문득 조금 붉어진 얼굴을 숙였다.

"평소처럼 자연스럽게 대하시면 돼요."

"아, 네."

한 스태프가 얼굴이 발개진 하준에게 마이크를 붙여 주며 속삭여 일렀다. 딱히 촬영 때문에 긴장한 것은 아니었는데. 도리어 멋쩍어진 하준은 작게 헛기침을 했다. 민재영이 하준에게 다가와 물었다.

"다친 상황에서 이런 훈련을 진행해도 괜찮은가요?"

"다친 발목은 당장 사용할 수가 없지만 그렇다고 부상당한 쪽을 계속 쉬게 두면 근력이 약해져서 발목이 다 나아도 문제가 생겨요. 신체 밸런스도 무너지기 쉽기 때문에 주변 근육을 계속 단련해 줘야 합니다."

"부상당한 뒤 하는 훈련은 아무래도 특별히 많이 힘들 것 같아요."

그 말에 하준은 순간 대답할 말을 잃은 사람처럼 짧게 침묵하다가 곧 미소를 지었다.

"네. 운동선수가 하는 훈련 중에 가장 힘든 훈련이 회복 훈련, 재활 훈련 아닐까 합니다. 아무리 가벼운 부상이라고 해도 회복하는 동안 경기를 뛰지 못한다는 압박감을 견디기가 힘들고… 제대로 완치가 안 될 가능성 등에 대한 두려움을 항상 가지고 있을 수밖에 없거든요."

이러니저러니 해도 무겸이 한 번 필드에 쓰러져 일어나지 못하는 모습을 목도한 순간에는 눈앞이 캄캄해졌었다. 그가 출전하는 경기는 빠뜨리지 않고 봤으니 아주 낯선 장면만도 아니었는데 눈앞에서 직접 맞닥뜨린 충격은 상상을 훌쩍 뛰어넘었다.

가볍게 끝났으니 꾀병이다 엄살이다 투덜거리기라도 하는 것이지 정말 잘못되어 발목이든 무릎이든 크게 다쳤다면 그의 장난에 불만을 느낄 새도 없었을 것이다. 재영을 향해 설명하다가 무겸 쪽을 보는데, 어느새 그도 하준을 바라보고 있었다. 눈빛이 마치 하준의 말을 경청하는 사람처럼 진지했다.

"…김무겸 선수의 이번 부상은 그리 무거운 부상은 아닙니다. 워낙 타고난 신체 능력이 좋고 훈련에도 적극적이라 곧 경기장에서 팬 여러분을 만나 볼 수 있을 겁니다. 김무겸 선수는 지금보다 더 큰 압박감이나 시련도 항상 이겨 내 왔으니까요."

하루로 끝나는 줄 알았더니 방영을 코앞에 두고 급하게 추가 촬영이 필요하다며 방송국 사람들은 방영일을 이틀 앞둔 시점에 훈련장을 한 번 더 방문했다.

단순히 카메라가 옆에서 돌고 있다는 것만으로도 세 배는 지치는 것 같았다. 이번에는 예상도 못하고 있었던 갑작스러운 촬영이었던지라 더욱. 게다가 제게는 왜 그리 말을 많이 거는지, 선수 시절에도 느끼지 못했던 피로가 닥치더니 오늘까지도 여파가 이어지고 있었다.

가족사진을 제외하면 평생 카메라라고는 구단에서 필요한 오피셜 사진을 찍을 때나 경기 중 중계 카메라 정도나 받아 봤지, 바로 옆에 렌즈를 들이대고 녹화를 당하는 경험은 처음이었다. 현역 시절 짤막하게 인터뷰 정도를 한 적은 있지만 길어야 몇 분짜리로 잠깐 지나가는 장면이었다.

카메라 앞에서 멋져 보이는 것도 아무나 하는 일이 아니다. 새삼 김무겸의 멘탈에 혀를 내두른 하준은 귀가하기 위해 복도로 나섰다.

이제 정말 해가 짧아져 일곱 시도 되기 전부터 하늘이 까맸다. 버스를 타러 가기 위해 사무실 건물을 나선 하준은 문득 옆을 돌아보았다. 측면에 있는 실내 체육관에 아직도 불이 켜져 있었다.

훈련은 다 마무리되었으니 마지막 사람이 불을 끄지 않고 나갔나 보다. 놔두면 관리인이 소등하겠지만 기왕 눈에 띈 것, 직원들의 수고를 덜어 주고 싶어 하준은 실내 체육관으로 방향을 꺾었다.

문을 열고 안으로 들어서 불 끄는 버튼부터 찾던 하준이 동작을 멈췄다. 아무도 없을 거라 생각한 체육관 안에서 미세하게 삐걱대는 소리가 들린 것이다. 소리의 발원지를 찾던 하준의 미간이 약하게 찌푸려졌다.

"너 뭐 해?"

텅 빈 체육관에 하준의 목소리가 살짝 메아리로 울렸다. 소리는 무겸의 체중과 바벨의 무게를 받친 벤치에서 나는 것이었다. 프레스 운동을 하던 그가 바벨을 거치대에 올려놓고 천천히 몸을 일으켰다.

그가 스포츠 타월을 짧게 얼굴 위로 눌렀다 떼며 물었다.

"아직 안 갔어?"

하준이 그에게 빠른 걸음으로 다가섰다.

"내가 할 말이다. 왜 아직 이러고 있어? 훈련 마음대로 늘리지 말랬지?"

"회복도 좋은데 통상 루틴이 약해지니까 몸이 무거워서 조금만 했어. 발목이랑은 크게 관계없는 부분이니까 괜찮잖아."

"네가 정육점 고기야? 근육은 유기적으로 이어져 있고 체력은 부위별로 꺼내 쓰는 게 아냐. 일어나. 빨리 집에 가."

그러자 무겸은 미간을 살짝 모으더니 애교라도 부리는 양 하준을 눈으로만 올려다보며 웃었다.

"화내지 마. 이 코치가 화내면 나 발목 아파."

"…부상당하더니 꾀병만 늘어서."

"진짠데."

무겸은 쓴웃음을 지우지 않았다. 벤치에서 일어설 생각도 하지 않는 모습에 하준은 부러 얼굴을 엄하게 굳히고 거듭 재촉했다.

"얼른 일어나. 그만하고 집에 가서 쉬래도."

"알았어. 좀 무리하기는 했나. 바로 일어나지를 못하겠네."

그제야 하준의 표정이 걱정스레 풀어졌다.

"…왜 그래? 진짜 아파?"

"글쎄, 조금……? 네가 한 번 안아 주면 일어날 수 있을 것 같다."

하준이 눈을 가늘게 떴다.

"너 나한테 매번 수작 부린다고 했었지? 너야말로 은근슬쩍 수작 부리지 마."

"우리 이 코치님은 기억력이 너무 좋아서 탈이야. 그런 건 좀 잊어버려 주면 좋겠는데."

피식 웃으며 대꾸하더니 손을 내민다.

"그럼 손잡아 줘. 아직 혼자 못 일어나."

"너 자꾸 엄살 부릴래? 지금은 아무도 없어. 엄살떨어도 안 봐줘."

"야박하게 그러지 말아 주세요."

하준은 작게 코웃음을 쳤지만 결국 손을 내밀었다. 비교적 가벼운 부상이라 해도 어쨌든 빠르고 완전한 회복을 위해서는 다친 발목에 최대한 부담을 주지 말아야 한다.

의사는 완전히 나을 때까지는 발목에 반깁스를 하고 가능하면 이동할 때도 목발을 사용하라고 했다. 무겸은 한 다리로도 얼마든지 일어날 수 있을 것이고 목발 역시 벤치 옆에 기대어 서 있었으나 한 번만 속아 주기로 했다.

"어……."

그러나 내민 손을 잡고 몸을 일으키려는 듯하던 무겸은 도로 벤치에 앉으며 멀쩡히 서 있던 하준까지 제 쪽으로 끌어당겼다.

방심하고 있던 몸이 기우뚱 기울어져 균형을 잃고, 본능적으로 눈앞의 사람을 붙잡으려 들며 넘어졌다. 벤치에 다시 누워 버린 무겸의 위로 하준도 엎드려 몸을 붙이게 되고 말았다.

뭐 하는 짓이야, 구박이라도 하며 일어나려 했지만 등 뒤를 무겸의 팔이 단단히 감아와 그마저도 막혀 버렸다.

"놔라."

목소리만 깔고서 보나 마나 무겸에게는 솜뭉치처럼 느껴질 위협을 한 번 해 보는데, 역시나 그는 전혀 신경 쓰지 않는 듯 팔의 힘을 풀지 않았다. 하준은 포기를 담은 한숨을 한 번 쉬고 무겸이 저를 놓아주기를 그의 위에 엎드린 채 기다렸다. 방금 전까지 훈련 중이던 몸은 열기로 뜨겁고 평소보다 더 단단했다.

정확히 심장 근처에 얼굴을 기댄 것도 아닌데 쿵쿵, 빠르게 뛰는 심장의 박동이 희미하게 뺨을 타고 올라왔다. 몸에 살짝 배어난 땀이 불쾌하게 느껴질 법도 한데 아무렇지도 않았다.

얼굴 아래 놓인 가슴이 넓고 탄탄하다. 널따란 체면적이 주는 본능적인 포용감 때문인지 높은 체온에 감싸여서인지, 짧은 순간에도 어쩐지 졸린 듯 나른해져 하준은 느리게 눈을 깜박였다.

왜 이러고 있는지도 그만 망각하고 시선 아래로 보이는 마룻바닥의 결을 눈으로 고르는데 나직하고 낮은 목소리가 들려왔다.

"어제 아저씨 집 갔었거든."

"아저씨?"

"박 감독님 말이야."

아. 하준이 그의 가슴에 얼굴을 맞대고 작게 고개를 끄덕였다.

"지난번에 촬영용 인터뷰 때문에 잠깐 갔었는데 그때는 오래 있지를 못해서."

"응."

"아무래도 올해 안에 복귀는 힘들 것 같아. 마지막 한 경기라도 아저씨 선수로 뛰어 봤으면 했는데……. 경과가 나쁘지는 않다는데 축구 감독이라는 자리도 집중력을 많이 써야 하는 일이다 보니 벤치에서 흥분해서 뒷목 잡을까 봐 의사가 아직 말리는 모양이야."

하준은 대답 없이 고개만 끄덕였다. 잠시 잊고 있었으나 무겸이 이곳에 온 이유는 오직 박준성 감독과 한 시즌을 보내기 위해서였다. 존경하는 사람과 한 필드를 공유하고 싶은 마음은 누구보다 잘 안다.

"혹시 모르잖아. 나중에 박 감독님이 대표 팀 감독이라도 맡으면 또 같이 뛸 수 있을지도."

"아저씨가 대표 팀을 맡으려고 할까? 제안 들어와도 안 하려 할걸. 그 양반이 보기보다 배포가 작아."

이제야 처음으로 프로 팀 감독 제안에 승낙한 것을 보면 그럴 수도 있겠다. 더 할 말이 궁해져 하준은 입을 다물었다.

"한번 쓰러져서 그런지 사람이 확 늙은 것 같아. 사모도 볼 때마다 나이 드는 것 같고. 옛날에는 나보다 키는 작아도 둘 다 커 보였는데 이젠 너무 작아졌어."

"나도 엄마 볼 때 가끔 그런 생각해. 매일 보는데도 유독 그렇게 느껴질 때가 있더라."

커다란 손이 턱, 가볍게 머리 위에 올라왔다. 하준이 눈을 둥글게 떴다. 무겸이 심란해 보여 딴에는 위로를 하려고 한 말이었는데 무겸은 마치 제 쪽에서 하준을 위로하려는 듯 머리를 느리게 쓰다듬었다.

또 왜 이러셔. 속으로 불만스럽게 중얼거리면서도 하준은 굳이 그 손을 쳐 내지 않고 그대로 엎드려 있었다.

"이 코치."

"왜."

"지난번에 이 코치가 물어본 것 말야."

"…어."

"말 안 하면… 영영 애인은 못 해?"

하준은 바로 답을 하지 않고 입을 다물었다.

마음은 그저 잠잠했다. 상황을 분명히 하는 것만으로도 속을 태우는 듯하던 연기 같은 잡념이 흩어질 때가 있다. 자신이 무엇에 불만과 의문을 품는지부터가 불분명해 갑갑하던 시기를 지나, 그에게 명확해진 질문을 던지고 나니 한동안 저를 괴롭히던 조급증도 사라졌다.

설명을 요구한 그날부터 지금까지 하준은 재촉하지 않고 무겸이 답해 주기를 기다리고 있었다. 그러다 보니 제가 답을 기다리는 중인지, 질문이 멀리까지 떠내려가기를 기다리는 중인지도 경계선이 흐릿해지며 모호해져 버렸다.

하준이 몸을 일으키려 들자 이번에는 무겸도 팔의 힘을 풀어 주었다. 둘의 얼굴이 위아래로 마주쳤다. 무겸은 눈살을 옅게 찌푸리고 쓴 미소를 지으며 물었다.

"쪽팔려서 도저히 말을 못 하겠는데 한 번만 모른 척 봐주면 안 돼?"

"한 번? 나 지금까지도 너 몇 번 봐준 것 같은데."

"그럼 마지막으로 한 번."

저를 보는 무겸의 표정이 오늘도 낯설었다. 따뜻하고 부드러워 세상에 더 없는 소중한 것이라도 보듬는 손길 같은 눈빛이다.

하룻밤 사이 저를 좋아하게 되었다는 그의 사고 과정을 도통 이해할 수는 없었지만, 그가 제게 좋아한다는 말을 꺼낸 이후 그 마음이 한순간의 변덕일지 모른다 상정했을지언정 거짓이라 의심한 적은 없다.

오히려 의심스러운 것은 저 자신의 마음이다. 10년간의 짝사랑이라고 하면 대단히 지고지순하게 들릴 수도 있겠으나, 실상은 무겸이 저를 향해 얼굴을 찌푸릴까 겁이 나 다가서지 못하고 그의 표면만을 더듬으며 스스로 만든 환상을 좇은 시간에 불과하지 않았나.

함께 밤을 보내는 사이가 되며 멀리서만 바라보던 그를 조금씩 알게 되는 것 같아 기뻤지만 그것도 잠시. 벽에 부딪히고 나서는 또다시 도르르 몸을 마는 벌레처럼 위축되고 말았다. 한번 자각한 의문은 이후 마음 한구석에 늘 자리하고 있었다.

지금도 그 상태에 머물러 있다. 저를 좋아한다는 무겸이 아무래도 어색하게 느껴지는 이유는 여전히 자신이 그의 겉모습만을 보고 있기 때문일 테니까.

시간이 지나며 서서히 깨닫게 된 사실은 애인이나 연인이라는 이름으로 그의 옆을 지킬 자신이 없었던 이유가 단지 무겸이 저를 힘들게 해서만은 아니라는 것이다. 사람은 자신이 믿었던 것을 의심해야 할 때 가장 괴로워진다.

나는 이 마음에 자신감을 얻고 싶은데.

너를 알고 이해하고, 내가 만든 환상이 아닌 김무겸이란 남자를 사랑하는 것이라는 확신을 가지고 싶은데.

몸뿐인 사이라 강조하면서도 때때로 너무 가깝고 다정해서 저를 혼란에 빠뜨리던 김무겸, 저를 성욕 해소용 도구로라도 보듯 섹스 파트너로 돌아가자며 옥박지르고 억지를 쓰던 김무겸, 저를 좋아한다고 하는 김무겸. 이들 사이 어디쯤에 진화론의 블랙박스처럼 까맣게 칠해진 부분이 있다. 그 안의 내용물이 궁금하다.

그러나 무겸에게만 답을 요구할 뿐, 이 자기 의심을 말로 꺼내면 지금 그가 그토록 귀하게 여기는 10년간의 마음이 보잘것없는 것임을 알리는 꼴이 될까 봐 두려운 저는 여전히 겁쟁이다.

　괜한 결벽증일까. 모두 이렇게 확신 없이 사랑을 하는 걸까. 사랑이나 연애에 대한 세간의 이야기를 생각하면 그쪽이 맞을지도 모른다. 제게는 모든 것이 미지의 영역일 뿐이다.

　침묵이 길어진다 싶었는지 무겸의 손이 앉아 있는 하준의 뒷목까지 타고 올랐다.

　"이하준, 차이고 나서 계속 징징대는 꼴이 구차해 보이겠지만 한 번만 더 브리핑할게."

　그가 눈을 마주쳤다.

　"네가 궁금해하는 게 뭔지 알아. 네 말대로 생각을 정리해 봤는데… 정말 말하기가 어렵다. 하지만 마지막으로 한 번만 눈감아 주면 다시는 안 그럴 거라고 맹세할 수 있어."

　"……."

　"그동안 너 힘들게 한 것도 알아. 그래도 기왕 하는 거 연애도 제대로 한번 해 봐야지. 나 아직 너한테 해 주고 싶은 게 너무 많아."

　긴 손가락이 뺨 위를 부드럽게 스친다.

　"싸가지 없는 김무겸이랑 섹파만 하다가 그만두기 억울하지도 않아? 개과천선한 김무겸과 연애도 한번 해 보는 게 어때."

　낭송이라도 듣는 듯 그 말에 귀를 맡기고 잠시 멍해졌던 하준이 쓴웃음을 지으며 완전히 몸을 일으켰다.

　"그래. 봐줄 수도 있는데."

　"정말?"

　무겸이 눈을 반짝 뜨며 단박에 벌떡 따라 일어섰다. 손을 잡아 달라더니 역시 순 엄살이었다.

"오늘은 아니야."

"그럼?"

"내가 그 말 하고 나서 너 오늘 봐 달라고 하기까지 얼마나 걸렸어? 너도 얌전히 기다려. 너 좋은 일만 할 수는 없잖아."

"이하준. 심술도 부릴 줄 알아? 매사 귀엽긴."

자신은 김무겸처럼 재빠르고 대담하게 결정을 내리는 타입이 못 된다. 융통성이 없다는 소리도 자주 듣고 그래서 큰 성공을 못 하는 거라는 타박도 들어 보았다. 그러나 이렇게 생겨 먹었으니 어쩌겠는가.

무겸이 처음으로 제게 입을 맞춘 날, 그를 따라 차에 탄 것이 이하준의 인생에서는 가장 충동적인 결정이었다. 그 결정이 인생의 행운이었는지 실수였는지는 앞으로 알 수 있게 되겠지.

하준은 그를 마주 보았다. 김무겸은 저의 우상이었고 모든 것이 그저 완벽해 보이기만 하는 남자였다. 독불장군에 제멋대로인 성정마저도 특별하게만 느껴졌다.

이제는 더 이상 그가 완벽한 남자로는 보이지 않는다. 김무겸은 도저히 이해할 수 없는 모순투성이에 유치한 아이 같은 면이 가득하다.

그러나 이해하기 힘든 것과는 별개로 그런 김무겸 역시… 여전히 좋다.

혼자 그를 바라보던 옛날의 저보다는 지금의 자신이 있는 그대로의 김무겸을 보고 있는 것이 맞다고, 그 정도는 자신할 수 있지 않을까. 하준이 웃으며 가방을 멨다.

"얼른 나와. 불 끄게."

돌려 했을 뿐 승낙이나 다름없는 말에 기분이 좋아졌는지 무겸은 더 이상 아무런 엄살도 부리지 않고 바로 목발을 짚으며 하준의 옆을 나란히 걸었다. 제 시선보다 살짝 위에 있는 그의 얼굴을 하준은 말없이 훔쳐

보았다.

직선적인 옆모습, 쭉 뻗은 눈썹과 날카로운 눈매, 높은 콧대, 각진 턱 선은 그의 기반을 이루는 자신감과 강인함을 굵은 필체로 그려 낸 듯 보는 이의 시선을 끈다.

하지만 이제 저의 눈에는 굵은 선 안에 그어진 가는 균열들도 함께 보였다. 예전에는 보이지 않던 그 균열이야말로 어쩌면 제 마음을 그토록 사로잡은 남자의 또 다른 반쪽이자 색채, 빛일지도 모른다는 생각이 드는 것이다.

…내가 뭘 어쨌다고 그러냐고 우기거나 나는 그런 적이 없다고 발뺌하거나, 싸울 때는 다 그렇지 않느냐고 반문하거나 다 네 착각이고 오해라고 고집을 부렸다면.

그런 식으로 말했더라면 무겸에게 이전보다도 훨씬 더 화가 났을 것이다. 애인이니 연애니 하는 번지르르한 말들을 걷어차고 김무겸에게 한바탕 욕이라도 날린 다음 이번에야말로 그가 없는 어디로든 떠났을지도 모른다.

하지만 무겸은 그저 부끄러워서 말하지 못하겠다고 한다. 그가 숨기려는 것이 무엇인지는 모르겠지만 하준에게 질문을 받은 이유는 파악하고 있다는 뜻이 된다.

도대체 그가 왜 그렇게 행동했는지, 왜 갑자기 저를 좋아한다는 말을 하게 되었는지는 지금도 궁금했지만 남의 치부를 굳이 파헤치는 취미는 없다. 무겸이 저 자신의 모순을 알고 인정한다면 그것으로 충분하다는 생각이 든다.

"어, 비 오네."

무겸이 작게 읊조렸다. 체육관을 나서는데, 조금 전까지만 해도 달이

환히 보이도록 맑았던 하늘에서 비가 내리고 있었다. 손을 내밀어 빗줄기를 가늠하며 하준이 말했다.

"나는 우산 가지러 사무실로 잠깐 다시 가야겠어."

"뭘 우산을 써. 내 차 타고 가. 빗방울 한 방울도 안 스치도록 집 앞까지 모셔다 줄게."

나쁘지 않지만 어쩐지 오늘은 비 내리는 풍경을 보며 버스를 타고 혼자 돌아가고 싶었다. 답 아닌 답을 들었으니 저에게는 그동안 품었던 여러 가지 의문들이나 낯섦, 모호한 감정들을 정리할 시간이 필요했다.

마침 내일은 휴일이었다. 휴일이 지나고 다시 무겸을 만날 때는 이제 그동안의 고민들은 깔끔하게 떠나보내고 그의 마음에 답을 하고 싶다. 일단 정리를 마치고 나면 더 이상 지난 일은 그의 앞에서 꺼내 들지 않으리라.

내리는 비를 보며 짧은 상념에 잠기는데 무겸이 어깨 위로 팔을 가볍게 걸쳐 왔다. 고개를 돌리자 그가 저를 내려다보며 웃고 있었다.

"이러고 있으니까 우리 처음 키스했던 날 생각난다. 넌 안 그래?"

"하여튼 뻔뻔하기는."

저에게 마음 한 톨 없었으면서 멋대로 입을 맞추고, "떠보려고 그랬다."라고 지금처럼 웃는 낯으로 지껄이던 그를 떠올리자 지금도 그때의 그가 얄미웠다. 무겸이 얼굴을 더 가까이 숙여 이마를 맞대고 목소리를 줄여 물었다.

"지금도 나랑 키스하기 싫어?"

"…싫지는 않지만 안 할래."

무겸이 이마를 붙인 채로 미간을 찌푸린다.

"왜?"

"오늘은 네 차 안 탈 거니까."

무겸을 짐승 같다며 비난한 적도 있지만 실은 저라고 별다를 것도 없었다. 여기서 분위기에 휩쓸려 무겸에게 입술을 맡겼다가는 어어 하는 사이 그의 집에 따라가 침대에서 뒹굴지 않을 거라는 자신이 없었다.

오늘 같은 날에는 분위기에 몸을 맡기는 것이 오히려 현명한 결정이라 할 사람도 있을지 모르겠지만 어쨌든 이하준의 방식은 아니다. 무겸이 가는 한숨을 섞어 쉬며 말했다.

"우리 이 코치님이 사람 애간장 태우는 밀당에 탁월한 재능이 있다니까. 처음부터 요망한 송아지라고 생각했지."

이번에는 하준이 미간을 옅게 찌푸렸다.

"송아지?"

무겸이 킥킥대며 얼굴을 들어 올렸다. 코앞의 장난스러운 얼굴에 그만 살짝 넋이 나가는 사이 쪽, 거절당한 키스가 이마 위에 내려앉고 그다음에는 눈두덩에, 뺨에 눈송이처럼 떨어졌다. 입술이 닿은 부분마다 열꽃이 피는 듯 금세 홧홧하게 달아올라 얼굴을 얕게 숙였다.

"알았어."

무겸이 말했다.

"입술은 이 코치님이 정식으로 숙제 채점해 줄 날을 위해 남겨 둘게. 얌전히 기다리면 상도 주겠지?"

"…백지 답안지 낸 주제에 상은 무슨."

"그래도 채점은 해 줘야지. 푹 쉬고 모레 봐. 나 이래 봬도 지금 굉장히 초조해. 그래도 착하게 기다릴게."

그렇게 말하고 무겸은 돌아갈 생각이 없는 사람처럼 문가에 몸을 기대어 서 있기만 했다. 하준이 물었다.

"너는 안 가?"

"땀 흘렸잖아. 샤워하고 가야지."

하준은 마지막까지 저에게서 눈을 떼지 않는 그를 잠시 마주 바라보다가 짧은 날숨을 쉬고 손을 흔들며 등을 돌렸다. 빠른 걸음으로 사무실로 향해 예비 우산을 꺼내 들고 버스 정류장으로 향했다.

기다리라 한 것은 자신인데 우습게도 벌써부터 가슴이 두근거렸다.

모처럼 엄마와 병원에 함께 다녀온 다음 하준은 엉망진창인 책상을 오랜만에 정돈하고 그동안 조금 미뤄 두었던 자잘한 훈련 기록도 정리했다. 무겸의 회복 훈련 기록도 함께였다.

무겸은 예상대로 회복세가 빨라서 더 미룰 것 없이 다음 경기부터 투입이 가능할 것 같았다. 아마도 일단은 교체를 통해 상태를 확인할 것이고, 문제가 없다 판단되면 다다음 경기부터는 다시 선발로 뛰게 될 것이다.

다른 코치들과 함께하는 스터디 과제도 조금 붙들고 있다가, 침대에 누워 인터넷도 하다가, 그러고는 다시 책상에 앉아 무겸을 생각했다. 그와 보냈던 시간과 있었던 일들을 되짚다 보면 희미하게 웃음이 나다가도 역시 그 블랙박스 부분에 도달하면 물음표가 떴다.

그러나 문제를 풀다 막히면 포기하고 다음 문제로 넘어가는 것도 문제 풀이의 요령이다. 그러다 보면 나중에 자연히 답을 알게 되기도 한다. 당장의 궁금증에 너무 매달릴 필요 없다. 이제 자신은 무겸의 곁을 지키기로 결심했으므로 어떤 방향으로든 그에 대해 알아가게 될 것이다.

"오빠, TV 안 봐?"

"형도 나온다며."

밤이 되어 거실에서 과일을 먹던 동생들이 저를 부르러 왔다. 그러고 보니 오늘이 무겸을 촬영한 다큐멘터리 방영일이었다.

또 안 볼 수 없지. 하준이 책상 위에 펼쳐 놓았던 노트를 덮고 거실로 나갔다. 하준도 짤막하게나마 나올 것이라는 정보를 진작 입수한 가족들은 방송 오프닝도 놓치지 않을 기세로 텔레비전 앞에서 기다리고 있었다.

어디까지나 주인공은 김무겸인 프로에 너무 큰 기대를 하는 것 같아 하준은 한 번 더 타일렀다.

"진짜 조금 나올 거야. 김무겸 훈련하는 장면에 곁들이로 조금."

"그래도! 이거 나중에 다운 받아서 소장해야지."

말을 마치자마자 프로그램은 민재영의 목소리로 시작되었다.

[아시아 축구의 별, 한국에 다시 나오기 힘들 전무후무한 천재, 스포츠 한류 스타……. 그를 꾸미는 화려한 수식어는 수도 없이 많지만 그의 진솔한 모습을 아는 사람은 많지 않습니다.]

소파에 앉은 하준은 무심한 표정으로 화면을 응시했다. 10년 동안 그를 좇았던 자신이다. 이런 방송에 나올 만한 이야기 중 무겸에 대해 모르는 정보는 거의 없다고 봐도 무방했다.

어쩌면 그래서 더 무겸이 변한 그 지점이 궁금했던 것일까? 논리적인 의문이 아니라 무겸에 대해 모든 것을 알고 싶은 일종의 욕심이었을지도 모른다는 생각이 새로이 들어 고개가 갸웃 기울었다.

화면은 차례차례 무겸의 이야기를 펼쳐 냈다. 박준성 감독을 만나 축구 선수로 교육받은 이야기, 졸업 앨범, 중고등학교 선수 시절, 잉글랜드 2부 리그 시절, EPL 활약상, K리그에서 활약하는 모습 등. TV 다큐멘터리라서인지 그의 염문설 따위는 일절 언급하지 않고 있었다.

"어, 형이다!"

"뭐야. 오빠 엄청 갑자기 나와."

부상 당시를 보여 주는 데 이어 재활 훈련 장면으로 넘어간다 싶더니 갑자기 하준의 얼굴이 잡혔다.

생각보다 너무 크게 나왔다. 하준은 당혹감에 입을 살짝 벌렸다. 민경과 하경은 신이 나서 수다를 떨었다. 화면에는 무겸의 훈련에 대해 인터뷰를 하던 모습이 비춰지고 있었다.

"형 계속 나와."

추가 촬영을 하러 왔던 날의 모습도 이어졌다. 무겸과 함께 훈련을 하며 대화를 나누는 장면도 찍혔다.

별로 중요한 장면 같지도 않은데 왜 이렇게 저를 많이 내보내고 있는지 이해가 가지 않았다. 금방 지나갈 줄 알고 가족들과 함께 텔레비전을 보기 시작한 하준은 몸 둘 바를 모를 기분에 빠져 이제나저제나 빨리 제가 나오는 장면이 지나가기만 기다렸다.

간신히 재활 훈련 장면이 끝나고, 이어 무겸의 초인적인 정신력과 아시아 선수로서 세계 정상급의 자리에 오르기까지 얼마나 많은 노력이 필요했는지에 대한 이야기가 나왔다. 나름대로 찡한 이야기였지만 역시나 이미 알고 있는 내용이었다.

[…그렇게 지금은 세계적인 스포츠 스타로 자리매김한 김무겸 선수. 그런 그에게도 가슴 아픈 과거가 있었습니다.]

그러더니 갑자기 화면이 바뀌었다. 빈곤해 보이는 낡은 주택가였다. 민재영이 골목길을 걸어가는 모습이 보였다.

[이곳이 바로 김무겸 선수가 어린 시절을 보냈던 동네입니다. 김무겸

선수가 보육원에서 자랐다는 사실은 유명하지만 그 전, 가족과 살았던 시절에 대해서는 많이 알려져 있지 않습니다.]

그리고 한 낡은 집 한 채에 포커스가 맞춰졌다. 무겸이 어린 시절 살았던 집이라는 설명이 이어졌다. 턱을 괴고 TV를 보던 하준의 눈이 커졌다. 그에게도 무겸의 보육원 시절 이전에 대한 정보는 전혀 없었기 때문이었다.

열한 살쯤 부모님이 사고로 동시에 사망했다는 사실과 중학생 무렵까지 보육원에서 자랐으며 그 보육원도 지금은 폐원된 지 오래라는 정도만 알려져 있을 뿐, 무겸도 박 감독도 그의 어린 시절에 대한 상세한 이야기를 어디서도 한 적이 없었다.

화면은 민재영이 동네 주민을 인터뷰하는 장면으로 전환됐다. 인터뷰이의 얼굴은 가려져 보이지 않았다.

[김무겸 선수가 어렸을 때 이웃이셨단 말씀이시죠?]

[네, 맞습니다.]

[김무겸 선수는 어떤 아이였나요?]

[씩씩했죠. 동네 사람들 다 그렇게 생각했어요. 제대로 자라기도 정말 어려운 환경이었는데 저렇게 성공한 선수가 됐으니 정말 훌륭한 거죠.]

[어려운 환경이었다면, 어떤 문제가 있었나요?]

[애 아빠, 아니, 김무겸 선수 아버지가 완전히, 어휴 말도 못 하게 망나니였어요. 가정 폭력범.]

[가정 폭력범이요?]

[네. 의처증이라는 말 아시죠? 걔, 아니, 김무겸 선수 아버지가 그랬어요. 멀쩡할 때는 세상에 둘도 없는 애처가처럼 굴다가 사람이 싹 변해요. 그 의심병 때문에 매일 와이프 괴롭히고 아들인 김무겸 선수한테도 말

해 뭐해요. 경찰도 왔다 간 적 있어요. 우리는, 이웃들은 저러다가 언젠가 큰일이 나겠다 생각했는데 부모님이 먼저 돌아가셔서…….]

대화를 듣던 하준의 미간에 깊은 골이 생겼다. 민경과 하경은 입을 벌리고 화면만 멍하니 보고 있었다.

'…이런 보도를 김무겸이 허락했다고? 지금까지 한 번도 다룬 적 없는 이야기를 이런 TV 프로그램에서 갑자기?'

해당 인터뷰 장면만 톤도 연출도 이상했다. 인물의 성공기를 다룬 다큐멘터리에 갑자기 다른 분야의 영상이 끼어든 듯한 어색함, 다 완성된 프로그램에 조각을 억지로 끼워 넣은 듯한 위화감을 지울 수가 없다. 어려운 가정환경을 극복하고 영웅이 된 김무겸 선수가 정말 대단하다는 듯 치사하며 포장하고 있지만 툭 튀어나온 못처럼 거슬리는 내용이었다.

좋지 않은 예감에 휴대폰을 켜 포털 사이트에 들어갔다. 아니나 다를까 김무겸 이름 석 자와 더불어 의처증, 김무겸 아버지 등 방금 방송에 거론된 자극적인 단어들이 벌써부터 실시간 검색어 상위권을 다투고 있었다. 그러는 사이 방송은 중간 광고로 넘어갔다.

하준은 소파에서 일어서 방으로 들어갔다. 다급하게 무겸에게 전화를 걸었다. 그러나 신호음은 길게 계속되다가 전화를 받을 수 없다는 안내문으로 이어졌다. 아무 일 아닐 수도 있는데, 김무겸이 허락해서 방영하는 것일 수도 있는데 가슴이 불안하게 뛰기 시작했다. 잠시 어찌할 바를 모르고 서 있던 하준은 외투를 걸쳤다.

"엄마, 나 잠깐만 나갔다 올게."

"이 밤중에 어딜?"

아직 TV 앞에 붙어 있는 가족들에게 짧게 말을 남기고 하준은 바삐 현관을 나섰다. 아파트 단지 앞으로 달려 나가 택시를 잡아타고 곧바로 목적지를 일렀다. 막히지도 않은 도로를 전속력으로 달리는 택시가 오늘따라 너무나 느리게만 느껴졌다.

"기사님, 빨리 좀 가 주세요."

"네, 지금 최대한 빨리 가고 있습니다."

택시에서 내려선 하준은 늘 빠뜨리지 않고 하던 인사도 잊고 허둥지둥 엘리베이터에 올랐고, 내려서자마자 빠르게 문으로 다가가 벨을 눌렀다. 그러나 안쪽에서는 아무런 답도 없었다.

문을 열 방법은 없다. 이 집에 드나들게 되자마자 엘리베이터에는 등록을 했지만 현관 키를 따로 받지는 않았다.

"김무겸."

벨을 한 번 더 누르며 무겸의 이름을 불렀다. 여전히 묵묵부답이었다.

'집에 없나⋯⋯?'

다시 전화를 들었다. 오는 동안에도 벌써 몇 번씩 전화를 걸었지만 계속 안내음으로만 이어져 별로 기대는 되지 않았다.

– 지금은 전화를 받을 수 없어⋯⋯.

전화를 끊고 이제는 벨을 누르는 대신 쿵쿵쿵, 문을 두드려 보았다.

"김무겸! 김무겸! 무겸아!"

변함없이 답이 없다. 문을 몇 번 더 두드리던 하준은 막막해져 어깨를 툭 떨구었다. 머리가 복잡했다.

⋯그래, 분명히 합의된 보도일 것이다. 상식적으로 생각해도 그게 맞다. 왜 지레 놀라서 여기까지 와서 이러고 있는지, 무겸이 보면 오히려 이상하게 생각할 것도 같은데 그래도 자리를 쉽게 뜰 수가 없었다. 하준은 현관 앞에 미아처럼 서 있었다.

"전화는 왜 안 받아⋯⋯."

문에 등을 기대고 섰다. 이유 모를 억울한 기분에 눈물이 날 것처럼 작게 명치가 울컥했다.

혹시라도, 만에 하나라도 합의된 보도가 아니라면… 그럼 어떡하지?

그렇게 서서 발치의 대리석 바닥만 보고 있는데, 스르륵 엘리베이터 문이 열리는 소리가 들렸다. 하준이 급히 고개를 들어 올렸다.

"이하준?"

엘리베이터에서 내려선 사람은 그토록 기다리던 무겸이었다. 하준이 문에 기대어 있던 몸을 바로 세우고 황망히 그에게 다가갔다. 무겸은 태평한 표정이었다.

"무슨 일이야, 이 밤중에? 내일 보자더니?"

"…너는 어디, 갔다 와?"

"어? 나?"

무겸은 멋쩍은 얼굴이 되어 머뭇대더니 그때까지 뒷짐을 쥐고 있던 한쪽 손을 천천히 앞으로 내밀었다.

"아이스크림 먹고 싶어서 잠깐 나갔다 왔는데……."

그의 손에 정말로 아이스크림 그림이 그려진 쇼핑백이 들어 있었다. 하준은 멍하니 그것을 내려다보았다.

그러고 보니 목발도 보이지 않았다. 어제까지만 해도 목발을 짚고 절뚝대더니 역시나 이제 아프지도 않으면서 순 엄살이었다. 맥이 풀려 구박조로 물었다.

"아이스크림을 어디서 만들어서 얼려 왔냐……?"

"이 가게가 근처에 없어서 차 가지고 다녀왔지. 밤중에 이런 것 먹으면 안 되지만 가끔 먹고 싶단 말이야."

"그래……. 그럼 됐어. 나 집에 갈게."

역시 별일 아니었나 보다. 긴장이 풀리자 온몸의 힘이 쭉 빠져 그만 어디 앉아 쉬고 싶어졌다. 무겸의 옆을 지나쳐 다시 엘리베이터를 타려는데 그가 하준의 팔을 잡았다.

"어딜 가. 여기까지 와 놓고. 들어와. 무슨 일 있어서 온 거 아냐?"

"아냐, 아무것도."

"아니기는. 네가 아무 일도 없이 밤중에 집까지 왔을 리가 없잖아. 혹시 오늘 채점해 주고 싶어서 마음이 급해졌어?"

웃는 얼굴을 앞에 두니 사전에 인지하고 있는 보도라 태평한 것인지 모르고 있는 것인지 구분이 되지 않는다. 하준이 그의 얼굴을 빤히 보다가 물었다.

"…너, 방송 안 봤어? 오늘 네 다큐멘터리 하는 날인데."

"그거? 급할 것 없으니 이따 보고 모니터링하려고 했지. 왜? 뭐 이상한 장면이라도 나왔나? 에이전시 담당이 방영 전 점검 다 마쳤다고 했는데."

"전화는 왜 계속 안 받아?"

"깜박하고 안 가지고 나갔어. 어쨌든 들어와. 일단 왔으면 그냥은 못 보내."

무겸이 하준의 손목을 끌어당기며 현관문을 열었다. 딱히 돌아가겠다고 우길 이유도 없어 비틀대며 따라 들어가 그가 데려가는 대로 소파에 앉았다. 아이스크림을 먹으라며 하준에게 떠 주고, 그러고 나서야 무겸은 휴대폰을 확인했다. 화면을 들여다본 그의 미간이 그제야 가늘게 찌푸려졌다.

"전화가 왜 이렇게 많이 와 있어?"

혼잣말하는 소리가 들렸다. 하준 말고도 그에게 전화를 건 사람이 많은 것이 분명했다. 무겸은 하준을 힐끔 보더니 자리에서 일어서 어디론 가 전화를 걸었다.

"어, 형. 나야. 무슨 일 있었어?"

남의 통화를 엿듣는 게 예의가 아님은 알지만 청각이 자연스럽게 통화하는 무겸의 목소리에 집중되었다. 무겸의 목소리가 조금 낮아지더니 몇 걸음을 더 옮긴 듯 하준에게 잘 들리지 않는 먼 곳까지 갔다.

"그게 무슨 소리야, 지금? 미리 확인했다며!"

잠깐 동안 목소리를 낮춰 통화하던 무겸이 갑자기 버럭 소리를 질렀다. 그의 목소리에 잔뜩 집중하고 있던 하준은 깜짝 놀라 저도 모르게 움찔거렸다. 무겸은 몇 마디를 더 주고받더니 짜증스러운 듯 통화를 마무리했다.

"됐어, 일단 끊어. 나중에 이야기해. 이미 나간 걸 어쩔 거야. …그딴 거 걸어 봤자 푼돈이지. 얼마 되지도 않을걸."

그러고는 뭔가 바닥에 떨어지는 소리가 들렸다. 주춤대며 뒤를 보니 무겸의 휴대폰이 그의 발치에 뒹굴고 있었다.

역시 합의된 보도가 아니었던 거다. 하준은 마치 잘못한 사람처럼 소파에 앉은 자세로 얼어붙어 마른침만 삼켰다. 할 수 있는 일도 없는데 왜, 무엇 때문에 애가 달아 찾아왔는지 이제 와서 바보 같다는 생각이 들었지만 가만히 있을 수도 없었다.

무겸이 소파 근처로 다가오는 발소리가 들렸다. 쿵쿵 울리는 가슴을 간신히 억누르며, 하준은 그가 제게 당도하기 전에 고개를 들어 올려 무겸의 얼굴을 쳐다보았다. 많이 화가 났을까 걱정했는데 무겸은 그저 조금 피곤해진 듯 부루퉁한 표정을 하고 맞은편에 앉았다.

"너도 방송 보고 왔어?"

"응."

하준은 잠시 틈을 두었다가 말을 이었다.

"아무래도 합의하고 방영한 게 아닌 것 같아서."

"당연히 아니지. 미리 한 번 점검도 했다는데 뒤늦게 편집을 해서 끼워 넣은 것 같다는 게 에이전시 측 주장이고."

"그럴지도 몰라. 그 부분만 뚝 끊어진 것처럼 좀 이상했어."

짧은 대화 뒤 침묵이 흘렀다. 이런 말을 하러 온 것 같지는 않은데 먼저 꺼낼 말이 마땅치 않았다. 입 안의 수분이 말라붙는 것 같다.

몇 번씩 입술을 작게 달싹이던 하준은 결국 가장 평범한 질문을 했다.

"괜찮아……?"

"뭐가?"

"사생활인데… 그렇게 합의도 없이."

"당연히 그냥은 안 넘어가. 보상이래 봤자 푼돈이고 찔러 봤자 내부 징계로 수습될 테니 별 의미도 없겠지만 그래도 괘씸하니까."

무겸이 코웃음을 쳤다.

"그 PD 놈, 멀쩡해 보였는데 만나 본 비슷한 인간 중에 제일 음흉한 걸? 이런 종자들 상대는 많이 해 봤다 생각했는데 나도 아직 멀었어."

그러고는 녹아가는 아이스크림을 보더니 손짓하며 말했다.

"먹어. 그거 맛있어."

"…너 먹으려고 사 온 거잖아."

"나는 나중에 먹으면 돼."

하준은 어쩔 수 없이 스푼을 들어 손가락 한 마디 정도 양을 떠 입에 넣었다. 라벤더 향이 풍긴다는 것만 알 수 있었을 뿐, 맛이 있고 없고를 전혀 판단할 수가 없었다. 입 안에서 아이스크림을 녹이고만 있는데 무겸이 던지듯 물었다.

"…어디까지 나왔어?"

"어?"

"방송에서 어떤 내용까지 나불거렸냐고."

목으로 넘길 때쯤에는 부드러운 아이스크림이 묵직한 돌덩이처럼 느껴졌다. 간신히 그것을 삼키고 하준은 그러고도 바로 입을 열지 못했다.

"너 어릴 때 집… 보여 주고, 이웃이었다는 사람 나와서 인터뷰했어. 너희 부모님 얘기."

"아버지?"

"응."

"그냥 그게 다였어? 그 인간 미쳤었다는 거?"

"응. 너랑 너희 어머니 괴롭혔다는 얘기."

무겸이 몸을 소파 등받이에 기댔다.

"그 정도는 너한테도 했던 얘기네. 지난번에 말해 줬잖아. 애비란 인간이 그림처럼 미쳐서 나랑 엄마 잡으려 들었다고."

하준이 고개를 끄덕였다. 가족 이야기가 궁금하다고 하자 그는 간략하게 정리해서 이야기해 주었고, 질문을 잘못 골랐다 생각한 하준은 더이상 아무것도 묻지 않았다.

아버지가 그러했던 이유가 병적인 의심 때문이라는 이야기까지는 하지 않았지만 군이 남에게 할 만한 이야기가 아니라 판단했을 것이다. 저라도 누가 집어 묻지 않는 이상 밝히지 않을 것 같다.

김무겸의 아버지가 가정 폭력 상습범에 정신적으로 불안했다고 해서 그에 대한 평가가 달라지지는 않는다. 대부분의 타인에게는 그저 자극적인 단어와 잠시의 흥미로 소비할 짧은 정보에 불과하다. 하지만 당사자가 이제까지 어디서도 말하지 않은 이유가 있을 텐데 그런 것을 멋대로 방영해 버리다니.

자존심 강한 김무겸이다. 불시에 약점을 기습당한 형국이니 지금쯤 대단히 불쾌할 것이다.

"…아."

무표정하게 앉아 생각에 잠겨, 묵묵히 허공 어딘가로 시선을 떨어뜨리고 있던 무겸이 손으로 얼굴을 가리며 작게 탄식했다. 하준은 불안한 눈으로 그런 그를 바라볼 뿐이었다.

잠시 그렇게 머리라도 아픈 듯 제 커다란 손으로 얼굴을 덮었던 무겸이 눈가를 쓸어내리며 하준을 향해 피식 웃어 보였다.

"아무래도 열 받긴 하네. 응? 씨발, 좆같아서 어이가 없어."

하준은 웃음이 나오지 않았다. 그의 웃음에는 평소의 여유로움이 전혀 없었다. 무겸이 힘 빠진 목소리로 말했다.

"이하준, 미안한데 집에 가라."

"……."

"지금 기분 별로 안 좋아. 이럴 때 너랑 있기 싫다. 이러다 너한테 괜한 화풀이할까 봐 무서우니까 가."

하지만 하준은 일어서지 않았다. 마음 잘 다스리고 푹 자라는 인사나 하고 가려고 한밤중에 그의 집까지 온 것은 아니었다. 그렇다고 무엇 하러 여기까지 왔냐고 묻는다면 뚜렷한 대답을 준비하고 온 것도 아니었지만.

물론 이럴 때 혼자 있고 싶은 마음도 하준은 이해했다. 그러나 지금은… 김무겸을 혼자 둘 수 없다.

"뭐 해. 가라니까."

"안 가."

그 말에 무겸이 미간을 찌푸리더니 벌떡 일어나 하준에게 다가왔다. 그의 손아귀에 팔을 붙잡혀 하준은 결국 강제로 일어서야 했다. 그의 얼굴이 코앞에 놓였다. 표정은 딱딱하게 굳었고 가까이서 보니 눈에 화가 가득 차 눈동자가 엉망진창으로 흔들리고 있었다.

이것 보라지. 역시 불안하다. 혼자 뒀다가는 정말 사고라도 칠 것 같다.

요즘은 여러 부침 끝에 다소 잠잠해졌다지만 지금까지 김무겸은 언론과도 적지 않은 트러블을 일으켰다. 영국에서는 저에 대한 허위 기사를 쓴 타블로이드지 기자, 집요하게 따라붙던 파파라치의 카메라를 부수거나 싸움을 일으켜 논란이 된 적도 있었다. 물론 허락도 없이 그의 개인사를 방송한 사람들이 당장 옆에 있지는 않았지만 이렇게 화를 곱씹다 보면 무슨 짓을 저지를 알 게 뭔가.

간접적으로 접했을 뿐인 그의 다양한 행적이 마치 제 눈으로 보기라도 했던 것처럼 떠오른다. 절로 긴장이 됐다. 하준이 입을 꾹 다물고 있는 동안 무겸의 입술 끝은 비딱하게 올라갔다. 가까이서 듣는 목소리 역시 열기가 묻어 불안정했다.

"너 무슨 함정 수사해? 사람 화났을 때 굳이 옆에 붙어 있다가 실수하면 그걸로 트집이라도 잡으려고? 가라고 하잖아. 이럴 때는 고집 좀 부리지 마!"

"실수해."

"뭐?"

"화풀이하고 싶으면 해. 네 맘대로 하라고."

무겸이 무슨 소리냐는 듯 미간을 한층 짙게 찌푸렸다. 하준은 저를 붙든 무겸의 손을 떼어 내는 대신 그의 품에 도리어 기대어 섰다.

"우리 아직 애인 아냐. 나 아직 대답 안 했어."

"……."

"오늘은 뭘 하든 안 따질게. 욕을 하든 뭘 하든… 그래. 숙제 채점에 포함 안 시킬 테니까 화나면 나한테 풀어. 혼자 있다가 괜히 엉뚱한 짓 벌이지 말고, 나한테 해."

"…너 왜 이래. 나 시험해?"

저를 그의 장난감 같은 존재라 여긴 적이 있었다. 오늘까지만 화풀이용 장난감이 된다고 해서 이미 내린 결정이, 앞으로가 달라지지는 않을 것이다.

하준은 무겸의 어깨에 얼굴을 바짝 묻으며 더 가까이 붙어 섰다.

"제발 김무겸, 그냥 나랑 있자……."

목소리에 애써도 숨겨지지 않는 떨림이 묻었다. 김무겸은 딱딱하게 굳은 채로 동상처럼 움직이지 않고 있었다.

안 그러려고 해도 긴장이 되어 숨소리까지 색색 살짝 빨라지는데 무겸이 갑자기 하준의 허리를 잡아채더니 다리까지 잡아 올렸다. 그러고는 짐이라도 지는 듯 명치 언저리가 그의 어깨에 오도록 둘러메 버렸다.

머리가 푹 꺾여 시야에 그의 등과, 옆으로 틈새처럼 비치는 거실의 전경 일부밖에 보이지 않았다. 내려놓으라고, 아직 발목 때문에 이러면 안 된다고 외치고 싶었지만 목소리가 나오지 않았다. 하준은 아무 말 없이 눈만 동그랗게 떴다.

무겸은 하준을 짐짝처럼 둘러메고 성큼성큼 걸었다. 시야가 휙 뒤집힌다 싶더니 털썩 어딘가에 내려 눕혔다. 익숙한 장소였다. 저를 내려다보는 무겸이 오늘따라 더 커 보였다. 정체 모를 중압감에 마음이 짓눌리는 것만 같다. 침묵이 무거워 뭐라도 말하고 싶어져 작은 목소리로 물었다.

"옷, 벗을까……?"

그러나 무겸은 대답하는 대신 침대 위로 올라와 상체를 숙였다. 하준은 그런 그를 가만히 마주 보았다. 아직 옷도 벗지 않았는데 어깨가 떨리고 팔에 소름이 돋아난다. 무겸은 여전히 모난 바위처럼 굳어진 채로 숫제 노려보듯 저를 보고 있었다. 가슴이 더 무거워졌다.

급해진 호흡을 견디지 못하고 입술이 벌어지려고 했다. 이제는 입을 벌리면 정말 헉헉 숨을 몰아쉬게 될 것 같아 최대한 작게 숨을 쉬려고 노력하며 눈을 감는데 무겸의 낮은 목소리가 그제야 귀로 흘러들었다.

"눈 뜨고 나 봐."

하준은 감았던 눈을 천천히 떴다. 그러자 곧장 무겸의 얼굴이 다가오고, 입술 위로 입술이 겹쳐졌다. 급하고 짧은, 스타카토처럼 이루어지고 있던 호흡이 순간 멈추었다. 숨넘어가는 소리까지 틀어 막히며 도로 눈이 감겼다.

턱이 떨리기 시작했다. 화가 난 그가 제 입술을 그대로 물어뜯어 찢어 버릴 것만 같다. 이 다음에 어떤 상황과 어떤 감각이 닥칠지 예상할 수 없어 입술을 맞댄 채로 가쁜 호흡만 이어 가는데, 무겸은 그대로 움직임을 멈추고 아무것도 하지 않았다.

의아해진 하준이 눈꺼풀을 더듬더듬 들어 올리며 다시 눈을 떴다. 무겸이 움직이기 시작한 것은 그때였다.

그는 고개를 좌우로 작고 느리게 저으며 하준의 입술 위로 제 입술을 맞대어 비볐다. 부드러운 감촉이 몇 번씩 입술 위를 쓰다듬자 키스를 받을 준비를 하면서도 단단하게 다물렸던 입술이 그제야 금이 가듯 벌어졌다.

"흐……."

숨소리 섞인 신음이 새며 하준의 입술이 벌어지자 무겸은 혀를 내밀었다. 그러나 그마저도 바로 진입해 들어오지 않고 하준의 입술 위를 느리게 핥을 뿐이다.

아랫입술과 윗입술을 번갈아 가며 천천히, 립스틱 따위라도 바르듯 문지르는 감각에 하준의 입술 새로 점차 벅찬 숨이 비어져 나왔다. 조금 전의 차갑고 딱딱한 호흡이 아니라 미지근하고 습한 숨결이었다.

"응, 으……."

몇 번씩 혀가 쓸고 지나가 젖은 입술은 반들거려 약하게 부풀어 오른 듯도 보였다. 무겸은 그 입술 위로 쪽 소리가 나도록 한 번 제 것을 찍어 누르더니 이번에는 아랫입술을 이 사이에 넣어 깨물었다. 턱에 힘을 거의 주지 않고 살짝 붙잡는 듯 입술을 머금은 이는 매끄럽게 안쪽 점막을 긁으며 떨어져 나갔고, 그다음에는 윗입술을 똑같이 물어 당겼다.

전혀 예상하지 못한 부드럽고 느리며 눅진한 키스였다. 지난여름 무겸이 취기에 빠졌던 새벽 저에게 해 주었던 키스, 그는 기억하지 못하는 입맞춤과도 비슷했다.

스스로 화풀이를 하라며 나섰음에도 어쩔 수 없이 내장까지 웅크려드는 듯했던 긴장이 서서히 풀렸다. 바짝 얼어붙었던 것이 녹기라도 하는 것처럼 눈꺼풀 안쪽에 뜨거운 습기가 돈다. 참으려고 했지만 넘친 눈물이 관자놀이를 타고 흐르는 것은 불가항력이었다.

무겸이 아무 말 없이 얼굴을 들어 올려 흐르는 눈물을 입술로 닦아 냈다.

"흐웃, 으."

훌쩍임인지 신음인지 좀처럼 구분이 되지 않는 작은 소리가 함께 흐른다. 그 목소리를 마시려는 사람처럼 무겸은 입술을 새로 겹쳐 들며 천천히 혀를 안으로 밀어 넣었다.

뜨겁게 달구어진 혀가 바쁘게 무겸의 진입을 마중했다. 하준의 팔이 무겸의 목 뒤로 더듬더듬 감겼다. 이래도 되는지를 묻는 듯 약한 팔짓이었다.

키스를 하는 중에도 하준의 목과 턱 근처의 여린 피부, 가슴, 귓불을 만지며 매끄럽게 움직이던 무겸의 손도 곧바로 목 뒤를 파고 들었다. 손바닥 전체로 하준의 뒤통수를 들어 올리며 삽입이라도 하듯 혀를 깊이 밀어 넣었다.

하준은 그제야 제 팔에 힘을 주어 무겸을 당겨 안았다. 아직 키스를 하고 있을 뿐인데 전신이 가늘게 떨렸다.

"으, 흐윽, 응."

한번 깊은 곳까지 들어간 혀는 느리면서도 농밀하게 움직였다. 입천장을 쓸고 목구멍 근처를 부드럽게 문지르다가 슬쩍 빠져나와 숨을 트이게 한 후 다시 파고들며 혀를 감쳤다.

몇 번씩 찔리고 비벼진 혀가 찡 하려 오며 마비되는 것만 같았다. 그러나 감각이 둔해진 듯한 느낌은 착각일 뿐, 정작 무겸이 깊숙이 입술을 포개어 혀를 빨아올리자 예민해진 살덩이 위로 이번에는 미세한 전류 같은 저릿함이 달렸다. 하준은 저도 모르게 등을 젖히며 달뜬 목소리를 높였다.

"하아, 아……!"

습한 소리가 나도록 빨리던 혀가 겨우 풀려난다. 쾌감에 열이 오르고 눈물까지 흘려 흐릿해진 시야로 간신히 무겸과 눈을 맞추는데, 그는 잔뜩 뜨거워진 목소리로 투덜거렸다.

"후우, 이하준… 너 오늘 혼나야 돼."

느닷없는 타박에 하준이 축축해진 눈을 의아한 듯 깜박이며 그를 올려다보았다. 지금까지 한 일이라고는 괜한 사고를 막아 보겠다고 나선 것뿐인데 뭘 잘못했다고 혼이 나야 한다는 건지.

"원래 좀 막무가내인 면이 있는 건 알지만 위험하다 싶으면 피해야지, 먼저 달려들어? 넌 어떻게 매번 이래."

"…읏, 위험하긴. 그래봤자 넌데, 뭐가……."

"말은 잘해. 울지나 말지."

그렇게 말하며 무겸의 입술이 뺨을 쓸었다. 입술이 전하는 뜨거운 온도에 작게 신음하며 움츠리자 단단하게 부푼 팔이 어깨 전체를 강하게 끌어안았다.

혼잣말처럼 읊조리는 목소리가 귓가로 흘러들었다. 하준을 향한다기보다는 무겸 자신에게 화를 내는 듯한 말투였다.

"미쳤어? 그딴 새끼가 한 짓 때문에 너한테 화풀이를 한다는 게 말이 되는 계산이야?"

대답을 요구하는 질문도 아닌 듯 대답하기도 전에 다시 입술이 겹쳐들었다. 뾰족뾰족 일어섰던 감각이 채 가라앉기도 전에 혀를 부드럽게 물리자 얼굴 전체가 저려 오는 것만 같다. 입 안에 작은 팝핑캔디가 끊임없이 튀는 듯 간지러웠다.

숨만 몰아쉬며 예상하지 못한 키스의 여운에 허우적대는데 무겸은 그러는 사이 하준의 셔츠를 벗겨 내고 몸을 타고 내려가며 입술로 그 위를 덧그렸다. 외투만 걸치고 나오는 바람에 그리 여밈이 꼼꼼하지 못한 바지와 속옷까지 순식간에 벗겨져 나간다.

이미 손이 여러 번 쓸어 예민해진 목덜미와 쇄골 언저리는 입술이 스치는 것만으로도 뜨거워졌다. 가슴까지 내려간 그의 입술이 유두를 삼키기 전부터 하준은 상체를 끌어 올리려 들었다.

"아, 아!"

하지만 하준의 어깨를 붙잡아 당기는 무겸의 손이 더 빨랐다. 하준이 도망가지 못하도록 어깨를 단단히 붙들어 잡은 무겸이 유두는 물론이고 주변의 살까지 한입에 삼켜 소리가 나도록 빨아올렸다.

쪽쪽 소리가 나도록 가슴을 빨면서도 그 위로 작게 맺힌 돌기는 혀로 짓뭉개 마치 살갗 아래로 파묻어 버리려는 듯 군다. 그러나 짓뭉개면 뭉갤수록 오히려 돌기는 반항하듯 바짝바짝 서 버릴 뿐이었다.

그렇게 양쪽 유두를 몇 번씩 번갈아 가며 핥는 중 가슴에는 붉게 울혈이 맺히고 하준의 일어선 성기에서는 끈적하고 투명한 액체가 흘러나오기 시작했다.

"하아, 읏⋯⋯."

조금씩 들썩이는 허리를 무겸의 손이 아래부터 쓸어 올리며 일어선 유두를 느릿하게 핥아 올렸다. 손가락이 남은 한쪽을 퉁기듯이 계속해서 만지작댄다.

간지러운 듯, 욱신욱신 아픈 듯, 찌릿하고 따끔한 듯도 한 몇 가지 감각이 한 번에 섞여 몇 번씩 손끝까지 퍼져 나갔다. 눈앞의 정경이 느리게 울렁이는 것 같은 착각이 일었다. 하준이 참다못해 제 유두를 만지는 무겸의 손을 붙들었다.

"⋯하, 하아, 김무겸, 그만⋯⋯."

물방울처럼 솟은 것을 핥던 무겸이 혀를 내민 채로 턱까지 타고 올라 귓바퀴를 약하게 깨물었다. 가슴을 더듬던 손이 아래로 미끄러져 성기 위를 쓸었다. 맑은 프리컴이 제법 끈적하게 묻어난 손바닥을, 무겸이 하준의 얼굴 바로 앞에 펼쳐 보이며 웃었다.

"왜 못 하게 해. 조금만 더 하면 가슴만 빨리다가 쌀 것 같은데."

달아오른 하준의 얼굴이 새삼스레 벌겋게 익었다. 그렇지 않아도 정말 아랫배가 뜨거워지는 느낌이 선연했던 탓이다. 무겸이 씩 웃으며 바짝 가까이 다가왔다.

"내 마음대로 하라고 해 놓고 그만하라고 하면 안 되잖아."

팔이 허리에 강하게 감겨들었다. 그마저도 자극이 돼 저도 모르게 신음이 나왔다. 몸이 빙글 뒤집힌다 싶더니 정신을 차리자 하준은 누운 무겸의 위에 엎드린 자세가 되어 있었다. 양다리가 그의 몸 옆으로 떨어지며 절로 가랑이가 벌어진다.

"아니면 빨리 뒤부터 쑤셔 줬으면 좋겠어?"

"아, 아냐······."

여전히 허리를 붙든 채 무겸은 남은 한쪽 팔을 뻗어 서랍 속의 젤을 꺼냈다. 딱, 뚜껑 따는 소리가 들리자마자 천장을 향해 훤히 드러난 엉덩이 사이로 살짝 차가운 점액질이 쏟아지다시피 뿌려졌다. 선뜩한 감각에 하준은 무겸의 어깨맡에 달아오른 얼굴을 붙이고 가는 숨을 쉬었다.

중지와 약지 끝, 손가락의 도톰하고 뭉툭한 부분이 젖은 입구에 와 닿았다. 바로 들어오는 것인가 싶어 몸을 굳혔으나 손은 마치 쫀득한 반죽 따위를 가지고 놀기라도 할 때처럼 몇 번씩 구멍을 위아래로, 주름 위를 둥글게 문지르며 꾹꾹 눌러만 댔다.

처음에는 웬 손장난인가 싶어 기다렸지만 점점 끈적해지는 입구가 뜨거워지기 시작한다.

"앗, 아······."

"말랑말랑하다. 너는 구멍도 예쁘더라."

"뭐, 하으, 읏······."

듣기 당혹스러운 칭찬에 절로 저항하는 말이 나오려 했다. 그러나 말을 마치기도 전에 입구 아래로 쭉 타고 내려갔던 손가락 두 개가 젤이 흘러내린 회음을 미끄러져 올라와, 좁게 오므라져 있는 뒤쪽 틈새를 그대로 파고들었다.

"아! 흐… 아……."

"후… 그래도 한 지 얼마 안 된 것 같은데 왜 이렇게 좁아……."

길고 굵은 손가락이 천천히 내벽을 문지르며 미끄러져 들어왔다. 아마도 그의 손가락으로는 두 마디 조금 넘게 들어왔을까. 지난번에도 제 안에 들어와 만져 보라 종용하던 지점 위를 천천히, 문지르듯 짓누르자 배 안쪽의 감각이 순식간에 엉켰다. 허리가 곧바로 튀어오르며 스스로도 느껴질 정도로 안이 마구 조여들었다.

손가락이 한 번 크게 안을 휘젓자 내벽이 방어적으로 좁아졌다. 지나친 압박감에 아직 그리 깊이 들어오지 않은 손가락이 도로 밀려나려 했다. 무겸이 손에 힘을 주어 빡빡하게 좁아 드는 점막 안쪽을 천천히 헤집어 들었다.

마침내 뿌리까지 밀고 들어와, 손가락과 손바닥이 이어지는 관절 부분이 엉덩이에 부딪히는 것이 느껴졌다. 굵고 긴 손가락이 안쪽에서 헤엄이라도 치듯 움직이자 내장이 온통 휘저어지는 느낌에 온몸이 덜덜 떨렸다.

"흐으, 아, 으!"

"힘 좀 빼 봐."

"아, 빼고, 빼고 있…어. 아, 핫……."

"마음대로 하라고 해 놓고 이러면 서운하지."

무겸은 하준이 진정하기를 기다리는 듯 남은 한 손으로 볼기를 주무르더니, 숨을 색색 몰아쉬는 하준의 몸을 제 쪽으로 끌어 올렸다. 어깨말에 기댔던 하준의 얼굴이 몸을 타고 올라오고, 다시 입술이 마주쳤다.

쪽쪽 소리가 나는 짧은 키스를 몇 번씩 받고 나서야 그 입술의 감촉에 몸을 맡긴 하준의 표정이 멍해졌다. 무겸의 손이 엉덩이에서부터 등을 쓸고 올라와 갈비뼈 근처를 안아 토닥인다.

"괜히 처음에 겁먹는 바람에 몸이 잘 안 풀리잖아."

"흣, 으."

"나 봐, 이하준. 화 안 났어. 이 밤중에 달려와 준 너한테 내가 화를 왜 내."

"아, 응, 알아, 앗……."

"기분 좋게 해 줄게. 긴장하지 마. 응?"

더 이상 무섭지도, 긴장하지도 않았다고 생각하는데 몸은 머리보다 느리게 풀리는 모양이다. 달래는 어투에 또 눈물이 찔끔 배어 나왔다. 무겸이 쓰게 웃으면서 눈두덩 위를 입으로 쓸었다. 그 감촉에 눈이 아니라 가슴 안쪽 어딘가에서 싹이라도 움트는 듯 간지러웠다.

엉덩이 사이에 들어가 있는 손가락이 한 번 앞뒤로 움직이며 안쪽을 길게 쓰다듬는다. 아까보다 매끄럽게 손이 안쪽까지 들어갔다.

"아, 아으, 응!"

잠깐의 씨름 끝에 드디어 뒤쪽이 벌어지기 시작했다. 젤이 체온에 녹아 가며 묽게 변해 질척대는 소리가 척척 귀를 작게 울렸다.

처음에는 손가락 하나도 밀어내려고만 하던 몸은 한 번 풀어지더니 얼마 있지 않아 세 개까지 쉽게 삼켰다. 무겸은 손가락 뿌리까지 들어가도록 안쪽을 쿡 찔러 올렸다가, 관절을 굽혀 느끼는 곳을 끝까지 문지르며 빼냈다. 그 짓을 반복하자 엎드린 상체가 그때마다 깜짝깜짝 놀라듯 움찔거렸다.

마지막 남은 손가락 하나까지 밀어 넣자 엄지에 걸리는 부분까지 미끄러져 들어가며 삽입이 쑥 깊어졌다. 한층 깊은 곳을 찔리자 떨리는 숨이 새어 나왔다. 하준이 무겸의 어깨맡에 얼굴을 붙이고 고개를 저었다.

"아, 아으, 흐윽, 이제, 이제 됐어. 해, 해도, 해도 돼…!"

"아직 조금만 더."

"아, 아! 흑, 흐!"

끝까지 들어간 채로 관절을 굽혀 손목째로 흔들자 찌걱이는 소리가 노골적으로 공기를 적신다. 소리가 울리는 속도가 점점 빨라졌다.

"앗, 아! 흔들지, 마, 아……!"

얕은 추삽질까지 하며 느끼는 곳을 누르고 흔드는 손가락 끝마디에 힘이 더 들어간다. 하준이 목소리를 높이며 자지러졌다. 손끝이 하얘지도록 침대 시트를 긁으며 말아 쥐었다.

그 동작에 무겸도 더운 숨을 길게 내쉬었다. 남은 한 손으로 하준의 손을 잡아 제 목 뒤로 당겼다. 얼마 있지 않아 두 팔이 무겸에게 매달리다시피 감겨 온다.

"나도, 하아, 마음 같아서는 바로 박고 싶어."

"바, 박아, 지금, 괜찮, 흐윽!"

"박아? 이 코치님, 지금 박으라고 했어?"

코치라는 호칭에 엉망으로 짓뭉개졌던 정신이 잠시 돌아왔다. 방금 전에 제 입으로 내뱉은 말도 흐릿하니 남이 한 말 같아 부인하듯 고개를 저었다. 작게 웃는 소리와 함께 안쪽을 뒤흔들던 손이 주르륵 빠져나갔다.

몸속을 길게 문질러 미끄러지며 나가는 굵은 손가락이 마디마디 선명하게 느껴졌다. 넓은 품 안에 갇힌 몸이 감전이라도 당한 듯 잘게 떨렸다. 갑자기 비어 버린 뒤쪽이 반사적으로 좁아졌다.

내벽이 뜨겁게 달아오른 것이 느껴진다. 하준이 그 열감을 버티며 신음하는 사이, 무겸은 누워 있던 몸을 일으켰다. 그의 위에 엎드려 있던 하준의 몸이 자연스럽게 시트 위로 미끄러졌다. 자세를 바로 하기도 전에 무겸이 이번에는 여전히 엎드려 있는 하준의 뒤로 몸을 숙였다. 돌아보기도 전에 입구에 다시 그의 손끝이 맞닿고, 귓가에 목소리가 작게 흘러들었다.

"내가 보기에는 아무래도 한 번 빼야 긴장이 완전히 풀릴 것 같은데……."

"-아니, 아니, 야… 아, 아……!"

아까와는 각도를 달리해 손등을 위로 향한 무겸의 손이 다시 안으로 천천히 파고 들어왔다.

예상하지 못한 두 번째 삽입에 허리가 들썩인다. 배와 엉덩이, 허벅지 안쪽까지 부르르 경련을 일으켰다. 손가락을 문 점막까지 진동하듯 빠르게 떨렸다.

"흐읏, 흐으, 아."

두 개에서 세 개로 빠르게 늘어난 손가락이 배꼽 쪽 내벽을 콱콱 짓이기며 질펵대는 물소리가 나도록 추삽질을 했다. 아까부터 밀려들던 사정감이 순식간에 치밀어 올랐다.

하준이 제 손을 뒤로 뻗어 무겸의 손을 잡으려 들었지만 스치기만 할 뿐 제대로 잡히지가 않았다. 고개를 저으며 울먹였다.

"아, 나와, 나와……!"

"참지 마."

그 말과 함께 쪽, 소리를 내며 볼기 위에 내려앉은 것은 분명 입술이었다.

작고 생소한 감촉에 절로 구멍이 꽉 오므라든다. 그 순간 길게 빠져나갔던 손가락이 네 개가 되어 안으로 깊숙이 밀려들었다. 하준의 눈앞이 하얘졌다. 아까부터 움찔대던 성기 끝에서 더 견디지 못하고 불투명한 액체가 뚝뚝 흘러 시트 위로 번져 나갔다.

"하아, 하! 아, 으……."

저리다 못해 몸 여기저기에 작은 불꽃이 튀는 듯 따끔따끔했다. 침이 흐르도록 벌어진 입을 추스를 정신도 없이 엎드린 채로 몸만 덜덜 떠는 하준의 등을 무겸이 천천히 쓰다듬었다.

그 부드러운 손길마저도 지금은 너무 자극적이다. 하준이 저도 모르게 고개를 젓는 사이 커다란 손아귀가 허벅지를 붙잡아 밀었다. 양다리가 다시 넓게 벌어지고, 무겸이 등 위로 체중을 실으며 몸을 포갰다.

시트에 널브러진 손등 위로도 무겸의 손바닥이 겹쳐졌다. 어느새 옷을 벗었는지 등에 그의 열 오른 맨몸이 맞닿는다. 두툼하고 탄탄한 흉근이 평소보다 더 팽팽하게 부풀어 있었다. 겹쳐 엎드리자 체간의 차이가 확연하게 느껴졌다.

물방울 떨어지는 소리를 내며 입술이 뒷목 위로 점을 찍듯 똑똑 떨어졌다. 그의 목소리가 귓가에 흘러든다.

"이것 봐. 이제 긴장 풀렸지."

"흐, 으……!"

그의 말대로 힘이 모조리 빠진, 감각만이 뾰족하게 일어선 몸 위를 깃털로 쓸 듯이 무겸의 입술이 스쳤다.

귀와 목덜미, 어깨 위를 애무하며 몸을 움직일 때마다 단단하고 열이 찬 선단이 하준의 엉덩이 사이며 회음을 무심하게 찌르고 문지른다. 그때마다 엉덩이에 움찔대며 작게 힘이 들어갔다.

빨거나 핥지도 않는 부드럽고 가벼운 애무일 뿐인데 등 뒤에서 이루어지는 행동은 눈에 보이지 않아서인지 작은 접촉도 거품처럼 크게 부풀어 다가온다. 어쩔어쩔 어지러워지는 시야 때문에 하준은 취한 사람처럼 자꾸만 눈을 느리게 감았다 떴다.

그러는 사이 무겸은 몸을 점점 아래로 내리며 견갑골 사이에 입을 맞추고, 뒷늑골과 척추가 놓인 자리를 입술로 따라갔다. 손으로는 허리선을 따라 내려가다가 꼬리뼈 위에서야 애무를 멈췄다.

"후, 아……."

등 위로 붓질 같은 애무를 받는 동안 하준은 눈물까지 글썽이며 전신을 떨고 있었다. 몸속을 헤집어 사정에 이르자마자 그 위로 종이처럼 얇고 섬세한 쾌감이 한 장 한 장 몇 겹씩 겹쳐 앉은 것만 같다.

몸이 너무 예민해져 무서울 정도였다. 볼기를 부드럽게 어루만지는 손길마저도 아랫배를 욱신거리게 만들어 정체 모를 아픔처럼 느껴졌다.

"…하, 아! 아!"

간신히 나오는 듯한 신음과 함께, 하준의 등에 자리한 잔근육들이 눈에 띄게 꿈틀거렸다. 꼬리뼈 위에서 멈추는 줄 알았던 무겸의 입술이 더 아래로 내려가 손가락으로 이미 한 번 실컷 휘저어진 구멍의 입구에 닿은 것이다.

"아, 안… 돼……."

하준이 힘없이 고개를 저었다. 목이나 등에 가벼운 키스를 하던 전희의 연장선인 듯 무겸의 입술은 살짝 부풀어 오른 주름 위에 입을 맞추었다.

"아! 아으읏……!"

그러다가 갑자기 혀로 구멍 위를 길게 쓸어 올린다.

딱 한 번 핥았을 뿐인데 하준의 허리가 반사적으로 위로 들리더니 벌벌 들썩이듯 떨렸다. 자극을 피하려는 행동이었으나 실상은 무겸에게 엉덩이를 내민 모습이나 비슷해졌다. 무겸이 엄지의 납작한 부분으로 입구를 한 번 문지르고, 다시 혀를 내밀어 둥글게 핥았다.

"아아⋯! 흐윽, 흐, 아, 그거, 그만⋯⋯."

하준이 힘 빠진 팔을 더듬더듬 뒤로 뻗어 제 엉덩이 사이를 손으로 덮었다. 시트 위에서 느리게 바르작거릴 때마다 등과 허리의 미끈한 근육이 보기 좋게 꿈틀댔으나 정작 하준은 제 몸이 뼈까지 녹은 연체동물이라도 된 듯 느껴졌다.

"왜 그래. 싫어?"

무겸의 혀가 이번에는 하준의 손바닥에 닿았다. 손에 올린 우유라도 핥듯 할짝대는 감촉을 더 참지 못하고 주먹을 쥐자, 이번에는 무겸의 손이 하준의 손목을 잡아 위로 밀어 올려 버렸다. 드러난 회음부터 꼬리뼈까지를 축축한 살덩이가 달팽이처럼 느리게 기어 올라간다.

"아⋯ 하, 앗, 아⋯⋯!"

쾌감과 부끄러움에 몸 안쪽이 절절 끓었다. 사정을 하는 중에까지 손가락으로 휘저어진 입구가, 몸이 너무 뜨겁다. 마음대로 하라고 해 놓고 그만하라고 하냐는 그의 타박처럼, 오늘은 가능하면 그를 제지하고 싶지 않은데 지난번처럼 애무당했다가는 정말 견딜 수 없을 것 같았다.

무겸의 혀와 입술이 점막과 주름을 핥고 구멍을 빨아올릴 때의 감각이 떠오르자 배 속에 소름이 돋는 듯 오싹해졌다. 온몸에 식은땀이 났다.

"아, 그만⋯⋯. 이거 그만할래⋯ 으응, 아아! 아!"

스윽. 혀가 뒤를 녹여 버릴 듯 거듭 쓸어 올렸다. 벌어진 입술과 높이 세운 허리가 바르르 떨린다. 하준의 머릿속이 희뿌옇게 흐려졌다. 무겸을 만류해야겠다는 생각조차 휘저어지는 수면처럼 점점 흩어지기 시작했다.

무겸은 멈추지 않았으나 기억에 남아 있던 불타는 듯 뜨겁고 끈적한 감각은 오늘 없었다. 대신 혀로 입구를 쓰다듬고 입술로 엉덩이며 꼬리뼈에 입을 맞출 때마다 자수처럼 촘촘하고 섬세한 쾌감이 몸 위로 번지는 물감처럼 구불구불 기어올랐다.

자신이 느끼는 쾌감이 자극인지 두려움인지 구분이 가지 않아 경직되려 들던 마음도 점차 풀어지고, 무겸의 애무가 뒤를 스칠 때마다 저도 모르게 헉헉대며 허리를 더 치켜들었다. 몸의 중심부에서 시작된 괴로운 달콤함이 손끝과 발끝까지 물결을 일으키며 퍼져 나갔다.

그러나 아무리 잔잔한 물결이라도 결국 견디는 데 한계가 온다. 하준이 느리게 훌쩍이며 몸을 위로 끌어 올리려는 듯 짧게 기었다. 그러나 제대로 앞으로 나아가기도 전에 커다란 손이 허리를 당겨 다시 제 위치에 놓는다. 그러고서는 엉덩이 위로 재차 얼굴을 파묻자 하준이 다급하게 입을 열었다.

"흐윽, 김, 무겸, 이제 네 거, 네 걸로……."

"음?"

"입 말고, 네 거……."

"내 거 뭐? 손?"

그렇게 물으면서도 뒤쪽에 입을 맞추는 작은 장난은 멈추지 않았다.

"아니, 손, 손 말고……."

"그럼?"

혀를 넓고 길게 내밀어 오물대는 입구 위를 진득하게 핥자, 하준은 시트에 얼굴을 문지르며 숨넘어가는 소리를 냈다. 반사적으로 꼭 다물리며 조이는 곳을 혀끝으로 쿡쿡 찌르자 흐물흐물 풀린 발음으로도 말이 빨라진다.

"아, 제발, 읏……! 네 거, 있잖아… 빨리……!"

"네 거라고만 하면 모르겠는데."

"으, 흐으, 옥……."

끝내 말을 못 꺼내는 하준 대신 무겸이 답을 던져 주며 움쭉대는 입구에 끈적한 애무를 이어 나갔다.

"내 좆?"

"하아, 아! 으응, 응, 조… 그거, 넣어 줘……."

잠시 말이 없던 무겸이 덥석 덮쳐 안듯이 몸을 겹쳐 왔다.

"아… 미치겠다."

엎드렸던 몸이 다시 바로 누이고, 한참 전부터 일어서 있던 뜨겁고 단단한 성기가 곧바로 입구에 맞닿아 왔다. 귀두가 쿡 찔리나 싶더니 쭉 미끄러지며 핏줄이 선 기둥이 입구 전체를 마찰한다. 회음과 고환까지 자극이 와 잔뜩 얼굴이 붉어진 하준이 목을 젖히며 신음했다.

"흐으, 하아!"

"천천히 하려고 했는데… 도와주질 않네."

한 번, 두 번, 세 번……. 들어올 듯 입구에 부딪힌 성기는 안으로 진입하지 않고 자꾸만 미끄러져 고환 아래쪽까지 찔러 올렸다. 두툼하고 뜨거운 물건이 맞닿을 때마다 움찔대며 그것을 받을 준비를 하던 구멍이 빈 수축만 계속하자 배가 점점 뜨거워졌다.

누가 천천히 해 달랬나. 무겸이 원망스러워지려 한다. 잠깐 말랐던 눈물이 다시 고이기 시작하고, 몇 번째인지 모르도록 입구를 기둥으로 마찰당한 하준이 더 버티지 못하고 울먹였다.

"아, 하윽, 그만, 아, 그만… 김무겸, 이제 그만……!"

그만하라는 말은 가능한 참기로 한 잠깐의 다짐도 잊고 애원하다시피
그를 불렀다. 그러자 마침내 꾸욱, 입구를 무겁게 누른 것이 천천히 안쪽
을 비집고 들어왔다.

"다음에는 좆이라고 똑바로 말해야 돼."

"아, 아… 아앗……!"

느린 진입이었다. 공회전을 하는 자동차처럼 계속해서 텅 빈 배를 조
이느라 잔뜩 비좁아져 떨고 있던 안쪽이 마침내 들어온 성기를 열렬하
게 반겼다.

안쪽이 얼마나 날뛰듯이 무겸의 것에 들러붙는지, 그의 성기의 형태
와 표면에 선 핏줄, 어디까지 들어와 어떤 각도로 움직이고 있는지까지
지나치게 생생하게 느껴졌다. 하준은 목소리조차 제대로 나오지가 않
았다.

"후으, 흐… 하으, 아……."

천천히 안쪽을 문지르듯 들어오며 툭 튀어나온 귀두가 손가락으로 한
참을 괴롭히던 전립선 근처에 맞닿고, 무겸은 일부러 그러는 듯 짧게 허
리를 꿀렁이며 쳐올렸다. 몸의 안팎이 무겁게 저려 가던 중, 갑자기 번개
처럼 강렬한 쾌감이 빠르게 닥친다. 하준이 입을 벌리고 목을 젖혔다.

"하, 하아, 아, 아……!"

아직 그는 들어오는 도중일 뿐인데 감당하기 어려울 정도로 커다란
쾌감이 온몸을 덮쳤다. 저항할 힘은커녕 신음마저 숨소리와 섞여 작게
만 흘러나왔다.

힘없이 열린 입술 사이로 긴 날숨과 살짝 갈라진 목소리가 불규칙하
게 흐르는 동안, 무겸은 허리를 끝까지 밀어 가장 안쪽까지 자신을 박아
넣었다. 내벽이 급하게 좁아지는 지점까지 다다른 귀두를, 여리고 매끄

러운 점막이 입맞춤하듯 뻐끔대며 조였다.

그렇게 완전히 몸을 합친 무겸이 입을 열었을 때는 그의 목소리에도 열이 가득 차 여유라고는 없었다.

"하, 이하준. 너무 좋아. 미치겠이⋯⋯."

"앗, 아, 나도, 나⋯ 도⋯⋯."

강건한 팔이 뒷목을, 어깨 뒤를 감쌌다. 가슴이 답답해질 정도로 깊은 곳까지 무겸을 받아들인 채 세게 끌어안기기까지 하자 정말로 숨 쉬기가 힘들어진다. 하준은 바쁘게 허덕였다.

그런데도 그 품을 벗어나고 싶다는 생각은 조금도 들지 않았다. 도리어 그의 품에 더 깊이 파고들었다. 부자유스러운 팔이나마 애써 움직여 무겸의 어깨 뒤쪽으로 제 손을 감았다.

무겸이 입술로 하준의 앞머리를 걷어 올렸다. 이어 살짝 촉촉해진 이마에 입을 맞추고, 관자놀이와 뺨을 타고 내려오는 동안 몸속 깊이 파묻혔던 성기는 뒤로 빠져나가기 시작했다.

"⋯흐, 으으, 으!"

무겸의 체중에 깔려 품에 단단히 갇힌 몸은 제대로 뒤척일 수조차 없었다. 하준은 그저 벌어진 다리만을 덜덜 떨었다. 발끝이 모이고 굽어들며 시트 위를 두드리고 비비적댔다. 두 다리가 마치 성기를 더 빠져나오지 못하게 하려는 듯 무겸의 허리 뒤로 교차하며 감겼다.

"흐아, 으, 하웃, 흑! 으!"

그러나 쾌감에 힘이 풀린 다리로 무겸의 허릿짓을 멈추기는 역부족이었다. 느리게 뒤로 빠져나가는 성기에 한참을 엉겨 붙어 있던 내벽이 한꺼번에 모조리 쓸려 내린다. 눈앞이 핑핑 돌고 눈물이 왈칵 치솟았다.

팔 안에 갇힌 몸, 입속의 혀, 엉덩이와 안쪽의 내벽까지 덜덜 떨렸다.

하준이 감각을 추스르지 못하고 헤매는 동안, 귀두가 입구에 밭게 걸쳐질 정도로 빠져나갔던 성기는 예고도 없이 빠르고 강하게 내벽을 들이쳐 깊은 안쪽까지 짓이겼다.

"-웃, 아……."

몸은 크게 흔들렸으나 열린 입에서는 미약한 신음만이 샜다.

무겸의 입술이 이제는 귓가로 옮겨 가 소리를 내며 키스를 퍼부었다. 귀 안쪽에 작은 진동이 울리며 그렇지 않아도 어지러워졌던 감각이 완전히 뒤집어졌다.

"하아, 흐……! 으, 흐웃, 하, 아아, 아!"

두 번째 절정은 깊은 곳에서 길어 끌어 올려지듯이 시작되었다.

시야가 어질어질 파도를 쳤다. 골반과 허리가 가늘고 빠르게 떨리다가 간헐적으로 들썩이며 경련을 일으키고, 흰 허벅지 안쪽으로 긴 근육이 발씬대며 모습을 드러냈다 사라진다. 그런데도 사정한 지 얼마 되지 않아 반쯤 발기했을 뿐인 성기에서는 아무것도 흘러내리지 않았다.

붕 떠올랐던 몸이 갑자기 침대 아래로 푹 가라앉는 것만 같은 착각이 인다. 푹신하지만 바닥이 없는 늪 같은 곳으로 까마득하게 떨어지는 듯한 막막함에 머릿속이 휘저어지는 중에도 불쑥 겁이 났다.

"아흑, 훗, 이상해……!"

"이상해?"

"흐웃… 하아……! 김무겸, 나 이상, 오늘 진짜, 이상해… 아, 아!"

"응, 괜찮아. 이리 와."

눈을 뜨고 꿈을 꾸고 있는 것 같다. 지나친 쾌감이 마치 가위라도 눌리는 듯 감각에 혼선을 일으킨다.

흐으, 소리 나는 울음이 터졌다. 무겸이 가두고 있던 하준의 팔목을 이

끌고 제 몸 뒤로 새로이 걸치게 만들었다. 하준이 허겁지겁 그의 목 뒤에 팔을 둘렀다. 매달리다시피 그에게 밀착했다.

굵고 단단한 팔이 등을 받치듯 감싸 안는다. 무겸이 달래듯이, 또는 구애히듯이 귓기에 계속해서 속삭였다.

"괜찮아, 내가 안고 있을게. 하아, 이하준. 좋아해."

"하아, 흑! 응, 나, 아, 나도, 흐윽, 좋아, 좋아."

"좋아한다고 해 줘, 응? 나 좋아한다고 해 줘."

"좋아해, 하아, 아, 김무겸… 좋아… 좋아해…….""

절정이라도 온 듯 무겸의 몸에 불끈 힘이 들어가더니 길게 한숨을 쉰다. 그리고는 갑자기 봐주는 것 없는 강한 추삽질이 시작되었다.

"흐윽! 아아, 아아, 앗!"

몸과 몸이 합쳐졌다 떨어지는 소리가 쩍쩍 진득하게 방을 온통 적시고, 물컹하게 녹아내린 내벽을 무겸의 단단한 성기가 끝도 없이 빠른 속도로 찌르고 문질렀다.

눈물은 이제 그저 흐르는 것이 당연한 물줄기처럼 뚝뚝 떨어졌다. 귀두가 전립선을 찔러 올리고, 굵고 커다란 살 기둥이 좁은 내벽을 거슬러 올라 깊은 안쪽까지 틀어박힐 때마다 매번 절정을 닮은 쾌락이 찾아왔다. 몸이 온통 떨리고 들썩였지만 그만하라거나 싫다는 말 따위는 나오지 않았다.

더 이상은 느낄 수도 없을 것 같다. 제 몸이 뼈와 살로 이루어진 육신이 아니라 흐무러진 식물 따위가 된 것만 같았다.

좋아한다. 사랑한다. 너뿐이다. 추삽질을 그치지 않는 와중에도 무겸이 속삭이는 밀어가 머리끝까지 가득 차 넘쳤다. 그의 달콤한 목소리에 질식해 죽을 것 같다.

셀 수 없이 문질러져 예민해진 점막 위, 깊은 안쪽으로 마침내 뜨거운 액체가 몇 번씩 쏘아졌다. 그것이 번져 가는 느낌이 낙인처럼 선명하게 새겨지고, 몸속이 그의 파정액으로 가득 차는 것만 같은 착각이 머리를 지배했다.

아아.

하준은 충만해진 마음을 안고 그제야 편히 의식을 놓아 버렸다.

[⋯김무겸 선수는 지금보다 더 큰 압박감이나 두려움도 항상 이겨 내 왔으니까요.]

희미한 울림처럼 멀리서 들려오는 듯한 소리는, 타인이 되어 듣자 제법 낯선 제 목소리였다.

정신이 아직 멍했다. 눈만 몇 번 느리게 깜박이다가 고개를 돌렸다. 그 움직임을 빠르게 눈치챈 무겸이 몸을 뒤척여 자신의 팔을 베고 누운 하준을 마주 보았다.

"깼어?"

"응⋯⋯."

무겸은 픽 웃으며 들고 있던 휴대폰을 내려놓았다.

"방송 보고 있었는데 괘씸하기는 하지만 좋은 점도 있네. 너 잘 나와서 영상은 소장해야겠어. 봤어? 네 이름 검색어 순위에도 들었어."

"⋯내가?"

"개인적으로는 이하준 인기 너무 좋아지는 게 반갑진 않지만 사람들 보는 눈은 인정해야지."

무겸이 휴대폰을 내려놓고 하준을 제대로 끌어안았다. 뺨 위로 입술이 쪽 와 닿는다. 몇 번씩 얼굴 위에 입술을 찍으며 웃는 무겸을, 하준은 무표정한 얼굴로 잠깐 바라보다가 어색한 듯 시선을 내렸다. 무겸이 희미하게 미간을 모으며 물었다.

"왜 그래? 또 키스 싫어?"

"아, 아니……. 그냥, 신기해서……."

"뭐가?"

"하고 나서 너랑 이런 식으로 같이 있는 거 처음 같은데… 좀 기분 이상하다."

그와 하다가 정신을 잃은 것은 처음이 아니었다. 그때는 눈을 뜨자 희미한 빛만 들어오는 깜깜한 방 안에 혼자 누워 있었는데 오늘은 완전히 달랐다.

무겸이 안겨 주는 절정 역시 마찬가지다. 한 번도 싫은 적은 없었지만 그물처럼 몸을 옭아매는 집요한 쾌감은 늘 사그라들 때까지 시트를 긁고 몸을 떨며 견뎌야만 하는 종류의 감각이었다. 오늘은 무겸이 안아 줘서 평소보다 훨씬 더 좋았던 것 같다.

기분이 좋다. 저도 모르게 웃음이 나와 무겸의 품 안에 얼굴을 묻는데, 그의 팔이 등 뒤를 힘주어 감더니 머리 위에 놓인 입술에서 사과의 말이 튀어나왔다.

"미안해."

"어? 아냐. 미안하라고 말한 거 아니야. 그냥 좋아서……."

엎드려 절 받기라도 한 듯 화들짝 민망해진다. 그렇게 몇 마디를 나누고 나니 점점 정신이 맑아졌다. 왜 자신이 밤중에 이곳에서 그와 부둥켜안고 있는지 또렷하게 기억이 났다.

하준이 고개를 들어 무겸의 표정을 살피며 물었다.

"김무겸, 이제 기분 완전히 괜찮아졌어?"

무겸이 하준을 가만히 바라보다가 쓰고 옅게 웃었다.

"기절했다가 깨서 제일 먼저 묻는 게 그거야?"

그러더니 이번에는 자신이 하준의 품에 얼굴을 묻듯 팔을 끌어당겨 제 목 뒤에 감게 만들며 말했다.

"어차피 이렇게 될 줄 알았으면 진작 자수해서 광명이나 찾는 건데. 잔머리 굴리다가 꼴만 우습게 됐네."

"자수? 뭘?"

그의 입술이 턱 언저리를 비비는 동안에도 하준은 눈을 깜박이며 그의 다음 말을 기다렸다.

"의처증 말기 환자였다는 그 인간 얘기 말야."

"아버지가 그랬던 게 너랑 무슨 상관이야. 김무겸, 괜찮아. 사람들도 잠깐 관심 가졌다가 금방 잊을 거야. 합의 없이 내보낸 건 그냥 넘어가면 안 되지만 너무 걱정하지 마."

단호한 말투에 무겸은 자세를 바꿔 안고 하준과 눈을 마주쳤다. 팔베개를 베고 그와 얼굴을 비슷한 선에 둔 하준은 피하지 않고 무겸을 마주보았다. 무겸의 눈에 가득했던 분노는 이제 확실히 식은 듯 보였으나 하준은 자기도 모르게 무겸의 뺨 위로 손을 올렸다.

왜 이렇게 불안해 보일까. 오랫동안 숨겨 왔던 사생활이 이런 식으로 알려지게 됐으니 당연히 충격적이기는 하겠지만 그는 본래 타인의 시선을 그리 신경 쓰는 성격이 아니다.

무겸의 입이 천천히 열렸다.

"상관이… 있어."

"어?"

"내가 그 인간이랑 너무 닮았어. 얼굴이나 성격이나 그 미친 의심병이나 다."

무겸이 제 목 언저리에 놓인 하준의 손목을 잡았다.

"너 윤 씨랑 모텔 들어가는 거… 나 너 몰래 따라가서 봤어. 혹시 나한테 숨기고 다른 짓하는 거 아닌지 의심이 돼서. 눈 뒤집혀서 모텔까지 들어가려고 했어. 지금은 착각이라는 거 알지만 그때는 진짜 그놈 죽여 버리고 싶었어."

하준의 얼굴이 굳으며 눈이 커졌다. 무겸은 가만히 그 표정을 바라보다가 그를 도로 품에 끌어안아 버렸다.

"그런데 모텔 문에 내가 비치잖아. 얼굴이나 표정이나 그 미친 인간이랑 어찌나 똑같던지 나도 놀랐어. 아니, 놀랐단 말로 모자라지. 그 인간처럼은 절대 되지 않겠다고, 그렇게 생각하면서 지금까지 살아왔는데……"

"…그런데?"

"이미 그렇게 돼 있었던 거야. 미친 사람처럼 너 의심하고, 미행하고……. 네가 다른 놈들이랑 같이 서서 웃기만 해도 나는 속에 불이 나는 것 같아. 나는 그러면 안 되는데."

"……"

"그래서 너랑 멀어지려고도 해 봤어. 차라리 네가 나한테 정떨어지고 네 눈 밖에 나서 관계도 끝나면 미친 짓은 더 할 일 없을 것 같아서. 그랬는데……"

바람 빠지듯 피식 웃는 소리가 한 번 더 들렸다.

"네가 정말 눈에 안 보이니까 당장 죽을 것 같더라."

하준은 무겸의 가슴팍에 얼굴을 묻은 채, 눈을 감은 것이나 다름없는 깜깜한 시야를 앞두고도 눈꺼풀을 깜박이며 그의 목소리를 들었다. 밥도 못 먹고 잠도 못 자고, 눈 밑이 퀭해져서는 경기장에 나서지도 못하던 무겸이 떠오른다.

"그래서 그 방법은 틀렸다는 걸 알았지. 그런데도 너 좋아한다는 건 끝까지 인정하기 싫었어. 좋아한다는 얘기 같은 것 주고받고, 진짜 애인 사이라도 되면… 난 더 미쳐 돌아갈 게 뻔하니까."

"왜……."

"죽을 때까지 그런 사람은 안 만들겠다고 결심했는데."

무겸은 그제야 하준을 제 가슴에서 떼어 냈다. 무슨 말을 해야 할지 모르겠다는 듯 황망함이 맺힌 검은 눈동자가 저를 보고 있었다.

평생 누군가를 사랑하지 않으리라. 앞으로의 긴 인생에 무슨 일이 놓여 있는지 몰랐던 어린 소년은 거대한 결심을 간단하게도 해 버렸다. 이날 이때까지 그 다짐을 지키기 어려우리라 생각한 적도 없었다. 시간 낭비라 생각했던 1년간의 일탈에서 그 결심을 깨부술 사람을 만나리라고 누가 예측할 수 있었겠는가.

"어떻게 해야 하나 고민하다가 네 말대로 나 혼자서 북 치고 장구 치고 결론까지 내렸지. 섹스 파트너로 돌아가서 몸만 다시 붙여 놓고 정신 바짝 차리면 나도 살고 앞으로 그런 식으로 선 넘을 일도 없을 거라고. 너도 나한테 마음이 남아 있다면 그렇게 지내는 게 너한테도 나쁜 일은 아니라고. 완전히 내 위주로만 생각하면서 떼썼던 게 맞아. 여기까지가 내가 못 하겠다고 한 이야기야. 어때. 네가 듣기에도 쪽팔릴 만하지?"

무겸의 손이 하준의 이마 위로 흘러내린 앞머리를 살짝 걷어 올렸다.

"그때는… 네가 나를 좋아한다는 게 어떤 건지 잘 모르기도 했어. 사람은 다 자기 기준으로 남도 보기 마련이잖아."

"…그러다가 생각이 바뀌었어?"

"그래."

"내가 10년 동안 널 좋아했다는 거나, 그런 파일 같은 게 너한테는 그렇게 대단한 일이야?"

무겸이 쓴웃음을 지었다.

"너한테는 숨 쉬는 거랑 비슷하댔나?"

"……."

"나한테는 아냐. 나는… 그렇게 오랫동안, 그런 방식으로 누군가를 좋아할 수 있다고는 생각해 본 적도 없어. 그런 네가 아직도 날 좋아한다는 데 계속 알량한 말장난이나 치고 있으면 진짜 바보지. 다행히 내가 그 지경까지 멍청해지지는 않았어."

무겸의 한숨이 이마 위에 떨어져 내린다.

"방송에 안 나온 이야기 해 줄까?"

"…무슨 얘기?"

"그 인간이랑 엄마, 한 차에 타고 있다가 가드레일 들이받고 죽었어."

"알아. 자세히는 모르지만 사고였다는 건."

그리고 다시 하준의 시야가 깜깜해졌다. 무겸이 도로 품속에 그를 끌어안은 것이다. 또 뭔가 불안해졌나 보다. 그렇게 생각하며 하준은 그의 등 뒤로 팔을 둘렀다.

"사고가 아니었을지도 몰라."

"……."

"언젠가 그 인간이 엄마를 죽이지 않을까 항상 걱정했는데… 결국은 그렇게 된 거지."

돌처럼 굳었던 하준의 손은, 그러나 곧 무겸의 등을 더듬었다. 긴장에 갈라진 목소리가 겨우 비어져 나왔다.

"아니었을 수도… 있잖아. 왜 그렇게 생각해."

무겸의 목소리가 좀 더 나직해졌다.

"그 미친놈이 결국은 나까지 의심하기 시작했거든."

"……."

"내가 성장이 빨랐어. 열 살쯤에 벌써 키가 160이 넘었으니까. 그랬더니 그 인간 눈에는 제 새끼도 남자로 보였나 봐."

품 안에 갇힌 하준의 몸이 경직되는 것이 느껴졌다. 무겸은 팔에 힘을 더 강하게 주었다.

"그래서 엄마도 드디어 용기를 낸 거야. 그 미친 괴물을 버리고 나랑 도망쳐야겠다고……."

"……."

"그날이 같이 도망가기로 한 날이었어. 학교를 마치면 집에 오지 말고 기다리라고 했지. 드디어 그 인간 손아귀를 벗어나서 엄마랑 단둘이 살 수 있게 됐다고 생각해서 기분도 좋았어."

"김무겸."

"하필 그날 일어난 사고가 사고였을까? 나는 지금도 그렇게밖에 생각이 안 돌아가. 그래도 어쩌겠어? 다른 증거도 없고 큰 사건도 아니고, 열한 살짜리 고아가 아무리 사고가 아니라고 말해도 아무도 안 들어 줬어. 바로 사고 처리되고 나는 보육원으로 보내지고, 그렇게 끝났어."

높낮이 없이 낮은 목소리지만 그 안에 맺힌 감정은 세월의 풍화를 거치고도 아직 선명했다. 뻣뻣이 굳은 채 말을 잃은 하준의 머리 위로 무겸이 눈을 떨어뜨렸다.

…이 팔을 놔도 될까? 그래도 도망가지 않을까? 이런 얘기까지 듣고도, 그래도 이하준은 제 옆에 머무르려고 할까?

그 괴물은 그저 망상에 찬 폭력배가 아니었다. 결국은 엄마의 목 뒤로 손깍지를 끼고 불구덩에 제 몸까지 던져 죽음의 길로 가고 만 살인자일지도 모른다. 그것이야말로 아무도, 박준성 감독조차도 모르는 무겸이 가장 숨기고 싶었던 비밀이었고 저 자신에 대한 의심의 원천이었다.

"일단 놔줘."

하준이 침착한 목소리로 말했다. 무겸은 그러나 팔에서 바로 힘을 빼지 못했다.

놓았다가 하준의 겁먹은 표정을 마주하게 될까 봐 두렵다. 이대로 끝을 통보받고 그가 떠날까 봐, 방금 전까지 저를 좋아한다 속삭여 준 하준의 목소리를 다시는 듣지 못할까 봐 불안하다.

그러나 이런 두려움이야말로 그 괴물을 좀먹어 파멸시킨 해충이라는 것도 무겸은 알고 있었다.

좋아한다는 마음이란 무엇인가. 사랑이란 또. 그 단어들은 항상 제게 있어 따뜻함, 아름다움, 행복보다는 불온함과 죽음, 파괴의 이미지에 이어져 있었다. 아닐지도 모른다고 생각하게 해 준 사람이 마침내 저의 옆에 머무르고자 하는데 이제 와서 겁을 집어먹을 수는 없다.

무겸은 목울대를 한 번 울리고 천천히 팔의 힘을 풀었다. 그의 품에서 벗어난 하준은 몸을 일으켜 앉더니 무겸을 조용히 내려다보았다.

"…왜 얘기 안 했어?"

무겸이 어깨를 으쓱하며 쓴웃음을 지었다.

"이런 얘기 했다가 네가 나 싫어하면 어떡해."

하준은 순식간에 어이없다는 표정이 되어 무겸의 머리를 손으로 마구

흩뜨렸다.

"진짜 순 자기밖에 몰라. 김무겸, 보통은 알지도 못하는 아버지가 개차 반이었던 사람보다는 자기한테 앞뒤 없이 막말하는 사람을 더 싫어해. 기준이 뭐야? 별별 소리를 다하더니 이 얘기는 또 내가 싫어할까 봐 못 했다고?"

"꺼림칙하거나 질리지는 않았어?"

"안 싫어해! 이런 이유로 네가 싫어질 거였으면 벌써 싫어졌겠지! … 모텔 들어가는 것 본 건, 예전에도 화날 수도 있겠다고 생각했어. 차라리 따라 들어왔으면 바로 오해인 걸 알았을 텐데."

"정말? 그 정도는 괜찮아?"

"…남들이랑 붙어 있는 것도 싫을 수도 있지. 앞으로는 주의할게. 내 생각에 너는 그냥 질투가 많은 것 같아. 그리고 좀… 상상력이 풍부한 것 도 같고."

머리카락을 헝클던 손이 어느새 부드럽게 머리를 쓰다듬고 있었다.

"모텔 따라 들어와서 나 때리기라도 하려고 했어?"

"미쳤어? 널 왜 때려! 윤 씨 끌고 나와서 불륜했다고 망신 주려 했지!"

무겸이 질색하자 하준이 희미하게 웃었다.

"자식이니 성격이 조금 닮을 수야 있겠지만 네 아버지와는 완전히 다 른 거야. 나도 잘은 모르지만… 그렇게 생각해."

잠깐 타박을 날린 하준은 이제 무겸을 말없이 내려다볼 뿐이다. 선량 한 검은 눈동자에 명백한 연민의 빛이 감돌았다. 무겸은 그런 하준의 표 정을 살펴보다가 물었다.

"이하준, 내가 불쌍해?"

"어?"

하준이 당황을 드러내며 눈을 크게 떴다.

"아냐. 불쌍하다니, 그런 거 아니니까……."

"왜 아니야? 그러지 말고 나 좀 불쌍하게 여겨 주라."

"……."

"응? 불우한 김무겸을 가엾게 봐줘. 그리고 계속 옆에 있어 줘."

"…하여튼 무슨, 말을 못 하겠다……."

하준이 한풀 꺾여 중얼거리는 동안 무겸은 그의 손을 잡아 손바닥에 입을 맞추었다. 그 위로 제 뺨을 멋대로 문지르다가 허리를 끌어안으며 허벅지 위에 얼굴을 얹었다.

하준은 곧 한숨을 쉬며 무겸의 머리를 새로이 쓰다듬더니 나직한 목소리로 중얼거렸다.

"그런데 김무겸. 좀 다르지만 네 기분도 알 것 같아."

"무슨 기분?"

"나도 사실 남들한테 말 못 하는 얘기 있어."

"뭔데."

"우리 아버지 나 어릴 때 스스로 가셨어. 범죄처럼 나쁜 짓도 아니고 아버지가 그렇게 돌아가셨다고 나까지 그럴 것도 아닌데 이상하게 얘기하기가 힘들더라. 굳이 얘기할 필요가 없는 이야기인 것도 맞지만 필요랑 상관없이 말이 안 나와. 숨기게 돼."

허리를 안은 팔에 힘이 들어갔다. 무겸이 고개를 올려 제법 놀란 눈으로 하준을 올려다보았다.

"그건 몰랐는데. 우리 이 코치, 많이 힘들었겠네."

"…너한테 비하면 아무것도 아냐."

"사람들은 어정쩡한 사이에 힘들고 불행했다는 이야기 별로 듣고 싶어 하지 않거든. 어쩔 수 없는 일이지. 듣는 순간부터 짐스러우니까. 그래서 말하기도 힘든 거야. 그러니까 우리는 우리 둘이서 하자. 어쨌든 우리는 이제 서로 패 다 깠잖아. 우리끼리 힘들었다고 하고, 우리끼리 힘내라고 하자. 그러면 돼.”

그 말에 하준은 살짝 벌어져 있던 입술을 다물었다.

무겸은 저를 내려다보는 까만 눈을, 어쩔 줄 모르겠다는 듯 이리저리 기울어지는 시선을 좇아 보았다. 결국은 작게 울렁이더니 눈물이 흘러내리는 모습을 보고서야 몸을 일으켰다.

저를 안는 팔을 굳이 떨쳐 내지 않으면서 하준은 물이 고인 멍멍한 목소리로 투덜거렸다.

“아니, 왜… 억울하게 방송 탄 건 넌데 내가 자꾸 우는 거야. 진짜 이상해…….나 원래 이렇게 잘 안 울어.”

하준의 눈물은 무조건 먹어 치워야 한다는 원칙이라도 세운 듯 무겸은 이번에도 그것을 입술로 닦았다.

“그동안 힘들었지?”

하준은 대답 없이 무겸의 입술에 제 얼굴을 내맡기고, 한참 뒤에야 목소리를 줄여 잘못한 아이처럼 쭈뼛대며 대답했다.

“그냥, 조금…….남들만큼…….”

“나는 힘들어서 죽는 줄 알았어. 나만 징징이 만들지 마.”

그 말에 하준은 뒤늦게 고개를 작게 끄덕였다.

“응…….힘들었어.”

“고생 많았어.”

무겸의 짧은 위로에 새롭게 솟기라도 하는지 방울방울 눈물을 뺨 위로 떨어뜨리면서도 하준은 입술에 미소를 걸었다. 그 표정에 무겸이 의아한 듯 눈을 슬쩍 크게 뜨며 재차 입술을 가져가는데 하준은 나직하게 말을 이었다.

"그래서… 너 좋아하는 건 하나도 안 힘들었어."

"……."

"너 안 좋아했으면… 더 힘들었을 거야."

출구가 없어 보이던 쳇바퀴 같은 생활. 종일 훈련을 마치고 돌아오면 어린 동생들은 기가 죽어 저들끼리 방 한구석에서 아이답지 않게 조용히 놀고 있었고 엄마는 술에 취해 식탁이나 이불 위에 엎드려 있기 일쑤였다. 가끔은 엄마도 아빠를 따라간 게 아닌가 덜컥 가슴이 내려앉아 잠든 엄마의 호흡을 확인한 적도 여러 번이었다.

재능이 있다는 칭찬을 듣는다 해도 프로 선수가 될 수 있을지는 불투명했다. 훈련으로 지친 몸을 이끌고 시간이 날 때마다 단기 아르바이트 따위를 찾아 적은 돈을 쥐고 나면 모든 것이 허무했다. 괜찮은 길이라 생각해 선택했지만 하루에도 열두 번씩 다 때려치울까, 고등학교도 가지 말고 바로 돈을 벌 수 있는 다른 일을 해야 하나 고민하며 낮고 칙칙한 천장만 올려다보던 날들이었다.

제 앞에 무릎을 꿇고 앉아 짧은 응원을 건네주었던, 태양처럼 빛나는 동갑내기 미래의 슈퍼스타를 만난 뒤로 동굴 속에 갇힌 듯했던 매일에 가느다란 빛이 생겼다. 그가 더 큰 세계로 쭉쭉 뻗어 나가는 모습을 보면 제 일인 듯 기뻤다.

천장보다는 하늘을 올려다보기를 좋아하게 됐고 공을 차는 것도, 축구를 보는 것도 즐거워졌다. 손으로 하는 일이라고는 죄다 어설프기만 한 저지만 재빠르고 빈틈없이 손을 놀리던 무겸이 자꾸만 떠올라 그것만큼은 괜스레 연습해 수시로 동생들의 운동화 끈 따위를 묶어 주게 되었다.

남달라진 마음을 들킬까 무서워 다가가지는 못했지만 함께 소집을 받거나 행사 같은 곳에 참가할 때면 먼발치에서 늘 그를 찾았다. 무뚝뚝한 표정이나 냉소 섞인 웃음을 띤 얼굴로 사람들과 이야기하는 무겸의 모습을 세상에서 가장 아름다운 것을 보는 기분으로 훔쳐보고는 했다.

그러다가 갑자기 소탈하게 소리 내어 웃는 얼굴이라도 맞닥뜨리면 밤까지 가슴이 뛰었다. 하루의 마지막에 그날그날 새로 나온 그의 사진이나 기사 따위를 모으고 정리하는 일은 전혀 수고롭지 않은, 지난한 나날의 작은 즐거움이었다. 그 시절 이하준의 삶에서는 무겸을 생각하던 마음만이 선명하고 반짝이는 무엇이었다.

눈물을 닦던 입맞춤이 이번에는 하준의 입술 위를 덮었다. 팔이 몸을 끌어안고 손이 머리를 헤집었다. 아무래도 말보다는 몸으로 하는 쪽이 더 능숙한 듯한 그의 위로를 하준은 온몸으로 받아 마셨다. 무겸이 입술을 들어 올리더니 이름을 불렀다.

"이하준."

"응."

"반쯤 떠밀린 거긴 하지만 어쨌든 다 말했어. 이제 점수 매겨 줘."

하준의 얼굴 위로 옅게 드리워졌던 그늘이 완전히 물러났다. 점수는 숙제를 제출받기 전부터 이미 정해져 있었으니까.

점수를 받은 무겸은 소년처럼 웃었고, 아까 한 번밖에 못 했으니 한 번 더 하자며 달려들었다. 그의 체중에 밀려 자리에 누운 하준은 문득 생각이 나 그에게 말했다.

"네 방에서 하면 안 돼?"

"내 방?"

"여기 말고 너 자는 방. 한 번도 못 들어가 봤어."

"별거 없는데? 2층이라 굳이 안 올라간 거야."

그러나 무겸은 더 만류하지 않고 고개를 끄덕였다. 그러더니 먼저 몸을 일으켜 아직 침대에 누워 있는 하준을 바로 안아 올렸다. 하준이 놀라 그의 목에 팔을 감았다.

"내려놔! 아까도 그렇고, 너 발목!"

"다 나았어."

어제까지 못 일어나겠다며 손을 잡아 달라고 하더니 태세 전환이 번개 같다. 무겸은 정말 아무렇지 않은 듯 하준을 받쳐 안고도 흔들림 없이 천장 높은 집의 계단을 걸어올라 복도에 있는 문 중 하나를 열었다.

하준이 쓰던 침실보다 더 넓고 창이 좀 더 크며 선반, 작은 소파, 테이블과 노트북, 그리고 벽에는 거실의 것과 맞먹을 정도로 커다란 텔레비전이 한 대 놓여 있는, 마찬가지로 큰 장식 없는 모던하고 심플한 방이 하준의 눈에 들어왔다. 무겸이 웃으며 그를 침대에 내려놓았다.

"별거 없지? 이 집은 임시로 살 거라 제대로 꾸미지도 않았어."

얌전히 앉아 있다가 풀썩 침대 위 베개에 얼굴을 묻으며 하준이 환하게 웃었다. 그 모습을 보는 무겸의 얼굴에도 긴 미소가 올랐다.

"방 구경하려는 게 아니라 네가 매일 자는 곳이라 좋은 거야. 사진 찍어서 스크랩해 놓고 싶다."

"마음대로 찍어. 나도 침실까지 같이 들어와 본 사람은 네가 처음이야."

"그래?"

눈이 반짝였다. 무겸은 그런 하준을 귀엽다는 듯 바라보았다.

"왜? 처음이라 좋아?"

"당연하지. 처음은 아무래도 좀 특별하잖아."

무겸은 침대 위에 앉아 몸을 기울였다. 다시 눈이 마주치고, 헛기침을 한 번 한 무겸이 조금 진정한 듯한 어조로 말을 꺼냈다.

"이하준, 나는 절대 그렇게 안 될게. 그 인간처럼은 안 될 거야. 약속할게."

"음… 일단 나 몸싸움도 좀 하는 편이고 힘도 꽤 센 편이라… 네가 어쩌려고 해도 생각처럼 잘 안 될 거야."

그러자 무겸은 웃으며 하준의 뺨을 어루만졌다.

"왜 아니겠어. 처음부터 수비수치고 너무 얌전하다 싶었다니까."

"얌전하긴……. 네 눈에나 그렇겠지."

"하긴, 너 정도면 독하지. 그러니까 10년이나 한 사람만 보고, 별 헛소리를 해도 버티고……. 그린포드에서도 터프하고 끈질긴 놈들은 다 수비수야. 앞으로 내가 또 등신처럼 굴면 걷어차 버려."

그렇게 말하고서는 미간을 찌푸리더니 급히 덧붙였다.

"진짜 발로 차라는 소리야. 헤어지라는 소리가 아니라."

"나한테 차여 봤어? 함부로 걷어차라 말했다가 후회한다 너."

키득대는 웃음소리, 비눗방울이 터지는 듯 입술이 마주치는 작은 소리가 번갈아 가며 방 안을 울리고, 목소리는 잦아들며 농밀한 어둠에 잠겨 들었다.

외로움과 단단함을 구분하지 못하고 자라 버린 소년들, 그래서 외로워지려고 노력하며 각자의 세월을 버텨 온 이들의 마침내 누구도 외롭지 않은 밤이었다.

16

로커 룸에 들어서기 전, 무겸은 미간을 옅게 찌푸리고 문 앞에서 잠시 걸음을 멈췄다. 그러나 몇 초를 망설였을 뿐 곧 문을 열었다.

안에 있던 선수들이 일제히 무겸을 바라보았다. 옷을 갈아입거나 수다를 떨던 선수들이 앞다투어 인사를 했다.

"무겸 형님! 오셨어요?"

"안녕하세요."

무겸은 안으로 걸어 들어가며 인사들을 받았다.

"어제 방송 봤어요. 형님 얘기는 언제 봐도 감동 그 자체입니다."

그럴 거라 생각했지만 잘 보이려고 좋은 말을 하는 녀석은 있어도 방송에 나온 특정 이야기에 대해 언급하는 사람은 아무도 없었다.

딱히 무겸을 의식해서 그러는 태도도 아니었다. 많은 개인적 이슈가 그렇듯, 잠깐 주목을 끌었다 한들 대부분의 사람에게는 특별히 다음 날까지 끌고 올 만한 이야기도 못 될 뿐이다. 차라리 섹스 스캔들이라면 며칠 내내 시끄러웠겠지만 이런 일은 그저 맞닥뜨린 당시 조금 놀란 다음 그랬구나, 하며 넘어갈 만한 일에 불과하다.

친부가 제정신이 아니었다는 사실쯤 새삼스레 남의 평판 따위가 걱정돼 숨겼던 것은 아니다. 마약이나 알코올 중독자, 가정 폭력은 예사고 강력 범죄자의 자식까지도 포진해 있는 것이 이 바닥이다. 축구가 여전히 빈곤층의 인기 있는 신분 상승 사다리인 유럽 축구판에서는 그런 경우가 셀 수도 없이 많았다.

그린포드의 동료 중에도 상습 폭행에 마약 거래를 하다가 옥살이까지 한 쓰레기 같은 인간들을 부모로 둔 녀석이 있었다. 녀석은 그 사실을 숨기지 않았다. 본인은 제 부모와 다른 인간이라는 확신을 가지고 있기 때문일 것이다. 그럴 수밖에. 놈은 괜스레 누군가를 때리지도, 마약 거래를 하지도 않으니까.

그와 달리 모든 것이 마음의 문제에 달려 있는 저는 여전히 확신을 가지기는 어렵다. 하지만 하준은 모든 이야기를 듣고서도 자신을 받아들여 주었다.

그렇다면 다른 사람들이 저를 어떻게 생각하건 관심 없다. 앞으로의 관심사는 남은 삶에 걸쳐 자신이 그 괴물과는 다른 인간이라는 걸 이하준에게, 그리고 스스로에게 증명하는 일뿐이다.

"김무겸. 왔냐?"

"어."

다른 이들과 달리 무겸의 보육원 시절을 알고 있는 몇 되지 않는 사람이자 중학생 때부터의 친구, 임정규의 표정은 조금 어색했다. 물론 무겸을 어색해한다기보다는 피치 못하게 비밀을 알게 된 사람의 제 발 저림 격의 어색함이었다.

어쩌다 보니 이하준의 비밀이나 저의 비밀이나 임정규는 계속해서 강제 주입당하고 있었다. 평소에 온갖 참견을 업보로 뿌린 오지라퍼가 맞는 부메랑이라 생각하기로 했다.

"어쩌기로 했냐? 그 방송, 너랑 합의된 거 아니지?"

"뭘 어떡해. 고소할 거야."

"시청률이 그렇게 돈이 되나? 무섭다, 무서워."

"없는 사실 지어내는 놈들도 넘치는 세상이니까 이 정도면 차라리 점잖다고 봐야지."

무겸이 피식 웃어 버리자 그제야 정규의 표정도 조금 편안해졌다. 안 그런 척하지만 제법 걱정을 한 기색이었다. 요즘 기특한 면이 없지 않으니 삐지기 전에 얼른 딸내미 선물을 사다 줘야겠다.

발목 통증이 완전히 사라졌고 다쳤던 인대도 정상 판정을 받아 오늘부터는 다시 통상 야외 훈련에 참가하기로 했다. 옷을 갈아입고 잔디밭에 나서자 하준은 벌써 밖에 나와 있었다. 파란 가을 하늘, 사시사철 푸르게 관리되는 잔디, 그리고 사시사철 잘생긴 이하준.

저 잘생긴 남자가 바로 김무겸이 사랑하는 애인이다. 저도 모르게 입꼬리가 올라가 웃음이 맺힌다. 무겸은 바로 잔디밭에 오르지도 않고 한자리에서 멍하니, 멀리서 하준이 다른 코치와 진지하게 얘기를 나누는 모습을 바라보고만 있었다. 뒤따라 나온 임정규가 그의 어깨를 툭 쳤다.

"뭐 하냐? 안 들어가고."

"어. 가야지."

대답하면서도 무겸의 눈은 하준에게서 떨어질 줄을 몰랐다. 그런 무겸의 시선을 따라 눈을 움직인 정규가 동공을 떨며 다시 무겸을 바라보았다. 그러더니 망설이지도 않고 무겸에게 고개를 숙여 호기심 그득한 목소리로 속삭였다.

"야, 너희 사귀기로 했어?"

"아, 진짜 징그럽게! 어디서 허락도 없이 귓속말을 해?"

무겸은 질색을 하며 잔디밭 안으로 들어갔다. 저벅저벅 다가가자 그 사이 다른 코치와의 논의를 끝내고 혼자 서 있던 하준이 고개를 돌려 그를 보았다.

"김무겸, 나왔어?"

흰 얼굴 위로 햇살처럼 맑은 웃음이 옅은 쑥스러움을 머금고 망설임 없이 번졌다. 무겸은 더 참지 못하고 그를 덥석 끌어안았다.

이 얼굴을 윤 씨에게 보여 주고 싶다!

그동안 윤 씨 놈에게 보여 주는 하준의 표정이 유달리 예쁘다는 생각에 매번 속이 끓었지만 이제는 아니다. 단순히 잘 따르는 형, 믿는 사람에게 보여 주는 미소와는 또 완전히 다르지 않나. 당당하게 자신할 수 있었다. 세상에서 이하준의 가장 예쁜 표정을 볼 수 있는 사람은 이제 나야! 김무겸이라고!

당황한 하준이 허리를 두드리며 목소리를 낮췄다.

"왜 이래, 여기 훈련장이야."

"뭐 어때. 남들도 다 너한테 이러던데 나는 하면 안 돼? 내가 이렇게 딱, 자리를 잡고 있어야 다른 세균이 안 붙는 거야."

"너 동료들한테 세균이 뭐야? 말버릇 안 고치지."

작게 꾸짖으며 하준이 눈을 굴렸다. 물론 그의 말대로 이제 와서 서로 끌어안고 있건 말건 딱히 둘을 주목하는 사람은 아무도 없…….

한 사람 있었다. 정규와 눈이 마주친 하준이 얼굴을 조금 붉히며 무겸의 허리를 찔렀다.

"정규가 우리 봐."

"보라고 해. 오지라퍼 놈 업보야. 한 사람한테 정착하라고 나한테 얼마나 잔소리했는지 알아? 이제 저 바라는 대로 하겠다는데 뭐가 불만이야?"

조금 미안한 마음으로 정규를 보던 하준은 결국 무겸이 하고 싶은 대로 내버려 두기로 했다. 무겸을 좋아한다고 털어놓지만 않았어도 정규역시 다른 선수들처럼 이 장면에 특별한 의문을 품지 않았을 텐데…….

그러나 하준은 곧 의외라는 말투로 무겸에게 속삭였다.

"정규가 웃어. 기분 좋아 보이는데."

"웃어? 뭐가 좋아서 웃지? 하여튼 저놈도 특이한 놈이야."

"너랑 10년 넘게 친구 하는 걸 보면 정규도 보통은 아니지."

"이하준……. 그럼 너는 뭔데."

정면에서 하준을 끌어안고 있던 무겸은 위치를 옮겨 등 뒤에서 하준을 끌어안았다. 자리를 바꿔가며 포옹을 하는 사이 훈련이 시작되었고, 무겸은 하는 수 없이 하준을 놓아주었다.

러닝을 하던 중, 갑자기 스태프 한 사람이 무겸을 불렀다. 무겸이 대열에서 이탈해 그를 향해 달려갔다.

"무슨 일입니까?"

"외부 손님이 왔는데, 그동안 촬영했던 방송국 사람이래."

무겸이 미간을 찌푸렸다.

에이전시에서는 곧바로 소송을 걸기로 했다. 없는 일을 꾸며 낸 것도아니고 의도를 포장한 건인 데다 다른 것도 아닌 가정사에 대한 이야기라, 그것을 이용해 주목을 끌어 보았을 이득에 비해 큰 처벌을 내리기는힘들어 보였지만 그냥 넘어갈 수는 없었다.

잠깐의 관심을 끌기 위해 남의 사생활쯤 씹다 버리는 껌처럼 여기는인간들을 한두 번 만나본 것은 아니었다. 이번에는 이쪽에서 먼저 모욕을 준 전적도 있으니 상대가 억하심정을 품었다고 해도 어쩔 수 없는 일이기는 했다. 하지만 그렇다고 해서 이런 치졸한 방식의 보복을 납득해 줄 이유도 없다.

어쨌든 이처럼 빨리 꼬리를 내리는 경우는 처음이었다. 이럴 거면 뭐하러. 무겸은 툴툴거리면서 물을 한 모금 마시고 훈련 유니폼 차림 그대로 손님이 와 있다는 클럽하우스로 향했다.

실내로 들어서자 아직 훈련 중이라 선수는 아무도 없는 텅 빈 라운지, 한 테이블에 앉아 있던 여자가 일어섰다. 무겸은 굳은 얼굴을 풀지 않고 그녀에게 가까이 다가갔다. 프로그램의 아나운서였던 민재영이었다.

"무슨 일로 찾아왔습니까? 이제 와서."

민재영이 고개를 숙였다. 머리를 뒤로 묶은 그녀는 촬영 때와는 전혀 다른 정장 차림이었다.

"정말 죄송합니다."

무겸이 고개를 갸웃하며 자리에 앉았다. 민재영도 다시 의자에 앉았다.

"그쪽이 죄송할 게 뭐 있습니까? 책임자는 따로 있을 텐데. 우리처럼 얼굴 걸고 일하는 사람들만 항상 손해 보죠."

"…물론 제가 책임자는 아니지만 제가 진행한 프로그램이니까요. 변명 같지만, 저는 모두 합의하에 촬영하고 있다고 생각했어요."

"말 안 해도 그 정도는 알아요. 나도 별별 기자들, 앵커들, 평론가들 만나 봤고 방송이 어떻게 돌아가는지도 대충은 압니다."

"이해해 주신다면 감사드려요. 사과드리고 싶습니다. 어쨌든 그 장면은 계속 남을 거고, 거기에 제가 있었던 것은 사실이니까요."

그녀를 바라보던 무겸이 혀를 찼다.

"마음은 알겠지만 이러면 안 돼요. 사과는 함부로 하는 것도 아니고,

하더라도 책임자가 하는 겁니다. 혹시 PD가 부탁했어요? 김무겸이 여자를 좋아하니까 찾아가서 미인계라도 쓰라고 했습니까?"

그녀가 눈을 부릅뜨며 몸을 바로 세웠다.

"아니에요. 누가 시켜서 온 것 아닙니다."

"뭘 모르시네. 이러면 시키지도 않았는데 나서서 총알받이 하는 꼴밖에 안 됩니다. 돌아가세요. 마음은 받고 사과는 안 받은 걸로 하겠습니다. 사과는 그쪽이 할 필요 없으니까."

무겸은 그렇게 말하고 잠시 침묵하다가 어깨를 으쓱하며 말했다.

"그래도 PD가 흥행은 아는 사람 같던데요. 이하준 코치 분량이 생각보다 많아서 의외였습니다."

"그건… 제 사심이 좀 들어갔어요. 지난번에도 말했지만 현역으로 뛰실 때 좋아했거든요. 방송에 나가면 분명 반응이 있을 거라고 설득했더니 수긍하더라고요."

무겸이 한쪽 눈썹을 살짝 끌어 올렸다. 그러고는 민재영을 잠시 응시하더니 말을 이었다.

"민재영 씨. 내년에는 월드컵도 있으니 날 찾는 방송이 또 많을 겁니다."

"그렇겠죠."

"그때 민재영 씨가 진행하는 프로를 최우선으로 선택하겠다고 내부 자료 돌리겠습니다. 원하시면 다음에는 의상도 지금처럼 입는 게 좋겠다고 내 쪽에서 말하고요. 이번 프로그램에도 지금 같은 차림이 훨씬 어울렸을 것 같은데요."

그 말에 민재영이 눈을 살짝 크게 뜨고는 곧 쓴웃음을 지었다.

"그건 감사하네요. 흥행을 알아서 그런지 그 부분은 의견을 내도 들어

주질 않더라고요."

무겸이 자리에서 일어섰다.

"천천히 가세요. 훈련 중에 빠져나온 거라 먼저 가 보겠습니다."

따라 일어선 민재영이 다시 고개를 숙였다. 무겸은 그런 그녀를 더 뒤돌아보지 않고 문 쪽을 향해 가다가 멈칫 걸음을 멈추고 옆을 돌아보았다.

"이하준?"

테이블에서 보이지 않았던 기둥 너머에 하준이 서 있었다. 눈치라도 보듯 쭈뼛거리는 그의 옆으로 무겸이 다가갔다.

"뭐 해, 여기서?"

"…방송국에서 왔다길래 걱정돼서 잠깐 와 봤어. 혹시 싸우기라도 할까 봐……."

"싸울 사람 오지도 않았어. 그때 같이 봤던 아나운서야."

"알아. 목소리 들렸어."

하준이 코너에서 얼굴을 내밀어 뒤를 돌아보려고 하자 무겸은 얼른 하준의 어깨를 감싸 앞을 보게 했다.

"얼른 가자. 훈련 중에 이렇게 오래 이탈해 있으면 안 되지."

기분이 틀어지면 훈련장을 멋대로 이탈하던 남자의 입에서 나오기엔 어색한 소리였다. 하준은 결국 뒤를 돌아보지 않고 그의 어깨동무를 걸친 채로 문을 나섰다. 나란히 걸으며 무겸의 옆얼굴만 바라보았다.

무겸은 의식하지 못하는 것 같지만 그는 오늘 또 한 번 누군가의 신발 끈을 묶어 주었다. 아마 그에게는 아무것도 아닐, 하지만 받은 사람은 아주 오랫동안 기억할 수밖에 없는 가장 필요한 타이밍의 가장 적절한 친절.

이거야말로 타고났다고밖에 설명할 수 없는 부분 아닐까? 무겸의 어머니에 대해서는 잘 모르지만 자신이 부친을 닮았다는 주장과는 달리 그는 어쩌면 모친의 성격을 닮았는지도 모른다.

"김무겸."

"음?"

"내 생각에 너는 괜한 노력 말고 생긴 대로만 살면 돼. 굳이 아버지 의식하면서 애쓸 필요 없어."

"갑자기 그 얘기는 왜?"

"그냥. 내 생각이야."

무겸은 영문을 모르겠다는 표정으로 하준을 보다가 훈련장에 들어서기 직전, 사람들의 눈이 닿지 않는 건물의 코너에서 빠르게 입을 맞췄다. 하준의 눈이 둥글게 커지는데 무겸은 웃으며 아무 일 없었다는 듯 어깨 동무만 고쳐 했다.

"뭐가 어쨌든 칭찬 같아 좋네."

"너 자꾸 이러지 마. 누가 보면 어떡해?"

얼굴이 벌게진 하준은 진심으로 당황한 듯 구박했다. 무겸은 영국에서는 선수들끼리 뽀뽀도 자주 한다며 뻔뻔하게 굴다가, 자꾸 이러면 한 팀에 있기 곤란하니 진짜 이직을 할 거라는 협박에 조용해졌다.

스크린이 검어지며 엔딩 크레딧이 나오기 시작했다. 하준은 여운에 젖은 듯 멍한 표정으로 화면을 바라보고 있었다. 나쁘지 않은 영화였으나 무겸은 오늘 영화보다는 하준의 표정을 구경하느라 바빠서였는지 그와 같은 여운에 빠질 수는 없었다.

우스운 장면이 나오면 하준도 웃는지 보려고 고개를 돌렸고, 슬픈 장면이 나오면 혹시 하준이 울까 봐 고개를 돌렸다. 그는 울지는 않았으나 미간을 가늘게 찌푸리고 화면에 몰입해 있었다. 뒤늦게 미소를 띤 하준이 무겸을 돌아보았다.

"여기 좋다. 극장보다 좋은 것 같아. 남들 신경 안 쓰고 얘기도 할 수 있고 둘밖에 없고."

"그렇지? 시트도 편하잖아. 극장 의자랑 비교할 수가 있나."

"액션 영화만 보다가 오랜만에 이런 잔잔한 영화 보니까 생각보다 재미있네. 앞으로는 이런 것도 자주 좀 볼까 봐."

밤의 화려한 장소에서 수없이 많은 여자를 만나 왔지만 데이트라 할 만한 일을 해 본 경험은 무겸에게도 거의 전무했다. 어젯밤 이야기를 마친 뒤로도 둘은 또 한 번 몸을 겹쳤고, 처음보다 더 격렬해진 행위에 하준은 울다가 기절하다시피 곯아떨어졌다. 하준이 자는 사이 무겸은 이제야 보통의 스물여섯 살 먹은 청년답게 착실히 데이트 코스를 조사했다.

오늘 훈련을 마친 뒤 무겸은 하준을 미리 퍼스널 타임을 예약해 둔 셀렉트 숍으로 데려가 일단 옷가지부터 잔뜩 사 안겼다. 당장에 차도 뽑아 주려다가 괜찮다며 거절당하고, 아예 마음대로 쓰라며 카드를 주려고도 했으나 과하다며 끝끝내 사양하는 바람에 그것도 포기했다.

그나마 사 들린 옷이며 신발 따위도 이렇게 비싼 옷을 잔뜩 집에 가져가면 가족들이 이상하게 생각할 거라 걱정하는 바람에 제집에 가져다 놓기로 했다. 차라리 잘됐다. 앞으로 점점 하준이 제집에서 자고 갈 날이 늘 텐데 내일이라도 사람을 불러 방 한 칸을 싹 하준의 드레스 룸으로 꾸며 놓으라 할 생각이었다.

그리고 역시 미리 예약해 놓은 프라이빗 레스토랑에서 식사를 하고, 마지막은 비교적 소박한 데이트 코스로 자동차 극장이라는 곳에 온 참이었다. 저도 이런 곳에 와 보는 것은 처음이었는데 하준이 무척 즐거워하는 듯해 가슴이 뿌듯했다.

몸을 기울여 키스를 하자 하준은 한 번 튕기지도 않고 순순히 입을 벌려 저를 맞아 준다. 극장이었다면 사람이 없다고 해도 CCTV 따위가 신경 쓰여 이러기는 힘들 것이다.

"이런 곳 처음 와 보는데 사람 되게 많구나."

나도 처음이야. 하준의 말에 속으로 대답하며, 마냥 흐뭇하게 듣던 무겸은 문득 그 단어가 마음에 걸렸다.

"처음 와 봤어?"

"응. 아까 그런 레스토랑도 처음 가 봤어. 많이 비싸지? 와인 진짜 맛있더라."

와인이 맛있었다고 하는 하준의 말에 미소가 절로 난다. 한 모금 머금자마자 눈이 커지더니 몇 번 마셔 보지는 않았지만 지금까지 마셔 본 것과 완전히 다르다며, 이렇게 맛있는 와인은 처음이라고 연신 감탄을 했던 것이다.

그런 모습을 보면 별로 먹어 본 적 없다고 해도 맛은 제대로 안다. 하긴 우리 이 코치님이 워낙 똑똑해야지. 다음에는 아예 테이스팅 코스로 준비를 해 줘야겠다.

"푼돈이야. 제발 내 돈 아낄 생각하지 말고 쓸 생각이나 해. 어디 가 보고 싶은 곳, 먹고 싶은 것, 사고 싶은 것, 돈 필요한 곳 있으면 꼭 얘기하고. 카드는 안 받겠다니까 하는 말이야. 또 어디 가 보고 싶은 데 없어?"

"글쎄……. 사실 나도 잘 몰라. 난 다 좋아. 뭘 하고 어딜 가든 거의 다 처음일걸."

"왜 다 처음이야. 데이트 안 해 봤어?"

하준이 쑥스러운 듯 작게 웃었다.

"응……. 거의."

그 표정이 사랑스러우면서도 속이 쓰려 온다. 지금까지 만나 온 남자가 한둘도 아니었을 텐데 왜 이렇게 처음 해 보는 게 많은지. 저야 섹스 말고는 관심도 없는 생활을 보내 왔으니 그렇다 쳐도 하준이 그랬을 것 같지는 않다.

알고 보면 남몰래 돌발적인 원나잇도 즐기는 부뚜막 올라간 송아지라지만 기본적으로 타인에게 상냥하고 성실한 녀석이 항상 그런 관계만 맺었을 리는 없지 않은가. 도대체 어떤 놈들만 만났기에 데이트를 거의 안 해 봤다는 건지 모르겠다.

어떤 빌어 처먹을 놈들이 이하준을 거쳐 갔을까?

그 생각을 시작하자 또 명치가 뜨거워지지만 그러는 동안에도 하준의 마음 한구석은 늘 김무겸이 차지하고 있었으리라는 명실상부한 팩트를 떠올리며 열기를 달랬다. 그놈들은 그저 지나간 한때의 애인들, 코 푼 휴지 조각들일 뿐인 것이다!

하준은 그런 무겸을 가늠하는 듯 눈을 가늘게 뜨고 보더니 물었다.

"너 무슨 이상한 생각 해?"

"뭐? 무슨 생각? 아냐."

차들이 하나둘씩 빠져나간다. 무겸도 화제를 돌리려는 듯 재빨리 시동을 걸었다.

"내 집으로 가도 되지?"

"응."

"이틀 연속 외박한다는데 어머님이 아무 말씀 안 해?"

"우리 엄마 요즘 너한테 빠져서 너희 집에서 산다고 해도 별말 안 할 분위기다. 또 놀러 오래."

"어머님께서 정말 훌륭하신 분이야. 처음 뵀을 때부터 알았다니까."

순식간에 기분이 좋아진다. 도로를 달리며 무겸이 말했다.

"오늘도 특별하겠네. 나랑 여기 처음 와 봤으니까."

"그럼. 일기장에 써 놓을 거야."

"일기도 써?"

"응. 네가 나한테 한 이상한 소리도 거기 다 기록해 놨어."

"농담이지?"

하준은 대답하는 대신 웃기만 했다. 농담 같기는 한데 평소 그가 하는 노트 기록을 보면 아주 농담 같지도 않아 간담이 서늘해졌다. 지난 추한 꼴은 하루빨리 잊어 줬으면 좋겠는데 기록으로까지 남았을 가능성이 있다니……. 사실이라면 기회를 봐 구슬려서 불태우게 만들어야겠다. 운전을 하며 무겸은 쓸데없는 생각을 정리했다.

'뭐가 어쨌든 좋은 쪽으로 생각하자. 뭐든 처음이라 특별하다는데, 지나간 놈들이랑 일이야 어쨌건 나한테는 좋은 일이잖아?'

차를 주차장에 세우고 둘은 나란히 엘리베이터에 올랐다. 무겸이 현관 키를 찍으려 들자 하준이 그런 그를 말리며 잡아 세웠다.

"잠깐만."

"왜?"

무겸의 손이 멈춘 사이 하준이 가방에서 지갑을 꺼내 들었다. 여태 못 주고 있던 현관 카드 키를 오늘에서야 준 참이었다.

하준의 지갑이 인식기에 가까워지고, 삑 소리가 나며 잠금이 풀린다. 문을 잡아당겨 열면서도 제 행동이 창피한지 하준은 얼굴을 슬며시 붉히며 웃었다.

"내가 너희 집 문 열었다."

그러는 하준을 눈만 또릿 뜬 채 응시하던 무겸은 갑자기 속도를 내 후다닥 하준을 뒤따라 들어갔고, 신발을 벗고 들어서기도 전에 하준의 어깨를 끌어안았다.

흰 뺨에 퍼붓다시피 키스를 하자 순식간에 피부가 따끈해졌다. 마침내 입술 위로 입술을 겹쳤을 때는 뜨거워진 숨결이 서로의 체온을 급속도로 끌어 올렸다. 느닷없는 키스 세례에 하준은 당황한 듯 숨을 골랐지만 곧 무겸의 목을 안고 얼굴을 핥으려는 개 같은 기세로 덮쳐드는 남자를 열심히 맞이했다. 입술을 붙였다 뗄 때마다 사이사이 투덜대는 무겸의 목소리가 섞였다.

"너 때문에, 하아, 어디서 어떻게 꼴릴지, 예측도 못 하겠어."

"그래서, 지금은 왜 흥분한, 건데……."

가쁜 숨소리가 간간이 섞여 나오는 질책에 도리어 피가 머리끝까지 돌았다. 무겸은 하준의 허리와 엉덩이 아래를 받쳐 번쩍 들어 올렸고, 그대로 성큼성큼 거실로 올라섰다. 허둥지둥 몸을 굽혀 무겸에게 체중을 실으면서도 하준은 잔소리를 해 댔다.

"나도 발 있는데 왜 자꾸 들어 올려? 가볍지도 않은데 자꾸 사람 번쩍번쩍 들지 마. 힘자랑하다 허리라도 삐면 어쩌려고 그래?"

"그러면 이하준이 위에 타서 허리 흔들어 주겠지."

"농담 아냐. 다치는 거 가볍게 생각하지 마."

"아, 내 애인 정말 깃털처럼 가볍다."

하준은 그 말에 어이없다는 뉘앙스의 헛웃음을 치더니 대꾸할 의욕을 상실한 듯 더 아무 말도 하지 않았다.

그렇게 안아 든 채로 소파 위에 앉아 반듯한 이마부터 시작해 콧등, 눈

아래, 뺨과 입술까지 타고 내려오며 키스를 뿌리자 잠시 부루퉁해졌던 얼굴이 곧 보드라운 장미 꽃잎 같아진다. 무겸이 한숨을 쉬며 하준의 목 덜미 위로 얼굴을 묻었다.

"너 왜 이렇게 점점 더 귀여워?"

"내가 뭘 어쨌는데."

"애도 아니고. 네 손으로 문 연 게 그렇게 뿌듯했어?"

그러자 얼굴빛이 더 붉게 물이 든다.

"처음이라 그렇지, 매일 이럴까 봐."

처음이라 좋다는 것도 귀엽다. 그래. 사람에게는 무슨 일이든 처음이 있는 법이고 많은 이들이 그 처음을 특별하게 여긴다. 오죽하면 '처음'이라는 말이 붙은 수많은 고유 명사도 있을 정도로. 첫사랑, 첫 키스, 첫걸음, 첫 경험…….

"……."

거기까지 생각한 무겸의 사고가 천천히 멈췄다.

실컷 떠들며 입술을 찍어 대더니 배터리가 다 닳은 기계처럼 뚝 키스가 끊어졌다. 그런 무겸을 하준은 처음에는 얌전히 기다리다가, 침묵이 길어지자 궁금한 듯 살폈다.

"김무겸?"

갑작스레 찾아온 심란함은, 무겸에게도 역시 처음이었다. 그리 오래 살지도 않았지만 아무리 그래도 그렇지 세상에 이렇게 겪어 보지 않은 처음이 많을 줄이야.

저 스스로를 나이에 비해 여러 풍파를 겪어 온 원숙한 남자라 생각하고 있던 무겸이다. 하준을 만나며 느꼈던 갖가지 혼란들은 낯설면서도 부끄럽고 돌아보기 싫으면서도 잊을 수도 없는, 그야말로 정신적인 첫 경험으로 남았다.

그런 저의 육체적 첫 경험은 어땠던가. 런던으로 떠나기 전까지의 무 겸은 준성이 보호자로 있기도 했거니와 본인도 아침부터 저녁까지 운 동을 하고 집에 돌아가면 일찍 잠드는 건전한 청소년으로, 성적인 관계 에 관심이 없어 섹스는커녕 키스도 해 보지 않은 상태였다.

첫 상대는 그린포드로 이적한 지 얼마 되지 않아 동료들과 함께 갔던 파티에서 만난 스포츠 앵커였다. 알고 봤더니 뜨는 신인 선수 킬러로 유 명했던 그녀와의 관계는 그야말로 어쩌다 치르게 된 하룻밤.

그녀는 한 번 잔 남자는 돌아보지 않는 것으로 유명했으며 무겸 역시 그런 태도를 서운해하기는커녕 이런 방법도 있다는 가르침을 하사받은 수제자처럼 그때부터 점차 화려한 스캔들의 나날을 날개처럼 펼치기 시작했으니, 무겸에게 첫 섹스는 말 그대로 스타트를 끊었다는 것 외에 아무 의미도 없었다. 즉, 전혀 특별하지 않았다는 이야기다.

하지만 이하준은 다르다.

작은 처음도 애틋하게 여기는 그에게 첫 관계가 가지는 의미는 얼마 나 어마어마할까? 그때의 기억은 기억력도 남다른 머리 안에 고이 보관 되어 있을 것이고, 때때로 특별한 '처음'으로 소환되어 보석 같은 눈동자 속에서 회상 따위가 되는 특권을 맛볼지도 모른다. 가슴을 콩닥대며 일 기도 썼을 것이다.

생각만 해도 배가 아프지만 한번 지나간 처음은 결코 돌아오지 않는 다. 무겸이 아무리 애써 봤자 그의 특별한 처음이 될 수는 없는 노릇이다.

어떤 인간일까? 어떤 축복받은 인간이 이하준의 특별한 첫 상대가 되 었을까.

한번 의문을 품기 시작하자 자동차 극장에서만 해도 명치의 열기에서 그쳤던 시샘이 심장까지 태우는 것 같았다. 마음먹고 가리지 않으면 무겸의 속내는 쉽게 드러난다. 뒤틀림을 알아챈 하준이 한숨을 쉬며 물었다.

"말도 없이 또 무슨 생각 해?"

"아냐."

"아니긴 뭐가 아냐. 갑자기 건전지 다 된 것처럼 굴고 있으면서."

"어디부터 키스할지 생각하고 있었어."

그렇게 말한 무겸이 다시 눈가에 입을 맞춰 오자 하준은 그 말을 믿는 듯 무겸의 목에 팔을 걸었다. 눈가에 떨어졌던 입술이 매끈한 뺨을 타고 내려와 재차 입술 위를 덮고, 혀까지 농밀하게 파고 들어가 깊은 키스로 이어지는 동안 둘은 한동안 아무 말이 없었다.

실제로는 온도가 변했을 리 없는 거실의 공기가 후끈하게 느껴지기 시작할 때쯤에서야 무겸은 입맞춤을 그만두었다. 눈을 감고 따뜻해진 하준의 목덜미에 얼굴을 비비며 읊조리듯 말을 건넸다.

"나도 남자는 네가 처음이야."

그 말에 하준은 눈을 깜박이더니 눈꼬리를 초승달처럼 만들며 답했다.

"알아."

"하고 나서 한 침대에 누워 자 본 사람도 네가 처음이고."

"응."

"좋아한다고 말해 본 사람도 네가 처음이야."

"……."

"처음인데 다 너무 좋아."

연속 고백에 하준의 입에서도 쑥스러운 동의가 흘러나왔다.

"나도… 좋아."

그제야 눈을 뜨고 하준을 가만히 마주 보던 무겸은, 흰 이마를 덮은 머리카락을 뒤로 걷어 주며 물었다.

"처음에는 어땠어?"

"무슨 처음?"

"섹스."

그러자 하준이 눈썹을 약하게 찌푸렸다.

"뭐 하러 물어봐……. 그런 얘기 별로 좋아하지도 않으면서."

"나도 놀 만큼 놀았는데 지나간 일로는 질투 안 해. 그냥 궁금해서 물어보는 거야."

입을 꾹 다무는 하준에게 약간의 거짓말을 섞어 대답하고, 아랑곳 않고 뺨에 키스했다. 무겸은 질문을 이어 갔다.

"처음도 남자였어?"

"…어."

"어땠어? 처음에도 지금처럼 좋았어?"

그 말에 하준은 피식, 어이없다는 듯 쓴웃음을 짓더니 망설임도 없이 단박에 대답했다.

"아팠어."

"정말?"

"그래. 너무 아파서 기절할 뻔했어."

무겸의 눈이 충격으로 커졌다. 그 표정을 마주한 하준은 무겸의 이마를 손가락으로 살짝 떠밀고는, 뭔가 민망하기라도 한 양 서둘러 몸을 일으키고는 덧붙였다.

"그래도 좋았어."

"……."

"나 씻으러 간다."

원래라면 같이 씻자며 따라붙었어야 할 무겸이지만 가벼운 쇼크 상태에 빠진 그는 고개만 끄덕이며 하준을 붙잡지 못했다. 쿵, 욕실 문 닫히는 소리가 들린 뒤에야 서서히 무겸의 미간이 일그러지기 시작했다.

아팠다고?

좋아서도 아니고 아파서 기절할 뻔해?

거기다 뭐가 어째? 그래도 좋았다고?

작은 불씨가 튀던 속에 한 방울 두 방울 떨어지던 기름이 한꺼번에 확 들이부어졌다. 가슴이 횃불처럼 활활 타오르기 시작해 무겸은 이를 갈았다.

어떤 개자식이지? 어떤 찢어 죽일 새끼가.

처음은 특별하다는 하준에게서 첫 경험을 떠올리며 가장 먼저 나온 감상이 하필 기절할 정도로 아팠다는 말이라니.

그처럼 잘 느끼는 몸을 상대로 아프게만 하기도 힘들 것 같은데 놀라운 재주가 아닐 수 없다. 섹스의 시옷 자도 모르는 놈이었나 보다. 그런 놈과 해 놓고 그래도 좋았단다. 어떤 놈이었기에.

제가 다 분해서 눈물이 날 것 같다. 후안무치한 새끼. 용서가 안 된다. 누군지 알아내서 지금이라도 눈물을 흘리며 빌 때까지 처절하게 복수하고 싶다!

소파 위에서 치대던 무겸은 끓어오르는 분노와 정념을 주체하지 못하고 벌떡 일어났다. 빠르게 걸어 욕실 문을 열었다. 마침 샤워기를 끄고 그 아래에 젖은 몸으로 서 있던 하준이 웃으며 무겸을 맞이했다.

"너도 씻으려고?"

뺨에 맺힌 물방울만큼이나 투명한 얼굴에 가슴이 아프다. 무겸은 하준에게 다가가 젖은 몸을 덥석 끌어안았다. 느닷없는 포옹에도 그럭저럭 익숙해졌는지 하준은 이제 금세 무겸의 허리 뒤로 팔을 감으면서도 한숨을 쉬었다.

"옷 다 젖는다 너……."

그 동작이 사랑스러워 팔에 더 힘을 주며 무겸은 각오를 다졌다.

"거지 같은 새끼들 만나느라 고생했다, 이하준."

"뭐?"

"앞으로는 정말 네 발밑에 꽃길밖에 없을 거야. 내가 그렇게 만들 거니까. 그전에 만났던 개자식들은 다 잊어버려. 네 처음, 아프게 했다는 그 자식도."

"…어……."

"그래, 알아. 나도 너한테 그동안 잘한 거 없지만 그래도 섹스 하나만큼은 잘 맞았잖아. 안 그래?"

"으응. 맞아."

하준이 열심히 고개를 끄덕였다. 사실 잘한 게 없다고 가볍게 표현하기에는 자신이 했던 쓰레기 같은 소리도 하치장 수준이다. 그런데도 적극적으로 맞장구를 쳐 주는 하준이 더욱 사랑스럽고, 동시에 개같은 놈에 대한 분노도 비례해 높아졌다.

"마음 같아서는 너랑 처음 했다는 그 개새끼, 지금이라도 찾아서 아프게 해서 미안하다고 빌 때까지 조져 버리고 싶다. 길 가다가 재수 없게 엎어져서 다리라도 확 부러졌으면 좋겠어."

"-김무겸, 그런 말 하지 마! 말이 씨가 된다는 얘기도 몰라?"

하준은 깜짝 놀라며 정색하고는 목소리까지 높여 무겸을 꾸짖었다. 무겸의 미간이 더 좁아진다.

"지나간 인간 얘기에 뭘 그렇게까지 정색해? 그래도 첫 상대라고 편

들어 주고 싶어?"

"편은 무슨 편이야. 편 가를 문제가 뭐 있어? 누구든 사람한테 그런 식으로 함부로 말하는 건 아니잖아."

당황하는 듯하던 하준의 눈매와 말투가 단단해졌다.

"지나간 일에는 질투 안 한다며?"

"…질투 아냐. 질투가 아니라 화가 나서 그래."

정말이다. 그도 남자를 만날 만큼 만났다는 것쯤 진작부터 알고 있던 판국에 새삼스럽게 얼굴도 모를 과거의 놈들에게 질투를 할 이유가 뭔가. 무엇보다 과거를 털자면 저도 할 말이 없었다.

하지만 보통 하루 이틀 밤으로 끝났던 자신과는 달리 하준은 좀 더 괜찮은 녀석들을 만났어야 한다. 처음이라 특별하다 치켜세워 주는 것은 대단히 기쁘지만 예전에 만났던 사람은 이것보다 훨씬 더 맛있는 것을 사 줬다고 뻐겼어도 기분 나쁘지는 않았을 것 같다. 차라리 그렇게 말했다면 분명 질투를 했겠지. 과거의 남자들에게 승부욕을 불태우면서.

지금은 질투가 난다기보다는 제가 억울한 첫 경험을 한 이하준이 되기라도 한 듯 화가 날 뿐이다. 그래, 이건 분명 질투와는 다르다!

"그 인간, 나보다 잘생겼었어?"

"아니. 그만 얘기하자."

"나보다 부자였어?"

"아니."

"좆이라도 더 컸어?"

"아니……."

"나보다 잘난 구석이 뭐 하나라도 있었어?"

"없었어. 이제 이 얘기는 그만하자니까. 처음 딱 한 번만 그랬던 거야."

기가 막힌다. 저보다 잘난 구석 하나 없는 새끼가 이하준의 특별한 첫 경험을 그따위로 망쳐 놓다니…….

더 말하지 말라고 하니 말은 않겠지만 속으로는 온갖 저주를 내리며 하준의 허리를 안았다. 하준은 그런 무겸의 얼굴을 가만히 마주 보더니 얕은 한숨만 쉬었다.

"너 계속 그 생각 중이지?"

"아냐."

"괜히 얘기했다. 그냥 궁금해서 물어보는 거라더니 믿은 내가 바보지."

무겸은 변명을 찾느라 우물쭈물하다가 어깨만 으쓱했다.

"아까는 정말 궁금해서 물어봤어. 그런데 네가 아팠다고만 하니까 열 받잖아."

"…인터넷에서 봤는데, 처음에는 원래 좀 아프대. 그러니까 그렇게 화낼 필요 없어."

"아무리 처음이라도 제대로 했으면 아프단 말부터 나올 정도는 아니었겠지. 그렇게 좋게 생각해 줄 필요 없어. 처음인 사람을 상대로 아프게만 한 새끼는 개새끼야. 어차피 다시 볼 일도 없는 자식인데 욕이라도 좀 하자. 다리 부러지는 게 너무 심하면 팔-."

팔이라도 부러졌으면 좋겠다고 말하려는데 하준의 손이 급하게 무겸의 입을 막았다. 어찌할 바를 모르겠다는 난처함을 얼굴 가득 띠고서.

착해 빠져서는. 이제 만날 일도 없는 사람에게 시원하게 욕이라도 하고 기분 좀 풀자는데 이렇게까지 예민하게 굴 일인가.

"제발 그런 말 좀 하지 마. 생각도 하지 말고."

입을 틀어 막혀 아무 대답도 할 수가 없다. 무겸은 미간을 찡그린 채 읍읍대며 눈썹만 움직여 '욕도 못 하냐'라는 뜻을 전달했다. 하준이 잠시 눈을 굴리며 고민하더니 살짝 긴장하며 입을 열었다.

"김무겸, 내가 하는 말 듣고 놀라지 마."

"……."

"너도 아는 사람이라서 그래. 그래서 악담 듣고 있기가."

그 말에 무겸은 곧바로 하준의 손목을 잡아 내렸다.

"내가 아는 인간이라고? 누구?"

설마 윤 씨? 아니, 그 인간과는 실질적인 진도는 아무것도 못 뺐다고 하지 않았나?

툭하면 달라붙는 오랑우탄들 중의 한 놈인가? 아니면 스태프? 설마… 정 코치?

하준도 알고 저도 아는 인간이라면 대표 팀 아니면 시티서울 멤버들 뿐이다. 아무렇지도 않게 인사를 주고받으며 부대끼는 놈 중에 그 쳐 죽일 놈이 섞여 있을지도 모른다니?

"여기까지만 알면 안 돼? 굳이 누구인지까지."

"알아야겠어."

그 말과 동시에 무겸의 한쪽 팔이 하준의 허리를 더 힘주어 안았다. 완만한 포옹이었던 것이 구속처럼 강하게 변하자 하준이 헉, 급한 숨을 내쉬었다.

무겸의 남은 한 손이 등 뒤를 타고 내려갔다. 물에 젖은 등 위로 손가락이 물고기처럼 매끄럽게 기었다. 고개를 살짝 숙인 무겸의 입술이 귀를 물고 혀를 안쪽으로 집어넣었다.

청각을 직접적으로 자극하는 부스럭대는 불규칙한 소음과 진동에 하준의 몸에서 힘이 빠졌다. 급하게 무겸의 목 뒤로 팔을 걸쳐 온다. 갑작스럽게 시작된 애무에 속수무책으로 몸을 의지하고 신음하는 하준을 단단히 받치며, 그의 귀에 무겸이 속삭였다.

"제발 알려 줘. 해코지 안 해. 가서 따지지도 않고 나만 알고 있을게."

"흐읏, 그럼, 앗, 알 필요도 없, 잖아……."

"궁금하단 말이야!"

무겸은 목소리를 높이며 하준을 덥석 끌어안았다.

"이하준. 입장 바꿔 생각을 해 봐. 너랑 내가 같이 아는 사람 중에 나랑 처음 잔 사람이 있다고 하면 너는 누군지 궁금하겠어, 안 궁금하겠어?"

하준의 눈이 그 말에 당황한 듯 흔들렸다. 무겸이 얼굴을 더 가까이 가져갔다. 이하준도 사람이니 이 질문에 아니라고 부정할 수는 없을 것이다. 원초적인 호기심은 본능과도 같으니까.

"궁금하지?"

"……"

"여기까지 말했으면서 안 알려 준다는 건 고문이야. 말 안 하면 말할 때까지 나도 가만히 안 있어."

수묵화처럼 젖은 머리칼 끝에서 똑똑 흐른 물이 몸과 몸의 틈새 사이로 노출된 가죽 위에 떨어졌다. 비싼 소파 같아 신경이 쓰였다.

하준은 소파 위로 지는 얼룩을 보다가 무겸의 어깨에 얹은 손에 힘을 주었다. 주의를 앗아 갔던 물 얼룩 걱정도 곧 뇌리에서 흩어졌다.

"흐아, 으……."

신음은 이미 거의 울먹임에 가까워져 있었다. 단단하게 일어선 성기가 무겸의 손안에서 비벼졌다. 그저 약하게 잡고 문지를 뿐인 거의 압력

없는 수음이었다.

하아. 무겸이 내쉰 달뜬 호흡이 하준의 귓가를 가늘게 간지럽히고, 동시에 첫 마디 정도만 들어와 있던 손가락 네 개가 뒤쪽으로 느리게 밀고 들어왔다. 조금도 서두르지 않는, 아니 오히려 지나치게 느린 진입에 하준의 미끈한 복근이 위아래로 급하게 오르내렸다.

"흐으, 웃, 김무겸, 아, 이제 그만, 해…….'

한 번은 앞, 한 번은 뒤. 느직하고 부드러운 자극이 벌써 몇 번째 차례로 주어지고 있었다. 한참을 물고 빨린 유두는 벌써 부어올랐고 욕실에서부터 물에 젖은 채 천천히 손가락을 하나씩 받던 뒤쪽은 젤이나 다른 윤활제 없이도 벌어져, 이제 길이 다 들었다고 자랑이라도 하는 것처럼 무겸의 긴 손가락 네 개를 어렵지도 않게 삼켰다.

꾸욱, 안쪽까지 들어간 손가락이 관절을 약하게 굽혀 안쪽을 감질나게 긁는다. 항상 찌걱대는 소리가 귀를 울릴 정도로 손목까지 흔들며 자극하던 곳이다. 벌써 손가락은 몇 번째 그 위를 스치고 있지만 오늘 무겸은 한 번도 손을 흔들지도, 그 위를 제대로 눌러 주지도 않았다.

"실토만 하면 네가 부탁 안 해도 그만할 거야."

무겸이 속삭이며 다시 성기를 손으로 한 번 짧게 쳐올렸다. 하준은 허리를 뒤로 빼며 손길을 피하려 해 봤지만 엉덩이 사이로 파묻혀 있는 손은 그대로라 앞뒤 어디로도 도망갈 구석이 없었다.

"하아, 웅……!"

엄지손가락은 프리컴이 맺힌 귀두 위를 슬슬 문지를 뿐이고, 안에 들어가 있는 손가락은 멈춘 채로 움직이지 않았다. 아랫배는 아까부터 저릿하고 묵직하게 쑤시고 있었지만 도무지 평소처럼 열기를 배출할 기회가 주어지지 않는다.

늘 감당 못하게 쏟아지는 강렬한 자극을 버티는 데만 급급했지 이처럼 약한 애무만 긴 시간 받는 것은 처음이었다. 쾌감은 물론 낯선 감각을 어떻게 다스려야 할지 몰라 하준은 그저 무겸의 어깨에 얼굴을 묻었다. 그의 등이며 어깨 위로 손끝만 세우다가 몸속에 들어와 있던 손가락이 주르르 빠져나가는 감각에 저도 모르게 뒤를 조였다.

"앗, 흐아……."

"이러다 싸겠는데."

혼잣말처럼 중얼댄 무겸은 커다란 양손으로 볼기를 붙들고 엉덩이를 벌리며 주물렀다. 손가락 끝이 무심코 그러듯 입구를 스칠 때마다 어깨까지 움찔움찔 떨렸다. 무겸이 귓가에 입술을 붙이고 속삭였다.

"아직도 말할 생각 안 들어? 가고 싶지 않아?"

"아니, 야, 가, 가고 싶, 어……. 하, 흐윽."

"말해 주면 바로 싸게 해 줄게. 구멍이 얼마나 뜨거워졌는지 손가락이 다 녹을 것 같다."

음담을 듣기 싫은 듯 하준이 고개를 약하게 저었다. 그러나 무겸은 귀를 놓아주지 않고 하준의 몸을 제 쪽으로 한층 바싹 끌어당겼다. 엉덩이를 제 사타구니와 맞붙게 해 흉기처럼 일어선 것을 회음에 대고 문질렀다.

위를 향해 빳빳이 일어선 성기에 엉덩이 사이까지 은근히 마찰되며 본래라면 진작 이루어졌을 삽입을 상상하게 만든다. 무겸이 투덜대듯 말을 이었다.

"나 좀 그만 애태워, 이하준."

"누가, 누구를… 앗, 아!"

"나도 네 뒤에 얼른 박고 싶어. 끝까지 넣고 흔들면 너 지금 자지러질 거란 말이지. 싸는 데 5초도 안 걸릴걸."

"아, 그런 말 좀, 하지 마……."

하준이 무겸의 품을 더 파고들었다. 저를 피해 숨는 구석이 제 품 안이라는 사실은 또 얼마나 귀여운지 그야말로 머리만 묻고 엉덩이를 내민 산토끼 같은 모습이다.

여유로운 척하고 있지만 무겸도 이미 한계였다. 대체 누구기에 이렇게 필사적으로 신변 보호를 해 주는 걸까.

첫 상대라면 대체로 어린놈들만 몰려 있는 시티서울 선수단은 아닐 것 같다. 아무래도 코치진이나 오래전부터 인연이 있던 사람. 하지만 윤 씨는 아니라면…….

"설마 임정규야?"

서로 너무 잘 알아서 용의 선상에 놓지도 않고 있던 인물까지도 번뜩 의심스러워졌다. 무겸이 하준의 어깨를 잡고 눈을 커다랗게 뜨며 물었다.

제가 영국에 가 있는 10년 사이, 두 놈 사이에 사고가 일어났을 가능성도 없지는 않다. 그러고 보면 원래 사방팔방 날뛰는 오지라퍼긴 해도 하준에게는 유독 신경을 많이 쓰는 기색이 분명 있었다. 지금은 와이프밖에 모르는 놈이지만 연애 경험 몇 번 없이 결혼부터 저지른 숙맥은 아니다. 하준의 눈도 덩달아 커졌다.

"미… 쳤어? 정규가 어딜 봐서 남자랑 잘 것 같아?"

"나도 너 만나기 전에는 남자랑 잘 것 같지 않았어."

"아냐! 너 어떻게 정규한테까지 그런 의심을 해?"

"너무 강하게 부정하니까 더 수상한데? 임정규, 이 자식 가만 안 둬. 감히 누구한테……."

그렇게 말하고서 무겸이 이를 부득 갈자 하준은 다시 한번 강하게 부인했다.

"아니야. 진짜 정규 아니라니까."

"감싸 주지 마. 나랑 너, 같이 아는 인간 중에 짚이는 놈은 아무리 생각해도 임정규 말고는 없어."

"아니라고 하면, 사람 말 좀 들어!"

갑자기 하준이 주먹 쥔 뼈마디로 무겸의 이마를 꿍, 작게 울리도록 쳤다. 갑작스레 꿀밤을 얻어맞은 무겸은 손으로 이마를 감싸고 억울한 듯 목소리를 높였다.

"지금 임정규 걱정한다고 나 쳤어?"

"정규 아니야. 생사람 잡지 마!"

"그럼 누군데?"

하준은 쌕쌕대더니 한숨을 푹 내쉬며 이름을 불렀다.

"하……. 김무겸."

"왜?"

하준이 이번에는 손가락 끝을 튕겨 무겸의 이마를 한 대 더 꿍, 때리며 소리쳤다.

"너라고, 너!"

"내가 뭘?"

"-처음 한 사람이 너라고!"

조잘댐에 가깝던 말싸움이 갑작스레 음소거된 스피커처럼 뚝 그쳤다. 둘 외에 아무도 없는 거실은 거의 적막해졌다.

무겸은 눈만 멀뚱히 뜨고 하준을 마주 보았다. 하준은 점점 새빨갛게 익어가는 얼굴로 그런 그를 바라보다가, 곧 고개를 숙이고 무겸을 밀치려 들었다. 그러나 무겸은 팔에 힘을 꽉 주고 그 와중에도 하준을 놓지 않았다.

튼튼한 다리 위에서 내려서려 했던 하준은 무겸의 어깨를 철썩철썩 소리가 나도록 쳤다. 오늘만 몇 대를 얻어맞는 건지. 하여튼 손도 맵다. 사람은 안 친다더니 새빨간 거짓말이다.

"봐."

"싫어."

단단한 팔이 하준의 등허리를 강하게 틀어잡았다.

"폭탄 터뜨려 놓고 어딜 가겠다는 거야. 자세히 말해 봐. 처음 한 사람이 뭐? 나라고?"

"……."

"어떻게 나일 수가 있어? 우리 분명 처음에……."

무겸의 기억이 그간 있었던 일들을 빠르게 뛰어넘어 하준과 처음 밤을 보냈던 날까지 되감겼다.

저를 슬슬 피해 다니는 분위기가 역력했던 그가 먼저 말을 걸며 패스 상대가 되어 주겠다고 했던 날, 준성이 쓰러진 후 뒤처리를 함께하는 바람에 제게 꽁해 있던 이하준이 기분을 풀었다고 생각했던 것이 그날의 전반.

한참 비를 맞으며 공을 주고받다가 함께 몸을 씻고, 집으로 돌아가기 위해 건물을 나서기 직전 하준이 이래저래 위로를 건네는 모습을 보다가 문득 기묘한 직감에 휩싸였던 것이 그날의 후반.

누구에게나 친절하고 상담도 번거로워하지 않으며 사기가 올라갈 법한 응원도 곧잘 해 선수들에게 인기 있는 이하준 코치. 그런 그가 제게만 몹시 어려운 말이라도 하는 듯 눈도 제대로 마주치지 못하고 쥐어 짜내 듯 위로 따위를 건네는 모습이 어색했다.

혹시나 하는 마음에 연못 위로 날리는 돌처럼 던진 키스는 역시나 그랬다는 결론으로 돌아왔다. 그러자 단 한 번도 느껴 본 적 없는, 눈앞의 남자와 섹스를 하고 싶다는 충동이 저를 덮쳤고 무겸은 별로 망설이지도 않고 하룻밤을 함께 보내자는 제안을 했다.

제안을 선뜻 받아들인 하준 역시 길게 고민하지 않았다. 잠깐의 대화 끝에 저와 나란히 걷는 이의 옆모습은 별 감흥 없이 무심해 보이기까지 해서 무겸은 그때 한 가지 질문을 덧붙였던 것이다.

"너 이런 식으로 하는 거 처음 아니지?"

"응."

분명 하준은 제 질문에 그렇게 답했다. 남자가 처음이 아님은 물론 그런 식의 원나잇조차 처음이 아니라고.

베테랑이실 테니 가르침 부탁한다는 농담에 "그래."라고 웃으며 수긍했던 것까지도 기억한다. 무겸의 미간이 가늘게 좁아졌다.

"너 나한테 거짓말했어?"

무겸의 물음에도 하준은 아무 답이 없었다. 시선을 피하고자 고개 숙인 난처한 얼굴이 달아올라 있을 뿐이다.

질문을 하는 사이 그 뒤의 일도 줄이어 떠올랐다. 그렇게 하준을 집에 데려와 바로 지금, 이 소파 위에서 관계를 가졌다. 남자와의 섹스는 분명 여자와의 그것보다 복잡하고 신경 써야 할 부분이 많을 것 같아 어떻게 해야 하냐고 물었더니 예상 밖으로 하준의 대답은 심플했다.

그냥 하면 된다고 했다. 그냥 넣으라고…….

"-너 진짜 왜 그랬냐."

무겸의 목소리에 빠르게 열이 찼다. 위기감을 느낀 하준의 입술이 달싹였지만 쉽게 말이 나오지 않고 있었다.

그때까지만 해도 무겸 역시 남자와의 관계나 뒤로 하는 섹스에 대해서는 지식도 경험도 일절 없었다. 하지만 무지한 중에도 그 말은 영 이상했다. 얼마나 놀아났길래 그냥 박으라는 말을 아무렇지도 않게 하나 속으로 쯧쯧 혀까지 차면서 가방 속의 젤을 꺼내 들었다.

새삼 아찔하다. 젤이라도 쓸 생각을 못 했으면 대체 그 뒤에 어떤 사태가 벌어졌을까? 바로 그다음 섹스에서 하준은 뒤를 풀어야 한다며 제 손으로 구멍을 쑤셔 댔다. 그걸 서비스라고 여겼던 것까지도 떠올린 무겸은 혼잣말로 중얼거렸다.

"처음 할 때 아파서 그랬구나."

"어?"

아파서 기절할 뻔했다고?

왜 아니겠는가. 젤만 대충 문질러 발랐을 뿐이지 손 한번 스치지 않고 그대로 좆을 처넣어 곧바로 박아 댔는데!

머리가 단번에 뜨거워진다. 처음이 아니라 지금의 하준이 상대라고 해도 그런 식이라면 아프다고 할 것이다. 살갗만 조금 세게 깨물어도 아프다 아프다 엄살을 떨면서 도대체 그때는 왜.

"씨발, 그 개새끼는 다리 부러져도 싸. 그냥 나가 죽으라고 해!"

"김무겸, 제발! 그런 말 하지 말라니까!"

"대체 왜 그랬냐고 했어."

이미 한참 지난 일이 조금 전에 벌어진 일처럼 느껴진다. 이제 와서 말을 해 봤자 소용없다는 것을 아는데도 자꾸만 따져 묻게 된다.

"그러다 다치기라도 했으면 어쩌려고. 너 막무가내로 덤빌 때 있는 거 아는데 너무 심했잖아! 내가 처음이라고 하는데도 사정 안 봐줄 그런 인간으로 보여서? 그래서 그랬어?"

"아냐. 그래서 거짓말한 게 아니라."

"아니면."

"처음이라고 하면……."

그렇게 말하고 하준은 마른침을 한 번 삼키고는 잘못을 고백하듯 침울하게 말을 이었다.

"네가… 안 하려고 할 것 같아서."

이번에야말로 무겸은 입까지 살짝 벌린 채로 멍해졌다. 난감함으로 가득 찬 하준의 얼굴을 아무 말도 못하고 바라보았다. 그럴 리가 있겠냐고 단박에 반박하고 싶었지만 그의 말에 저 역시 만약의 결과를 반문하게 되었던 탓이다.

그때 자신이 바랐던 것은 미화하고 싶어도 결국 부담 없고 색다른 원나잇, 그 이상도 이하도 아니었다. 그 밤이 제 첫 경험이라고 하준이 솔직히 고백했다면 확실히 흥이 깨졌을지도 모른다.

하지만 그렇다고 해도 이런 방식의 거짓말은 너무나… 뭐라고 해야 할까, 순진할 정도로 무모하지 않나.

하준의 얼굴을 유심히 바라보던 무겸은 조금 진정하고 그를 불렀다.

"이하준."

"응."

"너… 나 말고 다른 사람 만나 보기는 했어?"

하준의 목울대가 움직이는 것이 보였다. 그러려고 한 것은 아닌데 취조라도 하는 듯한 분위기가 되었다. 등줄기를 쓸어내리며 뺨에 쪽, 입을 맞추자 하준의 입이 그제야 열렸다.

"아니……."

무겸은 제 다리 위에 앉은 몸을 힘을 줘 끌어안았다.

"섹스는 처음이고… 그럼, 키스는?"

"…그것도……."

"데이트도?"

"응……."

무겸의 입에서 어이없다는 듯 소리 없는 한숨이 샜다.

10년이라고 했다. 중학생 때부터 저를 좋아했다는 말이야 진즉 들었고 그가 자신을 얼마나 소중하게 여겨 왔는지도 알지만 저는 불과 작년까지도 이하준이라는 사람을 제대로 인식조차 하지 못하고 살아왔다.

혼자 품은 마음이야 어쨌든 그는 그만의 인생을 보내 왔을 테니 당연히 자신이 알지 못하는 관계가 존재하리라 여겼다. 마음이 제게 있었다 해서 그 긴 시간 동안 다른 관계까지 미루고 살았으리라는 생각은 추호도 하지 않았다. 지금까지 저란 인간에게 몸과 마음은 일치하는 것이 아니었으며 일치해야 할 필요도 없었으니.

누누이 강조하지 않았나. 사람은 아는 만큼 볼 수도 있다고. 무겸의 미간이 희미하게 좁아졌다. 아까까지는 그저 뜨겁기만 하던 눈과 콧등이 이제 시큰거린다.

"바보같이 왜 그랬냐?"

"김무겸."

"네가 아깝지도 않아?"

스스로 생각하기에 김무겸은 괜찮은 인간이었다. 잘생겼고 몸도 좋고 돈도 잘 번다. 때때로 성질을 못 이겨 욕먹을 짓도 하지만 좋은 일도 그럭저럭 가끔 하며, 의리도 지킬 줄 알고 본업인 축구에 한해서는 뛰어난 재능과 근성, 프로 의식을 모두 갖추고 있다.

거기까지다. 서로의 몸을 겹치고 내밀하게 얽혀 드는 관계에 있어 누군가의 특별한 첫 순간을 차지할 정도의 가치가 자신에게 있다고는 생각해 본 적 없다. 안는 상대를 특별히 여긴 적 없으므로 저 역시 상대에게 있어 소모품의 위치에 놓이기를 바랐다.

그런 제게 하준의 마음은 너무나 귀해서 얻기도 잃기도 두려운 미지의 보물이었다. 그의 소중하고 특별한 첫 상대가 되기에는 한참 모자라다.

그러니 사실을 알았다면 하준이 우려했던 대로 되었을지도 모른다. 과연 10년씩 김무겸을 연구한 이하준 코치답게 자신을 너무나 잘 안다. 그래서 그에게 위험한 짓을 했다며 화를 내거나 탓하지도 못하겠고, 조금 전까지 저주를 쏟았던 개새끼인 저 자신에게 분노의 화살이 향할 뿐이다.

"때려."

"어?"

"더 때려. 꿀밤 가지고 되겠어? 주먹을 날리든 걷어차든 네 맘대로 해. 네가 아팠던 만큼 때려. 꿀밤이라도 백 대쯤 때리든지."

"말도 안 되는 소리 하지 마. 내가 제대로 말 안 해서 그런 건데, 나라고 뭘 잘했다고……."

뒷말을 흐리는 하준을 마주 보다가 무겸은 그대로 그의 양 뺨을 끌어당겨 입술을 겹쳤다. 계획에 없었을 자백을 해낸 입술은 뜨거웠고, 그 열 때문인지 축축하게 젖었던 입술은 아까의 물기가 무색하게 말라 있었다.

마른 입술을 다시 젖게 만들기라도 하려는 듯 삭, 입술을 재빠르게 핥은 무겸은 곧 그 안쪽으로 혀를 파묻었다. 하준은 곤란한 질문에서 벗어난 것이 다행스럽기라도 한지 몸의 힘을 빼며 키스에 답했다.

"후, 으……."

입술을 떼지 않고 몸을 옆으로 굽혀 하준을 소파 위에 천천히 눕혔다. 예고도 없이 자세가 바뀌자 하준이 조금 당황한 표정으로 무겸을 올려다본다.

무겸은 머릿속으로 기억을 되짚고 있었다. 그때도 딱 이런 상황이었다. 무릎 위에 올려놓고 키스를 하다가 소파에 하준을 눕히고 유두를 좀 빨다가.

"으응, 하아!"

욕실에서 이미 한바탕 물리고 빨려 부은 돌기 위를 스윽, 혀로 덮어 핥자 가슴을 들썩이며 하준이 신음했다. 벌써 부어 있어 강하게 애무하면 아플지도 모르겠다. 달래듯이 길게 핥기만 몇 번 반복하자 신음 소리가 농밀하게 흐무러졌다.

잠깐 이야기를 나누는 사이 수그러들었던 성기는 짧은 애무만으로도 금세 되살아나 단단하게 섰다. 무겸이 그 몸을 가만히 내려다보다가 골반 근처 얼룩 위에 손을 올렸다. 그때의 하준은 티셔츠를 입고 있었고, 옷자락을 끌어 내리며 무겸에게 일렀다.

"보기 싫지. 미안하다. 다 안 벗으면 잘 안 보여."

하는 데 지장만 없으면 상관없다고 대답했던가?

정확히 뭐라고 답했는지는 기억이 흐릿하다. 어쨌든 해야 할 말을 하지 않았다는 것만큼은 자명했다.

"김무겸……?"

움직이지 않고 있자 하준이 의아하게 이름을 불렀다.

쪽, 무겸이 그 얼룩 위로 입을 맞췄다. 몇 번인가 입술이 맞닿았다가 떨어졌다. 하준이 어떻게 해야 할지 모르겠다는 표정으로 그 모습을 내려다보는데, 무겸은 고개를 들어 눈을 마주쳤다.

"너 처음에는 여기 안 보여 주려고 했었지."

"…보기 흉하잖아."

"그때도 보기 흉하다고 생각 안 했어."

그때 바로 그렇게 말해 줬어야 했는데. 보기 싫지 않다고. 그냥 좀 놀라서 그랬다고.

피부결 없이 색 짙은 얼룩 위를 혀가 천천히 기어간다. 감각이 죽어 아무것도 느끼지 못한다고 했던 곳. 그러나 하준은 잔애무에 놀라기라도 한 듯 몸을 흠칫 떨었다. 무겸의 목소리가 작은 불모지 위로 바람처럼 흩어졌다.

"지금은… 여기도 예쁘다고 생각해."

"……."

"이런 말 기분 나빠?"

하준은 급하게 고개를 저었다.

무겸이 몸을 다시 끌어 올려 하준의 위로 포개듯 얼굴을 가까이 했다. 입술이 마주치고, 혀로 안을 파고드는 동시에 엉덩이 사이로 손가락을 밀어 넣었다.

복근이 짧게 꿈틀거렸다. 조금 전까지 집요하게 매만진 뒤는 더 풀 것도 없이 부드러웠고 사정 직전까지 몰아세워졌던 몸은 아직 그 열기를 잃지 않아 끈적하고 뜨거웠다. 안에서 손가락으로 내벽을 두드리듯 움직이자 키스로 틀어 막힌 입술 사이로 달뜬 신음이 새어 나온다.

"흐, 읍, 으……."

한쪽 다리를 제 팔 위로 올리고 들썩이듯 흔들리는 허리를 체중으로 지그시 눌렀다. 마침내 무겸의 것이 뒤쪽 입구에 맞닿았다. 하준의 남은 한쪽 다리도 움찔움찔 떨며 무겸의 허리 위로 올라온다. 그 몸짓에 무겸은 쓴웃음을 짓고 말았다. 시간이 많이 흐르기는 했다.

뭣도 몰라 그냥 넣으라고 하던 이하준, 그 말을 곧이곧대로 믿고 정말 그냥 쑤셔 박았던 저.

지금은 손만으로도 그를 몇 번씩 절정에 오르게 할 수도 있다. 하준은 재촉하는 양 제 허리에 다리를 감을 줄도 안다.

상황만 비슷하다뿐이지 지난 일은 어떻게 해도 되돌릴 수도, 재현할 수도 없다. 지금 와서 가능한 일은 그와 새로운 기분 좋은 밤을 만드는 것뿐이다. 내일도 모레도, 앞으로도 계속.

하준을 실토시키려 괴롭히는 동안 욕구를 눌러 참은 것은 무겸도 마찬가지였다. 평소보다도 더 단단하게 일어선, 핏줄이 뚜렷이 불거진 성기가 잔뜩 달아오른 점막을 헤집고 들어갔다. 부드러우면서도 차지게 조이는 안쪽이 절로 한숨을 쉬게 만들었다.

"아… 좋아."

"아, 아… 흐으, 읏!"

삽입을 간절하게 바라던 하준의 뒤가 꽉 조이며 배까지 팽팽해졌다. 무겸은 멈추지 않고 허리를 밀었다.

두툼하게 튀어나온 귀두가 전립선을 지날 때쯤에는 허리를 앞뒤로 작게 움직여 그 위를 몇 번씩 찔러 주었다. 하준의 긴 목이 뒤로 젖혀지며 비명에 가까운 신음을 질렀다. 그때도 이렇게 소리를 질렀었던 것 같다. 다만 처음에는 아파서, 오늘은 느껴서.

"아! 후아, 앗, 아……! 아, 김무겸, 잠, 깐…, 너무, 너무!"

"아직 다, 넣지도 않았는데……."

"아! 아! 아으읏……!"

"기다리라고 하면, 하아, 어떡해."

무겸이 낮은 한숨을 쉬었다. 불끈대는 성기가 깊은 안쪽까지 내벽을 긁으며 단번에 밀려 들어갔다. 안이 성기를 쥐어짜며 동시에 하준의 몸이 파르르 경련하듯 떨렸다.

무겸은 그 떨림을 통째로 끌어안아 품에 모았다. 참았던 숨을 토해 내듯 하준의 입술 사이로 다급하게 날숨이 흘러나왔다.

"하아, 하……! 흐윽… 웃, 아!"

치골이 부딪히며 귀두가 가장 깊은 곳을 두드리자마자 맞닿은 배가 금세 뜨겁고 축축하게 젖는다. 하준의 성기에서 흘러나온 체액이 둘의 배를 동시에 더럽히고 있었다.

넣고 몇 번 흔들면 5초도 안 돼서 쌀 거라 공언했는데 그보다 더 짧게 걸렸다. 허리를 천천히 돌려 내벽 점막을 사방으로 문지르며, 무겸은 웃음 섞어 속삭였다.

"이하준. 너 넣자마자 끝났다."

하준이 새빨개진 얼굴을 손바닥으로 가리며 변명처럼 중얼거렸다.

"흐, 아웃, 네가… 아, 아까, 손으로, 너무 많이……."

"누가 뭐래? 넣자마자 싸서 예쁘다는 건데."

"앗, 기다려… 아직, 움직이지, 흐으으!"

한계까지 예열된 몸은 삽입만으로 절정을 맞았지만 무겸은 이제 막 들어왔을 뿐, 제대로 허리 한번 움직여 보지 못한 참이었다.

좁은 안쪽을 빠듯하게 채웠던 것을 뒤로 빼자, 두둑이 튀어나온 핏줄과 귀두가 내벽을 거꾸로 긁어내린다. 하준은 그것만으로도 울먹이며 몸서리를 쳤다. 성기에서는 미처 다 나오지 못한 정액이 아직도 흐르는 중이었다. 닦아 내기라도 하려는 듯 손으로 성기를 감싸 쳐올리자 하준은 거의 기겁을 하듯 몸을 끌어 올리려 들었다.

"흐읏, 아으읏! 김무겸, 잠깐, 잠깐……! 앗, 아!"

"이하준, 괜찮아. 그냥 느껴."

속삭이는 목소리가 귀를 저릿하게 한다. 하준의 숨소리에서 힘이 빠졌다.

"어떻게 안 돼. 무서워하지 마. 자꾸 도망가려고만 하지 말고……."

"하아, 하, 으."

묵직한 체중 아래 깔린 몸은 저를 묶은 팔을 빠져나가지 못했다. 무겸이 속도를 내 허리를 밀어붙여, 깊은 안쪽까지 단단한 살 기둥을 푹푹 쑤셔 들었다.

"아, 아, 으……!"

얼마 있지 않아 하준의 눈에서 눈물이 쏟아졌다.

배 속을 온통 문지르다 깊은 곳까지 찔러 드는 묵직한 쾌감만으로도 버거운데 성기를 붙든 손은 떨어질 생각을 하지 않았다. 그곳 역시 아까부터 무겸의 손안에서 한참을 갇혀 문질러져 예민해진 것은 뒤와 똑같았다.

앞뒤로 동시에 퍼부어지는 감각에 정신이 나갈 것 같다. 무서워하지 말라고 하지만 몸을 덮치는 쾌감이 너무 커 순간순간 사고가 정지되고 자꾸만 겁이 났다. 귀두를 주무르듯 움직이는 손을 하준은 덜덜 떨며 간신히 붙들었다.

눈앞이 하얘지고 귀가 쩡쩡 울린다. 강렬한 쾌감에 휩싸이자 소리를 지르기는커녕 제대로 목소리를 내기도 쉽지 않았다.

"흐으윽, 소… 후으, 아! 손, 으, 치워… 줘……."

"앞, 만져 주는 것도, 하아, 좋아하잖아."

"지금, 지금은… 싫……. 으흑, 으, 앗… 하, 하아, 아……!"

놓아주기는커녕 귀두를 문지르는 손놀림이 더 빠르고 끈덕져진다. 하준의 몸이 벌벌 떨리고 가슴과 배가 급하게 팽창했다 조여들기를 반복했다. 온몸이 간지러워 견딜 수 없는 듯도, 전류가 찌릿찌릿 전신을 흐르는 것 같기도 했다.

그만, 그만. 높아지지도 않는 목소리를 흘리며 기계적으로 그렇게 졸라 보지만 뒤를 퍽퍽 쳐올리는 성기도, 제 것을 문지르는 손의 속도도 전혀 줄어들 생각을 하지 않았다.

방금 사정을 했는데 배출감이 또 다시 요도 끝까지 밀려 올라왔다. 배출하고 싶은 욕망이라는 점만 같을 뿐 사정 욕구와는 달랐다. 한 번 경험해 본 적 있는 감각이 점점 커다랗게 부풀어 올라 몸을 쿡쿡 찌른다. 하준이 급하게 허우적대며 무겸의 손을 떼어 내려 들었다.

손을 놓아주지 않자 소파 팔걸이를 붙들고 필사적으로 몸을 끌어 올리려 들었지만 벗어나기에는 부족했다. 떨쳐 내려 하면 할수록 손은 더 끈끈하게 움직이고 성기는 더 깊이 박혀 들었다.

"참지 말고, 훗, 싸고 싶으면 싸."

"아니, 아니, 야, 흐윽, 그만, 그만 만져, 그만……!"

"뭐가 아니야?"

"나, 화장실… 화장실 가고 싶어. 하아, 그러니까."

무겸이 입술을 슬쩍 올려 웃었다.

"아… 그거."

그러더니 놓아주기는커녕 손바닥으로 귀두 위를 둥글리다시피 문질렀다. 마찰되는 손바닥의 감각이 몸속까지 간지럼을 태우듯 번져 왔다.

"괜찮아."

"흐아, 아, 아아!"

뭐라 말하기 힘든 기묘한 감각에 하준이 고개를 저으며 목소리를 높였다. 금방이라도 나올 것 같은데 뭐가 괜찮다는 건지 모르겠다.

"그만해, 하윽, 김무겸! 제발, 아, 제발 그만해!"

"응, 내보내면 그만할게."

"–아! 아아, 아!"

부르르, 하준의 몸이 크게 떨렸다. 무겸의 허리를 감고 있던 허벅지가 꽉 조이며 단단하게 힘이 들어갔다. 손안에 갇혀 있던 성기가 작게 불끈대더니 귀두 끝이 순식간에 젖어 들며 결국 참고 참던 배출이 시작되었다.

"후으, 흐으, 흐⋯⋯!"

화장실에 가고 싶다던 말을 증명하듯 흘러내리는 액체는 정액이 아니었다. 맑고 투명한 체액은 샘물처럼 터져 나오더니 곧 무겸의 손등을 타고 넘어 하준의 몸 위로, 그리고 소파 위까지 줄줄 흘러내렸다.

한계까지 참던 배뇨감 비슷한 감각이 해소되자 그 쾌감에 전신이 떨리면서도 부끄러움에 머리가 빙글빙글 돌았다. 멋대로 벌벌 경련하는 몸은 힘이 들어가지 않았고 한번 나온 것은 참으려고 해도 멈추지를 않는다. 그래도 최선을 다해 아랫배를 조여 보던 하준은 곧 손으로 얼굴을 가렸다.

"흑, 으⋯ 내가, 그래서⋯ 그만하라고⋯⋯."

"왜 그래, 보기 좋은데. 싸고 싶으면 싸라고 했잖아."

"아웃, 소파, 어떡해⋯⋯."

"⋯아직 소파 걱정할 기운이 남아 있네."

성난 성기가 다시 안쪽을 푹 파고드는 감각에 하준은 몸을 움찔대며 입을 벌렸다. 가쁜 숨이 불규칙하게 내쉬어졌다. 그러고 보면 아직 무겸은 한 번도 사정하지 않았다.

요철이 선 뜨거운 살 기둥이 천천히 내벽을 자극하는 느낌에 배 속이 아니라 머리까지 녹아내리는 것 같다. 도저히 무겸이 사정할 때까지 견딜 수 있을 것 같지 않았다. 그가 안쪽 예민한 곳을 쳐올릴 때마다 아직도 남은 것이 있는지 성기가 질금질금 물을 뱉어 내고, 그럴 때마다 얼굴이 타 버릴 듯 뜨거워졌다.

"어, 어떡해, 계속 나와……. 흐으, 아!"

"그냥 느끼면 돼. 다른 건 생각하지 말고……."

"앗, 아, 아!"

"내가 너 좋아한다는 생각만 해."

그 말에 정말로 머리가 녹는다.

하준이 제 얼굴을 가리던 손을 천천히 치우고 저를 내려다보는 무겸의 목 뒤로 다시 팔을 감았다. 그러자 커다란 손이 눕혔던 몸을 안아 올려 다시 제 위에 앉힌다. 체중이 실려 삽입이 더 깊어지고, 그대로 아래에서 빠르게 쳐올리는 반동에 몸을 잘게 흔들며 하준은 연신 신음했다.

짙은 여운을 닮은 가벼운 절정이 몇 번씩 몸을 쓸고 지나갔다. 멈추지 않는 것 아닌가 겁이 날 정도로 흘러나오던 체액도 더 이상 나오지 않게 되고, 빳빳이 섰던 성기가 조금 풀이 죽을 무렵 무겸도 움직임을 멈췄다.

"하……."

무겸이 긴 숨을 내쉬며 자주 그러듯 흰 목덜미에 코를 묻었다. 달아오른 하준의 몸에서 나는 냄새가 사탕보다 달았다. 그 숨결을 느끼는 하준도 멍하니 눈을 반쯤 감고, 여전히 배 속에 박혀 있는 성기를 반사적으로 조이며 축 처진 몸을 무겸에게 기대었다.

잠시 그렇게 쉬고 있자니 위화감이 느껴진다. 늘 끝을 알리던 낙인 같은 열감이 아직이었다. 안을 가득 채울 것처럼 착각을 불러일으키는 뜨거운 토정 없이, 뒤로 들어와 있는 성기는 처음과 똑같이 단단히 일어선 채 저를 꿰뚫고 있었다.

쪽쪽 소리가 나는 따끈한 입맞춤이 뺨을 간지럽힌다. 그 감촉에 간지러운 듯 작게 어깨를 움츠리며 하준이 느리게 입을 열었다.

"너 아직 안 갔잖아……."

뺨에 오르던 입술이 씩 웃음을 짓는다.

"너 할 만큼 했으니까 됐어."

"왜?"

"오늘 같은 날에도 내 맘 내킬 때까지 하면 너무 양심 없지 않아? 별거 아니지만 자체 처벌이야."

그렇게 말하며 무겸이 하준의 허리를 붙들고 일으키려 들었다. 깊이 들어와 있던 성기가 빠져나가려는 미끈한 느낌에 가늘게 신음하면서도, 하준은 도로 체중을 실어 탄탄한 허벅지 위에 고집스레 앉았다.

무겸이 살짝 눈썹을 올린다. 얼굴을 마주 보지도 못하고 하준은 작은 목소리로 투덜댔다.

"둘 다 끝까지 하는 게 좋아……."

"너 벌써 몇 번 갔어."

"더 해도 돼."

나는 그냥 느낄게. 다른 생각 안 하고.

부끄러움을 못 이기고 소곤소곤 말을 이었다. 무겸은 그런 하준을 넋이라도 나간 듯 멍하니 보더니 갑자기 하준의 오금 사이에 팔을 넣었다. 엉덩이를 받쳐 들고는 그대로 일어섰다.

"앗……!"

"꽉 잡아. 팔에 힘주고."

갑자기 자세가 불안정해지자 떨어질 것 같았다. 하준은 이러다 다친다고 잔소리하는 것도 잊고 팔을 더 바싹 감아 무겸의 몸에 저를 붙였다.

하준이 제대로 안기자 무겸은 그대로 걷기 시작했다. 힘들지도 않은지 성큼성큼 걸음을 내디딜 때마다 안쪽에 박힌 성기가 함께 움직이며 배 속을 흔들고 찔러 올렸다. 피스톤질과는 다른 자극에 턱이 떨린다. 눈을 감고 그 감각에 젖어 들며 하준은 저를 안은 몸에 매달렸다.

"하……!"

무겸이 계단을 오르기 시작하면서 하준의 신음에 새롭게 열이 섞였다.

팔이 떨리며 자꾸만 힘이 풀어지려 든다. 이미 그에게 안겨 있음에도 하준은 쓰러지듯이 무겸에게 몸을 맡겼다.

그가 한 단 한 단 계단을 오를 때마다 저절로 접합부가 달라붙었다가 또 살짝 멀어지기를 되풀이했다. 몸이 위아래로 흔들렸다. 그의 발이 한 걸음씩 디딜 때마다 몸속을 쿵, 쿵, 깊게 울리는 감각에 금방이라도 정신을 잃을 것만 같았다.

마구잡이로 성기를 박아대는 추삽질에 비하면 약한 자극인 것 같은데, 무겸의 발부터 타고 올라오는 흔들림이 몸속에서 작게 지진을 일으킨다. 한 칸을 올라설 때마다 찌르르 떨리는 배 속 내벽을, 굵고 울퉁불퉁한 기둥이 불규칙하게 문지르고 쿡쿡 찔러 든다.

온몸이 후들거렸다. 팔의 힘까지 풀릴 것만 같아 무겸의 등 위에 손가락을 세웠다. 근육이 평소보다 더 팽창한 등이 단단했다. 제대로 서지도 않은 하준의 성기 끝에서 끈적한 체액이 타액처럼 길게 흘러내렸다.

"으응, 하아, 아……."

벌어진 입에서도 침이 흘렀지만 입을 다물 생각도 할 수가 없었다. 그저 무겸의 몸에 힘껏 매달리는 것이 최선. 2층으로 오르는 길지 않은 계단이 오늘따라 영원처럼 길게 느껴졌다.

마침내 평지에 올라선 무겸이 마저 걸음을 옮기고, 하준의 등 뒤에서 문 열리는 소리가 들렸다. 얼마 있지 않아 침대 위에 앉은 무겸은 제게 몸을 숙이고 헐떡이는 하준의 등을 손으로 쓸어내렸다.

"마지막은 이하준이 좋아하는 내 방에서 해야지."

침대 위로 바로 눕자마자 정신을 차릴 새도 없이 곧장 절정을 향한 무자비한 출입이 시작됐다. 한참 동안 말뚝처럼 성기를 꽂고 울려 댔던 내벽은 평소보다도 더 부드럽게 풀려, 그만큼 더 깊은 곳까지 귀두가 미끄러져 들어왔다. 하준은 나오는 대로 비명을 질렀다.

"앗, 아아! 아아! 아!"

"후우, 하, 아."

강하게 쳐올리는 허릿짓에 폭력적이리만치 살과 살이 부딪히는 소리가 방을 울리고, 빠르게 빠지고 들어가며 무른 내벽을 짓치는 물소리 같은 것이 그 사이에 섞였다. 작은 움직임 하나하나를 극도로 예민하게 느끼게 된 몸은 강한 추삽질에 덜걱이다시피 떨다가 금세 울음을 터뜨렸다.

제 울음소리도 다른 사람 목소리처럼 느껴질 정도로 감각이 멀어지고 있었다. 하준은 저를 지배하는 미칠 듯이 저리고 뭉클한 감각을, 수치심도 잃고 어린애처럼 울먹이며 말로 중얼거렸다.

"아, 아, 좋아, 흐윽, 좋아. 아- 나 좋아……."

"하아, 나도, 너무 좋아. 이하준, 진짜 좋아."

전신이 흐릿하게 흩어지는 착각이 인다. 그러나 흩어지려는 몸을 무겸의 팔이 단단하게 붙들어 다시 잡아당겼다. 꺼지려는 의식이 순간순간 붙잡히는 갈고리 같은 감각마저도 진득하고 달콤한 쾌감이 되어 머리를 어지럽혔다.

좋아해. 김무겸이, 김무겸이 나를 좋아해. 김무겸이, 나를…….

깜깜해지는 정신을 조금이라도 오래 잡아 보려고 내가 너 좋아한다는 생각만 하라던 무겸의 말을 주문처럼 외는데 그의 웃음소리가 들리더니 이어서 목소리가 귓가에 나직하게 울렸다.

"그래. 김무겸이 좋아한다. 이하준, 하준아. 사랑해."

침대에 누워 있을 뿐인데 눈앞이 빙글 한 바퀴 돌았다.

몸 안이 마침내 뜨겁고 질척해진다. 몇 번에 걸쳐 안쪽에 쏟아 부어지는 뜨거운 액체를 더 달라고 조르기라도 하는 듯 하준은 정신없이 제 허리를 비틀었다.

자잘한 빛이 밤하늘도 아닌 천장에서 별처럼 반짝이며 날아다니다가, 그 빛도 서서히 어두워졌다.

눈을 떴을 때 무겸은 아직 저의 몸 위에 엎드려 있었다.

그러나 정사는 확실히 끝난 듯 그 역시 가슴에 얼굴을 얹고 평온하게 엎드려 있을 뿐이다. 하준이 손을 들어 무겸의 머리를 만지자 그도 고개를 들어 씩 웃으며 몸을 끌어 올렸다.

"깼어?"

"…나, 얼마나……."

"얼마 안 됐어. 5분?"

무겸의 입술이 하준의 이마 위에 놓였다. 그러고서 한 뼘 정도 멀어져 저를 가만히 내려다보는 시선에, 하준은 얼굴을 붉히며 고개를 슬쩍 돌렸다.

"왜 그렇게 봐."

"예뻐서."

무겸의 입꼬리가 위로 올라가 내려올 줄 몰랐다. 어디서 주워들은 표현을 빌리자면 꿀이 떨어질 것 같은 눈빛이다. 뭐 좋다고 그렇게 배시시 웃으며 저를 보는지, 아무 말도 없는데도 하준은 어쩐지 몸 둘 바를 모를 기분이 되었다. 이리저리 시선을 피해 봤지만 결국 하준의 시선도 마지막에 머무는 곳은 눈앞의 잘생긴 얼굴이었다.

무겸이 한숨을 쉬며 하준의 머리카락을 쓸어 올렸다.

"알고는 있었지만 내가 염치가 없긴 없어."

"또 왜."

"아까는 너 아프기만 했다고 해서 열 받았었는데… 너한테 다른 사람 없었다고 하니까 솔직히 좋긴 좋다."

하준이 픽 바람 빠지는 소리를 내며 웃었다.

"그러니까 이제 이상한 상상 좀 그만해. 죄 없는 사람들 좀 그만 잡고."

"진작 알았으면 나도 처음부터 그런 생각 안 했지."

무겸은 투덜대듯 새침하게 답하고 또 잠시 말이 없더니 도저히 못 참겠다는 듯 몸을 붙여 하준을 끌어안았다. 갑작스러운 강한 포옹에 하준은 그만 기침이 나올 뻔해 그의 등을 두드렸지만 주먹질도 아랑곳없이 무겸은 짓씹듯이 혼잣말을 뱉었다. 착각이 아니라면 목소리가 다 떨리는 것 같았다.

"어떡하냐, 씨발… 너무 좋아…….."

뭐가 그렇게까지 좋을까. 온전히 이해가 가지 않으면서도 무겸이 좋다니 기분이 나쁘지는 않았다. 하준이 웃으며 되물었다.

"뭐가 그렇게 좋냐? 네가 처음이라서?"

무겸이 도취된 듯 하아, 길게 한숨을 쉰다.

"처음이라서가 아니라 나밖에 없어서. 너 아까처럼 예쁘게 우는 거 나 말고는 아무도 못 봤다는 소리잖아. 처음만 나라고 이렇게까지 좋지는 않지."

그 말에 하준의 표정은 도리어 샐쭉해졌다.

"사내자식 징징대는 게 예쁘기는."

"…네가 그걸 모르니까 내가 불안한 거야."

잠시 미간을 찌푸렸던 무겸은 곧 하준의 손을 들어 올려 스스로 제 뺨을 때리듯 툭툭 쳤다.

"처음에 그렇게 하고 다음 날 몸은 괜찮았어?"

"좀 아프긴 해도 괜찮았어. 나 그렇게 몸 안 약해."

"모르고 했어도 아프게 한 건 혼나야지. 반성문이라도 쓸까?"

"됐어. 반성문 읽고 검사하는 것도 일이야. 귀찮아."

"그럼 난 어떻게 반성해야 돼?"

"나도 거짓말했으니까 서로 책임 반반이야."

"그럼 보상이라도 받아."

"무슨 보상?"

무겸이 그 말에 제 팔을 고여 베며 꿍얼거렸다.

"억울하지도 않아? 네 10년이 너무 아깝잖아. 나 좋은 일만 됐는데 뭐라도 좀 받아."

"네가 시켜서 다른 사람 안 만난 것도 아닌데 너한테 보상을 왜 받아?"

"시계도 싫다, 차도 싫다, 현금도 싫다. 그럼 뭘 해 줘야 돼? 옷가지 몇 벌 산 걸로는 성에 안 차."

"돈 때문에 너 좋아하는 것도 아닌데 그런 게 왜 필요해."

보통 사람이라면 기뻐할 법도 한 말이었으나 무겸은 그 말에 오히려 막막한 표정을 짓더니, 풀이 죽은 듯 하준의 옆으로 붙어 누우며 허리를 감싸 안았다.

하준은 잠시 말이 없다가 한숨을 쉬며 어깨를 토닥였다.

"혼자 시간 보내기가 아쉬워서 좋아하지도 않는 사람이랑 섹스하고 연애하면 그건 대단히 나를 아끼는 일이야? 너 때문이 아니라 내가 내키지 않아서 안 한 거야."

쓸데없는 부채감이었다. 티끌만큼이라도 언젠가 무겸과 함께할 순간을 꿈꾸며 일부러 소중히 아껴 왔다면 모를까, 자신이 지금까지 경험이 없는 이유는 먹고살고 가족들을 살피기 바빠 연애 따위는 우선순위 밖이었기 때문이 제일 컸다. 가진 건 적고 딸린 식구만 많은 제 상황을 다른 누군가의 어깨에까지 짐으로 얹고 싶지도 않았으며 특히 요 몇 년 사이는 갑작스러운 진로 변경 때문에 공부로도 바빴다.

말없이 하준을 마주 보던 무겸이 이제 조금 신기한 듯 물었다.

"궁금하지도 않았어? 연애는 어떨까. 섹스란 어떤 걸까."

"조금……? 몰라. 나는 마음이 안 끌리니까 하고 싶지가 않던데."

하준의 입장에서는 특별한 마음도 없이 이 사람 저 사람을 만나고 관계를 가지는 사람들 쪽이 더 이해하기 힘들었다.

모르겠다. 무겸을 향한 혼자만의 마음이라도 없었다면 좀 더 많이 외로워서 타인의 온기나 위로를 바랐을까? 그러나 성냥이 꺼지기 전의 성냥팔이 소녀처럼, 하준은 가슴속에 간직한 작은 불씨만으로도 굳이 다른 사람의 손길을 바라지 않아도 되었다.

이제 와서는 자기만족이나 자기 위안이 아니었나 의심하게 되는 행위와 감정을 무겸이 지나치게 고결한 순정으로 포장해 주는 듯해 스스로는 조금 멋쩍을 지경이었다.

무겸과의 첫 경험은 물론 아프고 힘들었다. 하지만 그때 아프다고, 그만하자고 얘기했다면 그는 순순히 자신의 말을 따랐을 것이라 생각한다. 결국 고통을 감수하고 아닌 척 끝까지 행위를 이어 간 것은 순전히 자신의 만족을 위한 선택이었다. 그런 일에 무겸이 반성이나 보상을 운운하는 것은 이상하다.

　"김무겸."

　"음?"

　"아팠다는 말부터 한 건… 네가 좋았냐고 물어봐서 괜히 심술부린 거야. 너랑 처음으로 해서 난 좋았어."

　"……."

　하준을 보던 무겸의 눈이 커졌다. 그렇게 놀랄 말인가? 말을 꺼낼 때는 별생각이 없었는데 점점 얼굴이 달아올랐다.

　"나 이제 씻어야겠다."

　씻겠다는 말로 자리를 피하며 무겸의 팔을 벗겨 내고 기세 좋게 침대에서 일어선 하준은, 그러나 갑자기 다리에 힘이 빠져 그대로 휘청 넘어질 뻔했다.

　"조심해야지."

　곧바로 등 뒤에서 무겸이 허리를 받쳐 안으며 키득거렸다.

　"송아지가 걸음마를 하네."

　"…너 지난번부터 송아지라고 하는 거 무슨 소리야?"

　무겸은 대답 대신 하준을 다시 안아 올렸다. 욕실을 향해 가는 무겸의 목소리가 콧노래라도 부르듯 흥겨웠다.

　"나랑 처음 해서 좋았어?"

　"…안 좋을 이유가 있어?"

아무리 경험이 없어도 모든 사람이 좋아하는 사람과 처음을 보내지 못한다는 것쯤은 알고 있다. 첫 경험을 좋아하는 사람과 했으니 아무리 생각해도 저는 손해 본 것이 없었다.

무겸은 미소를 머금고 그러냐고 되물으며 하준을 안은 자세를 추슬렀다.

"내가 깨-끗이 씻겨 줄게. 안쪽까지."

"됐어! 손도 대지 마."

"또, 또 그런다."

웃음소리와 함께 욕실 문이 닫힌다. 깊어지는 밤, 쏟아지는 물소리 사이를 구르는 자갈처럼 두 사람의 목소리가 함께 울렸다.

17

오르막길로 이어지는 큰길가 도로에 날렵한 차체를 뽐내는 은회색 차가 멈춰 서 있었다. 운전석에 앉은 무겸이 시간을 확인하는데 골목에서 교복을 입은 아이들이 점점 많이 내려오기 시작한다.

빵. 짧게 클랙슨을 울리자 여러 명이 차를 돌아보는 중, 함께 걷던 한 소년 소녀가 눈을 크게 뜨고 차 쪽으로 다가왔다. 차창을 내려 무겸은 그들과 눈을 마주쳤고 잠금을 풀었다. 타라고 말하기도 전에 뒷좌석에 오르던 여자아이가 투덜거렸다.

"이렇게 가까운 데서 기다리면 어떡해요? 다들 쳐다보게."

"뭐 어때. 남들 보여 주면 안 되는 장면이야?"

"그건 아니지만요. 이 차는 뭐예요? 혹시 페라리라는 거예요?"

"이건 포르셰. 페라리로 가져올걸 그랬나?"

지체 없이 도로를 달리기 시작한 차는 한 레스토랑 앞에 멈추었다. 무겸이 앞서 걷자 안에서 직원이 문을 열었다.

열린 문 사이를 통과한 아이들은 그러지 않으려고 해도 어쩔 수 없는 모양으로 작게 고개를 두리번거렸다. 분위기가 지나치게 어른스럽게 느껴지는지 소년이 속삭이듯 무겸에게 물었다.

"교복 입고 와도 돼요?"

"학생한테는 교복이 정장이잖아? 밥 먹는 곳이니까 편하게 생각해."

둘은 안내를 받아 테이블에 마주 앉았다. 미리 예약을 해 둔 무겸은 짧게 주문을 마치고, 심플하면서도 호화로운 실내를 눈으로 즐기는 아이들에게 말을 걸었다.

"그동안 잘 지냈어?"

"네. 또 놀러 오세요. 엄마도 형 보고 싶어 해요."

"그러잖아도 그러려고."

식전주로 무겸에게는 샴페인이, 아이들에게는 무알코올 샴페인이 주어졌다. 짧게 건배를 하는 쌍둥이의 얼굴이 상기됐다. 한 모금을 마신 민경이 눈을 가늘게 뜬다.

"그런데, 왜 보자고 했어요?"

"음?"

무겸이 가볍게 웃었다.

"친구 동생들 밥 한 끼 사 주고 싶어서."

"뭐 볼일 있어서 이러시는 거 아니고요?"

민경이라는 아이는 예상대로 눈치가 빨랐다. 무겸은 글라스를 내려놓았다.

"그래. 사실은 물어보고 싶은 게 있어."

하준은 기분이 내키지 않아 다른 사람을 사귀지 않은 것뿐이라며 쿨하게 굴었지만 그냥 넘어갈 수 없다. 10년이나 저를 보며 수절을 했다는데 그 세월을 날로 먹을 만큼 염치가 없지는 않았다.

뺨과 눈가를 발갛게 물들이며 눈물을 뚝뚝 흘리는 얼굴도, 흥분해 달아오르면 절로 울긋불긋 연한 꽃이 피어나는 흰 피부도, 넣기만 해도 자지러지는 몸도 아무도 본 적도 느낀 적도 없다. 하준의 그런 모습을 아는 사람은 세상에 단 한 사람, 저뿐인 것이다!

"말씀은 않고 왜 웃으세요?"

"아냐."

입술이 멋대로 휘어지는 것을 누르기 위해 헛기침을 한 번 하고 표정을 굳혔다.

이하준의 10년을 알지도 못하고 홀랑 삼킨 것도 모자라, 특별한 첫날밤을 그따위 고통의 밤으로 만든 죗값을 치러야 한다.

울며 무릎을 꿇을 때까지 처절하게 복수를 당해야 할 섹스의 시옷 자도 모르는 개새끼를 당사자는 관대하게 용서를 해 버렸다. 그것도 모자라 처음을 함께할 수 있어 좋았다는 돌아 버릴 것 같은 말까지 해 주었으니 하다못해 돈으로라도 보상을 해야 직성이 풀릴 것 같았다.

"뭔데요?"

"내가 이하준 코치님한테 이번에 크게 신세를 졌거든. 그래서 선물을 하고 싶어."

"하면 되잖아요."

"그저 그런 거 말고 아주 좋은 걸로. 그런데 뭘 갖고 싶냐고 물어도 갖고 싶은 게 없다고만 하니 답답해."

"그야 뭐……."

두 아이는 수긍하는 듯 고개를 끄덕였다. 아이들이 생각하기에도 저의 오빠, 형은 특별히 물욕이 있는 타입이 아니었다. 아니, 물욕을 가질 틈도 없이 살아오느라 욕심 내는 법을 잊어버렸다고 하는 편이 정확할지도 모르겠다.

유럽 이적 이야기가 나오며 수중에 돈이 좀 생겼을 때조차 하준은 잠시도 여유를 즐기지 않았다. 자기들의 대학 등록금 따위를 운운하며 저축해야겠다고 엄마와 이야기하는 것을 민경은 들은 적이 있었다.

"가족이니까 알 거 아냐. 이 코치님이 평소에 뭘 갖고 싶어 하는지."

"음… 그런데 우리 오빠는 정말 별로 욕심이 없어요."

아이들은 미간을 살짝 찡그리고 열심히 떠올려 보는 듯했지만 쉽사리 생각이 나지 않는 것 같았다. 무겸은 속으로 힘이 빠졌다. 수도승도 아니고, 정말로 그렇게까지 바라는 것이 없단 말야?

"가격대는요?"

"글쎄. 10억? 20억? 아냐. 그냥 가격은 생각하지 마."

"네? 얼마요?"

"지금 사는 아파트 바꿔 주면 오빠가 좋아할 것 같아?"

민경이 눈을 휘둥그레 뜨고 무겸을 보더니 미간을 다시 찌푸렸다.

"저야 그러면 좋은데 오빠가 안 받을걸요."

"그렇지?"

하경은 흥분해서 물었다.

"아파트요? 10억이요? 아무리 신세 졌어도 너무 오버 아니에요?"

"김무겸 하면 의리지. 그리고 난 돈이 많잖아."

"와, 이번에도 감독님 때문에 연봉 반납하고 오신 거라는 말 듣기는 했는데 형 진짜 대박이네요."

이야기를 나누는 사이 애피타이저가 나왔다. 겉면을 튀기듯 조리한 가리비를 한입 베어 문 민경은 갑자기 생각이 미친 듯 무겸에게 물었다.

"예전에 고양이 인형도 김무겸 선수가 선물해 준 거였잖아요."

"그래."

그때 일을 떠올리면 아무래도 민망하다. 떨떠름하게 대답하는 무겸을 유심히 바라보던 민경이 무알콜 식전주를 한 모금 더 마셨다.

그러는 사이 하경이 화장실에 잠시 다녀오겠다며 자리에서 일어섰다. 제 형제가 멀어지는 것을 보던 민경이 갑자기 입을 열었다.

"저기요, 김무겸 선수. 저는요. 오빠가 욕실 샴푸 통을 좋아한다고 해도 좋아요."

"…응?"

"오빠는 우리 때문에 한 번도 자기 맘대로 살아 본 적이 없거든요. 그래서 오빠가 좋다고 하면 난 다 좋아요."

무겸은 대답 없이 마른침만 삼켰다. 민경은 남은 가리비를 입에 넣었다.

저보다 한참 어린 사람과 이야기하는 데는 익숙하지 않다. 돌릴 만한 화제를 찾아보는데 민경이 마침내 현답이 떠오른 듯 아, 감탄사를 내며 급하게 말했다.

"우리 오빠 갖고 싶어 하는 거 있어요! 옛날에 살던 집이요."

"집?"

그러고 보니 예전에는 정원 있는 집에 살았다고 지나가듯 말했던 것이 불현듯 뇌리를 스친다.

그럼 이사를 가라고 했더니 그러려고 돈을 모으고 있다고 했던가. 집이면 값도 어느 정도 나갈 것이고 그리 작은 물건도 아니니 선물하기 딱좋다.

"아빠가 직접 설계하다시피 한 집인데 아빠 돌아가시면서 압류당했거든요. 저는 워낙 어릴 때만 살아서 기억도 잘 안 나는데 오빠는 돈 모아서 꼭 다시 돌아가겠대요. 그런데 코치 월급 모아서 서울에 집을 언제 사요? 무슨 돼지 저금통에 동전 모아서 집 사겠다는 애 보는 것 같다니까요. 빚지는 건 싫다고 대출도 많이 안 받으려 하거든요."

민경이 푹 한숨을 쉰다.

"땅값이 비싼 동네라 집도 꽤 비싼가 봐요. 단독 주택이다 보니 헐고 새로 지을까 봐 안 그래도 오빠가 걱정 많아요."

무겸이 그런 민경을 보다가 살짝 감탄하듯 말했다.

"넌 굉장히 어른스럽다."

"우리 집 사람들은 다 너무 착하기만 해요. 전 공부도 잘하니까 돈 많이 벌고 성공해서 가세를 일으켜 세울 거예요."

"멋진데. 토끼 굴에 호랑이가 살고 있었어."

"토끼요?"

"아냐. 얼른 먹어. 그 집 주소 알려 줄 수 있어?"

"네. 저도 주소 알아요."

민경이 고개를 끄덕인다. 메시지로 전송받은 주소를 개인 매니저에게 전달하며 매입을 알아보라 요청한 무겸은 씩 웃고 휴대폰을 내려놓았다. 그 뒤로는 한층 가벼워진 마음으로 식사에 임할 수 있었다.

"개발 이슈도 있고 요즘 상권 확장이 있기는 해도 급하게 매입할 만한 물건은 아니라던데. 집주인도 실거주자라 당장 매각 의사가 없고. 굳이 사야겠어?"

가장 최근에만 해도 하와이에 아파트를 사는 등 여기저기 부동산 투자로도 꽤 이익을 올리는 무겸이 생뚱맞게 서울 주택가의 단독 주택을 사겠다고 하자 투자 자문가와 매니저는 난색을 표했다. 하지만 이번에는 투자 때문이 아니었으므로 아무래도 좋았다. 얼마를 부르든 하준이 원한다는 이유만으로 얼마든지 지불할 용의가 있었다.

처음에는 이사를 할 생각이 없다며 거절하던 집주인도 시세 평가액의 두 배를 제안하자 금방 생각을 바꾸었다. 그리고 휴일인 오늘, 무겸은 매물을 직접 보기로 하고 집이 있는 동네로 온 참이었다.

부촌이지만 조금은 낙후된 분위기가 있는 동네였다. 이런 곳에 새 전철역이 뚫리거나 신축 아파트라도 하나 들어서면 급격히 개발이 되어 주택을 허물고 임대용 건물을 올리는 경우도 많으니 하준이 집이 갑자기 사라질까 봐 걱정하는 이유를 알 만했다.

와 본 적이 없는 동네일 텐데 정경이 낯선 듯하면서도 눈에 익었다. 생각해 보니 어릴 때 살던 보육원에서 많이 멀지 않았다. 그때는 돈을 훔치러 지하철이나 버스로 다닐 수 있는 반경 여기저기를 돌아다녔으므로 여기도 한 번쯤 와 봤을지도 모르겠다. 그렇다 해도 벌써 10년도 더 전이니 이리저리 많이 변했을 것이다.

"367번지……."

차를 세워 놓고 무겸은 주소를 따라 발을 옮겼다. 큰길을 걷다가 주택이 모인, 넓고 살짝 오르막이 진 고즈넉한 골목길로 들어섰다.

몇 걸음 걷다가 무겸은 잠깐 걸음을 멈추었다. 아무래도 기시감이 느껴진다. 무겸은 주변을 느리게 둘러본 뒤 다시 발을 옮겼다.

골목길로 들어선 다음에는 직진이었다. 몇 분 정도를 더 걸어 주소지 앞에 다다른 무겸은 나무로 만든 대문 앞에 서서 다시 한번 주소를 확인하고, 몇 걸음 물러서 집 전경을 둘러보았다.

"……."

기분 탓인가?

무겸은 담벼락 위로 솟아올라 있는 몇 그루의 나무를 주시했다. 가을이라 나뭇가지에는 녹색 물이 빠져 가는 잎사귀들만 달려 있을 뿐, 기억에 남은 연보라색 꽃송이는 어디에도 없었다.

그러나 분명 그 집과 비슷한 형태다. 희미해진 기억을 더듬으며 천천히 대문으로 다가가 벨을 눌렀다. 매수자의 방문을 기다리고 있었을 집주인이 곧바로 뛰쳐나오더니 정말로 스타 선수가 직접 찾아온 것을 보고 깜짝 놀라며 웃는 얼굴로 무겸을 반겼다.

"천천히 둘러보세요. 동네도 워낙 살기 좋고 집이 튼튼하게 잘 지어져서 오래 살 생각으로 들어왔는데, 사시려는 분이 김무겸 선수란 거 몰랐으면 절대 안 내놨을 거예요."

대문 안으로 들어서 둘러본 정원 정경은 불투명한 기억과 비교해도 여기저기 달랐다. 길게 살필 필요 없다. 무겸이 확인해야 할 것은 하나뿐이었다.

"저 나무 말입니다만."

"아, 네네."

"혹시 라일락 나무 맞습니까?"

"맞아요. 봄 되면 너무너무 예뻐요. 보통 정원수로 한 그루 정도 심은 경우는 흔한데 이 집에는 큰 걸 세 그루나 심어 놨더라고요. 저는 이 집 이사 온 뒤로 봄에 벚꽃 보러도 잘 안 가요. 마당이 너무 예뻐서."

신이 나 대답한 집 주인이 걸어가다 뒤를 돌아보았다.

"김무겸 선수?"

"…아."

나무를 보느라 한 자리에 멍하니 서 있던 무겸이 잠시 말을 잃은 듯 집주인을 보다가 입을 열었다.

"더 안 봐도 될 것 같습니다."

"네? 그럼 거래는⋯⋯."

"괜찮으시면 바로 진행하죠. 계약서 작성 마치면 입금도 바로 확인할 수 있게 해 드리겠습니다."

"아, 그, 그러시겠어요? 들어오세요."

집주인이 내온 커피를 예의상 한 모금 마신 무겸은 계약서를 작성하고, 계약금 입금 확인까지만 마친 후 이후 절차는 대리인이 처리해 줄 것이라 말하며 자리에서 일어섰다. 사인도 해 주고 아이들과 사진까지 찍어 주었다. 집주인이 매각을 결심해 준 덕분에 하준에게 드디어 선물다운 선물을 해 줄 수 있게 되었으니 어려운 일도 아니었다.

인사를 받으며 대문을 나선 무겸은 한참 동안 꽃이 피지 않은 라일락 나무를 올려다보았다. 그러고는 벽에 기대어 서서 어디론가 전화를 걸었다.

- 응. 김무겸.

다른 말 없이 이름부터 부르는 목소리가 수화기를 통해 건너오자 저를 둘러싼 쌀쌀한 가을이 일순 봄이 되고 만다.

바로 대답을 하지 못하고 햇빛이 비쳐 드는 눈앞의 골목길 정경만 바라보던 무겸은 그가 한 번 더 저를 부르기 전에 대화를 이었다.

"애인님. 뭐 하고 있어?"

- 스터디 자료 준비해. 너는?

"코치님은 휴일에도 바쁘네. 나는 잠깐 뭐 좀 사러 나왔어."

- 아이스크림이라도 사러 갔어?

그렇게 말하며 작게 웃는 소리를 귀로 음미하듯 무겸은 눈을 감았다.

"이하준."

- 어.

"너, 어릴 때는 정원 있는 집에 살았다고 했지."

- 응. 갑자기 왜?

"몇 살까지?"

- 열두 살 때까지.

무겸은 혼자 고개를 끄덕였다.

"그래."

그랬구나. 뒤따르는 혼잣말에 하준이 의아한 듯 되물었다.

- 그건 왜 물어봐?

"갑자기 생각이 났다. 나중에 정원 있는 집에서 같이 살고 싶어서."

쑥스러운지 뭐래, 하며 웃어넘기는 하준의 목소리를 다시 붙들었다.

"같이 저녁 먹을까?"

- 아… 미안, 김무겸. 나 오늘은 자료 준비해야 할 거 같아. 요즘 너무 놀았나 봐. 좀 밀렸어.

"그럼 이따 집 앞으로 가면 얼굴이라도 잠깐 보여 줄래?"

- 진짜 잠깐이면.

그렇게 말하고 또 웃는다. 그 웃음소리에 무겸의 얼굴에도 저도 모르는 사이 웃음이 맺혔다. 저녁에 보기로 약속한 다음 전화를 끊고, 기억 속의 소년이 서 있기라도 한 듯 무겸은 제 바로 앞 어딘가에 눈길을 보냈다.

시간에 묻혀 희미해졌던 얼굴이 마치 어제 본 것처럼 또렷하게 되살아난다. 그러나 아마 이 얼굴은 지금의 하준을 알고 있기 때문에 만들어진, 실제의 소년과는 다른 얼굴일 것이다.

냅다 손목을 붙들고는 저를 대문 안으로 끌고 들어갔던 얼굴 흰 아이. 예쁜 꽃이 피는 집에 살고 다치면 약을 발라 준다는 엄마가 있던.

다시 만나지는 못했지만 어딘가에서 행복하게 살고 있으리라 믿어 의심치 않았는데.

그때 포기하지 말고 나중에라도 계속 찾았더라면…….

좀처럼 느끼지 않는, 베일처럼 얇은 회한에 휘감기는데 타박타박 가벼운 발소리가 들려왔다. 땅에 발을 붙이고 서 있지만 마치 그때의 아이로 돌아가기라도 한 것처럼 붕 뜬 기분이었던 무겸은 그 소리에 현실로 끌려와 소리가 들리는 쪽으로 고개를 돌렸다.

한 아이가 하굣길인 듯 책가방을 메고 골목으로 걸어오고 있었다. 부루퉁한 표정을 한 아이의 얼굴에는 작은 생채기가 나 있고 손에는 축구공이 들려 있었다. 무겸과 아이의 눈이 마주쳤다. 화와 서운함 따위로 가득 찼던 아이의 눈이 금세 놀라움에 둥그렇게 커졌다.

"어……?"

아이가 굳이 호들갑을 떨거나 질문하기를 기다리지 않고 무겸은 이리 오라는 손짓을 했다.

"맞으니까 공 가져와. 사인해 줄게."

그렇게 말해도 아이는 선뜻 다가오지를 못하고 쭈뼛대며 제자리에 서 있었다. 잠시 눈앞의 남자가 진짜 김무겸인지 가늠하는 듯하더니 주변을 둘러본다.

"몰래카메라 같은 거 아니죠?"

"아냐."

요즘 아이들은 똑 부러진다. 그제야 아이가 다가와 공을 내밀었다.

아까 집 안에서 사용한 뒤 무심결에 그대로 가지고 나온 매직펜을 꺼내 들어 슥슥 사인을 했다. 키를 맞추기 위해 무릎을 굽히고 앉아 아이에게 다시 내밀며 물었다.

"얼굴은 왜 그러냐?"

"친구들이랑 싸워서요."

"왜?"

"몰라요. 왜 삐졌는지 요즘 애들이 잘 안 끼워 줘요. 새 공 사서 같이 축구 하려고 했는데."

아이가 공을 들여다보더니 눈을 반짝이며 묻는다.

"이거 가져가면 애들이 저 끼워 줄까요?"

"…모르지. 그럴 수도 있고 아닐 수도 있겠지."

무겸이 허공만 보며 혼잣말처럼 말했다.

"아니면 지금 친한 애들 아니라 다른 애들이 너와 친해지고 싶어 할 수도 있고… 그렇게 지내다 보면 너랑 진짜 잘 맞는 사람이 나타날 수도 있고."

아이의 대답은 이미 기다리지도 않았다.

"내 인생은 왜 이렇게 개같이 굴러가나 싶을 때가 한두 번이 아닌데… 그래도 내일이 오늘보다는 나을 거라 생각하면서 살려고 해야 돼. 그러다 보면 기회가 올 거야. 그런데 포기하고 살면 모르고 지나칠 수도 있으니까… 포기하지도 말고 놓치지도 말아야 돼."

"오… 네……."

느닷없이 무겸의 장광설을 들은 아이는 눈만 끔벅이더니 되물었다.

"오늘 김무겸 선수 길에서 만났다고 단챗방이랑 인터넷에 올려도 돼요?"

"…마음대로."

"인증샷 하나만 찍어도 돼요?"

그러라는 말에 아이는 얼른 휴대폰을 꺼내 무겸의 옆에 바짝 붙어서 사진을 한 방 찍고는 곧 목소리를 드높였다.

"감사합니다!"

아이는 조금 전까지의 우울함이 가신 듯 신이 나 뛰어갔다. 아무래도 아이들끼리의 싸움은 썩 대단한 것은 아니었던 듯하다. 무겸은 그 뒷모습을 사라질 때까지 눈으로 좇다가 다시 정면으로 고개를 돌리고, 아직 꽃이 피지 않은 나무 그늘을 올려다보았다.

아이의 시간은 빠르다. 저맘때 저에게는 1초 후, 1분 후, 한 시간 후, 내일이 곧 영원과 같은 미래였다. 지금은 좆같지만 혹시 10분 후에는 좋은 일이 생길지도 모른다고 생각했다.

1초 후, 1분 후, 한 시간 후, 내일을 꿈꾸느라 1초 전, 1분 전, 한 시간 전, 어제는 되짚을 여유가 없었다. 그 때문일까. 저를 그렇게 괴롭혔던 친부나 원장에 대한 원망 따위도 거의 남아 있지 않다. 그저 닮고 싶지 않을 뿐.

모르는 일이었다. 지금 제 앞에서 소리를 꽥꽥 지르는 괴물이나 돼지가 10초 뒤에는 제 화를 못 이겨 갑자기 쓰러질지도, 30초 뒤에는 정의롭고 강한 누군가가 나타나서 저희들을 구해 줄지도.

오늘은 실패했지만 내일은 부자의 지갑을 터는 데 성공하거나 모레는 보물 상자라도 찾게 될지도. 그래서 이곳이 아닌 어딘가로 떠날 수 있을지도.

그곳이 어떤 곳인지 속해 본 적 없으니 자세히 그려 볼 수도 없었으나 세간에서 말하는 영원한 행복이나 아름다운 빛 같은 것이 기다리는 장소이리라 막연히 상상했다.

상상했던 일은 무엇 하나 이루어지지 않았지만 수포로 돌아가지도 않았다. 결국 저는 박준성 감독을 만나 축구 스타가 되었고 그 한참 전에는 라일락 핀 집에 살던 소년을 만나 목숨이 간당간당했던 위기에서 간신히 구제받았으니.

그때까지 자신이 한 일이란 그저 질리지도 않고 헛된 희망을 품으며 버틴 것뿐이다.

하하.

무겸의 입에서 작게 웃음이 흘러나왔다. 그는 담에 기대어 세워 놓았던 몸을 일으켜 몇 걸음을 옮긴 뒤 방금 제가 사들인, 곧 하준의 것이 될 동화 속 그림 같은 집을 다시 한번 둘러보았다.

이하준.

사랑이라는 감정이 얼마나 견고한지, 정말로 영원할지, 나라는 인간이 과연 마지막까지 너를 상처 입히지 않을 수 있을지, 그래서 네가 계속 내 옆에 머무를지… 최선을 다하려고 하고 있지만 솔직히 말해서 나는 아직 자신이 없다.

네 마음은 내가 얻어 낸 것이 아니라 네가 준 것일 뿐이고 너는 아직도 내게 기대하는 것도 바라는 것도 없으니까. 혼자 하는 사랑은 힘들지 않았고 내 옆에 있을 때가 힘들었다는 네 사랑은 오직 네 마음 하나에 달렸으니 언제든 거둬들이고 지울 수도 있겠지.

하지만 네가 나를 구해 줬다는 사실은 불변이고 영원하지. 그건 절대로 변하지 않아. 너는 날 구했고, 나는 은혜를 입었어. 그리고 사람은 은혜를 갚아야 해.

다행이다. 네가 나를 더 사랑하지 않는 날이 온다고 해도 내가 너를 사랑하고 네게 매달려도 되는 이유가 생겨서.

오늘 저녁에 만나면 그에게 가장 갖고 싶어 하던 것을 주겠다고 말할 것이다. 처음에는 깜짝 놀라며 거절할지도 모르지만 하준도 이만한 선물을 끝까지 마다하지는 못하리라. 이미 샀는데 어쩌냐고, 환불은 안 된다고 우기면 결국 받아들이겠지. 예쁘게 뺨을 붉히며 고맙다고 말해 줄지도, 어쩌면 진짜 잠깐 보여 준다고 했던 얼굴을 더 오래 보여 줄지도 모른다.

기껏 준비한 선물인데 그 모습이 완전하지 못해서 아쉬웠다. 무겸은 천천히 걸음을 옮겨 집을 등졌다. 꽃이 피려면 아직 반년은 기다려야 했다.

라일락이 피면 그때쯤 그도 저를 기억하는지 물어봐야겠다. 그렇다고 해도 아니라고 해도 상관없었다. 기억하지 못한다고 해서 변하는 것은 아무것도 없으니까.

제 손목을 잡아당기던 하얀 손에 이끌려 드디어 어릴 때부터 그토록 바라던 '그곳'에 도착한 것이다. 앞으로는 자신이 그의 손을 잡을 차례였다. 다행히 너무 늦지 않았다.

18

리그 경기가 막바지에 달했다. 부상에서 회복한 무겸의 컨디션은 최고조였다. 지금 같은 컨디션으로 한국에 머물러야 한다는 것이 조금 안타까울 정도로. 지금이라면 어떤 리그의 결승전이라도 모두 씹어 먹을 수 있을 것 같은데 말이다.

경기 직전, 터널에 서서 팔다리를 가볍게 푸는데 누군가가 어깨를 가볍게 두드렸다. 고개를 드니 사람이 되어 지상에 내려온 새하얀 유니콘이 눈앞에 있었다. 칙칙한 터널 안에서도 혼자 반짝반짝 빛이 나는 것 같다. 요즘 제 컨디션이 최고조인 이유. 사랑스러운 애인님 아니신가.

저도 모르게 입꼬리가 위를 향해 올라가는데, 그런 저를 보며 마주 웃어 주는 얼굴까지 보고 있자니 머리에 꽃밭이 펼쳐진다. 곤란하다. 경기를 앞두고 전두릭이 사꾸 하락하려고 했나.

"코치님. 경기도 하기 전에 코치님 때문에 눈부셔서 실명할 거 같아."

"또 무슨 흰소리야. 마지막 체크 좀 하게 여기 앉아."

애써 표정을 가다듬는데 하준은 무겸의 손을 잡아끌어 간이 의자에 앉히더니 그 앞에 무릎을 굽히고 몸을 숙였다.

"발목 한 번만 더 보자. 괜찮다고 했지만 그래도."

"그 핑계 대고 나 한 번 더 만져 보려고 그러지?"

"발목이나 내밀어."

농담을 건네자 바로 목소리가 퉁명스러워진다. 가끔 애교가 부족한 듯도 하지만 그것이 또 매력이다. 이런 툭툭 쏘는 모습이 침대 위에서 어떻게 허물어지는지를 알고 있으니까.

흐물흐물 풀어지려던 호승심이 경기 후에 기다리고 있을 보상을 상상하자 다시 탄탄해진다.

"이하준?"

그때 건너편, 원정 팀의 자리에서 누군가 하준을 불렀다. 발목을 살피던 하준이 앉은 채로 고개를 돌리고 무겸도 시선을 올렸다.

상대 팀 유니폼을 입은 선수 한 명이 거리를 두고 둘을 내려다보고 있었다.

"서울에서 코치 한다더니 진짜네. 1차전에서는 어째 못 봤다."

누구지?

무겸의 눈에 바로 각이 섰다. 처음 보는 세균이었다. 착하고 순진한 애인이 팀 안팎으로 인기가 좋으니 한순간도 마음 놓을 날이 없다.

"오랜만이다."

하준은 그저 건조한 얼굴로 일어서 그의 인사 같지 않은 인사를 받았다. 각자 팀의 진영에 서서 딱히 가까이 다가서지도 않고 있었다. 남자가 말을 이어 갔다.

"애들 보모 한다고 들었는데 그 일은 끝났냐? 어떠냐, 성인 팀 코치 일은 할 만해?"

"응. 보람도 있고 적성에도 맞아."

"코치로 자리 잡는 것도 쉬운 일은 아니라던데 넌 참 빠르다. 하여튼 옛날부터 사람 후리는 데는 뭐 있어. 윗사람들한테 예쁨도 많이 받고 말야."

말투가 거슬린다. 무겸의 미간이 대번에 구겨졌다. 자리에서 일어서려는데 하준이 그런 무겸의 어깨를 잡아 누르면서 웃는 얼굴로 답했다.

"그야 내가 열심히 하고 잘하니까 그렇겠지."

상대방은 뭔가 한마디 더 하려는 듯 입을 열었으나 그쪽 팀의 스태프가 그를 부르며 대화가 중단됐다. 시비를 걸던 선수는 얼굴을 슬쩍 일그러뜨리고 하준을 힐끔 본 다음 어쩔 수 없다는 듯 자리를 옮겼다.

무겸의 목소리가 험해졌다.

"저놈 뭔데 시비조야?"

"신경 쓰지 마. 고등학교 동창인데 사이가 좀 안 좋아."

무겸이 충격을 받은 듯 눈을 크게 뜨며 물었다.

"너랑 사이가 안 좋은 사람도 있어?"

"당연한 거 아냐? 살다 보면 사이 나빠지는 사람도 있지."

하준은 뭘 그런 엉뚱한 것을 묻냐는 표정으로 말했지만 무겸은 쉽게 믿기지가 않았다. 이하준을 싫어하는 사람이 있다니. 아무리 생각해도 정상이 아니다. 꽤 많은 숫자인 시티서울 사람 중에서만 따져도 그렇게 보이는 사람은 없는데 말이다.

아니, 신경 거슬리게 구는 인간에게는 대체로 이유가 있다. 모두가 좋아하는 하준에게 유독 틱틱대는 놈이 있다면 그 이유는…….

"저 자식 너한테 흑심 있는 것 같은데."

"…김무겸. 세상 사람들이 다 나한테 그런 식으로 관심 있지는 않아."

살짝 한숨 섞인 하준의 말에 무겸이 대놓고 코웃음을 쳤다. 데이트 한

번 안 해 보고 모범생처럼 공만 차 온 순진해 빠진 송아지가 뭘 알겠는가.

발랑 까졌다고 생각했을 때가 차라리 속 편했다. 오늘 경기 진행하는 동안 특별히 주시해서 녀석과는 두 번 말 섞는 일이 안 생기도록 해야겠다.

마지막으로 스트레칭을 하는 사이 곧 킥오프 시간이 가까워졌고, 선수들은 한꺼번에 경기장으로 걸어 나갔다.

"와, 저게 다 뭐냐?"

경기 시작 전, 잠시 줄을 서서 경기장을 둘러보는데 정규가 감탄을 섞어 혼잣말을 했다. 무겸도 눈을 끔벅였다.

무겸이나 정규 같은 인기 선수들의 응원 피켓이 관객석에 보이는 것이야 늘 있는 일이었지만 오늘은 선수가 아닌 사람의 응원 피켓이 몇 개 보였던 것이다.

우유빛깔 이하준 사랑해요	이하준 코치님 힘내세요. L.O.V.E

정규가 허허 웃으며 고개를 내둘렀다.

"방송 힘이 대단하긴 하다. 하긴, 그 프로에서 하준이가 워낙 잘 나오기도 했더라. 둘이 서 있으니까 네가 조연 같던데?"

"그래 봤자 실물만 못 해. 카메라가 우리 이 코치 미모를 다 못 담지."

그러자 정규가 얼굴을 찌푸리며 목소리를 줄였다.

"어우…… 내가 그 말에 동의는 하는데 너 진짜 눈꼴셔. 사귀는 건 좋은데 팔불출 짓 좀 작작해라."

무겸은 황당함을 한껏 드러내며 소리 내서 헛웃음을 쳤다.

"그동안 네 팔불출 짓거리에 괴로웠을 사람들 생각은 안 하냐? 인간이 뿌린 게 있으면 거둘 줄도 알아야지."

"…알았어, 알았다고."

쌓인 업보를 지적하자 정규는 바로 기가 죽었다. 그런 그를 흘겨보던 무겸은 고개를 갸웃 기울이며 말했다.

"그래도 의원데. 우리 이렇게 되면 너는 별로 안 좋아할 줄 알았거든."

"내가 왜? 둘이 지지고 볶는 것보다야 사귀는 게 나한테나 팀 차원에서나 훨씬 낫지. 문제없이 잘 지내기만 하면 나는 아무 불만 없다."

속닥대는데 상대 팀 진영에서 투덜대는 목소리가 들렸다.

"꼴값들 떤다. 은퇴한 퇴물한테 뭔 응원 피켓이야."

무겸과 정규가 동시에 그쪽으로 고개를 돌렸다. 무겸의 눈썹 사이가 좁아졌다. 조금 전의 녀석이었다.

"야, 그만해라. 들리겠다."

"내가 뭐 틀린 말 했냐? 코치가 경기 뛰냐고. 별 축구에 관심도 없는 것들이 이럴 때만 경기장까지 기어 들어와서."

같은 팀 선수들이 말리는데도 계속해서 투덜거렸다. 무겸의 표정이 심상치 않아졌음을 눈치챈 정규가 금방이라도 뛰쳐나가려는 듯 힘이 들어가는 어깨를 꽉 붙잡았다.

"김무겸아. 여기서 이런 문제로 사고 치면 제일 속상할 사람이 누군지 생각해."

"…나는 처음 보는 새낀데 누구야."

"하준이랑 고등학교 내 같이 뛴 놈인데 서로 좀 안 좋아. 포지션이 겹쳐서 경쟁하다가 괜한 억하심정 가졌나 보더라고. 뭐… 열등감이지. 모른 척해. 어차피 이번 경기 끝나면 너랑 다시 볼 일도 없어."

"네놈은 네 와이프한테 저렇게 말하면 모른 척할 수 있냐?"

"…가만히 안 있더라도 경기는 끝나고 해."

다시 볼 일 없다는 얘기는 대표 팀에 뽑힐 만한 실력은 아니라는 뜻이다. 주로 후보였다지만 꾸준히 소집된 하준에 비하면 기량이 달렸을 테고 고등학교에서 한 팀이었다는 것 외에는 공통점도 없었을 녀석이 정규의 말대로 열등감을 느끼는 것이 분명했다.

손볼 가치도 없는 녀석이긴 하지만 열 받는다. 경기가 시작하기도 전부터 속이 끓었다. 무겸의 마음과는 상관없이 선수들은 줄을 맞춰 서고, 곧 호각 소리와 함께 경기가 시작되었다.

누그러졌던 호승심은 엉뚱한 방향으로 불타 버렸다. 무겸은 거의 상대방을 작살내겠다는 기세로 달렸고 다른 선수들 역시 그 기세에 이끌려 우승이 확정된 상황 같지 않게 열심이었다. 1차전에서도 패배해 만반의 준비를 했을 상대 팀은 이번에도 썩 명예로운 결과를 만들 수 있을 것 같지 않았다.

전반전에서 이미 스코어는 2 대 0으로 벌어졌고 후반 30분, 시티서울은 프리 킥 찬스를 얻어 냈다. 오늘도 프리 키커는 김무겸. 공을 앞에 두고 숨을 고르는데 선수들이 만드는 벽이 골대 앞에 나란히 섰다. 아까의 놈도 그사이에 끼어 방어에 나선 상태였다.

경기고 뭐고 이대로 달려가서 멱살 잡고 패기나 하면 속이 좀 시원하겠지만 이곳은 그라운드 위다. 축구장에서는 공으로 이야기하는 수밖에.

현재 스코어 2 대 0. 아직 15분가량 남았지만 승세는 이미 기울었다. 도저히 질 것 같지 않은 경기였다. 설령 진다고 해도 시티서울의 우승은 이미 확실하다.

고개를 한 번 까닥인 무겸이 살짝 뒤로 물러섰다가 도움닫기 후 공을 뻥, 걷어찼다. 공은 포탄처럼 날아갔고, 동시에 사람들이 와아! 크게 웅성거렸다.

"저건 뭐 완전히 맞고 죽으라는 슛인데?"

시티서울의 코치 중 한 명이 당황스러운 말투로 중얼거렸다. 하준의 눈도 커졌다.

무겸이 걷어찬 공이 골이 아니라 벽, 그것도 하필 상대 팀 선수의 얼굴을 정통으로 가격한 것이다. 심판이 잠시 경기를 중단하고 상태를 보러 갔다.

"코피 난다."

"어우, 아프겠어. 어쩌다 공을 얼굴로 받냐 그래."

사람들이 탄식하는 외중 코피가 터진 상대 선수가 무겸에게 삿대질을 하며 다가갔다. 무겸은 미안하다는 표정을 짓고 양손을 올리며 일부러 그런 것이 아니라는 제스처를 하고 있었다.

조금 전 제게 시비를 걸었던 고등학교 동창이 코피를 흘리며 밖으로 걸어 나오는 모습을 하준은 어쩐지 마른침을 삼키며 바라보게 되었다.

다행히 크게 다치지는 않은 듯 공을 맞은 선수는 코피가 멎자 다시 그라운드 안으로 돌아왔다. 그사이 무겸이 한 골을 더 넣어 점수는 더 벌어졌고, 경기는 반전 없이 시티서울의 승리로 끝났다.

경기 후 무겸은 유니폼을 벗으며 조금 전 제 공에 얼굴을 맞은 선수에게 다가갔다. 갑자기 드러난 무겸의 산맥 같은 맨몸과 먼저 화해를 청하는 매너 있는 태도에 사람들은 열광하며 사진을 찍어 댔다.

"아까는 미안했다."

유니폼 교환을 요청하기 위해 다가온 무겸을 보며 코피가 터졌던 선수는 마땅찮은 표정으로도 제 유니폼을 벗으려 들었다. 옷을 벗은 무겸의 크고 탄탄한 몸은 옷으로 가렸을 때보다 오히려 상대를 위협적으로 느끼게 만드는 분위기가 있었다.

무겸은 그가 옷을 벗기도 전에 가볍게 포옹하고, 웃는 얼굴로 목소리를 낮춰 속삭였다.

"별 재능 없어도 축구는 계속하고 싶지?"

"…뭐? 무슨……."

"계속 공 차고 싶으면 주둥이 함부로 놀리지 마라. 나오는 대로 지껄이는 건 그렇게 살아도 불러 주는 사람들이나 하는 거야. 나처럼. 주제가 안 되면 사리면서 살아야지."

"……."

"나 이하준 코치랑 친해서 남한테 나쁜 말 듣는 거 보면 마음이 안 좋아."

무겸은 웃으면서 등을 두어 번 토닥인 후 유니폼을 건넸다.

"뭐 해, 얼른 옷 벗고 웃어."

대화를 마친 무겸은 교환한 유니폼을 들고 벤치로 향했다. 하준이 의심스러운 표정으로 그를 기다리고 있었다. 무겸이 유니폼을 들어 보였다.

"사과했어."

하준은 뭔가 말하려다가 고개를 살짝 갸웃하고 다시 입을 열었다.

"잘했어. 웬일로 어른스럽다?"

이제 경기도 몇 라운드 남지 않았다. 시티서울의 우승은 남은 경기 결과와 관계없이 확정이었다. 아래로 늘어선 팀들은 아직 엎치락뒤치락 격렬한 싸움 중이었으나 시티서울 선수들은 이제 여유로웠다. 신이 나 떠들썩한 버스에 올라 하준의 옆에 앉으며 무겸이 물었다.

"오늘은 별장 갈까?"

"그래."

하준이 웃으며 고개를 끄덕였다. 별장이란 무겸이 최근 하준에게 준 선물이었다. 아무것도 받지 않겠다 손사래를 쳤건만, 무겸은 제가 도저히 받지 않을 수 없는 유일한 물건을 금세 알아내 가져와 버렸다.

처음에는 무슨 장난을 치나 싶어 얼떨떨하기만 했던 하준은, 아무도 살지 않는 빈집에 무겸과 함께 발을 들이고 나서야 정말로 옛집이 다른 이의 소유가 아니게 되었음을 실감했다.

아빠가 살아 있던 시절 살던, 저의 가장 오래된 기억이 시작되는 집. 아빠가 죽은 뒤 엄마와 동생의 손을 잡고 반지하 단칸방을, 옥탑방을, 지상층 원룸, 투룸을, 그리고 지금 사는 오래된 주공 아파트까지 몇 번씩 이사를 다니면서도 하준에게 '우리 집'은 항상 오래전에 저의 집이 아니게 된 그 집뿐이었다.

비현실적인 꿈인 것은 알지만 언젠가 반드시 돌아가리라 꿈꾸던 집. 마찬가지로 비현실적인 소리인 것을 알지만 하준은 무겸에게 이 빚은 나중에라도 꼭 갚겠다고 몇 번이고 말하다가 결국은 창피하게 또 눈물까지 보였다.

그러나 막상 되찾고 보니 그 집은 쌍둥이의 학교에서 너무 멀어 당장 들어가 살기가 어려웠다. 아무래도 둘의 대학이 결정된 다음에나 이사를 고려해 볼 수 있을 듯했다.

무겸은 차라리 잘됐다며 이사 전까지는 별장처럼 쓰자고 순식간에 침대며 소파며 가구를 잔뜩 사들이더니 인테리어까지 마쳐, 텅 비어 있던 집을 금세 사람이 생활할 수 있는 공간으로 만들었다. 돈만 있으면 세상일 뭐든지 눈 깜짝할 사이에 해결할 수 있다는 것을 하준은 무겸을 만나며 실감해 가는 중이었다.

빨리 라일락꽃이 피었으면 좋겠다. 봄이 되면 이 집이 얼마나 예뻐지는지 무겸에게 보여 주고 싶었다.

둘은 나란히 집 안에 들어섰다. 평소라면 벌써 하준의 목이며 입술에 들러붙었어야 할 무겸은 거실로 올라서더니 아까 받아 온 유니폼부터 꺼내 쓰레기통에 던져 넣었다. 그 모습을 본 하준은 아까부터 품은 의심을 확신으로 바꾸고 물었다.

"김무겸, 너 아까 일부러 그랬지?"

"음?"

"프리 킥 찰 때 얼굴 맞춘 거. 일부러 그런 거잖아."

하준이 미간을 찌푸리며 다가갔다.

"큰일 나려고. 그러다 다치기라도 하면 어쩔 뻔했어?"

"축구공에 맞아 죽었다는 사람 없어."

"누가 그놈 죽을까 봐 걱정한대? 너한테 괜한 뒷말 나올까 봐 그러지. 그래 봤자 말로 몇 마디 시비 거는 게 다야. 자주 만나는 놈도 아니고."

무겸은 대답도 없이 어깨를 으쓱하더니 터덜터덜 소파에 다가가 털썩 앉아 버렸다. 하준은 그런 그를 멀뚱히 보다가 뒤따라가 옆에 앉았다.

"많이 화났어? 난 정말 신경 안 써. 걔 1년에 한두 번이나 볼까 말까 해."

무겸은 하준의 얼굴을 물끄러미 보았다.

그놈이 너를 은퇴한 퇴물이라고 했다는, 그런 말은 당연히 전할 수 없다.

"하준아."

"어……?"

아직 익숙지 않은 호칭에 하준은 어색한, 그래도 싫지 않은 표정을 지었다. 무겸이 그의 허리를 끌어당겨 안았다.

"좀 듣기 거북한 말일 수도 있는데."

"…무슨 말을 하려고 예고까지 해. 벌써 무섭다."

눈을 마주치고 잠시 침묵하던 무겸이 말을 이었다.

"혹시… 재활해 볼 생각 없어?"

하준의 눈이 놀란 듯 벌어졌다. 무겸은 그 표정을 잠시 마주 보다가 기왕 꺼낸 말을 끝까지 해야겠다는 듯 입을 열었다.

"네 부상 이야기는 예전에 임정규한테 대충 들었어. 그놈 말로는 생활 문제 때문에 재활 훈련 거의 못 해 보고 바로 코치로 전향한 것 같다고 하던데."

"……."

"제대로 해 보면 다른 결과 나올지도 모르잖아. 이제 돈 문제는 걱정할 필요 없고, 아직 젊으니까 재활에만 집중하면 다시 현역으로 뛸 수 있을지 누가 알아."

전혀 예상하지 못한 얘기에 하준은 얼떨떨해져 눈만 깜박였다. 쉽게 하는 말이 아니라는 것은 무겸의 표정과 눈빛, 저를 안고 있는 팔의 긴장에서 느껴졌다. 어제오늘 갑자기 떠오른 충동이나 변덕이 아니라는 것도.

하준이 그 얼굴을 가만히 보다가 천천히, 희미하게 쓴웃음을 지었다.

"안 돼."

"…왜?"

"정규도 잘 모르고 하는 얘기야. 바로 포기하지는 않았어. 안 된다고, 아니, 힘들다고 해서 포기한 거야. 일상적인 운동은 가능해도 프로 선수는 어렵대."

"불가능하다고 했어? 아주 글러 먹었다고?"

"의사들은 원래 그렇게 극단적으로 말 안 해."

짧게 웃고 나서 하준이 가벼운 한숨을 쉬었다.

"해 볼 수야 있겠지. 하지만 이제 곧 스물일곱 살이야. 재활한다고 시간 보내다 보면 금방 스물아홉, 서른 될 텐데 운 좋게 그때부터 선수로 뛸 수 있다고 해도 몇 년을 공백기로 날린 나이 든 선수를 데려갈 팀이 몇 군데나 되겠어. 복귀한다고 해도 체력이나 실력이나 예전 같지는 못할 테니 대표 팀은 꿈도 못 꿀 거고."

푸념처럼 말하던 하준은 미간을 살짝 찌푸렸다.

"2군 팀에서라도, 어디서 만년 벤치로라도 뛰는 쪽이 낫다고 생각하는 사람도 있겠지. 그런데 김무겸. 해외파는 못 됐지만 나 국내에선 꽤 괜찮은 편이었어. 솔직히 말하면 나도 눈높이가 있어서 이제 와서 바닥부터 시작할 자신은 없다. 네가 보기엔 거기서 거기고 좀 웃기는 자존심으로 보일지도 모르겠는데."

"……."

"그리고 막상 해 보니 선수보다는 코치가 내 적성에 훨씬 잘 맞는 것 같아. 보람도 있고. 요즘 진짜 재미있어. 코치 하려고 선수 생활도 거친 게 아닌가 싶을 정도라니까."

그렇게 말하고 이번에야말로 제대로 웃는 하준의 얼굴을 무겸은 아무 말도 못 하고 마주 보았다.

정말 한 톨의 미련도 없어 보인다. 지금의 일에 그 정도로 만족한다면 차라리 다행이라 해야 할 것이다.

"그래……."

무겸이 천천히 고개를 끄덕였다.

"어쨌든, 의사가 힘들다고 했다 이거네."

그는 제 무릎 위에 팔꿈치를 얹어 턱을 받치고 몸을 앞으로 굽혀 앉았다. 그 모습이 마치 토라진 아이 같았다.

입매에 비뚤한 미소가 걸리더니 금세 사라진다. 이어 미간이 좁아지고 눈썹 끝이 처지는 모습을 유심히 바라보던 하준이 당황하여 그를 불렀다.

"김무겸. 왜 그래."

늘 사나운 눈매에서 갑자기 눈물이 뚝뚝 떨어진다. 전조도 없는 울음에 놀란 사람은 하준이었다.

왜 그러냐고, 함께 몸을 굽히고 어쩔 줄 모르고 무겸을 살피는데 그의 눈물은 멈출 생각을 하지 않았다. 잠시간 말도 없이 정면만 노려보며 눈물을 흘리던 그는 눈가를 손등으로 쓱쓱 문질러 닦고는 잠긴 목소리로 투덜거렸다.

"왜 기억이 안 나는 거야……."

"기억? 뭐가?"

"너랑 같이 뛰었었다는데 난 왜 기억이 제대로 안 나느냐 말이야. 남들은 다 네 어시가 환상이었다고 하는데. 내 발로 그 공을 받아 놓고 도대체 왜."

"……."

"왜 그때 그렇게 아무 생각 없이 계속 성질이나 부리고, 끝나고 모니터링 한번 돌려 보지도 않고……. 지난 월드컵 때가 아니더라도 분명 너도 계속 대표 팀에 왔을 텐데 어떻게 이렇게 기억나는 게 없을 수가 있어."

하준이 그 말에 입을 다물었다.

늘 선발 주전이었던 그와 주로 후보였던 자신이 실제로 함께 뛴 경기는 많지 않고, 함께 인상 깊은 장면을 만든 것은 시난 월드컵이 처음이자 마지막이었다. 그렇다 해도 그의 말대로 몇 번 한솥밥을 먹었던 그가 저를 제대로 기억하지 못하는 이유는 하나뿐이다.

자신이 의도적으로 그를 피해서.

그를 다른 눈으로 보는 것을 들킬까 봐 겁먹고 꼭 필요할 때가 아니면 제대로 한번 마주 서지도 않으려고 했다. 가끔 정규가 보기보다 괜찮은 놈이라며 너무 어렵게 생각 말라, 동갑이니 같이 어울리기도 하자고 해도 웃으면서 얼버무렸다. 몇 번 그러자 정규도 하준이 무겸을 거북하게 여긴다 생각했는지 더 권하지 않았다.

대표 팀 소집 기간은 길지 않다. 무겸은 제 영역 밖의 타인에게 그다지 관심이 없고 저는 그의 영역을 고의적으로 피해 다녔으니 그가 저를 흐릿하게만 기억하는 것은 당연한 일이었다.

"지나간 일 들춰 보는 취미 없어. 해 봤자 소용없으니까. 너한테 못 해 줬던 일 전부 지금부터라도 할 수 있고, 네가 바라는 것 뭐든지 다 들어줄 수 있어."

"……."

"그런데… 이것만큼은 이제 어떻게 해도 안 되는 거잖아."

아랫눈썹에 눈물이 맺힌 무겸의 눈이 허공을 되짚었다.

"아까 그런 새끼도 너랑 한 경기에서 뛴 기억이 있을 텐데……. 그때로 돌아가서 싸대기라도 치고 싶다. 진짜 뭣도 모르고, 씨발……."

또다시 억울한 듯 무겸의 눈에서 눈물이 흘렀다. 하준은 입을 살짝 벌린, 놀란 표정으로 그런 그를 보다가 정신을 차리고 서둘러 말했다. 그의 머리를 팔 안에 안았다.

"울지 마."

"…미안하다……. 잊어버려서."

"아니야, 기억 못 하는 거 네 탓 아냐."

무겸을 달래던 하준은 입술을 깨물고 고개를 숙였다. 스스로 생각해도 참 유치한 감정이 가슴속에 뭉클뭉클 차오르고 있었기 때문이다.

…기쁘다.

우습게도 무겸이 울어 주는 것이 기뻤다.

제게 했던 폭언이나 무례한 행동들 때문에 화가 나고 혼란스럽던 때, 이후 무겸이 아무리 미안하다 사과하고 앞으로 잘하겠다 다짐해도 그다지 와닿지 않았던 이유는 결국 그에게 그런 것을 기대한 적이 없기 때문이었을까?

이전, 그의 옆에 머무는 동안 저는 사랑이나 호의나 상냥함, 심지어는 존중조차도 바라지 않았다. 모욕당하고 상처받기를 원한 것은 아니지만 제게 특별히 친절하기를 바란 적도 없다. 그의 소망대로 시즌이 끝날 때까지 성욕 처리를 위한 섹스 파트너로서 지내는 것. 그 이상은 마음에 품지도 않았으니까.

"그러니까 됐어……."

하지만 지금 그의 눈물은 봄비처럼 하준의 마음에 스며들고 있다. 그때와 무엇이 다른 걸까. 저 자신의 상념에 잠겨 힘 빠진 어조로 무겸을 달래던 하준의 눈에도 옅게 습기가 차기 시작했다.

바라는 것은 따로 있었다. 무겸의 사랑을 차지할 수 있으리라 꿈꾼 적은 없지만 한 번이라도 그에게 인정받고 싶었다. 그것이야말로 저의 오랜 소망이었다.

처음이자 마지막으로 그와 한 무대에서 활약했던 경기는 무겸에게 있어서는 잊고 싶은 패전으로 남았고, 그는 지난 저의 모습을 제대로 기억하지도 못했다.

피해 다닌 것은 제 쪽이면서도 막상 그가 경기장 위에서의 저마저 막 연해하는 모습은 못내 섭섭했다. 하지만 이제 와서는 더 이상 한 그라운드에서 뛸 수도, 공을 찰 수도 없어서 진작 포기한 꿈.

그런데 그가 지금 울고 있다. 한때 동료 선수였던 이하준이 아쉬워서.

함께 뛰었던 순간을 기억하지 못해서, 재활을 해서 함께 뛸 수는 없겠냐고 말할 정도로.

살짝 축축해진 눈을 재빨리 말리며 하준이 짐짓 쾌활하게 물었다.

"내 어시스트 찾아봤어?"

"그래. 진짜 환상이었어."

무겸이 얼굴을 들어 올리며 대답했다.

"아깝네. 섹스만큼 플레이도 잘 맞던데. 이하준이 레프트백으로 있으면 나 더 잘할 수 있는데."

그렇게 말하며 무겸이 이마를 맞대 온다. 하준은 장난스레 웃었다.

"있을 때 잘하지 그랬냐."

"그러게 말이야."

마찬가지로 농담조로 대답하는 얼굴을 쓰다듬던 하준은 무겸이 제가 울 때 자주 그러듯 무겸의 눈 위에 입을 맞췄다. 그의 눈물에서도 다른 이들과 마찬가지로 살짝 달고 짠 맛이 났다.

최근에는 그의 달콤한 말을 매일같이 받아먹으면서도 녹지 않고 있던, 봄날에도 얼음이 언 그늘 같은 부분이 제 마음속에 남아 있었다는 것을 비로소 깨닫는다. 무겸의 눈물이 그곳까지 흘러들어 작게 쪼개지는 소리를 내며, 겨울을 향해 가고 있는 바깥 계절이 무색하게 완연한 봄을 가져온다.

무겸에게 먼저 입을 맞추자 이제는 눈물을 그친 무겸의 커다란 손이 이제 평소처럼 허리를 쓰다듬어 왔다. 하준이 작은 목소리로 그를 불렀다.

"김무겸."

"왜."

"나는 이제 네가 나 이 코치라고 부를 때가 좋더라."

무겸이 피식 웃었다.

"그러세요, 이 코치님?"

완전히 장난기가 살아난 목소리를 들으며 하준은 제 목을 더듬는 무겸의 손길을 따라 고개를 젖혀 창밖을 바라보다가 눈을 감았다.

빨리 꽃이 피었으면 좋겠다.

하룻밤을 '별장'에서 머문 다음 날, 훈련을 마친 하준은 아파트로 돌아왔다. 짧은 이별마저도 아쉬워 못 견뎌 하는 무겸을 달래 보내고 아직은 한동안 살아야 할 지금의 집에 들어섰다.

식탁에 앉아 잡지를 읽던 하준의 어머니가 그를 반겼다.

"하준이 왔니?"

"응. 엄마는 저녁 먹었어?"

"그래. 대충 먹었다."

쌍둥이가 아직 귀가 전이라 집은 조용했다. 하준은 제 방으로 들어서 잠시 침대 위에 누워 눈만 깜박였다.

그러다가 몸을 일으켜 무겸의 자료를 스크랩한 파일들을 몇 권 꺼냈다. 하지만 그 파일들을 펼쳐 보는 대신, 그 파일들 속에 꽁꽁 숨기듯 파묻어 놓았던 얇은 홀더를 꺼내 펼쳤다.

선 채로 그것을 내려다보는데 문이 열렸다. 하준이 흠칫 놀라며 돌아보자 과일 접시를 든 어머니가 들어오고 있었다.

"요즘 홍옥이 괜찮길래 샀어. 좀 먹어."

"응. 고마워."

"그건 뭐니?"

그녀가 고개를 내밀어 하준의 손에 들린 서류를 보았다. 하준이 웃으며 홀더를 덮었다.

"계약서. 나 예전에 프랑스 갈 뻔했을 때 썼던 거."

"어머, 아직 가지고 있었어? 나는 통 안 보이기에 버린 줄 알았다."

"응……. 그냥 갑자기 생각이 나서."

하준은 농담 섞어 말했다.

"기념으로 어디 잘 보이는 데 놔둘까 봐. 그래도 유럽 진출도 할 뻔했다는 증거잖아."

"그래라 얘! 액자에라도 넣어서 거실에 걸어 놓을까?"

"아니, 엄마. 그 정도는 아니고……."

농담에 진심 어린 동조가 돌아와 쓴웃음을 지으며 홀더를 책상에 내려놓았다. 엄마가 방을 나간 뒤에도 의자에 앉아 엉망진창으로 흐트러진 책상 위 정경을 멍하니 응시하던 하준은 홀더를 꺼내기 위해 뽑아 놓았던 스크랩 파일 중 한 권을 집히는 대로 펼쳤다.

그린포드의 동료 선수와 챔피언스 리그 우승 트로피를 들고 웃고 있는 무겸의 모습이 눈에 들어온다. 하준은 반사적으로 작게 미소를 지었다. 스물한 살, 아니 스물두 살 때던가.

이 경기를 앞두었을 때, 그린포드로 이적 후 점점 승승장구하는 그를 국내 방송국에서 런던까지 찾아가 실시간 현지 취재했던 적이 있다. 그 시점에 이미 한 번 팀을 우승으로 캐리한 전적이 있던 그는 명실공히 세계적인 스타였고, 기자는 결승전을 코앞에 둔 그에게 마이크를 들이대며 질문했다.

[김무겸 선수, 오늘 결과 어떻게 생각하십니까? 우승 할 수 있겠습

니까?]

다소 급하게 던져진, 경기를 앞둔 선수에게 경솔하고 무례할 수 있는 질문이었지만 무겸은 무표정하게 정면만 보며 무심하게 대꾸했다.

[네. 할 수 있습니다.]

[한국에서도 경기를 지금 많이 보고 있을 텐데요. 한마디 해 주시죠.]

그러자 무겸은 카메라 쪽을 힐끔 보더니 대뜸 입꼬리를 씨익 끌어 올려 웃고는 짧게 윙크를 한 번 했다. 자신감이 넘쳐 보여 좋다며 웃던 기자의 목소리, 그때 텔레비전으로 그 장면을 보다가 무릎 위에 얹어 놓고 있던 쿠션을 터져라 끌어안았던 순간까지 기억이 난다.

그때는 저도 아직 매일같이 잔디밭 위를 달렸다. 처음으로 무겸과 함께할 월드컵을 꿈꾸며 한창 의욕을 불태웠다. 되돌아보면 딱 그맘때가 살아오며 가장 큰 희망을 품었던 시기였던 것 같다.

할 수 있다. 김무겸이 때때로 버릇처럼 뱉는 말을 속으로 되뇌면 어쩐지 저도 뭐든 할 수 있을 것 같았다. 아주 어릴 때 이후로 잊고 있었던, 내일을 기다리는 것이 즐겁다는 감각을 조금씩 되찾아가며 공을 찼다.

빛이 내리쬐는 잔디밭 위를 달리면서도 오랫동안 그늘 아래에 갇힌 기분을 지우지 못했던 저였다. 마지막 또한 아름다운 말로 표현하기는 어렵겠으나 그래도 돌아보면 반짝이는 햇살이 먼저 떠오르는 데는 사진 속에서 웃고 있는 한 사람의 덕분이 크다. 하준은 파일을 몇 장 더 뒤적이다가 표지를 덮어 다시 책장에 곱게 꽂아 넣었나.

그가 홀로 내는 빛을 제 마음대로 쬐며 달렸던 길, 멋대로 김무겸이라는 목표를 세우지 않았으면 진작 포기했을지도 모르는 길이었다. 오늘이야말로 정말로 지난 선수 시절과 작별할 수 있을 것 같다.

고맙다, 김무겸. 내 부재를 슬퍼해 줘서. 짧은 순간이었지만 내가 너에게 훌륭한 파트너였다고 말해 줘서. 나와 네가 뛰었던 순간을 아까워하고 그리워해 줘서. 더 이상 네 옆에서 달릴 수는 없지만 내게 주어진 새로운 자리가 너에게도 의미 있기를 바란다.

내 그라운드의 처음과 끝. 무슨 일이 있어도 네가 내 영원한 판타지스타●라는 사실은 변하지 않을 테니.

● 공을 잡는 순간 관중을 매혹시킬 정도로 매력적인 플레이를 하는 선수를 일컫는다.

19

올해는 유독 빨리 추워졌다. 11월 중순인데도 아침에 입김이 나왔다.

저지 위로 넥 워머를 두른 하준은 장갑을 낀 손으로 주먹을 쥐었다 폈다. 예전에는 이 정도 날씨에는 춥다고 느끼지 않았던 것 같은데, 부상 이후에 아침잠이 늘어난 것과 더불어 달라진 점이 추위를 잘 타게 된 것이다. 아무리 회복되었다고 해도 몸에 완전히 메워지지 않는 큰 구멍이 뚫리기는 한 듯해서 사고 후유증을 느낄 때면 기분이 착잡해졌다.

그때 갑자기 등 뒤에서 온기가 느껴졌다. 고개를 돌리지 않아도 등과 어깨를 감싸는 체온의 주인이 누구인지 안다. 낮고 따스한 목소리가 차가워진 귀를 녹였다.

"많이 추워?"

"아침에만 잠깐이시 뭐."

추위를 지우는 체온은 반가웠지만 정도를 모르고 어깨며 목덜미에 얼굴을 비비기 시작하는 무겸을 하준은 결국 밀어내야 했다.

"작작해. 너 아무리 그래도 훈련장에서."

"아무도 신경 안 쓴다니까."

"내가 쓰인단 말야."

목소리를 줄여 다툼 아닌 다툼을 하는 사이 감독이 호루라기를 불며 선수들을 소집했다. 무겸과 하준은 동시에 달려가, 무겸은 선수들이 모인 자리에 하준은 감독의 옆에 얼른 자리를 잡았다.

며칠 전 경기를 마지막으로 시티서울의 한 시즌이 끝났다. 이미 우승 확정이었던 시티서울은 마지막 경기에서도 승리를 거머쥐며 그야말로 전승에 가까운 기록을 세웠다. 시티서울의 마지막 경기는 티켓 경쟁이 벌어질 정도로 엄청난 관심 속에서 치러졌고, 경기가 끝난 후 무겸은 그라운드를 한 바퀴 돌며 시티서울의 팬들에게 감사를 표하는 작별 인사를 했다.

이제 팀의 과제는 다음 시즌 김무겸의 빈자리를 메울 전략을 세우는 것이다. 무겸 한 사람이 빠졌다고 전력이 직진 하강해 버리면 전 시즌 우승 팀으로서 그만큼 체면이 상하는 일도 없다.

훈련도 오늘로 마무리를 짓고, 전지훈련 전까지 당분간 선수들은 겨울 휴가에 들어갈 것이다. 러닝을 하는 선수들, 정확히는 무겸을 바라보던 하준은 발치로 살짝 시선을 떨어뜨렸다.

…시즌이 끝났다.

무겸과 시티서울의 계약은 이달까지다. 그는 겨울 이적 시장이 열리는 1월에 그린포드로 복귀해 지금쯤 한창 경쟁이 치열한 프리미어 리그와 챔피언스 리그의 메인 공격수로 투입될 것이다. 그곳 사람들이 김무겸의 귀환만을 목이 빠져라 기다리고 있다는 소식이 국내에까지 속속 들려왔다.

계속 외면하고 있던 현실이 목전에 다가와 있었다. 무겸은 런던으로 돌아간다. 꿈같은 나날은 너무 짧았다. 그가 돌아가고 나면 막막하고 괴로웠던 순간들까지도 그리워질 것 같다.

최근 하준은 미리 마음의 준비를 하기 위해 노력 중이었다. 처음 해 보는 연애였고, 더군다나 상대는 10년을 바라봐 왔던 무겸이다. 매일매일 단꿈에 잠겨 드는 기분을 일부러 떨쳐 낼 때마다 온수도 나오지 않던 단칸방에서 겨울 아침 세수를 할 때마다 느꼈던 선득한 추위가 되살아나듯 뼛속까지 서늘해졌다. 그러나 그 서늘한 공기에 이제 익숙해져야 한다.

"이번 시즌 정말 많이들 수고했다. 푹 쉬고, 전지훈련 소집일에 보자."

"수고하셨습니다!"

감독의 인사에 우렁차게 답하며 선수들이 흩어졌다. 우승 후 전체 회식은 이미 마쳤고, 선수들은 친한 몇몇이 함께 돌아가기도 하고 각자 귀가를 서두르기도 했다.

며칠 전 정규와 무겸, 하준은 지난번에 흐지부지되었던 셋만의 자리를 가졌다. 매일 결혼 타령을 하기에 보수적일 것만 같던 정규는 의외로 무겸과 하준이 애인 사이가 된 것을 썩 기꺼워했다.

"여기저기 떠돌던 김무겸 새끼 정착했으니 좋고, 하준이 너도 맘에 있던 놈 사귀니 기분은 좋을 거고, 나도 너희 둘한테 더 신경 안 써도 되니까 다 좋은 것 아니냐?"

합리적이었다.

"무겸 형님, 가시기 전에 꼭 연락 주세요."

"지도 빠뜨리지 마십시오."

사실상 오늘이 무겸이 시티서울의 선수로서 지내는 마지막 날이었다. 로커 룸에서 옷을 갈아입은 선수들은 무겸에게 인사를 건네며 빠져나가고, 무겸도 적당히 대꾸하며 퇴근 채비를 했다.

주차장으로 가는 길에 하준이 기다리고 있었다. 하준이 정류장 근처까지 걸어가 남들 몰래 차에 오르지 않게 된 지도 꽤 되었다. 모두 하준과 무겸이 돈독한 사이라 여기고 있기 때문에 카풀을 한다고 해도 아무도 이상하게 생각하지 않았다. 차 문을 열면서 무겸이 말했다.

"오늘은 우리 둘이서만 시즌 끝난 기념이라도 하자. 회식이다 송별회다 그런 번잡스러운 것들은 다 끝났으니까."

"그래."

무겸의 말에 하준도 웃는 낯으로 고개를 끄덕이며 차에 올랐다.

사실은 시즌이 끝난 것을 기념하고 싶은 기분은 조금도 아니었다. 시즌이 끝났다는 것은 무겸이 런던으로 돌아가야 한다는 뜻이니까. 그런 저와는 정반대로 기쁜 듯 보이는 무겸의 옆모습을 하준을 힐끔 보다가 곧 시선을 돌렸다.

홀가분한 걸까?

박 감독만 아니었으면 올 일도 없는 한국이었고 그나마도 초반 몇 경기를 제외하면 박 감독과 함께하지도 못했으니 그로서는 빨리 런던으로 돌아가 유럽 리그에 참여하고 싶어 몸이 근질근질할 법했다.

라일락 나무는 이제 잎도 거의 떨어져 가지만 앙상해졌다. 그토록 돌아오고 싶었던 집인데 반갑기보다는 그 정경이 쓸쓸했다. 훈련장에서 더 먼데도 불구하고 최근에는 무겸의 집보다 이쪽을 훨씬 더 많이 방문하고 있었다.

"자."

씻고 옷을 갈아입고 나오자 무겸은 하준을 테이블 앞에 앉히고, 어느새 준비를 해 놓았는지 와인 병을 하준에게 내밀었다. 얇고 투명한 글라스에 검붉고 투명한 액체가 소리 없이 채워져 간다.

연인이 된 무겸은 의외롭다고 해야 할지 놀랄 것도 없다 해야 할지 상

515

당히 꼼꼼하고 섬세한 사람이었다. 지난번에는 와인만 여러 종류가 나오는 코스 요리를 대접받았는데, 그중 가장 맛있다고 했던 와인을 기억하고 있었는지 그때와 똑같은 것을 지금 둘만의 자리에 준비해 따라 주고 있었다.

"어때?"

"맛있어."

짧게 건배한 후 한 모금 마신 하준이 웃으며 대답하고 글라스 안을 내려다보다가 고개를 갸웃했다.

"그런데 그때랑은 맛이 조금 다른 것 같기도 하다. 같은 건데 왜 그렇지?"

"예리한데. 디캔팅을 안 해서 그래. 그러면 맛이 덜 열리거든. 다음에는 철저히 준비해야겠어."

무슨 말인지 잘 모르겠다. 하준은 그냥 웃어 보였다. 그때와는 달랐지만 오늘도 충분히 맛있었다. 무겸이 술잔을 내려놓고 시즌 마무리에 걸맞은 인사말을 건넸다.

"이 코치님. 이번 시즌 동안 고생 많았어."

"내가 뭘. 코칭이야 다른 코치님들 도움이 훨씬 더 컸지."

"겸손 떤다. 너 없으면 운신도 제대로 못 하는 거 알면서."

하준이 그 말에 쓴웃음을 지었다. 말은 그렇게 해도 그린포드로 돌아가면 누구보다 펄펄 날아다닐 무겸이 그려져서다.

와인 맛이 다르게 느껴지는 것은 무겸의 말대로 디캔팅인지 뭔지를 안 해서가 아닌 것 같다. 입 안이 깔깔한 것이 뭘 먹어도 제대로 맛을 느끼기 어려울 듯했다. 다시 와인으로 입을 축이는데 무겸이 먼저 운을 뗐다.

"이제 시즌도 끝났으니 하는 말인데."

"······."

"조금 더 일찍 말했어야 할 것 같지만… 시즌 중에는 팀 일에 집중하고 싶어 할 것 같아서 참았다."

"응."

"12월 중에 수속 마치고 런던으로 돌아갈 거야. 1월부터는 합류해야 하니까."

선언과도 같은 말에 하준이 고개를 주억대며 애써 웃었다. 일부러 목소리를 밝게 내려고 노력하며 되물었다.

"더 빨리 가야 되는 거 아냐? 넉넉잡고 한 달은 현지 적응하는 게 나을 텐데."

"몇 년을 살던 곳인데 그렇게까지 길게는 필요 없어."

하준은 무겸에게 들리지 않도록 작게 심호흡을 했다. 그에게 이 1년은 정상 궤도를 벗어난 유예 기간이었다.

지금은 한국에서의 생활에도 익숙해져 시티서울에서의 역할이나 저의 옆자리에서 보내는 시간을 오랜 그의 삶처럼 자연스레 받아들이는 듯하지만 런던에 돌아가자마자 깨달을 것이다. 그곳이 무겸의 원래 자리이고 그의 현실이라는 사실을.

그렇게 생각하지 않으려고 애쓰고 있지만 가자마자 까맣게 잊히지나 않을지, 그런 걱정부터 드는 것은 어쩔 수가 없다. 눈에서 멀어지면 마음도 멀어진다는 경구쯤은 연애 경험이 없는 저도 알고 있었으니까.

바다 건너까지 매일같이 들려오던 그의 화려한 사생활 또한 그라운드와 함께 그를 기다리고 있을 텐데 런던으로 돌아간 무겸이 서울에 남겨 둔 저를 언제까지 지금처럼 애틋하게 여길지 의문스럽다. 경기가 끝나면 꼭 섹스를 해야 할 정도로 성욕도 강한 녀석이 옆에 없는 저를 과연 얼마나…….

그렇게 생각하자 억지로 짓고 있던 웃음을 더 얼굴 위에 매달고 있기도 힘들어졌다. 하준은 무표정하게 그를 바라보다가 글라스를 내려놓았다.

"김무겸."

"응?"

"…내가 억지를 부리는 걸 수도 있는데……."

"억지? 부려 봐. 이하준 억지 쓰는 것 좀 구경하게."

어렵게 꺼낸 말이건만 무겸은 씩 웃으며 흥미롭기까지 한 기색을 보였다. 하준은 마른침을 삼키고 입술을 살짝 깨문 다음에야 천천히 말을 이어 나갔다.

"돌아가서도… 다른 사람이랑 안 자면 안 될까?"

무겸의 눈이 단박에 커졌다. 그 표정에 하준은 시선을 피하면서도 꺼낸 말을 멈추지 않았다.

"내가 할 수도 없는데 힘든 요구하는 걸 수도 있지만, 네가 돌아가도 우리 어쨌든 사귀는 사이잖아……. 아무리 떨어져 있어도 다른 사람이랑 섹스는 안 했으면 좋겠어."

하. 무겸이 황당하다는 듯 헛웃음 치는 소리가 들렸다. 하준은 눈을 마주치지 못하고 테이블만 내려다보았다. 싸늘해진 목소리가 들려온다.

"너 지금 무슨 소리 하나?"

"파티 같은 데서 어울리는 정도는 괜찮아. 그냥 끝까지만 안 갔으면 좋겠어. 나도 요즘 많이 생각해 봤는데 그것까지는 도저히 못 참을 것 같아."

"웃기지 마, 이하준."

말투도 무뚝뚝해졌다. 화가 났나 보다. 하준은 힐끔, 눈길로만 무겸의 굳은 얼굴을 살피고 얼른 시선을 내린 뒤 아직 와인이 남은 글라스 다리만 만지작댔다.

"어이가 없네. 너 지금 그게 나한테 할 소리야? 이제 와서?"

"…미안."

"잊을 만하면 한 번씩 깨는 소리해서 사람 놀라게 하는 거 알아줘야 돼. 나 지금 좀 화나려고 한다."

"미안하다. 화나게 하려고 한 건 아니야."

무겸이 자리에서 일어서서 테이블을 돌아 제게로 가까이 오는 것이 보였다. 하준은 흠칫대며 고개를 조금씩 올려 어느새 제 옆에 서 있는 무겸을 올려다보았다. 미간에 주름이 생긴 표정이 진심으로 불쾌해 보였다.

이제 함께 보낼 날이 얼마 남지도 않았는데 괜한 소리를 했다. 하다못해 가기 직전에나 말을 꺼낼걸 그랬다는 후회가 뒤늦게 들었다. 얼마 남지도 않은 시간 동안 기분을 상하게 하고 싶지는 않았는데.

그렇게 다가온 무겸은 마땅찮다는 표정으로 하준을 내려다보다가 한숨을 쉬더니 갑자기 무릎을 굽혀 앉았다. 커다란 남자가 의자에 앉은 하준의 시선 저 아래로 쑥 내려가고, 그제야 무겸이 웬 상자를 들고 온 것이 하준의 눈에 들어왔다.

"발 좀 줘 봐."

그사이 풀이 죽어 그렇게 말해도 쉬이 움직이지 못하고 앉아만 있자 무겸이 아예 하준의 발을 손으로 들어 바닥에 앉은 제 무릎 위에 올리더니 상자를 열었다.

뭔가 했더니 안에는 새 축구화가 들어 있었다. 무겸이 그것을 꺼내 들었다.

"다음 시즌에 나올 내 이름 단 시그니처 한정판 최종 프로토 타입이야. 이대로 시판은 안 될 거니까 세상에 하나밖에 없다고 봐야지."

그가 제 세운 무릎 위에 올린 발에 신발을 신겼다. 사이즈가 딱 맞았다.

하준이 눈만 멀뚱히 뜬 채 그가 하는 양을 지켜보는데 무겸은 신발 끈을 묶어 나가기 시작한다. 그제야 그가 무엇을 하는지 깨달은 하준의 입이 가늘게 벌어졌다.

무겸은 드물게도 쑥스러운 표정을 짓고 있었다. 그가 고개를 들어 하준을 마주 보더니 피식 웃으며 묻는다.

"내가 나한테 질투 나는 건 또 처음인데. 이하준, 중학생 때처럼 좀 설레고 그래? 그때보다 더 좋아야 하는데 분위기가 벌써 영 망한 것 같단 말야."

"……."

"어차피 피지컬 코칭 제대로 배우려면 국내에서만은 한계 있는 거 네가 제일 잘 알잖아. 같이 가자. 영국에는 전문 코스 대학원까지 있고, 그린포드에서도 인턴 코치 필요하대서 내가 다 말해 놨어."

그가 하는 말이 머리에 바로 입력되지 않는다. 멍하니 그를 보고 있자니 조금씩 정신이 돌아왔다. 하준은 더듬더듬 대답했다.

"아니, 안 돼. 나는, 못 가……. 엄마 몸도 안 좋고, 애들도 이제 대학 가는데 나 없으면 아직……."

왼쪽 신발 끈을 다 묶은 무겸이 그런 하준을 빤히 올려다보다가 무릎에 입을 맞췄다. 흠칫 몸을 떠는데 그가 타박하듯 말했다.

"언제까지 집안 밑천 노릇만 할래? 그리고 그런 게 문제면 이제 해결 됐잖아. 돈 많은 애인 잡았는데 뭘 더 걱정해?"

"……."

"아니면 까짓거… 시간은 좀 걸리겠지만 다 같이 가도 돼. 네 여동생, 민경이는 공부도 잘하잖아. 포부도 커 보이던데 영국이나 독일 쪽으로 유학 가는 것도 생각해 보라고 해. 유럽이 싫으면 미국도 좋지. 어머니 걱정되는 것도 알아. 네가 정 원하면 같이 가서도 좋고, 그게 아니면 같이 설득하고."

무겸이 나머지 한쪽 축구화를 꺼냈다.

"병원 다니시는 것 때문에 걱정되면 아예 상주 간병인 붙여 놓고 가도 돼. 일하느라 바쁜 너보다야 전문 간병인이 믿음직할걸. 전에도 말했지만 너, 가족이랑 떨어지는 연습도 해야 해. 그리고 내 생각이지만 어머니도 동생들도 너 간다고 하면 반대 안 할 거다. 오히려 환영할 것 같은데."

남은 한쪽 발에까지 신발이 신기는 것을 보던 하준이 기어 들어가듯 작아지는 목소리로 대답했다.

"그거 다 너한테… 빚져야 하는 거잖아."

"빚? 내 건 다 네 거야."

"…무슨 말도 안 되는 소리야."

"인생 혼자 사는 게 아니란 거 가르쳐 준 사람 너야. 그래 놓고 빚 같은 소리하면 서운하지. 내가 뭐 너한테 일방적으로 주는 거냐? 돈이 다야? 나도 너한테 받는 거 있잖아."

무겸의 손끝에서 나비 모양 매듭이 단단하게 지어졌다. 그 모습을 보던 하준의 눈이 정말 봄날 나비를 보는 사람처럼 살짝 초점을 잃고 흐려졌다.

"어디서 주워들었는데 좋은 신발을 신으면 좋은 곳으로 데려가 준다더라. 같이 가자. 좋을 거야."

"……."

"김무겸 남은 인생은 다 네 거야. 처량하게 나 혼자 가라고 하지 마."

무겸의 손이 새 축구화를 신은 두 발을 받쳐 들고 보더니 흡족한 듯 그 위로 입을 맞췄다.

새 신이기는 하지만 발에 입을 맞춘다는 행위 자체에 깜짝 놀라 하준은 다리를 들어 올렸다. 그러자 무겸은 미간을 찌푸리더니 몸을 일으켜 하준을 안아 들었다. 불시에 얼굴이 바로 앞으로 가까워진다.

"다 떠나서, 그렇잖아도 아귀 같은 놈들 천진데 너 두고 혼자 어딜 가. 말이 되는 소리를 해. 불안해서 공도 제대로 못 차는 거 보고 싶어?"

"…아니……."

"아니면 그냥 여기 눌러앉아? K리그에서 선수 생활 좀 칠까?"

"헛소리하지 마!"

그제야 정신이 번쩍 든 하준이 화들짝 목소리를 높이자 무겸은 본격적으로 투덜거렸다.

"어떻게 아직도 다른 사람이랑 섹스를 하네 마네 같은 소리가 나와? 이것도 내 쥔가. 그럼 이하준. 내가 혼자 가면 너도 여기 남아서 다른 사람이랑 섹스 빼고 직전까지는 다 할 거냐?"

"미쳤어? 누가 그런대? 네가 하도 경기 끝나면 꼭 해야 한다고 항상 야단이니까 한 말이잖아."

"너랑 해야 한다는 소리지, 그건."

무겸이 작게 혀를 차고는 입을 맞춰 온다. 와인 향이 감도는 혀를 삼키면서도 하준은 어쩐지 이 상황이 현실 같지 않았다.

키스는 짧지만 농밀했다. 부드럽게 혀를 빨아올려 입맞춤을 마무리하며 무겸이 와인보다도 감미로운 목소리로 속삭인다.

"말해 봐. 김무겸은 네 거라고."

"……."

"어서."

채근하자 작은 목소리가 금지된 말이라도 읊듯 자신감 없이 흘러나왔다.

"…김무겸은… 내 거야."

"다른 사람이랑 자지 말라고, 눈길도 주지 말라고 해 봐."

하준은 말없이 그런 무겸의 눈을 빤히 들여다보았다.

방금 열렬한 구애를 받은 사람답지 않게 밀랍 인형처럼 굳었던 얼굴이 가늘게 이지러지더니, 갑자기 와락 목 뒤로 팔을 감고 고개를 숙이며 매달렸다.

터져 나오듯 내뱉는 목소리에 수증기가 만든 물방울 같은 열기가 맺힌다.

"다른 사람이랑 자지 마. 눈길도 주지 마."

"알았어."

"뽀뽀도 안 돼. 손도 잡지 마."

"그래."

"-앞으로는 스캔들 같은 거 절대 안 봐줘. 바람피우면 내 손에 죽을 줄 알아."

급해진 말끝이 뭉개지는데 무겸은 뭐가 신나는지 하하 소리를 내 웃더니 농담과 위협이 반반 섞인 묘한 어조로 물었다.

"지금 한 말들 너한테도 마찬가지로 적용되는 건 알지?"

익숙지 않은 말을 쏟아 냈더니 얼굴이 발갛게 익고 숨까지 가빠진다. 뜨거워진 얼굴을 숨기려는 듯 하준은 무겸의 어깨 위로 얼굴을 파묻고 있다가 한참 뒤에야 걱정스레 물었다.

"나 영어 잘 못하는데 괜찮을까……? 예전에 불어는 잠깐 배웠는데."

"지내다 보면 금방 배워. 따로 어학연수도 받으면 되잖아."

그리고 무겸은 하준을 안아 든 채 방으로 향했다. 이제는 완전히 다르게 꾸며졌지만 하준이 어릴 때 쓰던 그의 방이었다.

둘은 침대에 함께 엎드려 그린포드가 어떤 곳이며 훈련 시스템은 어떻게 돌아가는지, 런던의 날씨는 어떤지, 학교는 언제 개강하며 그 전에 어떤 준비를 해야 하는지, 바로 학교에 들어가기보다는 어학연수부터 받는 것이 나을지, 인턴 코치는 일주일에 몇 번을 출근해야 하는지, 정말 공부를 하면서 일을 할 수 있을지 등에 대해 시간 가는 줄 모르고 한참 동안 조곤조곤 이야기를 나누었다.

관객석은 온갖 종류의 소음이 하나로 뭉쳐 거대한 소리 덩어리를 이루고 있었다. 누군가는 대한민국을 외치고, 누군가는 공기를 넣은 응원 막대를 쳐 대고, 누군가는 북을 치고 어떤 사람은 부부젤라를 불기도 했다.

소란스러움이 무색하게 경기장의 분위기는 팽팽했고 선수들은 줄 위에 올라선 듯 날카롭게 긴장하고 있었다. 상대 국가는 멕시코. 스코어는 1대 1. 경기 시간은 이제 5분 남짓 남았다.

김무겸이 두 번째로 나선 월드컵은 4년 전과는 달랐다. 처음부터 지금까지 팀워크도 훌륭했고 선수들 사이의 합도 잘 맞았다. 승리를 향하는 분위기를 선수들도 관객들도 모두 느끼는 중이었다. 이번에는 다르다는 기대감이 열기구처럼 부풀어 술렁였으나 분명 점유율도, 유효 슈팅도 훨씬 높게 가져가고 있음에도 결정적인 쐐기골이 터지지 않고 있었다.

후반전에 들어 양 팀 모두 마음이 급해지며 실수가 잦아졌다. 전반만 해도 잘되고 있던 볼 키핑이 둔해져 자꾸만 공이 엎치락뒤치락 양 팀을 오갔다.

한국의 수비가 순간 방심한 틈을 타 멕시코의 미드필더가 꽤 먼 거리에서 갑작스레 슈팅을 시도했다. 수비진을 뚫고 날아간 공은 자칫 골을 흔들 뻔했지만 간발의 차이로 몸을 날린 임정규의 손에 붙잡혔다. 여러 사람들이 내쉬는 안도의 한숨과 탄식이 웅성웅성 경기장을 떠돌았다.

[큰일 날 뻔했어요.]

[이제 시간이 얼마 남지 않았습니다만 조급해하지 말고 좀 더 집중해서 주도권을 가져가야 합니다.]

[이럴 때일수록 방심하기가 쉬우니까요. 우리 선수들이 조금만 더, 마지막까지 힘을 내 줬으면 좋겠습니다.]

광장에 설치된 대형 화면에서 안도와 긴장을 동시에 담은 해설들의 목소리가 울렸다. 길바닥에 앉아 양 팀의 마지막 줄다리기를 보는 사람들은 응원도 잊고 경기에 몰입해 있다가, 누군가가 흥을 북돋우면 그때서야 박수를 치며 구호를 외쳤다.

정규가 앞으로 달려 나오며 투포환처럼 공을 던졌다. 공은 한 번 튕겨 올라 중원까지 다다랐다. 미들진은 몇 번인가 공을 주고받다가 무겸에게 패스를 시도해 봤지만 멕시코 선수들이 달려들어 공을 빼앗았다.

공이 중원에서 벗어나지 못하고 사람들의 발 사이를 바삐 굴렀다. 초조한 시선이 쏟아지는 사이 경기는 추가 시간으로 넘어가고 있었다.

와!

그러나 그다음 순간 사람들의 목소리가 높아졌다. 멕시코의 패스를 한국 선수가 절묘하게 끊으며 공을 탈취한 것이다.

그는 빼앗은 공을 곧바로 수비진에게 돌렸다. 제대로 주인을 찾지 못하고 이 사람 저 사람을 오가던 공이 모처럼 길게 뻗어 날아갔다. 필드 전체를 조망하고 있던 센터백은 역시 공을 받자마자 길게 그어 차 왼쪽으로 보냈다. 방금 전까지 오른쪽에 사람들이 몰려 그나마 숨통이 트여 있는 공간이었다. 드리블을 하며 달리기 시작한 레프트백이 무겸을 찾아 지체 없이 패스를 연결했다. 그는 이미 공을 받을 위치를 가늠하고 달리는 중이었다.

무겸이 공을 잡자 위기의식을 느낀 멕시코 선수들이 득달같이 그에게 달려들었다. 전반 한 골은 다른 이가 넣었으므로 무겸은 아직 골 맛을 보지 못한 상태였다.

전반전에 너무 사력을 다했는지 후반전에 들어 선수들의 체력과 집중력이 떨어지며 패스가 번번이 끊겼다. 어쩌다 공이 가까이 왔다 싶어도 거의 포위당하다시피 하거나 아예 반칙을 각오한 태클을 당해 무겸은 제대로 공을 잡아 보기 힘들었다. 마침내 공을 차지한 그는 사냥개처럼 눈을 빛내며 공을 몰고 달렸다.

한 선수가 무겸에게 태클을 걸기 위해 몸을 넘어뜨렸지만 무겸은 공을 발끝으로 걷어차 올리며 가볍게 그를 뛰어넘었다. 앞으로, 옆으로 거의 동시에 서너 명이 달려드는 것을 피하며 가볍게 드리블을 하며 달렸다.

후반 내내 견제만 당하는 바람에 다른 이들과 달리 체력을 비축했는지 무겸은 그리 힘겨워 보이지도 않았다. 갑자기 펼쳐진 화려한 독무대에 사람들이 미친 듯이 환호하기 시작했다.

마음이 급해진 골키퍼까지 앞으로 나오고 정면으로 수비수들이 달려들자 무겸은 순간 공을 옆으로 퉁겨 꺾으며 진로를 바꿨다. 급선회한 그를 미처 쫓아가지 못하고 주춤하는 선수들의 사이로 무겸이 망설임 없이 공을 찼다. 구체는 골키퍼의 뒤쪽으로 미끄러졌다.

경기장과 광장이 일시에 거대한 용광로가 된 듯 끓어올랐다. 함성이 하늘을 가를 것 같았다.

[골! 골입니다! 추가 시간에 골이 터졌습니다!]

[정말 완벽한! 완벽한 마무리입니다! 김무겸 선수, 방금 완전히 필드를 장악했습니다!]

[8강입니다! 한국, 이게 몇 년 만의 8강 진출입니까!]

높아진 해설의 목소리에도 감추지 못하는 흥분이 깃들었다. 그사이 골의 주역인 무겸은 주먹을 흔들며 그라운드 위를 달리고 있었다. 그 뒤를 동료들이 뒤따라 달렸다. 그라운드 위는 흥분의 도가니로 변했다.

[마지막을 정말 화려하게 장식해 버렸어요! 이번 8강 진출에 김무겸 선수의 공이 정말 컸습니다. 올해는 팀워크도 정말 좋았다고 하고요.]

[저도 그렇지만 많은 분들이 16강 진출만 해도 엄청난 성공이라고 생각하셨을 텐데요. 이렇게 되면 기대가 점점 커집니다. 경기력이 무척 좋아요.]

[그런데 김무겸 선수, 동료들과 세리머니를 안 하고 어디까지 가는 거죠?]

카메라가 물러서 클로즈업하던 무겸을 멀리서 잡았다. 그가 벤치 쪽을 향해 달리는 모습이 비치고, 경기 종료에 맞추어 거의 필드 안쪽까지 나와 서 있던 스태프들 사이로 뛰어드는 장면이 이어 보였다.

다시 렌즈가 무겸에게 포커스를 맞췄다. 무겸이 코치 명패를 건 한 남자를 부둥켜안고 있었다. 그리고 그 두 사람의 주변을 순식간에 선수들과 스태프가 겹겹이 둘러싸 서로를 치대고 끌어안는다. 사람들로 이루어진 커다란 원형이 필드에 펼쳐졌다. 해설들이 웃으며 그 장면을 설명했다.

[아, 이하준 코치네요! 둘이 각별히 친한 사이로 알려져 있죠. 골의 기쁨을 나누고 싶었나 봅니다.]

[이하준 코치가 현역에서 은퇴한 지 몇 년 되지 않았습니다. 지난 월드컵 때만 해도 김무겸 선수와 아주 훌륭한 호흡을 보여 줬거든요. 작년 시티서울에서도 파트너십이 워낙 좋아서 김무겸 선수가 이하준 코치를 아예 그린포드까지 데려갔다는 이야기가 유명하지 않습니까?]

[그렇죠. 은퇴만 하지 않았으면 분명 오늘도 대단한 활약을 했을 겁니다······.]

[······.]

관중들의 함성, 달려드는 취재진의 목소리, 카메라 셔터 소리가 모두 등 뒤로 희미해진다.

무겸은 눈을 감고 있었다. 쿵쿵, 터질 듯이 뛰는 제 심장 소리와 품에 끌어안고 있는 남자가 내쉬는 숨소리만 귀를 통해 들어와 머릿속을 가득 채운다.

김무겸과 한국 국가 대표 팀은 이번 월드컵에서 8강에 올라간다. 감이 좋다. 어쩌면 4강까지, 운이 정말 좋으면 결승전까지도 진출할 수 있을지도 모른다. 앞일을 누가 알겠는가?

골을 넣기 직전과 직후, 감각이 비정상적으로 날카로워질 때가 있다. 사람들의 말소리 하나하나가 들리는 듯도 하고 그라운드의 잔디가 움직이는 방향까지도 알 수 있을 것만 같다.

지금은 품에 안은 하준이 깜짝 놀라 잠깐 몸을 굳혔다가 활짝 웃으며 제 어깨에 얼굴을 묻는 순간이, 등 뒤로 다급하면서도 정성스레 둘러진 팔에 꼬옥 힘이 들어가 저를 안는 감각이 슬로 모션처럼 정밀하게 느껴진다. 부드러운 머리카락이 땀에 젖은 목덜미를 간지럽힌다.

"김무겸, 진짜 잘했어! 오늘도 네가 최고야!"

품 안에 딱 붙어서도 함성에 묻힐까 봐 목소리를 높여 몇 번씩 외치는 칭찬이 노래처럼 귀를 쓰다듬는다. 기억나지 않는 4년 전과 비슷하면서도 다른 장면에 마침내 눈을 뜬 무겸의 입가에도 웃음이 맺힌다.

잊어버린 일은 어쩔 수가 없다. 기념할 만한 또 다른 기억을 만들면 되지 않나. 지금처럼.

아직 함께할 그라운드는 수없이 많이 남아 있었다.

〈3권에서 계속〉

하프라인 2

초판 1쇄 인쇄 2021년 11월 1일 **초판 1쇄 발행** 2021년 11월 17일

지은이 망고곰
펴낸이 이승현

웹소설 본부장 이진영
편집 최은정
디자인 윤정아

펴낸곳 ㈜위즈덤하우스 **출판등록** 2000년 5월 23일 제13-1071호
주소 서울특별시 마포구 양화로 19 합정오피스빌딩 16층
전화 02) 2179-5600 **홈페이지** www.wisdomhouse.co.kr

ⓒ 망고곰, 2021

ISBN 979-11-6525-917-4 04810
　　　 979-11-6525-915-0 (세트)